百家經典

宋詞三百首大全集

【清】朱孝臧　編撰
馬丁　注釋

U0084536

編者簡介

編者朱孝臧（1857－1931），原名祖謀，字古微，號漚尹，又號彊村、上彊村民，浙江歸安人。光緒九年（1883）進士，官至禮部右侍郎，因病假歸作上海寓公。工倚聲，為晚清四大詞家之一，著作豐富。書法合顏、柳於一爐；寫人物、梅花多饒逸趣。卒年七十五。著有《彊村詞》。朱孝臧早年工詩，四十歲始專力於詞，遂成為詞學大家。

內容簡介

《宋詞三百首》是中國古代文學皇冠上光輝奪目的一顆巨鑽，在古代文學的閬苑裏，她是一塊芬芳絢麗的園圃。她以姹紫嫣紅、千姿百態的豐神，與唐詩爭奇，與元曲鬥妍，歷來與唐詩並稱雙絕，都代表一代文學之勝。遠從《詩經》、《楚辭》及《漢魏六朝詩歌》裏汲取營養，又為後來的明清對劇小說輸送了有機成分。直到今天，她仍在陶冶著人們的情操，給我們帶來很高的藝術享受。

目　錄

燕山亭①

北行見杏花

趙佶

　　裁剪冰綃②，輕疊數重，淡著燕脂勻注。新樣靚妝③，豔溢香融，羞殺蕊珠宮女④。易得凋零，更多少、無情風雨。愁苦，問院落淒涼，幾番春暮？　　憑寄離恨重重，者⑤雙燕何曾，會人言語？天遙地遠，萬水千山，知他故宮何處。怎不思量？除夢裏、有時曾去。無據，和⑥夢也、新來不做。

【作者簡介】

　　趙佶（1082—1135），即宋徽宗。元符三年（1100）即位，宣和七年（1125）金兵南侵，趙佶傳位其子趙桓，為欽宗。靖康二年（1127），為金人俘虜而去，死於五國城（今黑龍江依蘭）。

　　趙佶在政治上昏庸無能，生活上窮奢極欲，但在藝術上卻多才多藝，他獨創「瘦金體」書法，又擅畫花鳥，有《瑞鶴圖》。趙佶不但工書善畫，而且詩、文、詞俱佳。《全宋詞》錄其詞十二首，其前期詞作主要描寫宮廷遊樂，風格豔麗，被俘北去後詞風頓變為哀婉淒切。

【註釋】

①燕山亭：詞調名，或作「宴山亭」，始見於宋徽宗趙佶詞。

②冰綃：白色透明的絲綢。此處比喻杏花花瓣。

③靚妝：用脂粉妝扮。一說美麗的妝飾。

④蕊珠宮女：指蕊珠宮中的仙女。蕊珠宮：道家傳說天上上清宮有蕊珠宮，神仙所居。

⑤者：通「這」。

⑥和：連。

【評析】

本詞是宋徽宗趙佶國滅被俘押往北方，途中見杏花而托物興感之作。據《朝野遺記》說這是他的絕筆。詞中以美麗絕世的杏花被無情風雨摧折而凋零，來比喻自己一旦歸為臣虜、橫遭蹂躪的不幸命運，並以委婉曲折的筆法傾訴了他對故國山河的無限眷戀，以及希冀成灰的絕望心情，詞情真摯動人。

詞的上片摹寫杏花以寄意。前三句寫杏花之花質冰潔如白綢裁剪而成，花瓣簇綻輕柔重疊，花色淡雅似胭脂勻染，其美直令天上的蕊珠宮仙女為之汗顏。然「易得凋零」筆勢陡轉，寫盡杏花遭受風雨摧折之淒涼愁苦。下片由感歎杏花凋落，轉入被擄之離恨。雙燕不解人語，故宮天遙地遠，懷鄉思國，只有求之夢寐，如今夢亦不成，悽楚之至。全詞借杏花之凋落，傷江山之淪喪；以歸夢之難成，寓前途之絕望。

木蘭花①

錢惟演

城上風光鶯語亂，城下煙波春拍岸。綠楊芳草幾時休？淚眼愁腸先已斷。　　情懷漸覺成衰晚，鸞鏡②朱顏驚暗換。昔年多病厭芳尊③，今日芳尊惟恐淺。

【作者簡介】

錢惟演（962—1034），字希聖，錢塘（今浙江杭州）人，吳越王錢弘俶之子，從父歸宋，歷右神武將軍、太僕少卿、命直秘閣，預修《冊府元龜》，累遷工部尚書，拜樞密使，官終崇信軍節度使。其博學能文，辭藻清麗，是西昆詩派骨幹詩人。

【註釋】

① 木蘭花：唐教坊曲名，後用作詞調。唐、五代人用此調如《花間集》所載之作為三七言長短句式，《尊前集》所載之作則為七言八句式，至宋朝此調成為《玉樓春》的別稱。

② 鸞鏡：妝鏡。《藝文類聚》卷九十引南朝‧宋范泰《鸞鳥詩序》：「昔罽賓王結置峻卯之山，獲一鸞鳥。王甚愛之，欲其鳴而不能致也。乃飾以金樊，饗以珍羞，對之愈戚，三年不鳴。其夫人曰：『嘗聞鳥見其類而後鳴，何不懸鏡以映之？』王從其意，鸞睹形悲鳴，哀響中霄，一奮而絕。」後世稱妝鏡為鸞鏡。又以鸞鏡表示分離之悲。

③ 尊：通「樽」，即酒杯。

【評析】

　　本詞是錢惟演暮年仕途失意，被貶漢東時所作。他一生仕宦顯達，晚年卻被貶外放，自覺政治生命和人生旅途都到了盡頭，因作此詞，借惜春光抒發了無限的遲暮之悲。之後不到一年，錢惟演即去世。

　　詞中用清麗的語言描繪了春聲、春色，首句的「亂」字用得極好，將春景渲染得十分生動熱鬧，而群鶯亂啼已是暮春天氣，這裏也暗含春光將盡之意。詞人又用明麗的景色來反襯自己淒黯的心情，以及對年光飛逝、生命無多的感傷。末二句以借酒澆愁來表現他無可奈何的心情，又隱約地顯示了他對生命的留戀，尤其傳神。整首詞以綺豔之語寓政治情懷，情調極其淒婉。

漁家傲①

范仲淹

　　塞下秋來風景異，衡陽雁去②無留意。四面邊聲③連角起，千嶂裏，長煙落日孤城閉。　　濁酒一杯家萬里，燕然未勒④歸

無計。羌管⑤悠悠霜滿地，人不寐，將軍白髮征夫淚。

【作者簡介】

范仲淹（989—1052），字希文，諡文正。吳縣（今江蘇蘇州）人，北宋政治家、軍事家、文學家。官至樞密副使、參知政事。宋仁宗時，長期守衛西北邊境，遏制西夏侵擾。慶曆三年（1043），與富弼、韓琦等人主持「慶曆新政」，後因遭到反對而廢止。其詩、文、詞皆有名篇傳誦於世，內容風格豐富多樣。有《范文正公集》。其詞清麗而豪健，氣勢恢宏。

【註釋】

① 漁家傲：詞調名。《詞譜》卷十四云：「此調始自晏殊，因詞有『神仙一曲漁家傲』句，取以為名。」
② 衡陽雁去：指大雁離開這裏飛往衡陽。河南衡陽舊城南有回雁峰，相傳雁至此即止，不再南飛。
③ 邊聲：邊塞特有的悲涼之聲，如風聲、號角聲、羌笛聲、馬嘶聲等。
④ 燕然未勒：東漢大將軍竇憲北擊匈奴，出塞三千餘里，在燕然山刻石記功而還。此處指邊患未平，功業未成。燕然山：今蒙古杭愛山。
⑤ 羌管：即羌笛。

【評析】

范仲淹於宋仁宗康定元年（1040）任陝西經略安撫副使兼知延州，守邊四年，期間作此詞。本詞別本題作「秋思」，描寫了守邊生活的慎切體驗，抒發了慷慨為國的悲壯情懷。

詞的上片從聽覺、視覺兩方面寫足了邊地秋天的景象，「千嶂裏，長煙落日孤城閉」與王維《使至塞上》一詩中的「大漠孤煙直，長河落日圓」意境相類而情調迥異，王詩壯闊高遠，本句則寥廓荒寒。下片抒發兵將共同的襟懷：邊功未就，故里難歸。將軍的白髮、士兵的眼淚體現出思念家

鄉、壯志未酬的悲憤。「羌管悠悠霜滿地」描繪軍中月夜的情景，景中含情，極富典型意義。本詞詞境開闊，格調悲壯，給宋初滿足吟風弄月、男歡女愛之情的詞壇吹來一股清勁有力的雄風，對後來的詞風革新產生了積極影響，是一首難得的佳作。

蘇 幕 遮①

范仲淹

　　碧雲天，黃葉地，秋色連波，波上寒煙翠。山映斜陽天接水，芳草無情，更在斜陽外②。　　黯鄉魂③，追旅思④，夜夜除非，好夢留人睡。明月樓高休獨倚，酒入愁腸，化作相思淚。

【註釋】

① 蘇幕遮：唐教坊曲名，來自西域。幕：一作「莫」或「摩」。 近人考證，「蘇幕遮」是波斯語的譯音，原意為披在肩上的頭巾。慧琳《一切經音義》卷四十一《大乘理趣六波羅蜜多經》中《蘇莫遮冒》條云：「『蘇莫遮』，西域胡語也，正云『颯磨遮』。此戲本出西龜茲國，至今猶有此曲。此國渾脫、大面、撥頭之類也。」後用為詞調。曲辭原為七言絕句體，以配合《渾脫舞》，後衍為長短句。敦煌曲子詞中有《蘇莫遮》，雙調六十二字，宋人即沿用此體。

② 「芳草」兩句：以芳草的無邊無際比喻離愁的無窮無盡。

③ 黯鄉魂：指因思念家鄉而黯然傷魂。語出江淹《別賦》：「黯然銷魂者，惟別而已矣。」

④ 追旅思：指羈旅的愁緒縈繞不去。追：追隨，糾纏。

【評析】

　　本詞抒寫詞人秋天思鄉懷人的愁緒，別本題作「別恨」或「懷舊」。詞的上片用多彩的畫筆繪出絢麗、高遠的秋景，意境開闊。「碧葉天，黃葉地」為傳誦名句。下片表達客思鄉愁帶給詞人的困擾，極其纏綿婉曲。以夜不能寐、樓不能倚、酒不能消解三層刻畫，突出表現愁緒之深。末兩句酒化為淚，消愁之物反釀成悲戚之情，大有李白「抽刀斷水水更流，舉杯消愁愁更愁」之妙，最為警策。

　　唐圭璋《唐宋詞簡釋》曰：「此首上片寫景，下片抒情。上片寫天連水，水連山，山連芳草；天帶碧雲，水帶寒煙，山帶斜陽。自上及下，自近及遠，純是一片空靈境界，即畫亦難到。下片觸景生情。『黯鄉魂』四句，寫在外淹滯之久與鄉思之深。『明月』一句陡提，『酒入』兩句拍合，『樓高』點明上片之景為樓上所見。酒入腸化淚亦新。足見公之真情流露也。」

御 街 行①

范仲淹

　　紛紛墜葉飄香砌②，夜寂靜，寒聲碎③。真珠簾捲玉樓空，天淡銀河垂地。年年今夜，月華如練，長是人千里。　　愁腸已斷無由醉，酒未到，先成淚。殘燈明滅枕頭敧④，諳盡⑤孤眠滋味。都來此事，眉間心上，無計相回避。

【註釋】

① 御街行：詞調名，始見於柳永詞。據楊湜《古今詞話》，無名氏詞有「聽孤雁，聲嘹唳」句，故又名《孤雁兒》。柳永《樂章集》及張先《張子野詞》併入「雙調」，一般以范仲淹詞為準。
② 香砌：灑滿落花的臺階。

③寒聲：飄落的樹葉在秋風中的聲音。碎：細碎，微弱，時斷時續。

④明滅：燈光搖曳，忽明忽暗。欹：傾斜。

⑤諳盡：嘗盡。

【評析】

　　這是一首抒寫秋夜離情愁緒之作，其間充滿無限柔情，卻骨力遒勁，決不流於軟媚。詞的上片寫秋夜景，或就地面刻畫秋聲，或就天宇描摹夜色，以寒夜秋聲襯托主人公所處環境的冷寂，突出人去樓空的落寞感，並抒發了良辰美景無人與共的愁情。下片專就離情宣發，淋漓盡致地寫出主人公長夜不寐，無由排遣思愁別恨的情景和心態。「愁腸」三句折進一層，極言離愁之深。「殘燈」二句再現實境，一盞如豆的青燈忽明忽暗，獨自憑欄斜倚，嘗盡這孤眠的滋味。末以離愁「眉間心上」，無所不在，倍增酸楚。「都來此事」幾句為李清照《一剪梅》詞所襲用，化作「此情無計可消除，才下眉頭，卻上心頭」，向來為詞評家所讚譽。

　　李攀龍《草堂詩餘雋》評此詞曰：「月光如畫，淚深於酒，情景兩到。」可謂佳評。唐圭璋《唐宋詞簡釋》云：「此首從夜靜葉落寫起，因夜之愈靜，故愈覺寒聲之碎。『真珠』五句，極寫遠空皓月澄澈之境。『年年今夜』與『夜夜除非』之語，並可見久羈之苦。『長是人千里』一句，說出因景懷人之情。下片即從此生發，步步深婉。酒未到已先成淚，情更淒切。」

千秋歲①

張先

　　數聲鶗鴂②，又報芳菲③歇。惜春更把殘紅折，雨輕風色暴，梅子青時節。永豐柳④，無人盡日花飛雪⑤。　　莫把么弦⑥撥，怨極弦能說？天不老，情難絕⑦。心似雙絲網，中有千千結。夜過也，東窗未白凝殘月⑧。

【作者簡介】

　　張先（990—1078），字子野，烏程（今浙江湖州）人，北宋著名詞人。曾任安陸知縣，因此人稱「張安陸」。天聖八年（1030）進士，官至尚書都官郎中。晚年退居湖杭之間。曾與梅堯臣、歐陽修、蘇軾等交遊。善作慢詞，與柳永齊名，造語工巧，曾因三處善用「影」字，世稱「張三影」。其詞風含蓄蘊藉，情味雋永，韻致高逸，在藝術上有相當造詣，是上承晏殊、歐陽修，下啟蘇軾、秦觀的一位重要詞人。有《安陸詞》，又名《張子野詞》。

【註釋】

① 千秋歲：詞調名，又名《千秋節》，原為唐教坊曲名，後用作詞調，始見於張先詞。

② 鶗鴃（音題決）：即子規、杜鵑。《離騷》云：「恐之未先鳴兮，使夫百草為之不芳。」

③ 芳菲：花草，此處代指春時光景。

④ 永豐柳：唐時洛陽永豐坊西南角荒園中有垂柳一株被冷落，白居易賦《楊柳枝詞》：「永豐西角荒園裏，盡日無人屬阿誰。」以喻家妓小蠻。後傳入樂府，因以「永豐柳」泛指園柳，多喻孤寂的女子。

⑤ 花飛雪：指柳絮。

⑥ 么弦：琵琶的第四弦，各弦中最細，故稱。

⑦ 天不老，情難絕：李賀《金銅仙人辭漢歌》有「天若有情天亦老」句，此處化用其詩意。

⑧ 凝殘月：一作「孤燈滅」。

【評析】

　　本詞抒寫了詞人惜花傷春的情懷和愛情橫遭阻抑的幽怨，聲調激越，極盡曲折幽怨之能事。上片描寫殘春之景、惜春之情，織入鳴叫、花殘、雨輕、風狂、梅青、人靜、絮飛種種景象，造成濃重的、令人感傷欲絕的氛圍，逼出下片滿腔幽怨的傾訴。下片抒情，承上片「惜春」而生發出愛

春、戀春之意，表現出情感的大幅度的跳躍和昇華。「不老」的「天」與「難絕」的「情」相對比，表現出詞人「之死矢靡它」的執著感情。再以「千千結」的「雙絲網」比喻憂思百結的愁心，將愁情怨懷鋪達得淋漓盡致。情思未了，不覺春宵已經過去，這時東窗未白，殘月猶明，如此作結，可謂恰到好處。

　　這首詞寫景寓情，亦景亦情，借景物隱喻、象徵人生情感的歷程和隱秘；抒情熱烈、果決、傾吐心聲，愛憎鮮明。情韻高遠，既深婉、含蓄，又直率、激越，體現了張先的詞風。

菩薩蠻①

張先

　　哀箏一弄《湘江曲》②，聲聲寫③盡湘波綠。纖指十三弦④，細將幽恨傳。　　當筵秋水⑤慢，玉柱⑥斜飛雁。彈到斷腸時，春山眉黛⑦低。

【註釋】

① 菩薩蠻：唐教坊曲名。大中年間，女蠻國派遣使者進貢，她們身上披掛著珠寶，頭上戴著金冠，梳著高高的髮髻，讓人感覺宛如菩薩，當時教坊就以此制成《菩薩蠻曲》，後用為詞調，亦作《菩薩鬘》，又名《子夜歌》《重疊金》等。文人詞始見於溫庭筠詞。

② 哀箏一弄《湘江曲》：唐沈亞之《湘中怨解》記載，垂拱中，太學生鄭生乘月至洛陽橋，遇一女子，自言為嫂所苦，欲投水。生載歸與之同居，號汜人。數年後，汜人自言為「湘君蛟宮之娣」，被謫而從生，今期滿，與君相別。後十年，生登岳陽樓，見有畫船彩樓，高百餘尺，有彈弦鼓吹者，皆神仙蛾眉。其中一人，含顰淒怨，狀類汜人。此句似化用其事。一弄：奏一曲。

③寫：通「瀉」。

④十三弦：唐宋時教坊用箏均為十三弦，唯清樂用十二弦。

⑤秋水：形容美目明澈如秋水。

⑥玉柱：箏上端固定和調節弦的柱，諸箏柱斜向排列，如一排飛雁。

⑦春山眉黛：《西京雜記》載：「文君姣好，眉色如望遠山。」後因以
山喻美人雙眉，又古人以黛色畫眉，故稱眉黛。

【評析】

　　這是一首詠彈箏歌妓美貌和技藝的詞，詞中描寫了她彈奏箏曲時「弦
弦掩抑聲聲思」，「說盡心中無限事」的情景，十分細膩動人。詞人沒有正
面描寫她的外貌，但從「纖指」「秋水」「春山眉黛」這些畫龍點睛的側筆，
讀者完全可以想見她那與心靈同樣美好的容顏。詞的上片從演奏內容情調
方面寫彈箏女，暗寫湘靈鼓瑟的典故，點出「幽恨」。箏稱之為「哀箏」，
感情色彩極為明顯。而彈箏女能將深重的幽恨「細傳」，足見其技藝精湛。
下片寫彈箏女的情態，突出眼和眉，微妙地表達出她心理的變化，流露出
她心中淒涼哀傷的情緒。詞人亦堪稱彈箏女之知音。

　　全詞清美婉麗，意濃韻遠，情感真摯淒哀，風格含蓄深沉。《全宋詞》
將其歸入晏幾道（晏殊的兒子）所作，並說：「案此首別誤作張子野詞，
見《類編草堂詩餘》卷一。」

醉垂鞭①

張先

　　雙蝶繡羅裙，東池宴，初相見。朱粉不深勻，閑花淡淡春。
　　細看諸處好，人人道，柳腰身。昨日亂山昏②，來時衣上
雲。

【註釋】

① 醉垂鞭：詞調名，張先始創。

② 亂山昏：指群山昏暗。

【評析】

　　這是一首酒筵中贈妓之作，詞人用形象的比喻，來描繪出一種模糊而動人的女性之美。

　　詞的上片寫初見此女的第一印象，首先映入眼簾的是彩繡雙蝶的羅裙，這表明她步態輕盈曼妙，羅裙飄飄，雙蝶似隨之翩然飛舞。此乃乍見此女而尚未仔細端詳的第一印象，也正是此女服飾、步態的突出特徵。「朱粉」二句描繪她的容顏：略施朱粉，淡妝素雅，彷彿春意淡淡中開放的一朵平常小花，給人一種清新淡雅的感覺。下片寫對此女美態、神韻的特殊印象。「細看」二句寫詞人與眾賓客對此妓美態的交口讚歎：人人讚她「柳腰身」，詞人讚她「諸處好」，前者強調她腰身的柔婉、曼妙，後者強調她渾身的諧和、優美。末兩句似是描寫此女的舞姿，化用李白《清平調》「雲想衣裳花想容，春風拂檻露華濃。若非群玉山頭見，會向瑤台月下逢」的詩意，寫女主人公穿著彩雲製成的衣裳，彷彿神女從雲霞繚繞的仙山飄然而降，這賦予她理想的華彩，表現出一種亦真亦幻、耐人尋味的意境。

一叢花①

張先

　　傷高懷遠幾時窮？無物似情濃。離愁正引千絲②亂，更東陌、飛絮。嘶騎③漸遙，征塵不斷，何處認郎蹤？　　雙鴛池沼水溶溶④，南北小橈⑤通。梯橫畫閣黃昏後，又還是、斜月簾櫳⑥。沉恨細思，不如桃杏，猶解嫁東風⑦。

【註釋】

① 一叢花：詞調名，張先始創。

② 千絲：指很多柳條。絲：諧音「思」。

③ 嘶騎：嘶叫的馬聲。此代指騎馬離去的女子的情郎。

④ 溶溶：水寬廣貌或流動貌。

⑤ 橈：划船的槳。此代指船。

⑥ 簾櫳：帶簾子的窗戶。櫳：窗框格。

⑦「沉恨」三句：典出李賀《南園十三首·其一》：「可憐日暮嫣香落，嫁與春風不用媒。」此三句化用其詩意。解：知道，能。

【評析】

  這是一首閨怨詞，寫一位女子念遠傷懷的情狀。上片用倒敘的手法先著意渲染女主人公的愁緒，再在這樣的心理背景上，現出離別的鏡頭，給人十分強烈的印象。開首「傷高」二句寫登閣遠望，以愛怨交織的激情向高天遠地提出質問，發洩強烈的傷懷、無窮的悲呼，彷彿自問自答。「無物似情濃」這一比喻，將抽象的「濃情」強調到世間無物可比的程度，更將離恨推到無以復加的地步，也表達出愁思的迷離紛揚，無處不在，突出思婦念遠的真情和執著。

  下片描寫這女子相思無奈的「沉恨」和空虛。「雙鴛」兩句寫女主人公登閣所見南北小舟相通的池沼。「池中雙鴛」正如當年情侶歡聚愛戀的情景，它引發女子對昔日歡情的甜蜜回憶，也觸動了她此刻孤單寂寞的情懷。更難堪者是「黃昏後」的寂寞，當家家夫妻團聚，情侶「人約黃昏後」的歡聚時刻，自己卻「梯橫畫閣」，悶坐空閨，當年從畫閣豎梯窗下迎候情郎登閣歡會的情事已化為虛空，只剩下一彎冷月斜照窗簾。一個「又」字點出她日復一日的孤單、寂寞。在極度空虛中，她生出「不如桃杏嫁東風」的癡想，無理而妙。范公偁《過庭錄》云：「子野郎中《一叢花》詞云：『沉恨細思，不如桃杏，猶解嫁東風。』一時盛傳。永叔（歐陽修）尤愛之……子野拜謁永叔，永叔倒履迎之，曰：『此乃「桃李嫁東風」郎中。』」

天仙子①

張先

時為嘉禾小倅②，以病眠，不赴府會。

《水調》③數聲持酒聽，午醉醒來愁未醒。送春春去幾時回？臨晚鏡，傷流景，往事後期空記省④。　　沙上並禽池上暝⑤，雲破月來花弄影。重重簾幕密遮燈，風不定，人初靜，明日落紅應滿徑。

【註釋】

① 天仙子：唐教坊曲名。據段安節《樂府雜錄》載，本曲原屬於龜茲部舞曲，李德裕進，又名《萬斯年曲》。後用為詞調。此調有單調、雙調，唐人用單調，宋以後始有雙調。雙調始見於張先詞。

② 嘉禾：今浙江嘉興。小倅：小官吏。

③ 《水調》：曲調名，相傳為隋煬帝開汴河時所創制，唐人演為大曲。

④ 後期：後會的佳期。記省：回憶，希冀。

⑤ 並禽：此指鴛鴦。暝：天黑，暮色籠罩。

【評析】

本詞是張先五十二歲任嘉禾判官時所作，抒發了惜花惜春、留戀光景、感傷時序和相思別離的情懷。黃升《花庵詞選》題作「春恨」。

詞的上片寫送春傷別、低徊往事的心緒。聽歌飲酒欲解愁，愁不可解，而惜春傷別情緒愈益增重。末句點出原委。「晚鏡」既是說晚上照鏡子，又說自己年歲已高，半生無所作為，不免黯然神傷。「空」字寫出襟懷之寥落孤寂。下片以周圍環境和景物予以烘托渲染。禽鳥成雙，而詞人卻形單影隻，孤寂蕭索，則隱然暗示出對青春年華情侶燕爾的往事之追憶。花月弄影，由反面襯托。垂簾挑燈，風緊人靜，作正面渲染。收拍縋

合惜春傷離，餘韻不盡。其中「雲破月來花弄影」句，下字精美，以工巧的畫筆表現了一種意境朦朧的美，一時傳誦。《後山詩話》云：「尚書郎張先善著詞，有云『雲破月來花弄影』『簾幕捲花影』『墮輕絮無影』世稱誦之，號張三影。」

青門引①

張先

乍暖還輕冷，風雨晚來方定。庭軒寂寞近清明，殘花中酒②，又是去年病③。　　樓頭畫角風吹醒④，入夜重門靜。那堪更被明月，隔牆送過秋千⑤影。

【註釋】

① 青門引：詞調名，始見於張先詞。

② 殘花：此指對著滿地落花。中酒：醉酒。又顏師古曰：「飲酒之中也，不醉不醒故謂之中。」一說病酒，因酒醉而身體不適。

③ 病：傷春之心病。

④ 畫角：彩繪的號角，古時軍中多用以警昏曉，振士氣。此句言被晚風送來的樓頭畫角聲給驚醒。

⑤ 秋千：古時嬉戲秋千多在特定時間，唐時集中於寒食、清明前後。

【評析】

本詞別本題作「懷舊」。詞中寫出了從風雨初定的黃昏直到明月之夜，孤獨的詞人處境傷心的種種感受和滿腔愁苦。

上片寫詞人春日的感懷，從大處著眼，淡淡寫來，極盡沉痛哀傷索寞。下片寫清醒後的情懷，從細節落筆，語言奇特，含無限思緒。詞人調動多種身心感受，並且把它們有機地結合在一起，營造出一種淒涼傷感的

氛圍，把心中的情感表現得深沉含蓄，意味雋永。末兩句與前面「三影」同為名句，係描神之筆，它不實寫打千秋的人，而是借秋千影來顯示他人對春殘花落的無知無感和詞人的多愁善感，以及他人歡樂而己獨傷悲的難堪情狀，意味雋永。或以為秋千影是明月送過牆來，是懷人的寂寞境界，如俞陛雲《唐五代兩宋詞選釋》曰：「結句之意，一見深夜寂寥之景，一見別院欣戚之殊。夢窗因秋千而憶凝香纖手，此則因隔院秋千而觸緒有懷，別有人在，乃側面寫法。」

全詞構思別致，情景交融，含蓄宛轉，麗辭膩聲，體現出張先詞的一貫風格。黃蓼園《蓼園詞選》評曰：「落寞情懷，寫來幽雋無匹，不得志於時者，往往借閨情以寫其幽思。角聲而曰風吹醒，『醒』字極尖刻。末句那堪送影，真見描神之筆，極希微窅渺之致。」

浣溪沙①

晏殊

一曲新詞酒一杯②，去年天氣舊亭台③，夕陽西下幾時回？
無可奈何花落去，似曾相識燕歸來，小園香徑獨徘徊。

【作者簡介】

晏殊（991—1055），字同叔，撫州臨川（今江西進賢）人，北宋著名詞人。十四歲以神童入試，賜同進士出身。宋仁宗時官至同中書門下平章事兼樞密使。政治上無甚建樹，然喜提拔後進，范仲淹、韓琦、歐陽修皆出其門。晏殊以詞著於文壇，尤善小令。其詞多為佳會宴遊之餘的消遣之作，有著濃厚的雍容華貴的氣派，其內容亦多表現詩酒生活和悠閒情致。晏殊詞風頗受南唐馮延巳的影響，但其詞不鋪金綴玉而清雅婉麗，音韻和諧。有《珠玉詞》。

【註釋】

① 浣溪沙：或作「浣溪紗」，唐教坊曲名，因春秋時期西施浣紗於若耶溪而得名，後用為詞調。有雜言、齊言二體。宋時雜言稱為《攤破浣溪沙》，齊言仍稱《浣溪沙》（或稱《減字浣溪沙》）。始見於晚唐張曙詞。

② 一曲新詞酒一杯：白居易《長安道》詩：「花枝缺處青樓開，豔歌一曲酒一杯。」此句化用其詩意。

③ 去年天氣舊亭台：言天氣、亭台都和去年一樣。鄭谷《和知己秋日傷懷》詩：「流水歌聲共不回，去年天氣舊池台。」此句化用其詩意。

【評析】

　　本詞是晏殊的代表作，抒寫悼惜春殘花落、好景不長的愁懷，又暗寓懷人之意。詞的上片縮合今昔，疊印時空，重在思昔；下片則巧借眼前景物，重在傷今。全詞語意十分蘊藉含蓄，通篇無一字正面表現思情別緒，讀者卻能從「去年天氣舊亭台」「燕歸來」「獨徘徊」等句中領會到詞人對景物依舊、人事全非的暗示和深深的歎恨。全詞語言圓轉流利，通俗曉暢，清麗自然，意蘊深沉，耐人尋味。詞中對宇宙人生的深思，給人以哲理性的啟迪和美的藝術享受。詞中「無可奈何花落去，似曾相識燕歸來」兩句工巧流麗，風韻天然，歷來為人稱道，楊慎《詞品》贊曰：「二語工麗，天然奇偶。」

浣溪沙

晏殊

　　一向年光有限身①，等閒離別易銷魂，酒筵歌席莫辭頻②。滿目山河空念遠，落花風雨更傷春，不如憐取眼前人③。

【註釋】

① 一向：即一晌，片刻。年光：時光。有限身：有限的生命。

② 莫辭頻：莫以次數多而推辭，指沉醉於頻頻的酒席歌筵。

③「不如」句：元稹《會真記》載崔鶯鶯詩：「還將舊來意，憐取眼前人。」憐：珍惜，憐愛。取：語氣助詞。

【評析】

　　晏殊一生仕宦得意，過著「未嘗一日不宴飲」「亦必以歌樂相佐」（葉夢得《避暑生活》）的生活。本詞描寫他有感於人生短暫，想借歌筵之樂來消釋惜春念遠、感傷時序的愁情，詞中表現出及時行樂的思想，也反映出他內心的灑脫與無奈。

　　詞的上片不作任何鋪墊，直言年華有限，稍縱即逝，以精練的語言表達富有深度的哲理，讓人不覺為之一振。緊接著，詞人將離別看成平常事，可見人的一生離別之多，因而「易銷魂」。但詞人轉而又寫「酒筵歌席莫辭頻」，表達人生短暫，莫為離別傷神，應當及時行樂的思想。下片抒情，起首兩句為空想之辭，其意境開闊、遼遠，表現出詞人對時空不可逾越，消逝的事物不可復得的感慨。結句中，詞人以「不如」一詞轉折，再次表達了自己及時享樂的思想：與其徒勞地思念遠方的親友，因風雨搖落的花朵而傷懷，不如實際一些，珍惜眼前朋友的情誼。這也是詞人對待生活的一種態度。全詞筆力雄厚，遼闊深沉溫婉，別具一格。

清平樂①

晏殊

　　紅箋②小字，說盡平生意③。鴻雁在雲魚在水④，惆悵⑤此情難寄。　　斜陽獨倚西樓，遙山恰對簾鉤。人面不知何處，綠波依舊東流。

【註釋】

① 清平樂：唐教坊曲名，取用漢樂府「清樂」「平樂」這兩個樂調而命名，後用作詞調。始見於晚唐溫庭筠詞，至五代時，已為文人所慣用了。

② 紅箋：唐代名箋紙，又名「浣花箋」「松花箋」「減樣箋」。此指書信。

③ 平生意：生平愛慕之意。

④ 鴻雁在雲魚在水：舊說魚雁可以傳書。《漢書·蘇武傳》：「常惠……教使者謂單于言：『天子射上林中得雁，足有繫帛書，言武等在某澤中。』」後因以雁代指信使。古樂府《飲馬長城窟行》：「呼兒烹鯉魚，中有尺素書。」後因稱書信為「魚書」，亦以魚代指信使。

⑤ 惆悵：失意、感傷。

【評析】

　　這是一首念遠懷人之作。上片抒寫主人公的一片深情，以及此情難寄的惆悵。「鴻雁在雲魚在水」，表明欲求雁、魚傳信而不可得，是典故的反用，新穎而別致。下片前兩句顯示主人公的孤獨寂寞，含蓄有致。「遙山恰對簾鉤」暗示心上人未至，簾鉤閑掛，唯遠山與自己相伴的苦況。末兩句點明相思之情，「綠波依舊東流」，一則說明只有景物依舊，同時又以流水悠悠比喻主人公的思情和愁緒悠悠。此二句化用崔護《題都護南莊》詩句：「人面不知何處去，桃花依舊笑春風。」同時又賦予它新意。

　　此詞用語雅致，語意懇摯，抒情婉曲細膩，以紅箋、斜陽、西樓、遙山、簾鉤、人面、綠水等意象，營造出一個充滿離愁別恨的意境，將主人心中蘊藏的情感波瀾表現得婉曲細膩，感人肺腑。

清 平 樂

晏殊

金風①細細，葉葉梧桐墜。綠酒②初嘗人易醉，一枕小窗濃睡。　　紫薇朱槿③花殘，斜陽卻照闌干。雙燕欲歸時節，銀屏④昨夜微寒。

【註釋】

① 金風：即秋風，古代以陰陽五行解釋季節演變，秋屬金，故稱秋風為金風。

② 綠酒：古代土法釀酒，酒色黃綠，詩人稱之為綠酒。

③ 紫薇：花名，落葉小喬木，花紅紫或白，夏日開，秋天凋，故又名「百日紅」。朱槿：紅色木槿，落葉小灌木，夏秋之交開花，朝開暮落。又名「扶桑」。

④ 銀屏：鑲銀的屏風，故稱銀屏，又稱雲屏。此處借指華美的居室。

【評析】

本詞抒發初秋時節淡淡的哀愁，語意極含蓄、極有分寸，詞人只從景物的變易和主人公細微的感覺著筆，而不正面寫情，讀來卻使人品味到句句寓情，字字含愁。

詞的上片寫酒醉以後的濃睡。起手二句點明時間，渲染環境。「細細」「葉葉」兩組疊字，首尾相接，音律諧婉。接下來的「易醉」和「濃睡」則含蓄地表達了主人公心中淡淡的愁緒。如果說上片是從昨晚的醉眠寫起，那麼下片則是寫次日薄暮酒醒時的感覺，這一睡就是整整一晝夜，可見睡極濃矣。這裏，詞人通過對周圍事物的細微體察，來表達此時的情懷。前兩句通過描寫衰殘的紫薇、木槿和斜陽照耀下的闌干，組成一個飽含哀情的畫面，其中似寓有無可奈何的心情。最後「雙燕欲歸」的景象，興起主人公獨居無憀的感覺。於是他想到昨夜最後原是一個人獨宿。一種

淒涼意緒，落寞情懷，不禁油然而生。「微寒」二字，極幽曲，別有風致。

　　這首詞呈現了一種與詞人富貴顯達的身世相協調的圓融平靜、安雅舒徐的風格，其中沒有自宋玉以來文人們一貫共有的哀颯傷感的悲秋情緒，有的只是富貴閒適生活中對於節序更替的一種細緻入微的體味和感觸，以及因歲月流逝而引發的一絲閒愁，但這閒愁是淡淡的、細柔的，甚至是飄忽幽微，若有若無的。唐圭璋《唐宋詞簡釋》評此詞曰：「此首以景緯情，妙在不著意為之，而自然溫婉。『金風』兩句，寫節候景物。『綠酒』兩句，寫醉臥情事。『紫薇』兩句，緊承上片，寫醒來景象，庭院蕭條，秋花都殘，癡望斜陽映闌干，亦無聊之極。『雙燕』兩句，既惜燕歸，又傷人獨，語不說盡，而韻特勝。」

木蘭花

晏殊

　　燕鴻過後鶯歸去，細算浮生千萬緒。長於春夢幾多時，散似秋雲無覓處。　　聞琴解佩神仙侶[1]，挽斷羅衣留不住。勸君莫作獨醒[2]人，爛醉花間應有數[3]。

【註釋】

[1] 聞琴：化用卓文君事。據《史記·司馬相如列傳》載，卓文君新寡，好音，司馬相如於夜以琴挑之，文君遂與相如私奔。解佩：化用江妃二女事。據劉向《列仙傳·江妃二女》載，鄭交甫至漢皋台下，遇二仙女佩兩珠，交甫與她們交談，想得到她們所佩寶珠，二仙女解佩給他，但轉眼仙女和佩珠都不見了。

[2] 獨醒：《楚辭·漁父》：「屈原曰：『舉世混濁而我獨清，眾人皆醉而我獨醒，是以見放。』」

[3] 數：舊指氣數，即命運。

【評析】

　　這是一首抒寫相惜別離之情，慨歎人生苦短，並主張及時行樂的詞作，它不像晏殊多數作品那樣委婉含蓄、欲露不露，不著一字道破，而是直抒胸臆，寫得酣暢淋漓。

　　詞的上片起句寫春光消逝，「鶯燕」兼以喻人，春光易逝，美人相繼散去，美好的年華與美好的愛情都不能長保，怎不讓人感慨萬千。「細算浮生千萬緒」一句從客觀轉到主觀，說對著上述現象，千頭萬緒，細細盤算，使人不能不正視的，正是人生若水面浮萍之暫起。後兩句改用白居易《花非花》詩句：「來如春夢幾多時？去似朝雲無覓處。」但旨意不同。詞人此處寫的是對整個人生問題的思考，他把美好的年華、愛情與春夢的短長相比較，把親愛的人的聚難散易與秋雲的留、逝相對照，內涵廣闊，感慨深沉。下片前兩句寫失去美好愛情的舊事，是對上片感慨的具體申述。末兩句是詞人看破紅塵後的牢騷，是失去美與愛的更大的痛心。「有數」二字給「爛醉」套上命運不可違背的枷鎖，看似灑脫狂放，實則無可奈何。

　　或以為晏殊此詞非真寫男女訣別，而是另有寄託。慶曆年間，宋仁宗聽信反對派的攻擊之言，將主持新政的韓琦、富弼、范仲淹等人相繼外放，晏殊則罷相。對於賢才被迫離開朝廷，晏殊不能不痛心，他把他們的被貶，比作「挽斷羅衣」而留不住的「神仙侶」，不宜「獨醒」，只宜「爛醉」，當是一種憤慨之聲。此說可通。

木蘭花

晏殊

　　池塘水綠風微暖，記得玉真①初見面。重頭歌韻響錚琮②，入破舞腰紅亂旋③。　　玉鉤闌下香階畔，醉後不知斜日晚。當時共我賞花人，點檢④如今無一半。

【註釋】

① 玉真：本指仙女，此指佳人。

② 重頭：詞中上下片字句平仄完全相同者，稱「重頭」。 琤琮：玉器撞擊之聲，形容樂曲聲韻鏗鏘悅耳。

③ 入破：唐宋大曲的專用語。大曲每套都有十餘遍，歸入散序、中序、破三大段。入破即破的第一遍。此處指樂聲驟變為繁碎之音，節奏加快。紅亂旋：大曲在中序時多為慢拍，入破後節奏轉為急促，舞者的腳步此時亦隨之加快，故云。紅：指舞者的紅裙。

④ 點檢：細數，查核。

【評析】

　　本詞抒寫了初春時詞人回首往事，不勝今昔之慨的情懷。以往日之「歌韻琤琮」「舞腰亂旋」的熱鬧場面，對照今日之孤獨寂寞，上下片對比強烈，思念之情自然流露。全詞採用前後互見的手法，有明寫，有暗示，有詳筆，有略筆，寫得跌宕有致，音調諧婉，意韻深長。

　　詞的上片懷舊。春光明媚，水綠風暖，詞人漫步園中，希冀有人能與其共賞這大好春色，於是自然回憶起與「玉真」初見面時的強烈印象。後兩句描寫當時歌舞的盛況。劉攽《貢父詩話》評曰：「重頭、入破，管弦家語也。」說明詞人妙解音律。這兩句將酣歌醉舞的場面渲染得十分熱鬧，聲色俱佳。上片用實筆，下片前兩句則用虛筆來表現歡樂，仍寫當筵情事，宴散日暮，彼此歡醉，不願作罷，這可見樂之甚、情之深。同時，黃昏斜日又象徵人生晚景，這樣為最後抒發感慨做了鋪墊。末兩句忽然急轉直下，詞語似乎平直，卻寓無限傷今之意，使人感到前面所言情事恍若隔世，領悟到詞人對於人生無常的深深感慨，言盡而意不盡。張宗《詞林紀事》評曰：「東坡詩：『樽前點檢幾人非』，與此詞結句同意。往事關心，人生如夢，每讀一遍，不禁惘然。」

木蘭花

晏殊

綠楊芳草長亭路，年少拋人容易^①去。樓頭殘夢五更鐘^②，花底離愁三月雨。　　無情不似多情苦，一寸還成千萬縷^③。天涯地角有窮時，只有相思無盡處。

【註釋】

① 容易：輕易。此指情郎離別時無眷戀之意。

② 樓頭殘夢五更鐘：李商隱《無題》詩：「來是空言去絕蹤，月斜樓上五更鐘。」此句化用其詩意。

③ 一寸：即寸心。千萬縷：千絲萬縷。比喻離恨無窮。

【評析】

　　本詞描寫一位女子的離愁別恨。詞中句句是對情人的怨，語意卻極柔婉，飽含著無限的愛與思念。

　　詞的上片寫春景春恨，從餞行的酒席寫起，言情郎「容易」離去，言辭之中包含無限怨意。後兩句寫情郎離去後，女子傷心之態。「五更鐘」「三月雨」言懷人之時、懷人之景，「殘夢」「離情」言懷人之情，二句屬對精工，情景交融。下片前兩句深進一層，從無情立筆，反襯出多情的惱人，並將抽象的情感形象化為千萬縷。末兩句是女子愛的宣言，由白居易《長恨歌》詩中的「天長地久有時盡，此恨綿綿無絕期」二句化出，而情調更為纏綿、深沉。

　　全詞感情真摯，情調淒切，抒情析理，綽約多姿，展示出迷人的藝術魅力。黃蓼園《蓼園詞選》評此詞曰：「『樓頭』二語，意致淒然，挈起多情苦來。末二句總見多情之苦耳。妙在意思忠厚，無怨懟口角。」

踏莎行①

晏殊

祖席②離歌，長亭別宴，香塵③已隔猶回面。居人匹馬映林嘶，行人去棹④依波轉。　　畫閣魂銷，高樓目斷，斜陽只送平波遠。無窮無盡是離愁，天涯地角尋思遍。

【註釋】

① 踏莎行：詞調名，唐、五代詞不載，始見於北宋寇準、晏殊詞。楊慎《詞品》卷一：「韓翃詩：『踏莎行草過春溪。』詞名《踏莎行》，本此。」

② 祖席：古代出行時祭祀路神叫「祖」，後稱餞別的宴席為「祖席」。

③ 香塵：地上落花很多，塵土都帶有香氣，因稱香塵。

④ 棹：划船的槳，長的叫棹，短的叫楫。此指船。

【評析】

本詞抒寫送別之後的依戀不捨和登高望遠的無限思念，融情於景，含蘊深婉，如一幅丹青妙手繪就的春江送別圖，令讀者置身其間，真切地感受到主人公的繾綣深情。

上片先寫餞行的情景，然後分別從居者、行者兩方面寫離情，一方面表現居者依依難捨，另一方面敘寫行人不忍離去。「香塵已隔猶回面」句，傳神地描摹了送別歸去，主人公步步回顧、步步留戀的情狀。下片單從居者方面寫對行者的思念，因行者從水路乘舟離去，所以仍緊扣水波寫。「斜陽只送平波遠」句，分明怨斜陽不解留人，反隨著行舟漸遠，也從水面消隱，卻說得極委婉，王世貞《藝苑卮言》評此句曰：「淡語之有致者也。」末兩句寫別後的思量，自上句「平波遠」三字化出，主人公放縱自己的想像，讓此情隨波而去，繞遍天涯。由眼前的渺渺平波，引出無窮無盡的離愁，意境本已深遠，再以「天涯地角」補足之，則相思相望之情幾趨極致。

踏莎行

晏殊

小徑紅稀，芳郊綠遍，高臺樹色陰陰見①。春風不解禁楊花，濛濛②亂撲行人面。　　翠葉藏鶯，朱簾隔燕，爐香靜逐遊絲轉③。一場愁夢酒醒時，斜陽卻照深深院。

【註釋】

① 陰陰：暗暗顯露。見：通「現」。

② 濛濛：細雨紛雜貌。此處形容楊花飛散貌。

③ 遊絲轉：煙霧旋轉上升，像遊動的青絲一般。一說遊絲指蜘蛛、青蟲之類的絲，飛揚在空中，叫作遊絲。

【評析】

　　本詞描寫暮春之景，詞人以含蓄清麗的筆觸，抒寫了感傷春暮的淡淡哀愁。詞中繪景如花，在色彩的選擇和映襯上特別講究，十分協調。黃升《花庵詞選》題作「春思」。

　　詞的上片寫郊外景色。起首三句描繪了一幅具有典型特徵的芳郊暮春圖，三句所寫雖係眼前靜景，但「稀」「遍」「見」這幾個詞卻顯示了事物發展的進程和動態。從「小徑」「芳郊」「高臺」的順序看，也有移步換形之感。接下來兩句詞人用象徵手法，以楊花的「濛濛」暗喻愁思的繚亂，饒有風致，無衰頹情調，富有生趣。「濛濛」「亂撲」，極富動態感。下片寫園內之景。前兩句分寫室外與室內，一承上，一啟下，轉接自然。「藏」「隔」二字，生動地寫出了初夏嘉樹繁陰之景與永晝閒靜之狀。接下來的「逐」「轉」二字，表面上是寫動態，實際上卻反托出整個室內的寂靜。詞的前八句無一字正面描寫愁情，仔細品味卻句句顯示傷春之意。末兩句跳開一筆，寫到日暮酒醒夢覺之時。這裏點明「愁夢」，說明夢境與春愁有關。夢醒後斜陽仍照深院，遂生初夏日長難以消遣之意。

這首詞以寫景為主，以意象的清晰、主旨的朦朧而顯示其深美而含蓄的魅力，全篇意境渾融、語言流麗、格調委婉，在藝術方面尤為出色。

蝶戀花①

晏殊

　　六曲闌干偎碧樹，楊柳風輕，展盡黃金縷②。誰把鈿箏移玉柱③，穿簾海燕④雙飛去。　　滿眼遊絲兼落絮，紅杏開時，一霎清明雨。濃睡覺來鶯亂語，驚殘好夢無尋處⑤。

【註釋】

①蝶戀花：唐教坊曲名，後用為詞調名，又名《黃金縷》《鵲踏枝》《鳳棲梧》《捲珠簾》《一籮金》《江如練》《西笑吟》《明月生南浦》《轉調蝶戀花》《魚水同歡》等。《詞譜》卷十二謂「宋晏殊詞改今名」。毛先舒《填詞名解》卷二謂：「採梁簡文帝樂府『翻階蛺蝶戀花情』為名。」

②黃金縷：此指柳條在陽光的照耀下，有如金色絲縷。

③鈿箏：用羅鈿裝飾的箏。玉柱：弦柱。

④海燕：燕子的別稱。古人認為燕子生於南方，渡海而至，故稱。

⑤「濃睡」兩句：金昌緒《春怨》：「打起黃鶯兒，莫教枝上啼。啼時驚妾夢，不得到遼西。」此處化用其詩意。

【評析】

　　本詞是擬寫閨情之作，抒發傷春懷人之情。全篇以寫景始而以情終，景中含情，情又襯景，因而譚獻《譚評辭辯》評曰：「金山碧水，一片空蒙。」此詞一作南唐馮延巳詞，又作歐陽修詞。

　　詞的上片從春光寫起，前三句極力描寫庭院的春日明媚之景。一個

「偎」字，寫出自然景物與人工景物的和諧、親昵；一個「展」字，寫盡了柳條的媚態，詞的意境，就在這柔和、清雅的情景中被烘托出。而突如其來的琤琤箏聲，打破了這安靜的氛圍，也驚起了雙燕，穿簾而去。由燕子的安居，可知閨中的冷清；由箏聲的驚燕，可知聲音之激越，彈箏者心情之鬱悶也可見一斑。儘管全部是寫景，但閨中人獨處的難堪之情已經隱約可見。下片抒發傷春之情。首三句寫詞人所見：遊絲、落絮、紅杏花，這些景物的描寫，暗示春之將逝。「遊絲」和「落絮」都是經典的春愁撩亂、幽思綿綿的意象，「滿」和「兼」字更說明了一種無聊、無奈的心情。這時突然降下的一陣清明雨，打得院中杏花零落。末兩句由春光繚繞歸結到春閨的愁思，一個「亂」字說明了心緒之亂，「無尋處」則點出了好夢被驚醒後的煩惱與憂愁。經過這兩句一點化，前面的景語全都變成了情語，令人回味不已。

　　本詞語言極明麗，而用意極婉曲，我們看不到主人公的形象和生活狀況，卻能從其所繪之景中領會他的萬千思緒。

鳳簫吟①

韓縝

　　鎖離愁、連綿無際，來時陌上初熏②。繡幃人③念遠，暗垂珠露，泣送征輪。長行長在眼，更重重、遠水孤雲。但望極樓高，盡日目斷王孫。　　銷魂，池塘別後，曾行處、綠妒輕裙。恁時攜素手④，亂花飛絮裏，緩步香茵⑤。朱顏空自改，向年年、芳意長新。遍綠野、嬉遊醉眼，莫負青春。

【作者簡介】

　　韓縝（1019—1097），字玉汝，開封雍丘（今河南杞縣）人，慶曆二年（1042）進士，官至尚書右僕射兼中書侍郎，以太子太保致仕。

謚「莊敏」，封崇國公。其詞僅存一首，即《鳳簫吟》。

【註釋】

① 鳳簫吟：詞調名，又名《芳草》《鳳樓吟》。《芳草》即因此詞詠芳草得名。

② 陌上初熏：路上散發著草的香氣。陌：道路。熏：花草的香氣濃烈侵人。

③ 繡幃人：閨中人。繡幃：繡房，閨閣。

④ 恁時：那時。素手：女子潔白如玉的手。

⑤ 香茵：芳草地。

【評析】

　　葉夢得《石林詩話》云：「元豐初，夏人來議地界，韓丞相玉汝出分畫，將行，與愛妾劉氏劇飲通夕，且作詞留別。翌日，忽中批步兵司遣為搬家追送之，初莫測所由，久之方知自樂府發也。」又沈雄《古今詞話》引《樂府紀聞》云：「韓縝有愛姬能詞，韓奉使時，姬作《蝶戀花》送之云：『香作風光濃著露，正恁雙棲，又遣分飛去。密訴東君應不許，淚波一灑奴衷素。』神宗知之，遣使送行。劉貢父贈以詩：『卷耳幸容留婉孌，皇華何啻有光輝。』莫測中旨何自而出，後乃知姬人別曲傳入內廷也。」此為本此創作之故事。

　　本詞借詠萋萋芳草寄託離愁，全詞無一「草」字，卻幾乎句句詠草。「長行長在眼」「盡日目斷王孫」「曾行處、綠妒輕裙」等句，以芳草的無處不在渲染離情的無窮無盡，委婉深曲，頗有情致。

　　詞上片前三句寫景，先從遊子遠歸說起，化用江淹《別賦》「閨中風暖，陌上草熏」之句意，那連綿不斷的碧草，似乎深鎖著無限離愁，使人觸景傷情。接著「繡幃」三句，是說遊子歸來後旋即匆匆離去。這裏主要點出深閨思婦垂淚泣送的形象，同時還體現出露滴如珠淚的碧草之神。「長行」兩句寫行人遠去，芳草卻時常在眼前，加上遠水、孤雲，更增酸楚。

一個「孤」字暗示了睹草思人的情懷。末兩句折回描寫思婦形象，化用淮南小山《招隱士》「王孫遊兮不歸，春草生兮萋萋」之詩意，道出了思婦空自悵望的別恨。

下片「銷魂」三句是回憶當年，詞人憶及昔日同遊池畔，旋賦別離。「曾行處、綠妒輕裙」反用牛希濟《生查子》「記得綠羅裙，處處憐芳草」之詞意，以綠草妒忌羅裙之碧色，來襯托出伊人之明媚可愛，從而由草及人，更增添了對她的懷念之情。「恁時」三句是回憶舊日兩人在一起的賞心樂事。「朱顏」兩句化用劉希夷《代悲白頭翁》「年年歲歲花相似，歲歲年年人不同」之詩意，感慨時光流逝，人事已非，相逢不知何日。末三句以遍野的綠草與嬉笑酣醉的遊人作對比，突出須趁青春年少及時行樂的主旨。全詞句句有草，句句有人，運用了襯托和擬人手法，把點點離愁化作可感之物，頗具空靈之美。

木蘭花

宋祁

　　東城漸覺風光好，縠皺①波紋迎客棹。綠楊煙外曉寒輕，紅杏枝頭春意鬧。　　浮生②長恨歡娛少，肯愛③千金輕一笑？為君持酒勸斜陽，且向花間留晚照。

【作者簡介】

　　宋祁（998—1061），字子京，開封雍丘（今河南杞縣）人。天聖二年（1024），與兄宋庠同舉進士，排名第一，章獻太后以為弟不可先於兄，乃擢庠第一，而置祁第十，時號「大小宋」「雙狀元」。歷官龍圖閣學士、史館修撰，與歐陽修同修《新唐書》，書成，進工部尚書，拜翰林學士承旨。卒諡「景文」。詩、詞、文皆工，語言工麗。

【註釋】

① 縠皺：即有皺褶的紗。這裏比喻波紋柔細。

② 浮生：《莊子·刻意》：「其生若浮，其死若休。」意謂人生在世，虛浮不定，因稱人生為浮生。

③ 肯愛：豈愛，此指不吝惜。

【評析】

　　本詞別本均作《玉樓春》，是當時傳誦的名篇，宋祁因此而獲得「紅杏尚書」的雅號。

　　詞的上片從遊湖寫起，謳歌春色，描繪出一幅生機勃勃、色彩鮮明的早春圖。起首一句泛寫春光明媚，第二句以擬人化手法，將水波寫得生動、親切而又富於靈性。「綠楊」句寫遠處楊柳如煙，一片嫩綠，雖是清晨，寒氣卻很輕微。「紅杏」句專寫杏花，以杏花的盛開襯托春意之濃。一個「鬧」字，將爛漫的大好春光描繪得活靈活現，呼之欲出。王國維《人間詞話》說：「紅杏枝頭春意鬧，著一『鬧』字，而境界全出。」

　　下片直抒惜春情懷。「浮生」二字，點出珍惜年華之意。「肯愛千金輕一笑」句化用「一笑傾人城」的典故，抒寫詞人遊春時的心緒。結尾兩句，寫詞人為使這次春遊得以盡興，要為同時遊玩的朋友舉杯挽留夕陽，請它在花叢間多陪伴些時候。這裏，詞人對於美好春光的留戀之情，溢於言表，躍然紙上。

　　全詞收放自如，井井有條，用語華麗而不輕佻，言情直率而不扭捏，把對時光的留戀、對美好人生的珍惜寫得韻味十足，頗具藝術價值。

采桑子①

歐陽修

群芳過後西湖②好，狼藉③殘紅，飛絮濛濛，垂柳闌干盡日風。　　笙歌散盡遊人去，始覺春空，垂下簾櫳，雙燕歸來細雨中。

【作者簡介】

歐陽修（1007—1072），字永叔，號醉翁，晚年又號六一居士，吉州永豐（今江西永豐）人，北宋政治家、文學家。天聖八年（1030）進士，官至樞密副使、參知政事，以太子少師致仕。卒諡「文忠」。

歐陽修是北宋文學史上最早開創一代文風的文壇領袖，領導了北宋詩文革新運動，繼承並發展了韓愈的古文理論。他的散文創作的高度成就與其正確的古文理論相輔相成，從而開創了一代文風，名列「唐宋八大家」。歐陽修在變革文風的同時，也對詩風詞風進行了革新。

在詞的創作方面，歐陽修與晏殊齊名，其詞的主要內容與晏殊相仿，多寫戀情相思、酣歌醉舞、惜春賞花之類，但他的詞比晏詞更深婉纏綿、意境更渾融。歐詞也深受馮延巳的影響，其中一些作品與馮延巳相混。劉熙載《藝概》卷四說：「馮延巳詞，晏同叔得其俊，歐陽永叔得其深。」歐詞有一部分贈答、詠史以及抒發仕途坎坷的作品，詞風除深婉清麗外還有疏宕明快的，內容均比晏詞豐富。歐詞也受到民間俚曲影響，有些詞十分口語化。有《六一詞》傳世，又名《歐陽文忠公近體樂府》，另一種本子為《醉翁情趣外篇》，共存詞二百餘首。

【註釋】

① 采桑子：《詞譜》卷五：「唐教坊曲有《楊下采桑》，調名本此。」唐詞不載此調，始見於五代和凝詞。

② 西湖：在今安徽阜陽西北，是古代潁河、清河、小汝河、白龍溝四
　水匯流處，為唐、宋、明、清歷代名勝。
③ 狼藉：散亂縱橫貌。舊傳狼群常藉草而臥，起則踐草使亂以滅跡，
　後因以「狼藉」為散亂之形容。

【評析】

　　熙寧四年（1071）六月，歐陽修以太子少師的身份致仕，回到潁州（今
安徽阜陽）。暮春時節來到西湖遊玩，心生喜悅而作組詞《采桑子》十首。
詞前有小序，說明他為愛西湖之美、記遊賞之樂，「翻舊闋之辭，寫以新
聲之調」，寫作目的是為了「聊佐清歡」。這十首組詞以清新疏淡的畫筆描
繪了西湖的天容水色、春花夏荷、晨風夕照、晴光雨意，猶如一幅幅淡雅
的有聲畫。每篇皆以「西湖好」為首句，詞意無一重複。本詞為其中第四
首，描寫了暮春時節西湖迷離的美，語言清麗，風格空靈淡遠。

　　詞的上片描寫群芳凋謝後西湖的恬靜清幽之美。首句是全詞的綱領，
引出下文具體景象的描寫。詞人通過落花、飛絮、垂柳等意象，描摹出一
幅清疏淡遠的暮春圖景。「群芳過後」本有衰殘之味，常人對此或惋惜，
或傷感，或留戀，而詞人卻讚美說「好」，並以這一感情線索貫穿全篇。
人心情舒暢則觀景物莫不美麗，心情憂傷則反之，這就是所謂的移情。下
片寫眾人歸去之靜。前兩句表現出環境之清幽，虛寫出過去湖上遊樂的盛
況。末兩句寫室內景，以人物動態描寫與自然景物映襯相結合，表達出詞
人恬適淡泊的胸襟。結句以細雨雙燕狀寂寥之況，於落寞中尚有空虛之
感，文字疏雋，感情含蓄。

　　劉永濟《詞論》評此詞曰：「小令尤以結語取重，必通首蓄意、蓄勢，
於結句得之，自然有神韻。如永叔《采桑子》前結『垂柳闌干盡口風』，
後結『雙燕歸來細雨中』，神味至永，蓋芳歇紅殘，人去春空，皆喧極歸
寂之語，而此二句則至寂之境，一路說來，便覺至寂之中，真味無窮，辭
意高絕。」

訴衷情①

歐陽修

　　清晨簾幕捲輕霜，呵手試梅妝②。都緣自有離恨，故畫作遠山③長。　　思往事，惜流芳，易成傷。擬歌先斂④，欲笑還顰⑤，最斷人腸。

【註釋】

① 訴衷情：唐教坊曲名，後用為詞調。唐溫庭筠取《離騷》「眾不可戶說兮，孰云察余之中情」之意，創制此調。單調始見於韋莊詞，雙調始見於五代毛文錫詞，因其詞有「桃花流水漾縱橫」句，故又名《桃花水》。

② 梅妝：梅花妝。《太平御覽·時序部》引《雜五行書》：「宋武帝女壽陽公主人日臥含章殿簷下，梅花落公主額上，成五出花，拂之不去。皇后留之，看得幾時，經三日，洗之乃落。宮女奇其異，競效之。今梅花妝是也。」

③ 遠山：指遠山眉，形容美麗的雙眉。把眉毛畫得又細又長，有如水墨畫中的遠山形狀。這裏代指離恨的深長。

④ 斂：斂容，猶正容，表示肅敬。

⑤ 顰：皺眉，憂愁貌。

【評析】

　　本詞抒寫女子的離愁別恨。詞以形傳神，從人物的外貌轉而深入其內心世界，通過描寫一位歌女的生活片斷，展現了歌女痛苦與苦悶的內心世界。本詞黃昇《花庵詞選》題作「眉意」。

　　詞上片首二句以白描手法勾勒出一幅冬日清晨梳妝圖。「簾幕捲」，暗示她已起床；「輕霜」表明氣候只是微寒；因微寒而呵手，可想見她的嬌

怯。後二句寫她因有離愁別恨，所以把眉畫得像遠山一樣修長。古人有以山水喻別離的習慣，眉黛之長，象徵水闊山長。用遠山比美人之眉，由來已久。上片四句，讀者從歌女一番對鏡梳妝、顧影自憐的舉動中，尤其是從她描眉作「遠山長」當中，可以窺見她內心的淒苦和對愛情的渴望。下片對歌女進行了極其成功的心理刻畫，描寫了其內心的淒苦和悲涼。首三句寫她追憶往事，哀歎芳年易逝，內心傷感不已。末三句以女主人公「擬歌先斂」、強顏歡笑、寸腸欲斷的情態，活靈活現地刻畫出歌女無法獲得幸福生活而為生計被迫賣唱的苦悶。末句「最斷人腸」隱含著詞人的同情，語簡意深，十分傳神。

　　此詞寫人眉目傳神，入木三分。詞人筆下的歌女多愁善感，敏慧多情，這些，都沒有作正面交代，卻從側面點撥，使讀者從她的梳妝、歌唇、顰笑中想像而得，而她的形象栩栩如生、呼之欲出，足見詞人生活體驗和藝術功力之深。

踏莎行

歐陽修

　　候館①梅殘，溪橋柳細，草熏風暖搖征轡②。離愁漸遠漸無窮，迢迢不斷如春水。　　寸寸柔腸，盈盈粉淚，樓高莫近危闌③倚。平蕪④盡處是春山，行人更在春山外。

【註釋】

① 候館：迎賓館舍。《周禮·地官·遺人》：「五十里有市，市有候館。」

② 草熏：小草散發的清香。征轡：行人坐騎的韁繩。此句出自南朝·梁·江淹《別賦》：「閨中風暖，陌上草熏。」

④ 危闌：也作「危欄」，指高樓上的欄杆。

③ 平蕪：平坦地向前延伸的草地。

【評析】

本詞以溫柔的筆觸抒寫早春南方行旅的離愁。黃升《唐宋諸賢妙詞選》題作「相別」。

詞的上片從遠行人著眼，展示了他情感的漸變過程，初行時在融和春光中，為美麗景物所感，他輕搖征轡，怡然自得；離家漸遠，別恨便一步比一步更強烈地襲擊他，終於在心底驅之不去。開頭三句是一幅洋溢著春天氣息的溪山行旅圖，「梅殘」「柳細」「草熏」「風暖」，暗示時令正當仲春，這正是最易使人動情的季節。從「搖征轡」的「搖」字中可以想像行人騎著馬兒顧盼徐行的情景。後兩句轉入對離情的描寫，化用寇準《江南春》「日落汀洲一望時，柔情不斷如春水」句意，即景設喻，即物生情，以水喻愁，寫得自然貼切而又柔美含蓄。

下片從閨中人著眼，代她設想相思苦況。「柔腸」而說「寸寸」，「粉淚」而說「盈盈」，顯示出女子思緒的纏綿深切。接下來一句「樓高莫近危闌倚」，既是行人心裏對淚眼盈盈的閨中人深情的體貼和囑咐，也是思婦既希望登高眺望遊子蹤影又明知徒然的內心掙扎。末兩句閨中人的凝望和想像，是遊子想像閨中人憑高望遠而不見所思之人的情景。這兩句不但寫出了樓頭思婦凝目遠望、神馳天外的情景，而且透出了她的一往情深，正越過春山的阻隔，一直伴隨著漸行漸遠的征人飛向天涯。行者不僅想像到居者登高懷遠，而且深入到對方的心靈對自己的追蹤。如此寫來，情意深長而又哀婉欲絕。

此詞細膩纏綿，委婉清麗，由陌上遊子而及樓頭思婦，由實景而及想像，上下片層層遞進，以發散式結構將離愁別恨表達得盪氣迴腸、意味深長。李攀龍《草堂詩餘雋》評此詞曰：「春水寫愁，春山騁望，極切極婉。」王世貞《藝苑卮言》評此詞結尾兩句云：「此淡語之有情者也。」俞平伯《唐宋詞選釋》亦評末兩句云：「似乎可畫，卻又畫不到。」

蝶戀花

歐陽修

　　庭院深深深幾許？楊柳堆煙，簾幕無重數。玉勒雕鞍遊冶處①，樓高不見章臺②路。　　雨橫③風狂三月暮，門掩黃昏，無計留春住。淚眼問花花不語，亂紅飛過秋千去④。

【註釋】

① 玉勒雕鞍：極言車馬的豪華。玉勒：玉製的馬銜。雕鞍：精雕的馬鞍。遊冶處：指歌樓妓院。

② 章臺：漢長安街名。唐許堯佐《章臺柳傳》記妓女柳氏事，後因以章臺為歌妓聚居之地。

③ 雨橫：雨勢兇猛。

④ 「淚眼」兩句：張宗《詞林紀事》卷四引《南部新書》記嚴惲詩：「盡日問花花不語，為誰零落為誰開？」說此二句「似本此」。

【評析】

　　歐陽修的詞風深受南唐馮延巳影響，以至此詞並見於馮延巳《陽春集》。據李清照《臨江仙》詞序云：「歐陽公作《蝶戀花》，有『深深深幾許』之句，予酷愛之，用其語作『庭院深深』數闋。」李清照去歐陽修未遠，所云當不誤。又黃升《花庵詞選》亦將此詞歸入歐陽作，應較可信。

　　本詞以含蓄的筆法描寫了幽居深院的女子傷春及懷人的複雜思緒和怨情，整首詞如泣如訴，淒婉動人，意境渾融，語言清麗，尤其最後兩句，歷來為詞評家所讚譽。

　　詞的上片先寫女子居處，三個「深」字，則女子禁錮高門，內外隔絕、閨房寂落之況，可以想見。樹多霧濃、簾幕嚴密，愈見其深。後兩句中，「章臺路」當指女子所思伊人的「遊冶處」，望而不見正由宅深樓高而

來。可知物質環境之華貴，終難彌補感情世界之淒清。望所歡而不見，感青春之難留，佳人眼中之景，不免變得暗淡蕭索。詞的下片著重寫情，雨橫風狂，催送著殘春，也催送女主人公的芳年。她想挽留春天，但風雨無情，留春不住。於是她感到無奈，只好把感情寄託到命運同她一樣的花上：「淚眼問花花不語，亂紅飛過秋千去。」這兩句包含著無限的傷春之感。《古今詞論》引毛先舒評語曰：「詞家意欲層深，語欲渾成。作詞者大抵意層深者，語便刻畫；語渾成者，意便膚淺，兩難兼也。或欲舉其似，偶拈永叔詞云：『淚眼問花花不語，亂紅飛過秋千去。』此可謂層深而渾成。何也？因花而有淚，此一層意也；因淚而問花，此一層意也；花竟不語，此一層意也；不但不語，且又亂飛，飛過秋千，此一層意也。人愈傷心，花愈惱人，語愈淺而意愈入，又絕無刻意費力之跡。」

蝶戀花

歐陽修

誰道閒情拋棄久？每到春來，惆悵還依舊。日日花前常病酒①，不辭鏡裏朱顏瘦②。　　河畔青蕪③堤上柳，為問新愁，何事年年有？獨立小橋風滿袖，平林新月人歸後。

【註釋】

① 病酒：飲酒過量，沉醉如病。

② 「日日花前」兩句：杜甫《曲江》詩二首之一：「且看欲盡花經眼，莫厭傷多酒入唇。」此處化用其詩意。

③ 青蕪：叢生青草。

【評析】

　本詞抒寫了一片難以指實的、濃重的感傷之情，大有「春花秋月何時

了，往事知多少」的那種對於整個人生的迷惘和得不到解脫的苦悶，詞中也同時包含著主人公對美好事物的無限眷戀，以及他甘心為此憔悴的執著感情。歐陽修與馮延巳互見於詞集的作品有十多首，這首詞歷代詞選、詞評大多列為馮延巳名作之首。

　　詞的上片寫春愁。愁因春起，賞花有愁，舉杯有愁，對鏡也有愁，家裏處處都是愁。表現了在情感方面欲拋不能的一種盤旋鬱結的痛苦，想要掙扎出來卻不可能。下片仍寫愁，不過是從家裏擴展到家外。「河畔青蕪堤上柳」一句，既是寫景，也是用年年春天柳青草碧，來比喻自己愁苦的永遠萌生、永無休止。「為問新愁，何事年年有」二句，已是靈魂的悲愴而無奈的呼喊。末兩句寫主人公獨立小橋望月，任憑春風吹拂，以這樣的描寫作結，極寫孤獨、寂寞、淒冷的境界，表現了主人公若有所待又若有所失的情狀，語淡而意遠。

　　這首詞以獨特的筆法寫盡了一個「愁」字，通過寫情感交織的愁悶，徘徊在心，從而產生一種對韶光易逝，人生苦短，世事變遷的感歎。讀此詞，讀者會感到一種感情的細微、敏銳、深切。它不借助於辭藻的渲染，而是在心靈最細微的顫動中去發現、去捕捉，然後千回百折地曲曲道出，因而能深深潛入人的心底。

蝶戀花

歐陽修

　　幾日行雲①何處去？忘了歸來，不道春將暮。百草千花寒食路②，香冉繫在誰家樹？　　淚眼倚樓頻獨語，雙燕來時，陌上相逢否？撩亂春愁如柳絮，依依③夢裏無尋處。

【註釋】
① 行雲：此指人行蹤不定如流雲飄浮。

②百草千花：詞意雙關，既指寒食時節的實景，也暗喻花街柳巷的妓
　女。寒食：節令名，在清明前一天。

③依依：一作「悠悠」。

【評析】

　　這是一首閨怨詞，又見於馮延巳《陽春集》。

　　詞的上片抒寫女主人公對遊蕩不知返的愛人由念極而生怨恨的複雜情感，那怨情又只表現為「微慍而不怒」，詞中沒有一句正言厲色的譴責，而只有溫柔的嗔怪。下片通過女主人公倚樓、獨語、問燕、尋夢等一系列行為和內心活動，抒寫了她滿懷相思與繚亂春愁交織在一起的、纏綿悱惻的情感。「雙燕」的問句是癡極之語，十分動人。末兩句層深而渾稱，與「淚眼問花花不語」有異曲同工之妙。全詞塑造了一個內心情怨交織的閨中思婦形象。語言清麗婉約，悱惻感人。

木蘭花

歐陽修

　　別後不知君遠近，觸目淒涼多少悶！漸行漸遠漸無書，水闊魚沉①何處問？　　夜深風竹敲秋韻②，萬葉千聲皆是恨。故欹③單枕夢中尋，夢又不成燈又燼④。

【註釋】

①魚沉：古代有魚雁傳書的傳說，魚沉謂音信全無。

②秋韻：秋聲，秋時西風作，草木零落，多肅殺之聲。

③欹：傾斜。

④燼：燈芯燒盡成灰。

【評析】

　　這是一首別後相思愁怨詞。上片以「別」字領起，下片以「恨」字相映，簡括出此詞主旨。

　　詞的上片描寫思婦別後的孤淒苦悶和對遠遊人深切的懷念，語意柔婉曲折。起首句「別後不知君遠近」是恨的緣由。因不知愛人行蹤，故觸景皆生出淒涼、鬱悶，亦即無時無處不如此。「多少」，不知多少之意，以模糊語言極狀其多。三、四兩句再進一層，抒寫了遠別的情狀與愁緒。「漸行漸遠漸無書」，一句之內重複了三個「漸」字，將思婦的想像意念從近處逐漸推向遠處，彷彿去追尋愛人的足跡，然而雁絕魚沉，天崖無處覓尋蹤影。「何處問」三字，將思婦欲求無路、欲訴無門的那種不可名狀的愁苦，抒寫得極為痛切。下片借景抒情，描寫思婦秋夜難眠獨伴孤燈的愁苦。「夜深風竹」句鏗然有金石之聲，「敲」字用得極響亮，可見秋聲入離人耳的力度，彷彿聲聲敲在心頭。錚錚的秋聲，又越發襯托了秋夜的冷寂淒清。「萬葉千聲」句寄情於景，顯得搖曳生姿。末兩句描寫女主人公孤夢難成，長夜相思的情景，語似輕倩而含情深蘊，哀婉幽怨之情韻嫋嫋不斷，給人以深沉的藝術感染。

　　全詞寫愁恨由遠到近，自外及內，從現實到幻想，又從幻想回歸到現實。且抒情寫景，情景兩得，寫景句寓含著婉曲之情，言情句挾帶著淒涼之景，表現出特有的深曲婉麗的藝術風格。宋人羅大經《鶴林玉露》曾贊此詞曰：「歐陽公雖遊戲作小詞，亦無愧唐人《花間集》。」

臨江仙①

歐陽修

　　柳外輕雷池上雨，雨聲滴碎荷聲。小樓西角斷虹明。闌干私倚處，待得月華②生。　　燕子飛來窺畫棟，玉鉤垂下簾旌③。涼波不動簟紋平。水精④雙枕畔，傍有墮釵橫。

【註釋】

① 臨江仙：唐教坊曲名，後用為詞調。黃升《唐宋諸賢絕妙詞選》卷一李珣《巫山一段雲》詞注：「《臨江仙》則言仙事。」五代詞人用此調為題，多由仙事轉入言情，始見於馮延巳詞。

② 月華：月亮。

③ 簾旌：簾幕。

④ 水精：即水晶。

【評析】

　　本詞寫夏日傍晚，陣雨已過、月亮升起後樓外樓內的景象，幾乎句句寫景，而情盡寓其中。詞中雖未對人物有直接描寫，但閱讀全詞，讀者的腦海裏可依稀浮現出一位深居華閣、無聊閒適的女子形象。

　　詞的上片寫雨，詞人把飄然而至、倏爾而逝的夏日雨景，刻畫得十分細膩、美麗。「輕雷」而從「柳外」隱隱傳來，疏雨而從池中荷上聽得，在暑熱中，這簡直是夢一般的境界，有著詩和音樂的韻味，使人神清意遠。詞中還寫出「小樓西角斷虹明」的初晴光景，更覺意趣橫生。斷虹之美，斜陽之美，雨後晚晴的碧空如洗之美，被一「明」字寫盡。那倚樓待月的人物，也是整幅圖畫的組成部分。「月華生」三字，繼「斷虹明」三字，美上增美，其筆致溫麗明妙，匪夷所思。下片描繪室內景象，以精美華麗之物又營造出一個理想的人間境界，連燕子也飛來窺視而不忍打擾。「涼波不動簟紋平」的清爽適意，又與上片的陣雨關合。從末兩句的描寫中，讀者可以想像出臥房中神仙般美好的人物，和她那夏夜人不寐的無聊情狀，可謂豔而不俗。全詞筆意輕靈秀麗，意境極其清美。

浣溪沙

歐陽修

堤上遊人逐畫船，拍堤春水四垂天，綠楊樓外出秋千①。
白髮戴花君莫笑，六么②催拍盞頻傳，人生何處似尊前！

【註釋】

① 綠楊樓外出秋千：王維《寒食城東即事》詩：「蹴踘屢過飛鳥上，秋
　千競出垂楊裏。」馮延巳《上行杯》詞：「柳外秋千出畫牆。」

② 六么：唐時琵琶曲名。王灼《碧雞漫志》卷三云：「《六么》，一名
　《綠腰》，一名《樂世》，一名《錄要》。」

【評析】

　　本詞以清麗質樸的語言，描寫作者春日泛舟潁州西湖上的所見所感。

　　詞的上片一句一景，寫船外的風光，春意融融。首句寫所見之人，一
個「逐」字，生動地道出了遊人如織、熙熙攘攘、喧囂熱鬧的情形。次句
寫所見之景，溶溶春水，碧波浩瀚，不斷地拍打著堤岸；上空天幕四垂，
遠遠望去，水天相接，廣闊無垠。第三句寫美景中人的活動，將綠楊與少
女疊入一個畫面，讚賞與羨慕洋溢著鮮活的春情。吳曾《能改齋漫錄》引
晁補之語，說此詞上片「要皆絕妙」，尤其是其中的「出」字，「自是後人
道不到處」，因為用此一字，突出了萬綠叢中忽然閃現的盪秋千少女的身
影，使人更感到春天的歡樂，生命的歡樂。

　　下片寫船內傷春遣懷的豪情。「白髮」是詞人自指。這樣的老人頭插
鮮花，自己不感到可笑，也不怕別人見怪，儼然刻畫出了他狂放不羈、樂
而忘形的狂態。下句「六么催拍盞頻傳」和上句對仗，但對得靈活，使人
不覺。此句形象地寫出畫船上急管繁弦、樂聲四起、頻頻舉杯、觥籌交錯
的場面。末句「人生何處似尊前」，雖是議論，但它是詞人感情的昇華，

寫得悽愴沉鬱，使人體會到一種幽微的凄傷之慨。

整首詞意境疏放清曠，婉曲蘊藉，意在言外，別有意趣。

浪淘沙①

歐陽修

把酒祝東風，且共從容②。垂楊紫陌③洛城東，總是當時攜手處，遊遍芳叢。　　聚散苦匆匆，此恨無窮。今年花勝去年紅，可惜明年花更好，知與誰同④？

【註釋】

① 浪淘沙：唐教坊曲名，後用作詞調。唐人作品與七絕同，至南唐後主李煜始創新聲為雙片。又名《浪淘沙令》《賣花聲》《曲入冥》《過龍門》。

② 從容：舒緩，不急迫。

③ 紫陌：紫路。洛陽曾是東周、東漢的都城，據說當時曾用紫色土鋪路，故名。此指洛陽的道路。

④「可惜」兩句：杜甫《九日藍田崔氏莊》：「明年此會知誰健，醉把茱萸仔細看。」

【評析】

本詞是詞人春日與友人在洛陽城東舊地重遊時有感而作，詞中傷時惜別，抒發了人生聚散無常的感歎。內容雖不新鮮，但語言平易舒暢，不假藻飾，如由胸中自然流出。

詞的上片回憶昔日洛城遊春賞花之歡聚。首二句本見於司空圖《酒泉子》「黃昏把酒祝東風，且從容」，而添一「共」字，便有了新意。「共從容」是兼風與人而言。對東風言，不僅是愛惜好風，且有留住光景，以便遊賞

之意；對人而言，希望人們慢慢遊賞，盡興方歸。「垂楊」句交代了朋友聚宴的地點。「垂楊」和「東風」合看，可想見其暖風吹拂，翠柳飛舞，天氣宜人，景色迷人，正是遊賞的好時候、好處所。所以末兩句說，都是過去攜手同遊過的地方，今天仍要全都重遊一遍。下片抒情。頭兩句就是重重的感歎，以「苦」「恨」二字概括了宦海中人總是無窮無盡的匆匆而來、匆匆而去，苦恨交加、聚散無常的人生感受。末三句以「今年花勝去年」，預期「明年花更好」，映襯明年朋友聚散之難卜，不知與誰一道重來洛城遊芳，更進一層地深化了這種人生聚散無常之感。把別情熔鑄於賞花中，將三年的花加以比較，層層推進，以惜花寫惜別，構思新穎，富有詩意，是篇中的絕妙之筆，而別情之重，亦說明同友人的情誼之深。

　　全詞筆致疏放，婉麗雋永，含蘊深刻，耐人尋味。俞陛云《唐五代兩宋詞選釋》：「因惜花而懷友，前歡寂寂，後會悠悠，至情語以一氣揮寫，可謂深情如水，行氣如虹矣。」

青玉案①

歐陽修

　　一年春事都來幾？早過了、三之二。綠暗紅嫣渾可事②，綠楊庭院，暖風簾幕，有個人憔悴。　　買花載酒長安③市，又爭似④、家山⑤見桃李。不枉東風吹客淚。相思難表，夢魂無據，惟有歸來是⑥。

【註釋】

① 青玉案：詞調名。《詞譜》卷十五：「漢張衡詩（《四愁詩》）：『美人贈我錦繡段，何以報之青玉案。』調名取此。」又名《橫塘路》《西湖路》。

② 嫣：美好貌。渾：全，都。可事：可心的樂事。

③長安：此借指京都開封汴梁。

④爭似：怎像，怎比得上。

⑤家山：指故鄉。

⑥是：正確。此指稱心如意。

【評析】

　　這是一首傷春懷鄉的詞作。《全宋詞》據《草堂詩餘》將此篇歸入無名氏詞。

　　詞的上片側重寫春愁。起筆突兀，詞人先提出疑問，接著自答，交代此時已是暮春光景，三分春色，早已過了三分之二，直接抒發傷春的感慨。接著又描繪了「綠暗紅嫣」的明麗景色，並以此歡景寫愁情，造成人物心理和景色的強烈反差。後三句層層推進，穿過庭院，揭開簾幕，現出一個憔悴之人。是誰呢？聯繫下片「相思難表」來看，顯然是詞人的愛妻。這幾句是詞人賞花傷春而聯想到如花愛妻的紅顏憔悴，遂引發下片之懷人思歸。下片側重寫鄉思。「買花」二句，將「長安買花」與「家山桃李」對照、比較，顯示出對家鄉愛妻的深情與愛重。「不枉」句，講東風本是無辜的，行客之所以落淚只是因為思念家鄉，詞人沒有像一些詞人那樣怨天尤物，責備春風惹恨，花草添愁，而是樸厚、坦誠地講：「相思難表，夢魂無據。」末句是詞人決心回家的宣言，他表示而今唯有歸返家鄉最好，趁桃李芳華，享受團圓美滿，以慰藉長期以來的孤獨、寂寞，流露出對仕途遷延的厭倦，此句似裂帛之聲，把思鄉的感情推向高潮。

　　全詞語言渾然天成，感情真摯，通篇如平日家常，娓娓道來，真實動人。情思由近及遠，以花為結構與情蘊之脈絡，構思新巧，心理刻畫深曲婉轉。

曲玉管①

柳永

　　隴首雲飛②，江邊日晚，煙波滿目憑闌久。一望關河③蕭索，千里清秋，忍凝眸？　　杳杳神京④，盈盈仙子⑤，別來錦字終難偶⑥。斷雁無憑，冉冉飛下汀洲，思悠悠。　　暗想當初，有多少、幽歡佳會，豈知聚散難期，翻成雨恨雲愁⑦。阻追遊，每登山臨水⑧，惹起平生心事，一場消黯，永日無言，卻下層樓⑨。

【作者簡介】

　　柳永（987—1053），原名三變，字景莊，後改名永，字耆卿，福建崇安人，家中排行老七，所以亦稱「柳七」，是北宋初期著名的婉約派詞人。宋仁宗朝進士，官至屯田員外郎，故世稱「柳屯田」。他在京師應舉時曾流連於歌樓妓館，「好為淫冶謳歌之曲」，受到以道德文章裝點門面的統治者的打擊，屢試不第，一生漂泊。他自稱「奉旨填詞柳三變」，以畢生精力作詞，並以「白衣卿相」自許，以作為對當時現實的一種反抗。

　　柳永在北宋詞史上具有重要地位，他擴大了詞境，所寫內容不限於男女風月，尤工羈旅行役，佳作極多。他還有相當多的詞篇抒寫了與歌妓舞女的誠摯戀情，有部分作品反映了她們悲酸的生活和她們渴求過正常生活的願望；也有一些青樓調笑的庸俗作品，為其糟粕。柳詞還描繪了都市的繁華景象及四時節物風光，另有遊仙、詠史、詠物等題材。柳永發展了詞體，其所留存的二百多首詞，所用詞調竟有一百五十個之多，並大部分為前所未見的、以舊腔改造或自制的新調，又十之七八為長調慢詞，對詞的解放與進步做出了巨大貢獻，為後人提供了更便於抒情敘事的藝術形式。柳永還豐富了詞的表現手法，他

的詞長於鋪敘、工於寫景言情，講究章法結構，詞風率真明朗，語言自然流暢，有鮮明的個性特色。他上承敦煌曲，用民間口語寫作大量「俚詞」，下開金元曲。柳詞又多用新腔、美腔，旖旎近情，富於音樂美。他的詞不僅在當時傳播極廣，對後世影響也十分巨大，後世詞家幾乎無不受其影響，可謂北宋前期最有成就的詞家之一，有《樂章集》。亦工詩文。

【註釋】

① 曲玉管：唐教坊曲名，後用作詞調，始見於柳永詞，是其「變舊聲、作新聲」改制的長調慢詞。這是一首雙拽頭三片詞，前兩片字數完全相同，像是第三片的兩個頭，故稱「雙拽頭」。

② 隴首雲飛：柳惲《擣衣詩》五首之二：「亭皋木葉下，隴首秋雲飛。」隴首：山頭。

③ 關河：關塞河流。此指山河。

④ 杳杳：遙遠渺茫。神京：帝京，京都。

⑤ 盈盈：形容女子嬌媚可愛的神態。仙子：比喻美女，此指詞人所愛的歌女。

⑥ 錦字：又稱織錦回文。《晉書·竇滔妻蘇氏傳》：「竇滔妻蘇氏……名蕙，字若蘭。善屬文。滔，符堅時為秦州刺史，被徙流沙。蘇氏思之，織錦為回文璇圖詩以贈滔，縱橫反覆讀之，皆成章句，詞甚淒惋，凡八百四十字。」後用以指妻寄夫之書信。難偶：難以相遇。

⑦ 雨恨雲愁：因宋玉《高唐賦》序所述神女事，後以雲雨指男女歡合。這裏指相思離別之恨。

⑧ 登山臨水：宋玉《九辯》：「登山臨水兮送將歸。」

⑨ 層樓：重樓，高樓。

【評析】

　　本詞描敘詞人登高望遠，觸景生情，感歎羈旅行役生活的愁苦，抒發無限相思之情。

全詞以登高望遠始，上片描寫所見秋景，境界高遠開闊，又籠罩著淒暗的色彩，由此引出當前望遠徒添悲哀的感慨。雲、日、煙波，皆憑闌所見，而有遠近之分。「一望」是一眼望過去，由近及遠，由實而虛，千里關河，可見而不盡可見，逼出「忍凝眸」三字，極寫對景懷人、不堪久望之意。中片回憶戀人，抒離愁別恨，寄託無盡相思，而在相思別情的抒寫中又寄寓了身世不偶的飄零之慨，並以孤雁作為進一步引發思緒的媒介，自然而然地轉入下片對於歡樂往事的追憶、眷戀。「暗想」四句，概括往事，寫其先相愛，後相離，既相離，難再見的愁恨心情。最後歸結到登山臨水非但不能消愁解憂，反而更增愁悶的現實，與開頭相呼應。「阻追遊」三字，橫插上四句下五句中間，包括了多少難以言說的辛酸淚。黯然消魂的心情之下，長久無話可說，走下樓來。「卻下層樓」，遙接「憑闌久」，使全詞從頭到尾，血脈流通。

全詞以寫景抒情為脈絡，層層鋪敘，步步深入，結構有序，內容豐富，多彩多姿。

雨　霖　鈴①

柳永

　　寒蟬淒切，對長亭晚，驟雨初歇。都門帳飲無緒②，留戀處，蘭舟③催發。執手相看淚眼，竟無語凝噎④。念去去、千里煙波，暮靄沉沉楚天闊⑤。　　　多情自古傷離別，更那堪、冷落清秋節！今宵酒醒何處？楊柳岸、曉風殘月。此去經年⑥，應是良辰好景虛設。便縱有千種風情，更與何人說？

【註釋】

① 雨霖鈴：唐教坊曲名，後用為詞調。霖：一作「淋」。《樂府雜錄》：
　「《雨霖鈴》，明皇自西蜀返，樂人張野狐所制。」《碧雞漫志》卷五

引《明皇雜錄》及《楊妃外傳》云：「帝幸蜀，初入斜谷，霖雨彌旬，棧道中聞鈴聲。帝方悼念貴妃，采其聲為《雨霖鈴曲》以寄恨。時梨園弟子惟張野狐一人，善篳篥，因吹之，遂傳於世。」《漫志》又稱：「今雙調《雨淋鈴慢》，頗極哀怨，真本曲遺聲。」《詞譜》卷三十一：「宋詞蓋借舊曲名，另倚新聲也。」始見於柳永詞。

② 都門：國都之門。此指北宋的首都汴京。帳飲：在郊外設帳餞行。江淹《別賦》：「帳飲東都，送客金谷。」

③ 蘭舟：古代傳說魯班曾刻木蘭樹為舟。這裏用作對船的美稱。

④ 凝噎：喉嚨哽塞，欲語不出。

⑤ 暮靄：傍晚的雲霧。楚天：指南方楚地的天空。

⑥ 經年：年復一年。

【評析】

　　本詞是柳永的名篇，是他離開汴京南下時與戀人惜別之作。詞中以種種淒涼、冷落的秋天景象襯托和渲染離情別緒，活畫出一幅秋江別離圖。詞人仕途失意，不得不離開京都遠行，不得不與心愛的人分手，這雙重的痛苦交織在一起，使他感到格外難受。他真實地描述了臨別時的情景。

　　詞的上片寫與戀人餞別時難分難捨的別情。起三句，點明了時、地、景物，以暮色蒼蒼，蟬聲淒切來烘托分別的淒然心境。「都門」五句，既寫出了餞別欲飲無緒的心態，又形象生動地刻畫出執手相看無語的臨別情事，語簡情深，極其感人。「念去去」三句，以「念」字領起，設想別後所經過的千里煙波、遙遠路程，令人感到離情的無限愁苦。下片重筆宕開，概括離情的傷悲。「多情」二句，寫冷落淒涼的深秋，又不同於尋常，將悲傷推進一層。「今宵」二句，設想別後的境地，是在殘月高掛、曉風吹拂的楊柳岸，勾勒出一幅清幽淒冷的自然風景畫。末以癡情語挽結，情人不在，良辰美景、無限風情統歸枉然，情意何等執著。整首詞情景兼融，結構如行雲流水般舒卷自如，時間的層次和感情的層次交疊著循序漸進，一步步將讀者帶入詞人感情世界的深處。

　　唐圭璋《唐宋詞簡釋》評此詞曰：「此首寫別情，盡情展衍，備足無

餘，渾厚綿密，兼而有之。宋于庭謂柳詞多『精金粹玉』，殆謂此類。詞末余恨無窮，餘味不盡。」李攀龍《草堂詩餘雋》亦評曰：「『千里煙波』，惜別之情已騁；『千種風情』，相期之願又賒。真所謂善傳神者。」

蝶戀花

柳永

佇倚危樓風細細，望極春愁，黯黯①生天際。草色煙光殘照裏，無言誰會②憑闌意。　　擬把疏狂圖一醉③，對酒當歌④，強樂還無味。衣帶漸寬⑤終不悔，為伊消得⑥人憔悴。

【註釋】

① 黯黯：傷別之貌。

② 會：理解。

③ 擬把：打算。疏狂：狂放不羈。

④ 對酒當歌：曹操《短歌行》：「對酒當歌，人生幾何？」

⑤ 衣帶漸寬：指人逐漸消瘦。《古詩十九首·行行重行行》：「相去日已遠，衣帶日已緩。」

⑥ 消得：值得。

【評析】

　　這是一首懷人之作。詞人把漂泊異鄉的落魄感受，同懷念意中人的纏綿情思結合在一起寫，採用「曲徑通幽」的表現方式，抒情寫景，感情真摯。本詞《彊村叢書·樂章集》題為「鳳棲梧」，是同一詞調的別名。

　　詞的上片寫登高望遠所引起的無限離愁，以細風、草色、煙光、殘陽幾個關合著相思離愁的意象，組成一幅黃昏春望圖，渲染出悽楚悲涼的氣氛。下片以明暢淋漓的筆調抒寫他「雖九死其猶未悔」的執著戀情，真摯

感人。「擬把」三句辭意頓折，寫詞人欲借疏狂之歌呼，陶然之酣醉，謀求醉而忘憂，歌而暫歡，以擺脫春愁之壓抑和糾纏，卻落得個「還無味」的無聊和空虛，可見其春愁之濃深、刻骨，竟無法排遣。最後揭明詞人對待「春愁」的果決態度——「終不悔」。「為伊」，方始畫龍點睛地道破春愁難遣，為春愁憔悴無悔的隱秘：為了她——那「盈盈仙子」(《曲玉管》)的堅貞情愛，我亦值得憔悴、瘦損，以生命相托！語直情切，挾帶著市民式的激情，真是盪氣迴腸。俞陛雲《唐五代兩宋詞選釋》評曰：「長守尾生抱柱之信，拼減沈郎腰帶之圍，真情至語。」王國維《人間詞話》以本詞末兩句所表現的刻骨愛情，來比喻「古今之成大事業、大學問者，必經過三種境界」的第二種境界，即鍥而不捨、甘願獻身的精神，並說此等語「非大詞人不能道」。

全詞成功地刻畫出一個赤誠男子的形象，描寫心理充分細膩，尤其是最後兩句，直抒胸臆，畫龍點睛般地揭示出主人公的精神境界。唐圭璋《唐宋詞簡釋》評此詞曰：「此首上片寫境，下片抒情。『佇倚』三句，寫遠望愁生。『草色』兩句，實寫所見冷落景象與傷高念遠之意。換頭深婉。『擬把』句，與『衣帶』兩句，更柔厚。與『不辭鏡裏朱顏瘦』語，同合風人之旨。」

采 蓮 令①

柳永

月華收，雲淡霜天曙。西征客、此時情苦。翠娥執手，送臨歧②、軋軋③開朱戶。千嬌面、盈盈佇立，無言有淚，斷腸爭忍回顧？　　一葉蘭舟，便恁急槳凌波去。貪行色、豈知離緒。萬般方寸④，但飲恨、脈脈⑤同誰語？更回首、重城不見⑥，寒江天外，隱隱兩三煙樹。

【註釋】

① 采蓮令：詞調名，始見於柳永詞。

② 翠娥：即翠峨。本指美人之眉，眉修長如峨，以黛色點，故稱，亦
借指美人。臨歧：岔路口。此指臨別。

③ 軋軋：象聲詞，門軸轉動的聲音。

④ 方寸：指心緒，心情。

⑤ 脈脈：含情之貌。《古詩十九首·迢迢牽牛星》：「盈盈一水間，脈脈
不得語。」

⑥ 重城不見：歐陽詹《初發太原途中寄太原所思》：「高城已不見，況
復城中人。」此處化用其意。

【評析】

　　這是一首抒寫別情之作，體現了柳永詞「細密而妥溜，明白而家常，
善於敘事，有過前人」的特點。

　　詞的上片細緻地寫出離別的時間、季節，情人如何送行以及臨別時彼
此的情態。首二句寫明月欲沉，霜天欲曉。「收」字精練準確，以極冷靜
的筆觸寫月色，渲染出一種淒清的氛圍。下句有人、有景，點出離情最
苦。接下來寫依依惜別之景，一個「淚眼盈盈」，一個「爭忍回顧」，雙方
無言，生動的動作描寫，烘托出離別的愁苦。尾句以反問作結，使離愁更
為深沉。下片描繪別後的無限惆悵和無盡留戀。詞人感到自己所乘的扁舟
「急槳凌波」而去，他人只貪看兩岸景色，哪裡知道離人此時的離情別緒，
心如刀割、紛亂至極；而又無人可與之訴說愁苦，只能暗自含恨。其哀其
痛，實是不堪忍受。末以景收，回頭望去，層層的城門早已不見，只有那
充滿寒意的江天之外，隱隱約約，可以看到三兩棵樹木。全詞以景起興，
以景作結，景中寓情，景黯情淒，語言淺淡而意深情摯。

　　唐圭璋《唐宋詞簡釋》評此詞曰：「此首，初點月收天曙之景色，次
言客心臨別之悽楚。『翠娥』以下，皆送行人之情態。執手勞勞，開戶軋
軋，無言有淚，記事既生動，寫情亦逼真。『斷腸』一句，寫盡兩面依依

之情。換頭，寫別後舟行之速。『萬般』兩句，寫別後心中之恨。『更回首』三句，以遠景作收，筆力千鈞。上片之末言回顧，謂人。此則謂舟行已遠，不獨人不見，即城亦不見，但見煙樹隱隱而已。一顧再顧，總見步步留戀之深。屈子云：『過夏首而西浮兮，顧龍門而不見。』收處彷彿似之。」

浪淘沙慢①

柳永

　　夢覺透窗風一線，寒燈吹息。那堪酒醒，又聞空階夜雨頻滴②。嗟因循③、久作天涯客。負佳人、幾許盟言，便忍把、從前歡會，陡頓④翻成憂戚。　　愁極，再三追思，洞房深處，幾度飲散歌闌，香暖鴛鴦被。豈暫時疏散，費伊心力。雲尤雨⑤，有萬般千種，相憐相惜。　　恰到如今，天長漏永⑥，無端自家疏隔。知何時、卻擁秦雲⑦態？願低幃昵枕，輕輕細說與，江鄉夜夜，數寒更思憶。

【註釋】

① 浪淘沙慢：柳永依據《浪淘沙》本宮調改制的長調慢曲。

② 又聞空階夜雨頻滴：龔頤正《芥隱筆記》云：「陰鏗有『夜雨滴空階』，柳耆卿用其語。」按：今陰鏗詩集不載。

③ 因循：此指拖遝，疲塌。

④ 陡頓：通「斗頓」，突然變化。宋時口語。

⑤ 雲尤雨：喻男女間的纏綿歡愛。

⑥ 漏：漏壺，古代計時工具。漏永：形容時間漫長。

⑦ 秦雲：秦樓雲雨，形容男歡女愛。

【評析】

本詞是詞人在羈旅途中，為抒發對所戀秦樓歌妓的相思、愁戚之情而作。其特點就是將相思離別之情刻畫得淋漓盡致，沒有半點含蓄。這種露骨的表達情感的方式顯然受到民間俚曲的影響。

全詞三片。上片以「夢覺」「酒醒」寫離別後羈旅江鄉的憂戚，穿插寒燈、空階、夜雨之意象加以烘染，構成寒瑟、空寂、暗淡的夜境，顯示出詞人孤獨煎熬的寂寞與悲戚。中片從上片「憂戚」轉入「愁極」，承「從前歡會」而追思往昔熱戀情景。下片感歎「無端自家疏隔」，揭明造成今日憂戚、疏隔，還是「自家」的因循宦途所致，頗有自責自悔之意。詞人於愁極無奈中，生出對未來歡聚之期願：懸想虛擬將來重逢團聚之時，再細說我而今「江鄉夜夜，數寒更思憶」之情景。李商隱有《無題》詩云：「君問歸期未有期，巴山夜雨漲秋池。何當共剪西窗燭，卻話巴山夜雨時。」詩中所敘情境即柳永此詞所本，而此詞道來，則更為哀婉，更加纏綿，更加動人。

本詞風格雖穠豔，卻因直抒胸臆、感情真摯而不使人覺得浮薄輕佻。

定風波①

柳永

自春來、慘綠愁紅，芳心是事可哥②。日上花梢，鶯穿柳帶，猶壓香衾臥。暖酥③消，膩雲嚲④，終日厭厭倦梳裹。無那⑤。恨薄情一去，音書無個。　　早知恁麼，悔當初、不把雕鞍鎖。向雞窗⑥，只與蠻箋象管⑦，拘束教吟課⑧。鎮⑨相隨、莫拋躲，針線閑拈⑩伴伊坐。和我，免使年少光陰虛過。

【註釋】

①定風波：一作《定風波令》，又名《卷春空》《醉瓊枝》，唐教坊曲

名。敦煌曲子詞《定風波》中有「問儒士，誰人敢去定風波」語，可見此調取名的本義為平定叛亂。原調六十二字，柳永衍為慢詞。

② 可哥：無關緊要，不在意。

③ 暖酥：極言女子肌膚之好。

④ 膩雲：代指女子的頭髮。嚲：下垂貌。

⑤ 無那：無奈。

⑥ 雞窗：指書窗或書房。《藝文類聚·鳥部》卷九十一引《幽明錄》：「晉兗州刺史沛國宋處宗嘗得一長鳴雞，愛養甚至，恒籠著窗間。雞遂作人語，與處宗談論極有言智，終日不輟。處宗因此言巧大進。」後遂稱雞窗為書齋。

⑦ 蠻箋象管：紙和筆。蠻箋：古時四川所產的彩色箋紙。象管：即象牙做的筆管。

⑧ 吟課：把吟詠當作功課。

⑨ 鎮：常。

⑩ 針線閒拈：一作「彩線慵拈」。

【評析】

本詞是柳永俚詞中具有代表性的作品。詞以一個少婦的口吻，抒寫她同愛人分別後的相思之情，刻畫出一個天真無邪的少婦形象。

詞的上片寫自新春以來思婦沒精打采、疏懶厭倦的情緒和神態。開頭兩句寫春回大地，萬紫千紅，少婦因此反而增愁添恨。次三句寫紅日高照，鶯歌燕舞，是難得的美景良辰，而她卻怕觸景傷情，擁衾高臥。接下來三句，寫肌膚消瘦，懶於梳妝打扮。末三句揭示出這位少婦之所以「倦梳裹」的真正原因：「恨薄情一去，音信無個。」下片是思婦內心獨白，寫出她的一片癡心，以及對愛情生活的渴望，刻畫細緻入微，真實動人。頭兩句點明「悔」字，反映出這位少婦的悔恨之情，又用「鎮」字與此相襯，烘托出感情的真摯、熱烈與性格的潑辣。中間六句是對理想中的愛情生活的設想和追求。少婦希望把愛人留在家中，讓他坐在窗前，給他些紙張筆

墨，終日苦讀，以吟詠為業，自己則閑拈針線，陪伴在側。在特別重視功名利祿的封建社會，一個閨中少婦為了愛情而敢於設想把丈夫「鎖」在家裏，這無疑是一個大膽的反叛行動。末兩句明確責示對青春的珍惜和對生活的熱愛。

全詞以家常口語，鋪展閨房生活細節，體現女性熾烈的愛情追求。

少 年 遊①

柳永

　　長安古道馬遲遲②，高柳亂蟬嘶。夕陽島外③，秋風原上，目斷四天垂。　　歸雲一去無蹤跡，何處是前期？狎興④生疏，酒徒⑤蕭索，不似去年時⑥。

【註釋】

① 少年遊：詞調名，始見於晏殊《珠玉詞》，因晏詞有「長似少年時」句，取以為名。又名《少年遊令》《小闌干》《玉臘梅枝》。

② 遲遲：緩行貌。

③ 夕陽島外：一作「夕陽鳥外」。

④ 狎興：遊樂的興致。

⑤ 酒徒：酒友。

⑥ 不似去年時：一作「不似少年時」。

【評析】

　　柳永晚年到過古都長安，本詞寫他落魄潦倒時煢煢獨處的淒涼情形，抒發了他功名心冷淡、風情減盡和往事不堪回首的悲淒懷抱。

　　詞的上片描繪長安哀颯清遠的秋景，並繪出高天夐地中兀立著的詞人孤獨的形象，羈旅之愁和不遇之慨也隱然蘊於景中。長安為著名國都，長

安道上來往的車馬也往往被借指為對於名利的追逐，而首句卻在「馬」字之下接上「遲遲」兩字，這便與前面的「長安道」所可能引起的爭逐的聯想，形成了一種強烈的反襯。既表現了詞人對爭逐之事早已灰心淡薄，也表現了一種對今古滄桑的若有深慨的思致。下句在「蟬嘶」前加一「亂」字，僅表現了蟬聲的繚亂眾多，也表現了被蟬嘶引起哀感的詞人心情的繚亂紛紜。後三句寫詞人在秋日郊野所見之蕭瑟淒涼的景象，進一步襯托出詞人內心的悲苦。下片前兩句即發問，無比沉痛，對於前路，已入暮年的詞人充滿迷茫。詞人對失落的愛情和少年時疏放歡樂的生活表現出無限的眷戀和惋惜，並以往者已矣，自己已無復當年的情興作結，顯示他對於現實生活深深的失望。

　　這首詞，上片全從景象寫起，而悲慨盡在言外；下片則以「歸雲」為喻象，寫一切期望之落空，最後三句以悲歎自己之落拓無成作結。全詞情景相生，虛實互應，是一首極能表現柳永一生之悲劇而藝術造詣又極高的好詞。一代天才文豪，終身困頓漂泊，不能不使人感慨唏噓。

戚　氏①

柳永

　　晚秋天，一霎微雨灑庭軒。檻菊蕭疏，井梧零亂，惹殘煙。淒然，望江關②，飛雲黯淡夕陽閑。當時宋玉悲感，向此臨水與登山③。遠道迢遞，行人悽楚，倦聽隴水潺湲④。正蟬吟敗葉，蛩⑤響衰草，相應喧喧。　　孤館度日如年，風露漸變，悄悄至更闌。長天淨，絳河⑥清淺，皓月嬋娟⑦，思綿綿。夜永對景，那堪屈指，暗想從前，未名未祿，綺陌紅樓⑧，往往經歲遷延⑨。　　帝裏風光好，當年少日，暮宴朝歡。況有狂朋怪侶，遇當歌對酒竟留連。別來迅景如梭，舊遊似夢，煙水程何限？念利

名、憔悴長縈絆，追往事、空慘愁顏。漏箭移[10]，稍覺輕寒，漸鳴咽、畫角數聲殘。對閑窗畔，停燈向曉，抱影無眠。

【註釋】

① 戚氏：柳永自制的三片長調慢詞。本詞篇幅宏闊，是宋詞中僅次於南宋吳文英《鶯啼序》（240字）的慢詞。

② 江關：疑即指荊門。荊門、虎牙二山夾江對峙，古稱江關。

③「當時宋玉」兩句：宋玉《九辯》：「悲哉秋之為氣也，蕭瑟兮草木搖落而變衰。憭栗兮若在遠行，登山臨水兮送將歸。」

④ 倦聽隴水潺湲：北朝樂府《隴頭歌辭》三首其一：「隴頭流水，流離山下。念吾一身，飄然曠野。」其三：「隴頭流水，鳴聲嗚咽。遙望秦川，心肝斷絕。」此處暗用兩首句意。潺湲：水流貌。

⑤ 蛩：蟋蟀。

⑥ 絳河：即銀河。天空稱為絳霄，銀河稱為絳河。

⑦ 嬋娟：美好貌。多代指月亮。

⑧ 綺陌：繁華的道路，此指花街柳巷。紅樓：此指歌樓妓館。

⑨ 遷延：徜徉，留連。

⑩ 漏箭：古時以漏壺滴水計時。漏箭移：即指時間流逝。

【評析】

　　本詞為抒寫羈旅行役情懷的代表作。柳永年輕時曾有過一段奢華浪漫的生活，後來屢遭統治者的壓迫和打擊，一生只做過幾任小官，長年南北轉徙、四方漂泊，嘗盡羈旅行役的苦痛。本詞可看作柳永的自敘傳，它幾乎概括了柳永一生的思想和生活狀況。王灼《碧雞漫志》引前人語云：「《離騷》寂寞千載後，《戚氏》淒涼一曲終。」

　　全詞三片，上片寫景，敘晚秋行旅的悲淒。先以微雨、疏菊、零梧、殘煙等關合秋景的意象，描摹驛館庭軒荒寂、冷落之境。接著筆鋒一轉，「望」向遠處的「江關」，眼見蕭瑟秋景，詞人不由得憶及「宋玉悲感」。

柳永詞多以宋玉自況，繼承宋玉悲秋的餘緒，抒寫他「貧士失職而志不平」的感慨，本詞頗具代表性。遠望之後，詞人又回到眼前境況，面對長路漫漫，作為「悽楚」「行人」的他，正走在自己無限厭惡卻又不捨放棄的仕途之路上。行文至此，那貫穿於詞人一生的矛盾開始在這「驅驅行役」上初露端倪。內心掙扎如柳永，對與自己心境相仿的「隴水潺湲」自然也就「倦聽」了。下文又略嫌不合拍地以一個「正」字引出了那讓詞人心情更加煩躁的「蟬吟敗葉，蛩響衰草」兩句，不合拍的同時，又與首句中的「晚秋天」大為契合，實乃絕妙。中片寫情，敘長夜憂思，承上片「夕陽」而轉入「更闌」，暗示徹夜失眠，以「孤館度日如年」概括上片之悽楚悲感的沉鬱、深長。無趣之下，詞人凝望起那片空有亮白色溫馨卻又無情至極的「絳河」了。可那「嬋娟」的「皓月」卻不正是代表團圓嗎？「思綿綿」之後，轉入懷舊，詞人憶起當初，雖無名祿，卻有紅粉知己，尚可在歡樂中度日。欣悅中似有悔意，感情很複雜。下片寫意，詞人繼續追憶往事，抒發感慨，與前片銜接細密，有隴斷雲連之妙。「別來迅景如梭」以下轉寫眼前實景，以往日之歡娛，襯今日之落寞。前面以熱筆寫未名未祿的「暮宴朝歡」，這裏以冷筆寫利名縈絆的「空慘愁顏」，而借漏箭、輕寒、角聲點染舊遊夢破，抱影無眠的愁慘悲寒的氣氛。詞人心中深知造成這一切痛苦的根源正是「念利名」，然對此詞人並沒有明確表態，既未肯定，也未否定，想來他內心矛盾，似對仕途仍抱一絲希望。結尾以長夜不眠的景語結束，寫盡孤苦伶仃之滋味，極為傳神。

全篇篇幅宏闊而針線細密，首敘悲秋情緒，次述永夜幽思，末尾寫出對於功名利祿的厭倦，層次分明，首尾呼應，言與意合、情與景融，語言清麗、音律諧美。馮煦《宋六十一家詞選例言》評曰：「狀難狀之景，達難達之情，而出之以自然。」

夜半樂①

　　凍雲②黯淡天氣，扁舟一葉，乘興離江渚。度萬壑千岩，越溪③深處，怒濤漸息，樵風④乍起，更聞商旅相呼。片帆高舉，泛畫鷁⑤、翩翩過南浦⑥。　　望中酒旆⑦閃閃，一簇煙村，數行霜樹。殘日下、漁人鳴榔⑧歸去。敗荷零落，衰楊掩映。岸邊兩兩三三，浣紗遊女，避行客、含羞笑相語。　　到此因念，繡閣輕拋，浪萍難駐。歎後約丁寧竟何據⑨？慘離懷、空恨歲晚歸期阻。凝淚眼、杳杳神京路，斷鴻聲遠長天暮。

【註釋】

① 夜半樂：唐教坊曲名。段安節《樂府雜錄》：「明皇自潞州入，平內難，正夜半，斬長樂門關，領兵入宮，剪逆人，後撰此曲，名《還京樂》。」一說《夜半樂》與《還京樂》為二曲者。後用作詞調，柳永改制為長調慢曲。

② 凍雲：冬天濃重聚積的雲。

③ 越溪：泛指越地的溪流。

④ 樵風：順風，好風。

⑤ 畫鷁：船首畫鷁鳥者，以圖吉利。鷁是古書上說的一種水鳥，不怕風暴，善於飛翔。此處以「畫鷁」代指舟船。

⑥ 南浦：南面的水邊。屈原《九歌·河伯》：「送美人兮南浦。」江淹《別賦》：「送君南浦，傷如之何。」後以南浦作為送別之地。此處泛指水邊。

⑦ 酒旆：酒店用來招引顧客的旗幌。

⑧ 鳴榔：用長木棒敲擊船舷。漁人鳴榔，有時是為使魚受驚入網，有時是作為唱歌的節拍，這裏用後者，即漁人唱著漁歌回家。

⑨後約：約定以後相見日期。丁寧：通叮嚀，臨別鄭重囑咐。何據：有什麼根據，此指臨別時相互的約定、囑咐都不可靠，都無法實現。

【評析】

　　本詞描寫旅途所見風光景色，詞人用濡染大筆描寫他漂泊天涯的客愁鄉思。

　　詞的上片敘道途所經，氣象森然，歷歷如見。首句交代出發時的天氣。「凍雲」句說明已屆初冬，天公似醵雪，顯得天色黯淡。「扁舟」二句寫到自身，以「黯淡」的背景，反襯自己乘一葉扁舟駛離江渚時極高的興致。「渡萬壑」二句，概括交代了很長的一段路程，給人以「輕舟已過萬重山」的輕快感覺。「怒濤」四句寫扁舟繼續前行時的所見所聞。「片帆高舉」是寫實，也可想像出詞人順風揚帆時獨立船頭、怡然自樂的情狀。「泛畫鷁」句，「翩翩」遙應「乘興」，既寫舟行的輕快，也是心情輕快的寫照。第二片寫舟中所見，有遠有近，繪景如畫。「望中」三句寫岸上，「殘日」句轉寫江中。接下來卻見，淺水灘頭，芰荷零落；臨水岸邊，楊柳只剩下光禿禿的枝條。透過掩映的柳枝，看得見岸邊一小群浣紗歸來的女子。「浣紗遊女」是詞人描寫的重點，他工筆細描她們「避行客、含羞笑相語」的神情舉止。眼前這三三兩兩浣紗遊女，觸動並喚醒了詞人深埋心底的種種思緒，頓生羈旅行役的感慨，真所謂因觸目而驚心。整個中片承上啟下。第三片由景入情，抒去國離鄉的感慨，用「到此因念」四個字展開。「此」字直承二疊末的寫景，「念」字引出此疊的離愁別恨。「繡閣輕拋」，後悔當初輕率離家。「浪萍難駐」，慨歎此時浪跡他鄉。將離家稱為「拋」，更在「拋」前著一「輕」字，後悔之意溢於言表。自比浮萍，又在「萍」前安一「浪」字，對於眼下行蹤不定的生活，不滿之情見於字間。最使詞人感到悽楚的是後會難期。「歎後約」數句，便是從不同的角度抒寫難以與親人團聚的感慨。結語「斷鴻」句，又重新由情回到景上，望神京而不見，映入眼簾的，唯有空闊長天，蒼茫暮色，聽到耳中的只有離群的孤雁漸去漸遠的哀鳴。這一景色，境界渾涵（博大深沉），所顯示的氛圍，與詞人的感情十分合拍。

全詞前兩片以寫景為主，景中寓情，末片以抒情為主，情寄於景。寫景筆意簡潔明快，抒情筆意沉著抑鬱，以明快的美景鋪墊、蓄勢，推宕出沉鬱的哀情。首尾景語遙映，以「黯淡」始，以「斷鴻」終，遊宦離恨之意脈如草蛇灰線遙接遠注，使鋪敘曲折完整。

玉 蝴 蝶①

柳永

望處雨收雲斷，憑闌悄悄②，目送秋光。晚景蕭疏，堪動宋玉悲涼。水風輕，花漸老；月露冷，梧葉飄黃。遣情傷，故人何在？煙水茫茫。　　難忘，文期酒會③，幾孤風月④，屢變星霜⑤。海闊山遙，未知何處是瀟湘⑥？念雙燕、難憑音信；指暮天、空識歸航⑦。黯相望，斷鴻聲裏，立盡斜陽⑧。

【註釋】

① 玉蝴蝶：詞調名。有小令及長調兩體，小令為唐溫庭筠所創，長調始於宋人柳永。

② 悄悄：憂愁貌。

③ 文期酒會：文人們相約飲酒賦詩的聚會。

④ 幾：多少回。孤：通「辜」，辜負。風月：美好的風光景色。

⑤ 星霜：星辰運轉，一年循環一次，霜則每年至秋始降，因用以指年歲，一星霜即一年。

⑥ 瀟湘：瀟水和湘水，合流後稱湘江。此指所思念的人居住的地方。

⑦ 空識歸航：謝朓《之宣城郡出新林浦向板橋》詩：「天際識歸舟，雲中辨江樹。」溫庭筠《望江南》詞：「過盡千帆皆不是，斜暉脈脈水悠悠，腸斷白洲。」

⑧ 立盡斜陽：在傍晚西斜的太陽下立了很久，直到太陽落山。

【評析】

　　本詞是詞人懷念湘中故人所作，通過描繪蕭疏清幽的秋景，來抒寫對朋友的思念之情。

　　詞的上片寫景，詞人捕捉了最典型的水風、花、月露、梧葉等秋日景物，用「輕」「老」「冷」「黃」四字烘托，交織成一幅冷清孤寂的秋光景物圖，為下文抒情做了充分的鋪墊。「遣情傷」一句，由上文的景物描寫中來，由景及情，詞中是一轉折。景物描寫之後，詞人引出「故人何在，煙水茫茫」兩句，既承上啟下，又統攝全篇，為全詞的主旨。「煙水茫茫」是迷濛而不可盡見的景色，闊大而渾厚，同時也是因思念故人而產生的茫茫然的感情，這裏情與景是交織在一起的。下片以往日歡樂突出別後的孤淒，進一步抒發懷人深情以及音信難通、癡望不見的悵惘。詞人回憶起與朋友一起時的「文期酒會」，那賞心樂事，至今難忘。分離之後，已經物換星移、秋光幾度，不知有多少良辰美景因無心觀賞而白白地逝去了。「幾孤」「屢變」，言離別之久，旨在加強別後的悵惘。「海闊山遙」兩句，又從回憶轉到眼前的思念。「念雙燕」數句寫不能與思念之人相見而產生的無可奈何的心情。「難」字和「空」字，把急盼友人歸來的心情寫活了。「黯相望」以下，筆鋒轉回自身。詞人用斷鴻的哀鳴，來襯托自己的孤獨悵惘，可謂妙合無垠，聲情淒婉。「立盡斜陽」四字，畫出了抒情主人公的形象，他久久地佇立於夕陽殘照之中，如呆如癡，感情完全沉浸在回憶與思念之中。「立盡」二字言憑欄佇立之久，念遠懷人之深，從而使羈旅不堪之苦言外自現。

　　全詞以抒情為主，把寫景和敘事、憶舊和懷人、羈旅和離別、時間和空間，融匯為一個渾然的藝術整體，具有很強的藝術感染力。

八聲甘州[①]

柳永

　　對瀟瀟[②]暮雨灑江天，一番洗清秋。漸霜風凄緊，關河冷落，殘照當樓。是處紅衰翠減[③]，苒苒物華休[④]。唯有長江水，無語東流。　　不忍登高臨遠，望故鄉渺邈，歸思難收[⑤]。歎年來蹤跡，何事苦淹留？想佳人、妝樓顒望，誤幾回、天際識歸舟？爭[⑥]知我、倚闌干處，正恁凝愁。

【註釋】

① 八聲甘州：又名《甘州》《瀟瀟雨》《宴瑤池》。《甘州》本為唐教坊大曲，是唐邊塞曲，因以邊塞地甘州為名。王灼《碧雞漫志》卷三引蔡條《西清詩話》：「如《伊州》《甘州》《涼州》，皆自龜茲致。」後用為詞調，此調因上下闋八韻，故名八聲，乃慢詞，與《甘州遍》之曲破，《甘州子》之為令詞不同。始見於柳永詞。

② 瀟瀟：雨勢急驟貌。

③ 是處：到處。紅衰翠減：指花葉凋零。紅：代指花。翠：代指綠葉。

④ 苒苒：通荏苒，形容時光消逝，漸漸的意思。物華：美好的景物。

⑤ 「不忍登高」三句：古樂府《悲歌》：「悲歌可以當泣，遠望可以當歸。思念故鄉，鬱鬱壘壘。」此處化用其意。

⑥ 爭：怎。

【評析】

　　本詞描寫了蕭瑟寥廓的秋景，傾訴了流落異鄉、傷別念遠、思歸故里而不可得的痛苦心情，大約作於柳永宦遊江浙時。

　　詞的上片寫景，以暮雨、霜風、江流描繪了一幅風雨急驟的秋江雨景圖。「瀟瀟」狀其雨勢之狂猛。「灑江天」狀暮雨鋪天漫地之浩大，洗出一

派清爽秋景。「霜風淒緊」以下寫雨後景象，以關河、夕陽之冷落、殘照展現驟雨沖洗後蒼茫浩闊、清寂高遠的江天景象，內蘊了蕭瑟、峻肅的悲秋氣韻。而「殘照當樓」則暗示出此樓即詞人登臨之地。「是處」二句寫「紅衰翠減」的近景細節，詞人情思轉入深致低回，以「物華休」隱喻青春年華的消逝。「長江水」視野轉遠，景中見情，暗示詞人內心惆悵、悲愁恰似一江春水向東流，成為由景入情的過渡，引發下片抒情。「不忍登高」乃是對登樓臨遠的反應，接下來詞人便層層揭示「不忍」的原因：一是遙望故鄉，觸發「歸思難收」；二是羈旅萍蹤，深感遊宦淹留；三是憐惜「佳人凝望」，相思太苦。層層剖述，婉轉深曲，特別是「想佳人」，揭示出「不忍」之根，更懸想佳人癡望江天，誤認歸舟的相思苦況。不僅如此，還轉進一層反照自身，哀憐佳人怎知我此刻也在倚欄凝望！這樣鋪張揚厲的描寫，曲折而委婉，深切而動人，堪稱絕妙。

　　這首詞情景兼融，骨韻極高，為千古傳誦的名篇。宋趙令畤《侯鯖錄》卷七引蘇軾評曰：「世言柳耆卿曲俗，非也。如《八聲甘州》云：『霜風淒緊，關河冷落，殘照當樓。』此語於詩句不減唐人高處。」鄭文焯《與人論詞遺箚》亦評曰：「柳詞本以柔婉見長，此詞卻以沉雄之魄，清勁之氣，寫奇麗之情。」

迷神引①

柳永

　　一葉扁舟輕帆卷，暫泊楚江南岸。孤城暮角，引胡笳②怨。水茫茫，平沙雁，旋驚散。煙斂寒林簇，畫屏展，天際遙山小，黛眉淺。　　舊賞③輕拋，到此成遊宦。覺客程勞，年光晚。異鄉風物，忍蕭索，當愁眼。帝城賒④，秦樓阻，旅魂亂。芳草連空闊，殘照滿，佳人無消息，斷雲⑤遠。

【註釋】

① 迷神引：詞調名，始見於柳永詞。

② 胡笳：古代北方民族的管樂器，傳說由張騫從西域引入。其音悲涼。武帝時李延年因其曲造新聲二十八解，以為武樂。

③ 舊賞：指往日的歡快如意之事。

④ 賒：遠。

⑤ 斷雲：片雲，孤雲。

【評析】

柳永一生仕途不得志，直到仁宗景佑元年（1034）才進士及第，此時年已約五十歲，此後長期任地方小官，久經輾轉，四處遊宦。本詞是他晚年遊宦時羈旅行役之作。

詞的上片寫晚景，以疏淡的筆墨描繪了一幅晚泊楚江圖，景色清麗而帶有淒涼意味。起兩句中，詞人一起筆便抓住了「帆卷」「暫泊」的舟行特點，而且約略透露了旅途的勞頓。「孤城暮角，引胡笳怨」兩句寫出異鄉旅客的特殊感受，透露羈旅況味，為下片言愁張目。「暮角」與「胡笳」定下的愁怨情調籠罩全詞。接著自「水茫茫」始描繪了茫茫江水，平沙驚雁，漠漠寒林，淡淡遠山。這樣一幅天然優美的屏畫，也襯托出遊子愁怨和寂寞之感。下片抒愁情，著意抒寫遊宦的無限惆悵。詞人將這種感慨層層鋪敘。旅途勞頓，風月易逝，年事衰遲，是寫行役之苦。「異鄉風物」顯得特別蕭索，是寫旅途的愁悶心情。帝都遙遠，秦樓阻隔，前歡難斷，意亂神迷，是寫傷懷念遠的情緒。詞人深感「舊賞」與「遊宦」難於兩全，為了「遊宦」而不得不「舊賞輕拋」。「芳草連空闊，殘照滿」是實景，形象地暗示了賒遠阻隔之意。抒情中這樣突然插入景語，敘寫富於變化而生動多姿。結句「佳人無消息，斷雲遠」，補足了「秦樓阻」之意。

全詞語言直白淺顯，清醇優雅，把深厚的感情寄於大量的意象之中，真摯感人，充分抒發了對羈宦生涯的厭惡和對往昔快樂生活的嚮往之情，言有盡而意無窮，情調淒清，氣韻沉鬱，達到很高的藝術水準。

竹馬子①

柳永

　　登孤壘荒涼，危亭曠望，靜臨煙渚。對雌霓②掛雨，雄風③拂檻，微收煩暑④。漸覺一葉驚秋⑤，殘蟬噪晚，素商⑥時序。覽景想前歡，指神京、非霧非煙深處。　　向此成追感，新愁易積，故人難聚。憑高盡日凝佇，贏得消魂無語。極目霽靄霏微⑦，暝鴉零亂，蕭索江城暮。南樓畫角，又送殘陽去。

【註釋】

① 竹馬子：詞調名，一名《竹馬兒》，始見於柳永詞。

② 雌霓：虹有二環時，內環色彩鮮盛為雄，名虹；外環色彩暗淡為雌，名蜺，即霓，今稱副虹。

③ 雄風：強勁之風。

④ 煩暑：一說「殘暑」。

⑤ 一葉驚秋：《淮南子·說山訓》：「以小明大，見一葉落，而知歲之將暮。」朱鄴《落葉賦》：「見一葉之已落，感四序之驚秋。」

⑥ 素商：秋季的別稱。

⑦ 霽靄：晴煙。霏微：迷濛貌。

【評析】

　　這是一首描寫登高望遠，憶昔懷人的詞。

　　上片寫詞人登上荒涼的孤壘極目遠望，雨後初晴的初秋景色盡收眼底，他驚覺時序更迭之快，引起追懷往事、離京去國的悲哀，感慨政治上的失意和昔日歡樂的一去不返。「雌霓」是虹的一種，色澤偏暗。「雄風」是清涼勁健之風。這兩個詞語雅致而考究，表現了夏秋之交雨後的特有現象。孤壘、煙渚、雌霓、雄風，這一組意象構成了雄渾蒼涼的藝術意境，

詞意的發展以「漸覺」兩字略作一頓，以「一葉驚秋，殘蟬噪晚」進一步點明時序。接著詞人的悲秋情緒逐漸向傷離心緒發展，於是他又「覽景想前歡」了。上片結句已開始從寫景向抒情過渡，下片便緊接而寫「想前歡」的心情。詞人沒有將「想前歡」寫得具體形象，而是僅寫出眼前思念時的痛苦情緒。「新愁易積，故人難聚」，很具情感表達的深度。「易」和「難」既是對比關係又是因果關係，這對比與因果就是所謂「成追感」的內容。「盡日凝佇」「消魂無語」形象地表現了無法排遣離愁的精神狀態，也充分流露出對故人的誠摯而深刻的思念，並把這種情緒發揮到極致。最後詞人巧妙地以黃昏的霽靄、歸鴉、角聲、殘陽的蕭索景象來襯托和強化悲苦的離情別緒。特別是結尾「南樓畫角，又送殘陽去」兩句，意味極為深長，把羈旅苦愁拓展為對人世興衰的浩歎。

全詞景凄情哀，鋪敘有致，意境開闊，格調清雅，悲楚動人。同時本詞虛實相生，在情與景的處理上表現出極高的藝術造詣。

桂枝香①

王安石

登臨送目，正故國②晚秋，天氣初肅③。千里澄江似練④，翠峰如簇⑤。征帆去棹斜陽裏，背西風、酒旗斜矗。彩舟雲淡，星河鷺起⑥，畫圖難足。　　念往昔、繁華競逐，歎門外樓頭⑦，悲恨相續⑧。千古憑高，對此漫嗟榮辱。六朝舊事隨流水，但寒煙衰草凝綠⑨。至今商女，時時猶唱，《後庭》遺曲⑩。

【作者簡介】

王安石（1021—1086），字介甫，晚號半山，自號臨川先生，臨川（今江西撫州）人，北宋著名思想家、政治家、文學家。慶曆二年（1042）進士。神宗朝兩度為相，實行變法，內容為理財、整軍兩大

類，試圖革新當時積貧積弱的社會狀況，後遭到皇族、權貴及許多大臣的反對，又因新法本身亦有流弊，加上用人不當，變法終於失敗。晚年退居金陵。封荊國公。

王安石為「唐宋八大家」之一，其散文論點鮮明、邏輯嚴密，有很強的說服力；其短文簡潔峻切、短小精悍，充分發揮了古文的實際功用。其詩作早期注重反映社會現實，直截刻露；晚年詩風含蓄深沉、深婉不迫，以豐神遠韻的風格在當時詩壇上自成一家，世稱「王荊公體」。其詞作不多，而「瘦削雅素，一洗五代舊習」（劉熙載《藝概》），詞風清新爽朗，亦有婉麗之作。

【註釋】

①桂枝香：詞調名，始見於王安石詞。《白香詞譜》題考：「唐裴思謙和袁皓詩中有『桂枝香』句，詞名當本於此。」後因張輯詞有「疏簾淡月」句，故又名《疏簾淡月》。

②故國：舊時的都城，指金陵。金陵是東吳、東晉、南朝宋、齊、梁、陳六朝古都。金陵即南京。

③肅：清肅，蕭索。

④千里澄江似練：謝朓《晚登三山還望京邑》詩：「餘霞散成綺，澄江靜如練。」

⑤簇：箭頭，形容山峰峭拔。

⑥「彩舟雲淡」二句：將長江比擬為天河。南京西南長江中有白鷺洲，詞人活用為「星河鷺起」的動景。

⑦門外樓頭：指南朝陳亡國慘劇。杜牧《台城曲》：「門外韓擒虎，樓頭張麗華。」意謂隋兵已臨城下，陳後主還在和寵妃張麗華尋歡作樂。樓頭：指張麗華所住結綺樓。韓擒虎為隋朝開國大將，於隋文帝開皇九年（589），與賀若弼率軍伐陳，次年正月，韓軍從朱雀門攻入金陵，俘獲陳後主、張麗華等，滅陳。

⑧悲恨相續：指亡國悲劇連續發生。

⑨ 「六朝舊事」兩句：竇鞏《南遊感興》：「傷心欲問南朝事，惟見江
　　流去不回。日暮東風春草綠，鷓鴣飛上越王台。」
⑩ 「至今商女」三句：杜牧《泊秦淮》：「商女不知亡國恨，隔江猶唱
　　《後庭花》。」《後庭》：指歌曲《玉樹後庭花》，傳為陳後主所作，
　　後人將其視為亡國之音。

【評析】

　　這是一首視野開闊、識度高遠的懷古名作，是王安石任江寧知府時所
作。這首詞通過對六朝歷史教訓的認識，表達了他對北宋社會現實的不
滿，透露出居安思危的憂患意識。作此詞後不久，王安石即入中樞為相，
開始了轟轟烈烈的變法。本詞黃升《花庵詞選》題作「金陵懷古」。

　　詞的上片描繪金陵山河的清麗景色，大筆揮灑，氣象宏闊。「登臨送
目」，以直敘領起，「畫圖難足」，以賞贊收煞。其間寫金陵勝概，天宇初
秋，澄江翠峰，殘陽歸帆，彩舟夜泊，兩句一景，筆力精到，色彩明麗，
說盡故都江山之勝。下片對六朝統治者競逐繁花，亡國覆轍相蹈的可悲歷
史發出浩歎，並寓譴責之意，又暗含傷時之慨。「念往昔」，縮結故國，轉
入抒感。「門外樓頭」，化用典故，以陳之逸豫亡國，概括歷代興亡教訓。
「憑高」回應「登臨」，「漫嗟」，從歷史長河的角度，發出無限感喟。末三
句化用小杜詩，宣出吊古情思嫋嫋無盡，大有舉世尚醉我獨醒之慨。

　　全篇意蘊高勝，筆力清道，悠遠的歷史感喟，寓托於婉轉、精健的詠
唱之中。《古今詞話》云：「金陵懷古，諸公寄調於《桂枝香》，凡三十餘
首，獨介甫最為絕唱。東坡見之，不覺歎息曰：『此老乃野狐精也。』」張
炎《詞源》贊曰：「王荊公《桂枝香》詞，清空中有意趣，無筆力者未易到。」
足見此作之遒勁。

千秋歲引①

王安石

別館寒砧②，孤城畫角，一派秋聲入寥廓。東歸燕從海上去，南來雁向沙頭落。楚颱風③，庾樓月④，宛如昨。　　無奈被些名利縛，無奈被他情擔閣，可惜風流總閑卻。當初漫留華表語⑤，而今誤我秦樓約。夢闌時，酒醒後，思量著。

【註釋】

① 千秋歲引：詞調名，始見於王安石詞。《詞律》卷十曰：「此詞即《千秋歲》調添、減、攤破自成一體，與《千秋歲》相較，前段第一、二句減一字，第三句添一字；後段第一、二句各添二字，第三句添一字，前後段第四、五句各添二字，結句各減一字，攤破作三字兩句，其源實出於《千秋歲》。」

② 砧：擣衣石。詩詞中常用秋後的擣衣聲來象徵淒涼景象。

③ 楚颱風：宋玉《風賦》：「楚王遊于蘭台，有風颯然而至，王乃披襟而當之曰：『快哉此風！』」

④ 庾樓月：《世說新語·容止》及《晉書·庾亮傳》載，庾亮在武昌時，曾與僚吏殷浩、王胡之等登南樓賞月，談詠竟夕。後好事者遂於此建樓名為「庾公樓」，亦作「庾樓」。此句及前句，風曰楚台，月稱庾樓，皆為修飾語，與本事無涉。

⑤ 華表語：《搜神後記》：「丁令威，本遼東人，學道於靈虛山，後化鶴歸遼，集城門華表柱。時有少年舉弓欲射之，鶴乃飛，徘徊空中而言曰：『有鳥有鳥丁令威，去家千年今始歸；城郭如故人民非，何不學仙塚累累！』遂高上沖天。」華表：古代用以表示王者納諫或指路的木柱及古代立於宮殿、城垣或陵墓前的石柱。

宋詞三百首

【評析】

　　本詞大約是王安石推行變法失敗、退居金陵後的晚年作品，全詞採用虛實相間的手法，情真心切、惻惻動人、空靈婉曲地反映了詞人積極的人生中的另一面，抒發了功名誤身、及時退隱的慨歎。

　　詞的上片寫秋景，以悲秋詩詞慣用的「寒砧」「畫角」意象，與別館、孤城相交融，借聲寫境，交織成一幅秋聲淒切哀婉、蕭條寒瑟的秋色圖。燕子東歸，大雁南飛，都是秋日尋常景物，而燕子飛往那蒼茫的海上，大雁落向平坦的沙洲，都寓有久別返家之意，自然激起了詞人久客異鄉、身不由己的思緒，於是很自然地過渡到下面兩句的憶舊。「楚颱風，庾樓月」用典，「宛如昨」表面對於往日的歡情與佳景未嘗一刻忘懷。下片抒情，辭意頓折，以兩個「無奈」強烈表達出了羈身宦途，身不由己的苦衷，揭明詞人悲秋的原因：「名利縛」，「情擔閣」。「可惜」句流露了深深的惋惜與自悔。「當初」二句追思當年向神宗上萬言書建議變法，遂導致「而今誤我秦樓約」，明寫空負與愛妻團聚的期約和私諾，暗寫自己所眷戀之美人的失落，實為比興式意象，隱喻空懷「華表留語」之抱負，卻落得「秦樓誤約」，理想落空之殘局。最後，復以「夢闌」「酒醒」皆思量，抒寫詞人對新政變法理想破滅的深思和悲哀。

　　本詞意在表達詞人的一種情感，寫來空靈回蕩，真如空中之色，鏡中之像，然情意真摯，惻惻動人。楊慎《詞品》評此詞曰：「荊公此詞，大有感慨，大有見道語。既勘破乃爾，何執拗新法，剷除正人哉？」

清 平 樂

王安國

　　留春不住，費盡鶯兒語。滿地殘紅宮錦①汙，昨夜南園風雨。　　小憐②初上琵琶，曉來思繞天涯。不肯畫堂朱戶③，春風自在楊花。

【作者簡介】

王安國（28—1074），字平甫，王安石弟，北宋政治家、詩人。熙寧元年（1068）應茂才異等科入第，賜進士出身，官至大理寺丞、集賢校理。與兄政見不合，且結怨於呂惠卿。王安石罷相後，呂以鄭俠事陷王安國，致其被削職放歸鄉里。王安國工詩善文，詞尤博採眾長，工麗曲折，近似婉約派。

【註釋】

① 宮錦：宮中特用的錦緞。此處用來比喻昨夜被風雨摧殘的落花。

② 小憐：北齊後主高緯寵妃馮淑妃名小憐，能歌善舞，善彈琵琶。此處泛指歌女。李賀《馮小憐》：「灣頭見小憐，請上琵琶弦。」

③ 畫堂朱戶：此指富貴之家。

【評析】

這是一首傷春詞，詞人交叉地寫聽覺與視覺的感受，從音響與色彩兩個方面勾勒出一幅殘敗的暮春圖畫，表達了傷春、惜春、慨歎美好年華逝去的情懷，寄寓了深沉的身世感慨。

詞的上片抒寫惜花惜春的情意。首二句使用倒裝法，強調留春不住的悵恨，不說人殷勤留春，而借「費盡鶯兒語」委婉言之，別致有趣。接下來二句以美麗的宮錦被汙，比喻繁花在風雨中凋落，意象新穎。下片借人抒情。前兩句忽地轉入聽琵琶的感受，於虛處傳神，表現女子傷春念遠的幽怨。末二句並非實詠楊花，而是承接上文喻琵琶女品格之高，實際是藉以自況。

本詞清新婉麗，委折多致。

臨江仙

晏幾道

　　夢後樓臺高鎖，酒醒簾幕低垂。去年春恨卻來①時。落花人獨立，微雨燕雙飛②。　　記得小蘋③初見，兩重心字羅衣④。琵琶弦上說相思。當時明月在，曾照彩雲歸⑤。

【作者簡介】

　　晏幾道（30—約1106），字叔原，號小山，晏殊第七子。一生仕宦不得志，只做過卑微的小官，歷任潁昌府許田鎮監、乾寧軍通判、開封府判官等。性孤傲，中年家道中落。其詞與晏殊齊名，號稱「二晏」，其父稱「大晏」，他稱「小晏」。晏幾道曾經歷由大富大貴走向沒落的生活，對人情冷暖、世態炎涼有較深的感受，他詞中所抒發的愁恨相較其父詞中春花秋月的閒愁要深沉得多。馮煦稱他為「古之傷心人」。黃庭堅《小山詞序》評其曰：「余嘗論：叔原固人英也，其癡亦自絕人。愛叔原者，皆慍而問其目。曰：『仕宦連蹇，而不能一傍貴人之門，是一癡也；論文自有體，不肯作一新進士語，此又一癡也；費資千百萬，家人饑寒，而面有孺子之色，此又一癡也；人百負之而不恨，己信人，終不疑其欺己，此又一癡也。』乃共以為然。」

　　晏幾道的詞章內容主要寫相思離別之情，有些詞表現出一種離經叛道的精神，有些詞以嚴肅的態度寫他與歌女的愛情，大部分詞章以感傷的筆調追憶過去的舊歡殘夢。詞風淒婉清新、秀麗精工，哀怨自然處頗近李煜。有《小山詞》。

【註釋】

① 卻來：再來。

② 「落花」兩句：翁宏《春殘》：「又是春殘也，如何出翠幃？落花人

獨立，微雨燕雙飛。」

③ 小蘋：詞人所思歌女名。

④ 心字羅衣：未詳。楊慎《詞品》卷二：「所謂心字香者，以香末縈篆成心字也。『心字羅衣』則謂心字香熏之爾，或謂女人衣曲領如心字。」此說亦未必確。疑指衣上的花紋。「心」當是篆體，故可作為圖案。此處「心」字還含有深情密意的雙關之意。

⑤ 「當時」兩句：李白《宮中行樂詞》八首其一：「只愁歌舞散，化作彩雲飛。」此處彩雲比喻小蘋。

【評析】

晏幾道《小山詞跋》：「始時沈十二廉叔，陳十君寵家有蓮、鴻、蘋、雲，品清謳娛客。每得一解，即以草授諸兒，吾三人持酒聽之，為一笑樂。已而君寵疾廢臥家，廉叔下世，昔之狂篇醉句，遂與兩家歌兒酒使俱流轉人間。」張宗《詞林紀事》卷六曰：「此詞當是追憶蘋、雲而作。」

詞的上片描寫人去樓空的寂寞景象，通過寂寞清冷的環境描寫抒發了不能見到愛人的彷徨失落的情緒。「樓臺高鎖」和「簾幕低垂」給人一種夢幻般的感覺，而去年的傷春愁恨今又來到分明是說在思念去年見到的人。落花遍地，詞人不僅傷春，還思人，見燕兒雙飛，他卻一人獨立，怎叫他不羨慕呢？細雨飄下，正如詞人心中的思念一般，連綿不絕。下片詞人回憶了和小蘋初次見面的場景，寫到了她的著裝和她彈奏琵琶的神態，那舊日場景彷彿就在眼前。末二句化用李白詩句，另造新境，表現詞人對舊歡「如幻、如電、如昨夢、前塵」（《小山詞·自序》）的憮然之慨。

全詞風格閑婉沉著，表現了詞人對往日情事的回憶以及對明月依舊、人事全非的惆悵和迷惘之情。陳廷焯《白雨齋詞話》評此詞曰：「既閑婉，又沉著，當時更無敵手。」

蝶戀花

晏幾道

　　夢入江南煙水路，行盡江南，不與離人遇。睡裏消魂無說處，覺來惆悵消魂誤。　　欲盡此情書尺素[1]，浮雁沉魚，終了無憑據。卻倚緩弦歌別緒，斷腸移破秦箏[2]柱。

【註釋】

[1] 尺素：書寫用的尺許長的素絹，借指簡短書信。

[2] 移破：猶云移盡或移遍也。秦箏：古秦地的一種絃樂器，似瑟，相傳為秦時蒙恬所造，故名。

【評析】

　　本詞抒寫對戀人的無窮相思和無盡的離愁別緒。

　　詞的上片借夢境曲折地傾訴離情別緒。「夢入江南」直接切入夢境，借「煙水」意象點染江南水鄉迷茫、浩渺的景物特徵，也顯示出夢境的迷離恍惚。「行盡江南」寫其在江南四方求索之急切與艱苦。「離人」句方始點明詞人苦苦求索之對象與目的，而「不遇」則流露了夢尋離別之美人情侶的失落與悵恨。「覺來惆悵消魂誤」七字為癡絕之語，千回百轉地表現了詞人夢後沉重的失落感和他的一片深情，極耐人尋味。下片抒寫音信難通的感慨。詞人寄情於弦索，卻因積鬱的感情如山洪爆發，而終於彈破了弦柱，語雖誇張，卻真摯動人。

　　全詞語言樸實，清新溫婉，意境含蓄優美，情景交融，通篇不見一個「愁」字，卻能在字裏行間感受到詞人的愁怨。在手法上，此詞運用白描手法寫情態動作，生動傳神，真摯感人，體現了小晏詞淡而有味，淺而有致的獨特風格。

蝶戀花

晏幾道

　　醉別西樓醒不記，春夢秋雲，聚散真容易①。斜月半窗還少睡，畫屏閑展吳山②翠。　　衣上酒痕詩裏字，點點行行，總是淒涼意。紅燭自憐無好計，夜寒空替人垂淚③。

【註釋】

① 「春夢秋雲」兩句：喻美好而又虛幻短暫、聚散無常的事物。白居易《花非花》詩：「來如春夢不多時，去似朝雲無覓處。」晏殊《木蘭花》詞：「長於春夢幾多時，散似秋雲無覓處。」

② 吳山：此指畫屏上的江南山水。

③ 「紅燭」二句：杜牧《贈別》詩：「蠟燭有心還惜別，替人垂淚到天明。」此處化用其詩意，將蠟燭擬人化。

【評析】

　　這是一首傷別的戀情之作，詞中沒有事件的具體描述，通過一組意象反覆訴說離愁的無處不在和無時不有。

　　詞的上片表現詞人別時及別後癡迷、恍惚的情態和深深的感慨。開篇憶昔，寫往日醉別西樓，醒後卻渾然不記。這似乎是追憶往日某一幕具體的醉別，又像是泛指所有的前歡舊夢，實虛莫辨，筆意殊妙。二、三句用春夢、秋雲作比喻，抒發聚散離合不常之感。接著兩句轉寫眼前實境，「畫屏閑展吳山翠」顯示環境的孤寂淒清，「吳山翠」又暗喻和情人阻隔之意。「閑」字則從反面透露了他的鬱悶傷感。下片抒寫滿懷離情別緒。前三句承上「醉別」。「衣上酒痕」，是西樓歡宴時留下的印跡。「詩裏字」，是筵席上題寫的詞章。它們原是歡遊生活的表徵，只是此時舊侶已風流雲散，回視舊歡陳跡，反引起無限淒涼意緒。末兩句直承「淒涼意」而加以渲染。

人的淒涼，似乎感染了紅燭。它雖然同情詞人，卻又自傷無計消除其淒
涼，只好在寒寂的永夜裏空自替人長灑同情之淚了。此處將紅燭擬人化，
使之參與詞人的感情活動，尤覺情味雋永。

　　本詞意象清幽，纏綿淒婉，迷茫的意態和傷感的氛圍平添了含蓄酸楚
的意味，頗有情調。

鷓　鴣　天①

晏幾道

　　彩袖殷勤捧玉鍾②，當年拚卻醉顏紅③。舞低楊柳樓心月，
歌盡桃花扇底風。　　從別後，憶相逢，幾回魂夢與君同。今宵
剩把銀照，猶恐相逢是夢中④。

【註釋】

① 鷓鴣天：詞調名，始見於宋祁詞。楊慎《詞品》卷一謂此調採鄭嵎
　　詩「家在鷓鴣天」為名，聊備一說。毛先舒《填詞名解》云此調「一
　　名《思佳客》，一名《於中好》」。又名《思越人》《剪朝霞》《醉梅花》
　　等等。

② 彩袖：代指穿彩衣的歌女。玉鍾：對酒杯的美稱。

③ 拚：甘願，不顧惜。卻：語氣助詞。

④「今宵」兩句：杜甫《羌村》三首之一：「夜闌更秉燭，相對如夢寐。」
　　剩把：盡把。銀：銀質的燈檯，代指燈。

【評析】

　　本詞寫詞人與佳人久別重逢的情景，以相逢抒別恨。《花庵詞選》題
作「佳會」。

　　詞的上片回憶當年佳會，追懷歡樂的往事。「彩袖」代指佳人，「當年」

點明是往事。「殷勤」「拚卻」，見情意之篤。「舞低」二句以穠豔的筆墨刻畫了華筵上通宵達旦地歡歌狂舞的特定情景，歷代為詞評家所稱讚。北宋趙令畤《侯鯖錄》卷七引晁補之言：「叔原不蹈襲人語，而風調閒雅，自是一家。如『舞低楊柳樓心月，歌盡桃花扇底風』，自可知此人不生在三家村中也。」胡仔《苕溪漁隱叢話》引《雪浪齋日記》評此二句曰：「不愧六朝宮掖體。」下片描寫別後兩地相思及重逢時的悲喜交集之情。「從別後，憶相逢」飽含了詞人對佳人何等的思念與無限的情愫，故而會產生「幾回魂夢與君同」這樣的夢中之憶，言極相思之深，常常魂牽夢繞。末兩句化用杜甫詩句，而更用虛字轉折，以加強語意，尤覺得委曲深婉。唐圭璋《唐宋詞簡釋》評曰：「『剩把』與『猶恐』四字呼應，則驚喜儼然，變質直為婉轉空靈矣。上言夢似真，今言真如夢，文心曲折微妙。」

全詞情思委婉纏綿，辭句清空如話，而其妙處更在於能用聲音配合之美，造成一種迷離惝恍的夢境，有情文相生之妙。

生查子①

晏幾道

關山魂夢長，塞雁音書少②。兩鬢可憐青，只為相思老。
歸傍③碧紗窗，說與人人④道：「真個別離難，不似相逢好。」

【註釋】

① 生查子：唐教坊曲名，後用作詞調。文人詞始見於晚唐韓偓所作。《考正白香詞譜》注云：「本名《生楂子》，其後從省筆作『查』。五言八句，唐時作者，平仄多無定格……至宋以後始奉魏承班一首為律。」此調又名《相和柳》《梅溪渡》《陌上郎》《遇仙楂》《愁風月》《綠羅裙》等。

② 塞雁音書少：別本作「魚雁音塵少」。

③ 歸傍：別本作「歸夢」。

④ 人人：對所親近的人的暱稱，宋時口語。

【評析】

本詞抒寫相思懷遠之情。詞以思婦口吻來寫，頗為哀切動人。

詞的上片寫相思之苦。「關山」總領思婦懷人之根由。伊人遠赴關山，令思婦魂牽夢縈。塞雁飛回，卻不曾帶來伊人的消息。「魂夢長」與「音塵少」的對比，洗練而精確地概括了離愁別緒。正因此，思婦頓生滿頭青絲，道是為相思而老。末句故作誇張，憨態可掬，情趣盎然，頗見性情。下片純由想像生發，描寫思婦想像伊人歸來時的情景。末兩句是思婦的衷腸語，極為直白，然情感真摯動人，讀者可以想見思婦依偎在伊人懷裏的可憐情態，正動情地訴說著離別之「難」和相逢之「好」。

本詞在小山詞中雖不屬上品，然全詞語句樸直，通俗而不失其雅，純是至性癡情的真率表露，真實而親切，於平淡中見韻味。

木蘭花

晏幾道

東風又作無情計，豔粉嬌紅①吹滿地。碧樓簾影不遮愁，還似去年今日意。　　誰知錯管春殘事，到處登臨曾費淚。此時金盞直須②深，看盡落花能幾醉。

【註釋】

① 豔粉嬌紅：此處借指花朵。

② 直須：就要。宋時口語。

【評析】

本詞抒寫傷春惜花之悲情，文筆清勁。

詞的上片寫東風無情，踐踏「粉紅」。開頭兩句沉痛之至，大聲疾呼，直怨東風。詞人運用移情化的擬人手法賦予「東風」辣手摧花的無情品格，它將「豔粉嬌紅」之繁花吹得滿地狼藉，繁華美景轉瞬消逝，怎不使人觸目傷情？「碧樓」二句點出抒情主人公藏身碧樓，透過珠簾看見東風吹得落花殘影紛紛飄墜，遂又生出對珠簾的惱怨，惱怨珠簾遮不住落花殘影，又像去年今日惹起了傷春愁緒。一怨東風，二怨珠簾，實為惜花人的癡語，傷心人的至性，借惱怨傳達沉痛的悲愁。下片惜花。「誰知」二句詞意頓折，從上片惱怨東風忽反筆轉作自惱自怨：「錯管」二字乃講詞人不忍心落花狼藉，任人踐踏，遂登山臨水想起了暮春殘花之事。上述三層惱怨，頓挫曲折，將詞人自己逼進「疑無路」的境地，於是「此時」二句又作頓轉，以「金盞直須深」的痛飲求醉，在落花殘盡之前陪落花再陶醉幾番！表面上自解自慰，說傷春惜花費淚無益，不如痛飲美酒，恣賞落花，語極曠達，實際上卻極為沉痛，較之惋惜更深一層。全詞語辭深婉清勁，更顯沉痛悲愴之愁懷。

木蘭花

晏幾道

秋千院落重簾暮，彩筆[1]閑來題繡戶。牆頭丹杏雨餘花，門外綠楊風後絮。　　朝雲信斷知何處，應作襄王春夢去[2]。紫騮[3]認得舊遊蹤，嘶過畫橋東畔路。

【註釋】

①彩筆：鍾嶸《詩品》：「初，（江）淹罷宣城郡，遂宿冶亭。夢一美丈夫，自稱郭璞。謂淹曰：『我有筆在卿處多年矣，可以見還。』淹

探懷中，得五色筆授之。而後為詩，不復成語，故世傳江淹才盡。」

② 「朝雲」二句：典出宋玉《高唐賦》。

③ 紫騮：良馬名。

【評析】

本詞為重遊故地、追懷舊友而作。晏幾道早年常與詩朋酒友、歌妓舞女聚會遊冶，後來時過境遷，故人星散，但詞人腦海中保留了一椿椿美好的記憶。從詞中「朝雲」二字來看，本詞所追憶之人可能是蓮、鴻、蘋、雲中的一位。

詞的上片寫舊地重遊時似曾相識的情景。「秋千院落」，本是佳人遊戲之處，如今不見佳人，唯見秋千，已有空寂之感，益之以「重簾暮」一詞，暮色蒼茫，簾幕重重，其幽邃昏暗可知。在這種環境中居住的佳人，孤寂無聊，難以解憂。「彩筆閑來題繡戶」是詞人想像佳人閑來以彩筆題詩的情節，可見所思之人是位才女，亦或者當初彼此有文字因緣。末二句寫詞人從外面所看到的景色，以及由此景色所觸發的情思。這工整的一聯，韻致纏綿，寄情深遠，以眼前景，寫胸中情，意寓言外。下片追思佳人。前兩句以楚王遊高唐與神女歡洽的神話，寫與戀人離別後音訊全無，只有憑春夢相見了。末二句不說詞人對這位佳人的住地很熟悉，而用擬人化的手法，托諸駿馬。馬尚且有情，何況人乎？紫騮驕嘶，柳映畫橋，意境極美，這是虛中有實，實中有虛。清人沈謙在《填詞雜說》中說：「填詞結句，或以動盪見奇，或以迷離稱勝，著一實語，敗矣。」他舉此二句，認為「深得此法」。

這首詞虛實相生，幻境與實境完美融合，極具浪漫主義，意境優美。

清平樂

晏幾道

留人不住，醉解蘭舟去[1]。一棹碧濤春水路，過盡曉鶯啼處。　　渡頭楊柳青青，枝枝葉葉離情[2]。此後錦書休寄，畫樓雲雨無憑。

【註釋】

[1]「留人不住」二句：鄭文寶《柳枝詞》：「亭亭畫舸繫春潭，直到行人酒半酣。不管煙波與風雨，載將離恨過江南。」此處翻用其意。

[2]「渡頭楊柳」二句：劉禹錫《楊柳枝詞》：「長安陌上無窮柳，唯有垂楊管別離。」此處化用其意。

【評析】

本詞是女子送別情人之作。離別在一個渡口，時間是春天的早晨。

詞的上片寫送別。「留人」二句以一「留」、一「去」點出送者與行者不同的心態：一方挽留而留不住，一方身不由己，去意已決。表面看留者似落花有意，去者若流水無情。實則一個「醉」字透出其中隱曲：去者亦非寡情絕意，正因離別愁深，遂借酒釋愁，以免臨別之際在情人面前失態落淚。「一棹」二句寫送者目送蘭舟遠去，「過盡」二字顯現出送者整個目送蘭舟由近而遠，漸遠漸無的空間推移過程，流露出送者情繫蘭舟的深長眷戀和心逐流水的綿綿離思。下片寫別情。送者佇立空蕩的渡頭，唯餘青青楊柳，徒然觸動離情。「此後」二句抒發怨愛交集的負氣之言。「錦書休寄」是拒其信，「雲雨無憑」是斷其情，看似決絕，實則是一種解脫的反語暗示。此種結束語，出人意料，表現了女子獨特的個性。

本詞刻畫細膩，惟妙惟肖地表現出一個女子癡中含怨的微妙心理。詞人對女性怨愛交集的矛盾心理揣摩得極為細緻。

阮郎歸①

晏幾道

　　舊香殘粉似當初，人情恨不如。一春猶有數行書，秋來書更疏。　　衾鳳②冷，枕鴛③孤，愁腸待酒舒④。夢魂縱有也成虛，那堪和夢無！

【註釋】

① 阮郎歸：詞調名，又名《醉桃源》《碧桃春》，唐教坊曲有《阮郎迷》，疑為其初名。《神仙記》載劉晨、阮肇入天臺山採藥，遇二仙女，留住半年，思歸甚苦。既歸則鄉邑零落，經已十世。曲名本此，故作淒音。始見於李煜詞。
② 衾鳳：繡有鳳凰圖紋的彩被。
③ 枕鴛：繡有鴛鴦圖案的枕頭。
④ 舒：寬解，舒暢。

【評析】

　　這是一首思念行人的閨情詞。詞的上片怨行者，由物及人，以「舊香」比「人情」，人不如物，舊日用殘的香粉，芳馥還似當初，只是人兒的情意淡了，反恨不如從前。春去秋來，書信漸少，人情隨時光流逝而淡薄。下片述居者。衾冷枕孤離恨長，借酒澆愁愁不解，求之於虛幻的夢境，無奈好夢難成。由行者到居者，由往日到當今，步步遞進，收尾更翻進一層，尤見淒婉。其後宋徽宗思故國之作《燕山亭》有「和夢也，新來不做」語，或即由此脫胎。

　　本詞在技巧上自有特色，詞人在詞中運用層層開剝的手法，把人物面對的情感矛盾逐步推上尖端，推向絕境，從而展示了人生當中不可解脫的一種深沉的痛苦。同時此詞音韻和諧優美，語淡情深，堪稱佳作。

阮郎歸

晏幾道

　　天邊金掌①露成霜，雲隨雁字長。綠杯紅袖趁重陽②，人情似故鄉。　　蘭佩紫，菊簪黃③，殷勤理舊狂。欲將沉醉換悲涼，清歌莫斷腸。

【註釋】

① 金掌：銅仙人掌。《三輔黃圖》：「神明台，武帝造，上有承露盤，有銅仙人舒掌捧銅盤、玉杯，以承雲表之露。」此處並非實指，而是用典。或以為是以「天邊金掌」指代宋代汴京景物，不確。

② 綠杯：美酒。紅袖：美女。

③ 「蘭佩紫」二句：屈原《離騷》有「紉秋蘭以為佩」句和「夕餐秋菊之落英」句。此處化用其意。

【評析】

　　本詞是重陽佳節宴飲之作，詞中感喟身世，自抒懷抱。

　　詞的上片寫景生情。起二句寫登高遠望之秋景，「霜」「露」「雁」都是典型秋日景象，滿懷悲涼，為全詞奠定了秋氣瑟瑟的基調。後二句將客居之情與思鄉之情交織來寫，用筆細膩而蘊涵深厚，一方面讚美故鄉人情之美，表達出思鄉心切的情懷；另一方面又讚美了重陽友情之美，表達了對友情的珍惜。上片中，詞人以故作輕鬆的筆調描寫了他重陽佳節在異鄉為客，因主人殷勤而產生的親切感，但從「綠杯」句已可見其佯狂及借酒澆愁之狀。下片抒懷致慨。「蘭佩」三句寫詞人受此「似故鄉」之人情的感染，自不願冷淡並辜負這份親熱的人情，遂匆忙、急切地將舊日顛狂豪放的舉動，重新回憶、溫習。「佩蘭」「簪菊」是化用《離騷》句意，象徵自己品格的高潔。「殷勤理舊狂」，頗有暫忘舊痛，強作新歡的意味。況周頤《蕙風詞話》曰：「『殷勤理舊狂』，五字三層意：狂者，所謂一肚皮不

合時宜，發見於外者也。狂已舊矣，而理之，而殷勤理之，其狂若有甚不得已者。」此評可謂精當。末兩句乃詞人在癲狂盡歡之際又作頓挫，彷彿向知心者傾吐心聲：別看我癲狂，不過是借此沉醉一番，換掉悲涼的心緒罷了！故而最後特別提醒歌女莫唱那斷腸的清歌，只怕它會喚醒潛藏於內心的悲涼。

全詞寫情波瀾起伏，步步深化，由空靈而轉入厚重，音節從和婉到悠揚，適應感情的變化，整首詞的意境是悲涼淒冷的。

六么令①

晏幾道

綠陰春盡，飛絮繞香閣。晚來翠眉宮樣②，巧把遠山學。一寸狂心③未說，已向橫波④覺。畫簾遮匝⑤，新翻曲妙，暗許閒人帶偷掐⑥。　　前度書多隱語，意淺愁難答。昨夜詩有回文⑦，韻險⑧還慵押。都待笙歌散了，記取留時霎⑨。不消紅蠟，閒雲歸後，月在庭花舊闌角。

【註釋】

① 六么令：唐時琵琶曲名，後用為詞調。王灼《碧雞漫志》卷三：「《六么》，一名《綠腰》，一名《樂世》，一名《錄要》。……或云，此曲拍無過六字者，故曰《六么》。」

② 翠眉：古代婦女的一種眉飾。宋玉《登徒子好色賦》：「眉如翠羽」，呂向注：「眉色如翡翠之羽。」宮樣：宮廷裏流行的式樣。

③ 狂心：指難以抑制的熱切之心。

④ 橫波：比喻眼神流動如水波橫流。

⑤ 遮匝：遮蔽嚴密。

⑥ 偷掐：暗暗地依曲調記譜。掐：掐算，此指按著手指計拍節記譜。

⑦回文：詩體的一種，同一語句順讀反讀皆可成文，有的詩篇可以反覆迴旋，一首詩讀成多首，多屬文字遊戲。相傳始於晉代傅咸、溫嶠，詩皆不傳，今存蘇蕙《璿璣圖》詩等。

⑧韻險：指詩句用艱僻字押韻，以示詩藝高超。

⑨留時霎：原本作「來時霎」，據別本改。

【評析】

　　這是一首寫香閨戀情的詞。詞人通過刻畫歌女與情人傳情密約的內心活動，表達了對這位歌女嚮往真正的愛情而不可得的同情。此詞以真摯的感情、新穎的構思、精美的語言和生動的描繪，對歌妓舞女的生活進行了深入開掘和細緻表現，展現了她們複雜而痛苦的內心世界，流露出對她們的同情與關切，產生了強烈的藝術魅力。

　　上片起首兩句點出季節時令和住所，又以柳絮飛舞環繞的比喻把歌女因有約會而產生的興奮、緊張的心情作了一番引人聯想的比擬。「晚來」兩句寫她描眉梳妝，學著宮中的遠山眉樣，精心描畫。這是「女為悅己者容」，翠眉是畫給她的情人看的。「狂心」「橫波」寫出歌女動於心而形於目的激動情緒。而「向」字和「覺」字，其中隱隱有一個人在，就是當晚她所要密約的人。這人已在席間，她一瞥見，就向他眼波傳情，而被這個人察覺了，彼此心照不宣。「畫簾」三句寫歌女在畫簾遮護的晚間宴會上「新翻曲妙」地忘情表演，任憑畫簾外聽曲的人偷偷學去。下片寫此女與情人約會的具體時間、地點，女主人公能文能詩，又能自製新曲，男主人公寫信用「隱語」，寫詩用「回文」、押「險韻」，可見他們很有文學修養。「記取」「不消」的叮囑，微妙地顯出女主人公對愛情追求的大膽與真率，活脫脫地描繪了一幅「月上柳梢頭，人約黃昏後」的愛情場景。

　　本詞表現愛情十分露骨，但不流於輕褻，它以客觀描述的方式敘事抒情，角度十分新穎。詞人通過描繪迷離朦朧的色彩，增加了韻味，綺麗中透出鮮活的氣息。

御街行

晏幾道

　　街南綠樹春饒①絮，雪②滿遊春路。樹頭花豔雜嬌雲，樹底
人家朱戶。北樓閑上，疏簾高捲，直見街南樹。　　闌干倚盡猶
慵去，幾度黃昏雨。晚春盤馬③踏青苔，曾傍綠陰深駐。落花猶
在，香屏空掩，人面知何處？

【註釋】

① 饒：充滿，多。

② 雪：此處形容白色的柳絮。

③ 盤馬：騎馬馳騁盤旋。

【評析】

　　本詞是男子失戀後的冶遊之作。全詞以含蓄有致的筆觸，從眼前景物
詠起，漸漸勾起回憶，抒寫了故地重遊中的戀舊情懷。

　　詞的上片寫景。「街南綠樹」四句為一層，寫登樓悵望所見之景，綠
樹陰濃、楊花鋪路、柔雲繚繞處有一所朱門宅院，為當年伊人所居。上片
末三句與下片前兩句為一層，寫自身登樓望人的情態心緒。「晚春盤馬」
以下為一層，由追憶往日朱門歡會折轉到今夕物是人非。融化崔護「人面
不知何處去？桃花依舊笑春風」詩，點明題旨。全詞用大量的篇幅描寫舊
地春景：街南綠樹成陰，柳絮如雪鋪路，樹頭花豔如雲，花卜朱戶人家；
北樓高畫，簾幕捲起，佳人久倚欄杆遠眺，和戀人共度幾多黃昏暮雨；二
人騎馬出遊也曾在綠陰深處密語。這大量的憶舊篇幅，反襯出結尾花在樓
存、時異人非的今時冷落，令人悵惘不已。

　　全詞鋪敘有序，結構巧妙，以崔護詩意作結，意猶未盡，回味無窮。

虞美人①

晏幾道

　　曲闌干外天如水，昨夜還曾倚。初將明月比佳期，長向月圓時候、望人歸。　　羅衣著破前香在，舊意誰教改。一春離恨懶調弦，猶有兩行閑淚②、寶箏前。

【註釋】

① 虞美人：唐教坊曲名，後用為詞調。《樂府詩集》卷五十八《琴曲歌
　　詞·力拔山操》序：「按《琴集》有《力拔山操》，項羽所作也。近世
　　又有《虞美人》曲，亦出於此。」可見此調源出古琴曲，本意為詠
　　虞姬事。又名《一江春水》《玉壺冰》《巫山十二峰》等。
② 閑淚：閒愁之淚。

【評析】

　　這是一首懷人怨別之作。詞的上片倚闌望月盼歸。起首兩句主寫倚闌
干，寫今夕倚闌干，卻從「昨夜曾倚」見出，由此可得知，還有多少個如
「昨夜」者！女主人公之思念，絕非只是一朝一夕。下句中，「初將」是說
「本將」，這一語彙，便已含有「後卻不然」的意味。下面卻跳過這層意
思，徑寫「長望」，其中自有一而再、再而三以至多次的希望和失望的交
替在不言之中。「初」字起，「長」字承轉，兩個要緊的字眼，括盡一時期
以來望月情事，從中烘托出女主人公的癡情和怨意。下片寫怨情愁緒。前
兩句從等待無望而終於悟知癡想成虛。「羅衣著破」，是時長日久；「前香
在」，則以羅衣前香之猶存比喻往日歡情的溫馨難忘，委婉地表達了對舊
情的繾綣眷戀。「舊意誰教改？」問語怨意頗深。人情易變，不如前香之
尚在，易散之香比人情還要持久。末二句點出全詞的「離恨」主旨，以「一
春」寫離恨的時間久長，以「懶調弦」「兩行閑淚」形容離恨的悲苦之深，
將愁極無聊之感抒寫到極致。

本詞沒有華麗的詞藻，深曲的典故，只是用淺近而真摯的語言，迴旋往復地抒寫了女主人公心中短暫的歡樂和無法擺脫的悲哀，寄託了詞人在落拓不堪的人生境遇中對於人情冷暖、世態炎涼、身世浮沉的深沉感慨。詞中著意刻畫的女子形象，隱然蘊含著詞人自傷幽獨之感。

留春令①

晏幾道

　　畫屏天畔，夢回依約②，十洲③雲水。手拈紅箋寄人書，寫無限、傷春事。　　別浦高樓曾漫倚，對江南千里。樓下分流水④聲中，有當日、憑高淚⑤。

【註釋】

① 留春令：詞調名，始見於晏幾道詞。

② 依約：依稀，隱約。

③ 十洲：古代傳說中仙人居住的十個島。《海內十洲記》中有：「漢武帝既聞西王母說八方巨海之中有祖洲、瀛洲、玄洲、炎洲、長洲、元洲、流洲、生洲、鳳麟洲、聚窟洲。有此十洲，乃人跡所稀絕處。」

④ 分流水：以水的分流喻人的離別。古樂府《白頭吟》：「躞蹀御溝上，溝水東西流。」

⑤ 有當日、憑高淚：鄭文焯《評小山詞》說此二句：「襲馮延巳《三台令》：『流水，流水，中有傷心雙淚。』」楊慎《詞品》說晏幾道此詞全用晁元忠詩：「安得龍湖潮，駕回安省水，水從樓前來，中有美人淚。人生高唐觀，有情何能已！」

【評析】

本詞寫意中人別後的思懷。

上片開頭三句想像奇特而瑰麗，落筆頗為不俗，描寫主人公魂夢依稀，醒來不知身處的迷離之狀，十分真實，情景淒美。詞人於此作一頓挫，然後轉入實事，因夢而愈感其情，主人公連忙展紙作書向對方訴說，過渡自然。「傷春事」亦即「傷別事」，一語雙關，既陳述情由，又點明時令。下片是對往事的回憶，寫抒情主人公曾無聊地獨倚高樓——正在兩人分別的水邊，面對著遼闊的千里江南之地。「樓下」兩句追憶當日離別情景；在別浦江水分流之地，當日登高目送情人時曾有淚滴灑入水中，而今呢？聽到分流水聲，又驀然想起當日憑高落淚的情景。詞人以「當日」兩字溝通今昔，形成情感的迴旋複蕩的韻致。這首詞情感真摯，在平實的語言中飽含濃濃的情意。

思遠人①

晏幾道

紅葉黃花秋意晚，千里念行客。飛雲過盡，歸鴻無信，何處寄書得？　淚彈不盡臨窗滴，就硯旋研墨②。漸寫到別來，此情深處，紅箋為無色。

【註釋】

① 思遠人：詞調名，始見於晏幾道詞。

②「淚彈不盡」二句：由孟郊《歸信吟》「淚墨灑為書」一句化用而來。

【評析】

這是一首閨中念遠懷人詞，詞調名與詞意緊密結合。

上片起首兩句寫女主人公因悲秋而懷遠，既點明時令、環境，又點染

烘托主題。「晚」字暗示別離之久，「千里」點明相隔之遠。鴻雁隨著天際的浮雲，自北向南飛去，閨中人遙望渺渺長空，盼望歸鴻帶來遊子的音信。「過盡」，已極寫其失望之意了，由於「無信」，便不知遊子而今所在，自己縱欲寄書也無從寄與。下片出人意表，另開思路。正因無處寄書，更增悲感而彈淚，淚彈不盡而臨窗滴下，有硯承淚，遂以研墨作書。故而雖為轉折，卻也順理成章了。明知書不得寄，仍是要寫，一片癡情，惘惘不甘，用意尤其深厚。末三句寫閨中人此時作書，純是自我遣懷，她把自己全部的內心本質力量投進其中，感情也昇華到物我兩忘的境界，竟使紅箋變為無色。對此，陳匪石《宋詞舉》有一段極為透闢的分析：「『漸』字極宛轉，卻激切。『寫到別來、此情深處』，墨中紙上，情與淚粘合為一，不辨何者為淚，何者為情。故不謂箋色之紅因淚而淡，卻謂紅箋之色因情深而無。」無論是淚、墨、紅箋，都融進閨中人的深情之中，物與情已渾然一體了。

　　本詞用筆甚曲，下字甚麗，宛轉入微，味深意厚，堪稱小晏詞中別出機杼的異調。用誇張的手法表情達意，寫出感情發展的歷程，是此詞藝術上的突出特點。

水調歌頭①

蘇軾

丙辰中秋，歡飲達旦，作此篇兼懷子由②。

　　明月幾時有？把酒問青天③。不知天上宮闕，今夕是何年。我欲乘風歸去，又恐瓊樓玉宇④，高處不勝寒⑤。起舞弄清影⑥，何似在人間？　　轉朱閣，低綺戶，照無眠。不應有恨，何事長向別時圓⑦？人有悲歡離合，月有陰晴圓缺，此事古難全。但願人長久，千里共嬋娟⑧。

【作者簡介】

蘇軾（1037-1101），字子瞻，號東坡居士，北宋著名文學家、書畫家，與父親蘇洵、弟弟蘇轍合稱「三蘇」。嘉佑二年（1057）進士，曾任杭州通判，又曾知密州、徐州、湖州，政績卓著。元豐三年（1079），御史彈劾其以作詩訕謗朝廷，被捕入獄，後貶黃州團練副使。這就是著名的「烏台詩案」。元佑間，官翰林學士、禮部尚書，旋出知杭州、潁州。紹聖初，為新黨再三迫害，遠貶惠州、儋州。1100年徽宗即位，被赦北歸，次年死於常州。蘇軾在政治上主張革新，但反對王安石的激進做法，在地方官任上，對新法的流弊他常「托事以諷」，對其合理部分，又能在執行時「因法以便民」。元佑年間舊黨執政時，蘇軾不同意全面廢除新法。由於他立身自有本末，不以個人好惡或政治偏見有所依違，因而得不到新舊兩黨任何一方的信任和諒解，一生仕宦不得志，但他卻始終關心國計民生。他一生不斷地轉徙四方州郡，歷覽名山大川，結識各種人物，瞭解官場弊端，體察風土人情，接觸下層生活，加深了閱歷，擴大了視野，為文學創作提供了豐厚的基礎。

蘇軾是北宋文壇的領袖，在文學藝術上堪稱全才，他在詩、詞、散文、書法、繪畫方面都有很高的造詣，是中國歷史百年難遇的曠世奇才。蘇軾性格豪放，為人豁達，詩風清新豪健，詞風更是大氣磅礴，開豪放一派，對後世影響深遠，與南宋辛棄疾合稱「蘇辛」。散文與歐陽修並稱「歐蘇」，是唐宋八大家之一。蘇軾擅長行書、楷書，用筆豐腴跌宕，與黃庭堅、米芾、蔡襄並稱「宋四家」。同時他在繪畫方面也是以文同為首的「文湖州竹派」的重要人物。

蘇軾在詞史上有特殊貢獻，他在前人或同輩如范仲淹、柳永、歐陽修、王安石等人開拓詞境的基礎上，進一步將詞家「緣情」與詩人「言志」兩者結合起來，使文章道德和兒女私情並見於詞，將詞提高到和詩一樣的文學地位，擴展內容到懷古、詠史、談玄、說理，感時傷世，以及對山水田園、農村風俗的描繪、身世友情的抒寫，達到「無

意不可入，無事不可言。」詞至東坡，其體始尊，其境益大。蘇軾詞創造了多種風格，除傳統的婉約清麗外，他的詞或清曠、或雄放、或凝重、或空靈，佳作極多，對後世影響極為深遠。

① 水調歌頭：原為隋曲，後用作詞調。郭茂倩《樂府詩集》卷七十九《近代曲辭》錄《水調歌》引《樂苑》曰：「《水調》，商調曲也。舊說：《水調》《河傳》，隋煬帝幸江都時所制。曲成奏之，聲韻怨切。」《詞譜》卷二十三：「按《水調》乃唐人大曲，凡大曲有歌頭，此必裁截其歌頭，另倚新聲也。」始見於北宋劉潛詞。

② 子由：指蘇軾之弟蘇轍，字子由。

③ 「明月」兩句：李白《把酒問月》詩：「青天有月來幾時？我今停杯一問之。」

④ 又：一作「惟」「只」。瓊樓玉宇：美玉砌成的樓臺。《大業拾遺記》：「瞿幹佑於江岸玩月，或問此中何有？瞿笑曰：『可隨我觀之。』俄見月規半天，瓊樓玉宇爛然。」

⑤ 高處不勝寒：《淮南子・天文訓》：「積陰之寒氣為水，水之精者為月。」又《明皇雜錄》載，中秋夜，葉靜能邀明皇遊月宮。臨行，葉叫他穿皮衣。到月宮，果然冷得難以支持。後人因稱月宮為廣寒宮。

⑥ 起舞弄清影：李白《月下獨酌》詩：「我歌月徘徊，我舞影零亂。」此處化用其詩意。

⑦ 「不應」二句：司馬光《溫公詩話》引石曼卿對李賀「天若有情天亦老」句云：「月如無恨月長圓。」此處變化其意。

⑧ 千里共嬋娟：謝莊《月賦》：「美人邁兮音塵闕，隔千里兮共明月。」此出翻用其意。嬋娟：形態美好，此指月亮。

　　本詞是蘇軾在宋神宗熙寧九年（1076）中秋之夜所作，當時蘇軾出川

宋詞三百首

宦遊，滯留密州，生活上與胞弟闊隔七年，政治上同變法派意見抵牾。中秋之夜，望月懷人，感慨身世，激蕩出如許感喟遐思。這首詞以月起興，以與弟蘇轍七年未見之情為基礎，圍繞中秋明月展開想像和思考，把人世間的悲歡離合之情納入對宇宙人生的哲理性追尋之中，反映了詞人複雜而又矛盾的思想感情，又表現出詞人熱愛生活與積極向上的樂觀精神。

詞的上片望月，既懷逸興壯思，高接混茫，而又腳踏實地，自具雅量高致。「把酒問青天」這一細節與屈原的《天問》和李白的《把酒問月》有相似之處。其問之癡迷、想之逸塵，確實是有一種類似的精、氣、神貫注在裏面。詞人把青天當作自己的朋友，把酒相問，也顯示了他豪放的性格和不凡的氣魄。接下來兩句把對於明月的讚美與嚮往之情更推進了一層。詞人對超脫凡塵來了興致，繼而虛幻憧憬能「乘風歸去」，然而他「又恐瓊樓玉宇，高處不勝寒」，終究未能完全拋開一切逃離塵俗。這反映了詞人因政治上失意而對現實不滿，想要超脫塵世，卻依然熱愛人生的矛盾。末兩句又寫到人間之樂，表現出詞人對人間的無限留戀。從「我欲」到「又恐」至「何似」的心理轉折開闔中，展示了詞人情感的波瀾起伏。他終於從幻覺回到現實，在出世與入世的矛盾糾葛中，入世思想最終占了上風。「何似在人間」是毫無疑問的肯定，雄健的筆力顯示了情感的強烈。

下片懷人，即「兼懷子由」，詞人由中秋的圓月聯想到人間的離別，同時感念人生的離合無常。「轉朱閣，低綺戶，照無眠」，這裏既指自己懷念弟弟的深情，又可以泛指那在中秋佳節因不能與親人團圓以至難以入眠的一切離人。接下來詞人又無理地埋怨明月總是在人們離別的時候才圓滿，這是埋怨明月故意與人為難，給人增添憂愁，無理的語氣進一步襯托出詞人思念胞弟的手足深情，卻又含蓄地表示了對於不幸的離人們的同情。接著，詞人把筆鋒一轉，說出了一番寬慰的話來為明月開脫：「人有悲歡離合，月有陰晴圓缺，此事古難全。」這三句從人到月、從古到今做了高度的概括。從語氣上，好像是代明月回答前面的提問；從結構上，又是推開一層，從人、月對立過渡到人、月融合。為月亮開脫，實質上還是為了強調對人事的達觀，同時寄託對未來的希望。末兩句是詞人於中秋之

夜對一切經受著離別之苦的人表示的美好的祝願，已不僅限於手足之情，而且概括了人類對生活中美好事物能夠長久留住的普遍願望。

　　本詞構思奇拔，畦徑獨闢，極富浪漫主義色彩，是歷來公認的中秋詞中的絕唱。胡仔（胡元任）《苕溪漁隱叢話》曰：「中秋詞自東坡《水調歌頭》一出，餘詞盡廢。」宋胡寅《酒邊集序》評此詞曰：「一洗綺羅香澤之態，擺脫綢繆宛轉之度，使人登高望遠，舉首而歌，而逸懷浩氣，超然乎塵垢之外。」

水龍吟^①

次韻章質夫楊花詞^②

蘇軾

　　似還似非花，也無人惜從教^③墜。拋家傍路，思量卻是，無情有思^④。縈損柔腸，困酣嬌眼，欲開還閉。夢隨風萬里，尋郎去處，又還被、鶯呼起^⑤。　　不恨此花飛盡，恨西園、落紅難綴。曉來雨過，遺蹤何在？一池萍碎^⑥。春色三分，二分塵土，一分流水^⑦。細看來，不是楊花，點點是離人淚^⑧。

【註釋】

① 水龍吟：詞調名，始見於柳永詠梅之作，其次為章質夫、蘇軾的唱和詞。調名的來源，毛先舒《填詞名解》卷三謂採李白詩「笛奏龍吟水」，陳元龍《片玉集注》卷十謂本於李賀詩「雌龍怨吟寒水光」，可備參考。

② 次韻：用原作之韻，並按照原作用韻次序進行創作，稱為次韻。章質夫：即章楶，字質夫，常與蘇軾詩詞酬唱。其《水龍吟》詞云：「燕忙鶯懶芳殘，正堤上、柳花飄墜。輕飛亂舞，點畫青林，全無才

夜對一切經受著離別之苦的人表示的美好的祝願，已不僅限於手足之情，而且概括了人類對生活中美好事物能夠長久留住的普遍願望。

　　本詞構思奇拔，畦徑獨闢，極富浪漫主義色彩，是歷來公認的中秋詞中的絕唱。胡仔（胡元任）《苕溪漁隱叢話》曰：「中秋詞自東坡《水調歌頭》一出，餘詞盡廢。」宋胡寅《酒邊集序》評此詞曰：「一洗綺羅香澤之態，擺脫綢繆宛轉之度，使人登高望遠，舉首而歌，而逸懷浩氣，超然乎塵垢之外。」

水龍吟[①]

次韻章質夫楊花詞[②]

蘇軾

　　似還似非花，也無人惜從教[③]墜。拋家傍路，思量卻是，無情有思[④]。縈損柔腸，困酣嬌眼，欲開還閉。夢隨風萬里，尋郎去處，又還被、鶯呼起[⑤]。　　不恨此花飛盡，恨西園、落紅難綴。曉來雨過，遺蹤何在？一池萍碎[⑥]。春色三分，二分塵土，一分流水[⑦]。細看來，不是楊花，點點是離人淚[⑧]。

【註釋】

① 水龍吟：詞調名，始見於柳永詠梅之作，其次為章質夫、蘇軾的唱和詞。調名的來源，毛先舒《填詞名解》卷三謂採李白詩「笛奏龍吟水」，陳元龍《片玉集注》卷十謂本於李賀詩「雌龍怨吟寒水光」，可備參考。

② 次韻：用原作之韻，並按照原作用韻次序進行創作，稱為次韻。章質夫：即章楶，字質夫，常與蘇軾詩詞酬唱。其《水龍吟》詞云：「燕忙鶯懶芳殘，正堤上、柳花飄墜。輕飛亂舞，點畫青林，全無才

思。閑趁遊絲，靜臨深院，日長門閉。傍珠簾散漫，垂垂欲下，依前被、風扶起。　　蘭帳玉人睡覺，怪春衣、雪沾瓊綴。繡床旋滿，香球無數，才圓卻碎。時見蜂兒，仰粘輕粉，魚吞池水。望章台路杳，金鞍遊蕩，有盈盈淚。」

③ 從教：任憑。

④ 「拋家傍路」三句：韓愈《晚春》詩：「楊花榆莢無才思，惟解漫天作雪飛。」此處反用其意。

⑤ 「夢隨風萬里」三句：唐金昌緒《春怨》詩：「打起黃鶯兒，莫教枝上啼。啼時驚妾夢，不得到遼西。」此用其意。

⑥ 一池萍碎：蘇軾自注：「楊花落水為浮萍，驗之信然。」

⑦ 「春色三分」三句：葉清臣《賀聖朝》詞：「三分春色二分愁，更一分風雨。」此化用其意。

⑧ 「細看來」三句：曾季貍《艇齋詩話》引唐人詩：「時人有酒送張八，惟我無酒送張八。君看陌上梅花紅，儘是離人眼中血。」

【評析】

　　這是一首詠物詞，作於宋神宗元豐四年（1081），一說以為在宋哲宗元佑二年（1087）。本詞雖為和作，在格律方面受到相當局限，卻因詞人天才卓犖，毫無拘束之痕，有似原唱。

　　詞的上片描摹楊花。詞人構思巧妙，刻畫細緻，詠物與擬人渾成一體，把楊花比喻為一個想離家出走、萬里尋郎的思婦，表現出極為纏綿悱惻的情思，達到物與神遊的境界。末三句化用唐人金昌緒《春怨》詩意，借楊花之飄舞以寫思婦由懷人不至引發的惱人春夢，詠物生動真切，言情纏綿哀怨，可謂緣物生情，以情映物，情景交融，輕靈飛動。下片抒發傷春惜花之愁。前三句以落紅陪襯楊花，曲筆傳情地抒發了對於楊花的憐惜。繼之由「曉來雨過」而問詢楊花遺蹤，進一步烘托出離人的春恨。「一池萍碎」即是回答「遺蹤何在」的問題。「春色三分」三句是一種想像奇妙而兼以極度誇張的手法。這裏，數字的妙用傳達出詞人的一番惜花傷春之情。至此，楊花的最終歸宿，和詞人的滿腔惜春之情水乳交融，將詠物

抒情的題旨推向高潮。末三句以點點楊花與離人的眼珠淚渾融為一,融情於物,以物體情,神來之筆,令人叫絕。總收上文,既乾淨俐落,又餘味無窮。

唐圭璋《唐宋詞選注》評此詞曰:「此詞是和作。詠物擬人,纏綿多態。詞中刻畫了一個思婦的形象。縈損柔腸,困酣嬌眼,隨風萬里,尋郎去處,是寫楊花,亦是寫思婦,可說是遺貌而得其神。而楊花飛盡化作『離人淚』,更生動地寫出她候人不歸所產生的幽怨。能以楊花喻人,在對楊花的描寫過程中,完成對人物形象的塑造。這比章質夫的閨怨詞要高一層。」王國維《人間詞話》亦贊曰:「詠物之詞,自以東坡《水龍吟》為最工。」本詞遺貌取神,空靈婉轉,精妙絕倫,確實壓倒古今,為詠物詞的極品。

念奴嬌①

赤壁②懷古

蘇軾

　　大江東去,浪淘盡、千古風流人物。故壘西邊,人道是、三國周郎③赤壁。亂石穿空,驚濤拍岸,捲起千堆雪。江山如畫,一時多少豪傑。　　遙想公瑾當年,小喬初嫁了④,雄姿英發⑤。羽扇綸巾⑥,談笑間、檣櫓灰飛煙滅⑦。故國神遊,多情應笑我,早生華髮。人生如夢,一樽還酹⑧江月。

【註釋】

① 念奴嬌:詞調名。王灼《碧雞漫志》卷五:「今大石調《念奴嬌》,世以為天寶間所制曲,予固疑之。然唐中葉漸有今體慢曲子,而近世有填《連昌詞》入此曲者。」元稹《連昌宮詞》中有「力士傳呼

覓念奴，念奴潛伴諸郎宿。須臾覓得又連催，特敕街中許燃燭。春嬌滿眼淚紅絹，掠削雲鬟旋裝束」語。作者自注云：「念奴，天寶中名倡，善歌。」調名《念奴嬌》本此。宋詞此調始見於蘇軾詞，因蘇軾詞特別有名，又稱《大江東去》《酹江月》等。

② 赤壁：此指黃州赤壁，一名「赤鼻磯」，在今湖北黃岡西。而三國古戰場的赤壁，文化界認為在今湖北赤壁市蒲圻縣西北。蘇軾並非不知自有赤壁，故下文言「人道是」，以明俗記爾。

③ 周郎：三國時吳國名將周瑜，字公謹，少年得志，年二十四為中郎將，掌管東吳重兵，吳中皆呼為「周郎」。

④ 小喬：周瑜的妻子。喬：本作「橋」。《三國志·吳書·周瑜傳》載，周瑜從孫策攻皖，「得橋公兩女，皆國色也。策自納大橋，瑜納小橋。」其時距赤壁之戰已經十年，此處言「初嫁」，是言其少年得意，倜儻風流。

⑤ 雄姿英發：謂周瑜體貌不凡，言談卓絕。

⑥ 羽扇綸巾：魏、晉時人的裝束，為古代儒將的便裝打扮。羽扇：羽毛製成的扇子，亦用以指揮軍事。綸巾：青絲製成的頭巾。

⑦ 「談笑間」句：指赤壁大戰中周瑜使用火攻，燒毀了曹軍的戰船，使曹軍大敗。檣櫓：一作「強虜」。

⑧ 酹：把酒澆在地上祭奠。此指灑酒酬月，寄託衷腸。

【評析】

本詞是宋神宗元豐五年（1082）蘇軾謫居黃州遊赤壁時所作。蘇軾在《與陳季常書》中曾說：「日近新闋甚多，篇篇皆奇。」此篇就是他詞風革新、詞藝臻於精絕的代表作之一。此詞通過對月夜江上壯美景色的描繪，借對古代戰場的憑弔和對風流人物才略、氣度、功業的追念，曲折地表達了詞人懷才不遇、功業未就、老大未成的憂憤之情，同時表現了詞人關注歷史和人生的曠達之心。

詞的上片即地寫景，為英雄人物出場鋪墊。開篇從滾滾東流的長江著

筆，隨即用「浪淘盡」，把傾注不盡的大江與名高累世的歷史人物聯繫起來，佈置了一個極為廣闊而悠久的空間時間背景。接著「故壘」兩句，點出這裏是傳說中的古代赤壁戰場。在蘇軾寫此詞的八百七十多年前，東吳名將周瑜曾在長江南岸，指揮了以弱勝強的赤壁之戰。以下「亂石」三句，集中描寫赤壁雄奇壯闊的景物：陡峭的山崖散亂地高插雲霄，洶湧的駭浪猛烈地搏擊著江岸，滔滔的江流捲起千萬堆澎湃的雪浪。這種從不同角度而又訴諸不同感覺的濃墨健筆的生動描寫，一掃平庸萎靡的氣氛，把讀者頓時帶進一個奔馬轟雷、驚心動魄的奇險境界，使人心胸為之開擴，精神為之振奮。末二句總束上文，帶起下片。

下片由「遙想」領起五句，集中筆力塑造青年將領周瑜的形象。在寫赤壁之戰前，忽插入「小喬初嫁了」這一生活細節，以美人烘托英雄，更見出周瑜的丰姿瀟灑、韶華似錦、年輕有為，足以令人豔羨。「雄姿英發，羽扇綸巾」，是從肖像儀態上描寫周瑜束裝儒雅，風度翩翩。「談笑間、檣櫓灰飛煙滅」，抓住了火攻水戰的特點，精切地概括了整個戰爭的勝利場景。可以想見，在滾滾奔流的大江之上，一位卓爾不凡的青年將軍周瑜，談笑自若地指揮水軍，抗禦橫江而來不可一世的強敵，使對方的萬艘舳艫，頓時化為灰燼，這是何等的氣勢。蘇軾如此羨慕周瑜，是因為他覺察到北宋國力的貧弱和遼、西夏的嚴重威脅，他時刻關心邊關戰事，有著一腔疆場報國的熱忱。然而，眼前的政治現實和詞人被貶黃州的坎坷處境，同他有志報國的壯懷大相抵牾，所以當詞人一旦從「神遊故國」跌入現實，就不免思緒深沉、頓生感慨，而情不自禁地發出自笑多情、光陰虛擲的歎惋了。仕路蹭蹬，壯懷莫酬，使詞人過早地自感蒼老，這同年華方盛即卓有建樹的周瑜適成強烈對照。然而人生短暫，不必讓種種「閒愁」縈回於心，還不如放眼大江、舉酒賞月。「一尊還酹江月」，玩味著這言近意遠的詞句，一位襟懷超曠、識度明達、善於自解自慰的詞人，彷彿就浮現在讀者眼前。

全詞借古抒懷，雄渾蒼涼，大氣磅礴，筆力遒勁，境界宏闊，將寫景、詠史、抒情融為一體，給人以撼魂蕩魄的藝術力量。胡仔《苕溪漁隱

叢話前集》贊曰：「『大江東去』赤壁詞，語意高妙，真古今絕唱。」俞文豹《吹劍續錄》載：「東坡在玉堂，有幕士善謳。因問：『我詞比柳詞何如？』對曰：『柳郎中詞，只好合十七八女孩兒，執紅牙板，歌「楊柳岸、曉風殘月」；學士詞，須關西大漢，執鐵板，唱「大江東去」。』公為之絕倒。」

永遇樂①

蘇軾

彭城夜宿燕子樓②，夢盼盼，因作此詞。

　　明月如③，好風如水，清景無限。曲港跳魚，圓荷瀉露，寂寞無人見。紞如④三鼓，鏗然⑤一葉，黯黯夢雲驚斷。夜茫茫、重尋無處，覺來小園行遍。　　天涯倦客，山中歸路，望斷故園心眼。燕子樓空，佳人何在？空鎖樓中燕。古今如夢，何曾夢覺，但有舊歡新怨。異時對、黃樓⑥夜景，為余浩歎。

【註釋】

① 永遇樂：詞調名。始見於柳永詞。
② 彭城：今江蘇徐州。燕子樓：白居易《燕子樓詩序》：「徐州故尚書（張建封）有愛妓曰盼盼，善歌舞，雅多風態。」
③ 明月如霜：李白《靜夜思》：「床前明月光，疑是地上霜。」
④ 紞如：擊鼓聲。
⑤ 鏗然：形容聲音清脆悅耳。
⑥ 黃樓：徐州東門上的大樓，蘇軾任徐州知州時建造。

【評析】

本詞是宋神宗元豐元年（1078）蘇軾知徐州時所作。

詞的上片描寫深秋燕子樓清幽的夜色和夢醒後的悵然若失之感。起三句總寫秋夜清景，各以霜、水分喻月、風，並小結以「清景無限」，賞愛之心已溢於言外。「曲港跳魚，圓荷瀉露」的細微動靜的描寫，更顯出萬籟俱寂，詞人心跡雙清。三更鼓響硜然，飄零一葉鏗然，以聲響襯夜之寂靜，且抖出一「驚」字，形容夢醒恍惚之狀。「夜茫茫」三句，反接開端夜景，夜色茫茫無處重尋，夢裏悲歡，醒來後走遍小園心悵然。下片抒發由夢境所引起的對於世事無常、古今如夢的無限感慨，以及詞人留戀人生終於不能超脫、徹悟的矛盾心情，真實驚警，悱惻動人。詞中又表達了詞人因功業無成、政治上不得志而產生的、對於奔走仕途的厭倦和思歸故里卻不能的苦悶。「燕子樓空」三句詠盼盼事，言簡而意繁，寄慨萬端，興起以下「後之視今，亦尤今之視昔」的歷史浩歎。

整首詞如環無端，熔情、景、理於一爐，在清麗纏綿的情致中寓清曠超邁之思，自然天成，無絲毫雕琢痕跡。胡仔《苕溪漁隱叢話後集》評此詞曰：「脫去筆墨畦徑間，直造古人不到處，真可使人一唱而三歎。」

洞仙歌①

蘇軾

余七歲時，見眉州老尼，姓朱，忘其名，年九十歲。自言嘗隨其師入蜀主孟昶②宮中。一日大熱，蜀主與花蕊夫人夜納涼摩訶池上③，作一詞。朱具能記之。今四十年，朱已死久矣，人無知此詞者，但記其首兩句。暇日尋味，豈《洞仙歌令》乎？乃為足之云。

　　冰肌④玉骨，自清涼無汗。水殿風來暗香滿⑤。繡簾開、一點明月窺人，人未寢，欹枕釵橫鬢亂。　　　起來攜素手，庭戶無聲，時見疏星渡河漢。試問夜如何？夜已三更，金波⑥淡、玉繩⑦低轉。但屈指、西風幾時來，又不道⑧流年、暗中偷換。

【註釋】

① 洞仙歌：唐教坊曲名，後用為詞調。此調歐陽修詞名《洞仙令》，潘閬詞名《羽仙歌》，《宋史‧樂志》名《洞中仙》。始見於敦煌詞。

② 孟昶：五代十國後蜀國君，生活奢侈，愛好文學，工聲曲，後兵敗降宋，封秦國公。

③ 花蕊夫人：孟昶寵妃，能文，尤長於宮詞。陶宗儀《輟耕錄》：「蜀主孟昶納徐匡璋女，拜貴妃，別號花蕊夫人，意花不足擬其色，似花蕊之翾輕也。或以為姓費氏，則誤矣。」摩訶池：故址在今成都昭覺寺，建於隋代，到蜀國時曾改成宣華池。

④ 冰肌：肌膚潔白如冰雪。《莊子‧逍遙遊》：「藐姑射之山，有神人居焉，肌膚若冰雪，淖約若處子。」

⑤ 水殿：建在摩訶池上的宮殿。暗香：指梅、蘭、荷、菊一類花清幽的香氣。

⑥ 金波：月光。《漢書‧禮樂志‧郊祀歌》：「月穆穆以金波，日華耀以宣明。」顏師古注：「言月光穆穆，若金之波流也。」

⑦ 玉繩：兩星名。常泛指群星。

⑧ 不道：不覺。

【評析】

　　本詞作於宋神宗元豐六年（1083），寫作之因由詞人在詞序中已講得十分清楚。此詞以豐富的想像，再現了五代時期後蜀國君孟昶和他的寵妃花蕊夫人夏夜在摩訶池上消夏的情形，突出了花蕊夫人美好的精神境界，抒發了詞人惜時的感慨。

詞之上片記人物、環境之清涼，人物則「冰肌玉骨」，具不同凡響的神仙資質，環境則水殿、清風、暗香、月光，如置身月殿瑤台的清虛之境，無一毫塵俗氣。「繡簾開」幾句繪閨房情景宛然如見。「一點明月窺人」句，「一點」與「窺」字靈動奇妙，為本詞增添許多情致。下片描寫蜀主孟昶和花蕊夫人留戀月下納涼所見以及因納涼而思秋風，因思秋風而感念流光飛逝的恨惋之情，其間融入詞人對人生的深深感慨，自然流麗。

全詞為花蕊夫人攝一寫真，摹景傳情，借幽美之月夜境象烘托美人之神韻，抒情蘊理，昇華為人生哲理之感慨，既曠逸又深婉。張炎《詞源》卷下贊曰：「清空中有意趣，無筆力者未易到。」

卜 算 子①

黃州定慧院②寓居作

蘇軾

缺月掛疏桐，漏斷③人初靜。誰④見幽人獨往來，飄渺孤鴻影。　　驚起卻回頭，有恨無人省⑤。揀盡寒枝不肯棲，寂寞沙洲冷。

【註釋】

① 卜算子：詞調名，又名《百尺樓》《眉峰綠》《楚天遙》。萬樹《詞律》卷三《卜算子》：「毛氏云：『駱義烏（駱賓王）詩用數名，人謂為「卜算子」，故牌名取之。』按山谷詞『似扶著賣卜算』，蓋取義以今賣卜算命之人也。」

② 定慧院：一作「定惠院」，在今湖北省黃岡縣東南。蘇軾初貶黃州，寓居於此。

③ 漏斷：漏壺裏的水滴盡了。指深夜。漏：古代用水計時之器。

④誰：一作「時」。

⑤省：理解。

【評析】

本詞作於宋神宗元豐六年（1083）「烏台詩案」之後，蘇軾以罪人身份索居黃州，政治上極度失意，故舊親朋又多與之疏隔，詞中借詠孤雁，自表高潔，表示不與世俗同流合污而寧肯固守孤獨、落寞的人生態度和幽僻心情。

詞的上片寫深夜院中所見景色。前兩句營造了一個夜深人靜、月掛疏桐的孤寂氛圍。接下來兩句先是點出一位獨來獨往、心事浩茫的「幽人」形象，隨即輕靈飛動地由「幽人」而「孤鴻」，使這兩個意象產生對應和契合，讓人聯想到「幽人」那孤高的心境，正像縹緲若仙的孤鴻之影。這兩句既是實寫，又通過人、鳥形象的對應、嫁接，極富象徵意味和詩意之美地強化了「幽人」的超凡脫俗。下片更是把鴻雁與人同寫。前兩句直寫心境之孤寂，無人可理解。末兩句寫孤鴻遭遇不幸，心懷幽恨，驚恐不已，在寒枝間飛來飛去，揀盡寒枝不肯棲息，只好落宿於寂寞荒涼的沙洲，度過這樣寒冷的夜晚。這裏，詞人以象徵手法，匠心獨運地通過飛鴻的孤獨縹緲，驚起回頭、懷抱幽恨和選求宿處，表達了自己貶謫黃州時期的孤寂處境和高潔自許、不願隨波逐流的心境。詞人與孤鴻惺惺相惜，以擬人化的手法表現孤鴻的心理活動，把自己的主觀感情加以物化，顯示了高超的藝術技巧。

本詞托鴻以見人，自標清高，寄意深遠，風格清奇。黃庭堅評此詞曰：「語意高妙，似非吃煙火食人語，非胸中有數萬卷書，筆下無一點塵俗氣，孰能至此！」黃蓼園《蓼園詞選》亦曰：「語語雙關，格奇而語雋，斯為超詣神品。」

青玉案

和賀方回韻送伯固歸吳中故居①

蘇軾

　　三年枕上吳中路，遣黃犬②、隨君去。若到松江呼小渡，莫驚鴛鷺，四橋③儘是、老子經行處。　　輞川圖④上看春暮，常記高人右丞⑤句。作個歸期天定許，春衫猶是，小蠻⑥針線，曾濕西湖雨。

【註釋】

① 賀方回：即賀鑄。伯固：即蘇堅，字伯固，號後湖居士，蘇軾宗族，元佑間以臨濮縣主簿監杭州在城商稅。

② 黃犬：《晉書·陸機傳》載陸機有犬名黃耳，他在洛陽時，曾繫書犬頸，致松江家中，並得回書返洛。

③ 四橋：指蘇州垂虹橋、楓橋等四座名橋。

④ 輞川圖：唐詩人王維有別墅在輞川，曾於藍田清涼寺壁上畫《輞川圖》，表示林泉隱逸之情志。

⑤ 高人右丞：指王維。王維官尚書右丞，故稱。

⑥ 小蠻：唐詩人白居易的家姬。此指蘇軾侍妾朝雲。

【評析】

　　本詞是蘇軾對賀鑄《青玉案》的和韻之作。元豐年間蘇軾曾請求居住常州，並在宜興買田置屋，預備終老於此。神宗去世，舊黨執政，蘇軾一度任京官，後因反對廢除一切新法為舊黨所不滿，又與程頤等人發生矛盾，故請求外放，於元佑四年（1089）出知杭州。蘇堅隨其在杭三年。本詞為元佑七年（1092）送蘇堅歸吳中時所作。

　　詞的上片用當地典故，抒寫詞人對蘇堅歸吳的羨慕和自己對吳中舊遊

的繫念之情。「若到」數句，對伯固歸家途經松江小渡，特囑其「莫驚鴛鷺」一事，大有深意，既說明松江曾是自己常與鷗鷺相遊之處，與自由嬉戲的鷗鷺親密而無機心，物我相忘於江湖，流露出願與鷗鷺忘機為體，厭倦仕途巧詐的情緒，又委婉地警勸伯固立身為人莫染世俗機巧之心。一個「老子」，語氣詼諧、放曠，頓顯朋友之間的親昵、真率。下片寫自己思歸之意。「輞川圖」二句寫仰慕唐代詩人王維隱居輞川別墅，觀摩《輞川圖》令他心向神往，常記王維送友思歸之詩句。「歸期天定許」寫蘇軾迫切思歸與親人愛侶團聚，特借白居易所寵愛的善舞妓人小蠻，喻指其愛妾朝雲。朝雲親手縫製的春衫「曾濕西湖雨」，為「天定許」做一注腳：天公有情，為朝雲之相思而灑淚雨，淋濕我春衫，豈非「天定許」嗎？假天公同情朝雲曲寫詞人思念朝雲，寫得婉曲、曠放而又詼諧。

全詞通過描寫送友歸鄉，來抒發自己思鄉懷舊之情，深微婉曲，含蓄深沉，構思奇巧，別具特色。

臨江仙

蘇軾

夜飲東坡①醒復醉，歸來彷彿三更。家童鼻息已雷鳴，敲門都不應，倚杖聽江聲。　　長恨此身非我有②，何時忘卻營營③。夜闌風靜縠紋④平，小舟從此逝，江海寄餘生。

【註釋】

①東坡：在黃岡東面，蘇軾謫居黃州時，在此築雪堂五間，作為遊息之所，因以自號東坡居士。寓所在黃岡南長江邊（即臨皋）。

②此身非我有：《莊子·知北遊》：「舜問乎丞曰：『道可得而有乎？』曰：『汝身非汝有也，汝何得有夫道？』舜曰：『吾身非吾有也，孰有之哉？』曰：『是天地之委形也。』」此謂身不由己，不能自主，因拘

於外物之故，這裏亦有不能自己掌握命運的憤懣之意。

③營營：紛擾貌。形容為世俗名利所奔走、鑽營。

④縠紋：比喻水波細紋。縠：縐紗類絲織品。

【評析】

　　本詞是蘇軾謫居黃州期間所作。王文誥《蘇詩總案》題作：「壬戌（元豐五年，1082）九月，雪堂夜飲，醉歸臨皋作。」葉夢得《避暑錄話》卷二曰：「子瞻在黃州，病赤眼，逾月不出，或疑有他疾，過客遂傳以為死矣……故後量移汝州謝表，有云：『疾病連年，人皆相傳為已死。』未幾，復與數客飲江上，夜歸，江面際天，風露浩然，有當其意，乃作歌辭，所謂『夜闌風靜縠紋平，小舟從此逝，江海寄餘生』者，與客大歌數過而散。翼日喧傳：『子瞻夜作此詞，掛冠服江邊，拏舟長嘯去矣。』郡守徐君猷聞之，驚且懼，以為州失罪人，急命駕往謁，則子瞻鼻鼾如雷，猶未興也。然此語卒傳至京師，雖裕陵（宋神宗）亦聞而疑之。」上述故事可見蘇軾待罪黃州時的政治處境是何等艱危。本詞所抒寫的想要獲得解脫，獲得精神上自由的強烈願望是十分合理和自然的。

　　詞的上片記事。首句點明了夜飲的地點和醉酒的程度。醉而復醒，醒而復醉，當詞人回到臨皋寓所時，自然很晚了。此句中「彷彿」二字，傳神地畫出了詞人醉眼朦朧的情態。下面三句，寫詞人已到寓所、在家門口停留下來的情景。人們讀到這裏，眼前就好像浮現出一位風神蕭散的詞人形象，一位襟懷曠達、遺世獨立的「幽人」。你看，他醉而復醒，恣意所適。時間對於他來說，三更、四更，無所不可。深夜歸來，敲門不應，坦然處之，展示出一種達觀的人生態度，一種超曠的精神境界，一種獨特的個性和真情。下片寫酒醒後所思。一開始，詞人便喟然長歎，恨身心俱不得自由。這突兀而起的喟歎，是詞人長期孤憤心情的噴發，正反映了他在「聽江聲」時心境之不平靜。詩人靜夜沉思，豁然有悟，既然自己無法掌握命運，就當全身遠禍。顧盼眼前江上景致，是「夜闌風靜縠紋平」，心與景會，神與物遊，為如此靜謐美好的大自然深深陶醉了。於是，他情不

自禁地產生脫離現實社會的浪漫主義的遐想，唱道：「小舟從此逝，江海寄餘生。」他要趁此良辰美景，駕一葉扁舟，隨波流逝，任意東西，他要將自己的有限融化在無限的大自然之中。末兩句極飄逸，富有浪漫情調，這樣的詞句也只有蘇軾磊落豁達的襟懷才能流出。

本詞敘事、抒情、議論相結合，不假雕飾，語言暢達，格調超逸。又形神互補，熔鑄出一個風韻瀟灑的詞人形象，體現了他昂首塵外、恬然自適的生命哲學。

定風波

蘇軾

三月三日沙湖①道中遇雨，雨具先去，同行皆狼狽，余不覺。已而遂晴，故作此。

莫聽穿林打葉聲，何妨吟嘯②且徐行。竹杖芒鞋輕勝馬，誰怕？一蓑煙雨任平生。　　料峭③春風吹酒醒，微冷，山頭斜照卻相迎。回首向來蕭瑟處，歸去，也無風雨也無晴。

【註釋】

① 沙湖：在今湖北黃岡東南三十里處。
② 吟嘯：吟詩、長嘯，表示意態閒適。
③ 料峭：風寒著肌戰慄貌，多形容春寒。

【評析】

本詞作於宋神宗元豐五年（1082），時蘇軾謫居黃州，政治處境十分險惡，但他卻總能保持坦蕩的胸懷，而不戚戚於貧賤。這首詞寫醉歸途中遇大雨仍吟嘯徐行的經歷和感受，以曲筆直抒胸臆，表現詞人豪邁開朗的

個性和履險如夷的人生態度。

上片首句一方面以「穿林打葉」渲染出雨驟風狂，另一方面又以「莫聽」二字點明外物不足縈懷之意。次句是前一句的延伸。在雨中照常舒徐行步，呼應小序「同行皆狼狽，余獨不覺」，又引出下文「誰怕」。「何妨」二字透出一點俏皮，更增加挑戰色彩。首二句是全篇樞紐，以下詞情都是由此生發。「竹杖芒鞋輕勝馬」，寫詞人竹杖芒鞋，頂風沖雨，從容前行，以「輕勝馬」的自我感受，傳達出一種搏擊風雨、笑傲人生的輕鬆、喜悅和豪邁之情。「一蓑煙雨任平生」，此句更進一步，由眼前風雨推及整個人生，有力地強化了詞人面對人生的風風雨雨而我行我素、不畏坎坷的超然情懷。下片前三句寫雨過天晴的景象。這幾句既與上片所寫風雨對應，又為下文所發人生感慨作鋪墊。末三句是飽含人生哲理意味的點睛之筆，道出了詞人在這一刻所獲得的頓悟：自然界的雨晴只是自然現象，人生中的坎坷得失又何足掛齒呢？所以不必在逆境中顧影自憐，應該勇敢地面對。

鄭文焯《手批東坡樂府》評此詞曰：「此足征是翁坦蕩之懷，任天而動。琢句亦瘦逸，能道眼前景，以曲筆寫胸臆，倚聲能事盡之矣。」

江城子①

乙卯正月二十日夜記夢

蘇軾

十年②生死兩茫茫，不思量，自難忘。千里③孤墳，無處話淒涼。縱使相逢應不識，塵滿面、鬢如霜。　　夜來幽夢④忽還鄉，小軒窗，正梳妝。相顧無言，惟有淚千行。料得年年腸斷處，明月夜、短松岡。

【註釋】

① 江城子：詞調名，始見於晚唐韋莊詞。該調因歐陽炯詞中有「如西子鏡，照江城」句而得名，其中江城指金陵，即今南京。

② 十年：蘇軾髮妻王弗卒於宋英宗治平二年（1065），至作此詞時，正好十年。

③ 千里：王弗的墓在蘇軾四川眉山老家，而蘇軾此時在山東密州任職，兩地相隔遙遠，故稱。

④ 幽夢：夢境隱約，故云「幽夢」。

【評析】

　　蘇軾於宋仁宗至和元年（1054）娶妻王弗，夫妻感情很好，不幸王弗年僅二十七歲即染病早逝。宋神宗熙寧八年（1075），蘇軾知密州，這一年也是王弗去世後的第十年。正月二十日夜，蘇軾夢見亡妻，醒來後便寫下了這首著名的悼亡詞，表達了對亡妻永難忘卻的懷念，並寄寓了仕宦不得志的深沉感慨。

　　詞的上片寫死別之苦，思憶之深。開頭三句，排空而下，真情直語，感人至深。恩愛夫妻，撒手永訣，時間倏忽，轉瞬十年。人雖云亡，而過去美好的情景自難忘懷。詞人將「不思量」與「自難忘」並舉，利用這兩組看似矛盾的心態之間的張力，真實而深刻地揭示自己內心的情感。後三句把現實與夢幻混同在一起，把死別後的個人種種憂憤，囊括在容顏的蒼老、形體的衰敗之中，這時詞人才四十歲，已經「鬢如霜」了。明明妻子辭別人世不過十年，卻是「縱使相逢應不識」，這是一種絕望的、不可能的假設，感情深沉悲痛，而又無奈。既表現了詞人對愛妻的深切懷念，也把個人的變化做了形象的描繪，使這首詞的意義更加深了一層。下片的頭五句，才入了題開始「記夢」。詞人以一個常見而難忘的場景表達了愛妻在自己心目中的永恆的印象。夫妻相見，沒有出現久別重逢、卿卿我我的親昵，而是「相顧無言，惟有淚千行」。正唯「無言」，方顯沉痛；正唯「無言」，才勝過了萬語千言；正唯無言，才使這個夢境令人感到無限淒涼。

末三句又從夢境落回到現實上來。詞人設想此時亡妻一個人在淒冷幽獨的明月之夜的心境，可謂用心良苦。詞人設想死者的痛苦，以寓自己的悼念之情。

　　這首詞感情淳厚凝重，格調高尚淒厲，將夫妻之間的感情表達得深摯而執著，且採用白描手法，出語如話家常，卻字字從肺腑鏤出，自然而又深刻，平淡中寄寓著真淳。唐圭璋《唐宋詞簡釋》評此詞曰：「此首為公悼亡之作，真情郁勃，句句沉痛，而音響淒厲，陳後山（陳師道）所謂『有聲當徹天，有淚當徹泉』也。」

木蘭花

次歐公西湖韻①

蘇軾

　　霜餘已失長淮闊②，空聽潺潺清穎咽。佳人猶唱醉翁詞③，四十三年如電抹。　　草頭秋露流珠滑④，三五盈盈還二八⑤。與余同是識翁人，惟有西湖波底月。

【註釋】

① 歐公西湖韻：歐陽修在穎州寫有《木蘭花》多首，其中之一云：「西湖南北煙波闊，風裏絲簧聲韻咽。舞餘裙帶綠雙垂，酒入香腮紅一抹。　　杯深不覺琉璃滑，貪看六么花十八。明朝車馬各西東，惆悵畫橋風與月。」本詞即和此首韻。

② 霜餘已失長淮闊：此句言霜降之後河水減退，河身顯得狹長了。長淮：淮河。

③ 醉翁詞：指歐陽修詠穎州西湖的詞，如《木蘭花》組詞和《采桑子》組詞等。

④ 草頭秋露流珠滑：古樂府《薤露》：「薤上露，何易晞。露晞明朝更
　　復落，人死一去何時歸。」曹操《短歌行》：「對酒當歌，人生幾何？
　　譬如朝露，去日苦多。」此化用其意。

⑤ 三五盈盈還二八：謝靈運《怨曉月賦》：「昨三五兮既滿，今二八兮
　　將缺。」

【評析】

　　蘇軾於宋哲宗元佑六年（1091）任潁州知州，時年五十六歲。蘇軾早
年知遇於歐陽修，二人誼兼師友，交情非比尋常。當他泛舟於潁水，自然
而然地追念曾在這裏做過知州，並終老於此的歐陽公。

　　詞的上片寫深秋淮河將涸的荒涼景象，並以潁水嗚咽來訴說對歐公的
思念。正當他臨風懷想，情不自禁時，傳來佳人高唱醉翁詞的歌聲，於是
益增悲惋，深歎時光如飛電一閃。下片前兩句仍借秋露和明月發人生短
暫、世事無常之慨。末兩句詞人結合自己與歐陽修的交情，以及歐陽修與
潁州西湖的淵源，抒發對恩師的緬懷之情，寫得情真意切、深沉哀婉。借
「西湖波底月」共抒傷逝哀情，內涵豐富，詩情濃郁，令人玩味不盡。

　　這首詞委婉深沉，清麗淒惻，情深意長，空靈飄逸，語出淒婉，幽深
的秋景與心境渾然一體。結尾寫波底之月，以景結情傳達出因月光之清冷
孤寂而生的悲涼傷感。全詞一派淡泊、淒清的秋水月色中化出淡淡的思念
和歎惋，因景生懷人之情，悲歎人生無常，令人感慨萬千，悵然若失。

賀 新 郎①

蘇軾

　　乳燕飛華屋②，悄無人、桐③陰轉午，晚涼新浴。手弄生綃④
白團扇，扇手一時似玉⑤。漸困倚、孤眠清熟。簾外誰來推繡
戶？枉教人、夢斷瑤臺曲⑥。又卻是、風敲竹。　　　石榴半吐紅

巾蹙⑦，待浮花、浪蕊⑧都盡，伴君幽獨。穠豔一枝細看取，芳心千重似束。又恐被、西風驚綠，若待得君來向此，花前對酒不忍觸。共粉淚、兩簌簌⑨。

【註釋】

① 賀新郎：詞調名，始見於蘇軾詞，因詞中有「晚涼新浴」，亦題為《賀新涼》。毛先舒《填詞名解》卷三謂此調由蘇軾所創。

② 乳燕：雛燕兒。飛：宋趙彥衛《雲麓漫鈔》謂見真跡作「棲」。曾季狸《艇齋詩話》：「其真本云：『乳燕棲華屋』，今本作『飛』，非是。」

③ 桐：原本作「槐」，據別本改。

④ 生綃：未漂煮過的生織物，即絲絹。

⑤ 扇手一時似玉：《世說新語·容止》：「王夷甫容貌整麗，妙於玄談，恒捉白玉柄麈尾，與手都無分別。」此用其意。

⑥ 瑤台：玉石砌成的台，神話傳說在昆侖山上，此指夢中仙境。曲：幽深貌。

⑦ 紅巾蹙：形容石榴花半開時如紅巾皺縮。白居易《題孤山寺山石榴花示諸僧眾》：「山榴花似結紅巾，容豔新妍占斷春。」

⑧ 浮花、浪蕊：浮、濃言眾花之輕浮，為反襯石榴花之幽獨。

⑨ 兩簌簌：形容花瓣與眼淚同落。

【評析】

這是一首閨情詞，表現了閨中女子孤獨、抑鬱的情懷。

詞的上片以初夏景物為襯托，寫一位孤高絕塵的美麗女子。起三句點出初夏季節、過午、時節、環境之幽靜。「晚涼新浴」，推出傍晚新涼和出浴美人。「手弄生綃」兩句工筆描繪美人「晚涼新浴」之後的閒雅風姿。詞人寫團扇之白，不只意在襯托美人的肌膚潔白和品質高潔，而且意在象徵美人的命運、身世。自從漢代班婕妤作《團扇歌》後，在古代文人筆下，白團扇常常是紅顏薄命、佳人失時的象徵。而一「弄」字，便透露出美人

內心一種無可奈何的寂寥。以下寫美人初因孤寂無聊而入夢，繼而好夢因風搖竹聲而被驚斷。「漸困倚、孤眠清熟」句，使人感受到佳人處境之幽清和內心的寂寞。末三句寫美人由夢而醒、由希望而失望的悵惘，將其感情上的波折凸顯了出來，極其婉曲地表現了女主人公的孤寂。

下片用穠豔獨芳的榴花為美人寫照。前二句既表明榴花開放的季節，又用擬人手法寫出了它不與桃李爭豔、獨立於群芳之外的品格。這不與「浮花浪蕊」為伍的榴花，也即是女主人公的象徵。「穠豔一枝細看取」，刻畫出花色的明麗動人。「芳心千重似束」，不僅捕捉住了榴花外形的特徵，並再次托喻美人那顆堅貞不渝的芳心，寫出了她似若有情、愁心難展的情態。「又恐被秋風驚綠」，由花及人，油然而生美人遲暮之感。「若待得君來向此」至結尾，寫懷抱遲暮之感的美人與榴花兩相憐惜，共花落簌簌而淚落簌簌。

這首詞描寫細緻，形象生動，言盡意遠，韻味無窮，曲折含蓄地表達了詩人懷才不遇的抑鬱情懷。

鷓鴣天

黃庭堅

座中有眉山隱客史應之 ① 和前韻，即席答之。

黃菊枝頭曉寒，人生莫放酒杯乾。風前橫笛斜吹雨，醉裏簪花倒著冠②。　　身健在，且加餐。舞裙歌板盡清歡。黃花白髮③相牽挽，付與時人冷眼看。

【作者簡介】

黃庭堅（1045-1105），字魯直，自號山谷道人，晚年號涪翁，號稱豫章黃先生，洪州分寧（今江西修水）人，北宋詩人、詞人、書法家。

治平四年（1067）進士，曾任國子監教授、校書郎、起居舍人等官職。紹聖初新黨執政，迫害元祐舊臣，黃庭堅被誣以修《神宗實錄》不實的罪名，責貶涪州別駕。宋徽宗時曾一度起用，後又被除名編管宜州，死於貶所。他以詩文受知於蘇軾，為「蘇門四學士」之一。他是江西詩派的開山大師，詩風生新瘦硬。他又是著名的書法家，為「宋四家」之一。詞與秦觀齊名，藝術成就則遜於秦。其詞良莠不齊，早期詞作多寫花月豔情，部分篇章流於猥褻，為人所譏。有些詞疏放豪邁，表現他「超軼絕塵，獨立萬物之表」（蘇軾語）的兀傲性格與浩然之氣，風格近蘇軾。有《山谷詞》，又名《山谷琴趣外篇》。

【註釋】

① 史應之：黃庭堅在戎州結識的友人，是一位隱士。

② 倒著冠：《世說新語·任誕》：「山季倫為荊州，時出酣暢。人為之歌曰：『山公時一醉，徑造高陽池。日暮倒載歸，酩酊無所知。復能乘駿馬，倒著白接籬。舉手問葛強，何如並州兒？』」此用其事。接籬：古代男子戴的一種帽子。

③ 黃花白髮：黃花指菊花，白髮指年邁的詞人自己。

【評析】

黃庭堅於紹聖元年（1095）被貶涪州，先居黔州，後移戎州，前後五年餘，但他身處逆境，卻「不以得喪休戚芥蒂其中」（《豫章先生傳》），自持清操，講學、著述不倦。對不公平的命運，他心中雖然充滿憤激情緒，但總是以一種調侃、自嘲、慢世侮俗的方式來表現，而不流於哀怨頹廢。本詞通過一個「淫坊酒肆狂居士」的形象，展現了黃庭堅從坎坷的仕途得來的人生體驗，抒發了胸中的苦悶和激憤。詞中所塑造的狂士形象，是詞人自己及其朋友史應之的形象，同時也是那個時代中不諧於俗而懷不平傲世之心的文人的形象。

詞的上片是勸酒之辭，既是勸別人，同時也是勸自己從酒中去尋求安

慰。「曉寒」既是實實在在的寒冷，也暗喻詞人遭受的挫折。接著詞人寫出了酒後的浪漫舉動和醉中狂態，表明酒中自有另一番境界。橫起笛子對著風雨吹，頭上插花倒戴帽，都是不入時的狂放行為，只有酒後醉中才能這樣放肆。下片則是對世俗的侮慢與挑戰。前三句仍是一種反常心理，其含意於世事紛擾，是非顛倒，世風益衰，無可挽回，只願身體長健，眼前快樂，別的一無所求。這是從反面立言。末兩句則是正面立言。菊花傲霜而開，常用以比喻人老而彌堅，故有黃花晚節之稱。這裏說的白髮人牽換著黃花，明顯地表示自己要有禦霜之志，決不同流合污，而且特意要表現給世俗之人看。這自然是對世俗的侮慢，不可能為時人所理解和容忍。

　　全詞語言陡健輕峭，風格疏宕豪邁，體現了詞人掙脫世俗約束的高曠理想。在詞人曠達的外表背後，隱藏著無盡的辛酸與傷痛。

定風波

次高左藏使君韻①

黃庭堅

　　萬里黔中一漏天②，屋居終日似乘船。及至重陽天也霽，催醉，鬼門關③外蜀江前。　　莫笑老翁猶氣岸④，君看，幾人黃菊上華顛⑤？戲馬臺南追兩謝⑥，馳射，風流猶拍古人肩。

【註釋】

① 高左藏：詞人友人，生平不詳。使君：古代對州郡長官的尊稱。

② 漏天：指陰雨連綿。

③ 鬼門關：即石門關，今重慶市奉節縣東，兩山相夾如蜀門戶。

④ 氣岸：氣度傲岸。

⑤ 華顛：白頭。

⑥戲馬臺：王十朋《東坡詩集注》：「戲馬臺在徐州彭城縣，項羽所築。宋武建第舍，重九日，引賓客登臺賦詩。」當時著名詩人謝瞻和謝靈運曾各寫一詩。兩謝：即指謝瞻和謝靈運。

【評析】

本詞是黃庭堅在黔州貶所所作。黔州荒涼僻遠，氣候惡劣，但黃庭堅卻能隨緣自適、安貧樂道，置榮辱生死於度外。而他天性中原有沉著、滑稽、孤芳自賞的特點，故能「處涸澤以猶歡」。

上片起二句寫黔中氣候，以表明貶謫環境之惡劣。不說苦雨，而通過「一漏天」「似乘船」的比喻，形象生動地表明秋霖不止叫人不堪其苦的狀況。下三句寫重陽放晴，登高痛飲。說重陽天霽，用「及至」「也」二虛詞呼應斡旋，有不期然而然、喜出望外之意。久雨得晴，又適逢佳節，真是喜上加喜。遂逼出「催醉」二字。「鬼門關外蜀江前」回應「萬里黔中」，點明歡度重陽的地點。「鬼門關」這裏是用其險峻來反襯一種忘懷得失的胸襟，頗有幾分傲兀之氣。下片前三句承上意寫重陽賞菊。古人重陽節有簪菊的風俗，但老翁頭上插花卻不合時宜。詞人借這種不入俗眼的舉止，寫出一種不服老的氣概。「君看」「莫笑」云云，全是自負口吻。末三句詞人說自己重陽節不但照例飲酒賞菊，還要騎馬射箭，吟詩填詞，其氣概直追古時的風流人物，更將豪邁氣概表現到極致。

這首詞以輕鬆而豪健的筆調，寫出了詞人重陽節醲飲賞菊的風雅情致，騎馬馳射的英雄氣概，以及藝術上不斷進取的奮發精神，讀之令人神氣鷹揚。

望 海 潮①

秦觀

梅英疏淡，冰澌溶泄②，東風暗換年華。金谷③俊遊，銅駝

巷陌④，新晴細履平沙。長記誤隨車⑤，正絮翻蝶舞，芳思交加。柳下桃蹊⑥，亂分春色到人家。　　西園⑦夜飲鳴笳，有華燈礙月，飛蓋⑧妨花。蘭苑⑨未空，行人漸老，重來是事堪嗟。煙暝酒旗斜。但倚樓極目，時見棲鴉。無奈歸心，暗隨流水到天涯⑩。

【作者簡介】

　　秦觀（1049—1100），字少遊，號淮海居士，別號邗溝居士，揚州高郵（今江蘇高郵）人，北宋中後期著名詞人。元豐八年（1085）進士。哲宗時歷任太學博士、秘書省正字、國史院編修。後坐黨籍貶郴州、雷州等地。徽宗即位，放還，至廣西藤州，死於途中。

　　秦觀是「蘇門四學士」之一，在四學士中他最受蘇軾重愛，詩、文、詞皆工，詞名尤著，當時即負聲譽。陳師道《後山詩話》贊其為「當代詞手」。葉夢得《避暑錄話》說他「善為樂府，語工而入律，知樂者謂之作家歌，元豐間盛行於淮楚」。《四庫全書總目》說他「詩格不如蘇、黃，而詞則情韻兼勝，在蘇、黃之上。流傳雖少，要為倚聲家一作手」。近人薛礪若《宋詞通論》稱李煜、晏幾道、秦觀為詞中三位美少年，他們的詞風相近。有《淮海居士長短句》傳世，存詞八十餘首，思想內容較狹窄，多抒寫愛情和身世之慨。秦觀是黨爭中的犧牲品，他的不幸來自於統治者的一再打擊，因此，他詞中抒寫的愁苦不是無病呻吟，而有著極其深刻的政治背景。他的詞藝術成就很高，柔情典雅，情味深永，音律諧婉。詞風上承柳永、晏幾道，下開周邦彥、李清照。

【註釋】

① 望海潮：詞調名，始見於柳永詞。柳詞為詠錢塘而作，調名當是以錢塘作為觀潮勝地取意。

② 冰澌：冰塊流融。溶泄：溶解流泄。

③金谷：金谷園，在洛陽西北，為西晉石崇所建別館。此指汴京名園。

④銅駝巷陌：古代洛陽宮門南四會道口，有二銅駝夾道相對，後稱「銅駝陌」。此指汴京的繁華街道。

⑤誤隨車：指錯跟上別家女子的香車。

⑥桃蹊：桃樹下的小路。

⑦西園：曹植《公宴》：「清夜遊西園，飛蓋相追隨。明月澄清景，列宿正參差。」曹植所言西園在鄴城，此處係用典，實指汴京金明池。

⑧飛蓋：飛馳車輛上的傘蓋。

⑨蘭苑：美麗的園林，亦指「西園」。

⑩「無奈歸心」二句：李頻《送友人下第歸越》：「歸意隨流水，江湖共在東。」此用其意。

【評析】

　　本詞《宋六十名家詞·淮海詞》題作「洛陽懷古」，但此詞是「感舊」，作詞之地為汴京，而非洛陽。創作時間應在紹聖元年（1094），新黨再度執政，詞人被貶離京時。本詞抒寫今昔之慨，由今感昔，又由昔慨今，錯綜交織，而以懷舊為主。

　　上片起三句由「梅疏」「冰溶」表明春光又臨。「暗換年華」，既指眼前自然界的變化，又指人世滄桑、政局變化。此種雙關的今昔之感，直貫結句思歸之意。「金谷」以下到「華燈」「飛蓋」，均寫當年春日京華之盛況。「長記」點明為追憶中情事。京華春光之美，夜宴冠蓋之盛，「誤隨車」之少年浪漫，令人神往。「柳下桃蹊」幾句，把絢爛的春色、無處不在的春光，渲染得十分真切動人，充滿了生意。「西園」三句，從美妙的景物寫到愉快的飲宴，時間則由白天到了夜晚，以見當時的盡情歡樂。「蘭苑」三句，說明物華如舊，自身已老，與「暗換」呼應，並發出愁深情濃的感喟。「煙暝」句起又轉入眼前景，暮色蒼冥，天宇無盡，棲鴉掠過，面對遠謫天涯前程，亦如棲鴉無奈，何枝可依。

　　詞中以「陳隋小賦」手法極力鋪敘過去的歡樂，句法麗密，而眼前的

淒清牢落，卻只以疏筆借景物點染，形成強烈對照，感人至深。整首詞典雅清麗，溫婉平和而意脈不斷、氣骨不衰，是出色的長調。

八六子①

秦觀

倚危亭、恨如芳草，萋萋剗②盡還生。念柳外青驄③別後，水邊紅袂④分時，愴然暗驚。　　無端天與娉婷⑤，夜月一簾幽夢，春風十里⑥柔情。怎奈向⑦、歡娛漸隨流水，素弦聲斷，翠綃香減，那堪片片飛花弄晚，濛濛殘雨籠晴。正銷凝，黃鸝又啼數聲⑧。

【註釋】

①八六子：唐詞調名，始見於《尊前集》載杜牧詞，又名《感黃鸝》。

②剗：通「鏟」。

③青驄：毛色青白相間的馬。

④紅袂：紅袖，借指美人。

⑤娉婷：美好貌。

⑥春風十里：杜牧《贈別》：「春風十里揚州路，捲上珠簾總不如。」

⑦怎奈向：即怎奈，如何。向：向來。一說語氣助詞。

⑧「正銷凝」二句：洪邁《容齋隨筆》言此二句係模仿杜牧《八六子》結句：「正消魂，梧桐又移翠陰。」銷凝：銷魂、凝魂的略語，謂因感傷而出神。

【評析】

這是一首懷人之作。詞人懷念他曾經愛戀過的一位歌女。

上片起三句為神來之筆，見景物而陡然逗起離恨，以鏟盡還生的芳草

比喻剪不斷的離情，變故為新，用筆空靈含蓄。「念柳外」至下片「春風十里柔情」六句，回憶分別情景及往日歡娛，纏綿婉曲，意味無窮。以下幾句再敘離恨，並融情入景，以「飛花」「殘雨」「黃鸝」等幽美意象，襯托淒迷的感情，形容處雖無刻肌入骨之語，卻於清淳中見沉著。

本詞清麗雅緻精美，音律柔曼和諧，確是情韻兼勝的佳作，詞人善用畫面說話，舉重若輕，寄凝重之思於輕靈的筆觸之中，如遊龍飛空，似春風拂柳。張炎《詞源》評此詞曰：「離情當如此作，全在情景交煉，得言外意。」

滿 庭 芳①

秦觀

山抹微雲，天連②衰草，畫角聲斷譙門。暫停征棹③，聊共引離尊。多少蓬萊舊事，空回首、煙靄紛紛。斜陽外，寒鴉數點，流水繞孤村④。　　銷魂，當此際，香囊暗解，羅帶輕分⑤。謾贏得青樓，薄倖名存⑥。此去何時見也？襟袖上、空惹啼痕。傷情處，高城望斷⑦，燈火已黃昏。

【註釋】

① 滿庭芳：詞調名。毛先舒《填詞名解》說此調採吳融詩「滿庭芳草易黃昏」，又柳宗元詩「滿庭芳草積」。始見於蘇軾詞。又名《鎖陽臺》《滿庭霜》《瀟湘夜雨》《話桐鄉》《滿庭花》等。

② 連：一作「粘」。

③ 征棹：遠行的船。

④ 「寒鴉」二句：隋煬帝楊廣詩：「寒鴉千萬點，流水繞孤村。」

⑤ 羅帶輕分：古人以結帶象徵相愛，羅帶輕分表示別離。

⑥ 「謾贏得」句：杜牧《遣懷》詩：「十年一覺揚州夢，贏得青樓薄倖

名。」

⑦高城望斷：歐陽詹《初發太原途中寄太原所思》詩：「高城已不見，
　況復城中人。」此用其意。

【評析】

　　本詞是秦觀最傑出的詞作之一，其特點是「將身世之感，打入豔情」
（周濟《宋四家詞選》），在意境、句法等方面，深受柳永《雨霖鈴》影響。
詞人寫此詞時年三十一，詩文已享有一定聲譽，卻仕途蹭蹬，連舉鄉貢都
未得成功，加上失去愛情慰藉，更使他分外愁悶。詞中以淒涼的秋天晚景
渲染離情，非常出色。蘇軾極其欣賞首句新奇精警，戲呼秦觀為「山抹微
雲君」。

　　詞的上片寫景，引出別意。「抹」與「連」兩個動詞精美傳神，表現
出風景畫中的精神，顯出高曠遼闊中的冷峻與衰颯，與全詞淒婉的情調吻
合。接著將「多少蓬萊舊事」消彌在紛紛煙靄之中，概括地表現離別雙方
內心的傷感與迷茫。「斜陽外」三句宕開寫景，別意深蘊其中。下片用白
描直抒傷心恨事，展示自己落拓江湖不得志的感受。香囊、羅帶，綴以
「分」「解」，告別的剎那間，密意柔情難以割捨之狀，宛然在目。「謾贏得」
「何時見」，思前念後，自怨自艾，無可奈何，逼出淚染襟袖，離情達到高
潮。旅船遠駛，城不見，夜已深，而仍回首凝望，眷顧不休。筆觸精細，
思緒纏綿，畫景詩情，一往而深。

　　這首詞筆法高超還韻味深長，至情至性而境界超凡，非用心體味，不
能得其妙也。吳曾《能改齋漫錄》引晁補之言曰：「近世以來作者，皆不
及秦少遊，如『斜陽外，寒鴉數點，流水繞孤村』，雖不識字人，亦知是
天生好言語也。」

滿庭芳

秦觀

　　曉色雲開，春隨人意，驟雨才過還晴。古臺芳樹，飛燕蹴紅英①。舞困榆錢②自落，秋千外、綠水橋平。東風裏，朱門映柳，低按小秦箏。　　多情，行樂處，珠鈿翠蓋③，玉轡紅纓④。漸酒空金榼⑤，花困蓬瀛⑥。豆蔻梢頭舊恨⑦，十年夢、屈指堪驚。憑闌久，疏煙淡月，寂寞下蕪城⑧。

【註釋】

①蹴：踢，踏。紅英：此指飄落的花瓣。

②榆錢：春天時榆樹初生的榆莢，形狀似銅錢而小，甜嫩可食，俗稱榆錢。

③珠鈿：用珠寶製成的花朵形首飾。翠蓋：指車蓋上綴有翠羽。

④玉轡：用玉裝飾的馬韁繩。纓：系在領下的冠帶。

⑤榼（音科）：古代盛酒的器具。

⑥蓬瀛：指蓬萊和瀛洲，傳說中神山名。

⑦「豆蔻」句：杜牧《贈別》詩：「娉娉嫋嫋十三餘，豆蔻梢頭二月初。」指十三、四歲的女子。

⑧蕪城：即廣陵城，今揚州。因鮑照作《蕪城賦》諷詠揚州城的廢毀荒蕪，後世遂以蕪城代指揚州。

【評析】

　　秦觀青年時客遊揚州，結交師友與俊傑，醉心於風流豪邁的生活，因而詞中屢以在揚州有過曼豔情事的杜牧自況。此詞當係紹聖初被貶後途經揚州時所作。

　　詞的上片描繪雨後初晴的明媚春光，筆調明快。「曉色雲開」三句，

敘天晴、春暖、氣清。「古台芳榭」四句，寫燕飛、花紅、榆舞、秋千、綠水、小橋。「東風裏」三句，由寫景過渡到寫人，卻寫得極有韻致。朱門之內，綠柳掩映下，紅妝少女彈奏著秦箏，琴聲悠揚，令朱門外的人心動神馳，浮想聯翩。下片寫昔日行樂與當前寂寞寡歡之情。「多情，行樂處」提點一筆，始正面進入豔遇幽歡。「翠蓋」指女，「玉轡」指男，「酒空」「花困」，兩情歡洽甜蜜，臻於極致，不可言傳。「豆蔻」三句作一總束，點破此乃記憶中舊夢前塵。「堪驚」忽跌入現境，以反襯作收，愈覺人事全非，舊情難忘。

　　全詞章法綿密，意旨深遠，語辭清麗自然又精練工妙，情調婉約憂傷，寫景狀物細膩，生動地表現出景物中人的思想情懷。俞陛雲《宋詞選釋》評此詞曰：「前寫景，後寫情，流利輕圓，是其制勝處。」

減字木蘭花①

秦觀

　　天涯舊恨，獨自淒涼人不問。欲見回腸，斷盡金爐小篆香②。黛蛾③長斂，任是春風吹不展。困倚危樓，過盡飛鴻字字愁。

【註釋】

① 減字木蘭花：詞調名。此調在《木蘭花》七言八句式的基礎上，於一、三、五、七句各減去三字，並調整韻腳，變為句句押韻，兩句一換韻。

② 篆香：製成篆文形的盤香，也稱拓香。

③ 黛蛾：指眉毛。蛾：以蠶蛾觸角比喻美人彎彎的眉毛。

【評析】

　　本詞抒寫了閨中思婦念遠懷人的憂鬱愁情。全詞托思婦自訴口吻，以「愁」字貫串始終。

　　詞的上片寫女子獨自淒涼，愁腸欲絕。「天涯」點明所思遠隔，「舊恨」說明分離已久，四字寫出空間、時間的懸隔。「獨自淒涼人不問」表面講無人過問，無人安慰，實際是說自己沒有一個可以傾訴離愁的人。「欲見回腸」兩句以篆香比喻九曲回腸，奇妙而貼切。下片描寫女子盼望遠人的無限愁悶，顯示了她的滿懷深情。「黛蛾長斂」二句從內心轉到表情的描寫，「任是」二字，著意強調，加強了愁恨的分量。這兩句的佳處是無理之妙。讀到這兩句，讀者眼前便會浮現在拂面春風中雙眉緊鎖、脈脈含愁的女主人公形象。末二句點明女主人公獨處高樓的處境和引起愁恨的原因。高樓騁望，見懷遠情殷，而「困倚」「過盡」，則騁望之久，失望之深自見言外。舊有鴻雁傳書之說，仰觀飛鴻，自然會想到遠人的書信，但「過盡」飛鴻，卻盼不到來自天涯的音書。因此，這排列成行的「雁字」，在困倚危樓的閨人眼中，便觸目成愁了。

　　全詞通體悲涼，可謂斷腸之吟，先著力寫內心，再著重寫外形，觸物興感，借物喻情，詞采清麗，筆法多變，細緻入微地表現了女主人公深重的離愁，抒寫出一種深沉的怨憤激楚之情。詞中出語凝重，顯出沉鬱頓挫的風致，抑揚分明，有強烈的起伏跌宕之感。張炎《詞源》評此詞曰：「體制淡雅，氣骨不衰，清麗中不斷意脈。」

踏莎行

郴州旅舍

秦觀

霧失樓臺，月迷津渡，桃源[1]望斷無尋處。可堪孤館閉春

寒，杜鵑聲裏斜陽暮。　　驛寄梅花②，魚傳尺素，砌成此恨無重數。郴江幸自繞郴山，為誰流下瀟湘去③。

【註釋】

① 桃源：桃花源。陶淵明在《桃花源記》中虛構的世外樂園，並假稱其地在武陵。

② 驛寄梅花：陸凱《贈范曄詩》：「折梅逢驛使，寄與隴頭人。江南無所有，聊寄一枝春。」此處詞人是將自己比作范曄，表示收到了來自遠方的問候。

③ 「郴江」二句：張宗《詞林紀事》卷六引釋天隱曰：「末二句從『沅湘日夜東流去，不為愁人住少時』變化來。」清顧祖禹《讀史方輿紀要·湖廣》載郴水在「州東一里，一名郴江，源發黃岑山，北流經此……下流會耒水及白豹水入湘江」。幸自：本來是。為誰：為什麼。

【評析】

　　本詞大約作於紹聖四年（1097）春三月秦觀初抵郴州之時。詞人因黨爭遭貶，遠徙郴州，精神上倍感痛苦。詞寫客居旅舍的感慨，以委婉曲折的筆法，抒寫了失意人的淒苦和哀怨的心情，流露了對現實政治的不滿。

　　詞的上片寫謫居中寂寞淒冷的環境。開頭三句，緣情寫景，劈面推開一幅悽楚迷茫、黯然銷魂的畫面。「失」「迷」二字，既準確地勾勒出月下霧中樓臺、津渡的模糊，又恰切地寫出了詞人無限淒迷的意緒。「霧失」「月迷」，皆為下句「望斷」出力。陶淵明筆下的桃花源據說就在郴州的武陵，可詞人怎麼也尋找不到，這敘述委婉地道出了詞人對現實的絕望和想要逃避的心情。一個「斷」字，讓人體味出詞人久佇苦尋幻想境界的悵惘目光及其失望痛苦的心情。末兩句寫身處客舍之景。一個「閉」字，鎖住了料峭春寒中的館門，也鎖住了那顆欲求拓展的心靈。更有杜鵑聲聲，催人「不如歸去」，勾起旅人愁思。斜陽沉沉，正墜西土，怎能不觸動一腔

身世淒涼之感。

下片由敘實開始，寫遠方友人殷勤致意、安慰。遠方的親友送來安慰的資訊，按理應該欣喜為是，但身為貶謫之人，北歸無望，卻「別是一般滋味在心頭」，每一封裏寄著親友慰安的書信，觸動的總是詞人那根敏感的心弦，奏響的是對往昔生活的追憶和痛省今時困苦處境的一曲曲淒傷哀婉的歌。一個「砌」字，將那無形的傷感形象化，好像還可以重重累積，終如磚石壘牆般築起一道高無重數、沉重堅實的「恨」牆。末兩句用比興手法，對自己不公平的命運發出痛切的呼號。王士禎《花草蒙拾》記曰：「『郴江幸自繞郴山，為誰流下瀟湘去？』千古絕唱。秦歿後坡公常書此於扇云：『少遊已矣，雖萬人何贖！』高山流水之悲，千載而下，令人腹痛。」恐怕蘇軾愛的不只是秦觀的文采，而是在秦觀的呼號中找到了兩人的共鳴。唐圭璋《唐宋詞簡釋》亦評此詞曰：「此首寫羈旅，哀怨欲絕。起寫旅途景色，已有歸路茫茫之感。末引『郴江』、『郴山』，以喻人之分別，無理已極，沉痛已極，宜東坡愛之不忍釋也。」

浣溪沙

秦觀

漠漠①輕寒上小樓，曉陰無賴②似窮秋，淡煙流水畫屏幽。
自在飛花輕似夢，無邊絲雨細如愁，寶簾③閑掛小銀鉤。

【註釋】

① 漠漠：彌漫貌。

② 無賴：沒有道理。詞人厭惡之語。

③ 寶簾：綴著珠寶的簾子，指華麗的簾幕。

【評析】

本詞抒寫女子的相思別情，卻不用直筆，而是於景中見情。這首詞曾被譽為《淮海詞》中小令的壓卷之作，它以輕淺的色調、幽渺的意境，描繪了一個女子在春陰的清晨裏所生發的淡淡哀愁和輕輕寂寞。全詞意境悵靜悠閒，含蓄有味。

詞的上片寫晨起之感和室內之景，語言幽婉而含義深邃。「漠漠」形容清晨時煙霧絲雨、柳絮飛花交織成的淡淡迷濛的畫面。「曉陰無賴」乃樓中人發出的怨惱，清晨陰冷竟像深秋，暗示出時節正當寒食清明之際。「淡煙」寫樓中人在曉陰輕寒中突然發現眼前景物之美：白濛濛的淡淡煙霧，清潺潺流淌的碧水像一幅清幽、淡逸的水墨畫。下片寫倚窗所見，轉入對春愁的正面描寫。「飛花」「絲雨」這些富有動態性的細節意象精描地細繪了畫境之清幽與樓中人似夢如怨的情懷。「自在」乃形容柳絮與落紅順其自然飄然而落，倏忽而去，有如縹緲的春夢一樣輕柔、空盈。最後以「閑掛」二字透出樓中人的空虛、閑寂的神情與心緒，與前面的景物描寫融成一片。

此詞以柔婉曲折之筆，寫一種淡淡的閒愁。詞人用「輕描淡寫」的筆法，融情入景，明寫景，實寫人的愁怨，其構思之精巧，意境之優美，猶如一件精緻小巧的藝術品。

阮郎歸

秦觀

湘天[1]風雨破寒初，深沉庭院虛。麗譙吹罷小單于[2]，迢迢清夜徂[3]。　　鄉夢斷，旅魂孤，崢嶸[4]歲又除。衡陽猶有雁傳書[5]，郴陽和雁無。

【註釋】

① 湘天：指湘江流域一帶。

② 麗譙：壯美的高樓。小單于：唐曲調名。此借指角聲。

③ 迢迢：漫長沉寂。徂：往，過去。

④ 崢嶸：比喻歲月艱難，極不尋常。

⑤ 衡陽：古衡州治所。相傳衡陽有回雁峰，鴻雁南飛望此而止。郴州
　　在衡陽南，故云「和雁無」。

【評析】

　　本詞是秦觀貶謫郴州時歲暮天寒的感慨之作，抒發了思鄉之情和末路
之悲。

　　詞的上片寫除夕夜間長夜難眠的苦悶。起首二句，以簡練的筆觸勾勒
了一個寂靜幽深的環境。滿天風雨衝破了南方的嚴寒，似乎呼喚著春天的
到來。然而詞人枯寂的心房，卻毫無復蘇的希望。環顧所居庭院的四周，
深沉而又空虛，人世間除舊歲、迎新年的氣象一點也看不到。「麗譙」二
句是寫詞人數盡更籌，等待著天明。除夕之夜，人們是全家守歲，而此刻
的詞人卻深居孤館，耳中聽到的只是風聲、雨聲，以及從城門樓上傳來的
悽楚的畫角聲。這種聲音，彷彿是亂箭，不斷刺激著詞人的心靈。「迢迢」
二字，極言歲之長。一個「清」字，則突出了夜之靜謐，心之淒涼。而一
個「徂」字，則將時光的流逝寫得很慢，很慢。整個上片，情調是低沉的，
節奏是緩慢的。而下片前兩句，詞人卻以快速的節奏發出「鄉夢斷，旅魂
孤」的詠歎。這六個字，凝聚著多麼深摯的感情啊！至「崢嶸歲又除」一
句，詞人始正面點除夕。「崢嶸」二字寓艱難之義。末二句寫離鄉日遠，
音訊久疏，連用二事，貼切而又自然。

　　全詞意象沉鬱，以寒、虛、斷、孤等淒苦、殘缺的字眼皴染環境的陰
冷、蕭索，層層深入地描述了詞人極度的孤寂和哀愁，感人至深。唐圭璋
《唐宋詞選釋》評此詞曰：「此首述旅況，亦極淒婉。上片，起言風雨生
愁，次言孤館空虛。『麗譙』兩句，言角聲吹徹，人亦不能寐。下片，『鄉

夢』三句，抒懷鄉懷人之情。『歲又除』，歎旅外之久，不得便歸也。『衡陽』兩句，更傷無雁傳書，愁愈難釋。小山云：『夢魂縱有也成虛，那堪和夢無。』與此各極其妙。」

鷓鴣天

秦觀

枝上流鶯和淚聞，新啼痕間舊啼痕。一春魚雁無消息，千里關山勞夢魂。　　無一語，對芳尊，安排腸斷到黃昏。甫能炙得燈兒了^①，雨打梨花深閉門。

【註釋】

①甫能：剛剛。宋時口語。炙得：點亮。一說燈油燃盡。如此，則是間接說明女主人公徹夜無眠。

【評析】

　　這是一首閨情詞，詞中塑造了一位深於情、專於情的女性形象。她獨居幽閨，日日夜夜思念著遠在「千里關山」之外的情人。儘管對方「一春魚雁無消息」，她卻依舊夢縈魂牽，為相思而斷腸。此詞《全宋詞》據《草堂詩餘·前集》卷上列為無名氏詞。

　　詞的上片寫思婦凌晨在夢中被鶯聲喚醒，遠憶征人，淚流不止。「夢」是此片的關節。後兩句寫致夢之因，前兩句寫夢醒之果。「新啼痕間舊啼痕」句，形象地表現了女主人公綿綿不斷的離愁別恨，言簡而意永。下片前三句寫女子在白天的思念。她一大早被鶯聲喚醒，哭乾眼淚，默然無語，千愁萬怨似乎隨著兩行淚水咽入胸中。但是胸中的憂鬱憤懣總得要排遣，於是就借酒澆愁，準備就這樣痛苦地熬到黃昏。結尾兩句，融情入景，表達了女子對遠方的愛人綿綿無盡的相思。「雨打梨花深閉門」句不

僅描繪了淒清的晚春光景，也表現了女主人公自甘索寞的高尚情操。

全詞語言極其清婉自然，「體制淡雅，氣骨不衰，清麗中不斷意脈，咀嚼無渣，久而知味。」（張炎《詞源》）

綠 頭 鴨①

晁元禮

晚雲收，淡天一片琉璃。爛銀盤②、來從海底，皓色千里澄輝。瑩無塵，素娥③淡佇，靜可數、丹桂④參差。玉露初零，金風未凜，一年無似此佳時。露坐久、疏螢時度⑤，烏鵲正南飛⑥。瑤臺⑦冷，闌干憑暖，欲下遲遲⑧。　　念佳人、音塵別後，對此應解相思⑨。最關情、漏聲正永，暗斷腸、花陰偷移。料得來宵，清光未減，陰晴天氣又爭知。共凝戀⑩、今別後，還是來年期。人強健，清尊素影，長願相隨。

【作者簡介】

晁元禮（1046—1113），一名端禮，字次膺，北宋詞人。熙寧六年（1073）進士，兩為縣令，因得罪上司，廢徙三十年。徽宗朝以承事郎為大晟府協律，未及供職即病逝。擅長寫詞，其詞多為宮廷應制之作，亦有為抒情寫意或詠物之作。有《閑齋琴趣外篇》。

【註釋】

① 綠頭鴨：唐教坊曲，後用為詞調，始見於晁元禮詞。又名《鴨頭綠》《隴頭泉》等。

② 爛銀盤：形容中秋月圓而亮。盧仝《月蝕》：「爛銀盤從海底出。」

③ 素娥：即月中女神嫦娥，因月色白，故稱。

④ 丹桂：相傳月中有桂樹，高五百丈。

⑤ 疏螢時度：韋應物《寺居獨夜寄崔主簿》：「寒雨暗深更，流螢度高
　　閣。」
⑥ 烏鵲正南飛：曹操《短歌行》：「月明星稀，烏鵲南飛。」
⑦ 瑤臺：指雕飾華麗、結構精巧的樓臺。
⑧ 遲遲：眷戀貌。
⑨ 「念佳人」三句：謝莊《月賦》：「美人邁兮音塵闕，隔千里兮共明
　　月。」此用其意。音塵：消息。
⑩ 凝戀：深切思念。

【評析】

　　本詞別本題作「詠月」，內容是中秋詠月兼懷人。

　　詞的上片寫景。起二句一筆放開，為下邊的鋪敘，開拓了廣闊的領
域。接著「爛銀盤」句寫海底湧出了月輪，放出了無邊無際的光輝，使人
們胸襟開朗，不覺得注視著天空裏的月亮轉動。「瑩無塵」四句寫嫦娥素
裝佇立，丹桂參差可見，把神話變成了具體的美麗形象。「疏螢時度，烏
鵲正南飛。」化用了曹操和韋應物的名句，寫出了久坐之中、月光之下所
看到的兩種景物，這是一片幽寂之中的動景，兩種動景顯得深夜更加靜
謐。末三句委婉地表現出詞人不是單單地留戀月光，而是對月懷人。下片
前兩句上承「欲下遲遲」，下啟對情思的描寫，銜接得自然妥貼，渾然無
跡，深得婉轉情致。下邊主要從對方寫起。遙想對方此夜裏「最關情」的
當是「漏聲正永」，「暗斷腸」的應為「花影偷移」。不從自己方面寫出，
而偏從對方那裏寫出，對方的此夜情，也正是自己的此夜情；寫對方也是
寫自己，心心相印，雖懸隔兩地而情思若一，越寫越深婉，越寫越顯出兩
人音塵別後的深情。「料得來宵」以下化用蘇軾「人有悲歡離合」等句意，
以珍惜今宵共勉，並對未來致良好的祝願。末三句結得雍容和婉，有不盡
之情，而無衰颯之感。

　　全詞層次清楚，鋪敘得當，氣脈連絡貫穿，前後縱收自如，且意境清
新，格調和婉，言辭清麗，情致綿綿，亦為中秋詞之佳作。胡仔《苕溪漁

隱叢話》評曰：「中秋詞，自東坡《水調歌頭》一出，餘詞盡廢；然其後，亦豈無佳詞？如晁次膺《鴨頭綠》一詞，殊清婉，但樽俎間歌喉，以其篇長憚唱，故湮沒無聞矣。」

蝶戀花

趙令畤

　　欲減羅衣寒未去，不捲珠簾，人在深深處。紅杏枝頭花幾許？啼痕止①恨清明雨。　　盡日沉煙香②一縷，宿酒醒遲，惱破春情緒。飛燕又將歸信誤，小屏風上西江③路。

【作者簡介】

　　趙令畤（1061—1134），初字景貺，蘇軾為之改字德麟，自號聊復翁。趙宋宗室。與蘇軾有交誼，入黨籍。元祐六年簽書潁州公事，時蘇軾為知州，薦其才於朝。後坐元佑黨籍，被廢十年。紹興初，襲封安定郡王，遷寧遠軍承宣使。四年卒，贈開府儀同三司。著有《侯鯖錄》八卷，多記文壇掌故，品評詩詞多有新見。詞雖與蘇軾多唱和，氣格殊異。值得注意的是他以十二首《商調蝶戀花》鼓子詞詠張生、崔鶯鶯故事，韻、散相間，有說有唱，夾敘夾議，是研究宋金說唱文字與戲劇文學的重要資料。詞集《聊復集》今不傳，有趙萬里輯本。

【註釋】

①止：通「只」。
②沉煙香：即沉香，植物名，心材為著名熏香料，又名沉水香。
③西江：廣西蒼梧一帶之西江。一說泛指江河。

【評析】

本詞抒寫閨中思婦傷春懷遠的愁情怨緒。此詞亦見強村本《小山詞》，《樂府雅詞》卷中作趙令畤詞。

詞的上片將女主人公惜花傷春的意緒表達得頗為動人。「欲減羅衣」而實未減，顯出節候的無常與心情的無奈。「不捲珠簾」二句雖未直接說出閨中人的心緒，卻畫出一位佳人惆悵自憐之態，使人隱隱感受到她心中的愁悶。「紅杏枝頭花幾許」強調殘餘杏花能開幾時的惜花情緒，「花幾許」恰是暮春物象變化的典型特徵，隱喻了深閨思婦的如花青春猶如杏花之凋零！「啼痕」意象兼融人、花，淋雨的花瓣兒如花啼淚痕，深閨思婦惜殘紅墜地而自傷落淚，人與花同病相憐，只恨清明時節凄涼細雨過於無情，寒氣襲人，苦雨摧花，令思婦怕見落花而躲在閨中「深深處」。下片借飛燕以抒懷遠之愁緒。前三句轉寫閨中人內心極度的凄寂和苦悶。她終日對著一縷嫋嫋香煙出神，深閨之寂寞冷清和人的百無聊賴可想而知。盡日苦坐愁城，無法排遣，唯有借酒澆愁。「宿酒醒遲」，可見恨深酒多。「惱破春情緒」，關合上片惜花恨雨，極力渲染出一個「愁」字。末兩句點出女主人公愁思重重的深層原因。「飛燕」句將惱怨發向飛燕，可謂怨奇而情深。最後以「小屏風」之景結思夫君之情。「西江路」恰是詞人寧遠軍承宣使任所在地域。詞人以懸想、虛設深閨思婦神往西江路懷念自己的方式，抒寫了詞人對閨中愛侶的深切相思。沈際飛《草堂詩餘正集》評此結句曰：「末路情景，若近若遠，低徊不能去。」

語言婉約清麗，情致柔和纏綿，意境蘊藉含蓄，結尾餘韻不盡，神味久遠，歷來深得好評。

蝶 戀 花

趙令畤

捲絮風頭寒欲盡，墜粉飄香，日日紅成陣。新酒又添殘酒

困，今春不減前春恨^①。　　蝶去鶯飛無處問，隔水高樓，望斷雙魚信。惱亂橫波秋一寸^②，斜陽只與黃昏近^③。

【註釋】

① 「新酒」二句：張先《青門引》：「殘花中酒，又是去年病。」此化用其意。

② 橫波：比喻眼波流動，如水閃波。秋一寸：謂目係一寸秋波。

③ 「斜陽」句：李商隱《樂遊原》：「夕陽無限好，只是近黃昏。」此處翻用其意。

【評析】

　　這是一首傷春懷人之作。詞中以惜花托出別恨，以暮色渲染出音問兩絕的愁苦、鬱悶。全詞情景交融，細膩地營造出清麗哀愁的詞境。此詞亦見強村本《小山詞》，《樂府雅詞》卷中作趙令畤詞。

　　詞的上片描寫暮春景象，惜花傷春的感情中織入相思別怨，語婉而層深。起首三句描繪春深花落景象，形象地描繪了花兒的飄謝，斜風過處，只見落英紛紛，清芬沁人的意境。這些雖說是寫晚春景色，而惜春之意也蘊含其中。「新酒」兩句，轉而直接抒情，情感的內涵由惜春轉向懷人，並通過以酒遣愁的細節強化這種情感。「又添」兩字，加強語氣，徑直道出因懷人而中酒頻仍。「不減」說明離恨卻並不因為分別時間久長而稍有減退。這樣，語氣更顯得委婉，而語意也深入了一層。下片極言得不到消息的失望。前三句極寫孤獨之感，不唯無人可問，連蝴蝶、黃鶯也都飛往別處，只剩下自己獨倚高樓，凝望碧水。末兩句抒寫了因懷人、傷春而生發的綿綿愁恨，以含蓄的筆觸表現了怕黃昏又近的難耐之情，沁人心脾。

　　全詞抒情細膩，婉麗多姿。李攀龍《草堂詩餘雋》評曰：「此詞妙在寫情語，語不在多，而情更無窮。」

清平樂

趙令時

　　春風依舊，著意隋堤柳^①。搓得鵝兒黃^②欲就。天氣清明時候。　　去年紫陌青門^③，今宵雨魄雲魂^④。斷送一生憔悴，只消幾個黃昏？

【註釋】

① 著意：有意於。隋堤柳：隋煬帝大業元年（605）重浚汴河，開通濟渠，沿渠築堤植柳。至宋代，近汴京一段多為送別之地。

② 鵝兒黃：幼鵝毛色黃嫩，故以喻嬌嫩淡黃之物色，多用以形容初春的楊柳。

③ 紫陌：舊指京師道路。青門：漢長安城東南門，本名霸城門，俗因門色青，呼為青門。此處紫陌青門泛指遊冶之地。

④ 雨魄雲魂：化用宋玉《高唐賦》序所言襄王夢神女事，此處表示伊人不見，只能於夢中尋見。

【評析】

　　本詞寫春景以抒情，憶舊而懷今。一說為劉弇所作。

　　詞的上片寫隋堤春柳。「春風」從橫向空間擴展寫春風駘蕩中清和明麗的自然景物。「依舊」則從縱向時間延續包蘊自昔年至今年的同一時境物是人非的變化，為下片「去年」「今朝」之跌宕做一鋪墊。「搓得鵝兒黃欲就」一句，將春催楊柳生發的天功神力形象生動地描寫出來。下片今昔對比，顯出今時的冷落。以「去年」「今朝」的辭意跌宕，追懷「去年紫陌朱門」，即在京都朱門府邸的歡愛相聚，兩情依戀如春風搓柳。而今朝呢？已然「雨魄雲魂」，雨散雲消化為縹緲魂魄啦！「斷送」二句寫思者之悲痛。今朝依舊是春風搓柳之美景，自今後再不堪目睹，見之斷腸傷

神，一生都將相思憔悴矣。最難堪黃昏淒寂，不知此生將消受多少寂寞黃昏？真是沉痛哀絕，再無歡趣！此二句與晏幾道《木蘭花》「此時金盞直須深，看盡落花能幾醉」有異曲同工之妙，而所表達的感情，晏作為沉痛，此則最為悲切。王世貞《藝苑卮言》稱其為「恆語之有情者」。

風流子①

張耒

　　亭皋木葉下②，重陽近、又是擣衣③秋。奈愁入庾腸④，老侵潘鬢⑤，謾簪黃菊，花也應羞⑥。楚天晚、白蘋煙盡處，紅蓼⑦水邊頭。芳草有情，夕陽無語，雁橫南浦，人倚西樓。　　玉容知安否？香箋共錦字，兩處悠悠。空恨碧雲離合⑧，青鳥⑨沉浮。向風前懊惱，芳心一點，寸眉兩葉，禁甚閒愁。情到不堪言處，分付東流。

【作者簡介】

　　張耒（1054—1114），字文潛，號柯山，北宋文學家。熙寧六年（1073）進士。曾任秘書省正字、起居舍人等職。張耒是「蘇門四學士」之一，政治上亦與蘇軾共進退，紹聖年間謫監黃州酒稅，又貶復州。徽宗朝一度起復，又以黨籍被貶房州別駕，黃州安置。後詔除黨禁，始得「自便」，居陳州。張耒以詩文著名，詞流傳甚少，著有《柯山集》五十卷、《拾遺》十二卷、《續拾遺》一卷。

【註釋】

①風流子：唐教坊曲名，後用作詞調，始見於五代孫光憲詞。本為小令，三十四字，秦觀衍為長調慢詞。
②亭皋：水旁平地。柳惲《擣衣詩》五首之二：「亭皋木葉下，隴首秋

雲飛。」木葉：即樹葉。屈原《九歌·湘夫人》：「嫋嫋兮秋風，洞庭波兮木葉下」。此處化用以上句意。

③擣衣：古代婦女將衣料放在砧板上用棒槌捶擊，使衣料柔軟以便裁縫，或者是將髒衣服放在砧板捶擊，去渾水，再清洗。在我國古代，被征入伍的男子的衣服都需要自備，每到秋冬交替季節，家人都要準備換季衣服寄到軍中。所以每到秋季，婦女都會擣衣，就是為遠方的父君準備冬衣。

④庾腸：即庾信的愁腸，喻思鄉的愁腸。南朝詩人庾信出使北魏，被強留北方，作有《愁賦》，表達思鄉之情。

⑤潘鬢：即潘岳的斑鬢。西晉文學家潘岳自稱三十二歲時就兩鬢髮白，後來潘鬢成為鬢髮斑白的代稱。此處詞人以「潘鬢」自喻身心漸衰之貌。

⑥「謾簪黃菊」兩句：蘇軾《吉祥寺賞牡丹》詩：「人老簪花不自羞，花應羞上老人頭。」此化用其意。

⑦紅蓼：即蓼藍，一種花，秋季開花，花為紅色。

⑧空恨碧雲離合：江淹《休上人怨別》詩：「日暮碧雲合，佳人殊未來。」此處暗用其意。

⑨青鳥：信使的代稱。《漢武故事》載西王母與漢武帝約會，命青鳥先期飛降承華殿，以通報消息。

【評析】

　　這是一首抒發思鄉、思人之情的詞作。全詞以景蘊情，精微細緻地抒發了詞人內心的孤苦閒愁和對妻子的思念。

　　詞的上片寫景，傾訴了詞人久久羈留他鄉、歲月空逝的憂愁。前三句點明時近重陽，而擣衣之聲使得遠行之人因此想到妻子在家為自己擣衣的情景，感到既痛苦又溫暖。這裏「木葉」「擣衣」連用，不僅寫出了深秋特有的景色，也為全詞烘托出蕭瑟淒清的背景。接下來四句連用三事，詞人先以庾信、潘岳自比，敘述羈旅之苦悲和身心之疲憊，又化用蘇軾詩句

寫出自己失去賞菊簪花情致的慵倦心境。「楚天晚」以下幾句，描繪詞人
獨立於白洲、紅蓼汀，在暮色中凝神望遠之所見秋景、所感情懷，句句清
麗，字字含情，韻味清醇悠遠。

　　下片抒寫兩地相思，婉曲深情。起句點明所思之人，揭示詞旨所在，
使上片所寫的種種情景明朗化。「香箋」四句表達了兩地分居、不見來信
的惆悵，愈加顯出深深掛念之情。「向風前懊惱」四句，轉以想像之筆，
設想妻子思念自己時的痛苦情狀。他想像妻子也許在風前月下，芳心懊
惱，眉頭緊皺，怎麼也止不住那百無聊賴的愁思。寫對方思念自己，正是
為了表達自己對妻子深摯的愛情與痛苦的思念。末以質語縮合全篇。相思
至極，欲說還休，不是不想說，而是說了愈加愁苦，倒不如將此情交付給
東流之水帶去為好。而東流之水悠悠不絕，也正代表了詞人的思念。

　　此詞疏密相間，前呼後應，結構完整，意境渾融，語言工麗自然，其
藝術特點是用典極豐，而又不露痕跡，毫無堆砌羅列之感。此外，全詞六
副對偶，也令人叫絕。

水 龍 吟

次韻林聖予惜春

晁補之

　　問春何苦匆匆，帶風伴雨如馳驟。幽葩[1]細萼，小園低檻，
壅[2]培未就。吹盡繁紅，占春長久，不如垂柳。算春長不老，人
愁春老，愁只是、人間有。　　春恨十常八九，忍輕孤[3]、芳醪
[4]經口。那知自是、桃花結子，不因春瘦[5]。世上功名，老來風
味，春歸時候。最多情猶有，尊前青眼[6]，相逢依舊。

【作者簡介】

晁補之（1053—1110），字無咎，號歸來子，濟州巨野（今山東巨野）人，北宋文學家，「蘇門四學士」之一。元豐二年（1079）進士，歷任秘書省正字、校書郎、禮部郎中及地方官職等，曾兩度被貶。早年以文章受知於蘇軾，蘇軾稱其「于文無所不能，博辯俊偉，絕人遠甚」。其文與詞受蘇軾影響較深，劉熙載《藝概》曰：「東坡詞，在當時鮮與同調，不獨秦七、黃九，別成兩派也。晁無咎坦易之懷，磊落之氣，差槎駿駦……」馮煦《宋六十一家詞選例言》評其詞「無子瞻之高華，而沉咽則過之」。有詞集《晁氏琴趣外篇》傳世。

【註釋】

① 幽葩：清幽的花朵。

② 壅：用泥土或肥料培育植物的根部。

③ 孤：通「辜」，辜負。

④ 芳醥：芳醇的美酒。

⑤「那知」二句：王建《宮詞》：「樹頭樹底覓殘紅，一片西飛一片東。自是桃花貪結子，錯教人恨五更風。」此處化用其意。

⑥ 青眼：《世說新語·簡傲》注引《晉百官名》載阮籍能為青白眼，見凡俗之士，以白眼對之。嵇康齎酒挾琴來訪，籍大悅，乃對以青眼。後因謂對人重視、喜愛曰青眼。又見於《晉書·阮籍傳》。白居易《春雪過皇甫家》詩：「唯要主人青眼待，琴詩談笑自將來。」

【評析】

本詞為惜春抒懷之作，將寫景、抒情、明理三者自然地融為一體。林聖予原詞已佚，此篇為和作。此詞末三句或作「縱樽前痛飲，狂歌似舊，情難依舊」。

詞的上片惜春。「問春」二句寫春天挾風帶雨匆匆而過，而「何苦」二字卻透出一種對春天風雨「馳驟」的責問，埋怨其徒勞自苦，言外已露

人之「惜春」，關鍵並非在春去匆匆。繼以芳花易凋渲染，又以垂柳之長久旁襯。「占春長久，不如垂柳」二句，體物明哲，道出自然之理與詞人樸素的美學趣味。「算春長不老」幾句，表現了詞人對自然界時序、景物的變化循環不滅、生生不息的辨證認識，富有理趣。儘管如此，每當春殘花落，詞人仍不免傷心。下片前四句便寫出詞人雖則通曉物理卻未能忘情的複雜心緒。「世上」三句又進一層揭示他傷情的實質原因是年紀老大而功業無成，言簡意永。末三句宕開一筆，以友情的溫暖自慰，殊覺詞人胸襟超曠。

　　本詞語意不凡，筆如遊龍，轉折多致，不以形象而以趣味勝。詞人在惜春中注入身世愁緒，融入人生哲思，故不同於一般惜春詞。

憶少年①

別歷下②

晁補之

　　無窮官柳，無情畫舸，無根行客③。南山尚相送，只高城人隔。　　罨畫園林溪紺碧④，算重來、盡成陳跡。劉郎⑤鬢如此，況桃花顏色。

【註釋】

① 憶少年：詞調名，始見於晁補之詞。朱敦儒用此調作詞，題名《十二時》，故又名《十二時》。

② 歷下：今山東濟南。

③ 「無窮」三句：鄭文寶《柳枝詞》：「亭亭畫舸繫春潭，直到行人酒半酣。不管煙波與風雨，載將離恨過江南。」此處化用其意。官柳：大道兩旁的柳樹。

④ 罨畫：色彩雜染的圖畫。紺：天青色，一種深青帶紅的顏色。

⑤ 劉郎：指劉禹錫，此處是詞人自喻。唐朝詩人劉禹錫於唐憲宗元和年間從貶謫之地調回京，他遊玄都觀觀桃花，作詩《元和十年自朗州至京戲贈看花諸君子》：「紫陌紅塵拂面來，無人不道看花回。玄都觀裏桃千樹，儘是劉郎去後栽。」此詩諷刺權貴，因此他再遭貶謫。十四年後，劉禹錫再度被調回京，他重遊玄都觀，作《再遊玄都觀》：「百畝庭中半是苔，桃花淨盡菜花開。種桃道士歸何處？前度劉郎今又來。」詩中不勝今昔之慨。

【評析】

本詞是詞人謫貶應天府，告別歷下時的抒懷之作。

詞的上片寫離別歷下。起筆疊用三個「無」字，寫盡行蹤飄零、宦途輾轉的漂泊者之悲哀。繼寫南山送、伊人隔，無限依戀。以山襯人，抒發了佳人不見的憂傷。下片設想他日重歸歷下景況。「罨畫」句贊歷下林泉景勝，寫歷城園林花溪似紅碧彩繪之畫境，寫出詞人對歷下風景之美的深刻印象與眷戀。「算重來」以下，設想今後，鬢影花色，預計主客變遷，不勝感慨。「劉郎」句用劉禹錫受貶、遠謫僻鄉重回長安但青春已去的故事，抒發年華易逝的感喟。

全詞直抒胸臆，借景點染，開首造句新警，結尾巧用典故以曲致幽情，耐人尋味。

洞 仙 歌

泗州中秋作

晁補之

青煙冪處，碧海飛金鏡①。永夜閑階臥桂影。露涼時，零亂

多少寒螿②，神京遠③，惟有藍橋④路近。　　水晶簾不下，雲母屏⑤開，冷浸佳人淡脂粉。待都將許多明，付與金尊，投曉共流霞⑥傾盡。更攜取胡床⑦上南樓，看玉做人間，素秋千頃。

【註釋】

① 「青煙」二句：李白《把酒問月》：「皎如飛鏡臨丹闕，綠煙滅盡清輝發。」此處化用其意。冪：覆蓋，籠罩。

② 寒螿：即寒蟬，體小，秋出而鳴。

③ 神京遠：化用日近長安遠的典故。《世說新語·夙惠》：「晉明帝數歲，坐元帝膝上。有人從長安來……因問明帝：『汝意謂長安何如日遠？』答曰：『日遠。不聞人從日邊來，居然可知。』元帝異之。明日，集群臣宴會，告以此意，更重問之。乃答曰：『日近。』元帝失色，曰：『爾何故異昨日之言邪？』答曰：『舉目見日，不見長安。』」

④ 藍橋：地名，今陝西藍田西南藍溪之上，故名。相傳其地有仙窟，為裴航遇仙女雲英處。唐裴鉶《傳奇·裴航》載，長慶中，有秀才裴航，行於湘漢。同行樊夫人，國色天姿，航欲求之，夫人與詩曰：「一飲瓊漿百感生，玄霜搗盡見雲英。藍橋便是神仙宮，何必崎嶇上玉清。」後經藍橋驛側近，因渴甚，遂下道求漿而飲，會雲英，以玉杵臼為禮，結為連理。方知雲英為仙女，樊夫人則雲英之姐也。

⑤ 雲母屏：雲母做成的屏風。雲母為花崗岩主要成分，可做屏風，豔麗光澤。

⑥ 流霞：神話中的仙酒，泛指美酒。

⑦ 胡床：古代一種輕便坐具，可以折疊。

【評析】

　　據詞題，本詞當是晁補之晚年在泗州賞月時所作。毛晉《晁氏琴趣外篇跋》認為此篇為晁補之絕筆之作。

　　詞的上片寫庭院賞月。起二句化用李白詩句，寫皓月穿破雲層，像一

面金鏡飛上碧空，金色的光輝照亮了天上人間。「飛」字寫乍見月之突然升起，使人感到似是何處飛來，充滿驚異欣喜之情。「永夜」三句，通過永夜、閑階、涼露、寒蟬等物象，極寫月夜的靜寂清冷，描繪出一幅充滿涼意、悠長寂寞的中秋月夜圖，烘托出詞人的孤寂心境和萬千感慨。末兩句是詞人望月而生的身世感慨。然此詞對仕途坎坷，也僅微露悵恨而已，全詞的主調，仍然是曠達豪放的。

下片轉寫室內宴飲賞月。捲簾、開屏，都是為使月光遍滿，為下文「付與金尊」預作地步，表現了對明月的極端愛悅。「淡脂粉」的「淡」字也與月光極協調。「待得」三句，寫舉酒邀月放情豪飲，不但要將明月銀輝傾入酒杯中，還要把流彩朝露，盡傾酒杯中，暗示想自夜至曉暢飲通宵，以伴明月。末尾又宕開筆勢，將視線投向廣宇。「攜取胡床上南樓」可見詞人賞月興致之濃，亦可見詞人之狂放灑脫。「玉做人間」語極奇警，比喻月光普照大地，可謂奇想自外飛來。它既寫月色，也暗含希望人間消除黑暗和污濁，像如玉的明月一般美好之意。這最後三句，諸多意象織成清涼世界，冰魂玉魄，包舉八荒，麗而且壯，足以滌蕩凡心。

全詞以月起，以月結，首尾呼應，渾然天成。篇中明寫、暗寫相結合，將月之色、光、形、神，人對月之憐愛迷戀，寫得極為生動入微。清人黃蓼園《蓼園詞選》評此詞曰：「前段從無月看到有月，後段從有月看到月滿，層次井井，而詞致奇傑。各段俱有新警語，自覺冰魂玉魄，氣象萬千，興乃不淺。」

臨江仙

晁沖之

憶昔西池①池上飲，年年多少歡娛。別來不寄一行書，尋常相見了，猶道不如初。　　安穩錦衾今夜夢，月明好渡江湖②。相思休問定何如，情知③春去後，管得落花無？

【作者簡介】

晁沖之,生卒年不詳,字叔用,年字用道,晁補之堂弟。早年師從陳師道。紹聖初,黨爭劇烈,晁沖兄弟輩多人遭貶謫放逐,沖之亦坐黨籍,後隱居於陽翟(今河南禹縣)具茨山,自號具茨。多年後回到汴京,當權者欲加任用,拒不接受。終生不戀功名,授承務郎。其詞有一定藝術成就,有《晁叔用詞》一卷,今不傳,有趙萬里輯本,刊入《全宋詞》,存詞十六首。

【註釋】

① 西池:即金明池,在汴京西鄭門西北,因稱西池。五代時,周世宗欲伐南唐,始鑿池以習水戰。宋時為遊覽勝地,文期酒會大都在此舉行。

②「安穩」二句:杜甫《夢李白》二首其一:「江南瘴癘地,逐客無消息。故人入我夢,明我長相憶。」此處化用其意。

③ 情知:深知,明知。

【評析】

這是一首懷舊相思之作,寄託著深沉的政治感慨。哲宗紹聖初,新黨再度執政,晁沖之的兄弟朋輩多遭貶謫,他自己也被迫隱居,彼此難通音訊,因此心中有無限殷憂。但從本詞超曠沖和的格調來看,詞人的胸襟是豁達的,性格是開朗的,當然他所遭受的打擊要比蘇門四學士小得多。這首詞以淡雅的筆觸追憶昔日的歡娛和友情,從「憶昔」到「夜夢」,從「夜夢」到「落花」,詳盡地寫了坎坷的遭遇和人世的滄桑,同時朦朧地透出了一種悵惘情緒。

上片撫今追昔。開端直敘往昔在京邑文酒詩會,歡情良多。「別來」轉入當今親舊星散,音容茫然。「尋常」二句,以往常反襯現實,言外充滿人事變遷之慨。下片言當時的生活和心情。前兩句言舊知無信,唯有求之夢寐。「安穩」二字頗有深意。末三句是設想月夜夢中重逢的話。論理,

久別重逢，應暢談彼此別後景況，之所以反而「休問」，不要問實在是因為彼此遭遇相同，處境相似，「同是天涯淪落人」，彼此互問情況，徒增傷感而已。

　　該詞曲筆傳情，將沉痛的思念寄託在平淡的語句和豁達的理性思考之中，在同類題材的詞作中顯得別致新穎，發人深思。許昂霄《詞綜偶評》評「情知春去後」二句「淡語有深致，咀之無窮」。

虞美人

舒亶

　　芙蓉落盡天涵水，日暮滄波起①。背飛②雙燕貼雲寒，獨向小樓東畔倚闌看。　　浮生只合尊前老，雪滿長安道。故人早晚上高臺，寄我江南春色一枝梅③。

【作者簡介】

　　舒亶（1041—1103），字道，號懶堂，明州慈溪（今屬浙江）人。治平二年（1065）舉進士第一。神宗元豐年間為監察御史裏行，同李定多次彈劾蘇軾以詩歌訕謗時政，釀成「烏台詩案」，為士林所鄙。累官至龍圖閣待制。工小詞，內容多流連光景、相思別離之類，風格、意境較單調，王灼《碧雞漫志》評曰：「思致妍密，要是波瀾小。」

【註釋】

① 「芙蓉」二句：李璟《攤破浣溪沙》：「菡萏香銷翠葉殘，西風愁起碧波間。還與容光共憔悴，不堪看。」此處化用其意。天涵水：指水天相接，蒼茫無際。

② 背飛：各朝另一個方向飛去。

③ 「寄我」句：用陸凱贈梅與范曄事。見秦觀《踏莎行·郴州旅舍》注。

【評析】

　　本詞為詞人寄贈友人之作，別本題作「寄公度」。詞以悲秋為契機，抒寫被廢黜後的淒涼心境以及對朋友的真摯感情，並且隱含著政治希冀。

　　詞的上片寫日暮登樓所見，描繪了一幅蕭疏淡遠的清秋圖畫。「芙蓉」二句寫秋風江上，日暮遠望，水天相接，煙波無際，客愁離思，亦隨煙波蕩漾而起。「背飛雙燕」即「勞燕分飛」，這一意象則隱喻了詞人與友人當年的被迫離別。「貼雲寒」，言懍畏雲中高寒。一個「寒」字透露出心有餘悸的寒意。最後「獨向高樓」補敘出所處位置和登樓倚欄目送故友離京遠去的情景。下片直抒念遠懷人之情。從上片「芙蓉落盡」到下片「雪滿長安」，交代出詞人時至歲暮仍滯留汴京。「浮生」二句寫人生若水面浮沫旋生旋滅的虛幻感和「雪滿長安」的寒冷孤獨，更增添了故人杳然的寂寞感。「故人早晚」是詞人懸想友人自秋至冬定然也在懷念著自己，也會早晚登上高臺眺望，定然會「寄我江南春色一枝梅」。詞人化用南朝陸凱自江南折梅一枝，寄贈長安好友范曄的典故，設想友人想念自己而抒發對友人的深切懷念，用典貼切自然。而「春色一枝梅」的瑩潔明豔的意象則成為友誼的一種象徵。

　　全詞借景寓情，曲寫身世滄桑之變化與故人友誼之深切，語言清婉雅麗，堪稱佳作。

漁家傲

朱服

　　小雨纖纖[1]風細細，萬家楊柳青煙裏。戀樹濕花飛不起，愁無際，和春付與東流水。　　九十光陰[2]能有幾？金龜解盡[3]留無計。寄語東陽[4]沽酒市，拚[5]一醉，而今樂事他年淚。

【作者簡介】

朱服（1048—？），字行中，烏程（今浙江湖州）人。熙寧六年（1073）進士。哲宗朝，官至禮部侍郎。徽宗朝，加集賢殿修撰，後坐與蘇軾遊，一貶再貶，卒於貶所。《全宋詞》存其詞一首。

【註釋】

① 纖纖：細小，細微，多用以形容微雨。

② 九十光陰：指孟、仲、季三春共九十天。

③ 金龜解盡：用賀知章以金龜換酒事。孟棨《本事詩》載：「李太白初自蜀至今，舍於逆旅，賀監知章聞其名，首訪之。既奇其姿，複請所為文，白出《蜀道難》以示之。讀未竟，稱歎者數四，號為『謫仙』。白酷好酒，知章因解金龜換酒，與傾盡醉，期不間日，由是稱譽光赫。」金龜：唐三品以上官佩金龜。

④ 東陽：今浙江金華。宋屬婺州東陽郡。

⑤ 拚：甘願，不顧惜。

【評析】

本詞為惜春抒懷之作，別本題作「春詞」。

詞的上片寫景。開頭兩句寫暮春時節，好風吹，細雨潤，滿城楊柳，萬家屋舍，掩映在楊柳的青煙綠霧之中，渲染春歸時節萬家煙柳的朦朧氛圍。次三句借濕花戀樹寄寓人的戀春之情。「戀樹濕花飛不起」句極妙，不僅描摹了殘花將落未落，眷著於樹的戀春形象，而且賦予落花必然凋殘而淚花淋漓的悲淒情態。春天將去的時候，落花有離樹之愁，人也有惜春之愁，這「愁無比」三字，盡言二愁。如此深愁，既難排遣，故而詞人將它連同春天一道付與了東流的逝水。下片詞人感歎韶光易逝，因而產生不如及時行樂的思緒，著意抒情。「九十」二句哀歎春光短暫，即使「解盡金龜」暢飲美酒，像挽留美人一樣地挽留春光，也是徒勞！春留不住，於是詞人「寄言東城」酒家沽酒，拚醉消愁尋樂，彌補春去之遺憾！即便如

此,「而今樂事」畢竟是短暫地忘懷眼前的悲愁,「他年」回味今天這種愁中求歡、苦中尋樂的癡舉,將會更深地感到「和春付與東流水」的無奈和悲哀,而流下痛楚的淚水。

全詞用語清麗,虛實結合,寓情於景,意境悲涼,言有盡而意無窮,盡顯詞人深厚的藝術功力。

惜 分 飛①

富陽僧舍作別語贈妓瓊芳②

毛滂

淚濕闌干花著露③,愁到眉峰碧聚④。此恨平分取,更無言語空相覰。　　斷雨殘雲無意緒,寂寞朝朝暮暮。今夜山深處,斷魂分付潮回去。

【作者簡介】

毛滂(1064—約1124),字澤民,號東堂,衢州江山(今屬浙江)人。曾受知於蘇軾。元符初為武康縣令,改官舍盡心堂為「東堂」,因以為號。蔡京當政時,曾獻諛詞而驟得進用。宣和年間出知秀州。毛滂工詩能文,詞風清疏瀟灑,《四庫全書總目》稱其詞「情韻特勝」。近人薛礪若《宋詞通論》稱之為「瀟灑派」,說他是個「俯仰自樂不沾世態的風雅作家」,並說其影響及於陳與義、朱敦儒及姜夔、張炎等詞人。有《東堂詞》 卷。

【註釋】

① 惜分飛:詞調名,始見於毛滂、晁補之詞。
② 富陽:宋代縣名,治所在今浙江富陽。毛滂解職,歌妓瓊芳自杭州

送出八十里到富陽，後才話別。

③淚濕闌干花著露：白居易《長恨歌》：「玉容寂寞淚闌干，梨花一枝
　春帶雨。」此用其意。

④眉峰碧聚：古人以青黛畫眉，雙眉緊鎖，猶如碧聚。

【評析】

　　本詞為贈別抒情之作，是詞人青春戀情的真實記錄。元佑中，蘇軾為
杭州太守，毛滂為法曹，秩滿離任時作此詞贈歌妓瓊芳。

　　詞的上片追敘離別，寫依依惜別的深情。「淚濕」二句著意描摹瓊芳
淚痕滿面、花容濕露，愁聚黛眉的美豔淒哀的愁容。「平分」二字寫出相
愛雙方的悲歡同感，而一個「空」字更傳達出無語凝噎之際天地不存、神
魂失落的空虛與茫然。下片寫詞人深山羈旅的淒苦與思念。「斷雨」二句，
寫景色之荒殘，零零落落的雨點，漸滅著的殘雲與離人的心境正相印合。
「今夜」二句寫詞人夜宿青山深處富陽僧舍，在了無意緒的寂寞中耳聽富
春江的濤聲，使他心潮澎湃，突發奇想：分付江潮將我的離魂帶回去，陪
伴與我同樣相思不寐的瓊芳！將相思離情表達得極為深摯而酣暢。其孤苦
之情，愁思之意，盡在不言中。

　　此詞抒別情，沒有一句綺麗香豔語，而以清新含蓄的筆觸寫得一往情
深。周輝《清波雜誌》贊此詞曰：「語盡而意不盡，意盡而情不盡，何酷
似乎少游也！」

菩薩蠻

陳克

　　赤闌橋①盡香街直，籠街細柳嬌無力。金碧②上青空，花晴
簾影紅。　　黃衫③飛白馬，日日青樓下。醉眼不逢人，午香吹
暗塵④。

【作者簡介】

　　陳克（1081—1137），字子高，號赤城居士，臨海（今屬浙江）人，北宋末南宋初詞人。紹興七年（1137），呂祉節制淮西抗金軍馬，薦為幕府參謀，他欣然回應，留其家於後方，以單騎從軍。曾與吳若共著《東南防守便利》三卷，陳抗金方略。其少數詞章對戰亂及民生疾苦有所反映。詞風主要承襲花間詞、北宋之婉麗，陳廷焯《白雨齋詞話》稱其詞「婉雅閑麗，暗合溫、韋之旨」。有《赤城詞》一卷。

【註釋】

① 赤闌橋：又稱赤欄橋，在安徽合肥城南。
② 金碧：指金碧輝煌的樓閣。
③ 黃衫：隋、唐時少年貴族之服。此處泛指貴公子。
④ 午香吹暗塵：化用李白《古風》二十四：「大車揚飛塵，亭午暗阡陌。」

【評析】

　　本詞描寫初春旂旎之景。上片以濃豔的色彩描繪了明媚春光中的街景和人家。「赤闌橋」二句以全城最著名的景物點明「香街」位置，繼而攝取香街最具特徵的「細柳」加以描摹。「嬌無力」以擬人化方式寫出細柳似嫵媚佳人嬌慵柔弱的情態。「金碧」二句則進一步將視線投向香街一座座高聳青空的金碧樓閣，樓閣前繁花映著晴空，樓閣帷簾裏閃現著紅影。下片以微婉而諷的筆調描寫了貴族少年日日遊冶的放浪生活和驕狂的形態。「飛白馬」，可見其淫欲驕狂的氣態。「日日」則從時間的無限重複上突現其飽食終日，沉湎於青樓妓館，淫逸放蕩，尋歡作樂。「醉眼」二句寫黃衫紈褲從青樓出來醉眼迷離之狀，令人想見其放蕩狂歡之醜態。「不逢人」，須從反面見義，十里長街，花香柳媚，時當午刻，正是繁華熱鬧的時候，說「不逢人」，正是說他目中無人，對一切都不在乎。「午香」句則寫正午寧靜的香街隨風吹散著花香、熏香乃至脂香，然而，黃衫白馬飛

過則使暗塵漫揚，將香氣也搞得一片混濁！

全詞寫景婉雅，摹態傳神。詞人之諷刺藏而不露，鋒芒內斂。

菩薩蠻

陳克

綠蕪①牆繞青苔院，中庭日淡芭蕉捲。蝴蝶上階飛，烘簾②自在垂。　　玉鉤雙語燕，寶甃③楊花轉。幾處簸錢④聲，綠窗春睡輕。

【註釋】

① 蕪：叢生的草。

② 烘簾：暖簾，風簾。

③ 甃：井壁。

④ 簸錢：擲錢為戲以賭輸贏。

【評析】

這是一首閨怨詞。題材原屬平常，但它造境深細，故能推陳出新。全詞一句一景，像影視鏡頭的頻頻切換，故而景物畫面在連續轉換中顯示出隨意的跳躍性。

詞的上片描繪了春日庭院的靜寂景象。「綠蕪牆」環繞著一座「青苔院」，可見長久無人過問，院裏長滿青苔，可見人跡罕至。「芭蕉」莖挺葉肥，高舒異秀，其格韻不俗，且顯示著環境的幽深。即使蝴蝶翩翩，也無輕羅小扇相撲，室中有人，卻簾幕低垂。上片所寫之景，全顯一個「靜」字，而下片則寫動景。雙燕落在玉鉤之上，軟語呢喃。井壁間的楊花飄飄翻轉。迷離恍惚之中，傳來「幾處簸錢聲」，那似乎是從院牆外傳來的簸錢為戲的銅錢碰擊聲和嬉鬧笑語聲，猶如一石擊水，平添生色，點染出庭

院環境的清幽閒寂與女主人公似睡非睡、亦幻亦真的朦朧夢態。最後以
「春睡」二字畫龍點睛，那一切足以引起愁思的聲音，都是從輕淺的春睡
中聽聞，寫得筆意空靈、富有情致。一個「輕」字，十分傳神地表現出春
睡時若隱若現、朦朧恍惚的境況。

洞仙歌

李元膺

　　一年春物，惟梅柳間意味最深。至鶯花爛漫時，則春已衰遲，
使人無復新意。余作《洞仙歌》，使探春者歌之，無後時之悔。

　　雪雲散盡，放曉晴庭院。楊柳於人便青眼①。更風流多處，
一點梅心，相映遠，約略②顰輕笑淺。一年春好處，不在濃芳，
小豔疏香③最嬌軟。到清明時候，百紫千紅花正亂，已失春風
半④。早占取、韶光共追遊，但莫管春寒，醉紅自暖。

【作者簡介】

　　李元膺，生卒年不詳，東平（今屬山東）人，南京教官。與蔡京
同時，且有交誼。詞多抒寫留戀光景，風格清麗，間有疏放之作。《樂
府雅詞》錄其詞八首。

【註釋】

①青眼：指初生之柳葉，細長如眼。

②約略：大概，差不多。

③疏香：林逋《山園小梅》詩：「疏影橫斜水清淺，暗香浮動月黃昏。」
　　後遂稱梅花為「疏影」或「暗香」，亦稱「疏香」。

④「百紫千紅」二句：徐《詞苑叢談》卷六云：「潘佑與徐鉉、湯悅、

張泌，俱有文名，而佑好直諫。後主於宮中作紅羅亭，四面栽紅梅，作豔曲歌之。佑應命作小詞，有『樓上春寒山四面，桃李不須誇爛漫，已失了春風一半』，時已失淮南，故云。」此二句本此。

【評析】

本詞寫梅柳早春景色之美，提出探春及早的主旨。詞序中說「一年春物，惟梅柳間意味最深」，詞人獨識春光之微，深諳物理。詞中描繪早春光景十分美妙動人，正如李攀龍《草堂詩餘雋》所評：「梅心映遠，一字一珠。春寒醉紅自暖，得暘谷（傳說太陽升起之處）初回趣。」

詞的上片寫早春梅柳的綽約風姿。以「雪雲散」「放曉晴」寫庭院冬寒散去，春晴復歸的季節轉換。「楊柳」以下數句描寫楊柳初生的嫩芽新葉向人綻放「青眼」。「青眼」的意象，既符合柳樹嫩芽嫩黃淡碧的色澤，又巧妙地顯示出柳葉對人似傳情意的嫵媚。「梅心」寫出梅花一點，苞蕾未綻的俏麗俊豔。下片托物言志，借春領悟人生。「一年」三句，表達了詞人對春光美景的獨特審美眼光，他提出柳眼、梅心的「小豔疏香」勝過濃芳，在春寒未盡的早春時節，給尚嫌蕭索的大地平添絲絲、點點的春色。梅柳似乎對春寒冷冽尚有些許嬌怯，因而在她們俏豔的「輕笑」中帶著「輕顰」的愁態。「到清明」三句辭意頓轉，講至清明暮春「百紫千紅」競放時節，繁花濃芳，色彩繚亂，春色已極盛轉衰。最後提出探春賞花要「早占取韶光」，方能領略春天景色的新意。「莫管春寒」指別怕春寒，大不了喝杯酒臉醉紅，身自暖，也要「早占韶光」！ 其實，此處含有哲理意蘊：人們莫要負青春，莫畏險阻，早抓時機，以期有所作為。

這首詞寫春景春意確別出機杼，發人深思，經得起細細品味。此詞並含有隨分自得、知足持盈的人生哲理，讀來使人興會淋漓。

青門飲^①

時彥

　　胡馬嘶風^②，漢旗^③翻雪，彤雲^④又吐，一竿殘照。古木連空，亂山無數，行盡暮沙衰草。星斗橫幽館，夜無眠燈花空老。霧濃香鴨^⑤，冰凝淚燭，霜天難曉。　　長記小妝^⑥才了，一杯未盡，離懷多少。醉裏秋波，夢中朝雨，都是醒時煩惱。料有牽情處，忍思量耳邊曾道：甚時躍馬歸來，認得迎門輕笑。

【作者簡介】

　　時彥（？—1107），字邦美，開封人。元豐二年（1079）進士第一。歷官集賢校理、河東轉運使、開封尹、吏部尚書。《全宋詞》錄其詞一首。

【註釋】

① 青門飲：詞調名，始見於時彥、秦觀詞。

② 胡馬嘶風：《古詩十九首·行行重行行》：「胡馬依北風，越鳥巢南枝。」

③ 漢旗：此指宋朝旗幟。

④ 彤雲：此指風雪前密佈的濃雲。

⑤ 香鴨：鴨形的香爐。

⑥ 小妝：猶淡妝。

【評析】

　　《宋史·時彥傳》載紹聖年間時彥曾出使遼國，此詞當作於使遼時，別本題作「寄寵人」。

　　詞的上片描寫了北國早寒、多變的氣候，寥廓荒涼的景物，以及寒夜

漫漫，詞人在孤寂的客館中通曉難眠的情狀，引出下片懷遠之情。「胡馬」兩句，寫風雪交加，呼嘯的北風聲中，夾雜著胡馬的長嘶，使人意識到這裏已離邊境不遠。抬頭而望，「漢旗」正隨著紛飛的雪花翻舞，車馬就在風雪之中行進。「彤雲」兩句，寫氣候變化多端。正行進間，風雪逐漸停息，西天晚霞似火，夕陽即將西沉。「一竿殘照」，是形容殘日離地平線很近。「星斗」以下，寫投宿以後夜間情景。從凝望室外星斗橫斜的夜空，到聽任室內燈芯延燒聚結似花，還有鴨形熏爐不斷散發香霧，燭淚滴凝成冰，都是用來襯托長夜漫漫，詞人沉浸在思念之中，整宵難以入睡的相思之情。

下片回憶心愛的人依依惜別的神態。「長記」三句，寫別離前夕，她淺施粉黛、裝束淡雅，餞別宴上想借酒澆愁，卻是稍飲即醉。「醉裏」三句，寫醉後神情，由秋波頻盼而終於入夢，然而這卻只能增添醒後惜別的煩惱。這裏刻畫因傷離而出現的姿態神情，都是運用白描和口語，顯得宛轉生動，而人物內心活動卻從中曲曲道出。結尾四句，是詞人繼續回想別時難捨難分的情況，其中最牽惹他的情思的，就是她上前附耳小語的神態。這裏不用一般篇末別後思念的寫法，而以對方望歸的迫切心理和重逢之時的喜悅心情作為結束。耳語的內容是問詞人何時能躍馬歸來，是關心和期待，從而使讀者想見對方迎接時愉悅的笑容。於是作者進一層展開一幅重逢之時的歡樂場面，並以充滿著期待和喜悅的心情總收全篇。

此詞上片意境開闊，筆力蒼勁，而下片柔婉細膩，楚楚動人，整首詞剛柔並濟，抒情深摯，頗具特色。但詞人使遼本為國家大事，他卻與韓縝出使西夏時賦《鳳簫吟》一樣，心心念念只記掛愛妾，正由於這種思想境界，時彥此次使遼失職，旋被罷免。

謝池春①

李之儀

殘寒消盡，疏雨過、清明後。花徑款餘紅，風沼縈新皺②。乳燕穿庭戶，飛絮沾襟袖。正佳時仍晚晝，著人③滋味，真個濃如酒。　　頻移帶眼④，空只恁、厭厭瘦⑤。不見又思量，見了還依舊。為問頻相見，何似長相守？天不老⑥，人未偶。且將此恨，分付庭前柳。

【作者簡介】

李之儀（？—1117），字端叔，自號姑溪居士，滄州無棣（今山東慶雲）人。神宗時進士。哲宗元祐初為樞密院編修官，通判原州。元祐末從蘇軾於定州幕府，朝夕唱酬。元符中監內香藥庫，御史石豫參劾他曾為蘇軾幕僚，不可以任京官，被停職。徽宗崇寧初提舉河東常平。後因得罪權貴蔡京，除名編管太平州（今安徽當塗），後遇赦復官，晚年卜居當塗。《四庫全書總目》云：「之儀以尺牘擅名，而其詞亦工，小令尤清婉俏蒨，殆不減秦觀。」馮煦《宋六十一家詞選例言》評其詞曰：「長調近柳，短調近秦，而均有未至。」有《姑溪詞》一卷。

【註釋】

① 謝池春：詞調名，又名《玉蓮花》《怕春歸》《風中柳》《賣花聲》等，李之儀詞調實為《謝池春慢》，始見於張先詞。

② 風沼縈新皺：馮延巳《謁金門》詞：「風乍起，吹皺　池春水。」此用其意。

③ 著人：讓人感覺。

④ 頻移帶眼：皮帶老是移孔，形容日漸消瘦。《南史·沈約傳》載沈約與徐勉書云：「老病百日數旬，革帶常應移孔。」形容日漸消瘦，後遂用作典故，或稱消瘦為「沈腰」。

⑤ 恁：這樣，如此。懨懨：通「慊慊」，精神不振貌。

⑥ 天不老：李賀《金銅仙人辭漢歌》：「天若有情天亦老。」此處翻用其意。

【評析】

本詞為抒寫傷春相思之作。

詞的上片寫清明景象。以殘寒、疏雨總攬清明時晚春節候特徵，而以「花徑款餘紅」五言四句鋪排清明風雨過後的景象，一句一景，四句輻輳，而「款縈穿」「沾」四個動詞成為粘合意象的柱軸，使地、池、空、人四幅畫面有聲有色，動靜兼備，錯落有致地由物及人，自然過渡到「正佳時」的主觀感受，抒發好景不常之慨，以及由此產生的濃重的感傷情緒。下片觸景生情，抒發了詞人的一片相思癡情。「頻移帶眼」二句，暗示與所愛者離別日遠，相思日深，乃至為相思煎熬而懨懨病瘦。「不見」以下數句反覆申發其相思苦楚。於是詞人為此而問，如此相見離別，離別相思，何時是了？即使頻頻相見又如何？還不是頻頻分離更增添頻頻相思。「何似」二字透出一種無把握的猶疑味道。「天不老」數句辭意遞轉，揭出天公無情，弄得有情人「未偶」。借「天」隱喻不可抗拒的權威。此情此恨何時可了？「分付庭前柳」，以擬人手法寄愁於柳，很別致，柳芽形如絲結，象徵著詩人心靈物化的愁結，是以景代情，這就是詞人感受到的「濃如酒」的滋味，悲愁苦恨的滋味。

全詞用語淺白通俗，寫景華麗濃豔，抒情含蓄深婉，春思細膩，情景兼美，有柳永之遺風。

卜算子

李之儀

我住長江頭，君住長江尾，日日思君不見君，共飲長江水。

此水幾時休，此恨何時已^①？只願君心似我心，定不負相思意^②。

【註釋】

① 「此水」二句：古樂府《上邪》：「上邪，我欲與君相知，長命無絕衰。山無陵，江水為竭，冬雷震震夏雨雪，天地合，乃敢與君絕。」此處化用其意。

② 「只願」二句：顧敻《訴衷情》詞：「換我心，為你心，始知相憶深。」此處翻用其意。

【評析】

　　這是一首向愛人表達戀情的佳作，通首以長江作為寄情主體，使用回環複遝的手法圍繞江水這一中心，來抒寫女主人公深摯的情意。

　　詞的上片寫相離之遠與相思之切。「我」和「君」一個住在江頭，一個住在江尾，可見空間距離阻隔，也暗示相思之情悠長。回環複遝的句式，加強了詠歎的情味，彷彿讀者可以感受主人公深情的思念與歎息。雖然相距遙遠，但共飲長江水又似乎能稍慰這相思離隔之恨。下片寫女主人公對愛情的執著追求與熱切的期望，仍緊扣長江水。江水悠悠，連綿不絕，而女主人公的思念也是如此。最後兩句，詞人翻出一層新的意蘊，他沒有為兩個相愛的人不能相見而歎息，而是寄希望於兩個人的內心，他覺得縱然距離阻隔，可只要兩心相通，這份感情依然是牢不可摧的。

　　全詞語言明白如話，感情深沉真摯，深得民歌的神情風味，又具有文人詞的構思新巧，體現出靈秀雋永、玲瓏晶瑩的風神。毛晉《姑溪詞跋》稱此詞為「古樂府俊語」。

瑞龍吟①

周邦彥

　　章臺路，還見褪粉梅梢，試花②桃樹。坊陌人家③，定巢燕子④，歸來舊處。　　黯凝佇，因念個人癡小，乍窺門戶⑤。侵晨淺約宮黃⑥，障風映袖，盈盈笑語。　　前度劉郎重到，訪鄰尋裏，同時歌舞，惟有舊家秋娘⑦，聲價如故。吟箋賦筆，猶記燕臺句⑧。知誰伴，名園露飲⑨，東城閒步⑩？事與孤鴻去⑪，探春盡是，傷離意緒。官柳低金縷⑫，歸騎晚、纖纖池塘飛雨。斷腸院落，一簾風絮。

【作者簡介】

　　周邦彥（1056—1121），字美成，號清真士，錢塘（今浙江杭州）人，北宋著名詞人。神宗時為太學生，作《汴都賦》歌頌新法，得到宋神宗的賞識，擢為太學正。後長期任京官及州縣官吏，仕途並不得意。徽宗時任大晟樂府提舉官，其時周已年老。王國維稱其「立身頗有本末」，於新舊兩黨皆無依附，集中無一頌聖及阿諛達官貴人的詞。蔡京曾傳達徽宗旨意，讓周作詞歌頌祥瑞，周辭以「某老矣，頗悔少作（指《汴都賦》）」。可見有人稱他為「幫閒文人」是很不公平的。

　　周邦彥解音律，以「顧曲」聞名，多為樂工所制新曲作詞，又多自創調。周邦彥摹寫物態，能曲盡其妙，其詞渾厚和雅，富艷精工，結構完密，音律諧美，善於融化古人詩句入詞而無生硬之弊。他被很多詞評家推崇為詞家的集大成者，當時歌女以能唱周詞而自增身家。周詞在章法、音律方面都起著規範作用，南宋詞人方千里、楊澤民、陳允平三人甚至全和其詞，「字字奉為標準」。周詞內容主要抒寫愛情與羈旅生活，藝術上有很高的成就。他上承柳永、秦觀，下開南宋姜夔、史達祖、吳文英一派，對元、明、清以至近代詞的發展均有極大

影響。今存《片玉集》，又名《清真集》。

【註釋】

① 瑞龍吟：詞調名，周邦彥所創。

② 試花：形容剛開花。

③ 愔愔：幽靜貌。坊陌人家：即坊曲人家。唐制，妓女所居之里巷曰坊曲，此處泛指歌樓妓館。

④ 定巢燕子：杜甫《堂成》詩：「暫子飛鳥將數子，頻來語燕定新巢。」又寇準《點絳唇》詞：「定巢新燕，濕雨穿花轉。」

⑤ 乍窺門戶：娼家女子常站立在門口以招徠客人，所謂「倚門賣笑」。

⑥ 侵晨：猶「侵早」，破曉，天剛亮。淺約宮黃：又稱約黃，古代婦女塗黃色脂粉於額上作妝飾，稱額黃。宮中所用者為最上，稱宮黃。

⑦ 舊家秋娘：本為唐代名妓，這裏泛指歌伎舞女。元稹、白居易、杜牧詩中屢有言及謝秋娘和杜秋娘者，蓋謝、杜云別其姓氏，秋娘則衍為歌妓的代稱。或以為此指詞人熟悉的一個歌女。

⑧ 燕臺句：指唐李商隱《燕臺四首》。李曾作《燕臺》詩四首，分題春夏秋冬，為洛陽歌妓柳枝所歎賞，手斷衣帶，托人致意，約李商隱偕歸，後因事未果。不久，柳枝為東諸侯娶去。李商隱又有《柳枝五首（並序）》以記其事。又李商隱《梓州罷吟寄同舍》詩云：「楚雨含情皆有托，漳濱臥病竟無憀。長吟遠下燕臺去，惟有衣香染未銷。」此處用典，暗示昔日情人已歸他人。

⑨ 露飲：脫帽露頂而飲，表示豪邁不拘形跡。

⑩ 東城閒步：用杜牧與舊愛張好好事。杜牧《張好好詩》序云：「牧大和三年，佐故吏部沈公江西幕。好好年十三，始以善歌來樂籍中。後一歲，公移鎮宣城，復置好好於宣城籍中。後二歲，為沈著作述師以雙鬟納之。後二歲，於洛陽東城重睹好好，感舊傷懷，故題詩贈之。」

⑪ 事與孤鴻去：杜牧《題安州浮雲寺樓寄湖州張郎中》詩：「恨如春草

多，事與孤鴻去。」

⑫官柳：指官府在官道上所植楊柳。金縷：喻指初春時嫩黃的柳條。

【評析】

　　本詞是訪舊感懷之作，寫的是詞人回京後訪問舊友的複雜心情。描寫十分細膩，結構也縝密，且將寫景、敘事、抒情融為一體，有很強的藝術魅力。

　　詞的上片寫重來故地，景物依舊，暗寓人事已非的慨歎。漫步章臺路，觀梅樹梢頭褪了紅粉，初綻的桃花上了桃樹。繁花街巷歌舞人家一片寂靜，往日築巢定居的燕子，返回到舊日居處，她呢，歸向何處？由此「尋舊」引出中片的「懷舊」。中片憶念伊人，寫初遇第一印象。乍見她窺探門戶，大清早淺淺塗了鵝黃，揚起擋風的紅袖，輕盈盈笑語如珠。下片抒發對舊日的懷念和今日孤寂悵恨的傷感。「惟有」「如故」見伊人品藝超群、聲譽不減，舊時的鄰里尚在，而戀人已離去，悠悠往事，不勝滄桑之感。「吟箋」二句用李商隱贈歌女情詩之故實寫自己與「秋娘」的摯愛，追懷往日吟詩撰文，贈給她的「燕臺句」。「知誰伴」三句，猜想對方近況，而今不知她陪伴著誰到名園露天飲酒，東城閒遊漫步。「事與孤鴻去」，一筆將往事掃空，轉回現實，探尋春色滿目都是傷心離別的意緒。末尾以淒涼的景色與開篇寫景相照應，餘音嫋嫋，含不盡之意於言外。

　　此詞章法縝密曲折，層層脫換，筆筆往復，離合順逆，無不如意，極沉鬱頓挫、纏綿婉轉之致，語言典麗精巧，堪稱佳作。

風流子

周邦彥

　　新綠小池塘，風簾動、碎影舞斜陽。羨金屋①去來，舊時巢燕；土花②繚繞，前度莓牆③。繡閣裏、鳳幃深幾許？聽得理絲

簧。欲說又休，慮乖④芳信；未歌先噎，愁近清觴⑤。　　遙知新妝了，開朱戶、應自待月西廂⑥。最苦夢魂，今宵不到伊行。問甚時說與，佳音密耗⑦，寄將秦鏡⑧，偷換韓香⑨？天便教人，霎時廝見何妨！

【註釋】

① 金屋：《漢武故事》：「（膠東王）數歲，長公主嫖抱置膝上，問曰：『兒欲得婦不？』膠東王曰：『欲得婦。』長主指左右長御百餘人，皆云不用。末指其女問曰：『阿嬌好不？』於是乃笑對曰：『好！若得阿嬌作婦，當作金屋貯之也。』長主大悅，乃苦要上，遂成婚焉。」此處金屋猶言金閨，係閨閣的美稱。

② 土花：苔蘚。

③ 苺牆：長滿青苔的牆。

④ 乖：違誤。

⑤ 清觴：潔淨的酒杯。

⑥ 待月西廂：元稹《會真記》鶯鶯與張生詩：「待月西廂下，迎風戶半開。」

⑦ 密耗：秘密消息。此指親密之語。

⑧ 秦鏡：漢秦嘉赴京師致事，其妻徐淑生病歸母家，未獲而別，留贈詩三首，其三云：「何用敘我心？遺思致款誠。寶釵好耀首，明鏡可鑑形，芳香去垢穢，素琴有清聲。」臨別留贈寶釵、明鏡等物表達情意。

⑨ 韓香：《晉書·賈充傳》載，賈充女賈午，與韓壽私通，竊武帝賜其父西域所進黑香以贈壽。充發覺後，以女嫁壽。後以此指男女暗中通情。

【評析】

　　這是一首抒寫相思之情的戀情詞，以細膩的筆觸摹寫兩情受阻，欲見

不能，切盼復會之執著心態。

　　上片前三句寫春日黃昏奇麗的景色，點出時間和地點。「碎影」句極其靈動。「羨金屋」四句以燕子、青苔能年年回到伊人居所，反襯室邇人遐，自己不得親近的苦悶。「舊時」「前度」，暗示與伊人曾有歡會，而今卻欲見不能，故以「羨」字貫穿。「繡閣裏」以下想像伊人思念自己的情狀，委婉深沉。下片開首二句承上片，詞人更進一步想像伊人待月西廂的盼望，引出連夢魂也不能飛去的痛苦歎息，進一步抒發心中熱望。「問甚時」以下，盼舊歡重續，意急情切。末兩句恨極而呼蒼天，是癡絕的舉動和言語。

　　此詞敍感情發展層層深入、層層高漲，由沉思遐想的含蓄委婉到呼天搶地的酣暢淋漓，不流於直率淺露，反覺真淳深情，正如況周頤《蕙風詞話》所評：「『最苦』二句，『天便』二句，亦愈樸愈厚，愈厚愈雅。」

蘭 陵 王①

周邦彥

　　柳陰直②，煙裏絲絲弄碧。隋堤③上、曾見幾番，拂水飄綿送行色。登臨望故國，誰識、京華倦客？長亭路，年去歲來，應折柔條過千尺。　　閑尋舊蹤跡，又酒趁哀弦，燈照離席，梨花榆火催寒食④。愁一箭風快，半篙波暖，回頭迢遞便數驛。望人在天北。　　淒惻，恨堆積。漸別浦⑤縈回，津堠⑥岑寂，斜陽冉冉春無極。念月榭攜手，露橋聞笛。沉思前事，似夢裏，淚暗滴。

【註釋】

① 蘭陵王：唐教坊曲名，後用作詞調，始見於周邦彥詞。王灼《碧雞漫志》卷四引《北齊史》及《隋唐嘉話》稱：「齊文襄之子長恭，封

蘭陵王。與周師戰……擊周師金墉城下，勇冠三軍。武士共歌謠
之，曰《蘭陵王入陣曲》。今《越調·蘭陵王》，凡三段，二十四拍，
或曰遺聲也。」

② 直：指柳陰不偏不倚直鋪在地上。一說長堤之上，柳樹成行，柳陰
   沿長堤伸展開來，劃出一道直線。

③ 隋堤：指汴京附近汴河之堤，隋煬帝時所建，是北宋來往京城的必
   經之路。

④ 寒食：寒食節。因寒食禁煙火，所以在唐宋時期，朝廷會賜榆柳之
   火給百官。

⑤ 別浦：原指銀河，這裏指分別的水路。

⑥ 津堠：這裏指碼頭上住宿的處所。津：渡口。堠：古代瞭望敵情的
   土堡。

【評析】

　　本詞別本題作「柳」。托柳起興，借送別之情表達詞人倦客京華的抑
鬱心情。一說以為此詞為留別之作。

　　詞的上片先以柳陰、柳絲、柳絮，引出折柳送別之人，渲染離情別
緒。「誰識、京華倦客」一句，道出「斯人獨憔悴」之慨。接言折柳之多，
見出送客之頻，宦遊之倦，離愁之濃，為下文鋪墊、渲染。中片抒寫別
情。蹤跡、哀弦、離席，著「舊」「又」字，表明旅居京華、別愁殊多。
接一「愁」字，水到渠成，所愁當為船快、路遙、人遠。「回頭」猶轉眼，
「望人在天北」，寫居者佇立碼頭凝神癡望，形神在目。下片寫目送友人漸
遠之後的淒惻情懷。開頭五字兩頓，可知心情淒切至極。「漸別浦」三句
實寫船行孤寂，時間又漸近黃昏，於是又情不自禁地回憶起往昔與她相聚
的歡樂，是樂景寫哀，最後以「淚暗滴」收束愁緒。

　　全詞敘事抒情縈回曲折，而京華倦客之行為心緒一貫到底，離愁分量
筆筆刻寫入骨。陳廷焯《白雨齋詞話》評此詞曰：「美成詞，極其感慨，
而無處不鬱，令人不能遽窺其旨。如《蘭陵王》云『登臨望故國，誰識、

京華倦客』二語，是一篇之主。上有『隋堤上、曾見幾番，拂水飄綿送行色』之句，暗伏倦客之恨，是其法密處。故下文接云：『長亭路，年去歲來，應折柔條過千尺。』久客淹留之感，和盤托出。他手至此，以下便直書憤懣矣，美成則不然。『閑尋舊蹤跡』二疊，無一語不吞吐，只就眼前景物，約略點綴，更不寫淹留之故，卻無處非淹留之苦。直至收筆云：『沉思前事，似夢裏，淚暗滴。』遙遙挽合，妙在才欲說破，便自咽住，其味正自無窮。」

瑣窗寒①

周邦彥

暗柳啼鴉，單衣佇立，小簾朱戶。桐花②半畝，靜鎖一庭愁雨。灑空階、夜闌未休，故人剪燭西窗語③。似楚江暝宿④，風燈零亂⑤，少年羈旅。　　遲暮，嬉遊處，正店舍無煙，禁城百五⑥。旗亭喚酒，付與高陽儔侶⑦。想東園、桃李自春，小唇秀靨⑧今在否？到歸時、定有殘英，待客攜尊俎⑨。

【註釋】

① 瑣窗寒：詞調名，周邦彥創調。因詞有「靜鎖一庭愁雨」「故人剪燭西窗語」句，故取以為詞調名。

② 桐花：桐樹盛開的花，開於清明之時，花白色。

③ 故人剪燭西窗語：李商隱《夜雨寄北》詩：「何當共剪西窗燭，卻話巴山夜雨時。」

④ 楚江：長江。暝：日落，天黑。

⑤ 風燈零亂：杜甫《船下夔州郭宿雨濕不得上岸別王十二判官》詩：「風起春燈亂，江鳴夜雨懸。」

⑥ 百五：指寒食節。

⑦ 高陽儔侶：指酒徒、狂放少年。《史記》載酈食其以儒冠見沛公劉邦，劉邦以其為儒生，不見，食其按劍大呼：「我非儒生，乃高陽酒徒也！」因見之。後因稱飲酒狂放不羈者為高陽酒徒。高陽：地名，今河北保定市高陽縣。儔侶：即伴侶。

⑧ 小唇秀靨：李賀《蘭香神女廟》詩中有：「濃眉籠小唇」句又《惱公》詩中有「曉奩妝秀靨」，寫女子美貌。此處借喻桃李。

⑨ 尊俎：古代盛酒和肉的器皿。此指酒和菜肴。

【評析】

　　這是一首抒發羈旅愁苦情懷的詞。周邦彥中年後雖長期在京任職，但仕途並不得意，因而常流露出倦客京華、思歸家園的感情。

　　詞的上片寫客居的淒清。開首三句即點明時間和詞人彼時所處的環境。這三句雖為敘寫眼前景況，但仍起著渲染氣氛的作用。接下來二句詞人繼續敘寫他佇立簾後所見之景，同時景中含情，詞人的愁緒已經躍然紙上。這與「梧桐更兼細雨，到黃昏、點點滴滴」所描寫的意境相似。一個「鎖」字使得本為抽象無形的情緒形象化，從而突出了詞人此時愁悶難堪的心境。「灑空階」三句由實入虛，亦真亦幻，耳聽空階前夜雨淋漓，似心愁心淚混成一片，詞人神思飛馳，懸想何時與「故人」重逢。「似楚江」三句由今思昔，將少年旅況與目前情景相勾連，顯示一生皆淒涼的懷感，似幻而實真，文筆曲折動盪。

　　下片以「遲暮」勾轉，轉入抒發思念故園春色的深摯感情。詞人以「遲暮」之年而遇京都寒食，嬉遊勝覽無地，京城處處禁火無煙，寒食淒冷，愁雨淋漓，更添羈宦孤獨之悲感。「旗亭喚酒」二句用側筆敘說自己為愁思所縈繞，沒精打采，對玩樂毫無興趣。「想東園」二句，詞人的羈旅之愁與思家之情化成了具體的內容，那「東園」此時又是一番桃李爭春，明媚春光，而那給自己留下美好印象的、人面桃花相映紅的姑娘，如今是否還在？詞人描述得越具體，越真切，說明其思念之情越銘心刻骨。此外，用一「否」字，詞人的關切之情更顯真切。末三句，詞人歸心似箭，未踏

歸途，心卻早已設想好歸家時的情景。到那時，春意猶在，尚有殘花掛在枝頭，自己定要好好地款待自己一番。「客」字，表明詞人始終未曾忘記自己的遊子身份。

　　本詞很巧妙地將現實、回憶、設想結合起來，結構天成，含蓄而又細膩，意淡而氣厚。俞陛雲《唐五代兩宋詞選釋》評此詞曰：「『想東園』以下直貫結尾，一氣呵成，自為為清真之慣技，固一篇之警策也。意謂春光晼晚，尚有殘英可陪樽俎，而小脣秀靨則何如耶？著一『否』字，又著一『定』字，在有意無意間。『定』字有『或』、『應』的意思，卻較重，亦半虛半實也。」

六　醜[①]

薔薇謝後作

周邦彥

　　正單衣試酒[②]，悵客裏、光陰虛擲。願春暫留，春歸如過翼，一去無跡。為問家何在？夜來風雨，葬楚宮傾國[③]。釵鈿[④]墮處遺香澤，亂點桃蹊，輕翻柳陌。多情為誰[⑤]追惜？但蜂媒蝶使[⑥]，時叩窗槅[⑦]。　　東園岑寂，漸蒙籠暗碧。靜繞珍叢[⑧]底，成歎息。長條故惹行客[⑨]，似牽衣待話，別情無極[⑩]。殘英小、強簪巾幘[⑪]，終不似、一朵釵頭顫裊，向人欹側[⑫]。漂流處、莫趁潮汐。恐斷紅、尚有相思字[⑬]，何由見得？

【註釋】

①六醜：詞調名，為周邦彥所創之曲調。周密《浩然齋雅談》卷下云：「（宋徽宗）問《六醜》之義，莫能對。急召邦彥問之。對曰：『此犯六調，皆聲之美者，然絕難歌。昔高陽氏有子六人，才而醜，故

以比之。』」

② 試酒：宋代風俗，農曆三月末或四月初嘗新酒。周密《武林舊事》卷三：「戶部點檢所十三酒庫，例於四月初開煮，九月初開清，先至提領所呈樣品嘗，然後迎引至諸所隸官府而散。」詞中用以指時令。

③ 楚宮傾國：楚王宮裏的美女，喻薔薇花。傾國：容顏絕代的佳人。

④ 釵鈿：首飾。此指落花。白居易《長恨歌》形容楊貴妃慘死曰：「花鈿委地無人收，翠翹金雀玉搔頭。」

⑤ 為誰：即「誰為」。

⑥ 蜂媒蝶使：蜜蜂和蝴蝶。因它們來往奔忙於花叢間，故稱它們為花的媒人和使者。

⑦ 窗槅：窗子。

⑧ 珍叢：花叢。

⑨ 長條故惹行客：薔薇有刺，會勾住人的衣服。惹：挑逗。此是擬人用法。

⑩ 「似牽衣」二句：孟郊《古離別》詩：「欲別牽郎衣，郎今向何處？」

⑪ 強簪巾幘：勉強插戴在頭巾上。巾幘：頭巾。

⑫ 欹側：歪倒搖晃貌。

⑬ 恐斷紅、尚有相思字：用唐人盧渥和宮女在紅葉上題詩的典故。范攄《雲溪友議》卷下載，盧渥到長安應試，拾得御溝漂出的紅葉，上有宮女題詩。後娶遣放宮女為妻，恰好是題詩者。

【評析】

這是一首傷春之作，運用多種藝術手法，抒寫了悼惜春殘花落的傷感，也寄寓了詞人的身世之慨。

詞的上片抒寫春歸花謝之景象。開首二句點明時令、主人公身份，抒發惜春之情。接下來以飛鳥作比喻，形容春歸之迅速。「願春暫留」則表示不忍「虛擲」，珍惜春光。「一去」二字，直說到盡頭，不留餘地。以上五句寫春去，是題前之筆。接下陡然提出：「為問花何在？」一筆激醒，又輕輕頓住。其實從下句「夜來風雨」至上片結束，皆從此一問而出，振

起全詞。「夜來風雨」二句，正面寫落花。因夜來風吹雨打，使落花無家，更寫由於落花是無家的，所以雖有傾國之美姿，也得不到風雨的憐惜。這裏是人與花融合來寫，以花之遭際喻羈人無家、隨處飄零之身世。「釵鈿墮處遺香澤」及以下六句，大力鋪開，盡情寫薔薇謝了之後的飄落情況。「釵鈿」、「香澤」，以慘死美人喻名花摧折，哀豔淒絕。「亂點」「輕翻」，泛寫春花飄零。「為誰追惜？」痛發一慨。蜂、蝶旁襯，賦物以情，借表悼惜。

　　下片著意刻畫人惜花、花戀人的生動情景。開首二句起襯托作用，以引出下文。詞人不忍辜負蜂蝶之「時叩窗隔」，於是走出室內，來到東園，只見園內花事已過，碧葉茂盛，一片「花落」後「岑寂」的景象。「靜繞」二句為了「追惜」，詞人靜靜地繞著薔薇花叢，去尋找落花所「遺」之「香澤」。「成歎息」三字總括一切，承上啟下。「長條故惹行客」三句，寫花戀人，構思婉妙。無情之物，而寫成似有情，雖無中生有，卻動人心弦，感人至深。接下來詞人強簪殘英，令人回想起花盛時之芳姿，映帶凋謝後之景況，有無限珍惜慨歎之意。這既是慨歎花之今不如昔，更是慨歎自己的「光陰虛擲」。末三句為三歎，詞人因終不願落花「一去無跡」，所以又對花之「漂流」勸以「莫趁潮汐」，冀望「斷紅」上尚有「相思」字。如若落花隨潮水流去，那上面題的相思詞句，就永遠不會讓人看見了。「何由見得」，即何由得見，流露了依依不捨的深情蜜意。這裏活用紅葉題詩的故事，借指飄零的花瓣。末句復用問語，逆挽而不直下，拙重而不呆滯。

　　全詞構思別致，充分利用了慢詞鋪敘展衍的特點，時而寫花，時而寫人，時而花、人合寫，時而寫人與花之所同，時而寫人不如花之處。回環曲折、反復騰挪地抒寫了自己的「惜花」之情，又表露了自傷自悼的遊宦之感。黃蓼園《蓼園詞選》評此詞曰：「自傷年老遠宦，意境落寞，借花起興。以下是花是己，比興無端。指與物化，奇清四溢，不可方物。人巧極而天工生矣。結處意致尤纏綿無已，耐人尋繹。」

夜飛鵲①

周邦彥

　　河橋送人處，涼夜何其②。斜月遠、墜餘輝，銅盤燭淚已流盡，霏霏③涼露沾衣。相將散離會，探風前津鼓，樹杪參旗④。花驄⑤會意，縱揚鞭、亦自行遲。　　迢遞路回清野，人語漸無聞，空帶愁歸。何意重經前地，遺鈿⑥不見，斜徑都迷。兔葵燕麥⑦，向斜陽影與人齊⑧。但徘徊班草⑨，欷歔酹酒⑩，極望天西。

【註釋】

① 夜飛鵲：詞調名，周邦彥創調。毛先舒《填詞名解》云此調名「採曹孟德『月明星稀，烏鵲南飛』語。一作《夜飛鵲慢》」。

② 涼夜何其：《詩經·小雅·庭燎》：「夜如何其？夜未央。」

③ 霏霏：本形容雨雪之密，此處形容露濃如雨。

④ 樹杪：樹梢。參旗：星辰名，又名「天旗」、「天弓」，屬畢宿，共九星。初秋時於黎明前出現於天空。

⑤ 花驄：毛色斑駁的馬。

⑥ 遺鈿：此處非實指遺落的釵鈿，而是指人的蹤跡。

⑦ 兔葵燕麥：野葵和野麥。劉禹錫《再遊玄都觀絕句詩引》：「重遊茲觀，蕩然無復一樹，唯兔葵燕麥動搖於春風耳。」此處化用其意，形容景色淒寂。

⑧ 影與人齊：原作「欲與人齊」，據別本改。

⑨ 班草：鋪草於地而坐。

⑩ 欷歔：歎息聲。一說哀泣之聲。酹酒：以酒灑地面祭。此處用為禱祝之意。

【評析】

　　這是一首憶別懷人詞。詞中運用陪襯、反襯、融情入景、化用前人詩文之語等多種手法，細膩曲折地寫出了送別懷人的悲淒與深情。

　　詞的上片追憶當日送別。起二句點明送別的時間和地點。「斜月遠」四句描寫分別之景，渲染氛圍。月已沉沉欲下，燭淚已流乾，涼露已沾衣，可見是天將向曉的時分。詞人與遠行之人於渡口一夜話別，吐訴衷腸，終究還是到了要分別的時刻。「斜、墜、餘、涼」，都是帶有感情色彩的字，「燭淚」更是不堪，景物描寫襯托出臨別時人心的淒惻和留戀。「花驄」三句用語巧妙，以馬兒尚且留戀踟躕，襯托人的依戀不捨之情，婉轉而富有感染力。下片寫送客歸來的思念。起首三句，述當日送別歸途離思、曠野落寞，而由「空帶愁歸」頓住。「何意」以下轉入當今。如今重經當年送別舊地，時過境遷，觸目荒涼，路徑難辨。懷想至極，不忍離去。低徊顧眷，情不能已。末尾以「徘徊」「班草」「欷歔」「酹酒」「極望」等一系列密集動作意象寫出離愁凝重、懷舊情深。

　　全詞層次井然而意致綿密，詞采清麗，意味醇厚。梁啟超《藝蘅館詞選》贊曰：「『兔葵燕麥』二語，與柳屯田之『曉風殘月』，可稱送別詞中雙絕，皆熔情入景也。」

滿 庭 芳

夏日溧水無想山作①

周邦彥

　　風老鶯雛②，雨肥梅子③，午陰嘉樹清圓④。地卑山近，衣潤費爐煙。人靜烏鳶自樂⑤，小橋外、新綠濺濺⑥。憑闌久，黃蘆苦竹，疑泛九江船⑦。　　年年，如社燕，飄流瀚海⑧，來寄修椽⑨。且莫思身外，長近尊前⑩。憔悴江南倦客，不堪聽、急管

繁弦。歌筵畔，先安枕簟，容我醉時眠。

【註釋】

① 溧水：今江蘇省南京市溧水區。無想山：山名。

② 風老鶯雛：杜牧《赴京初入汴口》：「風蒲燕雛老。」此化用其意。

③ 雨肥梅子：杜甫《陪鄭廣文遊何將軍山林》詩：「紅綻雨肥梅。」此
化用其意。

④ 午陰嘉樹清圓：劉禹錫《晝居池上亭獨吟》詩：「日午樹陰正。」此
化用其意。清圓：清晰，圓正。

⑤ 人靜烏鳶自樂：《片玉集》陳元龍注：「杜甫詩：『人靜烏鳶樂。』」
烏鳶：即烏鴉。

⑥ 瀲瀲：流水聲。

⑦ 「黃蘆苦竹」二句：白居易《琵琶行》：「住近湓江地低濕，黃蘆苦
竹繞宅生。」

⑧ 瀚海：沙漠。此指荒遠之地。

⑨ 修椽：承屋瓦的長椽子。燕子營巢之處。

⑩ 「且莫」二句：杜甫《絕句漫興》九首其四：「莫思身外無窮事，且
盡生前有限杯。」

【評析】

　　宋哲宗元祐八年（1093）至紹聖三年（1096），周邦彥任溧水令，多
年來他一直輾轉於州縣小官，很不得志，為溧水令時已近四十歲。此詞為
任中所作，抒發他那沉重的宦情羈思。

　　詞的上片為憑欄所見，寫江南初春景色，而在地理、氣候特色的描寫
中，已寓有不滿之意。起三句寫院中夏景，體物極為細微，並反映出詞人
隨遇而安的心情，似有賞夏之喜。但接下來兩句就來了個轉折，寫室內氛
圍，道江南地濕，衣服潮潤，爐香熏衣，需時良多。身處這樣地卑久雨的
環境，詞人顯然有些不自在。「人靜」句顯示人不能如鳥之隨境而樂。「自」
字極靈動傳神，畫出鳥兒之無拘無束，令人生羨，但也反映出詞人的心情

苦悶。「小橋」句仍寫靜境，水色澄清，水聲濺濺，說明雨多，這又與上文「地卑」「衣潤」等相互關聯。「黃蘆苦竹」二句化用白居易《琵琶行》詩意，更將自己遠宦僻地比作貶職謫居，詞情含蓄而哀怨自見。

　　下片為憑欄所想，感歎身世，抒發長年漂泊的苦悶心境。前四句，詞人借海燕自喻，頻年飄流宦海，暫在此溧水寄身。「且莫」二句忽作解脫語，似乎主人公已將人間萬事、窮達苦樂一概置之度外。「憔悴」句卻又一轉，見出酒宴歌席並不能消愁，引出末句只有醉眠方能了卻愁情的無可奈何之辭。

　　全詞於沉鬱頓挫中別饒蘊藉，話不說盡而情愈無盡。陳廷焯《雲韶集》評此詞曰：「起筆絕秀，以意勝，不以詞勝，筆墨真高。亦淒惻，亦疏狂。」

過秦樓①

周邦彥

　　水浴清蟾②，葉喧涼吹，巷陌馬聲初斷。閑依露井③，笑撲流螢，惹破畫羅輕扇④。人靜夜久憑闌，愁不歸眠，立殘更箭⑤。歎年華一瞬，人今千里，夢沉書遠。　　空見說鬢怯瓊梳，容消金鏡，漸懶趁時勻染。梅風地溽⑥，虹雨苔滋，一架舞紅都變。誰信無聊為伊，才減江淹⑦，情傷荀倩⑧。但明河影下，還看稀星數點。

【註釋】

① 過秦樓：詞調名。萬樹《詞律》卷十八云：「按此調，因又名《惜餘春慢》，又名《蘇武慢》，又名《選冠子》，故紛紛最甚，難以訂正。」萬樹因李甲此調尾句有「過秦樓」三字，「恐此調名因此而起，故以首列也」。

② 清蟾：明月。傳說月中有蟾蜍，故以蟾為月的代稱。

③ 露井：沒有蓋的井。

④ 「笑撲」二句：杜牧《秋夕》詩：「銀燭秋光冷畫屏，輕羅小扇撲流螢。」

⑤ 更箭：即漏箭。古代以銅壺盛水，壺中立箭以記時刻。

⑥ 溽：潮濕，悶熱。

⑦ 才減江淹：指似江淹晚年般才思驟減。

⑧ 情傷荀倩：《世說新語·惑溺》：「荀奉倩（名粲）與婦至篤，冬月婦病熱，乃出中庭自取冷，還以身熨之。婦亡，奉倩後少時亦卒，以是獲譏於世。」《荀粲別傳》：「婦病亡，未殯，傅嘏往唁粲；粲不哭而神傷。嘏問曰：『婦人才色並茂為難。子之娶也，遺才而好色。此自易遇，今何哀之甚？』粲曰：『佳人難再得！顧逝者不能有傾國之色，然未可謂之易遇。』痛悼不能已，歲餘亦亡，時年二十九。」

【評析】

本詞為靜夜愁立，懷人傷情之作。

詞的上片寫回憶情侶。「水浴」六句用類似影視的「閃回」手法，突出呈現了往日與情人共賞良辰美景的歡樂，繪景清麗，人物神態笑貌生動如見。「人靜」六句辭意頓轉，折筆寫詞人現境：自己憑欄夜久直到「殘更」欲曉的「愁不歸眠」，感歎情侶「人今千里」，往昔歡聚已如「夢沉」，充滿悵惘失落的感傷。下片寫兩情眷戀。「空見說」三句借平空傳言懸想愛侶對自己的相思憔悴，以「怯」「懶」二字幻化出她對鏡怕見瘦容的膽怯心理和無心梳妝打扮的懶散情態。「梅風」三句插入江南梅雨景物，反筆寫詞人獨處溧水地卑溽濕，苔滋花殘的難堪境況，而借「舞紅都變」的殘花凋落的具象化手法，遙映「年華一瞬」，隱喻情侶的「鬢怯容消」的芳華憔悴。「誰信」三句抒寫詞人「為伊消得人憔悴」的相思深情。獨處無聊，才思渙散，心為情傷，暗示自己對情侶如荀奉倩般生死相戀。最後兩句，以見明河侵曉星稀，表現出詞人憑欄至曉，通宵未睡。愁苦之深，不

言自明。

全詞寫景摹狀，融情傳意，不同時空的畫面切換，轉接無跡，虛實交映，以實寫虛，曲折頓挫，具體生動。

花　犯①

周邦彥

　　粉牆低，梅花照眼，依然舊風味。露痕輕綴，疑淨洗鉛華②，無限佳麗。去年勝賞曾孤倚，冰盤同燕喜③。更可惜、雪中高樹，香篝④熏素被。　　今年對花最匆匆，相逢似有恨，依依愁悴。吟望久，青苔上，旋看飛墜。相將⑤見、翠丸⑥薦酒，人正在、空江煙浪裏。但夢想、一枝瀟灑，黃昏斜照水⑦。

【註釋】

① 花犯：詞調名，周邦彥自創。毛先舒《填詞名解·側犯條》云：「自宣政間周柳諸公自制樂章，有《側犯》《尾犯》《花犯》《玲瓏四犯》等曲。」「犯」，指詞中「犯調」，把不同的宮調之聲合成一曲，以增加樂曲的變化。

② 淨洗鉛華：曹植《洛神賦》：「芳澤無加，鉛華不御。」李善注：「鉛華，粉也。」

③ 冰盤同燕喜：指以梅子下酒。韓愈《李花》二首之一：「冰盤夏薦碧實脆。」冰盤：晶瑩的果盤。燕：通「宴」。

④ 篝：熏籠。此處比喻梅花如香籠覆蓋著白色被絮。

⑤ 相將：行將。

⑥ 翠丸：梅子。

⑦ 黃昏斜照水：林逋《山園小梅》詩：「疏影橫斜水清淺，暗香浮動月黃昏。」此用其意。

【評析】

此詞大約作於哲宗元佑七年（1092）冬春之際周邦彥離荊州調任溧水縣令之時。客居孤寂，唯有梅花作伴，如今離它而去，依依不捨，而自己宦海沉落，漂泊無定。於是移情於梅，抒發落寞情懷。

詞的上片先從眼前的梅花著手，敘寫其風韻。「依然」二字埋下了敘寫梅花風采的伏筆。接著詞人便轉入賞梅之回想。「去年」二句是賞梅之第一層，敘寫自己客中寂寞，獨自一人持酒賞花。梅花盛開，又恰逢「宴喜」，更映襯詞人的孤寂。「更可惜」三句為第二層，這三句是說：一眼望去，高聳橫逸的梅樹被厚雪所覆蓋，宛如香篝上熏著一床潔白的被子，煞是逗人喜愛。到了下片，詞人的思緒又回到眼前的對花，並由此想像以後當青梅可佐酒時，自己又將飄泊於江湖上，而只能夢想梅花之倩影了。「今年對花」三句，詞人敘述自己，離別在即，也就無閒情逸致對花仔細觀賞，故曰「對花匆匆」。 在此情形下對花，似亦覺花含有離恨，呈現愁悶憔悴之情。「吟望久」三句，描寫梅花凋落，詞人凝神駐足，想吟詠一首惜別之詞，忽見梅花朵朵飄墜於青苔之上。這一筆似實又似虛，既可理解為是實寫，又可理解為仍是詞人的移情作用，它象徵了詞人心中的無限落寞。下面兩句借寫與梅天各一方，實則暗傷羈旅飄泊之苦，末三句又順此思路進一步想像。詞人推想，此後自己天涯飄零，只能在夢中再去見那枝黃昏夕照下橫逸淒清的梅花了。這夢中之梅影與開頭現實中的照眼之梅遙相呼應。

全詞句句緊扣梅花，也句句緊扣自己。詞人將自身與梅花融為一體，委婉地透露多年來落寞的情懷。詞人善於從虛幻處著筆，寫得曲折含蓄，餘味無窮。黃蓼園《蓼園詩選》評此詞曰：「總是見宦跡無常，情懷落寞耳，忽借梅花以寫，意超而思永。言梅猶是舊風情，而人則離合無常。去年與梅共安冷淡，今年梅正開而人欲遠別，梅似含愁悴之意而飛墜。梅子將圓，而人在空江之中，時夢想梅影而已。」

大酺①

周邦彥

　　對宿煙②收，春禽靜，飛雨時鳴高屋。牆頭青玉旆③，洗鉛霜都盡，嫩梢相觸。潤逼琴絲，寒侵枕障，蟲網吹粘簾竹。郵亭無人處，聽簷聲不斷，困眠初熟。奈愁極頻驚，夢輕難記，自憐幽獨。　　行人歸意速，最先念、流潦妨車轂④。怎奈向蘭成⑤憔悴，衛玠清羸⑥，等閒時、易傷心目。未怪平陽客，雙淚落、笛中哀曲⑦。況蕭索、青蕪國⑧，紅糝⑨鋪地，門外荊桃如菽。夜遊共誰秉燭？

【註釋】

① 大酺：毛先舒《填詞名解》：「《大酺》，越曲調也，漢唐制，皆有賜酺詞，取以名，唐教坊曲有《大酺樂》。」注引《樂苑》云：「《大酺》，商調曲，唐張文收造。」後用作詞調，始見於周邦彥詞。

② 宿煙：隔夜屯聚的煙霧。

③ 青玉旆：比喻新竹。旆：古代旗末燕尾狀飾品。

④ 流潦：雨後地面積水。車轂：此處泛指車。轂：車輪中的插軸。

⑤ 蘭成：庾信，字蘭成，初仕梁，出使西魏，值梁滅，被留長安，後仕北周，不得南歸，常思故國，作《哀江南賦》《愁賦》。

⑥ 衛玠：西晉名士，有「玉人」之稱。《世說新語·容止》：「衛玠從豫章至下都，人久聞其名，觀者如堵牆。玠先有羸疾，體不堪勞，遂成病而死。時人謂看殺衛玠。」清羸：清瘦羸弱。

⑦ 「未怪平陽客」兩句：漢代馬融，性好音樂，能鼓琴吹笛。臥平陽時，聽客舍有人吹笛甚悲，因作《長笛賦》。

⑧ 青蕪國：雜草叢生之地。

⑨ 紅糝：指落花。糝：本指飯粒，引申為散粒。

【評析】

本詞別本題作「春雨」，為驛館阻雨，抒寫羈宦傷心情懷之作。

詞的上片描寫暮春晨雨的景象和孤寂無聊、心神不寧的情狀。「對宿」三句寫清晨急雨飛濺，宿霧散，春鳥靜，時鳴高屋的四野春雨淋漓景象，為全詞即景抒情鋪墊大背景、大氛圍。「牆頭」三句轉寫驛館圍牆上青竹高聳，風雨沖刷竹枝，粉霜褪盡，翠葉婆娑如綠旗招展，描繪了一幅青嫩碧潤的春雨翠竹圖，顯示出江南景物之美。「潤逼」三句辭意頓轉，以「潤」「寒」「粘」三字寫出居處環境的空氣潮濕、寒瑟和蟲網粘膩，透出境苦之況味。「郵亭」三句寫因春雨阻困，愁眠驛舍，詞人聽簷前春雨淋漓與淺眠夢輕，時而驚醒，以「愁」「驚」「憐」三字點染詞人幽獨寂寥、情懷淒苦、愁悶不安的心態。下片從雨阻行程寫到落紅鋪地，春事消歇，從而寄寓惜春的感慨。「行人」二句寫詞人急欲歸京的心意，「速」「念」二字透露出急欲歸京，憂慮流潦的複雜心情。「怎奈向」數句隱喻詞人對京都的眷懷和體弱不堪勞頓。「況蕭索」數句再寫風雨中青蕪蕭索、落紅鋪地，櫻桃紅豔，渲染春光消逝之殘景。「共誰秉燭」一語雙意，一是殘花凋零，一是「自憐幽獨」，無景可賞，無友可伴。以花落人孤的茫然失落，抒寫暮春風雨無情，羈宦幽獨誰憐的惆悵和抑鬱。這首詞從雨聲、雨色、雨思、雨愁各方面曲折鋪敘，把詞人淒清的旅況客思描寫得淋漓盡致。

解 語 花[①]

上　元

周邦彥

　　風消絳蠟[②]，露浥紅蓮[③]，花市光相射。桂華[④]流瓦，纖雲散、耿耿素娥[⑤]欲下。衣裳淡雅，看楚女纖腰[⑥]一把。簫鼓喧、人影參差，滿路飄香麝。　　因念都城放夜[⑦]，望千門如畫，嬉

笑遊冶。鈿車⑧羅帕，相逢處、自有暗塵隨馬⑨。年光是也，惟只見、舊情衰謝。清漏移、飛蓋歸來，從舞休歌罷。

【註釋】

① 解語花：詞調名。毛先舒《填詞名解》云：「唐玄宗太液池有千葉白蓮，中秋盛開，帝宴賞左右，皆嘆羨久之。帝指貴妃曰：『爭如我解語花？』詞取以名。」始見於周邦彥詞。

② 絳蠟：紅燭。

③ 浥：沾濕。紅蓮：指荷花燈。

④ 桂華：代指月亮、月光。傳說月中有桂樹，故有以桂代月。

⑤ 耿耿：光明貌。素娥：嫦娥。

⑥ 楚女纖腰：《韓非子·二柄》：「楚靈王好細腰，而國中多餓人。」此指女子身材纖細。

⑦ 放夜：古代京城禁止夜行，唯正月十五夜弛禁，市民可歡樂通宵，稱作「放夜」。

⑧ 鈿車：裝飾豪華的馬車。

⑨ 暗塵隨馬：蘇味道《正月十五夜》詩：「暗塵隨馬去，明月逐人來。」馬蹄下塵土飛揚，夜間看不清楚，故曰「暗塵」。

【評析】

　　這是一首以正月十五元宵節為題材的詞，是周邦彥在荊南時所作。詞中既描寫了荊南的元宵盛況，又有對汴京元宵的回憶，也有自己意興消沉的抒情，三者有機融合，隱約流露出去國離鄉，今不如昔的感歎。

　　詞的上片記荊南元宵夜之景，描繪了一個燈樂交輝、人物雅麗的神仙世界。元宵佳節，到處都是輝煌燈火，所謂「東風夜放花千樹」，而詞人卻偏在第一句用了一個「消」字，意謂通明的蠟燭在風中逐漸被燒殘而消蝕。但由於第三句「花市光相射」驟然振起，可見元宵的燈火是愈燃愈旺，隨消隨點，縱有風露，亦不能害其燦爛閃灼。「桂華流瓦」三句寫天上月

光，唯美而朦朧。「桂華」句宛如未見其容，先聞其香，「纖雲散」則如女子搴開帷幕或揭去面紗，然後水到渠成，寫出了「耿耿素娥欲下」。接下來詞人的筆觸從天上回到人間，以下數句寫只有良辰佳節才出來看燈賞花的美妙女子，以及鬧市喧囂之況。下片別開一境，轉敘京都元宵「千門如畫」的壯觀，以及市人縱情遊樂、小兒女邂逅追慕的種種景象。「年光是也」轉入自嗟身世。詞人感慨時光流逝，往日嬉笑遊冶的生活已一去不復返。而今仕宦不得志，更無遊樂之閒情逸致了，故而隻身從熱鬧中抽離，獨自乘車歸去。末句「從舞休歌罷」有兩重意思：一是說任憑人們縱情歌舞，盡歡而散，自己可沒有這等閒情逸致了；二是說人們縱使高興到極點，歌舞也有了時，與其燈闌人散，掃興歸來，還不如早點離開熱鬧場合，留不盡之餘地。

　　全詞情深意篤，一氣如注，陳廷焯《白雨齋詞話》評曰：「後半闋縱筆揮灑，有水逝雲卷，風馳電掣之感。」

蝶戀花

周邦彥

　　月皎驚烏棲不定，更漏將闌，轆牽金井①。喚起兩眸清炯炯②，淚花落枕紅綿冷。　　執手霜風吹鬢影③，去意徊徨④，別語愁難聽。樓上闌干橫斗柄⑤，露寒人遠雞相應。

【註釋】

① 轆：象聲詞，井上汲水轆轤轉動的聲音。金井：指用黃銅包裝的井欄，是富貴人家景象。
② 眸：眼珠。炯炯：明亮貌。
③ 「執手霜風」句：李賀《詠懷》二首之一：「彈琴看文君，春風吹鬢影。」此化用其意。

④ 徊徨：彷徨不安貌。

⑤ 闌干：縱橫貌。斗柄：北斗七星中第五至第七的三顆星像古代酌酒所用的鬥把，故稱斗柄。

【評析】

本詞別本題作「早行」，寫秋日清晨送別情人的情緒。

詞的上片寫別前。前三句表現出由深夜到將曉這一段時間的進程，行者於枕上聽聞烏啼、更殘、汲井等聲響，暗示其淒惻難眠，整夜不曾合眼。「喚起」二句描寫女主人公淺睡假寐被喚起，不是睡眼惺忪，卻是滿眼晶瑩，由於一夜輾轉反側，以致淚濕紅綿中，別前之情淒切。下片寫別時、別後。前三句寫別時依依難捨之狀，曲折傳神。「執手相看淚眼」已夠傷心了，再加上淒淒的秋風催促。「去意」「別語」則雲臨別，千般叮嚀、萬般依戀盡在其中。末二句寫斗斜露寒人去、唯聽雞聲相應的淒清景象，使人感到餘音嫋嫋，不絕如縷。

全詞寫離別，層次井然，抒寫曲折纏綿，委婉動人，讀後令人意想綿綿。唐圭璋《唐宋詞簡釋》評此詞曰：「此首寫送別，景真情真。『月皎』句，點明夜深。『更漏』兩句，點明將曉。天將曉即須趕路，故不得不喚人起，但被喚之人猛驚將別，故先眸清，而繼之以淚落，落淚至於濕透紅綿，則悲傷更甚矣。以次寫睡起之情，最為傳神。『執手』句，為門外送別時之情景，『風吹鬢影』，寫實極生動。『去意』二句，寫難分之情亦纏綿。『樓上』兩句，則為人去後之景象。斗斜露寒，雞聲四起，而人則去遠矣。此作將別前、方別及別後都寫得沉著之至。」

解連環①

周邦彥

怨懷無托，嗟情人斷絕，信音遼邈。縱妙手、能解連環②，

似風散雨收，霧輕雲薄。燕子樓空③，暗塵鎖、一床④弦索。想移根換葉，儘是舊時，手種紅藥。　　汀洲漸生杜若⑤，料舟依岸曲，人在天角。漫記得、當日音書，把閑語閑言，待總燒卻。水驛春回，望寄我、江南梅萼。拚今生、對花對酒，為伊淚落。

【註釋】

① 解連環：詞調名。《詞譜》卷三十四云：「此調始自柳永……名《望梅》。後因周邦彥詞有『妙手能解連環』句，更名《解連環》。」按《全宋詞》據《梅苑》卷四以所謂柳永《望梅》詞作無名氏詞。又張輯此調有「把千種舊愁，付與杏梁燕」句，故又名《杏梁燕》。另又名《玉連環》。

② 解連環：《戰國策·齊策六》載：「秦昭王嘗使使者遺君王後玉連環，曰：『齊多智，而解此環否？』君王後以示群臣，群臣不知解。君王後引錐破之，謝秦使曰：『謹以解矣。』」此處比喻情懷難解。

③ 燕子樓空：燕子樓在今江蘇徐州。這裏指人去樓空。

④ 床：指琴床，安放琴的器具。

⑤ 汀洲漸生杜若：屈原《九歌·湘夫人》：「搴汀洲兮杜若，將以遺兮下女。」此用其意。杜若：香草名。

【評析】

　　此詞為訪情人舊居，抒發懷人癡情之作。詞人如環無端的幽怨、情思，用往復百折的手法表現得哀豔淒婉，楚楚動人。

　　詞的上片寫訪情人舊居。前三句寫怨恨產生的根由。「縱妙手」以下抒寫詞人想要從愛河中掙扎出來，而身邊物、眼前景，無一不引起他對往日歡情的眷戀，因而無從得到解脫的複雜心理。下片寫對情人的相思癡戀。前三句用《九歌》辭意曲折地表達了對伊人的怨尤，以及自己不能忘情的深心。恨極之餘，他甚至想把「當日音書」「待總燒卻」，以示決絕，卻始終不忍割捨，轉而希冀對方也能依舊相思，詞情極委折之致。在痛苦

矛盾的心理歷程之後，主人公最後發出「拚今生、對花對酒，為伊淚落」的試驗，表現他「直道相思了無益，未妨惆悵是清狂」（李商隱《無題》）般的、矢志不移的堅貞感情，凝重深至，堪稱「壯烈」。

全詞直抒情懷，一波三折，委曲回宕，情思悲切，悱惻纏綿，深婉真切地表達出詞人對「情人斷絕」的愛怨交集的癡頑心理。

拜星月慢①

周邦彥

夜色催更，清塵收露，小曲幽坊月暗。竹檻燈窗，識秋娘庭院。笑相遇，似覺瓊枝玉樹②相倚，暖日明霞光爛。水盼③蘭情，總平生稀見。　　畫圖中、舊識春風面④，誰知道、自到瑤臺⑤畔。眷戀雨潤雲溫，苦驚風吹散。念荒寒、寄宿無人館，重門閉，敗壁秋蟲歎⑥。怎奈向、一縷相思，隔溪山不斷。

【註釋】

①拜星月慢：唐教坊曲名，後用作詞調。張璋、黃畬《全唐五代詞》卷七《敦煌詞·雲謠集雜曲子》《拜新月》「箋評」曰：「《拜新月》曲調，因拜新月之民俗而產生……宋人改名《拜星月》，韻致全失。」敦煌曲子詞此調為八十四字，周邦彥衍為《拜新月慢》，增至一百零四字。

②瓊枝玉樹：比喻人姿容秀美。

③水盼：比喻眼波清明，流動似水。

④「畫圖」句：杜甫《詠懷古跡》五首其三：「畫圖省識春風面。」春風面：指容貌美麗。

⑤瑤臺：原指仙人居住的地方，這裏借指伊人住所。

⑥敗壁秋蟲歎：歐陽修《秋聲賦》：「但聞四壁蟲聲唧唧，如助予之歎

息。」此處暗用其意。

【評析】

　　本詞別本題作秋思，為羈旅驛館、追懷舊日情人之作。

　　詞的上片回憶初識伊人時令自己銷魂的情景。「夜色」五句追憶當年在夜月朦朧時分，詞人在更聲、月色引導下信步踏過清塵，走入狹小幽深的斜邪曲巷，來到一處以竹為檻的庭院前，而以「燈窗」之光明暖意透露出初識秋娘的喜悅。「笑相遇」三句寫詞人與秋娘邂逅乍逢之驚喜，以「笑」字傳達出雙方一見鍾情，緣結三生的歡情洽意。「水盼」二句轉寫女子的目盼心許，柔情芳純，與詞人「平生罕見」的驚詫。下片寫今日相思之情的深重。「畫圖中」四句寫情侶歡情離散之悵恨。「瑤臺雲雨」隱喻詞人與所戀女子歡會，美妙溫柔。「苦驚風」比喻驚恐而不可抗拒的外力，將同命鴛鴦活活吹散。「念荒寒」數句辭意頓轉，返歸現實，寫詞人自勞燕分飛後，羈宦江南，寄寓驛館，重門閉著，只聽到敗壁秋蟲的悲鳴，似在助人歎息。此情此景，其何以堪！「怎奈向」二句申訴詞人相思不悔、真情不滅的情懷，表白了溪山遙隔也隔不斷的相思之情，表現出對愛情的深摯與執著。

　　這首詞抒情敘事細膩生動，表現力強，通過對失去戀情的追憶，表達仕途失落後的悲慘心態。

關 河 令①

周邦彥

　　秋陰時晴漸向暝，變一庭淒冷。佇聽寒聲②，雲深無雁影。

　　更深人去寂靜，但照壁、孤燈相映。酒已都醒，如何宵夜永③？

【註釋】

① 關河令：詞調名，本名《清商怨》，歐陽修此調首句為「關河愁思望
　　處滿」，周邦彥遂改名為《關河令》。

② 寒聲：即秋聲，指秋天的風聲、雨聲、蟲鳥哀鳴聲等。

③ 夜永：猶言長夜。

【評析】

　　此詞為寒秋羈旅傷懷之作。全詞以時光的轉換為線索，表現了深秋蕭
瑟清寒中詞人因人去屋空而生的淒切孤獨感。詞中刻畫寒夜酒醒、百無聊
賴的孤苦形象，分別從聽覺和視覺兩方面來刻畫孤淒意境。這種凝練深沉
的風格，與周邦彥小令詞高華清麗的主流風格有所不同。

　　詞的上片寫寒秋黃昏景象。「秋陰」二句推出一個陰雨連綿，偶爾放
晴，卻已薄暮昏暝的淒清的秋景，這實在像是物化了的旅人的心情，難得
有片刻的晴朗。從「秋陰」至「淒冷」，綜合了詞人從視覺到感覺的壓抑，
渲染了一種陷身陰霾、不見晴日、悽愴的悲涼情緒。「佇聽」二句點明詞
人佇立庭院仰望天空。然而，「雲深」，陰霾深厚，不見鴻雁蹤影，音書無
望，更見詞人的失落與孤獨。下片寫深夜孤燈獨映。「人去」二字突兀而
出，正寫出旅伴們聚散無常，也就愈能襯托出遠離親人的淒苦。更苦者，
是「酒已都醒」，暗示出詞人一直借酒消愁驅悶，以求在醉眠中熬過寒夜。
然而，酒意一醒，秋情亦醒，羈旅悲愁，情侶相思，一股腦兒湧上心頭，
詞人竦然驚呼：「如何宵夜永！」詞人將羈旅悲愁、淒苦推至無可解脫的
境地結束全詞，極致地顯示詞人羈宦如棄謫的無助與鬱悶。

綺寮怨①

周邦彥

上馬人扶殘醉，曉風吹未醒。映水曲、翠瓦朱簷，垂楊裏、

乍見津亭②。當時曾題敗壁，蛛絲罩、淡墨苔暈青③。念去來④、歲月如流，徘徊久、歎息愁思盈。　　去去倦尋路程，江陵舊事，何曾再問楊瓊⑤。舊曲淒清，斂愁黛、與誰聽？尊前故人如在，想念我、最關情。何須渭城⑥，歌聲未盡處，先淚零。

【註釋】

① 綺寮怨：詞調名，始見於周邦彥詞。

② 津亭：渡口的驛亭。

③ 「當時曾題」二句：暗用魏野事。吳處厚《青箱雜記》六載，魏野嘗從寇準遊陝府僧舍，各有留題。後寇準顯貴，復同遊，見準詩已用碧紗籠蓋護，而野詩獨否，塵昏滿壁。

④ 去來：過去和未來。

⑤ 楊瓊：唐代江陵歌妓，此處泛指。

⑥ 渭城：即唐王維《渭城曲》，亦稱《送元二使安西》。多於離別的筵席歌唱。

【評析】

　　本詞為詞人途經津亭，抒寫羈旅懷人之情的作品。周邦彥長年漂泊羈旅，輾轉州縣，飽受別離行役之苦，此詞為一曲離歌，當係其三十七歲以後所作。

　　詞的上片寫詞人在殘醉中走向渡口的情景。「上馬」二句以詞人醉歸發端，不論人扶，還是風吹，皆酣然不醒，暗示乘馬前情懷愁苦，借酒澆愁，以至殘醉如此。「映水」二句以「映」字描畫出水曲所映之垂楊與翠瓦朱簷的倒影，進而又見與水曲相映的翠瓦朱簷之貴景。「當時」二句遂將眼前現景與當年詞人在津亭送別歌妓，面對水曲垂楊之景勾連、疊映在一起，頗有時過境遷，人去物非的遷逝感。「念去來」三句則感慨時光流逝的無情，消磨掉舊日的痕跡，令詞人「歎息愁思盈」，揭明本詞的主旨。下片抒寫愁情。「去去」句寫在仕途進退中去去來來，詞人已厭倦羈旅奔

波，而使自己難以忘懷的是在江陵與知心歌妓交往聽曲的舊事，但自津亭一別，便再沒有重訪「楊瓊」。「舊曲」三句勾連今昔，昔日她斂愁眉為我演唱的淒清舊曲，今日誰是知音陪她聆聽？「尊前」數句復辭意轉進，設想舊日相識的知音歌女倘若健在，她懷念我的羈宦漂泊處境，定然最動情。她最理解我的心情，能唱出觸動我心弦的歌聲，比離宴送別的《渭城曲》還要悽愴感人，一曲未盡，我的熱淚已先灑落！通篇迤邐寫來，情如流水汩汩，純真自然，入人心田。

尉遲杯①

周邦彥

　　隋堤路，漸日晚、密靄生煙樹。陰陰淡月籠沙②，還宿河橋深處。無情畫舸，都不管、煙波隔南浦。等行人、醉擁重衾，載將離恨歸去③。　　因思舊客京華，長偎傍疏林，小檻歡聚。冶葉倡條④俱相識，仍慣見珠歌翠舞。如今向、漁村水驛，夜如歲、焚香獨自語。有何人、念我無聊，夢魂凝想鴛侶。

【註釋】

① 尉遲杯：詞調名。毛先舒《填詞名解》云：「尉遲敬德飲酒必用大杯也。」故用以為名。始見於柳永詞。

② 淡月籠沙：杜牧《泊秦淮》詩：「煙籠寒水月籠沙，夜泊秦淮近酒家。」

③ 「無情畫舸」四句：鄭文寶《柳枝詞》：「亭亭畫舸繫春潭，直到行人酒半酣。不管煙波與風雨，載將離恨過江南。」此處化用其意。畫舸：畫船。

④ 冶葉倡條：指歌妓。李商隱《燕台》四首其一：「風光冉冉東西陌，幾日嬌魂尋不得。蜜房羽客類芳心，冶葉倡條遍相識。」

【評析】

此詞別本題作「離恨」，乃詞人宦途中所作，抒寫夜宿舟中的懷感。全詞由景及情，因今及昔，寫法頗似柳永，而更委婉多變。寫眼前景致採用白描手法，描繪出一幅河橋泊舟圖，像筆墨淋漓的水墨畫。

詞的上片寫泊舟夜宿，繪黃昏及月夜兩岸的淒迷景色。起三句點出地點和時間，並以「密靄生煙樹」的景色透露出前途迷茫之感。接下來兩句化用杜牧詩句，寫詞人獨自悵望江天，孤寢船上的情景。「無情畫舸」數句寫分手時的情景，用的就是借物達意手法。有情人偏遇著這無情的畫舸，它全然不管戀人們難分難捨，將行人連同離恨都載走了。這裏遷怨畫舸，就是側寫。物本無情，視為有情，以責怪於物來表達自己的離情別恨，是借物達意的一種方式。下片由今思昔，抒相思離恨。「因思舊客」五句是追憶京華歡樂舊事。然後陡然回到現實，下三句敘孤處舟中之淒苦情狀。「漁村水驛」與京都的「珠歌翠舞」的鮮明對比強化了落魄的悽楚。結尾二句，歷代詞評家觀點不一，周濟《宋四家詞選》言其「一結拙甚」，而譚獻《譚評詞辨》則稱「收處率甚」。誠然，這個收尾是不夠含蓄的，但感情還是十分樸實濃烈的。這裏用了眼前實境和夢中虛境相對照，現實是舟中獨處，夢中卻是鴛侶和諧。「鴛侶」一詞已近於抽象化，形象不夠豐滿，但還是足以補出離情別恨的。

西　河①

金陵懷古

周邦彥

佳麗地②，南朝③盛事誰記？山圍故國繞清江④，髻鬟對起⑤。怒濤寂寞打孤城，風檣⑥遙度天際。　　斷崖樹、猶倒倚，莫愁艇子誰繫⑦？空餘舊跡鬱蒼蒼，霧沉半壘。夜深月過女牆⑧來，

傷心東望淮水⑨。　　酒旗戲鼓甚處市？想依稀王謝⑩鄰里。燕子不知何世，向尋常巷陌人家⑪相對，如說興亡斜陽裏。

【註釋】

① 西河：唐曲，後用作詞調。《碧雞漫志》卷五引《脞說》：「大曆初，有樂工取古《西河長命女》加減節奏，頗有新聲。」又稱：「又別出大石調《西河慢》，聲犯正平，極奇古。」周邦彥此詞入「大石」調，當即此曲。又名《西湖》。

② 佳麗地：指金陵，今江蘇南京。謝朓《入城曲》：「江南佳麗地，金陵帝王州。」

③ 南朝：自東晉滅亡到隋朝統一為止，中國歷史上出現長期的南北對峙的局面，南方有宋、齊、梁、陳四個朝代，合稱南朝，皆建都於金陵。

④ 山圍故國繞清江：金陵城臨長江，四周群山環抱，故雲「山圍故國」。劉禹錫《石頭城》詩：「山圍故國周遭在，潮打空城寂寞回。」此句與下「怒濤」句化用其意。故國：故都，此指金陵。

⑤ 髻鬟對起：以女子髻鬟喻在長江邊相對而屹立的山。

⑥ 風檣：代指順風揚帆的船隻。檣：船上張帆用的桅杆。

⑦ 莫愁：南朝時的民間女子。古樂府《莫愁樂》云：「莫愁在何處？莫愁石城西。艇子打兩槳，催送莫愁來。」繫：拴縛。今南京水西門外有莫愁湖。

⑧ 女牆：城牆上的矮牆。劉禹錫《石頭城》詩：「淮水東邊舊時月，夜深還過女牆來。」

⑨ 淮水：指秦淮河。它橫貫南京城，為南朝時都人士女遊宴之所。

⑩ 王謝：六朝時王、謝世為望族，居南京烏衣巷，故常並稱。

⑪ 「燕子不知」二句：劉禹錫《烏衣巷》詩：「朱雀橋邊野草花，烏衣巷口夕陽斜。舊時王謝堂前燕，飛入尋常百姓家。」

【評析】

此詞為詠金陵舊跡，感慨歷史興亡之作。或以為本詞係明教領袖方臘起義之時，周邦彥避兵亂自杭州奔揚州途中，亦即其逝世前一年所作，根據似嫌不足。全詞強化了景物描寫的清峭、冷寂而又悲壯、蒼涼之情韻，境界開闊，內蘊深遠。

詞的上片總寫金陵形勝，境界曠遠，雄壯中蘊含落寞。「寂寞」二字透出歷史遷逝，人亡物移，故國繁榮與孤城幽寂的荒涼。中片糅合當地傳說並《石頭城》後聯，扣緊金陵景觀以表達物是人非之感，「斷崖」「舊蹤」「霧沉」，景物塗上了一種蒼茫的色調。下片以何處尋得當年「酒旗戲鼓」的繁華街市的感歎發端，側重寫「王謝鄰里」的豪門舊跡難以尋覓，只可依稀辨識，宣發人世滄桑之思。燕子相對說興亡於斜陽之中，意象極巧，感傷殊深。

這首詞主要化用劉禹錫詠金陵之《石頭城》和《烏衣巷》兩首詩，但又自出機杼，渾化無跡。詞中不搬弄史實而只從虛處傳神，寓無限歷史興亡之慨，寫景清奇壯偉，格調高古蒼涼，隱微地流露了作者對於大宋末世的哀感。

瑞　鶴　仙①

周邦彥

　　悄郊原帶郭，行路永、客去車塵漠漠。斜陽映山落，斂餘紅猶戀，孤城闌角。凌波②步弱，過短亭、何用素約③。有流鶯④勸我，重解繡鞍，緩引春酌。　　　不記歸時早暮，上馬誰扶，醒眠朱閣。驚飆⑤動幕，扶殘醉、繞紅藥。歎西園已是，花深無地，東風何事又惡？任流光過卻，猶喜洞天⑥自樂。

【註釋】

① 瑞鶴仙：詞調名，始見於周邦彥詞。

② 凌波：形容女子步履輕盈。

③ 素約：早先就約定過。

④ 流鶯：比喻女子柔聲軟語。

⑤ 驚飆：暴風。

⑥ 洞天：道家稱神仙所居的洞府。

【評析】

　　本詞是詞人送客之後，歸途偶遇舊識歌妓時所作，詞中既抒發別情，又借西園惜花引出流光易逝之慨，表現詞人嚮往神仙自在境界的意緒。

　　這首詞從時間上說是記昨日黃昏到今日清晨的事。上片前六句寫客去寥廓、迷茫的情景，並借落日照映樓的景象襯托依依別情，頗有韻致。接著忽插入邂逅相逢之趣，詞人與舊識不期而遇，喜出望外，於是把酒言歡，以抒心中悶情。「流鶯勸我」，解鞍引酌，又有多少歡晤。這裏是挑起波瀾，而又鋪敘開來，急煞而止。下片時間陡轉，寫詞人酒醒，此時已是次日清晨。「醒眠朱閣」語略而事豐，實際上是由於醒來才知道昨宵是身眠朱閣，而如何到此來，則不記得何時、何人把自己送到這裏的了。「驚飆動幕」再掀波瀾。狂風吹來，花事堪慮。於是「扶殘醉，繞紅藥」，護花費盡精神。然而如何呢？「歎西園已是，花深無地」。極具體，極形象，較泛言花落之多，沉重萬分。然而還不夠，再加上「東風何事又惡」，這裏斥東風，又是不明言落花，而痛恨那吹落花的東風。真是大開大合，馳騁縱橫。末兩句宕開一筆，為自我寬慰之辭，實寓隱逸之思，反映詞人晚年對朝廷時局的不滿與出世之願。

　　全詞章法嚴密，直敘中有波瀾，周濟《宋四家詞選》贊曰：「結構精奇，金針度盡。」

浪淘沙慢

周邦彥

曉陰①重，霜凋岸草，霧隱城堞②。南陌脂車③待發，東門帳飲乍闋④。正拂面、垂楊堪攬結，掩紅淚⑤、玉手親折。念漢浦、離鴻⑥去何許？經時信音絕。　　情切，望中地遠天闊，向露冷、風清無人處，耿耿⑦寒漏咽。嗟萬事難忘，惟是輕別。翠尊未竭，憑斷雲、留取西樓殘月。　　羅帶光消紋衾疊，連環解、舊香⑧頓歇。怨歌永、瓊壺敲盡缺⑨。恨春去、不與人期，弄夜色、空餘滿地梨花雪。

【註釋】

① 曉陰：原作「晝陰」，據別本改。

② 堞：城上齒狀的矮牆。

③ 脂車：車軸塗上油脂的車，潤滑以利快行。

④ 乍闋：方停，剛結束。

⑤ 紅淚：《拾遺記》載，魏文帝所愛美人薛靈芸離別父母登車上路之時，用玉唾壺承淚，壺呈紅色。及至京師，壺中淚凝如血。後世因稱女子眼淚為「紅淚」。

⑥ 離鴻：此處喻離別的戀人。

⑦ 耿耿：煩躁不安貌。

⑧ 舊香：用賈午偷贈韓壽異香事。

⑨ 瓊壺敲盡缺：《世說新語·豪爽》：「王處仲每酒後，輒詠：『老驥伏櫪，志在千里；烈士暮年，壯心不已。』以如意打唾壺，壺口盡缺。」後以敲壺盡缺表示感情激烈。

【評析】

本詞為暮春之夜懷思戀人之作。

全詞三片，上片追憶當初折柳惜別的情事。其時正值秋季，故有「霜調岸草」「漢浦離鴻」等典型的秋景意象。「曉陰重」三字，分量顯得很沉重，清晨離別，其時漠漠窮陰，籠罩天地，造成了抑鬱的氣氛。「拂面垂楊」與「紅淚玉手」，細節刻畫得極為傳神，足見當年印象之深。「念漢浦」以下三句抒言信斷絕之憾。中片寫別後情思。在流動的情緒中，濃化別離的傷感。無可奈何的淒涼，令人嘆惜。「憑斷雲留取」，最先使人哀歎。下片寫到當前。一開始就連續列舉了五種遭到破壞的美好事物：絲織的衣帶失去了光澤；花色美麗的被子弄得折皺了；本來連為一體的玉連環被分解開了；情人所贈的香已經失去了芬芳；哀怨的歌曲唱得時間太長，隨著拍子敲打唾壺，把壺都敲得殘缺了。這五個比喻，訴說了離別之苦對人的無情折磨，表示了怨恨的深重。這種連珠炮式的寫法，實為詞中所罕見。接著，詞人把思緒歸結起來。發出了「恨春去，不與人期」的怨言，表達了一種癡頑的、無可奈何的心情。結句用具體的梨花落滿地以象徵「春去」。梨花色白，故可與雪互喻。此兩句恨春去匆匆，只留下滿地梨花如雪，極寫怨恨之情。

本詞歷來頗受讚譽。陳延焯《白雨齋詞話》評此詞曰：「蓄勢在後，驟雨飄風，不可遏抑。歌至曲終，覺萬匯哀鳴，天地變色，老杜所謂『意愜關飛動，篇終接混茫』也。」王國維《人間詞話》亦贊此詞「精壯頓挫，已開北曲之先聲」。

應天長①

周邦彥

條風②布暖，霏霧弄晴，池台遍滿春色。正是夜堂③無月，沉沉暗寒食。梁間燕，前社客④，似笑我、閉門愁寂。亂花過、

隔院芸香⑤，滿地狼藉。　　　長記那回時，邂逅相逢，郊外駐油壁⑥。又見漢宮傳燭，飛煙五侯宅⑦。青青草，迷路陌，強載酒、細尋前跡。市橋遠、柳下人家，猶自相識。

【註釋】

① 應天長：詞調名，有令詞、慢詞兩體。令詞始見於韋莊詞，慢詞始見於柳永詞。

② 條風：春天的東北風。

③ 夜堂：一作「夜台」。夜台即墳墓，則本詞為悼亡詞。

④ 社客：指燕子。燕子為候鳥，江南一帶每年以其春社來，秋社去，故有此名。

⑤ 芸香：芸本是一種香草，此處泛指花之香氣。

⑥ 油壁：油壁車，車壁以油漆飾之。

⑦ 「又見漢宮」二句：唐韓翃《寒食》詩：「春城無處不飛花，寒食東風御柳斜。日暮漢宮傳蠟燭，輕煙散入五侯家。」此處敘寒食風俗，並無原詩諷喻意。五侯：漢成帝時，封他的舅舅王譚、王商、王立、王根、王逢時為侯，人們稱為「五侯」。另東漢桓帝時曾封單超等五位宦官為侯，當時也稱「五侯」。

【評析】

　　本詞為寒食懷人之作。別本題作「寒食」。

　　詞的上片寫寒食節的融融春光和詞人的孤寂悵惘。「條風」三句描寫風暖碧草、霧晴園柳，滿塘春色的暮春景物，為寒食節添色。以下數句陡然轉入詞人暗夜閉門愁絕之狀的描寫，並借「梁間燕」自嘲、自憐，詞情苦澀，又用亂花飄香飛墜遍地的淒迷景象出色地襯托了人們的繚亂情思。下片寫當年邂逅的情景和如今物是人非的憂傷。「長記」三句追憶詞人與故人「邂逅相逢」，情意歡洽的難忘而美妙的情景。「又見」二句穿插皇宮傳燭分火於權貴豪門，點綴寒食節朝野共慶的風俗，更借一個「又」字暗

示出前次邂逅亦見如此情景，雙方歌酒歡娛，直至傳燭分火的夜晚，始盡興醉歸。「青青草」以下寫詞人為追思故人，強打起精神載酒到郊野，欲尋覓舊日與故人邂逅聚歡之前跡，卻不料眼前只有一片青草，路徑迷離，唯有「橋邊柳下」人家還可辨識，當初的遺跡則茫然不存啦！

全詞結構曲折多變，轉換似雲斷山連，一般情理卻寫得撲朔迷離，而又深摯感人。

夜遊宮^①

周邦彥

葉下^②斜陽照水，捲輕浪、沉沉^③千里。橋上酸風^④射眸子。立多時，看黃昏，燈火市。　　古屋寒窗底，聽幾片、井桐飛墜。不戀單衾再三起，有誰知，為蕭娘^⑤，書一紙？

【註釋】

① 夜遊宮：詞調名。毛先舒《填詞名解》云：「《夜遊宮》，古詩：『畫短苦夜長，何不秉燭遊？』《拾遺記》：『漢成帝於太液池旁起「宵遊宮」，又隋煬帝好以月夜從宮女數千遊西苑，作《清夜遊》曲，於馬上奏之。』詞名蓋取諸此。」始見於賀鑄詞。

② 葉下：葉落。

③ 沉沉：流水不斷貌。

④ 酸風：冷風。李賀《金銅仙人辭漢歌》：「東關酸風射眸子。」

⑤ 蕭娘：唐代對女子的泛稱。此指詞人的情侶。

【評析】

本詞為得情人書信後懷思情人之作。

詞的上片寫獨立橋上所見秋日黃昏之景，清疏淡遠，富有動感。「葉

下」三句以斜陽、水浪意象組合成一幅秋水千里的動態景象。落葉、斜陽、流水這些意象，在古代詩詞中全是觸動悲秋離愁的特定媒介。「沉沉」二字，則加染離恨愁情的沉鬱、濃重的色調。最後以「千里」的空間距離，暗示出詞人愁長千里之遙，心縈千里之外。「橋上」句則借寒風射酸雙眸，暗示出詞人已流下了憶君之清淚。「燈火市」，正是昔日與情侶團聚歡會的繁華場所，而今人隔千里，面對眼前「燈火市」，更顯出自身處境的孤寂與幽冷，情懷的惆悵與失落。下片寫長夜不眠的孤淒情景。「古屋」句寫破舊而簡陋的居處。「聽幾片」句寫夜風凜冽，吹得梧桐葉飛墜，颯颯有聲，一片蕭瑟、悲涼。寒窗風緊，長夜難挨，即使是單薄的衾被，也該裹緊身子，詞人卻「不戀單衾再三起」！「再三」則是起而又臥，臥而又起。那麼到底有什麼心事呢？最後，「有誰知」三句方始揭明原因——「為蕭娘書一紙」，遂使前面一連串反常行為豁然開朗。全詞到此一點即止，餘味甚長。

青玉案

賀鑄

　　凌波不過橫塘路[1]，但目送、芳塵去。錦瑟年華[2]誰與度？月橋花院，瑣窗朱戶，只有春知處。　　碧雲冉冉蘅皋暮[3]，彩筆新題斷腸句。試問閒愁都幾許？一川[4]煙草，滿城風絮，梅子黃時雨[5]。

【作者簡介】

　　賀鑄（1052—1125），字方回，號慶湖遺老。宋太祖賀皇后族孫，娶宗室之女。為人豪俠尚氣，渴望建功立業，曾為武官，後轉文職。他不攀附權貴，喜歡縱論天下事，晚年退居蘇州。

　　賀鑄詩、文、詞皆善，尤以詞的成就最高，其詞剛柔兼濟，風格

多樣，兼有豪放、婉約二派之長，長於錘煉語言並善融化前人成句。用韻特嚴，富有節奏感和音樂美。部分描繪春花秋月之作，意境高曠，語言濃麗哀婉，近秦觀、晏幾道。其愛國憂時之作，悲壯激昂，又近蘇軾。南宋愛國詞人辛棄疾等對其詞均有續作，足見其影響。有《東山詞》，一名《東山寓聲樂府》。

【註釋】

① 凌波：形容女子步態輕盈。橫塘：大塘名，在今江蘇蘇州市西南，賀鑄晚年退隱至蘇州，並在城外十里處橫塘有住所，常往來其間。

② 錦瑟年華：指美好的青春時光。李商隱《錦瑟》詩：「錦瑟無端五十弦，一弦一柱思華年。」

③ 碧雲：原作「飛雲」，據別本改。蘅皋：長滿香草的水邊高地。

④ 一川：滿地。

⑤ 梅子黃時雨：江南一帶初夏梅熟時多連綿之雨，俗稱「梅雨」。《歲時廣記》卷一引《東皋雜錄》：「後唐人詩云：『楝花開後風光好，梅子黃時雨意濃。』」

【評析】

　　本詞為抒寫相思失落，幽居惆悵之作。

　　詞的上片寫不知佳人身在何處的悵惘情景。橫塘是詞人的居住地，詞人目送倩影離去，無限淒涼。基於這種可望不可即的遺憾，詞人展開了聯想，推想那位佳人如今是怎樣生活的。這種跨越時空的想像，既是虛構，又合實情。下片寫因思慕而引起的無限愁思。末四句以反問呼起，以系列比喻自答，將愁思之多而紛亂、迷茫無邊、連綿不休形容曲盡，且切合時序，襯映心境，情景渾融，語意精新，故成絕唱。

　　全詞因果相承，情景互換，融情入景，設喻新奇。周紫芝《竹坡詩話》曰：「賀方回嘗作《青玉案》，有『梅子黃時雨』之句，人皆服其工，士大夫謂之『賀梅子』。」劉熙載《藝概》曰：「其末句好處全在『試問』呼起，

及與上『一川』二句並用耳。」

　　這首詞虛寫相思之情，實際抒發的卻是鬱鬱不得志的閒愁。賀鑄一生懷才不遇，胸懷大志，卻官職卑微，他將政治上的不得志隱曲地表現在了這首詞中。他求美人而不得的愁苦實際就是壯志難酬的哀愁。

感　皇　恩①

賀鑄

　　蘭芷②滿汀洲，遊絲橫路。羅襪塵生步③，迎顧。整鬟顰黛④，脈脈⑤兩情難語。細風吹柳絮、人南渡。　　回首舊遊，山無重數。花底深、朱戶何處？半黃梅子，向晚一簾疏雨。斷魂分付與、春將去⑥。

【註釋】

①感皇恩：唐教坊曲名，後用作詞調。始見於敦煌曲子詞，宋詞始見於張先詞。因賀鑄此調有「細風吹柳絮，人南渡」之句，故又名《人南渡》。

②蘭芷：香蘭、白芷，均為香草。

③羅襪塵生步：《洛神賦》：「凌波微步，羅襪生塵。」

④整鬟顰黛：略整秀髮，微皺雙眉。

⑤脈脈：相視貌，含情不語貌。

⑥春將去：與春同去。

【評析】

　　這首詞很像一首縮寫的《洛神賦》，描寫了主人公暮春時光在長滿芳草的汀州佇立，與伊人相會，雖則兩情交通卻終不能互訴心曲，以及伊人飄然離去後的悵惘之情。

詞的上片寫兩人乍見又別的情景。起二句寫景。香草鋪滿芳洲，空氣中漂浮著遊絲。在這幅春景圖中，慢慢地走出了一個漂亮的女子。「羅襪塵生步」是形容她步履的輕盈，也帶出她體態的優美。「迎顧」二字，既表現了男主人公的行動，也體現了他的心情。「整鬟」說明女子已經過精心的打扮，而「顰黛」表示她正憂愁不樂。而之所以憂愁不樂，是因為他們即將要分別。「脈脈」句把他們綿邈淒婉的情態描摹得極為深致。接著，詩人通過對愁的象徵——柳絮的描寫，進一層地道出了他們傷感的情懷，並直接逼出「人南渡」，點實詞意。下片寫對戀人的追戀。前兩句寫男主人公回首舊時同遊之地，他舉目四望，唯見群山成列而已。「山無重數」境界開闊遼遠，其用意則在於展示人物內心的寂寥空虛，也暗示關山的迢遞，故接下來就有「花底深，朱戶何處」的疑問。末幾句意境與其《青玉案》結尾處極相似，但後者是以三種意象直接喻愁，本篇則是借助景物委曲抒情。梅子黃時，細雨如絲，男主人公的愁，如迷漫天地的梅子雨一般，無邊無際地梭織著，使他無法逃遁，無法掙脫。在雨聲的淅瀝中，春光流逝了，春色衰殘了，他那淒寂、遲暮、孤獨的悵恨之情終於飽和到了頂點。「斷魂分付與，春將去」，這時懷人和傷春已交織在一起了，從而轉折出一片時不我與的無奈心情。

　　整首詞情致淒切哀怨，風格委婉細膩。從回憶舊日臨別時的惆悵到描寫別後的相思落寞，語言淒婉，一往情深。

薄　倖①

賀鑄

　　淡妝多態，更的的、頻回盼睞②。便認得琴心先許，欲縮合歡雙帶③。記畫堂、風月逢迎，輕顰淺笑嬌無奈。向睡鴨爐邊，翔鴛屏裏，羞把香羅暗解。　　自過了燒燈④後，都不見踏青挑菜⑤。幾回憑雙燕，丁寧深意，往來卻恨重簾礙。約何時再，正

春濃酒困，人閑晝永無聊賴。厭厭睡起，猶有花梢日在。

【註釋】

①薄倖：詞調名，始見於賀鑄詞。

②的的：明媚貌。盻睞：顧盼，目光左右環視。

③綰：旋轉打結。合歡帶：即合歡結，以繡帶結成雙結，以示歡愛。
梁武帝《秋歌》：「繡帶合歡結，錦衣連理文。」

④燒燈：燃燈，指元宵放燈。

⑤踏青：春日郊遊。古代踏青節的日期因時地而異。《舊唐書》載：「大
曆二年二月壬午，幸昆明池踏青。」或言在上巳節，即農曆三月初
三。挑菜：挑菜節。唐俗，農曆二月初二日曲江挑菜，士民遊觀其
間，謂之挑菜節。

【評析】

　　本詞以男主人公的口氣，寫他與情人的戀愛、歡會和不得見面時的刻
骨相思。

　　詞的上片追憶伊人動人的神采、色授魂與的情狀，和風月之下畫堂相
見時的千嬌百媚，以及爐邊屏底幽會的情景。雖只從女子這方面作正面描
寫，但男主人公驚喜狂熱的感情卻已蘊含其中。敘事極其細膩，層次分
明，富於戲劇情味。這裏女子形象的特色，除了多態、多情，尤為引人注
目的突出之處在於主動。這與傳統的佳人形象有質的區別。試看，她對意
中人「頻回盻睞」，令人銷魂。她一旦確認知音，便「琴心先許」「綰合歡
雙帶」「把香羅偷解」，又是非常果斷和痛快。下片直述男主人公當前的盼
望、尋覓，音書無由寄遞、佳會難再的種種悵恨，以及「春濃酒閑」，無
以打發光陰的百無聊賴的生活狀況。上片感情如登山攀梯盤旋直上，漸至
頂峰，下片則一步一蹶，左右無路，二者形成鮮明對照，以顯示男主人公
的一往情深。

　　全詞記一則愛情故事，熔敘事、抒情、寫景於一爐，委曲有致。辭采

濃淡相間，恰到好處。李攀龍《草堂詩餘雋》評此詞曰：「凡閨情之詞，淡而不厭，哀而不傷，此作當之。」

浣溪沙

賀鑄

不信芳春厭老人，老人幾度送餘春，惜春行樂莫辭頻。
巧笑豔歌皆我意①，惱花顛酒拚君瞋②，物情惟有醉中真③。

【註釋】

①巧笑：嬌媚的笑容。《詩經·衛風·碩人》：「巧笑倩兮，美目盼兮。」
　豔歌：美妙的歌喉。一說指描寫有關愛情的歌辭。

②惱花：為花所引逗、撩撥。杜甫《江畔獨步尋花》：「江上被花惱不徹，無處告訴只顛狂。」顛酒：王仁裕《開元天寶遺事·顛飲》載，唐鄭愚等不拘禮節，每春時，選妖妓，遊名園，藉草裸形，去其巾帽，叫笑喧呼，自謂之「顛飲」。顛：癲狂。瞋：指怒目而視。一說作「嗔」，嗔怒。

③物情：物理人情。李白《擬古》：「仙人殊恍忽，未若醉中真。」

【評析】

　　本詞是賀鑄晚年所作，表達惜春賞春之情。詞人歌唱及時行樂，似乎甘心陶情於歌笑，沉溺於醉鄉，但是，在他佯狂的腔調中，又不難聽出他內心憤懣不平的聲音。

　　詞的上片寫暮年惜春的情懷，寓有垂老之歎。起句明講不信芳美春色厭棄我這老人，實寓我這老人依然熱愛芳美春色，人老心不老也！率性的表白韻味十足。「厭」字將春天擬人化，形象生動。次句寫老人每年都是依依不捨地送走了春天，深入地表達了老人對春天的熱愛與惋惜。尾句寫

老人要用實際的行動來珍惜春光，在春天裏要及時行樂。只有這樣，才能讓自己的晚年生活更快樂。在宣導及時行樂的同時，也表現出詞人在現實生活中無所作為的憤慨和無奈。下片寫惜春行樂之態。「巧笑豔歌」，似乎使其回憶起青春時代的風流豔韻，大有人老心癡情亦顛之慨。「惱花」表達了詞人愛花過切而惱其匆匆棄我而去的情感。正因其「惱」，方形之於「顛」，拼命在春花未謝之際盡興觀花飲酒，以致酒醉狂顛，到了物我渾然，花亦我，我即花的境地。最後點明詞人「顛酒」任誕的原因：唯有酒醉渾然忘我，才能體會到真趣，顯示出真情，獲得一種超塵離俗的人生樂趣。透過詞人表面上沉溺於醉鄉的佯狂姿態，不難體會其內心升騰起的一股憤懣不平之氣，不難看出他對人生不得志的無奈和掙扎。

　　全詞直抒胸臆，類似酒中狂語，頗有豪曠自適的情懷。

浣溪沙

賀鑄

樓角初消一縷霞，淡黃楊柳暗棲鴉①，美人和月摘梅花。
笑撚粉香歸洞戶②，更垂簾幕護窗紗，東風寒似夜來些③。

【註釋】

① 楊柳暗棲鴉：指楊柳幽暗處，棲息著歸林的烏鴉。

② 撚：摘取。粉香：此指散發香氣的梅花枝。洞戶：室與室之間相通的門戶。一說指幽深的內室。

③ 些：語氣助詞。楚辭中往往有將「些」置於語尾之例，如《招魂》曰：「魂兮歸來，去君之恒干，何為四方些。」

【評析】

　　這是一首閨情詞，以輕淡的筆觸描繪了一位美人傍晚到入夜時的生活

片斷。全詞以寫景為主，實寄情於言外，給人以清幽淡雅的感覺。

上片首句描繪晚霞當樓、漸褪餘紅之景，畫面極美。次句與之相映襯，則顯得更加清麗有味。一個「暗」字，給人以景物清幽之感。胡仔《苕溪漁隱叢話》贊曰：「『淡黃楊柳暗棲鴉』之句，寫景可謂造微入妙。」末句描寫了美人月下摘梅的情景，美麗迷人，充滿詩情畫意，體現出瀟灑脫塵的風致。下片緊承月下摘花，繼續描寫美人的行蹤。她要回到房間裏去了，手裏撚著梅花，臉上笑盈盈的。詞中並沒有說明這個「笑」是因梅花的清新氣息令人高興而笑，還是想起了別的什麼事情來，這就使讀者產生無盡遐想，令全詞餘味不盡。美人回房後，只做了一件事：「更垂簾幕護窗紗。」末句點明了如此做的原因，因為東風吹來，比入夜時又冷了一些，放下簾幕，使它擋住紗窗，為的是使屋子裏暖和點。這「寒」的程度的加深，她在室外時就已感覺到，所以才歸戶，垂簾。這最後一句既縮住上兩句的歸戶與垂簾的人物活動，又回帶上片從霞消到月上這段時間歷程，可稱妙筆。

全篇意境優美，氛圍清幽，深得言情高手「不著一字，盡得風流」之要旨。楊慎《詞品》贊此詞曰：「句句綺麗，字字清新。當時賞之，以為《花間》《蘭畹》不及，信然。」

石州慢[1]

賀鑄

薄雨收寒，斜照弄晴，春意空闊。長亭柳色才黃，倚馬何人先折？煙橫水漫，映帶幾點歸鴻，平沙消盡龍荒雪[2]。猶記出關來，恰如今時節[3]。　　將發，畫樓芳酒，紅淚清歌，便成輕別[4]。回首經年，杳杳音塵都絕。欲知方寸，共有幾許新愁？芭蕉不展丁香結[5]。憔悴一天涯[6]，兩厭厭風月。

【註釋】

① 石州慢：詞調名，始見於賀鑄詞，一作《石州引》。因賀鑄此調有「長亭柳色才黃」句，故又名《柳色黃》。

② 平沙：廣漠的沙原。龍荒：泛指北方荒漠地區。此句一作「東風消盡龍沙雪」。

③ 恰如今時節：一作「恰而今時節」。

④ 便成輕別：一作「頓成輕別」。

⑤ 芭蕉不展丁香結：張說《戲草樹》：「戲問芭蕉葉，何愁心不開？」李商隱《代贈》二首其一：「芭蕉不展丁香結，同向春風各自愁。」

⑥ 憔悴一天涯：一作「枉望斷天涯」。

【評析】

　　本詞為抒寫相思別情之作。關於其創作緣起，吳曾《能改齋漫錄》載：「賀方回眷一姝，別久，姝寄詩云：『獨倚危欄淚滿襟，小園春色懶追尋。深恩縱似丁香結，難展芭蕉一寸心。』賀得詩，初敘分別之景色，後用所寄詩，成《石州引》。」

　　詞的上片描繪早春初晴的黃昏景色，由近及遠，聲色錯雜，意境清新開闊。「薄雨」三句以薄雨、斜照之意象組合成一派北國早春雨後斜陽、春意空闊之境。「長亭」二句插入長亭送別，遠客折柳，乃詞人見北國早春柳色才黃，頓時閃現出當初離別京師，出關赴任，折柳送別情景。「煙橫」三句寫詞人遠望暮靄煙雲橫空彌漫於長河水際，幾點歸鴉映帶其間，荒原積雪已被東風消融，更具象地展現出北國早春的荒野和蒼茫。「猶記」二句勾聯今昔，觸發對京都戀人的懷思。下片由寫景轉入敘事。回首京都戀人送別情景：她備好酒宴為我餞別，流著傷心的淚水，唱著哀怨的歌曲。「回首」二句感慨離別經年，音塵渺茫。「欲知」三句突接京都戀人詩篇，抒發相思。末二句以想像之筆抒寫人居兩地、情發一心的狀況，動人肺腑。

　　這首詞從眼前追憶過去，從過去回到現在，想到日後，並且極其巧妙

地把時間遷移和內心的活動，交織在寫景、敘事、抒情之中，餘味無窮。

蝶 戀 花

賀 鑄

　　幾許傷春春復暮，楊柳清陰，偏礙遊絲度。天際小山桃葉步[①]，白花滿湔[②]裙處。　　竟日微吟長短句，簾影燈昏，心寄胡琴[③]語。數點雨聲風約住，朦朧淡月雲來去[④]。

【註釋】

①桃葉：晉代王獻之的妾名，此指詞人所思的戀人。桃葉步：桃葉在閒步，即桃葉渡江。王獻之曾為桃葉作歌曰：「桃葉複桃葉，渡江不用楫。」形容其體態輕盈。

②湔：洗滌。

③胡琴：唐宋時期，凡來自西北各民族的絃樂器統稱胡琴。

④「數點」二句：北宋初李冠《蝶戀花‧春暮》上片末有此二句。風約住：指雨聲被風攔住。

【評析】

　　本詞為傷春懷人之作，很可能是詞人身居金陵，回憶揚州情事之作，有同時的《獻金杯》一詞可相參看。

　　詞的上片寫景。起句點明時令及自己的心情，為全詞奠定了憂傷的感情基調。接下來二句以柳陰、遊絲意象組合成濃陰清涼、遊絲彌漫的富有暮春時節特徵的景象。這裏詞人不用傷悼紅花凋落的陳套，而是以柳陰密到不能穿度遊絲來表現春色已盡，用曲筆寫出傷春之情，語淡意深。「天際」二句乃詞人懸想之詞，暗示詞人與金陵某位女子有類似王獻之與桃葉的戀情，並在婦女洗衣的白洲分手離別，故見白花而傷神斷腸，流露出對

金陵女子的懷戀。下片寫別後的思念和孤寂的淒苦。「竟日微吟」全因寄情，燈下操琴，也為吐心曲，兩個細節代替了無數思念的憂傷語。「數點」二句以景結情，全用李冠《蝶戀花》成句，而有青藍、冰水之妙。

天門謠①

登采石蛾眉亭

賀鑄

　　牛渚天門險，限南北②、七雄③豪占。清霧斂，與閒人登覽。　　待月上潮平波灩灩④，塞管輕吹新阿濫⑤。風滿檻，歷歷⑥數、西州更點⑦。

【註釋】

① 天門謠：詞調名，始見於賀鑄詞。王灼《碧雞漫志》載此調原名《朝天子》，賀鑄此調詠天門，故命名《天門謠》。李之儀有和作，為《次韻賀方回登采石蛾眉亭》。

② 限南北：南北朝以長江為界，南朝偏安江南。

③ 七雄：當指東吳、東晉、宋、齊、梁、陳及南唐，這七朝均建都於金陵。

④ 灩灩：水閃閃發光貌。

⑤ 塞管：指羌笛、胡笳之類。《阿濫》：曲調的一種，即《阿濫堆》。《中朝故事》云：「驪山多飛禽，名阿濫堆。明皇御玉笛采其聲，翻為曲子名，左右皆傳唱之，播於遠近，人競以笛效吹。」

⑥ 歷歷：分明可數。

⑦ 西州：晉宋間揚州刺史治所，以治事在台城（今屬南京）西，故曰西州。更點：報更的鼓點。

【評析】

　　采石磯原名牛渚磯，在安徽馬鞍山市長江東岸，為牛渚山突出長江而成，江面狹窄，形勢險要，西南方有兩山夾江對峙如蛾眉，謂之天門。宋神宗熙寧年間，太平州知州張瓌在牛渚山上築亭，以觀天門勝景，命名「蛾眉亭」。哲宗紹聖二年（1095），呂希哲知太平州，捐官俸重修蛾眉亭。次年四月，賀鑄去江夏赴任，途經當塗，參加了此亭落成典禮，並寫有《蛾眉亭記》。本詞即作於當時，是一首登覽感懷之作。

　　詞的上片以雄勁的筆力描繪了天門山的險峻和歷史上群豪紛爭的狀況。「牛渚」二句乃詞人登臨采石山蛾眉亭所見。腳下牛渚磯突出江中，絕壁嵌空，對面相望著天門山，兩山夾江對峙，「牛渚天門」成為扼守金陵古都西方門口的天險關塞。「七雄豪占」述歷史上群豪的紛爭，間接表明地處地勢的重要性。「清霧斂」二句辭意頓折，昔日「七雄豪占」的天險要塞，而今成為「閒人登覽」，觀賞山川勝境之地。下片想像月夜天門山的景色。「月上潮平波灩灩」寫的是月上潮平水波明亮蕩漾的情景，詞人不寫江聲山色，反而寫月上潮平、笛吹風起，可見其匠心獨具，也反映了詞人曠達的心胸。波光粼粼，江風陣陣，此時突然傳來「塞管輕吹新阿濫」。這裏以虛寫實，避實就虛，境界朦朧，非比尋常。末二句寫風來滿檻欄，可以清清楚楚地聽到西州傳來打更的聲音。此刻，《阿濫堆》的曲聲與西州傳來的打更聲為空寂的天門山增加了嫋嫋餘音，長江水聲伴著歌聲與更聲形成了恬靜優美的樂曲，營造了一種美麗神秘的意境。同時這是以誇張手法寫登高而聞遠，給人一種超脫凡塵、寵辱偕忘的感覺。

　　全詞篇幅雖短，而筆勢遒勁，意境曠達深遠，或寫景寓意，或借聲傳情，頗有尺幅千里之勢。

天香①

賀鑄

煙絡橫林，山沉遠照，迤邐②黃昏鐘鼓。燭映簾櫳，蛩催機杼③，共苦清秋風露。不眠思婦，齊應和、幾聲砧杵④。驚動天涯倦宦，駸駸歲華行暮⑤。　　當年酒狂⑥自負，謂東君⑦、以春相付。流浪征驂⑧北道，客檣南浦，幽恨無人晤語⑨。賴明月、曾知舊遊處，好伴雲來⑩，還將夢去。

【註釋】

① 天香：詞調名。始見於王觀詞。賀鑄此調有「好伴雲來，還將夢去」句，故又名《伴雲來》。

② 迤邐：本指山脈曲折連綿，此指鐘鼓聲由遠而近相繼傳來。

③ 蛩催機杼：唐鄭愔《秋閨》：「機杼夜蛩催。」蛩：蟋蟀。機杼：織布機。

④ 砧杵：擣衣具。砧：擣衣石。杵：棒槌。

⑤ 駸駸：馬疾奔貌，形容時光飛逝。

⑥ 酒狂：飲酒使氣者。《漢書·蓋寬饒傳》記蓋自語曰：「無多酌我，我乃酒狂！」蓋寬饒為漢宣帝時剛正無私的官吏，曾任司隸校尉，彈劾不法官吏無所回避，公卿貴戚皆畏之，莫敢犯禁。此處是詞人自況。

⑦ 東君：為司春之神。

⑧ 征驂：遠行的馬。驂：此處泛指馬。

⑨ 晤語：當面交談，傾訴。

⑩ 好伴雲來：此處是以行雲比喻所愛女子。

【評析】

　　賀鑄年輕時自負才氣，尚氣近俠，有為國立功的崇高理想，但冷酷的現實讓他成了天涯倦客。本詞借悲秋懷人的筆墨，抒人世滄桑的落寞。

　　詞的上片描繪了秋日黃昏至入夜、中宵的種種景象，情狀淒美。起三句寫旅途中黃昏時目之所見、耳之所聞。曠野薄暮，境界開闊，氣象蒼茫，於壯美之中透出一縷悲涼。次三句仍敘眼前景、耳邊聲，不過又益以心中情，且場面由曠野之外進入客舍之內，時間也已是夜靜更深。「蠟燭」和「蟋蟀」這兩種意象，經過一代代詩人的反覆吟詠，積澱了深重的「傷別」和「悲秋」的意蘊，此處因循。「共苦」二字，下筆精妙，詞人心中自苦，故眼前燭影、耳邊蚤鳴無一不苦也。末四句寫因思念征人而夜不成寐的閨婦們正在揮杵擣衣，準備捎給遠方的夫婿。這直接包含著人類情感的聲音，當然比黃昏鐘鼓、暮夜蟲鳴更加強烈地震撼了詞人那一顆厭倦遊宦生活的天涯浪子之心。下片追憶往事，抒發浪跡天涯，壯志成空的情懷。詞人當年狂放自負，以為東君給予自己的全是光明燦爛，而今流落征途，事業蹉跎，英雄失路，形單影隻，唯有明月垂憐，浮雲相伴，促我入夢，重溫往日的溫馨。末三句中，詞人視「明月」為具備感情和主觀行為能力的良媒，如唐傳奇中的「紅娘」，可謂天外奇想、詞中傑構，這比起過往文人詩詞中只是把明月作為一個被動、靜止、純客觀的標地物，使兩地相思之人從共仰其清輝中得到千里如晤的精神慰藉，藝術魅力要更高一層。

　　晚清詞人朱孝藏，論詞極矜嚴，不輕易評點作品，卻很推崇此詞，特為其寫了一條眉批：「橫空盤硬語。」

望　湘　人①

賀鑄

厭鶯聲到枕，花氣動簾，醉魂愁夢相半。被惜餘熏，帶驚剩

眼②，幾許傷春春晚。淚竹③痕鮮，佩蘭④香老，湘天濃暖。記小江風月佳時，屢約非煙⑤遊伴。　　須信鸞弦⑥易斷，奈雲和再鼓，曲終人遠⑦。認羅襪無蹤，舊處弄波清淺。青翰棹艤⑧，白蘋洲畔，盡目臨皋飛觀⑨。不解寄、一字相思，幸有歸來雙燕。

【註釋】

① 望湘人：詞調名，始見於賀鑄詞。

② 帶驚剩眼：《梁書·沈約傳》載沈約與徐勉書：「……百日數旬，革帶常應移孔；以手握臂，率計月小半分，以此推算，豈能支久？」

③ 淚竹：堯二女娥皇、女英為舜妃。傳說舜死於蒼梧，二妃灑淚於竹，淚染楚竹而成斑痕，故斑竹又稱淚竹。

④ 佩蘭：佩飾的蘭花。屈原《離騷》：「紉秋蘭以為佩。」

⑤ 非煙：唐武公業的妾名，姓步，事見皇甫枚的《非煙傳》。此處借指情人。

⑥ 鸞弦：《漢武外傳》：「西海獻鸞膠，武帝弦斷，以膠續之，弦二頭遂相著，終日射，不斷，帝大悅。」後世稱續娶為「續膠」或「續弦」，此處以鸞弦指愛情。

⑦ 「奈雲和」二句：錢起《省試湘靈鼓瑟》詩：「曲終人不見，江上數峰青。」此處化用其意。雲和：古時琴瑟等樂器的代稱。曲終：原本作「曲中」，據別本改。

⑧ 青翰：船名。因船上有鳥形刻飾，塗以青色，故名。艤：船靠岸。

⑨ 臨皋：臨水之地。飛觀：原指高聳的宮闕，此處泛指高樓。觀：樓臺之類。

【評析】

　　本詞為傷春懷人之作。

　　上片觸景生情，引起對昔日心上人的懷念。「厭鶯聲」六句渲染詞人的傷春心境。「厭」字統攝全篇，定下了本詞的情感基調。「醉魂愁夢相

半」，言其愁心深重，點明厭煩之原因。最後以「傷春春晚」概括其愁情：
既有對春色衰微的感傷，又有對與情侶戀情失落的痛楚。而借「幾許」二
字添情，顯示傷春時久。「淚竹」三句由情入景，寫詞人觸景生愁。「記小
山」二句借回憶昔日「非煙遊伴」，進一步巧妙揭明當年之戀人而今不見，
才是傷春、愁恨之根源。下片由情入景，抒發相思的苦情。「須信」五句
借琴弦易斷、羅襪無蹤，暗示詞人與情侶如琴弦斷裂，難以鸞膠再續。「青
翰」三句寫詞人登高縱目俯瞰，空見彩舟泊岸，白滿洲，卻不見當年乘舟
遠去的情侶返回，當年聚首與離別的白洲畔，竟然是「過盡千帆皆不是，
斜暉脈脈水悠悠」，見之令人斷腸！「不解寄」二句寫正在怨恨她太絕情，
竟不寄「一字相思」，卻見雙燕飛來。末句作自我寬解之辭，貌似放達，
其實不過是含淚的強笑，讀之令人心酸。

這首詞寫尋常離索之思，於精麗中見渾成，於頓挫中見深厚。李攀龍
《草堂詩餘雋》評此詞曰：「詞雖婉麗，意實輾轉不盡，誦之隱隱如奏清廟
朱弦，一唱三歎。」

綠頭鴨

賀鑄

　　玉人家，畫樓珠箔①臨津。托微風彩簫流怨，斷腸馬上曾
聞。宴堂開、豔妝叢裏，調琴思、認歌顰。麝蠟煙濃，玉蓮漏短
②，更衣不待酒初醺。繡屏掩、枕鴛③相就，香氣漸氤氳④。回廊
影、疏鐘淡月，幾許消魂？　翠釵分⑤、銀箋封淚，舞鞋從此
生塵。任蘭舟、載將離恨，轉南浦、背西曛⑥。記取明年，薔薇
謝後，佳期應未誤行雲。鳳城⑦遠、楚梅香嫩，先寄一枝春。青
門⑧外，只憑芳草，尋訪郎君。

【註釋】

① 珠箔：即珠簾。

② 玉蓮漏：用玉製成的蓮花形漏刻，古代計時器。漏短：喻夜深。

③ 枕鴛：即鴛枕，繡有鴛鴦的枕頭。

④ 暾暾：本指日光明亮溫暖，此指香氣濃烈。

⑤ 翠釵分：分釵作為離別紀念。白居易《長恨歌》：「惟將舊物表深情，
　　鈿合金釵寄將去。釵留一股合一扇，釵擘黃金合分鈿。」

⑥ 「任蘭舟」二句：鄭文寶《柳枝詞》：「不管煙波與風雨，載將離恨
　　過江南。」此處化用其意。曛：落日的餘光。

⑦ 鳳城：即鳳凰城，舊時京師的別稱。

⑧ 青門：漢長安城東南門，此處借指北宋京師汴京。

【評析】

　　本詞當應該是紹聖年間賀鑄離汴京後，在江夏寶泉監任上懷戀京都的
豔妓而作。

　　詞的上片回憶與京都豔妓之戀情。「玉人家」四句描繪詞人所戀「玉人」
居處環境的華麗豔冶。「臨津」表明臨近汴河舟船渡口，故詞人經過渡口
而巧聞「彩簫流怨」，竟與詞人馬上羈旅曾聽到的斷腸淒哀之音一樣，遂
發生共鳴，以簫音結情。「宴堂開」二句寫詞人赴妓院，開宴堂，尋覓玉
人，在豔妝的麗人叢裏，竟從「調琴思」而「認歌鬘」，辨認出那位「彩
簫流怨」的歌舞伎。「麝蠟」七句則寫歌宴後，詞人與玉人閨中燃香飲酒，
更衣就寢之情事。下片寫離別後情景和相約的盟誓。「翠釵」二句寫離別
後，她了無情緒，厭歌棄舞，以致「舞鞋生塵」，繼而寫她將滿腔離恨隨
著詞人的蘭舟「轉南浦、背西曛」，漂泊江南，傳達出玉人心牽魂係詞人
之旅蹤，真是萬里情深呵！以下是回憶當初分別之情景。「記取」三句寫
她囑咐詞人記住臨別約言，期待明年重逢之佳期，莫誤「行雲」歡會。「鳳
城」二句囑離京遙遠的詞人，請他返京之前，先採折香嫩的「楚梅」，向
京都「先寄一枝春」，以慰相思離苦。「青門」三句相約明年佳期，將去京

都東門外「尋訪情郎」，意即親赴東門外尋訪、迎接詞人的返歸。才剛剛分手，又焦急地盼望相聚，其愁情深重可想而知。

石州慢

張元幹

　　寒水依痕①，春意漸回，沙際煙闊②。溪梅晴照生香，冷蕊③數枝爭發。天涯舊恨④，試看幾許消魂？長亭門外山重疊。不盡眼中青，是愁來時節。　　情切，畫樓深閉，想見東風，暗消肌雪⑤。孤負枕前雲雨，尊前花月。心期切處，更有多少淒涼，殷勤留於歸時說。到得再相逢，恰經年離別。

【作者簡介】

　　張元幹（1091—約1160），字仲宗，號蘆川居士、真隱山人，福建永福（今福建永泰）人。宋欽宗靖康元年（1126），金兵圍汴京，李綱負責京都防務，張元幹為行營屬官。後南歸，積極主張抗金，然壯志難酬，晚年寓居福州。

　　張元幹在北宋末年即以詞著稱於時，早期詞兼隨秦觀、周邦彥，詞風清新婉轉，南渡後則一變為慷慨悲涼。紹興八年（1138），宋高宗要向金奉表稱臣，李綱上書反對無效，被罷免。張元幹寄《賀新郎》詞給李綱，堅決支持他的抗金主張，並對他的英雄末路表示無限同情。紹興十二年（1142），胡銓上書請斬秦檜，除名編管新州，張元幹賦《賀新郎》詞為其送行，觸怒秦檜，被捕入獄，削除名籍。《四庫全書總目》贊此二首為壓卷之作，說：「慷慨悲涼，數百年後，尚想其抑塞磊落之氣。」張元幹生活於兩宋之間，是一位承前啟後的詞作家，他繼承了蘇軾開創的豪放派的詞風，又經過自己的創作實踐，使詞的內容更緊密地與抗擊金兵侵擾和反對議和賣國等相結合，使詞能反映時

代、反映社會的重大主題，成為對國事發表見解和感觸的藝術手段。
有《蘆川詞》。

【註釋】

① 寒水依痕：杜甫《冬深》詩：「花葉惟天意，江溪共石根。早霞隨類
　　影，寒水共依痕。」此處化用其意。
② 「春意」二句：杜甫《閬水歌》詩：「正憐日破浪花出，更複春從
　　沙際歸。」此處化用其意。
③ 冷蕊：清香幽雅的花，詞中指梅花。
④ 天涯舊恨：秦觀《減字木蘭花》詩：「天涯舊恨，獨自淒涼人不問。」
⑤ 肌雪：比喻肌膚潔白如雪。

【評析】

　　本詞是詞人晚年離鄉思歸之作。在冬去春來，大地復蘇的景象中，寄
寓著詞人內心的深沉的思鄉之念。
　　詞的上片寫春回大地的美景，抒漂泊天涯的離愁。前三句化用杜甫詩
意描寫溪邊早春景色，充滿盎然生意。「溪梅」二句用特寫的手法刻畫梅
花的開放。和煦的陽光照耀著一切，溪邊梅樹疏落的枝條上綻露出朵朵花
苞，散發出誘人的清香，使人感到無限美好。這是冬去春來的美好象徵，
也是展望一年的最好季節，然而這並不能引起詞人心靈的歡悅，相反卻萌
生出離愁與苦恨。「天涯」以下數句，由寫景轉入抒情。「舊恨」二字，揭
示出詞人鬱積在心中的無限的離愁別恨。「長亭」三句，以騁望唯見綿延
青山來顯示與親人阻隔之遙，並藉以比喻心中堆積的離愁別緒。下片寫對
親人的思念和久別的感慨。「情切」二字，承上轉下。詞人宕開筆力，由
景物描寫轉而回憶昔日夫婦之情。「畫樓」以下三句，虛景實寫，設想閨
人獨居深樓，日夜思念丈夫，久盼不歸，形體漸漸地消瘦下去。緊接著
「枕前雲雨」，借用典故暗射夫婦情意。「心期切處」三句所寫，是詞人自
己的離愁，與上面「畫樓」三句寫家裏人的別恨形成對照。彼此愁思的產

生，同是由於「孤負」兩句所說的事實而引起。這樣寫雖是分寫雙方，實際上卻渾然一體，詞筆前後回環呼應，十分嚴謹細緻。末二句緊承上句「歸時」，言等到歸來重見，已是「離別經年」了。言下對於此別，抱憾甚深，重逢之喜，猶似不能互相抵觸。寫別恨如此強調，宋詞中亦少見，並非無故。

此詞嫵秀清婉，頗近柳永、周邦彥同類作品。或以為此詞是詞人借思家寫政治上受迫害的複雜心情，恐有穿鑿附會之嫌。

蘭 陵 王

張元幹

捲珠箔，朝雨輕陰乍閣①。闌干外、煙柳弄晴，芳草侵階②映紅藥。東風妒花惡，吹落梢頭嫩萼。屏山③掩、沉水倦熏，中酒心情怕④杯勺。　　尋思舊京洛，正年少疏狂，歌笑迷著。障泥油壁催梳掠⑤。曾馳道⑥同載，上林⑦攜手，燈夜初過早共約，又爭言飄泊？　　寂寞，念行樂，甚粉淡衣襟，音斷弦索。瓊枝璧月⑧春如昨。恨別後華表，那回雙鶴⑨。相思除是，向醉裏、暫忘卻。

【註釋】

① 乍閣：初停。

② 芳草侵階：杜甫《蜀相》：「映階碧草自春色。」此處化用其意。

③ 屏山：屏風曲折如重山疊嶂，或因屏風上刻畫山水，故稱。

④ 怕：原作「怯」，據別本改。

⑤ 障泥：馬韉，因其墊在馬鞍下，垂在馬背兩旁用以擋泥土，故稱。

　　油壁：即油壁車，用油漆塗飾車壁的華麗車乘。

⑥ 馳道：秦代專供帝王行駛馬車的道路。詞中代指京都的大道。

⑦上林：即上林苑，秦漢時苑名，專供帝王打獵的場所。詞中代指京
　都園林。

⑧瓊枝璧月：南朝陳後主《玉樹後庭花》：「璧月夜夜滿，瓊枝朝朝新。」
　詞中代指花好月圓的美好生活。

⑨「悵別後」二句：《搜神後記》載，丁令威學道靈虛山，後化作一隻
　鶴歸鄉，停在城門華表上，有一少年搭弓要射這隻鶴。鶴就在空中
　盤旋而歌唱道：「有鳥有鳥丁令威，去家千年今始歸。城固如舊人民
　非，何不學仙塚累累。」詞中引用此典故是為了表達物是人非之感。
　華表：古代城垣或者陵墓前的石柱。

【評析】

　　本詞別本題作「春恨」，實際抒發的卻是親歷喪亂之痛的詞人感懷故
國的亡國之悲。

　　詞的上片描寫朝雨初晴的美麗春景，以及詞人「感時花濺淚，恨別鳥
驚心」的沉鬱心情。「捲珠箔」四句由遠及近，從上到下，層層展開地寫
詞人病酒樓閣所見春景：輕霧蒸騰，柳條隨風輕拂，彷彿在歡喜新晴；俯
首又見芳草與紅芍藥相映成趣。「東風」二句以擬人化手法，寫暮春的東
風挾著妒忌和嫌惡的情緒摧花落蕊，實暗指無情的現實，即金兵南下，攻
陷汴京，打破了詞人寧靜安逸的生活。面對殘酷現實，詞人唯有借酒消
愁，喝到怕見杯勺，可見喝的酒之多，也足見內心悲苦之深。一個「怕」
字，蘊含著複雜的思想感情。中片追憶京洛盛時歡樂的少年情事。詞人經
歷了靖康國難，又遭秦檜打擊而棄置江南，對「舊京洛」，即北宋故都的
懷念情緒更加強烈。「正年少」六句追憶早年汴京的浪漫生活：縱情歡樂
狂放盡興，曾迷戀於歌舞名妓；催促美人快些打扮，攜手在上林苑裏並肩
而行；元宵剛過，又早早約定再次重逢。「又爭信」一句頓折，以「飄泊」
二字暗寓了詞人羈旅漂泊的悲慘遭際。下片從回憶轉入別後相思之情，抒
寫離恨之切。詞人化用了丁令威的故事，對故國表現無限眷戀。「相思除
是」兩句，詞人用口語寫情，感情委婉真摯，濃至深刻，讀之令人泣下。

全詞借懷念故國昔日生活的繁盛快樂來抒發社稷傾覆之痛，將愛國之情加入平常情事的敘述中，於深婉之中見氣骨，富於情韻。

賀 新 郎

葉夢得

睡起流鶯語，掩蒼苔房櫳向晚，亂紅無數。吹盡殘花無人見，惟有垂楊自舞。漸暖靄、初回輕暑。寶扇重尋明月影，暗塵侵、上有乘鸞女①。驚舊恨，遽②如許。　　江南夢斷橫江渚。浪粘天、葡萄漲綠③，半空煙雨。無限樓前滄波意，誰採花寄取④？但悵望、蘭舟容與⑤，萬里雲帆何時到？送孤鴻、目斷千山阻。誰為我、唱《金縷》⑥？

【作者簡介】

葉夢得（1077—1148），字少蘊，蘇州吳縣（今江蘇蘇州）人。紹聖四年（1097）登進士第，歷任翰林學士、尚書左丞、建康、福州知府等職。晚年隱居湖州弁山石林谷，自號石林居士。葉夢得與許多南北宋之交的愛國詞家一樣，詞風以南渡為界，前後期迥然不同，前期詞「甚婉麗，綽有溫、李之風」，南渡後「落其華而實之，能於簡淡時出雄傑，合處不減靖節（陶淵明）東坡之妙」。毛晉《石林詞跋》贊其詞：「與蘇、柳並傳，綽有林下風，不作柔語人，真詞家逸品也。」著有筆記《石林燕語》《避暑錄話》等，多記詞壇掌故，論詞不乏精當之見。有《石林詞》。

【註釋】

①「寶扇」二句：江淹《班婕妤詠扇》詩：「紈扇如圓月，出自機中素。畫作秦王女，乘鸞向煙霧。」詩意指團扇上畫秦穆公之女乘鸞升仙

而去故事，詞中化用其意。

② 遽：急促而猛烈。

③ 葡萄漲綠：指江水的顏色像葡萄酒般的碧綠色。

④「無限樓前」二句：柳宗元《酬曹侍御過象縣見寄》詩：「春風無限瀟湘意，欲採蘋花不自由。」此處翻用其意。

⑤ 容與：安逸舒適貌。

⑥《金縷》：指唐代著名歌曲《金縷衣》：「勸君莫惜金縷衣，勸君須惜少年時。花開堪折直須折，莫待無花空折枝。」歌女杜秋娘以善唱此曲聞名。詞中指詞人作《賀新郎》曲而無人可賞，無人可為他演唱表達出來。

【評析】

這是一首懷人之作，是葉夢得早期作品。詞人在四周無人的寂寞況味、徘徊四顧的孤獨心情中，興起了對美好往日的懷念和對遠方佳人的思念之情。

詞的上片描繪了春末夏初鶯啼恰恰、蒼苔點點、落紅片片、垂楊自舞的黃昏景象，於聲色繚繞中寄寓庭軒寂寞之慨。詞人敘述他因消暑氣而尋舊扇的生活小事，由此引發對往事驚心動魄的回首，而又不作具體追憶，給人留下無盡的想像餘地。下片推想伊人所居江南水鄉風光，畫面清麗、高遠、開闊。詞人又化用柳宗元詩意，寄託自己深摯的向望之情。末幾句抒寫關河阻隔、瞻望弗及的無限悵恨。

全詞沒有綺麗、柔媚的姿態，風格清婉和豪逸，體現出一種「剛健含婀娜」的特色，不愧為蘇詞的後勁。

虞美人

雨後同干譽、才卿置酒來禽花下作^①

葉夢得

　　落花已作風前舞，又送黃昏雨。曉來庭院半殘紅，惟有遊絲、千丈嫋^②晴空。　　殷勤花下同攜手，更盡杯中酒^③。美人^④不用斂蛾眉，我亦多情、無奈酒闌時。

【註釋】

①干譽、才卿：皆葉夢得友人，事蹟不詳。來禽：林檎的別名，今稱花紅，北方又稱沙果。

②嫋：纏繞，懸掛。

③更盡杯中酒：王維《渭城曲》：「勸君更盡一杯酒，西出陽關無故人。」

④美人：此指侍酒之女或歌妓。

【評析】

　　本詞表現惜花傷春、流連光景的情思，卻風格高騫，不作婉孌、綺豔之語。

　　詞的上片寫雨後落花之景。「黃昏」「曉來」點明暮春時節。「庭院半殘紅」，既寫出庭院大半地面為落花覆蓋，也暗示出「來禽花」大半零落，當尚有殘花綴於枝梢，為下片「花下」巧墊一筆。「惟有」句意境極清朗高曠。下片抒寫遊賞落花之情致。「殷勤」二句寫殷勤地邀請干譽、才卿兩位同僚攜手同遊於「來禽花下」賞花送花。「更盡杯中酒」，暗示殘花將盡，應乘時遊賞，送花落春歸，故友相聚，自當放懷暢飲。末二句抒發春盡、酒闌、人散的哀感，卻曲曲道出，正如沈際飛《草堂詩餘正集》所評：

「下場頭話，偏自生情生姿，顛播妙耳。」

全詞筆致簡淡，因景興感，景衰而不萎靡，情悲而不抑鬱，頗見詞人豪曠、雅淡的性情。

點絳唇①

汪藻

新月娟娟②，夜寒江靜山銜斗③。起來搔首，梅影橫窗瘦。

好個霜天，閑卻傳杯手④。君知否？亂鴉啼後，歸興濃如酒。

【作者簡介】

汪藻（1079—1154），字彥章，饒州德興（今屬江西）人。崇寧二年（1103）進士，官至顯謨閣大學士、左中大夫，封新安郡侯。為官清廉。徽宗時，與胡伸顯名文壇，被稱為「江左二寶」。詩作多興寄，風格與蘇軾略略近。沈雄《古今詞話》稱其「詞亦美贍」。《全宋詞》錄其詞四首。

【註釋】

① 點絳唇：詞調名，始見於馮延巳詞。調名取自江淹《詠美人春遊》詩句「白雪凝瓊貌，明珠點絳唇」。

② 娟娟：明媚美好貌。

③ 靜山銜斗：北斗星掛在山頭。

④ 閑卻：空閑。傳杯：互相傳遞酒杯敬酒，指聚眾飲酒。

【評析】

張宗《詞林紀事》載汪藻出守泉南，後為人讒毀而被移知宣城，內不

自得，乃賦此詞。故此詞表面是一首寫景抒情的小令，實寄託了詞人厭倦仕宦生涯，渴望歸隱的情懷。

　　詞的上片寫景。「新月」二句以月、江、山、斗組合成霜秋月夜景：娟秀澄明的月光映照著寒夜中的江流和銜著北斗七星的幽靜的山峰。「銜」字極為生動準確，將靜景寫活了。「起來」二句寫詞人月下徘徊，明月觸動內心隱秘而欲寐不得，故而起來，搔首踟躕。「搔首」是思考問題時習慣的動作，此處這兩個字形象地寫出詞人情緒的不平靜。末句寫出月夜梅枝橫斜窗欞的瘦影，點明殘冬早春時節。同時詞人以「梅瘦」自喻愁情滿懷、品格高潔，為下文抒發歸隱之志作好鋪墊。下片抒情。「好個」二句稱讚明月新滿的秋夜霜天的清幽、靜美，正是賞月飲酒的良宵，然而詞人卻無心飲酒。其中原委好似一個懸念耐人尋味，緊接著又用「君知否」對之加以強調，最後才告知：當群鴉喳喳亂啼過後，我思歸的心情更濃於醇酒。「亂鴉啼」暗喻得志小人的聒噪，這是全詞唯一寫聲音的句子。這聒噪聲在星沉月明之時會顯得更加刺耳。但詞人對之的反應是「搔首」「閒卻」，如梅影傲霜般默默無語。這裏「無聲」與「有聲」相對，達到了無聲勝有聲的表達效果，因為「歸興濃於酒」，表明了詞人遠離官場傾軋的決心。此兩句也是全詞主旨之所在，在意義上倒貫全篇，使全詞的景語皆成情語。

　　吳曾《能改齋漫錄》云：「彥章在翰苑，屬致言者（為言官所劾），作此詞。或問曰：『歸興濃於酒，何以在曉鴉啼後？』公曰：『無奈這一群畜生聒噪何！』」此故事亦可見詞人創作此詞之初衷。

　　本詞寫景高遠清麗，抒情含蓄而隱曲，詞人失意落寞的情懷借景言之，不動聲色而蘊藉有味。

喜遷鶯①

曉　行

劉一止

　　曉光催角，聽宿鳥未驚，鄰雞先覺。迤邐煙村，馬嘶人起，殘月尚穿林薄②。淚痕帶霜微凝，酒力沖寒猶弱。歎倦客，悄不禁重染，風塵京洛③。　　追念人別後，心事萬重，難覓孤鴻托。翠幌④嬌深，曲屏香暖，爭念歲華飄泊。怨月恨花煩惱，不是不曾經著⑤。者情味、望一成消減⑥，新來還惡。

【作者簡介】

　　劉一止（1078—1160），字行簡，號太簡居士，湖州歸安（今浙江湖州）人。宣和三年（1121）進士，累官中書舍人、給事中，以敷文閣直學士致仕。為文敏捷，博學多才，其詩為呂本中、陳與義所歎賞。其詞風格多樣，或高逸清曠，或雄放勁健，或清婉沉鬱。有《苕溪集》。

【註釋】

① 喜遷鶯：詞調名，始見於韋莊詞，始為雙片小令，四十七字，又名《鶴沖天》《萬年枝》《喜遷鶯令》《燕歸梁》。後北宋蔡挺衍為長調一百零二字。

② 林薄：草木叢雜的地方。

③ 「歎倦客」三句：陸機《為顧彥先贈婦》詩：「京洛多風塵，素衣化為緇。」此處化用其意。

④ 幌：泛指帷幔。

⑤ 經著：體會，嘗試。

⑥ 者：這。一成：宋時口語，猶「看看」「漸漸」，指一段時間的推移。

【評析】

　　本詞是詞人離家赴汴京途中所作，題曰「曉行」，即寫拂曉從驛舍上路時的所見所聞所感，抒發寂寞和漂泊的哀怨。

　　詞的上片寫曉行之景。「曉光」三句寫夜宿的鳥兒尚未驚醒，四鄰的雄雞卻早早地引頸高鳴，詞人為號角雞啼喚醒，開始起身趕路。「迤邐」三句寫拂曉踏上行程時所見。還是描寫晨景，進一步點明時間，晨煙未散，馬嘶人起，殘月在天，造成促迫而清冷的氛圍。「淚痕」五句以淚、寒、倦三字進一步點染出詞人羈旅日久，厭倦離鄉客居的心緒。下片抒思鄉懷人的怨情。「追念」六句寫詞人之「心事萬重」，懷念愛侶，自別後無由傳遞書信傾訴心曲。翠幌深閨的嬌娘，曲屏暖帳的溫香，全為客旅漂泊而辜負了青春年華。「怨月」五句寫詞人離別愛侶後，望月生怨，見花生恨的無窮煩惱，詞人只願能消減這份煩惱情味，誰料想煩惱深而酒力弱，花好月圓更增新愁新恨。「新來還惡」的結句，把離家別妻的苦惱延伸發展，把國事、家事、個人之事以及所有不順心、不愜意的事情都包容在一起了。

　　全詞寫景敘事，情境真切，深婉地展現了詞人孤寂幽淒的心態。陳振孫《直齋書錄解題》卷二十一說，劉一止「嘗為『曉行』詞，盛傳於京師，號『劉曉行』」。可見時人對此詞的讚賞。

高陽臺①

除　夜

韓疁

　　頻聽銀簽②，重然絳蠟，年華袞袞③驚心。餞舊迎新，能消幾刻光陰？老來可慣通宵飲？待不眠、還怕寒侵。掩清尊、多謝梅花，伴我微吟。　　鄰娃已試春妝了，更蜂腰④簇翠，燕股橫

金。勾引東風，也知芳思⑤難禁。朱顏那有年年好，逞⑥豔遊，贏取如今。恣⑦登臨、殘雪樓臺，遲日園林。

【作者簡介】

韓疁，生卒年不詳，字子耕，號蕭閑，有《蕭閑詞》一卷，不傳。《全宋詞》錄其詞六首，並將其編入第四冊，據此，韓疁當為南宋後期詞人。

【註釋】

①高陽臺：詞調名。毛先舒《填詞名解》卷三謂調名「取宋玉賦神女事」。始見於北宋王觀詞。此詞有異名，劉鎮詞名《慶春澤慢》，王沂孫詞名《慶宮春》。

②銀簽：指更漏。

③衰衰：謂相繼不絕，此指時光匆匆。

④蜂腰：同下文的「燕股」二者皆為「鄰娃」的節日裝飾，剪綵為蜂為燕以飾鬢髮。

⑤芳思：春情。

⑥逞：盡情。

⑦恣：隨意，無拘束。

【評析】

本詞抒發詞人除夕守歲時對年光飛逝的感慨，鼓勵青年珍惜時光、及時行樂。

詞的上片寫除夕守歲時的感受。「頻聽」五句以頻聽更漏水聲滴瀝，重燃紅燭，蠟淚流淌，形象地顯現出時光之流逝，而引起詞人對年華匆匆而過的「驚心」感受。「老來」三句則寫人到老年，已不習慣像年輕人那樣通宵暢飲，故掩閉了酒杯，想要守歲不眠吧，又怕夜寒侵身。「多謝」二句詞意頓轉，翻出「梅花伴我」的柳暗花明之境，望著寒梅冰蕊吐豔，

詞人對寒梅微吟新詩抒懷，堪稱除夕寒夜遇知音。下片寫姑娘試妝和詞人鼓勵她們及時行樂的心情。「鄰娃」五句寫鄰家嬌娃試穿新春紅妝，彩勝飾頭，簇翠橫金的美態，點出年輕人青春愛美，芳思熱烈。「朱顏」數句直抒胸臆，表達了人的青春朱顏時光短暫，當盡興地逞豔縱賞，登臨樓臺，觀賞園林，贏取眼前的良辰美景。姑娘們花枝招展，年輕人的遊冶情趣，是老人所羨慕的。年邁的詞人不因自己不能參與其中而哀怨，而是鼓勵年輕人「逞」「恣」，這是難能可貴的。

全詞娓娓道來，如敘家常。況周頤《蕙風詞話》評曰：「此等詞語淺情深，妙在字句之表，便覺刻意求工，是無端多費氣力。」

漢宮春①

李邴

瀟灑江梅，向竹梢疏處，橫兩三枝②。東君也不愛惜，雪壓霜欺。無情燕子，怕春寒、輕失花期。卻是有、年年塞雁，歸來曾見開時。　　清淺③小溪如練，問玉堂何似④，茅舍疏籬？傷心故人去後，冷落新詩。微雲淡月，對江天、分付他誰⑤。空自憶、清香未減，風流不在人知。

【作者簡介】

李邴（1085—1146），字漢老，號雲龕居士，濟州任城（今山東濟寧）人。崇寧五年（1106）進士，官至參知政事，力主抗金，諡「文敏」。王應麟《小學紺珠》將其與汪藻、樓鑰並稱「南渡三詞人」。《全宋詞》錄其詞八首。

【註釋】

①漢宮春：詞調名，始見於張先詞。張先此調詠梅，有「透新春消

息」,「漢家宮額塗黃」句,調名來於此。

② 「向竹梢」二句:蘇軾《和秦太虛梅花》詩:「江頭千樹春欲暗,竹
外一枝斜更好。」此處化用其意。

③ 清淺:林逋《山園小梅》詩:「疏影橫斜水清淺。」

④ 玉堂:指豪家的宅第。古樂府《相逢行古辭》:「黃金為君門,白玉
為君堂。」何似:哪裡比得上。

⑤ 分付他誰:即向誰訴說。

【評析】

　　本詞托物言志,借梅花的自甘淡泊、秉性自恃的品格自況。別本題作
「梅」或「詠梅」。

　　詞的上片寫江梅的形態和神韻。首句「瀟灑」二字狀梅花品格的清
高,概盡全篇。「江梅」可見是野梅。又以修竹陪襯寫出。蓋竹之為物有
虛心、有勁節,與梅一向被稱為歲寒之友。「向竹梢稀處,橫兩三枝」,極
寫梅孤潔瘦淡。以下二句就勢寫梅之不得於春神,更為有力。梅花是凌寒
而開,其蕊寒香冷,不僅與蜂蝶無緣,連候燕也似乎「怕春寒、輕失花
期」。這裏以責東君、怨燕子的委折手法反襯詞人的愛梅之心,情韻佳
勝。「卻是有」一轉,說畢竟還有南歸的大雁,年年可看見梅花的芳姿。
其詞若自慰,其實無非憾意。下片描寫江梅的孤傲與風流。前三句言「清
淺小溪如練」,梅枝疏影橫斜,自成風景,雖在村野,似勝於白玉堂前。
故意設問,顯示梅花自甘淡泊、幽獨的品性,也含有詞人自況之意,跌宕
有致。緊接又一歎。「故人」即指林逋,此位「梅妻鶴子」的詩人逝後,
梅就失去了知音,「疏影橫斜」之詩竟成絕響,即有「微雲淡月」、暗香浮
動,不過孤芳自賞而已。末二句言孤芳自賞就孤芳自賞罷,「清香未減,
風流不在人知」。此處將梅擬人化,意味自深。

　　全詞寫景清麗,抒情婉曲,多映襯或寫境旁托,借梅以見詞人清高幽
野之情態。楊慎《詞品》以本詞為梅詞最佳。許昂霄《詞綜偶評》亦評曰:
「圓美流轉,何減美成。」

臨 江 仙

陳與義

　　高詠楚辭酬午日^①，天涯節序匆匆。榴花不似舞裙紅。無人知此意，歌罷滿簾風。　　萬事一身傷老矣，戎葵^②凝笑牆東。酒杯深淺去年同。試澆橋下水^③，今夕到湘中^④。

【作者簡介】

　　陳與義（1090—1138），字去非，號簡齋，洛陽人。政和三年（1113）登上舍甲科，官至參知政事。生平以詩著稱，早期作品受黃庭堅、陳師道影響較大，呂本中作《江西詩社宗派圖》，並未列陳與義之名。元代方回在《瀛奎律髓》中稱杜甫為江西派的「一祖」，稱黃庭堅、陳師道、陳與義為「三宗」。陳與義不是江西人，作詩重錘煉，這固然有與陳師道相似的地方，但他亦重意境，擅白描，與黃庭堅的好用典、矜生硬，迥然有別，不應列入江西詩派。靖康亂後，陳與義經歷國破家亡之禍，輾轉流亡的艱苦生活，詩作更傾向於杜甫，多感時傷亂之作，多悲憤沉鬱之音。詞作成就不如詩，以清婉秀麗為主要特色，黃升《花庵詞選》曰：「去非詞雖不多，語意超絕，識者謂可摩坡仙之壘。」《四庫全書總目》稱其「吐言天拔，不作柳軃鶯嬌之態，亦無蔬筍之氣，殆於首首可傳，不能以篇帙之少而廢之」。有《無往詞》一卷。

【註釋】

① 楚辭：本為楚地歌謠。戰國時楚國屈原吸收其營養，創作出《離騷》等鴻篇巨制，後人仿效，名篇繼出，成為一種有特點的文學作品，通稱楚辭。午日：端午，即農曆五月初五。

② 戎葵：即蜀葵，夏日開花，花開五色，似木槿，有向陽特性。

③ 試澆橋下水：古人以酒澆地以示祭奠，屈原投水而死，故以酒澆水

吊之。

④湘中：湘江水中。此指屈原殉難處。

【評析】

本詞係建炎三年（1129）詞人避金兵流寓湖湘，逢端午感懷而作。時節、處所、國事、境況，使詞人情不自禁地聯想到屈原當時的遭遇，內心裏發出強烈共鳴。

上片起句著題，切端午屈原事。「高詠楚辭」，透露了詞人在節日中的感傷心緒和壯闊胸襟。次句感歎時序匆促，異鄉羈旅。詞人在流離之際，面對現實回想過去，產生無窮的感觸，接下來即以互相映襯的筆法，抒寫「榴花不似舞裙紅」，用鮮豔燦爛的榴花比鮮紅的舞裙，回憶過去春風得意、名聲籍籍時的情景。然而此刻，沒有人能理解他的心情。高歌《楚辭》之後，滿簾生風，其慷慨悲壯之情，是可以想像的，而這更加突顯了詞人內心的痛苦。「滿簾風」，見出情懷激越。下片感歎自己身處江湖、老大無用，基調更為深沉。首句一聲長歎，包含了詞人對家國離亂、個人身世的感慨之情。次句借蜀葵向陽的屬性來喻自己始終如一的愛國思想。「戎葵」與「榴花」，都是五月的象徵，詞人用此來映襯自己曠達豪宕的情懷。「戎葵」雖為無情之物，但「凝笑」二字，則賦予葵花以人的情感，從而更深刻地表達詞人的思想感情。末三句寫此時此刻的心情。滿腔豪情，傾注於對屈原的懷念之中，隱含千古共一哭的知遇之情。「酒杯深淺」是以這一年之酒與前一年之酒作比較，特寫時間的流逝。酒杯深淺相同，而時非今日，不可同日而語，感喟深遠。用酒杯托意而意在言外，在時間的流逝中，深化了「萬事一身傷老矣」的慨歎，突出了詞人的悲憤之情。

這首詞風格峭拔沉鬱，意在言外，正如元好問《自題樂府引》所說：「含咀之久，不傳之妙，隱然眉睫間，惟具眼者乃能賞之。」

臨 江 仙

夜登小閣憶洛中舊遊

陳與義

　　憶昔午橋①橋上飲，坐中多是豪英。長溝流月去無聲②，杏花疏影裏，吹笛到天明。　　二十餘年如一夢，此身雖在堪驚。閑登小閣看新晴，古今多少事，漁唱起三更③。

【註釋】

① 午橋：橋名，在洛陽南十里。唐裴度曾在午橋築別墅，與白居易、劉禹錫等歡飲不問人間事。

② 長溝流月去無聲：黃蓼園《蓼園詞選》說此句即杜甫《旅夜書懷》「月湧大江流」之意。按此句亦暗指時光如流水般逝去。

③ 「古今」二句：張升《離亭燕》詞：「多少六朝興廢事，盡入漁樵閒話。」此處化用其意。

【評析】

　　紹興八年（1135）五月，陳與義因病辭官，寓居湖州青墩鎮壽聖院僧舍，本詞大約寫於此時。二十年的經歷不堪回首，特別是靖康之難，仍歷歷在目。詞中追憶洛中舊友和舊遊而作，抒發了對國家淪陷的悲痛和漂泊四方的寂寞。

　　詞的上片追憶二十多年前在洛陽故鄉度過的豪暢歡樂的生活，歷歷如見情景，如聞聲息。用「憶」字開篇，直截了當地把往事展開。第三句寫群友歡飲，一直玩到天明，竟不知道碧空的月光隨著流水靜悄悄地消失了。橋上歡歌笑語，橋下一片寧靜，以靜襯動。末兩句以初春的樹林為背景，利用明月的清輝照射在杏花枝上所灑落下來的稀疏花影，與花影下吹奏出來的悠揚笛聲，組成一幅富有空間感的恬靜、清婉、奇麗的畫面，將

詞人那種充滿閒情雅興的生活情景真實地反映了出來。談之令人愉悅而爽朗。下片是夜登小閣之感懷。「二十餘年」二句寓無限國事滄桑、身世飄零之慨，用筆空靈，內涵豐富。「閒登小閣」，語似閒淡，而實感愴無限，末將古今興亡，收攏到三更漁唱，空靈淒婉，餘韻不盡。

此詞直抒胸臆，表情達意真切感人，通過上下兩片的今昔對比，萌生對家國和人生的驚歎與感慨，韻味深遠綿長。陳廷焯《白雨齋詞話》贊此詞「筆意超曠，逼近大蘇」。張炎《詞源》亦贊此詞「真是自然而然」。

蘇武慢①

蔡伸

　　雁落平沙，煙籠寒水②，古壘鳴笳聲斷。青山隱隱③，敗葉蕭蕭，天際暝鴉零亂。樓上黃昏，片帆千里歸程，年華將晚。望碧雲空暮，佳人何處④？夢魂俱遠。　　憶舊遊、邃館⑤朱扉，小園香徑⑥，尚想桃花人面⑦。書盈錦軸⑧，恨滿金徽⑨，難寫寸心幽怨。兩地離愁，一尊芳酒淒涼，危闌倚遍。盡遲留、憑仗西風，吹乾淚眼。

【作者簡介】

　　蔡伸（1088—1156），字伸道，號友古居士，莆田（今屬福建）人。蔡襄之孫。政和五年（1115）進士。宣和年間，出知濰州北海縣、通判徐州。南渡後，通判真州，除知滁州。秦檜當國，以趙鼎黨被罷，主管台州崇道觀。紹興九年（1139），起知徐州，改知德安府。後為浙東安撫司參謀官，提舉崇道觀。伸少有文名，擅書法，得祖父蔡襄筆意。工詞，有《友古居士詞》一卷，大多數詞抒寫離愁別恨，亦有感時傷事之作。

【註釋】

① 蘇武慢：詞調名，一名《惜餘春慢》《選冠子》，始見於北宋張景修詞。

② 煙籠寒水：杜牧《泊秦淮》詩：「煙籠寒水月籠沙。」

③ 青山隱隱：杜牧《寄揚州韓綽判官》詩：「青山隱隱水迢迢。」

④ 「望碧雲空暮」二句：江淹《休上人怨別》詩：「日暮碧雲合，佳人殊未來。」

⑤ 邃館：深院。

⑥ 香徑：花間小路，或指落花滿地的小徑。晏殊《浣溪沙》詞：「小園香徑獨徘徊。」

⑦ 桃花人面：崔護《題都城南莊》詩：「人面不知何處去，桃花依舊笑春風。」

⑧ 書盈錦軸：用蘇蕙織錦回文詩事。

⑨ 金徽：金飾的琴徽。徽：繫弦之繩。此處代指琴。

【評析】

　　本詞抒寫離愁別恨，當係詞人南渡後所作。

　　詞的上片寫景，描繪了一幅聲色淒厲的秋江望遠圖。開端數句，為全詞定下了淒涼的基調。從「古壘鳴笳」中，可以感受出動亂時代的氣息。這種氣息，為下文所寫的傷離怨別提供了特殊背景，同時也更增添了悲愴意味。接著，在對荒涼山水的描寫中，詞人進一步增添感情的成分。「黃昏」二字，有黯然神傷的意味。「年華將晚」四字之中蘊含悲老大、傷遲暮之意，更加深了思歸的緊迫感。「望碧雲空暮」三句，化用江淹詩句，融合無間，猶如滅去針線痕跡，有妙手偶得之感。在詞人思鄉懷人之情的抒寫中，可以聽到那一個動亂時代的哀音：故家難歸、年華將晚、情人遙遠，這一切個人不幸的背後，有著極其深刻的社會原因。下片回首舊日的賞心樂事，以與眼前的淒涼中景況形成鮮明對照。「邃館朱扉」「小園香徑」「桃花人面」，這是腦海中浮現的幾個難忘的特寫鏡頭，其中彌漫著溫馨的

氣氛，也暗含著對方的身份和詞人生活的往事。「書盈錦軸」三句想像伊人思念自己的苦況，筆觸溫柔淒惻。詞人又以人居兩地情發一心、樽酒不能解憂表示相思之深，末幾句極言自己佇望棲遲、無人慰藉的悲哀，變沉至為蒼涼悽楚。

　　此詞語言清麗，抒情真切，鋪敘委婉，頗有柳七風味。全詞由淒涼轉為纏綿、悲婉，緊接著又轉入悲愴，以變徵之音收結，留下了那個紛亂時代的痕跡，這一點又與柳詞有異。

柳梢青^①

蔡伸

　　數聲鶗鴂^②，可憐又是、春歸時節。滿院東風，海棠鋪繡，梨花飄雪。　　丁香露泣殘枝，算未比、愁腸寸結。自是休文^③，多情多感，不干風月。

【註釋】

① 柳梢青：詞調名，始見於僧仲殊詞，又名《隴頭月》《早春怨》。
② 鶗鴂：此指杜鵑。
③ 休文：即南朝梁詩人沈約，字休文，仕宋及齊，不得大用，鬱鬱成病，消瘦異常。此處是詞人自況。

【評析】

　　本詞抒發惜花傷春的情意，又暗寓身世之慨。

　　詞的上片描繪暮春美麗又淒涼的景色。開頭「數聲」，使人聯想到蜀帝杜宇死後化作杜鵑的故事，令人傷感，奠定了全詞的基調。「可憐」直敘因由，是傷感春又歸去。後三句繪海棠鋪錦列繡、梨花紛飛似雪，寄託既陶醉於美景又傷心年華消逝的複雜情感。下片抒發主人公愁腸百結、胸

懷難露的苦悶心緒。開頭「丁香」承上，「泣」領下，用得巧妙，自然地把上片景物的描繪過渡到以下情感的抒發。即使丁香因「殘」而能泣，也「未比」得上自己柔腸寸斷的怨愁。是以物比人，一層。進而以沈休文自況，二層。這一層含義既深又露，顯而易見，沈約是因不得志而抑鬱成病，哪個不知？末二句又能起波瀾，說「不干風月」，故意撇開，把無法排遣的鬱悶歸結於自身的多情多感，又把真情藏起，是故作愚蠢之筆，在輕描淡寫的自然調侃中見曲折而沉鬱的感情。

鷓鴣天

周紫芝

　　一點殘①欲盡時，乍涼秋氣滿屏幃。梧桐葉上三更雨，葉葉聲聲是別離②。　　調寶瑟，撥金猊③，那時同唱鷓鴣詞。如今風雨西樓夜，不聽清歌也淚垂。

【作者簡介】

　　周紫芝（1082-1155），字少隱，號竹坡居士，宣城（今安徽宣城）人。紹興中登進士第。歷任樞密院編修官、右司員外郎。紹興二十一年（1151）出知興國軍（治所在今湖北陽新），後退隱廬山。以詩著稱，詞作今存較多，有一百五十餘首，有《竹坡詞》。孫競《竹坡詞序》評其詞風「清麗婉曲，非苦心刻意為之」。然其詞中多有獻諛秦檜之作，以致《四庫全書總目》責其「老而無恥，貽玷汗青」。

【註釋】

① 殘：此指將熄滅的燈焰。
② 「梧桐」二句：溫庭筠《更漏子》下片：「梧桐樹，三更雨，不道離情正苦。一葉葉，一聲聲，空階滴到明。」

③金猊：香爐。塗金為猊貌形狀，燃香於其腹中，香煙自口出。相傳
　猊貌好煙火，故用之。

【評析】

　　本詞為秋夜懷人之作。詞中以今昔對比、悲喜交雜、委婉曲折而又纏
綿含蓄的手法寫雨夜懷人的別情。

　　詞的上片寫秋夜聽雨。首兩句從視覺轉到身上的感覺，將夜深、燈暗
而又清冷的秋夜景況渲染托出，而詞人長夜不寐、感傷時序的情狀已隱然
可見。「梧桐」二句化用溫庭筠詞意，寫出詞人的聽覺，點出「三更秋雨」
這個特定環境。末了點明「別離」，離愁別恨全融合於景物之中，不見一
點痕跡。這秋夜無寐所感受到的別離之悲，以雨滴梧桐的音響來暗示，能
使人物在特定環境中的感受更富感染力。下片追懷歡聚之樂。「調寶瑟」
三句展開回憶，敘當年與情人歡會的情景，他們彈琴，焚香，合唱情歌，
何等溫馨。末兩句再拽回思緒，又回到風雨淒淒的現實。昔與今，樂與哀
反差強烈，更見情意深切。「不聽」句呼應上片末句，更見抒情的婉曲與
纏綿。

　　這首詞語言清暢、洗削綺麗，辭情婉曲，含蓄有致。

踏莎行

周紫芝

　　情似遊絲，人如飛絮，淚珠閣定空相覷①。一溪煙柳萬絲
垂，無因②繫得蘭舟住。　　雁過斜陽，草迷煙渚，如今已是愁
無數。明朝且做莫思量，如何過得今宵去！

【註釋】

①閣：通「擱」。覷：細看。此句言離別前兩人眼中含淚，空自對面

相看。

②無因：無法。

【評析】

本詞為春日送別相思之作。

詞的上片寫送別時的情景。「情似」二句互文生義，以暮春時節漫空飄蕩，撲面而來的遊絲與柳絮為喻象，極為貼切地傳達出神魂不定的離人茫然失落之別緒。「淚珠」化用柳永詞句，繪情人分別時的情態。「空」字意味著兩人的這種難捨、傷情，都是徒然無用的，無限惆悵、無限悽愴自然也就不言而喻了。「一溪」二句寫離人乘舟遠去，怨無情之柳的冷漠，映有情之人的無奈，真是無理而妙。下片寫別後相思。「雁過」二句寫蘭舟去後，斜陽夕照、霧籠沙洲的暮靄蒼茫的景象。「如今」句則以「愁無數」點明相思離愁之深重。「明朝」二句撇去「明朝」而寫「今宵」，卻以「今宵」生發「明朝」之無限彷徨凄惻。感情層層推進如波瀾起伏，真摯而婉曲。

唐圭璋《唐宋詞簡釋》評此詞曰：「此首敘別詞。起寫別時之哀傷。遊絲飛絮，皆喻人之神魂不定；淚眼相覷，寫盡兩情之淒慘。『一溪』兩句，怨柳不繫舟住。換頭點晚景，令人生愁。末言今宵之難遣，語極深婉。」

帝臺春①

李甲

芳草碧色，萋萋遍南陌②。暖絮亂紅，也似知人，春愁無力。憶得盈盈拾翠③侶，共攜賞、鳳城④寒食。到今來，海角逢春，天涯為客。　　愁旋釋，還似織；淚暗拭，又偷滴。漫倚遍危闌，盡黃昏也，只是暮雲凝碧⑤。拚則而今已拚了，忘則怎生便忘得。又還問鱗鴻⑥，試重尋消息。

【作者簡介】

　　李甲，生卒年不詳，字景元，華亭（今屬上海）人。《宋詩紀事補遺》卷三十一年云：「李景元，元符中，武康令。」善填詞，工小令，有聞于時。王灼《碧雞漫志》卷二云：「沈公述、李景元……皆有佳句……源流從柳氏來。」《全宋詞》錄其詞九首。

【註釋】

① 帝臺春：詞調名，始見於李甲詞。

② 「芳草」二句：淮南小山《招隱士》：「王孫遊兮不歸，春草生兮萋萋。」江淹《別賦》：「春草碧色，春水綠波，送君南浦，傷如之何？」此處化用以上句意，寫離別之景。

③ 拾翠：曹植《洛神賦》：「或採明珠，或拾翠羽。」指拾翠鳥羽毛以為首飾，後以指婦女春日嬉遊的景象。

④ 鳳城：京城。此指汴京。

⑤ 暮雲凝碧：江淹《休上人怨別》：「日暮碧雲合，佳人殊未來。」此處化用其意。

⑥ 鱗鴻：即魚雁。

【評析】

　　暮春時節，漂泊異鄉的天涯遊子面對眼前的美好春光，不禁回憶起往日與情人歡會之事，心中思念情人，又兼羈旅之苦，因作此詞。

　　詞的上片點出春愁，寫了春愁觸發的原因。「芳草」五句以芳草、暖絮、亂紅諸意象組合成一幅碧草叢茂、柳絮送暖、落紅紛亂的暮春圖景。「似知人」者，乃以移情手法賦予無情之物柳絮、落紅以人的情感，絮飛花落而使人愁，本是尋常蹊徑，而這裏說花絮知人春愁，從對面落筆，可謂獨闢蹊徑。「無力」二字雙關，既狀人懨懨愁悴之情態，也寫花絮飄墜時的輕柔形象。「憶得」五句憶昔比今，回憶當年與佳人於寒食節攜手春遊，共賞鳳城春色。到如今這一切像春夢般煙消雲散了，而詞人已是天涯倦客。下片具體寫相思愁情。「愁旋釋」四句極其曲折地寫出詞人想要挣

脫情網的徒勞，寫出他的一片癡絕之情。「漫佇立」三句點明詞人倚欄佇望之地，暗示空望暮雲凝愁，卻不見佳人倩影嬌蹤，流露出不盡的悵惘。「拚則」兩句對仗工整，語極淺白，情卻深摯。詞人用俗俚之語卻充分描繪出了理智與情感相交織，放棄與追求、希望與失望相反復，欲求不得、欲罷不能的矛盾痛苦。情感抒發得細膩豐富、悽楚動人，自然顯露出詞人執著忠貞的品格。詞中所述感情上的一切苦惱、矛盾、波折，全由這兩句生發。末二句，詞人仍要再尋魚雁重問消息，執著之情令人感動。

　　全詞緊緊圍繞「春愁」寫景、敘事、摹狀，生動逼真，情致哀婉。詞意極淺，含蘊卻深，多少追悔、失落、悵望、牽縈盡在其中，意蘊無窮。俞陛雲《五代詞選釋》評此詞曰：「論情致則宛若遊絲，論筆力則勁如屈鐵。」

憶王孫①

春　詞

李重元

　　萋萋芳草憶王孫②，柳外樓高空斷魂，杜宇③聲聲不忍聞。欲黃昏，雨打梨花深閉門④。

【作者簡介】

　　李重元，生卒年不詳，1122年前後在世。《全宋詞》錄其《憶王孫》詞四首。《婉約詞》中收其詞二首。

【註釋】

①憶王孫：詞調名。毛先舒《填詞名解》云：「漢劉安《招隱士》辭：『王孫兮歸來，山中不可以久留。』詩人多用此語。《北裏志》載天水光

遠《題楊蕖兒室》詩有「萋萋芳草憶王孫」句，宋秦觀（當為李重元）《憶王孫》詞全用其句，詞名或始此。徽宗北狩，謝克家作《憶君王》詞即其調也。」又名《豆葉黃》《闌干萬里心》。

② 「萋萋」句：淮南小山《招隱士》：「王孫遊兮不歸，芳草生兮萋萋。」此處化用其意。

③ 杜宇：即杜鵑。相傳古蜀帝杜宇號望帝，後讓位其相開明，自己歸隱，化為杜鵑。其啼聲哀切，有杜鵑啼血之說。

④ 「欲黃昏」二句：劉方平《春怨》詩：「寂寞空庭春欲晚，梨花滿地不開門。」此處化用其意。

【評析】

　　《全宋詞》據《唐宋諸賢絕妙詞選》卷七所錄，云此詞係李重元所作，誤入秦觀、李甲集。《全宋詞》錄李重元詞四首，均為《憶王孫》，分別題作「春詞」、「夏詞」、「秋詞」、「冬詞」。此詞為其中的「春詞」。詞寫春愁閨怨，通過寫景傳達出一種傷春懷人的意緒，那一份杳渺深微的情思是通過景色的轉換而逐步加深變濃，逐步顯示的。在場景的轉換上，詞又呈現一種由大到小，逐步收斂的特徵。

　　詞的開頭展示的是一種開闊的傷心碧色：黏天芳草，千里萋萋，極目所望，古道晴翠，而思念之人更在天涯芳草外，閨中人的心也輕輕飄蕩到天盡頭了。「柳外」句點明思婦身居高樓之地，神馳柳外之遙。一個「空」字點染出思婦極度勞神遠望而不見王孫歸返的失落和她孤獨寂寞、失魂落魄的空虛。「杜宇」句借杜鵑啼叫，以聲傳情。「雨打」句寫思婦怕聞杜鵑悲啼，怕見黃昏暮景，遂逼出「深閉門」的特定行為：藏于深閨，將杜鵑悲啼、黃昏暮景關在門外。這見出思婦之內心，似乎也正如這寂寂黃昏的淒風苦雨一樣淒惻慘黯。黃蓼園《蓼園詞選》贊此末句曰：「比興深遠，言有盡而意無窮。」

　　此詞利用傳統意象，將芳草、煙柳、杜鵑、春雨、梨花諸物與所抒離恨別緒結合在一起，使之情景交融，所以意境深遠而韻味悠長。

三　臺^①

清明應制

萬俟詠

　　見梨花初帶夜月，海棠半含朝雨。內苑^②春、不禁過青門^③，御溝漲，潛通南浦。東風靜，細柳垂金縷，望鳳闕^④非煙非霧。好時代、朝野多歡，遍九陌^⑤、太平簫鼓。　　乍鶯兒百囀斷續，燕子飛來飛去。近綠水、台榭映秋千，鬥草^⑥聚、雙雙遊女。餳^⑦香更、酒冷踏青路，會暗識、夭桃朱戶^⑧。向晚驟、寶馬雕鞍，醉襟惹、亂花飛絮。　　正輕寒輕暖漏永，半陰半晴雲暮。禁火^⑨天、已是試新妝，歲華到、三分佳處。清明看、漢蠟傳宮炬，散翠煙、飛入槐府^⑩。斂兵衛、閶闔^⑪門開，住傳宣^⑫、又還休務^⑬。

【作者簡介】

　　萬俟詠，生卒年不詳，字雅言。王灼《碧雞漫志》卷二載曰：「元佑時詩賦科老手也，三舍法行，不復進取，放意歌酒，自稱『大樑詞隱』，每出一章，信宿喧傳都下。政和初，召試補官，置大晟府制撰之職。」紹興五年（1135）補任下州文學。善工音律，能自度新聲，與晁元禮、田為、周邦彥同官大晟府，審定舊調，創制新詞，均有參助之功。有《大聲集》五卷，今不傳。《全宋詞》錄其詞二十九首，多應制頌聖之作，敘帝都節物風光，辭采典麗平和。抒情詞受柳、秦影響較深，小令多佳作，如《長相思》二首、《訴衷情》等。

【註釋】

①三臺：唐教坊曲名，後用為詞調，始見於唐韋應物詞，為小令。萬

樹《詞律》卷一云：「（此調）平仄不拘，所賦不論何事。詠宮闈者，即曰《宮中三臺》，亦名《翠華引》《開元樂》；詠江南者，即曰《江南三臺》。又有《突厥三臺》。其長調則為宋人所撰，而襲取其名。」長調始見於萬俟詠詞。

② 內苑：宮內的園庭，即禁苑。

③ 青門：漢長安東南門，後泛指京城城門。

④ 鳳闕：漢代宮闕名。後泛指宮殿、朝廷。

⑤ 九陌：漢長安城中有八街、九陌。後泛指都城大路。

⑥ 鬥草：古代流行於女孩子中的一種遊戲，又稱「鬥百草」。南朝梁代宗懍《荊楚歲時記》載：「五月五日，四民並踏百草。又有鬥百草之戲。」

⑦ 餳：用麥芽或谷芽熬成的飴糖。宋祁《寒食假中作》詩：「簫聲吹暖賣餳天。」

⑧ 夭桃朱戶：用崔護事。夭桃：《詩經·周南·桃夭》：「桃之夭夭，灼灼其華。」

⑨ 禁火：古俗寒食日禁火三天。

⑩ 「清明看」二句：韓翃《寒食》詩：「日暮漢宮傳蠟燭，輕煙散入五侯家。」槐府：貴人宅邸，門前植槐。

⑪ 閶闔：本指傳說中的天門，後泛指宮門或京都城門。

⑫ 住傳宣：停止傳旨、宣官員上殿。

⑬ 休務：宋時俗語，謂停止公務。

【評析】

　　這是一首清明賞春詞。詞題為「清明應制」，當係徽宗時萬俟詠為大晟府制撰時所作。詞為諛聖而極盡鋪張之能事，描寫了帝京清明大好的景象和百姓歡樂的遊賞。

　　詞的上片寫清明時暮春景，隱含朝廷恩澤普及百姓的微旨，如「好時代」四句，全是歌功頌德。首二句一改素常繪宮苑景物鋪金綴玉、點紅染

翠的富麗色彩，而顯得十分清新秀美。中片轉入具體描寫，寫出鶯歌燕舞，各色人物遊冶歡樂的情形，間以景物點染，筆調明快。下片又回寫禁宮，著重寫皇家貴宅的節日景象，渲染天下太平的盛世之況。首二句描繪清明時節宜人而往往陰晴不定的天氣，極有情味。「清明看」數句化用韓翃《寒食》詩意，切合節令，而與末幾句相聯，又歸結到宮廷生活景象，開合有序，首尾呼應。末數句以稱頌大宋恩德結束，寫皇帝對寵貴大臣特加寵賜，命官府公休，對萬民則「斂兵衛」，撤除門禁，使朝野縱賞同樂。

徽宗時已是北宋末年，朝野危機四伏，但仍維持著歌舞昇平的局面，這首詞鋪敘詳盡、點面結合，宛如一軸《清明上河圖》，生動地再現了當時繁盛熱鬧的京都生活，也在一定程度上反映了當時的社會風貌。本詞的特點是不雕章刻句以求精麗，卻平正和雅、工整自然，內容也沒有庸俗地一味頌聖，而是真實地反映節物風光，在應制詞中算是一篇可讀的佳作。

二 郎 神①

徐伸

悶來彈鵲②，又攪碎、一簾花影。漫試著春衫，還思纖手③，熏徹金猊爐冷。動是愁端④如何向？但怪得新來多病。嗟舊日沈腰，如今潘鬢，怎堪臨鏡？ 重省，別時淚濕，羅衣猶凝。料為我厭厭，日高慵起，長托春醒⑤未醒。雁足不來，馬蹄難駐，門掩一庭芳景。空佇立，盡日闌干，倚遍畫長人靜。

【作者簡介】

徐伸，生卒年不詳，字幹臣，三衢（今浙江衢州）人。政和初，以知音律為太常典樂。出知常州。善詞，有《青山樂府》，今不傳。《全宋詞》錄其詞一首。

【註釋】

① 二郎神：唐教坊曲名，後用為詞調，始見於柳永詞。

② 悶來彈鵲：馮延巳《謁金門》詞：「終日望君君不至，舉頭聞鵲喜。」此處化用其意。

③ 「漫試」二句：蘇軾《青玉案》詞：「春衫猶是，小蠻針線，曾濕西湖雨。」此處化用其意。

④ 愁端：猶愁緒。

⑤ 酲：病酒。

【評析】

本詞別本題作《轉調二郎神》。王明清《揮塵餘話》說本篇是徐伸為懷念一個「為亡室不容逐去」的侍妾而作，並說詞中「所敘多其（侍妾）書中語」。

詞的上片寫詞人在寵妾被逐之後觸景生情，睹物思人，因相思而多病憔悴的情形。以「彈鵲」「試衫」「愁病」「腰鬢」的四層詞意展現詞人對寵妾的深切相思。「愁端」「多病」則寫詞人自失去寵妾後，動輒觸動愁緒，近來更添新病；「沈腰」「潘鬢」則雪上加霜，昔日病身，又添白髮！詞人感歎離愁別恨使自己病愁發白，身心憔悴，竟不敢臨鏡對視，深切地表現出對侍妾的真情摯意。下片設想伊人為自己終日凝愁、百事無心、空自佇望的情景，筆法細膩。

全詞抒寫纏綿而複雜的感情，既照顧到情緒的微妙變化，又把感情漸次推向高峰，詞情婉曲動人。王闓運《湘綺樓詞選》贊此詞為「妙手偶得之作」。黃升《花庵詞選》亦評曰：「青山詞多雜調，惟《二郎神》一曲，天下稱之。」

江神子慢①

田為

玉臺②掛秋月，鉛素淺，梅花傅香雪③。冰姿潔，金蓮④襯、小小凌波羅襪。雨初歇，樓外孤鴻聲漸遠，遠山外、行人音信絕。此恨對語猶難，那堪更寄書說。　　教人紅消翠減，覺衣寬金縷⑤，都為輕別。太情切，消魂處，畫角黃昏時節，聲嗚咽。落盡庭花春去也，銀蟾⑥迥、無情圓又缺。恨伊不似餘香，惹鴛鴦結。

【作者簡介】

田為，生卒年不詳，字不伐。善琵琶，通音律。政和末，任大晟府典樂。宣和元年（1119）罷典樂，為樂令。王灼《碧雞漫志》卷二云：「田不伐才思與雅言（萬俟詠）抗行，不聞有側豔。」其詞善寫人意中事，雜以俗言俚語，曲盡要妙。《全宋詞》錄其詞六首。

【註釋】

① 江神子慢：唐詞調名，原作《江神子》，又稱《江城子》，為平韻單調，始見於韋莊詞。宋人增為雙調，始見於蘇軾詞。田為衍為長調，命名《江神子慢》。

② 玉臺：精美的梳粧檯。一說精美的樓閣。

③ 梅花：指梅花妝。傅：通「附」，附著。

④ 金蓮：《南史·齊東昏侯紀》：「又鑿金為蓮花以貼地，令潘妃行其上，曰：『此步步生蓮花也。』」後人因以金蓮專指女子纖足。

⑤ 金縷：金線縫織的衣服或飾以金線的羅衣。

⑥ 銀蟾：明月。傳說月宮中有蟾蜍，故稱。

【評析】

這是一首寫離情相思的閨怨詞。

詞的上片描寫了一位芳姿高潔、步態嬌盈的女子，她在秋月之夜佇望、思念遠人。「玉臺」五句描述思婦送別前著意梳妝飾容，表現出女為悅己者容的戀情和離別難合的心情。「雨初歇」四句寫送別後之茫然，借「孤鴻」樓外漸遠烘托行人已在山外失蹤，聲遠音絕。「此恨」二句以「對語」「寄書」雙層遞進寫思婦離愁別恨鬱結於心，難以傾訴的悲抑。下片抒發相思的苦悶。「教人」三句總寫紅顏憔悴，金縷衣寬，怨行人之「輕別」，置自己於苦恨而不可自拔。「太情切」四句描繪了令人銷魂難過的環境氛圍，所見所聞皆備感孤獨、淒涼。「落盡」三句寫春花落盡，明月高遠、遂怨明月之圓缺無情，與「秋月」意象巧妙遙映。最後直接傾訴對行人的怨恨：恨他竟不如殘荷之餘香尚惹鴛鴦結伴，反使自己落得孤單索寞。全詞風格婉麗，情致纏綿。

驀山溪①

梅

曹組

洗妝真態，不作鉛華御。竹外一枝斜②，想佳人天寒日暮③。黃昏院落，無處著清香，風細細，雪垂垂，何況江頭路。　　月邊疏影④，夢到消魂處。結子欲黃時，又須作廉纖⑤細雨。孤芳一世，供斷⑥有情愁，消瘦損，東陽⑦也，試問花知否？

【作者簡介】

　　曹組，生卒年不詳，字元寵，潁昌（今河南許昌）人。與其兄曹緯以學識見稱於太學，但曾六次應試不第，著《鐵硯篇》以自勵。宣

和三年（1121），殿試中甲，賜同進士出身。官至給事殿中。因占對才敏，深得宋徽宗寵倖，奉詔作《艮嶽百詠》詩。詞以「側豔」和「滑稽下俚」著稱，王灼《碧雞漫志》卷三一則稱曹組「每出長短曲，膾炙人口」，一則批評他為「滑稽無賴之魁」。曹組的一些詞描寫其羈旅生活，感受真切，境界頗為深遠，無論手法、情韻，都與柳永詞有繼承關係。有《箕穎集》，今不傳。《全宋詞》錄其詞三十六首。

【註釋】

① 驀山溪：詞調名，又名《上陽春》，始見於歐陽修詞。

② 竹外一枝斜：蘇軾《和秦太虛梅花》詩：「江頭千樹春欲暗，竹外一枝斜更好。」

③ 想佳人天寒日暮：杜甫《佳人》詩：「天寒翠袖薄，日暮倚修竹。」

④ 疏影：林逋《山園小梅》詩：「疏影橫斜水清淺，暗香浮動月黃昏。」

⑤ 廉纖：細微，纖細。

⑥ 供斷：供盡，無盡地提供。

⑦ 東陽：南朝梁沈約，曾官東陽守。

【評析】

　　這是一首詠梅詞，不僅描寫了梅花姿態的美，也顯示了它精神品格的美，在詠物中寄託了詞人高潔的自我人格。

　　詞的上片寫野外之梅的天姿國色和幽獨高雅的神韻。「洗妝」四句讚梅花不御鉛華脂粉之「真態」與「竹外一枝斜」之逸姿，如「在山泉水清」的佳人。「黃昏院落」五句感歎梅花「清香」無人知賞，藏於黃昏院落其清香尚且無處寄託，更何況僻在江頭路旁，又遭風雪交摧，實在是孤寂不幸。詞人對梅花孤芳無賞的命運深致同情和傷惋。下片寫詞人賞梅時的情懷。他對梅花的孤傲一則歎惋，一則欣賞。「疏影」寫月映梅花，花開冷淡，詞人為之銷魂痛楚。「結子」寫梅子成熟，又遭遇細雨淋漓，如淚如泣。「孤芳」五句，詞人感歎梅花一生清真孤高卻頻遭摧折和棄置，過於淒涼、孤寂，竟使同情和喜愛梅花的有情者為之平添無窮愁傷。「消瘦」

三句詞人以多情瘦損的沈約自比，講我而今為伊（梅）「消瘦損」，梅花你可知否？以問句作結，覺餘意無窮。顯然，詞人以惜梅、愛梅的多情者自詡，亦以梅之品格、境遇映襯自身，顯然是有一定的寓意或寄託。

　　沈際飛《草堂詩餘正集》評此詞曰：「微思遠致，愧黏題裝飾者，結句清俊脫塵。」

賀新郎

李玉

　　篆縷①消金鼎，醉沉沉、庭陰轉午②，畫堂人靜。芳草王孫知何處？惟有楊花糝③徑。漸玉枕、騰騰④春醒，簾外殘紅春已透，鎮⑤無聊、殢酒⑥厭厭病。雲鬟亂，未忺⑦整。　　江南舊事休重省，遍天涯尋消問息，斷鴻難倩⑧。月滿西樓憑闌久，依舊歸期未定。又只恐瓶沉金井⑨。嘶騎不來銀燭暗，枉教人立盡梧桐影⑩。誰伴我，對鸞鏡。

【作者簡介】

　　李玉，生卒年不詳。《全宋詞》錄其詞一首。

【註釋】

①篆縷：指香煙嫋嫋上升如線，又如篆字。

②庭陰轉午：蘇軾《賀新郎》：「悄無人，桐陰轉午，晚涼新浴。」

③糝：泛指散粒狀的東西。此處引申為飄灑。

④騰騰：懶散，隨便。

⑤鎮：整，整日。

⑥殢酒：病酒，困於酒。

⑦忺：高興。

⑧倩：請，央求。

⑨又只恐瓶沉金井：白居易《井底引銀瓶》詩：「井底引銀瓶，銀瓶欲
　上絲繩絕；石上磨玉簪，玉簪欲成中央折。瓶沉簪折知奈何，似妾
　今朝與君別。」此處暗用其意。金井：飾有雕欄的井。

⑩枉教人立盡梧桐影：呂岩《梧桐影》詞：「今夜故人來不來，教人立
　盡梧桐影。」此用其意。

【評析】

　　本詞別本題作「春情」，為春閨寂寞、思婦懷人之作。詞中描寫了女
主人公暮春時對景思人、百無聊賴的情景，和久久望人不至而時疑時驚、
且思且怨而又出之以溫雅和平的複雜心情。

　　詞的上片寫思婦畫堂春睡午醒之狀。「篆縷」四句寫銅爐裏的香煙嫋
嫋上升，盤旋繚繞似篆文，這時已經消散。庭院裏樹木的陰影轉過了正午
的位置，這是深鎖閨房「醉沉沉」的人之所見。「芳草」二句以自言自語
的方式隱吐沉醉慵眠之原因和對戀人的渴盼，卻唯見柳絮飄散，添人怨
緒。「漸玉枕」五句始點明病酒懨眠，朦朧春醒，終日無聊之情狀，以「殘
紅春透」映襯她芳華虛度，乃至雲鬟蓬亂，無心梳妝。下片寫思婦企盼戀
人回來。一個「遍」字傳達出思婦恨不得插翅飛向天涯追尋戀人的熱切情
懷。「月滿」數句寫思婦獨自登上西樓，望著銀白的月光灑滿大地，癡癡
地想著，「依舊歸期未定」——他現在大概正想著回來，只是日子還沒有
確定，所以鴻雁還沒有傳來書信吧。「依舊」「又恐」「不來」，層層轉進、
層層深化地寫出思婦相思入骨的希望、憂恐與幻滅。最後「誰伴我」，乃
無人伴我也，晨起梳妝依舊是獨對鸞鏡，流露出對昔日與戀人雙映鸞鏡、
畫眉描容、燕婉歡愛的眷戀和今日獨對鸞鏡的悲愴。這位女主人公自始至
終，沒有一言一語埋怨對方，她和婉淳雅，在思婦的形象中獨樹一幟。陳
廷焯《白雨齋詞話》評此詞曰：「此詞綺麗風華，情韻並盛，允推名作。」
黃升《花庵詞選》亦評曰：「李君詞雖不多，然風流慰藉，盡此篇矣。」

燭影搖紅①

題安陸浮雲樓②

廖世美

　　靄靄③春空，畫樓森聳凌雲渚。紫薇登覽最關情，絕妙誇能賦④。惆悵相思遲暮，記當日、朱闌共語。塞鴻難問，岸柳何窮，別愁紛絮。　　催促年光，舊來流水知何處⑤？斷腸何必更殘陽⑥，極目傷平楚⑦。晚霽波聲帶雨，悄無人舟橫野渡⑧，數峰江上⑨，芳草天涯⑩，參差煙樹⑪。

【作者簡介】

　　廖世美，生卒年不詳，約生活於南北宋的交替之間。《全宋詞》錄其詞二首。

【註釋】

① 燭影搖紅：詞調名，始見於賀鑄詞，雙調小令，周邦彥衍為長調。吳曾《能改齋漫錄》卷十六云：「王都尉（詵）有《憶故人》詞，徽宗喜其詞意，猶以不豐容宛轉為恨，遂令大晟別撰腔，周美成增損其詞，而以首句為名，謂之《燭影搖紅》云。」

② 安陸：今湖北安陸。浮雲樓：即浮雲寺樓。

③ 靄靄：雲氣密集貌。

④ 「紫薇登覽」二句：贊杜牧才情卓越，登高能賦，指其所賦《題安州浮雲寺樓寄湖州張郎中》詩絕妙。紫薇：即紫薇郎，指杜牧。唐代中書省稱紫薇省，杜牧曾官中書舍人，因稱杜紫薇。

⑤ 「惆悵」句至下片「舊來流水」七句：杜牧詩：「去夏疏雨餘，同倚朱闌語。當時樓下水，今日到何處？恨如春草多，事與孤鴻去。楚

岸柳何窮，別愁紛若絮。」此用其意。

⑥ 斷腸何必更殘陽：杜牧《池州春送前進士蒯希逸》詩：「芳草複芳草，斷腸還斷腸，自然堪下淚，何必更斜陽。」

⑦ 極目傷平楚：謝朓《郡內登望》詩：「寒城一以眺，平楚正蒼然。」

⑧ 「晚霽」二句：韋應物《滁州西澗》詩：「春潮帶雨晚來急，野渡無人舟自橫。」

⑨ 數峰江上：錢起《省試湘靈鼓瑟》詩：「曲終人不見，江上數峰青。」

⑩ 芳草天涯：蘇軾《蝶戀花》詞：「枝上柳綿吹又少，天涯何處無芳草。」

⑪ 參差煙樹：杜牧《題宣州開元寺水閣閣下宛溪夾溪居人》詩：「惆悵無因見范蠡，參差煙樹五湖東。」

【評析】

本詞為登臨懷古，借景抒情之作。廖世美喜愛杜牧詩，他僅存的兩首詞均融入杜牧詩意或成句。杜牧有《題安州浮雲寺樓寄湖州張郎中》詩，本詞亦有遙寄之意。

詞的上片描寫了寺樓的雄偉森嚴。「靄靄」二句以「森聳凌雲」這一意象映現浮雲樓莊嚴高聳、凌駕雲霄，俯瞰沙渚的巍峨樓勢。「紫薇」二句寫詞人聯想當年杜牧登覽浮雲樓的情景，稱讚浮雲樓令杜牧極為動情，寫了絕妙詩章。「惆悵」句寫詞人以人生遲暮之年登覽此樓，較之杜牧更加動情，以致惆悵相思難以排遣。「記當日」四句伸發相思情意，曾憑朱欄共語，離別後空見塞鴻，難問情侶遊蹤。岸邊垂楊綿延無盡，柳絮紛飛，更觸發離恨別愁。下片寫登樓所思。「催促」二句寫歲月如流，年光易逝，舊時倚欄共語處的樓下水，誰知今日又流到何處了呢？「斷腸」二句就登樓惆悵強調極目平楚令人傷心斷腸，何必非面對殘陽才悲涼感傷呢？「晚霽」五句一句一景，以景結情傳達出登樓縱月的悠然情思，襯托無限悵惘心情，語淡而情深。且化用前人詩句熨帖自然，一片化機。

此詞格調清遠，情味雋永。況周頤《蕙風詞話》卷二評曰：「此等詞

一再吟誦，輒沁人心脾，畢生不能忘。《花庵絕妙詞選》中，真能不愧『絕妙』二字，如世美之作，殊不多覯。」

薄　倖

呂濱老

　　青樓①春晚，晝寂寂、梳勻又懶。乍聽得、鴉啼鶯哢②，惹起新愁無限。記年時、偷擲春心，花前隔霧遙相見。便角枕③題詩，寶釵貰酒④，共醉青苔深院。　　怎忘得、回廊下，攜手處、花明月滿。如今但暮雨，蜂愁蝶恨，小窗閑對芭蕉展。卻誰拘管⑤？盡無言閑品秦箏，淚滿參差雁⑥。腰肢漸小，心與楊花共遠。

【作者簡介】

　　呂濱老，一作呂渭老，生卒年不詳，字聖求，嘉興（今屬浙江）人。宣和、靖康間朝士。趙師秀《聖求詞序》云：「聖求詞婉媚深窈，視美成、耆卿伯仲。」其詞多寫相思別離之情，還有一些與僧、道往還的篇章，表達了方外之思。南渡後有些詞作抒發亡國哀思。有《聖求詞》一卷。

【註釋】

① 青樓：此處泛指女子所居的高樓。
② 哢：鳥叫。
③ 角枕：用獸角做裝飾的枕頭。
④ 寶釵貰酒：用釵鈿換酒喝。貰酒：賒酒。
⑤ 卻誰拘管：有什麼辦法管束住搖盪的情思。誰：怎樣，什麼。
⑥ 參差雁：指箏上的弦柱斜列如飛雁。

【評析】

　　這是一首戀情詞，寫一個「偷擲春心」的少女對遠在他鄉的戀人的懷念與憂思。

　　詞的中心是寫愁。詞人在起調處就開始刻畫這位少女的「愁」的形象。以「春晚」點出時節，暗寓傷感。「寂寂」烘托孤寂的氛圍，「梳勻又懶」點佳人心態之百無聊賴。「乍聽得」兩句，轉寫動景。鴉啼鶯，本當賞心悅耳，可在她，卻引起了相反的效果——「惹起新愁無限」！用反跌之筆，更為深刻地寫出了這位少女心靈深處的「愁」。至此，始露「愁」字，又借鶯聲引出，是詞人用筆婉轉生姿處。「記年時」至上片結句，以回憶的筆調，從刻畫形象、剪裁畫面入手，寫這位由少女與心儀男子初戀至熱戀的全過程。「記」領起，申說「新愁」，傳情、約會、題詩、共醉，一幕幕場景，寫出與伊人熱戀的溫馨。下片「怎忘得」縮結上文，更推出一個特寫鏡頭。「回廊」地點極幽，「攜手」兩情極密，「花明月滿」，愛情的美好不言而喻。「如今」以下折轉當前，環境物象頓時暗淡淒清，與「花明月滿」形成落差。「無言」「閑品」「淚滿」，佳人憂思情態，栩栩如生，力透紙背。收尾二句更見負荷之重，愁思之遠。下片中，「暮雨」與「春晚」呼應，「如今」以下種種，將「愁無限」具體深化、刻畫精微，意象婉美，愛情之甘苦歷歷在目。

　　全詞不光使用平鋪直敘，且用倒敘、側筆等多種手法，委婉纏綿，曲折盡情，風格清麗而凝重，不愧為思婦詞中的傑作。

南　浦[①]

魯逸仲

　　風悲畫角，聽《單于》[②]、三弄落譙門[③]。投宿駸駸[④]征騎，飛雪滿孤村。酒市漸闌燈火，正敲窗、亂葉舞紛紛。送數聲驚雁，乍離煙水，嘹唳[⑤]度寒雲。　　好在[⑥]半朧淡月，到如今、

無處不消魂。故國梅花歸夢，愁損綠羅裙⑦。為問暗香閑豔，也相思、萬點付啼痕⑧。算翠屏應是，兩眉餘恨倚黃昏。

【作者簡介】

魯逸仲，即孔夷，字方平，生卒年不詳，汝州龍興（今河南寶豐）人。孔旼之子，哲宗元佑年間隱士，隱居潁陽，與李廌為詩酒侶，自號潁皋漁父。王灼《碧雞漫志》卷二稱其與姪孔處度齊名。黃升《花庵詞選》贊其「詞意婉麗，似萬俟雅言」。《全宋詞》錄其詞三首。

【註釋】

① 南浦：唐教坊曲名，後用作詞調。採《楚辭·九歌》「送美人兮南浦」的句意。始見於周邦彥及魯逸仲詞。

② 《單于》：曲調名，唐代的《大角曲》中有《大單于》《小單于》等曲。

③ 三：指多次。弄：演奏。

④ 駸駸：馬速行貌。

⑤ 嘹唳：響亮淒清的聲音。

⑥ 好在：問候用語，即好麼，無恙。

⑦ 綠羅裙：此處借指伊人。

⑧ 「為問」二句：唐人詩：「君看陌上梅花紅，儘是離人眼中血。」此處化用其意。

【評析】

本詞別本題作「旅懷」，為旅夜懷鄉之作。黃蓼園《蓼園詞選》曰：「細玩詞意，似亦經靖康亂後作也。第詞旨含蓄，耐人尋味。」

詞的上片寫風雪孤村夜宿的情景。從聽覺、視覺、遠景、近景各個角度細緻地描寫旅況：畫角悲鳴、樂聲哀切、飛雪滿村、燈火闌珊、驚雁嘹唳，這種種意象織成一幅雪夜、荒村、孤旅的淒涼圖畫。從詞中所表現的濃重的感傷情調來看，可知這絕非尋常的行旅圖，似以曲筆隱射金人攻陷

汴京，摹寫官民南逃的慘狀。下片另拓詞境，由雪夜聞雁鳴轉為月夜思家鄉，委婉地表達了相思情致。「好在」句是說風雪雖止，雲霧猶濃，朦朧中露現淡月半痕。「好在」指月色依舊。「無處不消魂」，描繪客居他鄉，月色依稀，望月生情，不禁黯然銷魂。「故國」兩句，訴說故園之梅以及穿著綠羅裙之人，使他眷戀難忘，因此頻頻入夢之境。「愁損」兩字，可憐夢中伊人亦為相思所苦，語意曲折。「為問」兩句承接「故國」句，用設問形式將梅擬人化，把枝上蓓蕾比喻為淚珠。試問那飄動著暗香的花枝，可否也為了相思而淚痕斑斑？末兩句又上承「愁損」句，設想對方，由己推人。自己在作客歸夢梅花，滿腹愁緒，想伊人在故園賞梅，淚滴枝頭。最後以想像伊人倚屏盼望作結，言有盡而意無窮。

全詞寫景摹物，虛實相映，情景相生，前之孤村風雪，後之故國梅花，展現了現景遊子與幻境佳人彼此相思的離愁別恨，冷艷而深婉。詞的格調悲涼沉咽，全無方外人的虛誕之氣。

滿 江 紅①

岳飛

怒髮衝冠②，憑闌處、瀟瀟③雨歇。抬望眼、仰天長嘯，壯懷激烈。三十功名④塵與土，八千里路雲和月⑤。莫等閒⑥、白了少年頭，空悲切。　　靖康恥⑦，猶未雪；臣子恨，何時滅。駕長車踏破、賀蘭山⑧缺。壯志饑餐胡虜肉，笑談渴飲匈奴血⑨。待從頭、收拾舊山河，朝天闕⑩。

【作者簡介】

岳飛（1103—1142），字鵬舉，相州湯陰（今河南湯陰）人，南宋愛國名將。宣和四年（1122）應募參軍守邊，其後在抗金戰鬥中屢建奇勳，官至樞密副使。高宗紹興十一年歲暮（1142年1月27日），被主

和派秦檜誣陷，與其子岳雲及部將張憲同遭殺害。孝宗時被平反，改葬於西湖畔棲霞嶺，追諡武穆，後改諡忠武，寧宗時追封鄂王。詩、文、詞俱佳，多表現精忠大義。詞僅存三首。

【註釋】

① 滿江紅：唐教坊曲名，楊慎《詞品》云：「唐人小說《冥音錄》載：『曲名有《上江虹》，後演變為《滿江紅》。』」宋以來始填此詞調。一說「滿江紅」是一種水草名，民間用為詞牌。賀鑄詞，又名《念良遊》；賀鑄詞中又有「傷春作」句，故又名《傷春曲》。

② 怒髮衝冠：氣得頭髮豎起，以至於將帽子頂起。形容憤怒至極。《史記·刺客列傳》：「士皆瞋目，髮盡上指冠。」《史記·廉頗藺相如列傳》：「怒髮上衝冠。」

③ 瀟瀟：雨勢急驟貌。

④ 三十功名：此時岳飛已三十多歲，說三十是舉成數。

⑤ 八千里路雲和月：形容南征北戰，路途遙遠，披星戴月。八千里路此指遙遠的金國根據地。

⑥ 等閒：輕易，隨便。

⑦ 靖康恥：宋欽宗靖康二年，金兵攻陷汴京，擄走了徽、欽二帝。

⑧ 賀蘭山：賀蘭山脈位於寧夏與內蒙古交界處。此處借指金國的臟腑之地。

⑨ 「壯志」二句：蘇舜欽《吾聞》：「馬躍踐胡腸，士渴飲胡血。」此處化用其意。胡虜、匈奴此處借指金人。

⑩ 朝天闕：朝見皇帝。天闕：指皇宮，此指皇帝生活的地方。

【評析】

本詞別本題作「寫懷」，是一首千古傳誦的愛國名篇，抒寫了抗金英雄岳飛滿腔忠義奮發之氣。近千年來，這首詞激勵過無數愛國志士。

詞的上片抒發詞人為國立功的滿腔豪氣。以義憤填膺的肖像描寫起

筆，開篇奇突。憑欄眺望，指顧山河，胸懷全局，正顯英雄本色。「長嘯」，狀感慨激憤，情緒已升溫至高潮。「三十」「八千」二句，反思以往，包羅時空，既反映轉戰之艱苦，又謙稱建樹之微薄，識度超邁，下語精妙。「莫等閒」期許未來，情懷急切，激越中微含悲涼。下片抒寫了詞人重整山河的決心和報效君王的耿耿忠心。開頭四個短句，三字一頓，一錘一聲，裂石崩雲，這種以天下為己任的崇高胸懷，令人扼腕。「駕長車」一句豪氣直沖雲霄，在那山河破碎、士氣低沉的時代，將是一種驚天地、泣鬼神的激勵力量。「饑餐」「渴飲」雖是誇張，卻表現了詩人足以震懾敵人的英雄主義氣概。末二句語調陡轉平和，表達了詞人報效朝廷的一片赤誠之心。肝膽瀝瀝，感人至深。

　　全詞如江河直瀉，曲折回蕩，激發處鏗然作金石聲。通篇為愛國英雄真誠、壯烈的剖白，絕非大言書生的欺世之談，因而感人至深。沈際飛《草堂詩餘正集》評曰：「膽量、意見、文章悉無今古。又云：有此願力，是大聖賢、大菩薩。」陳廷焯《白雨齋詞話》亦評曰：「何等氣概！何等志向！千載下讀之，凜凜有生氣焉。『莫等閒』二語，當為千古箴銘。」

燭影搖紅

上元有懷

張掄

　　雙闕①中天，鳳樓②十二春寒淺。去年元夜奉宸遊③，曾侍瑤池④宴。玉殿珠簾盡捲，擁群仙、蓬壺閬苑⑤。五雲⑥深處，萬燭光中，揭天絲管。　　馳隙⑦流年，恍如一瞬星霜⑧換。今宵誰念泣孤臣，回首長安⑨遠。可是塵緣未斷，漫惆悵、華胥⑩夢短。滿懷幽恨，數點寒燈，幾聲歸雁。

【作者簡介】

　　張掄，生卒年不詳，字才甫，自號蓮社居士，開封（今河南開封）人。紹興間，知閤門事。淳熙五年（1178）曾為寧武軍承宣使。毛晉《蓮社詞跋》稱其「好填詞應制，極其華豔。每進一詞，上即命宮人以絲竹寫之。嘗同曾覿、吳琚輩進《柳梢青》諸闋，上極欣賞，賜賚甚渥」。有詠春、夏、秋、冬、漁父、詠酒、詠閑、修養、神仙各十首，多蕭然世外之語。今傳《蓮社詞》一卷。

【註釋】

① 雙闕：天子宮門有雙闕。闕：古代宮廟及墓前立雙柱者謂之闕。
② 鳳樓：指宮內樓閣。南朝宋鮑照《代陳思王京洛篇》：「鳳樓十二重，四戶八綺窗。」
③ 宸遊：帝王的巡遊。
④ 瑤池：古代神話中神仙所居之地。此指皇宮。
⑤ 蓬壺：古代傳說海中有三神山，其一名蓬萊，又作蓬壺。閬苑：閬風之苑，仙人所居之境。此指宮廷。
⑥ 五雲：五色祥雲。
⑦ 馳隙：即白駒過隙，比喻光陰飛馳。
⑧ 星霜：星辰運行一年一循環，霜則每年至秋始降，因用以指年歲，一星霜即一年。
⑨ 長安：此指北宋都城汴京。
⑩ 華胥：《列子·黃帝》：「（黃帝）晝寢，而夢遊於華胥氏之國。」後用作夢境的代稱。

【評析】

　　張掄在南渡前多作應制詞，形跡有類於御用文人。親身經歷靖康慘禍後，他於次年（1128）上元之夜寫下這首感懷詞，撫今思昔，不勝亡國之痛。詞中極言去年今宵的繁盛歡樂，對照眼前的淒涼悲哀，令人有隔世之

感，表現了深深的故國之思。

詞的上片追懷去年元宵汴京宮苑侍奉皇帝遊賞之勝景。先寫城闕、鳳樓的雄偉壯麗，再敘元夜奉宸遊、侍瑤池宴的榮耀。所見所聞的便是天上神仙府、人間帝王家的豪華與富貴了。這一切不但現在已成陳跡，而且全落在異族之手，豈不令人哀絕。下片抒眼前淒涼悲哀的亡國之痛。首句寫流光飛逝，轉瞬間又是一年。「今宵」二句痛在「泣孤臣」三字。「可是」一轉，表現了詞人眷戀故國的深情。末三句寫眼前的淒清，結句不同一般的寫景，而有所寄託：大雁北回而自己卻「華胥夢短」，有家難歸。人不如雁，令人肝腸寸斷。

全詞今昔遙映，盛衰哀樂對比，情景跌宕，構思巧妙。李攀龍《草堂詩餘雋》說此詞「上述往事，下歎來年，神情一呼一吸」，又說，「此撫景寫情，俱見其榮光易度，夢醒無幾，真畫出風前燭影，紅光在目」。

水龍吟

程垓

　　夜來風雨匆匆，故園定是花無幾。愁多怨極，等閒孤負，一年芳意。柳困桃慷，杏青梅小，對人容易①。算好春長在，好花長見，原只是、人憔悴。　　回首池南②舊事，恨星星③、不堪重記。如今但有，看花老眼，傷時清淚。不怕逢花瘦，只愁怕、老來風味。待繁紅亂處，留雲借月④，也須拚醉。

【作者簡介】

　　程垓，生卒年不詳，字正伯，眉山（今屬四川）人。淳熙十三年（1186）遊臨安，陸游為其所藏山谷帖作跋，未幾歸蜀。撰有帝王君臣論及時務利害策五十篇。紹熙三年（1192），已五十許，楊萬里薦以應賢良方正科。紹熙五年（1194）鄉人王偁稱序其詞，謂「程正伯以詩

詞名，鄉之人所知也。余頃歲遊都下，數見朝士，往往亦稱道正伯佳句」。馮煦《蒿庵論詞》曰：「程正伯淒婉綿麗，與草窗所錄《絕妙好詞》家法相近。」詞多描寫羈旅行役、離愁別緒、個人生活情緒及故鄉之思，少數篇章表現了憂國之情。有《書舟詞》。

【註釋】

① 容易：草率。

② 池南：池陽之南，指蜀地，詞人故園。蘇軾《和王安石題西太一》：「從此歸耕劍外，何人送我歸池南。」程垓與蘇軾同為四川眉山人。

③ 星星：鬢髮花白貌。

④ 留雲借月：朱敦儒《鷓鴣天》：「我是清都山水郎，天教懶慢帶疏狂。曾批給露支風敕，累奏留雲借月章。」此處意謂留住大好光景。

【評析】

　　程垓長年客居他鄉，集中多望鄉思歸之詞，老年時尤多，本詞即為惜春懷鄉，嗟老傷時之作。詞中抒寫了對故園的深情、對往事的懷念和沉重的遲暮之慨。但它又不是一般歎老嗟卑的篇章，從詞中「如今但有，看花老眼，傷時清淚」等句，我們可以看出詞人自傷老大之感是與憂患時局緊密相聯的。

　　詞的上片觸景傷春。「故園」二字則將眼前現景與故鄉遠景巧妙勾連，流露出懷鄉情意，也隱約含有靖康時世風雨淒淒之感。「愁多怨極」三句寫自己愁多怨極，所以無心賞花，故而白白辜負了一年的春意。「柳困」三句寫轉眼春天即將過去，它對人似乎太覺草率。「算好春」三句寫詞人靜心思量，辭意反轉一步，從長遠來看，好春年年有，好花年年見，止不必為一時的花落匆匆而怨其輕率。下片「回首」二句承「人憔悴」而抒寫鬢髮星星斑白的怨恨情緒，頗有遲暮悲涼之感，對故園「池南舊事」，即青春與壯盛年華令人留戀難忘的悲歡往事，已不堪回首。「如今」五句揭明「不堪重記」的原因。「待繁紅」三句辭意又一轉折，詞人欲掙脫傷春嗟老之愁怨，欲人老自振，再現風流，遂提出「拚醉」的妙法，借酒謀醉，

消愁忘憂，乘繁花紛亂，伴雲月良辰，及時行樂。其醉醒又當如何？拚醉求歡，亦實乃無奈的解脫也。

　　本詞用委婉哀怨的筆調，曲折盡致，反反覆覆地抒寫了自己重重的「嗟老」與「傷時」之情，讀後確有「淒婉綿麗」之感。

六州歌頭①

張孝祥

　　長淮望斷②，關塞莽然平③。征塵暗，霜風勁，悄邊聲④，黯消凝⑤。追想當年事⑥，殆天數⑦，非人力；洙泗上，弦歌地，亦膻腥⑧。隔水氈鄉⑨，落日牛羊下⑩，區脫⑪縱橫。看名王宵獵⑫，騎火一川明，笳鼓悲鳴，遣人驚。　　念腰間箭，匣中劍，空埃蠹⑬，竟何成！時易失，心徒壯，歲將零，渺神京。干羽方懷遠⑭，靜烽燧⑮，且休兵。冠蓋使，紛馳騖⑯，若為情⑰。聞道中原遺老，常南望，翠葆霓旌⑱。使行人到此，忠憤氣填膺，有淚如傾。

【作者簡介】

　　張孝祥（1132—1169），字安國，號於湖居士，歷陽烏江（今安徽和縣）人。紹興二十四年（1154）廷試，高宗親擢為進士第一。授承事郎，簽書鎮東軍節度判官。由於上書為岳飛辯冤，為當時權相秦檜所忌，誣陷其父張祁有反謀，並將其父下獄。次年秦檜死，授祕書省正字。歷任祕書郎、著作郎、集英殿修撰、中書舍人等職。宋孝宗時，任中書舍人直學士院。隆興年間，張浚出兵北伐，張孝祥為建康留守，極力贊助張浚北伐，被主和派彈劾落職。後起復出，歷任荊南知府、荊湖北路安撫使，有政績。

張孝祥是著名的文學家、書法家，謝堯仁在《於湖居士文集序》中稱：「自渡江百年，唯先生文章翰墨，為當代獨步。」其詞今存二百二十餘首，具有深厚的愛國主義思想內容，許多篇章直接反映時政，表現他對南宋朝廷投降政策的極度不滿，以及他堅決要求抗擊金人、收復中原的愛國熱望。有些篇章超逸、曠達，表現他遭到政治打擊後不改高潔胸懷的素志，並隱約抒發牢落不平之氣。張孝祥的詩詞均受蘇軾很深的影響，湯衡《張紫薇雅詞序》曰：「自仇池（蘇軾）仙去，能繼其軌者，非公其誰與哉！」他的詞上承蘇軾，下啟辛棄疾，在詞史上有相當重要的地位。有《於湖詞》。

【註釋】

① 六州歌頭：唐曲，岑參有《六州歌頭》，為七言四句，後用作詞調。程大昌《演繁露》卷十六：「《六州歌頭》，本鼓吹曲也。近世好事者倚其聲為吊古詞，如『秦亡草昧，劉項起吞併』者是也。音調悲壯，又以古興亡事實文之。聞其歌，使人慷慨，良不與艷詞同科，誠可喜也。」楊慎《詞品》卷一：「六州得名，蓋唐人西邊之州：伊州、梁州、甘州、石州、渭州、氐州也。此詞宋人大祀大恤，皆用此調。」始見於北宋初劉潛詞。

② 長淮：指淮河。宋高宗紹興十一年（1141）與金和議，以淮河為宋金的分界線。此句即遠望邊界之意。

③ 關塞莽然平：此句斥南宋朝廷撤廢兩淮守備。莽然：草木茂盛貌。

④ 「征塵暗」三句：飛塵陰暗，寒風猛烈，邊聲悄然。此處暗示對敵人放棄抵抗。邊聲：邊地的悲涼之聲。

⑤ 黯消凝：感傷出神之狀。黯：精神頹喪貌。

⑥ 當年事：即靖康之難。

⑦ 殆：大概，恐怕。天數：天命。

⑧ 「洙泗上」三句：謂禮樂之邦陷於敵手。洙、泗：魯國二水名，流經曲阜（春秋時魯國國都），孔子曾在此講學。弦歌地：指禮樂文化之邦。《論語·陽貨》：「子之武城，聞弦歌之聲。」邢昺疏：「時子遊

為武城宰，意欲以禮樂化導於民，故弦歌。」膻腥：牛羊的腥臊氣。此處諷刺落後的金統治者。

⑨ 隔水氈鄉：淮河北岸即金國所屬，故云。氈鄉：指金國。北方少數民族住在氈帳裏，故稱氈鄉。

⑩ 落日牛羊下：《詩經·王風·君子于役》：「日之夕矣，羊牛下來。」此處諷刺金人過著落後的遊牧生活。

⑪ 區脫：匈奴語稱邊境屯戍或守望的土堡為區脫。

⑫ 名王：此指敵方將帥。《漢書·宣帝紀》：「匈奴單于遣名王奉獻。」顏師古注：「名王者，謂有大名，以別諸小王也。」宵獵：夜間打獵。

⑬ 埃蠹：塵掩蟲蛀。

⑭ 干羽方懷遠：用文德以懷柔遠人，謂朝廷對敵妥協、求和。干羽：干盾和翟羽，都是舞蹈樂具。《尚書·虞書·大禹謨》：「帝乃誕敷文德，舞干羽於兩階。七旬，有苗格。」孔穎達疏：「帝乃大布文德，舞干、羽於兩階之間。七旬而有苗自服來至。」

⑮ 烽燧：即烽煙。

⑯ 「冠蓋使」二句：指議和的使臣往來不絕。冠蓋：冠服求和的使者。馳騖：奔走忙碌，往來不絕。

⑰ 若為情：何以為情，猶似今之「怎麼好意思」。

⑱ 翠葆霓旌：指皇帝的儀仗。翠葆：以翠鳥羽毛為飾的車蓋。霓旌：像虹霓似的彩色旌旗。

【評析】

宋高宗紹興三十一年（1161），主戰派將領張浚通判建康府兼行宮留守，次年春張孝祥在張浚幕府為客，寫下這首悲壯激越的詞。陳霆《渚山堂詞話》曰：「張安國在沿江帥幕。一日預宴，賦《六州歌頭》云……歌罷，魏公（張浚）流涕而起，掩袂而入。」可見其感人至深。此詞寫臨淮觀感，通過國土形勢的縱覽，譴責批評了朝廷的苟安政策，抒發了強烈的忠憤報國之情。

詞的上片描寫江淮區域宋金對峙的態勢。「長淮」二字，指出當時的

國境線，含有感慨之意。昔日曾是動脈的淮河，如今變成邊境。國境已收縮至此，只剩下半壁江山。「平」「悄」，見邊防靜寂無險可守。「黯消凝」一語，揭示出詞人的壯懷，黯然神傷。「追想」貫連以下六句，回溯靖康之難，感歎中原沉淪。洙、泗二水流經的山東，是孔子當年講學的地方，如今也為金人所占，這對於詞人來說，不禁從內心深處激起震撼、痛苦和憤慨。「隔水氈鄉」數句寫隔岸金兵的活動。一水之隔，昔日耕稼之地，此時已變為遊牧之鄉。帳幕遍野，日夕吆喝著成群的牛羊回欄。更應警覺的是，金兵的哨所縱橫，防備嚴密。尤以獵火照野，淒厲的笳鼓可聞，令人驚心動魄。金人南下之心未死，國勢仍是可危。

　　下片傾訴壯志難酬的忠憤。詞人空有殺敵的武器，只落得塵封蟲蛀而無用武之地。時不我與，徒具雄心，卻等閒虛度。接著，詞人把詞筆犀利鋒芒直指偏安的小朝廷。汴京渺遠，何時光復！「干羽方懷遠」句辛辣地諷刺朝廷放棄失地，安於現狀，所以下面一針見血地揭穿說，自紹興和議成後，每年派遣賀正旦、賀金主生辰的使者、交割歲幣銀絹的交幣使以及有事交涉的國信使、祈請使等，充滿道路，在金受盡屈辱。忠貞之士，更有被扣留或被殺害的危險。「聞道」兩句寫金人統治下的父老同胞，年年盼望王師早日北伐收復失地。末三句順勢所至，收攏到使者、志士的忠憤淚水。任何一位愛國者出使渡淮北去，就都要為中原大地的長期不能收復而激起滿腔忠憤，為中原人民的年年傷心失望而傾瀉出熱淚。

　　全篇敘事、陳情，次第井然，鋪敘展衍，氣局闊大，駢散排比，節奏緊促，辭情激壯，感憤淋漓。詞中將民族間的矛盾、朝廷與愛國者及中原百姓之間的重重矛盾，形象地展示在我們面前，如同一幅宏闊的歷史畫卷，尤其可貴的是，它凝聚了一代愛國知識份子高尚、堅毅的民族精神。陳廷焯《白雨齋詞話》評此詞曰：「淋漓痛快，筆飽墨酣，讀之令人起舞。」

念奴嬌

過 洞 庭

張孝祥

　　洞庭青草，近中秋、更無一點風色。玉鑒①瓊田三萬頃，著我扁舟一葉。素月分輝，銀河共影，表裏俱澄澈。怡然②心會，妙處難與君說。　　應念嶺海③經年，孤光④自照，肝膽皆冰雪。短髮蕭騷⑤襟袖冷，穩泛滄浪⑥空闊。盡挹西江⑦，細斟北斗⑧，萬象⑨為賓客。扣舷獨嘯，不知今夕何夕。

【註釋】

① 玉鑒：玉鏡。原本作「玉界」，據別本改。

② 怡然：一作「悠然」。

③ 嶺海：兩廣之地，北有五嶺，南有南海，故稱嶺海。一作「嶺表」。

④ 孤光：指月光。

⑤ 蕭騷：稀疏。一作「蕭疏」。

⑥ 滄浪：青蒼色的水。

⑦ 盡挹西江：汲盡西江之水以為酒。西江：長江連通洞庭湖，中上遊在洞庭以西，故稱西江。

⑧ 細斟北斗：把北斗星當酒器取飲。北斗：星座名，由七顆星排成，像舀酒的斗的形狀。

⑨ 萬象：萬物，自然界的一切事物、景象。

【評析】

　　《宋史》本傳載張孝祥於孝宗乾道元年（1165）任廣南西路經略安撫使，「治有聲績」。次年，他「被讒言落職」，由桂林北歸，經洞庭湖時作此詞。這首詞描繪了中秋前夕洞庭湖水月交輝、上下澄澈、清奇壯美的景

象。詞人胸無點塵，通體透明，全身心融入完全淨化了的美的世界。在寵辱皆忘、物我渾然不分的境界中，他領略了人生的無限妙諦，心裏充滿不可言說的歡愉。

開端直敘地理、季令與天氣，貼緊題面，領起全篇。繼寫湖面廣，扁舟輕，月光皎，銀河明。洞庭中秋，水月天宇，著以「玉」「瓊」「素」「明」等字，予以染色，水、月、物、我，一派空明純淨，以故宇宙萬象，無不「表裏澄澈」。面對潔白無垢的境界，詞人頓感天人合一，物我交融，陶然自得。晶瑩世界之光照澈肺肝，激發出詞人的自我反思和超然奇想。下片中，詞人回首過去，自處孤高，冰清雪白；俯察當今，老而固窮，悠遊湖海；暢想人生，簡直要舉北斗，飲西江，役使萬有，超然獨往，永保高潔的自我。詞中以「肝膽皆冰雪」的孤傲告白，來顯示詞人人格的超邁高潔，以吸江酌鬥、賓客萬象的奇思妙想，來表現他淋漓的興會和凌雲的氣度，他坦蕩的胸懷與純淨空明的天光水色合二為一，正如黃蓼園《蓼園詞選》所說：「舟中人心跡與湖光映帶寫，隱現離合，不可端倪。」

此詞意象鮮明，意境深邃，結構嚴謹，表現了詞人政治上遭到挫折後泰然自若、遊於物外的處世態度，可見他對宇宙奧秘、人生哲理的深深領悟，達到了一種超越時空的化境。

六州歌頭

韓元吉

東風著意，先上小桃枝。紅粉膩，嬌如醉，倚朱扉。記年時，隱映新妝面，臨水岸，春將半，雲日暖，斜橋轉，夾城西。草軟莎平，跋馬①垂楊渡，玉勒爭嘶。認蛾眉，凝笑臉，薄拂燕脂，繡戶曾窺，恨依依。　　共攜手處，香如霧，紅隨步，怨春遲。消瘦損，憑誰問？只花知，淚空垂。舊日堂前燕，和煙雨，又雙飛②。人自老，春長好，夢佳期。前度劉郎，幾許風流地

③，花也應悲。但茫茫暮靄，目斷武陵溪④，往事難追。

【作者簡介】

韓元吉（1118—1187），字無咎，號南澗，開封雍邱（今河南開封）人，一作許昌（今屬河南）人。南渡後寓居信州上饒（今屬江西）。隆興年間，官至吏部尚書。乾道九年（1173）為禮部尚書出使金國。後晉封潁川郡公，而歸老於信州南澗，因此自號南澗翁。平生交遊甚廣，與陸游、朱熹、辛棄疾、陳亮等同時代名流和愛國志士相善，多有詩詞唱和。黃升《花庵詞選》稱其「文獻、政事、文學為一代冠冕」。詞章內容多「神州陸沉之慨」（黃蓼園《蓼園詩話》），亦多抒發山林情趣。他主張北伐抗金，詞中多有涉及。也常抒發英雄遲暮、功業無成之慨。詞風雄渾悲壯，與辛棄疾相近。有《南澗詩餘》一卷。

【註釋】

① 跋馬：勒馬使之回轉。

② 「舊日堂前燕」三句：劉禹錫《烏衣巷》詩：「舊時王謝堂前燕。」晏幾道《臨江仙》詞：「落花人獨立，微雨燕雙飛。」此處化用其意。

③ 「前度劉郎」二句：化用劉禹錫故事，見晁補之《憶少年》注。又兼用劉晨、阮肇於天臺逢仙女的典故。此處劉郎是詞人自指。

④ 武陵溪：用陶淵明《桃花源記》典故，武陵漁人誤入桃花源，後路徑迷失，沒人再能尋訪。

【評析】

本詞別本題作「桃花」，將詠花與懷人相結合，詞人在對桃花的精緻描繪中，插入一段自己香豔而哀怨的風流情事，抒寫對當年豔遇的眷眷難忘。前人多用《六州歌頭》詞調懷古事、抒壯懷，本詞卻偏偏描寫愛情，哀豔頓挫，抑揚多致，收到出人意表的動人效果。

詞的上片由花思人，回憶與伊人初遇情景，以及尋訪無著的悵恨。「紅

粉」三句以人喻花、借花襯人。「記年時」二句化用崔護「人面桃花」詩意領起追憶，以下鋪敘與麗人幽會情景。春半、日暖、斜橋、水岸，自己跨馬而來，美人凝笑相迎，無限風情，一派溫馨。「繡戶曾窺」二句，點明此後再訪不遇，無限惆悵。下片寫追尋舊跡，傷離恨別，鍾情無限。「攜手處」四句寫重至兩情親密之處為時已遲。「消瘦」四句，寫自處孤獨，無人理解。以下用燕雙飛反襯人孤單，用春長好反襯人易老，益增悲惻。最末一層總括故地重遊，往事如煙，失去的豔情，不可復得。

全詩以桃花始，以桃花終，處處緊扣桃花的形神，借用桃花的故事，由此生發出一段情事一段歡唱，語言嫵媚秀麗，情意婉曲纏綿哀婉動人。

好事近

汴京賜宴聞教坊樂有感

韓元吉

　　凝碧舊池頭，一聽管弦凄切①。多少梨園②聲在，總不堪華髮。　　杏花無處避春愁，也傍野煙發。惟有御溝聲斷，似知人嗚咽。

【註釋】

① 「凝碧」二句：計有功《唐詩紀事》載，安祿山叛軍攻陷東都洛陽，大會凝碧池，令梨園子弟演奏樂曲，他們皆唏噓泣下。樂工雷海青則擲樂器於地，西向大慟，賊人遂將其殺害。時王維被拘禁於菩提寺，暗作詩曰：「萬戶傷心生野煙，百官何日再朝天？秋槐葉落深宮裏，凝碧池頭奏管弦。」凝碧池：在河南洛陽宮廷內，此處借指汴京故宮。

② 梨園：唐玄宗曾選樂工三百人，宮女數百人，教授樂曲於梨園，親

自訂正聲誤，號「皇帝梨園弟子」。此處借指北宋教坊。

【評析】

　　乾道八年（1172），南宋朝廷遣禮部尚書韓元吉、利州觀察使鄭興裔為正、副使，到金朝去祝賀次年三月初一的萬春節（金主完顏雍的生辰）。行至汴梁（時為金人的南京），金人設宴招待。席間詞人觸景生情，百感交集，隨後賦下這首小詞。

　　詞的上片暗用王維菩提寺所作詩意，隱約寫出故都被金人侵佔的傷痛感情。當詞人在宴會上聽到演奏北宋教坊舊樂，不禁悲從中來，「總不堪華髮」極言聞樂頓時衰老的愁情，並委曲地對歷史興亡及收復中原的壯志成虛，發出深沉的感慨。下片借景抒情，「杏花」二句點明宴會時令，花發有時，草木無情，杏花本不知歷史興衰、人間悲歡，詞人卻賦予它感情，藉以自抒哀愁。末二句描寫亡宋故宮禦溝，因「知人嗚咽」，而不忍發出幽咽的流水聲來增加詞人內心的痛苦，更使人感慨萬端，愴然泣下。

　　本詞字字哀婉，聲聲淒切，表現了一個愛國使者對故國深深的眷戀與傷悼。

瑞鶴仙

袁去華

　　郊原初過雨，見數葉零亂，風定猶舞。斜陽掛深樹，映濃愁淺黛，遙山媚嫵。來時舊路，尚岩花、嬌黃半吐。到而今惟有、溪邊流水，見人如故。　　無語，郵亭①深靜，下馬還尋，舊曾題處。無聊倦旅，傷離恨，最愁苦。縱收香藏鏡②，他年重到，人面桃花在否？念沉沉小閣幽窗，有時夢去。

【作者簡介】

　　袁去華，生卒年不詳，字宣卿，江西奉新（一作豫章）人。紹興十五年（1145）進士。曾任善化（今屬湖北）、石首（今屬湖北）知縣。詞風承蘇軾緒餘，然略欠情韻。部分篇章抒寫故國之思，另有許多詞作表達身世感慨。愛情詞多洗卻脂香粉氣，情深雅麗，藝術成就較高。有《袁宣卿詞》一卷。

【註釋】

① 郵亭：古時設在路邊，供送文書的人和旅客歇宿的館舍。
② 收香：用賈充之女賈午私通韓壽並偷贈西域奇香事。藏鏡：用漢秦嘉之妻徐淑贈秦嘉明鏡事。

【評析】

　　本詞抒寫羈愁別恨。全詞主要使用賦法，細緻地描繪了詞人旅途所見的景物。

　　詞的上片用細膩的筆觸，描寫了秋日雨後旅途中的景物。起三句寫近觀。詞人即於瞬間的所見定格，描繪了一幅秋葉飛舞的畫圖。次三句繪黃昏日斜山遠，近景、遠景，隱含蕭索，陰沉色調，為離情烘染。「來時」二句插寫意中景。「到而今」以下折轉到眼前景。暗寓今昔有異，物是人非之意，為下文鋪墊。下片寫旅途的孤寂和對情人的思念。「無語」四句，紀行敘事，舊題與「舊路」相應。「倦旅」結上領下，轉入抒懷。「傷離恨」點破題旨。「收香藏鏡」三句，含雖情有所鍾而人不易逢之意。「在否」一問更多三分愁苦。結以夢中相尋，憶念殊深，無奈已極。

　　全章如紀遊小品，情思深婉，文筆雅麗。

劍器近①

袁去華

夜來雨，賴倩得東風吹住。海棠正妖嬈處，且留取。

悄庭戶，試細聽鶯啼燕語，分明共人愁緒，怕春去。

佳樹，翠陰初轉午。重簾未捲，乍睡起，寂寞看風絮。偷彈清淚寄煙波②，見江頭故人，為言憔悴如許。彩箋無數，去卻寒暄，到了渾無定據。斷腸落日千山暮。

【註釋】

① 劍器近：詞調名，始見於袁去華詞。

② 偷彈清淚寄煙波：孟浩然《宿桐廬江寄廣陵舊遊》詩：「還將兩行淚，遙寄海西頭。」此處化用其意。

【評析】

這是一首雙拽頭三片詞，以柔筆抒離情，抒發惜春、懷遠的愁緒。

詞的上片描寫所見雨後海棠分外妖豔的佳景，以及詞人的歡賞流連，筆調清新明快。中片借所聞鶯歌燕語寄託惜春情意。下片描述長日無聊，獨自悶睡，先閑看風絮的生活狀況，並借寄淚江流訴說相思念遠之深，同時嗔怪對方書信頻寄而不言歸期，使自己愁懷難解，末句將一懷相思別恨融入「落日千山暮」清遠淒迷的景色，餘意無窮。

全詞寫景抒情，從愁緒、寂寞、清淚，到憔悴、斷腸，層層皴染，層層轉進，愈轉愈深；且意象清麗，情蘊淒婉，愁寂幽咽。

安 公 子①

袁去華

　　弱柳千絲縷，嫩黃勻遍鴉啼處。寒入羅衣春尚淺，過一番風雨。問燕子來時，綠水橋邊路，曾畫樓、見個人人②否？料靜掩雲窗，塵滿哀弦危柱③。　　庾信愁如許，為誰都著眉端聚。獨立東風彈淚眼，寄煙波東去。念永晝春閑，人倦如何度？閑傍枕、百囀黃鸝語。喚覺來厭厭，殘照依然花塢④。

【註釋】

① 安公子：唐教坊曲名，後用作詞調名。崔令欽《教坊記》云：「隋大業末，煬帝幸揚州，樂人王令言以年老不去，其子從焉。其子在家彈琵琶。令言驚問：『此何曲名？』其子曰：『內裏翻新曲，名《安公子》。』令言流涕悲愴，謂其子曰：『爾不須扈從，大駕必不回。』子問其故。令言曰：『此曲宮聲往而不返，宮為君，吾是以知之。』」宋詞始見於柳永詞。

② 人人：對親近的人的昵稱。

③ 哀弦危柱：指樂聲淒絕。

④ 「念永晝」五句：賀鑄《薄倖》詞：「正春濃酒困，人閑晝永無聊賴。厭厭睡起，猶有花梢日在。」此處化用其意。厭厭：精神不振貌。花塢：花房。

【評析】

　　本詞為客中思鄉懷人之作。

　　詞的上片描寫初春景象，以勾起離愁，引起對情人的思念。首先寫柳，是離愁的媒介，但色彩雅麗，聲色兩美，還不著哀怨。「寒入」所感，情調才開始變向低沉。疊兩「人」字，口吻親昵。「綠水」「畫樓」「雲窗」，以美景烘托意中美人。「塵滿」句，以物象映現伊人心境，由我之思伊切，

探想伊之念已深也。下片寫自己的相思情狀，以庾信愁多自擬。「為誰」，強調愁因懷人而生。設想借東流水寄相思淚，情癡之語，一往而深。「念」提領下文，設想現境。「永晝」「人倦」「傍枕」，狀孤寂無聊況味。末二句創造了情景兩悵恨的意境。

全詞以鴉啼起，以黃鸝喚止，結束婉曲抒情，留下綿綿情意。

瑞 鶴 仙

陸淞

臉霞紅印枕，睡覺來、冠兒還是不整①。屏間麝煤②冷，但眉峰壓翠，淚珠彈粉。堂深晝永，燕交飛、風簾露井。恨無人說與，相思近日，帶圍寬盡。　　重省，殘燈朱幌③，淡月紗窗，那時風景。陽臺④路迴，雲雨夢，便無準。待歸來，先指花梢教看，欲把心期細問。問因循⑤過了青春，怎生意穩⑥？

【作者簡介】

陸淞，生平事蹟不詳，字子逸，號雲溪、雪窗，山陰（今浙江紹興）人。曾任辰州（今屬湖南）太守。《全宋詞》錄其詞二首。

【註釋】

①「睡覺來」句：白居易《長恨歌》：「雲鬢半偏新睡覺，花冠不整下堂來。」

②麝煤：即麝墨，製墨原料，因以為墨的別名。此指水墨繪畫。韓偓《橫塘》詩：「蜀紙麝煤添筆媚，越甌犀液發茶香。」

③朱幌：朱紅的帷幔。

④陽臺：隱指男女歡會之地。用宋玉《高唐賦序》神女事。

⑤因循：沿襲，引申為拖逞。

⑥意穩：猶言安心。

【評析】

這是一首思婦詞，表達春閨佳人相思寂寞之情。本詞據傳是陸淞為歌妓盼盼而作，則太過牽強附會。

詞的上片寫佳人之睡。描繪了睡起之態、睡起之神情、睡起之景色、睡起所想心事，將佳人的慵懶、淒冷、孤寂描繪得惟妙惟肖，勾畫出一個懷春的思婦形象。下片寫切盼行人之歸。「重省」七句寫她反復回憶與愛侶陽臺雲雨歡會的「那時風景」。「殘」與「淡」給「燈」與「月」抹上一層傷別的色彩，景中有情，表現了思婦對這難忘時刻的回憶是痛苦的。「待歸」數句設想情侶重逢歡會，將責問對方之因循、怠惰，誤我青春年華，冷我「心期」密願，怎能心安？此女子有滿懷的疑怨，等待著問個清楚，傾吐個夠，這裏從女子的幽怨成疾轉寫出了她的癡心、不甘心。只有這樣，全詞才深刻逼真地刻畫出女子的性格。她不僅自己執著不舍地愛著對方，而且希望被人同樣地愛著。詞中女子的形象，無疑是有一定積極意義的。

本詞運用了反襯、誇張、比喻等多種藝術表現手法，層層深入地揭示了思婦懷春的全部思想感情，在結構上緊密完整，一氣呵成。

卜 算 子

詠 梅

陸游

驛外①斷橋邊，寂寞開無主。已是黃昏獨自愁，更著風和雨②。　　無意苦爭春，一任群芳妒③。零落成泥碾作塵，只有香如故。

【作者簡介】

陸游（1125—1210），字務觀，號放翁，越州山陰（今浙江紹興）人。紹興二十三年（1153）試禮部，名列前茅，觸怒秦檜，被黜免。孝宗時，賜進士出身。歷官隆興（今屬江西）、夔州（今屬重慶）通判，併入王炎、范成大幕府，提舉福建及江南西路常平茶鹽公事，權知嚴州（今屬浙江）。光宗時，任朝議大夫、禮部郎中。

陸游一生三次被罷職，前後閒居鄉里數十年。他生活在一個民族危機深重的時代，青年時便抱著掃胡塵、靖國難的愛國志向，卻屢遭統治集團投降派的排擠、打擊，但他堅持理想，始終不渝。他是一位偉大的愛國詩人，存詩近萬首，梁啟超贊其：「集中十九從軍樂，亙古男兒一放翁。」說是他的詩唱出了時代的最強音。詞作今存一百三十首左右，成就不及詩，《四庫全書總目》論其「欲驛騎東坡、淮海之間，故奄有其勝，而皆不能造其極」，較為中肯。詞多飄逸清麗之作，有些詞激越悲壯，沉鬱蒼涼，抒寫英雄不遇之慨，感人至深。有《放翁詞》一卷，《渭南詞》二卷。

【註釋】

①驛外：指荒僻、冷清之地。

②更：副詞，又，再。著：通「著」，遭受，承受。

③芳：群花，百花。這裏借指詩人的政敵，即苟且偷安的主和派。

【評析】

這是一首托物言志的詠梅詞，詞人以清新的筆調寫出了梅花傲然不屈的品格，暗寓自己的孤高與勁節。陸游作此詞時正處於人生低谷，因而十分悲觀，整首詞十分悲涼，尤其開頭渲染了一種冷漠的氣氛。

詞的上片集中寫了梅花的困難處境，它也的確還有「愁」。首句寫生於荒郊，一再遭人白眼。次句寫「寂寞」，孤獨冷落，備受摧殘。下片寫梅花的靈魂及生死觀。梅花生在世上，無意於炫耀自己的花容月貌，也不

肯媚俗與招蜂引蝶，所以在時間上躲得遠遠的，既不與爭奇鬥妍的百花爭奪春色，也不與菊花分享秋光，而是孤獨地在冰天雪地裏開放。但是這樣仍擺脫不了百花的嫉妒。末二句把梅花的「獨標高格」，再推進一層。「碾」字顯示出摧殘者的無情和被摧殘者承受的壓力之大。梅花被摧殘、被踐踏而化作灰塵，命運何其悲慘。然而詞人的目的決不是單為寫梅花的悲慘遭遇，引起人們的同情。從寫作手法說，這仍是鋪墊，是蓄勢，是為了把下句的詞意推上最高峰。雖說梅花凋落了，被踐踏成泥土了，被碾成塵灰了，請看，「只有香如故」！它那「別有韻」的香味，卻永遠如故，一絲一毫也改變不了。末句具有扛鼎之力，它振起全篇，把前面梅花的不幸處境，風雨侵凌，凋殘零落，成泥作塵的淒涼、衰颯、悲戚，一股腦兒全拋到九霄雲外。詞人從民族國家的利益出發，做出生命的表白，悲憂中透出一種堅貞的自信。

　　這首詠梅詞，通篇未見「梅」字，卻處處傳出「梅」的神韻；且詞人以梅自喻，物我融一，對梅的贊詠中，顯示詞人身處逆境而矢志不渝的崇高品格。

漁家傲

寄仲高①

陸游

　　東望山陰何處是？往來一萬三千里。寫得家書空滿紙，流清淚，書回已是明年事。　　寄語紅橋橋下水，扁舟何日尋兄弟？行遍天涯真老矣②。愁無寐，鬢絲幾縷茶煙裏③。

【註釋】

① 仲高：即陸升之，字仲高，山陰人，陸游堂兄，有「詞翰俱妙」的才名，與陸游感情甚好。

② 行遍天涯真老矣：陸游調離漢中後，經三泉、益昌、劍門、武連、綿州、羅江、廣漢等地至成都，又以成都為中心，輾轉往來於蜀州、嘉州、榮州等地，在奔波中年華漸逝，已年屆五旬，故云。

③ 鬢絲幾縷茶煙裏：杜牧《題禪院》詩：「觥船一棹百分空，十歲青春不負公。今日鬢絲禪榻畔，茶煙輕揚落花風。」此處化用其意。

【評析】

　　孝宗乾道八年（1172），陸游在漢中協助王炎襄理軍務，過著「鐵馬秋風大散關」的軍旅生活，有過「呼鷹古壘，截虎平川」的壯舉，並曾呈獻了經略中原、收復失地的宏偉計畫。然而次年王炎即調離，陸游也被調往蜀中，從此與邊塞隔絕，過著閒散的生活。此詞就是在四川榮州期間所寫，題為寄贈，實際上主要是抒懷。

　　詞的上片極言離家的遙遠和鄉思的深沉痛切。下片起二句，從思家轉到思念仲高。巧妙地借「寄語」流水來表達懷人之情。詞由橋寫到水，又由水引出扁舟；事實上是倒過來想乘扁舟沿流水而到紅橋。「兄弟」一呼，已是情義滿溢。「行遍天涯真老矣」句，詞人對自己不斷遷徙流轉，歲月空逝而功業無成，發出無限慨歎。「鬢絲幾縷茶煙裏」的感愴，正是對朝廷「老卻英雄似等閒」所表示的憤懣之情。

　　這首詞在普通家常的敘談中，抒寫了壯志難酬的憂鬱苦悶的心情，平易自然，淒婉動人。

定　風　波

進賢道上見梅贈王伯壽^①

陸游

　　欹^②帽垂鞭送客回，小橋流水一枝梅。衰病逢春都不記，誰謂，幽香卻解逐人來。　　安得身閑頻置酒，攜手，與君看到十分開。少壯相從今雪鬢，因甚，流年羈恨兩相催。

【註釋】

① 進賢：宋時縣名，今屬江西南昌。王伯壽：詞人友人，生平不詳。
② 欹：傾斜。

【評析】

　　淳熙五年（1178）至六年（1179），陸游在福建、江西等地任職，由於未能施展抱負，他對於投閑置散的命運、繁瑣無聊的公務時常感到厭倦，在赴撫州（今江西臨川）治所途中，曾上章朝廷請求放他回鄉。本詞寫於江西進賢道上，雖也詠梅，但與《卜算子·詠梅》不同，它並非以梅喻己，而是以梅之態反襯己之哀情。《卜算子》中，詞人於逆境之中仍飽含鬥志，信念仍十分堅定，而作此詞時，詞人老大傷悲，情調頗為低沉，已趨於絕望。

　　詞的上片即景抒情，以梅花富有情韻，反襯自己「衰病逢春都不記」的老大慵倦之悲，寫得極其婉轉。「欹」「垂」二字見詞人心情之沉重。以「逐人」自稱，亦見詞人流落天涯之悲。下片隱約表明自己進不能立身廊廟有定策之功，退不能歸隱山林安賞風花雪月的尷尬處境。末三句字字含著血淚，表面上又似乎說得很平靜。於平易中見沉鬱，正是本詞的特點。

水龍吟

陳亮

鬧花深處層樓①，畫簾半捲東風軟。春歸翠陌，平莎茸嫩②，垂楊金淺。　遲日③催花，淡雲閣雨，輕寒輕暖。恨芳菲世界，遊人未賞，都付與，鶯和燕。　　寂寞憑高念遠，向南樓、一聲歸雁。金釵鬥草，青絲勒馬④，風流雲散。羅綬分香⑤，翠綃封淚⑥，幾多幽怨？正消魂又是，疏煙淡月，子規聲斷。

【作者簡介】

陳亮（1143—1194），字同甫，號龍川，婺州永康（今屬浙江）人。《宋史》本傳稱其「生而且有光芒、為人才氣超邁，喜談兵，議論風生，下筆數千言立就」。他力主抗金，多次上書孝宗，反對和議，倡言恢復。在學術上亦多有新見，但終生未任官職，反而兩次被誣下獄。紹熙四年（1193）策進士第一，授建康軍節度判官廳公事，未行而卒，諡文毅。存詞七十四首，毛晉《龍川詞跋》稱其「不作一妖語、媚語」。劉熙載《藝概》說他「與稼軒為友，其人才相若，詞亦相似」。有《龍川詞》傳世。

【註釋】

① 鬧花：繁花，盛開的花。形容繁花似鬧。層樓：一作「樓臺」。

② 平莎：平原上的莎草。茸：草初生纖細柔軟貌。

③ 遲日：指春日。《詩經·豳風·七月》：「春日遲遲，采蘩祁祁。」

④ 青絲勒馬：用青絲繩做馬絡頭。古樂府《陌上桑》：「青絲繫馬尾，黃金絡馬頭。」

⑤ 羅綬分香：臨別以香羅帶貽贈留念。秦觀《滿庭芳》詞：「消魂，當此際，香囊暗解，羅帶輕分。」羅綬：羅帶。

⑥翠綃封淚：翠巾裹著眼淚寄給對方。典出《麗情集》記灼灼事。翠
　綃：綠色的薄絹。

【評析】

　　本詞別本題作「春恨」，然並非一般傷春怨別之作，而有著政治托意，
實際抒發了詞人傷時憂國的情懷。

　　詞的上片寫春日清明旖旎的景色。層樓、畫簾、風軟、草嫩、雲淡、
寒輕，以工筆細描全力表現出春光的美好宜人。而後筆鋒陡轉，詞人指出
遊人欲賞美景而不得，「芳菲世界」，如今只有鶯、燕領略享受，氣氛驟然
淒冷寥落。至此讀者才領會前面之所以傾全力描繪春景者，是為了給後面
的春恨增添氣勢。蓋春景愈美好，愈令人惆悵，添人愁緒，也就是春恨愈
加強烈。劉熙載《藝概》評此數句曰：「言近旨遠，直有宗留守（宗澤）
大呼渡河之意。」下片寫閨中寂寞、離愁別恨。閨怨是假託，詞人是以柔
婉的筆調，抒憤激而怨悱的感情。「寂寞」承「恨」字而來，雁歸人渺，
無限淒清。以下轉入憶舊。男女踏青鬥草的美妙情事，風流雲散。情人灑
淚分手的幽怨，刻骨鏤心。最後以景作結，一腔壯懷激烈，全在這淡淡的
景物之中，寫得沉鬱悲涼。

　　本詞實乃借「春恨」，隱寓時代愁、家國恨。陳亮詞多慷慨激烈，粗
豪勁直，此篇卻婉曲多致，實在堪稱佳作。

憶秦娥①

范成大

樓陰缺，闌干影臥東廂月。東廂月，一天風露，杏花如雪。
隔煙催漏金虯②咽，羅幃暗淡燈花結。燈花結，片時春夢，
江南天闊③。

【作者簡介】

范成大（1126—1193），字致能，號石湖居士，吳郡（今江蘇蘇州）人。紹興二十四年（1154）進士。曾出使金國，不辱使命而歸。歷任中書舍人、四川制置使、參知政事等職。晚年隱居蘇州石湖。詩與楊萬里、陸游、尤袤齊名，合稱南宋「中興四大詩人」。許多詩歌表現愛國思想，如使金時作七絕七十四首，晚年作田園組詩《四時田園雜興》六十首，內容深刻，風格清新，享譽很高。詞今存近百首，多婉麗之作，少數篇章或清曠，或豪宕。有《石湖詞》一卷。

【註釋】

①憶秦娥：詞調名。世傳李白首制此詞，中有「秦娥夢斷秦樓月」句，故名。又名《秦樓月》《蓬萊閣》《玉交枝》《雙荷葉》。

②金虯：銅製的龍頭，裝在漏壺上計時用。

③「片時」二句：岑參《春夢》詩：「枕上片時春夢中，行盡江南數千里。」此處化用其意。片時：一會兒。

【評析】

范成大集中有五首《憶秦娥》，皆抒寫閨怨，似為組詞，此篇為第四首，也是最精彩的一首。詞中無一語直接寫情，極委婉含蓄。

詞的上片描繪樓外月夜春景，清幽雅靜，意境極美，由此可以想見樓中人物的美麗與寂寞。下片由遠而近，將鏡頭移至閨房，照見燈燭結花、羅帷暗淡的景象。首句的「催」和「咽」以及上片的「風」都是以動襯靜，但多了暗暗愁恨。燈花結預示著有喜訊，接下來便寫主人公夢到了江南，又沒有描述具體夢境，而以「江南天闊」作結，迷離惝恍，引人遐思。

此詞用空靈之筆寫深濃之情，清疏雅麗，感人至深。以夜月實景起，以春夢虛境止，靜謐和溫馨掩蓋了淡淡的離愁，確別有風味。

眼兒媚^①

范成大

萍鄉道中乍晴，臥輿中困甚，小憩柳塘。

　　酣酣日腳紫煙浮^②，妍暖破輕裘。困人天色，醉人花氣，午夢扶頭^③。　　春慵恰似春塘水，一片縠愁。溶溶曳曳^④，東風無力，欲皺^⑤還休。

【註釋】

① 眼兒媚：詞調名，始見於北宋阮閱詞。又名《秋波媚》。

② 酣酣：豔麗旺盛貌。日腳：穿過雲隙下射的日光。

③ 扶頭：即扶頭酒，指易醉的酒。此處指醉態。

④ 溶溶曳曳：蕩漾貌。

⑤ 皺：原本作「避」，據別本改。

【評析】

　　據范成大記述：「乾道癸巳（1173）閏正月二十六日，宿萍鄉縣，泊萍實驛。」當時他剛出使金國載譽歸來，調任廣西經略安撫使，應該說是「春風得意」。於是在途中寫下了此篇即景即興之作。本篇選取尋常生活中一個小小的場景，描寫了春日融融，花氣襲人之景，使詞人如飲醇酒慵倦欲醉的情狀躍然紙上。

　　上片前兩句寫溫融融的陽光穿過飄浮的紫雲落到平地，景色美、天氣暖，於是詞人敞開了溫暖的輕裘。這「乍暖」天氣，人身上暖洋洋的，又在旅途，「困」也便自然而然了。有「困」也便易「醉」，這醉應是為春為花而醉，這便見春色之美、春氣之困了。下片寫「柳塘」。春日的慵懶恰似池塘裏靜靜的春水，水面上一片漣漪就像春愁泛起，把春困昏昏沉沉與春塘的欲皺還休合寫，十分傳神。而說「東風無力」卻又微妙了。詞人當

時使金歸來，孝宗也似乎有積極進取之心，但不一會兒又主張議和了。是否「欲皺還休」呢？如是，則寓意微妙，正是詞的妙處所在。

　　這首詞把由春天引起的那種軟綿綿的情思，那種困乏無力而恬美寧靜，又帶一絲淡淡清愁、時而凝聚、時而飄忽、不可言說的微妙感受，借眼前和風中輕泛漣漪的春水來形容，十分自然熨帖。沈際飛《草堂詩餘別集》評此詞曰：「字字軟溫，著其氣息即醉。」

醉落魄①

范成大

　　棲烏②飛絕，絳河綠霧星明滅。燒香曳簟眠清樾③。花影吹笙，滿地淡黃月。　　好風碎竹聲如雪，昭華三弄臨風咽④。鬢絲撩亂綸巾折。涼滿北窗⑤，休共軟紅⑥說。

【註釋】

①醉落魄：詞調名，南唐李煜詞有此調，載《尊前集》。又名《一斛珠》《怨春風》《醉落拓》等。

②烏：一作「鳥」。

③樾：成蔭的樹木。

④「好風」二句：宋翔鳳《樂府餘論》：「『好風碎竹聲如雪』，寫笙聲也。『昭華三弄臨風咽』，吹已止也。」竹：指笙管。昭華：古樂器名，即玉管。傳說秦咸陽宮有玉管，長二尺三寸，二十六孔，上面刻有「昭華之管」，此指笙。

⑤北窗：陶潛《與子儼等疏》：「常言五六月中，北窗下臥，遇涼風暫至，自謂是羲皇上人。」此處暗用其意，指閒適的隱士生活。

⑥軟紅：即紅塵。此指那些熱衷於塵世功名利祿的人。

【評析】

　　本詞大約是范成大隱居石湖時所作。詞中描繪了夏夜寂靜幽美的景色，以及詞人在樹底乘涼、月下吹笙的閒雅的生活情趣，意境清絕，表現了詞人孤芳自賞的幽獨心情。

　　上片起兩句描繪廣袤而清冷的夜景。烏鴉已全部歸林棲息，天河籠罩著淡綠色的霧靄，透過它，可以看見時隱時顯、若有若無的星光。「燒香」句寫詞人的活動，見其悠閒。「花影」二句，可與「杏花疏影裏，吹笛到天明」（陳與義《臨江仙》）相比美。音樂與淡黃月色，扶疏花影互相映襯，越顯得空靈剔透。下片即接寫笙聲，如好風碎竹，雪清玉脆。「弄」有兩層意思，一指奏樂，又指一曲為一弄。「咽」謂簫聲幽咽，如泣如訴。「涼滿北窗」呼應「臨風」，故鬢絲撩亂，綸巾吹折。軟紅，即紅塵。如此良夜，如此風情，那些碌碌奔走於紅塵之人，是不能夠理解、不會欣賞的。

霜天曉角①

范成大

　　晚晴風歇，一夜春威②折。脈脈花疏天淡，雲來去，數枝雪。　　勝絕，愁亦絕，此情誰共說。惟有兩行低雁，知人倚、畫樓月。

【註釋】

① 霜天曉角：詞調名，始見於北宋林逋詞。又名《月當窗》《長橋月》《踏月》。

② 春威：春寒凜冽的威力。

【評析】

　　本詞別本題作「梅」，是一首詠梅抒懷、托物言情的小令，寫出了悵

惘孤寂的幽愁。

　　詞的上片以疏淡的筆墨描繪春日黃昏的景色。「脈脈」二字修飾梅花，賦予她生命和感情，描其神韻，同時表現詞人的愛賞之意。「數枝雪」三字狀疏梅的形、色，與淡天閑雲相映襯，組成一幅清絕、勝絕的圖畫。下片「勝絕」開端，承上讚歎作結，勝景超絕，觸起悲愁也苦極，此情向誰傾訴呢？景與情落差千丈，用筆跌宕多姿。「惟有」二句撇下愁去寫過樓的大雁。只有長空裏兩行低飛的大雁，知道有個人將欄杆憑倚，在畫樓上仰望明月。這一筆蕩得很遠，拋開了「梅」，而由梅及人了。這樣，梅的勝絕，人的愁絕，便給人留下充分的想像餘地。畫樓上的人是懷遠，還是全移情餘於梅另有寄託，也供人無限遐想。

　　這首詞以淡景寫濃愁，以良宵反襯孤寂無侶的惆悵，運密入疏，寓濃於淡，風調清婉含蓄，藝術手法頗耐人尋味。

好 事 近

送　春

蔡幼學

　　日日惜春殘，春去更無明日。擬把①醉同春住，又醒來岑寂。　　明年不怕不逢春，嬌春怕無力。待向燈前休睡，與留連今夕。

【作者簡介】

　　蔡幼學（1154—1217），字行之，里安（今屬浙江）人。乾道八年（1172）進士，試禮部第一。官至兵部尚書兼太子詹事。卒諡文懿。《全宋詞》錄其詞一首。

【註釋】

①擬把：計畫，準備。

【評析】

　　本詞用平易的語言抒寫惜春情懷，表達了一個遲暮之人留戀春天美好的殷殷之情，然而情緒並不低沉。

　　上片前二句言春去而景衰，詞人心中無限惋惜。由於惋惜，詞人想在醉夢中與春天同在。然末句一轉，詞人想到醉夢也終有醒時，待到來日，終歸岑寂。這表現了詞人立足現實，重視眼前的心態。既斷醉夢尋春之意，故下片中詞人寄望來年。歲歲年年，春去總會再來，詞人之心境還是非常開闊的。然「嬌春怕無力」又一轉，詞人由怕春之無力，表現出對春之憐愛。末二句點明詞意，詞人直抒胸臆，表達把握今時之意，抒及時賞春之情。

　　這首詞「一篇之中，三致意焉」，抒情曲折，意境獨特，是一首很有特色的惜春之作。

賀新郎

別茂嘉①十二弟

辛棄疾

　　綠樹聽鵜②，更那堪、鶗鴂③聲住，杜鵑④聲切。啼到春歸無尋處⑤，苦恨芳菲都歇。算未抵、人間離別，馬上琵琶關塞黑⑥，更長門、翠輦辭金闕⑦，看燕燕，送歸妾⑧。　　將軍百戰身名裂⑨，向河梁、回頭萬里，故人長絕⑩。易水蕭蕭西風冷，滿座衣冠似雪。正壯士、悲歌未徹⑪。啼鳥還知如許恨，料不啼清淚長啼血，誰共我，醉明月？

【作者簡介】

　　辛棄疾（1140—1207），字幼安，號稼軒，濟南歷城（今山東濟南歷城區）人。二十一歲時曾聚眾兩千參加耿京的抗金義軍。二十三歲時南歸宋室。二十四歲被任命江陰簽判，此後又通判建康、知滁州。期間他曾上《美芹十論》於朝，獻《九議》給宰相虞允文，力主抗金，並提出一整套計畫，均未得到反響。葉衡為相，力薦辛棄疾慷慨有大略，歷任江西提點刑獄、湖北轉運使、知潭州（今湖南長沙）兼湖南安撫使、知隆興府（今江西南昌）兼江西安撫使。政績卓著，並不斷為抗金復土大業作準備。後為當權者所忌，自四十三歲起落職閒居信州上饒達十八年之久。晚年又被起用，先後知紹興府兼浙東安撫使、知鎮江府。辛棄疾支持宰相韓侂冑北伐，但反對輕敵冒進，終於不被信任，再度被罷，賚志以歿。

　　辛棄疾是一位民族英雄、偉大的愛國詞人，具有出將入相的雄才大略，然一生未得重用，便將滿腔忠憤寄之於詞，詞中反映出當時尖銳的民族矛盾和統治階級的內部矛盾，表現了他奮厲直前、堅決抗敵的雄心，以及壯志難酬的憤激不平之情，名作極多。另有許多描繪農村風光和農村生活的清新雋永的詞章，也有不少優美動人的愛情詞。辛棄疾存詞六百二十九首，列兩宋詞人之首，內容博大豐厚，題材廣泛，風格多樣。劉克莊《辛稼軒集序》贊曰：「公所作大聲鏜鞳，小聲鏗鍧，橫絕天下，掃空萬古，自有蒼生所無。其穠纖綿密者，亦不在小晏、秦郎之下。」其詞或豪壯，或蒼涼，或清麗，或嫵媚，或雋逸，或沉鬱，各種風格均有傑作，但以豪放詞成就為最高，是豪放詞派之代表人物，與蘇軾合稱「蘇辛」。無論是題材內容的廣闊，還是藝術造詣的高度，創作個性的鮮明，他都超越前人，而成為詞史上偉大的作家。有《稼軒長短句》十二卷。

【註釋】

①茂嘉：辛棄疾族弟，時因事貶官廣西桂林。

②鶗鴂：鳥名，鳴於暮春。

③鷓鴣：鳥名，鳴聲淒切，如說「行不得也哥哥」。

④杜鵑：鳥名，其聲哀婉，如說「不如歸去」。

⑤無尋處：原本作「無啼處」，據別本改。

⑥馬上琵琶關塞黑：用王昭君出塞事。王昭君，名嬙，漢元帝宮女，
　後以賜匈奴呼韓邪單于為閼氏。

⑦「更長門」句：用漢武帝陳皇后失寵事。司馬相如《長門賦序》：「孝
　武皇帝陳皇后，時得幸，頗妒。別在長門宮，愁悶悲思……」翠輦：
　翠羽裝飾的車子。金闕：此處代指君王。

⑧「看燕燕」二句：《詩經·邶風·燕燕》：「燕燕於飛，差池其羽。之子
　於歸，遠送於野。瞻望弗及，泣涕如雨。」毛傳：「燕燕，衛莊姜送
　歸妾也。」春秋時衛莊公妻莊姜，美而無子。莊公妾戴媯生子完。
　莊公死，完繼立為君，為桓公。州吁作亂，完被殺。戴媯離衛歸
　陳，莊姜為其送別，作此詞。

⑨將軍百戰身名裂：用李陵兵敗降匈奴事。李陵於天漢二年（前99）
　奉漢武帝之命出征匈奴，率五千步兵與八萬匈奴戰於浚稽山，最後
　因寡不敵眾兵敗投降。由於之後漢武帝誤聽信李陵替匈奴練兵的訛
　傳，夷滅李陵三族，致使其徹底與漢朝斷絕關係。

⑩「向河梁」二句：用李陵別蘇武事。李陵《別蘇武詩》：「攜手上河
　梁，遊子暮何之？」

⑪「易水」三句：用戰國末年刺客荊軻奉燕太子丹之命刺秦王事。《史
　記·刺客列傳》載曰：「太子及賓客知其事者，皆白衣冠以送之。至
　易水之上，既祖，取道，高漸離擊築，荊軻和而歌，為變徵之聲，
　士皆垂淚涕泣。又前而為歌曰：『風蕭蕭兮易水寒，壯士一去兮不復
　還！』復為羽聲慷慨，士皆瞋目，髮盡上指冠。於是荊軻就車而去，
　終已不顧。」

【評析】

　　辛茂嘉為辛棄疾族弟，他南歸宋室本為北伐抗金，結果反被貶到更南
的廣西，這使辛棄疾不僅失去一位兄弟，也失去一起戮力從事復土大業的

同志。他的遠離，表明抗金志士備受朝廷排擠、打擊的不幸命運，這是最令詞人痛心的事。本詞不是一首尋常的送別詞，它不以敘當時情事為主，而借詠古發揮，列舉歷史上英雄美人辭家去國，鑄成千古莫贖的恨事來抒寫離恨，代茂嘉，也為自己發出英雄壯志難酬的極度感愴。

詞的開頭由三種禽鳥悲啼，啼到春歸花謝起興，醞釀成一種悲惻的氣氛。「未抵」翻進一層，提出「人間離別」題旨。接下來列舉昭君出塞、陳皇后失寵幽居、莊姜送歸妾、李陵訣別蘇武、易水餞荊軻五事。佳人薄命，英雄末路，生離死別，哀淒悲壯，宣發盡人間別恨。「啼鳥還知如許恨」，挽結前文，回應開端，比較春恨與別恨，斷言啼淚必將變為「啼血」，沉痛之至！「誰共我，醉明月」，一筆陡折，收歸題旨。詞中由春恨到別恨，歸到「如許恨」，實際是在感歎人間恨，面對人生種種恨，親人遠離，哀傷可知。其中自當涵蓋無限時代恨、家國愁。

全詞一氣奔注，章法獨特，突破了上下片的界限，渾然一片。陳廷焯《白雨齋詞話》卷一評此詞：「沉鬱蒼涼，跳躍動盪，古今無此筆力。」王國維亦評曰：「章法絕妙。且語語有境界，此能品而幾於神者。然非有意為之，故後人不能學也。」

念奴嬌

書東流①村壁

辛棄疾

野棠花落②，又匆匆過了清明時節。地③東風欺客夢，一枕雲屏寒怯。曲岸持觴，垂楊繫馬，此地曾輕別④。樓空人去，舊遊飛燕能說⑤。　　聞道綺陌⑥東頭，行人曾見，簾底纖纖月⑦。舊恨春江流不盡⑧，新恨雲山千疊。料得明朝，尊前重見，鏡裏花難折。也應驚問，近來多少華髮？

【註釋】

①東流：東流縣，舊地名，故址在今安徽東至縣東流鎮。

②野棠花落：沈約《早發定山》詩：「野棠開未落，山英發欲然。」野棠：野生的棠梨。原本作「野塘」，據別本改。

③剗地：宋時方言，相當於「無端地」「只是」。

④曾輕別：原本作「曾經別」，據別本改。

⑤「樓空人去」二句：蘇軾《永遇樂》詞：「燕子樓空，佳人何在？空鎖樓中燕。」

⑥綺陌：原指縱橫交錯的道路，宋人多用以指花街柳巷。

⑦「行人」二句：蘇軾《江城子》詞：「門外行人，立馬看弓彎。」弓彎，美人足也。纖纖月：形容美人足纖細。

⑧舊恨春江流不盡：李煜《虞美人》詞：「問君能有幾多愁？恰似一江春水向東流。」此處化用其意。

【評析】

　　淳熙五年（1178）春，辛棄疾自江西召為大理少卿，清明前後赴臨安途經池州東流縣某村時，作下此詞。詞描寫詞人行經舊地，回憶當初一段戀情，而如今人去樓空，徒增惆悵、悲恨，因而感慨萬端。

　　詞的上片寫旅途的淒寂和對往事的回憶。前兩句點明季節，那本是戀情驟發的時節。次二句抒發孤館的寂寞。「曲岸」幾句回首往事，以下翻用蘇軾《永遇樂》句子而別出新意。下片寫對舊日戀人的思念及尋覓不見的惆悵。「聞道」三句寫傳聞中女子的身份為青樓女子，並借行人之目寫出那女子的嬌美，以及詞人尋覓不見的恨恨。「舊恨」二句「矯首高歌，淋漓悲壯」（陳廷焯《白雨齋詞話》），以不限於離愁別緒的抒發，而自然地融入了身世之慨、家國之恨，並將之化作春江流水、雲山千疊這些具體可感的形象。料得以下設想縱然日後重見，對方已屬他人，如鏡花水月可望而不可即。末二句以問句結，感慨淋漓，耐人尋味。

　　全詞將所見、所聞、所思、所盼交錯抒寫，形成濃重的恨恨氛圍，顯

示了辛詞婉約而沉鬱的風格。

漢宮春

立 春

辛棄疾

春已歸來，看美人頭上，嫋嫋春幡^①。無端風雨，未肯收盡餘寒。年時燕子，料今宵夢到西園^②。渾未辦、黃柑薦酒^③，更傳青韭堆盤^④。　　卻笑東風，從此便熏梅染柳，更沒些閑。閑時又來鏡裏，轉變朱顏。清愁不斷，問何人會解連環。生怕見花開花落，朝來塞雁先還。

【註釋】

① 春幡：《歲時風土記》：「立春之日，士大夫之家，剪綵為小幡，謂之春幡。或懸於家人之頭，或綴於花枝之下。」

② 西園：漢長安西有上林苑，北宋都城汴京西門外有瓊林苑，二者皆稱西園，專供皇帝打獵和遊賞。此處應指後者。

③ 黃柑薦酒：黃柑釀製的臘酒。立春日用以互獻致賀。

④ 更傳：更談不上相互傳送。青韭堆盤：《四時寶鑒》謂「立春日，唐人作春餅生菜，號春盤」。又一說，稱五辛盤。《本草綱目·菜部》：「五辛菜，乃元旦、立春，以蔥、蒜、韭、蓼蒿、芥辛嫩之菜和食之，取迎新之意，號五辛盤。」故蘇軾《立春日小集戲辛端叔》詩云：「辛盤得青韭，臘酒是黃柑。」此處反用其意。

【評析】

　　本詞當是辛棄疾南渡晚期的作品，彼時他在政治上屢遭挫折，飽經滄

桑，對於朝廷已極度失望。詞中表面對時序更迭、流光易逝發出感慨，甚至哂笑東風，而實際上，那些話字字含淚，內在的情感悽楚沉咽。詞中所說的「清愁」不是春花秋月的閒愁，而是英雄報國無門的深哀巨痛。

　　詞的上片寫立春的景象和今不如昔的感慨。起三句詞人以一個「看」字，將春天的氣息，通過婦女們立春日的頭飾——嫋嫋春幡散佈出來，暗示出詞人對於春歸的喜悅。接下來二句不直接往前寫去，卻反挑一筆，寫出對寒風冷雨阻礙春來的幽怨。以下突然寫到燕子，用比興法推出懷念故國的感情。用燕子的遭遇，指明汴京陷落的現實。一個「料」字，化無理為有趣，表明這燕子已經成了詞人思念故國的精神象徵。末二句寫到，今年還沒有備辦黃柑釀製的美酒，更別說向親友饋送青韭堆盤。從立春的無心緒和淒苦的生活的角度，抒發春怨的兩重主題。下片寫對春天再來的種種感受，把筆由立春日探進整個春天裏去。開頭以一個「笑」字，故意打散上片中的緊張和煩亂情緒，並領起以下五句。其所「笑」者，一為東風熏梅染柳，使萬紫千紅的春天漸次到來，詞人取笑東風的從此不得消閒；二是東風偶爾清閒時，不過是把鏡中人的朱顏轉換成衰老的模樣。在這春天越來越華美而詞人越來越衰老的對照中，詞人「笑」著，但分明含著淚水。以下直接歸為正話正說，極言清愁難消，詞人化用「解連環」的典故，表明自己不斷滋生、越積越重的清愁，正像一個不見首尾的連環一樣。末二句直探進暮春裏去，寫詞人怕見花開花落的心情，和看見暮春時大雁自由北還而傷痛於自己不如雁。這裏有惜春惜時的感情，有懷念故國的感情，也有對於南宋統治者久不作恢復故土之計的怨尤。至此，不僅上片中的無端幽怨和煩亂得到了解釋，而且全詞的主旨也從這花開花落、塞雁先還的意象中脫跡而出。

　　這首詞把極其豐富複雜的愛國、憂國之情，委婉地表達出來，感人至深。俞陛雲《唐五代兩宋詞選釋》評此詞曰：「上闋鋪敘『立春』而已。轉頭處向東風調笑，已屬妙語。更云人盼春來，我愁春至，因其暗換韶光，老卻多少朱顏翠鬢，語尤雋妙。然則歲歲之花開花落，春固徒忙，人亦徒增惆悵耳。」

賀 新 郎

賦 琵 琶

辛棄疾

　　鳳尾龍香撥[①]，自開元《霓裳》曲罷[②]，幾番風月。最苦潯陽江頭客[③]，畫舸亭亭待發[④]。記出塞、黃雲堆雪。馬上離愁三萬里，望昭陽、宮殿孤鴻沒[⑤]。弦解語，恨難說。　　遼陽驛使音塵絕[⑥]，瑣窗寒、輕攏慢撚[⑦]，淚珠盈睫。推手含情還卻手[⑧]，一抹《梁州》[⑨]哀徹。千古事、雲飛煙滅。賀老定場無消息[⑩]，想沉香亭[⑪]北繁華歇，彈到此，為嗚咽。

【註釋】

① 鳳尾龍香撥：《明皇雜錄》載楊貴妃琵琶，龍香柏為撥，以邏逤檀為槽，有金縷紅紋，蹙成雙鳳。

② 《霓裳》：白居易《法曲》詩注：「霓裳羽衣曲，起於開元，盛餘於天寶。」為盛唐最流行的大曲。《霓裳》曲罷：指天寶末安史之亂起，唐朝國運從此衰微。白居易《長恨歌》：「漁陽鼙鼓動地來，驚破霓裳羽衣曲。」

③ 最苦潯陽江頭客：用白居易潯陽江頭送客，作《琵琶行》事。《琵琶行》序云：「元和十年（815），予左遷九江郡司馬。明年秋，送客湓浦口，聞舟中夜彈琵琶者，聽其音，錚錚然有京都聲……予出官二年，恬然自安，感斯人言，是夕始覺有遷謫意。」

④ 畫舸亭亭待發：鄭文寶《柳枝詞》：「亭亭畫舸繫春潭。」

⑤ 「記出塞」三句：用王昭君出塞故事。歐陽修《明妃曲》：「不識黃雲出塞路，豈知此聲能斷腸。」《三輔黃圖》卷二：「未央宮有增城、昭陽殿。」

⑥遼陽驛使音塵絕：沈佺期《獨不見》詩：「九月寒砧催木葉，十年征戍憶遼陽。」遼陽此處泛指北國中原。

⑦輕攏慢撚：演奏琵琶的指法。白居易《琵琶行》：「低眉信手續續彈，說盡心中無限事。輕攏慢撚抹復挑，初為霓裳後六么。」

⑧推手含情還卻手：漢劉熙《釋名·釋樂器》：「枇杷，本出於胡中，馬上所鼓也。推手前曰枇，引手卻曰杷，像其鼓時，因以為名也。」歐陽修《明妃曲》：「推手為琵卻手琶，胡人共聽亦咨嗟。」

⑨《梁州》：即《涼州》，唐西涼府所進邊地樂曲。梁、涼二字唐人已混用。唐段安節《樂府雜錄》謂貞元初康昆侖翻入琵琶。白居易詩：「《霓裳》奏罷唱《梁州》，紅袖斜翻翠黛愁。」

⑩賀老：即唐賀懷智，開元、天寶年間善彈琵琶者。定場：猶言「壓場」「壓軸」。元稹《連昌宮詞》：「夜半月高弦索鳴，賀老琵琶定場屋。」

⑪沉香亭：唐長安興慶宮圖龍池東有沉香亭。《松窗雜錄》載唐玄宗與楊貴妃於沉香亭觀賞牡丹，命李龜年持金花箋宣賜翰林學士李白，進《清平調》三章。其三云：「解釋春風無限恨，沉香亭北倚闌干。」

【評析】

　　這是一首著名的詠物抒懷詞，網羅了歷史上一系列有關琵琶的故事，藉以抒發家國盛衰興亡之恨和個人身世不偶之慨。

　　開頭以楊貴妃彈奏名貴琵琶來表現大唐盛世的風光，依次寫到「《霓裳》曲罷」、國勢衰微的情形，又借白居易潯陽江頭送客聽琵琶曲，自抒天涯飄零的感觸。以下用昭君故事，比喻徽、欽二宗離鄉去國之悲。下片又借思婦彈琵琶表達對遼陽征人的思念，抒發對北國中原的懷念。最後以回憶唐朝琵琶高手賀老和沉香亭中玄宗與貴妃玩賞的故事作結，寫出盛世一去不復還的無限感傷，餘音嫋嫋，不絕如縷，供以「嗚咽」宋朝的衰亡。

　　在本詞中，詞人的精忠之懷，借淒婉要眇之手法曲折表達，運密入疏，化實作虛。沉綿深摯，字字嗚咽。陳霆《渚山堂詞話》評此詞曰：「此

篇用事最多，然圓轉流麗，不為事所使，的是妙手。」梁啟超亦評曰：「琵琶故事，網羅臚列，亂雜無章，殆如一團亂草；惟其大氣足以包舉之，故不覺粗率。非其人，勿學步也。」

水龍吟

登建康賞心亭①

辛棄疾

　　楚天千里清秋，水隨天去秋無際。遙岑遠目②，獻愁供恨，玉簪螺髻③。落日樓頭，斷鴻聲裏，江南遊子，把吳鉤④看了，闌干拍遍⑤，無人會、登臨意。　　休說鱸魚堪膾，盡西風、季鷹歸未⑥？求田問舍，怕應羞見，劉郎才氣⑦。可惜流年，憂愁風雨⑧，樹猶如此⑨。倩何人喚取，紅巾翠袖⑩，⑪英雄淚？

【註釋】

① 賞心亭：《景定建康志》卷二十二：「賞心亭在下水門城上，下臨秦淮，盡觀覽之勝。丁晉公謂建。」

② 遙岑遠目：韓愈《城南聯句》：「遙岑出寸碧，遠目增雙明。」此用其語言。遙岑：遠山。

③ 玉簪螺髻：玉做的簪子和像海螺形狀的髮髻，這裏比喻高矮和形狀各不相同的山嶺。韓愈《送桂州嚴大夫》：「江作青羅帶，山如碧玉簪。」皮日休《縹緲峰》：「似將青螺髻，撒在明月中。」

④ 吳鉤：古代吳地製造的一種彎形寶刀。《吳越春秋·闔閭內傳》：「闔閭命於國中作金鉤，令曰：『能為善鉤者，賞之百金。』有人殺其二子，以血釁金，獻於闔閭。」

⑤ 闌干拍遍：王闢之《澠水燕談錄》：「劉孟節先生概，青州壽光

人。……先生少時，多居龍興僧舍之西軒，往往憑闌靜立，懷想世事，籲嘘獨語，或以手拍闌干。嘗有詩曰：『讀書誤我四十年，幾回醉把闌干拍。』」此用其意。

⑥「休說」二句：用西晉張翰典故，見《晉書·張翰傳》。《世說新語·識鑒》亦載曰：「張季鷹辟齊王東曹掾，在洛見秋風起，因思吳中菰菜羹、鱸魚膾，曰：『人生貴得適意爾，何能羈宦數千里以要名爵！』遂命駕便歸。」此處翻用其意，表示雖然思念故鄉，但一則有家難回，一則不願隱居無為。季鷹：張翰，字季鷹。

⑦「求田」三句：《三國志·魏書·陳登傳》：「許汜與劉備並在荊州牧劉表坐，表與備共論天下人，汜曰：『陳元龍湖海之士，豪氣不除。』……備問汜：『君言豪，寧有事邪？』汜曰：『昔遭亂過下邳，見元龍。元龍無客主之意，久不相與語，自上大床臥，使客臥下床。』備曰：『君有國士之名，今天下大亂，帝主失所，望君憂國忘家，有救世之意，而君求田問舍，言無可采，是元龍所諱也。何緣當與君語？如小人，欲臥百尺樓上，臥君于地，何但上下床之間邪？』」劉郎：指劉備。

⑧憂愁風雨：比喻飄搖的國勢。蘇軾《滿庭芳》詞：「百年裏，渾教是醉，三萬六千場。思量，能幾許，憂愁風雨，一半相妨。」此處化用其意。

⑨樹猶如此：庾信《枯樹賦》：「樹猶如此，人何以堪！」又《世說新語·言語》：「桓公（桓溫）北征，經金城，見前為琅邪時種柳，皆已十圍，慨然曰：『木猶如此，人何以堪！』攀枝執條，泫然流淚。」此處是抒發不能抗擊敵人、收復失地，虛度時光的感慨。

⑩紅巾翠袖：女子裝飾，代指女子。

⑪搵：擦拭。

【評析】

　　本詞作於淳熙元年（1174），詞人時在建康任江東安撫司參議官。辛

棄疾滿懷報國熱情起義南歸，志在收復中原，但在以投降為國策的政治局勢下，他滿腹韜略卻無處施展，長期沉淪下僚，虛擲年華，這使他感到極其壓抑、憤懑，便借登臨之際，把一腔鬱悶宣洩出來。

詞的上片寫景，高遠寥闊，景中寓情。由水寫到山，由無情之景寫到有情之景，很有層次。「落日」六句意境悲涼，似心平氣和卻壯懷激烈、悲憤填膺，形象地表現了英雄無用武之地的苦悶。下片由寫景抒情轉到言志與悲歎。接連用了三個典故：引季鷹的故事，表明自己早已以身許國；引許汜的故事，表明自己不屑為個人利益而不顧國家風雨飄搖；「樹猶如此」是桓溫北伐路上對時光飛逝之歎，詞人亦引以表達自己功業未建、年華虛度的感慨。結尾說到英雄襟抱，無人撫慰，與上片「無人會、登臨意」相呼應，章法嚴謹。

本詞講英雄失落之感盡情寫出，使讀者如聞垓下悲歌。它既有碧海掣鯨的偉力，又有悱惻深婉的感情，思想內容豐富，藝術手法精美，不愧為傳世名作。譚獻《譚評詞辯》評此詞曰：「裂竹之聲，何嘗不潛氣內轉。」

摸魚兒①

辛棄疾

淳熙己亥，自湖北漕②移湖南，同官王正之置酒小山亭③，為賦。

更能消幾番風雨，匆匆春又歸去。惜春長怕花開早，何況落紅無數。春且住！見說道、天涯芳草無歸路。怨春不語，算只有殷勤，畫簷蛛網，盡日惹飛絮。　　長門事④，準擬佳期又誤，蛾眉曾有人妒。千金縱買相如賦，脈脈此情誰訴？君莫舞！君不見、玉環飛燕⑤皆塵土。閒愁⑥最苦，休去倚危闌，斜陽正在，煙柳斷腸處。

【註釋】

① 摸魚兒：一名《摸魚子》，唐教坊曲名，後用作詞調。本為歌詠捕魚的民歌。始見於晁補之詞，因其首句有「買陂塘」，故又名《買陂塘》，另稱《邁陂塘》《雙蕖怨》。

② 漕：漕司的簡稱，指轉運使，掌管一路財賦的地方官。

③ 同官王正之：詞人調離湖北轉運副使後，由王正之接任原來職務，故稱「同官」。王正之：名正己，字正之，是詞人舊交。小山亭：在湖北轉運副使官署內。

④ 長門：漢代宮殿名，武帝時陳皇后失寵後被幽閉於此，司馬相如《長門賦序》：「孝武陳皇后，時得幸，頗妒。別在長門宮，愁悶悲思。聞蜀郡成都司馬相如天下工為文，奉黃金百斤，為相如、文君取酒，因於解悲愁之辭，而相如為文以悟主上，陳皇后復得親幸。」李白《白頭吟》：「聞道阿嬌失恩寵，千金買賦要君王。」

⑤ 玉環飛燕：楊玉環、趙飛燕，皆貌美善妒。

⑥ 閒愁：實指精神上深深的苦悶。

【評析】

本詞別本題作「暮春」，寫作背景在詞序中講得很清楚。辛棄疾一生以抗金復土為己任，但他自1162年南歸後，一直未受朝廷重用。1179年，又從本已與北伐事業毫不相干的湖北錢糧官之任調往湖南，這屬平級調動，既沒升官，也沒被召回京城，因而辛棄疾十分失望，一腔怨憤，便寫了這篇名作。詞人使用香草美人的比興手法，借一個女子惜春、留春、怨春的感情，表達自己年華虛度、有志難伸的鬱悶，又借陳皇后的故事暗喻自己受到排擠，滿腔愛國熱忱無處申訴的痛苦。

詞的上片寫暮春景色，藉以抒發自己對國事的憂憤和年華虛度的悲哀之情。起兩句言春光流逝，自傷年歲已晚，能報效國家的日子已不多了。「惜春」二句，詞人揭示自己惜春的心理活動：由於怕春去花落，他甚至於害怕春天的花開得太早，因為開得早也就謝得早，這是對惜春心理的深入一層的描寫。「春且住」三句，詞人大聲呼喊，留春之情自然流露。「算

只有」三句以比興手法繪現實之慘澹，寫得形象而深沉。下片抒發心中被壓抑的苦悶，和對執政者的幽憤。先用陳皇后的故事，來表達自己被排擠受打擊的悲憤。再引用楊玉環、趙飛燕的故事，表明歷史上再炙手可熱的人物，也無法長久，終歸會化作塵土，是非功過，後人自有評說。這表明詞人高明的歷史觀和對小人得志的蔑視，同時也是逆境中的自我安慰。末四句拋開詠史，回到寫景，以景語作結，有含蓄不盡之韻味。末二句不僅刻畫出暮春景色的特點，也點出南宋朝廷日薄西山、前途暗淡的趨勢。羅大經《鶴林玉露》說「詞意殊怨」，孝宗「見此詞頗為不悅」，可見它包含了深刻的政治內容。

　　這首詞抒寫沉痛的愛國感情、激烈的政治幽憤，卻並不劍拔弩張，而是「斂雄心，抗高調，變溫婉，成悲涼」（周濟《宋四家詞選》），借淒美的意象，以哀婉的腔調唱出，千回百轉，寄託遙深，因而特別富有詩意之美。

永遇樂

京口北固亭懷古①

辛棄疾

　　千古江山，英雄無覓、孫仲謀②處。舞榭歌台，風流總被、雨打風吹去。斜陽草樹，尋常巷陌，人道寄奴③曾住。想當年，金戈鐵馬，氣吞萬里如虎④。　　元嘉草草⑤，封狼居胥⑥，贏得倉皇北顧⑦。四十三年⑧，望中猶記、烽火揚州路⑨。可堪回首，佛狸祠⑩下，一片神鴉社鼓⑪。憑誰問，廉頗老矣，尚能飯否⑫？

【註釋】

①京口：古城名，即今江蘇鎮江。因臨京峴山、長江口而得名。北固

亭：在鎮江東北北固山上，北面長江。又名北顧亭、北固樓。

②孫仲謀：三國時吳國國主孫權，他曾在京口建都，並擊敗北方侵犯者曹操的軍隊。

③寄奴：南朝宋武帝劉裕的小名。其先世為彭城（今江蘇徐州）人，後遷居京口。

④「想當年」三句：劉裕曾兩次領兵北伐，收復洛陽、長安等地。

⑤元嘉：南朝宋文帝劉義隆年號。草草：輕率。宋文帝不能繼承父業，好大喜功，倉促北伐，反而讓北魏太武帝拓跋燾抓住機會，以騎兵南下，兵抵長江北岸，幾乎危及南朝國本。

⑥狼居胥：一名狼山，在今內蒙古中部。《史記·霍去病傳》載驃騎將軍霍去病追擊匈奴單于至狼居胥，封山而還。

⑦贏得倉皇北顧：即只落得倉皇與北顧。宋文帝命王玄謨率師北伐，為北魏太武帝拓跋燾擊敗，魏趁機大舉南侵，直抵揚州，嚇得宋文帝親自登上建康幕府山向北觀望形勢。贏：剩得，落得。

⑧四十三年：辛棄疾於宋高宗紹興三十二年（1162）從北方抗金南歸，至宋寧宗開禧元年（1205）登北固亭寫這首詞時，前後共四十三年。

⑨烽火揚州路：指當年揚州地區，到處都是抗擊金兵南侵的戰火烽煙。路：宋朝時的行政區劃，揚州屬淮南東路。

⑩佛狸祠：北魏太武帝拓跋燾小名佛狸。450年，他曾反擊劉宋，兩個月的時間裏，兵鋒南下，五路遠征軍分道並進，從黃河北岸一路穿插到長江北岸。在長江北岸瓜步山建立行宮，即後來的佛狸祠。

⑪神鴉：指在廟裏吃祭品的烏鴉。社鼓：祭祀時的鼓聲。此二句以敵佔區廟宇香火正盛，暗示北方土地人民已非我有。

⑫「憑誰問」三句：意謂朝廷不關心、不重視年老而富有經驗的抗敵將士。《史記·廉頗藺相如列傳》：「趙王使使者視廉頗尚可用否。廉頗之仇郭開多與使者金，令毀之。趙使者既見廉頗，廉頗為之一飯斗米，肉十斤，被甲上馬，以示尚可用。趙使還報王曰：『廉將軍雖老，尚善飯，然與臣坐，頃之三遺矢矣。』趙王以為老，遂不召。」

【評析】

本詞作於宋寧宗開禧元年（1205），時辛棄疾已六十六高齡，為鎮江知府。當時宰相韓侂冑準備北伐，詞人一方面堅決主張抗金，同時又擔心輕敵冒進會招致覆車之禍，而對當權者不能真正理解他、信任他，委以重任，則感到十分抑鬱憤懣。這首詞借懷古為題，抒寫對於政治局勢及自身遭遇的無限感慨。詞中多用典故，且極其貼切，豐富了詞的內涵，通過對眾多歷史人物的褒貶，反映出詞人堅持收復中原的雄心壯志、反對輕率從事的謀國忠誠和年紀老大壯志未酬的抑塞心情。

詞的上片即景懷古。詞人站在北固亭上瞭望眼前的一片江山，腦子裏一一閃過千百年來曾經在這片土地上叱吒風雲的英雄人物，他首先想到三國時吳國的皇帝孫權。可是如今，像孫權這樣的英雄已無處尋覓了。詩人起筆便抒發其江山依舊、英雄不再、後繼無人的感慨。而後「舞榭歌台」句在上句的基礎上推進一層，如今非但再也找不到孫權這樣的英雄人物，連他當年修建的「舞榭歌台」，那些反映他光輝功業的遺物，也都被「雨打風吹去」，杳無蹤跡了。下三句寫眼前景，詞人聯想起與京口有關的第二個歷史人物劉裕。末三句回憶劉裕的功業，鏡頭由歷史陳跡轉向蓋世英雄。健筆勾勒，生氣虎虎，與南宋的萎靡怯懦，反差極大。呼喚英才，正為濟世而圖功。下片以古鑒今，折轉到現實，表達自己獻身恢復雄心。先引述劉宋北伐的教訓，提醒當局審慎籌畫。次追憶當年抗金往事，揚州路上烽火殺敵的情景歷歷在目，以此激勵人們力挽時艱。再顧望當年侵略中原的拓跋燾祠廟卻是香火盛燒，一片神鴉鳴噪，社鼓喧鬧。最後詞人借廉頗自況，抒發未能實現抱負的感慨。

這首詞由懷古到議今，所有史事無不緊扣京口，關聯現實，用事雖多，熔裁有方，渾然一體。詞格蒼勁沉鬱，豪壯中又帶有悲涼的意味，令人迴腸盪氣。

木蘭花慢①

滁州送范倅②

辛棄疾

老來情味減，對別酒，怯流年③。況屈指中秋，十分好月，不照人圓。無情水都不管，共西風、只管送歸船。秋晚蓴鱸江上④，夜深兒女燈前⑤。　　征衫，便好去朝天，玉殿正思賢。想夜半承明⑥，留教視草⑦，卻遣籌邊。長安故人問我，道愁腸酒只依然⑧。目斷秋霄落雁，醉來時響空弦⑨。

【註釋】

① 木蘭花慢：《木蘭花令》原為唐教坊曲名，後用作詞調，《木蘭花慢》由此調變化而來。始見於柳永詞。

② 范倅：即范昂，乾道六年（1170）任滁州通判，乾道八年秋離職。倅：副職。

③ 「對別酒」二句：蘇軾《江城子·東武雪中送客》詞：「對尊前，惜流年。」

④ 秋晚蓴鱸江上：用張翰思鄉典故。蓴：指蓴菜羹。鱸：指鱸魚膾。

⑤ 夜深兒女燈前：黃庭堅《寄叔父夷仲》詩：「刀弓陌上望行色，兒女燈前語夜深。」

⑥ 承明：漢有承明廬，為朝官值宿之處。李商隱《賈生》詩：「宣室求賢訪逐臣，賈生才調更無倫。可憐夜半虛前席，不問蒼生問鬼神。」

⑦ 視草：為皇帝起草制詔之稿。

⑧ 道愁腸酒只依然：韓偓《有憶》詩：「愁腸酒入千里。」酒只依然：仍然只能沉溺於酒。

⑨ 「目斷」二句：《戰國策·楚策四》：「更羸與魏王處京台之下，仰見

飛鳥。更羸謂魏王曰：『臣為王引弓虛發而下鳥。』魏王曰：『然則射可至此乎？』更羸曰：『可。』有間，雁從東方來，更羸以虛發而下之。」

【評析】

本詞作於乾道八年（1172）滁州知州任上，是為送別同事范昂赴京城臨安而作。在這首普通的送友詞中，詞人深深地表達了有志難伸的感愴。

詞的上片抒寫惜別之情及老大無成之感，悲涼慷慨，情濃意遠。起三句陡然而起，直抒胸臆，以高屋建瓴之勢籠罩全篇。接下來三句以月圓與人不圓相對照，述悲涼情懷。詞人身處政治逆境中，對於寒暑易節，素魄盈虧，特別敏感，雙眼看友人高蹈離去，惜別之外，另有衷曲，於是浮想聯翩，情思奔湧。「都不管」和「只管」道盡「水」與「西風」的無情，且一語雙關，既設想了友人別後歸途的情景，又暗喻范氏離任乃朝中局勢所致。末二句筆鋒陡轉，變剛為柔，一種渾厚超脫的意境悠然展現出來，前句用張翰的故事，後句用黃庭堅的詩意，使人讀之翕然而有「歸歟」之念。下片純由浪漫的想像生發，設想友人入京後備受重用的情形，而這正是詞人長年的夢想。但他清醒地知道，朝廷是不會讓抗金派抬頭的，於是在弦管剛奏到高亢處，忽然一落千丈，作變徵之聲，寫出英雄躍躍欲試，卻「報國欲死無戰場」（陸游《隴頭水》）的可悲現狀，令人感歎唏噓。

這首詞起伏跌宕，一波三折，極沉鬱頓挫之致。

祝英台近[①]

辛棄疾

寶釵分[②]，桃葉渡[③]，煙柳暗南浦。怕上層樓，十日九風雨。斷腸片片飛紅，都無人管，更誰勸啼鶯聲住？　鬢邊覷[④]，試把[⑤]花卜歸期，才簪又重數。羅帳燈昏，哽咽夢中語：是他春帶

愁來，春歸何處？卻不解帶將愁去⑥。

【註釋】

① 祝英台近：一名《祝英台》，詞調名。毛先舒《填詞名解》卷二引《寧波府志》所載東晉流傳下來的梁祝故事，謂此調即取其中的女主角祝英台為名。始見於蘇軾詞。

② 寶釵分：古代男女分別，有分釵贈別的習俗，即夫婦離別之意，南宋猶盛此風。白居易《長恨歌》：「惟將舊物表深情，鈿合金釵寄將去。釵留一股合一扇，釵擘黃金合分鈿。」杜牧《送人》：「明鏡半邊釵一股，此生何處不相逢。」

③ 桃葉渡：在南京秦淮河與青溪合流之處。晉王獻之在此送別愛妾桃葉。此處泛指男女送別之處。

④ 覷：細看，斜視。

⑤ 試把：原作「應把」，據別本改。

⑥「是他」三句：劉克莊《後村詩話》前集卷一：「雍陶《送春》云：『今日已從愁裏去，明年更莫共愁來。』稼軒詞云：『是他春帶愁來，春歸何處？卻不解和愁將去。』雖用前語，而反勝之。」又陳鵠《耆舊續聞》卷二：「辛幼安詞：『是他春帶愁來……』人皆以為佳，不知趙德莊《鵲橋仙》詞云：『春愁元自逐春來，卻不肯隨春歸去。』蓋德莊又體李漢老《楊花》詞：『驀地便和春帶將去。』大抵後之作者，往往難追前人。」

【評析】

　　本詞別本題作「晚春」，詞人以極其溫柔纏綿的筆觸，抒發閨中少婦傷春復傷別的感情，把她的多愁善感、柔媚深情、嬌嗔天真，刻畫得聲情畢肖、出神入化。有詞論家認為詞中有政治托意，然證據不足，難說。

　　詞的上片寫傷春傷別。起三句寫離別時的淒迷景象，融合如今思念時的悵惘情懷。次二句寫不忍登高遠望，因為總是失望，而失望當更添愁

恨。又以「十日九風雨」烘托離人的淒苦。「斷腸」三句，進一步抒發怨春懷人之情。下片筆鋒一轉，由渲染氣氛、烘托心情，轉為描摹情態。「鬢邊覷」三字，將少婦的心理狀態刻畫得細膩密緻，惟妙惟肖。一個「覷」字，就把閨中女子嬌懶慵倦的細微動態和百無聊賴的神情，生動地刻畫出來。「試把」兩句是覷的結果，動作雖小，極富特色，它將人在極度渴念中，寄希望於某種徵兆、細膩而複雜的心情，描繪得淋漓盡致。接著深入一筆，以夢囈作結。詞至此，寫懷遠之情可說已到山重水複的境地。而詞人卻從時間的推移上，引出一段無理而有情的夢語，即以作結。盼歸之切，怨春之深，十分傳神！

　　這首詞的上下片分別圍繞著一個「怕」字和一個「愁」字寫來。江山風雨，怯於登覽，而知音不至，愁無可訴。昔人用詞來寫傷春懷遠之情者，不一而足。而寫得如此濃烈、深致而又如此委婉者，確不多見。

青玉案

元　夕

辛棄疾

　　東風夜放花千樹①，更吹落、星如雨②。寶馬雕車香滿路，鳳簫聲動③，玉壺④光轉，一夜魚龍舞⑤。　　蛾兒雪柳黃金縷⑥，笑語盈盈暗香去。眾裏尋他千百度⑦，驀然回首，那人卻在，燈火闌珊⑧處。

【註釋】

① 花千樹：花燈之多如千樹開花。
② 星如雨：指焰火紛紛，亂落如雨。星：指焰火。形容滿天的煙花。
③ 鳳簫聲動：指笙、簫等樂器演奏。鳳簫：簫的美稱。

④ 玉壺：比喻明月。一說指精美的燈。

⑤ 魚龍舞：指舞動魚形、龍形的彩燈，如魚龍鬧海一樣。

⑥ 蛾兒、雪柳、黃金縷：皆古代婦女元宵節時頭上佩戴的各種裝飾品。此指盛裝的婦女。

⑦ 千百度：千百遍。

⑧ 闌珊：零落稀疏貌。

【評析】

　　本詞大約是辛棄疾被迫退居江西上饒之後所作。全詞著力描寫了正月十五元宵節觀燈的熱鬧景象，反襯出一個孤高淡泊、超群拔俗、不同於金翠脂粉的女性形象，寄託著詞人政治失意後，不願與世俗同流合污的孤高品格。

　　詞的上片極寫花燈耀眼、樂聲盈耳的元夕盛況。下片著意描寫主人公在好女如雲之中尋覓一位立於燈火零落處的孤高女子。「那人」賞燈卻不是「寶馬雕車」，也不在「笑語盈盈」之列，她遠離眾人，遺世獨立，久尋不著，原來竟獨立在「燈火闌珊處」。《詩經·鄭風·出其東門》：「出其東門，有女如雲。雖則如雲，匪我思存。縞衣綦巾，聊樂我員。」詩中寫出主人公傾心的是一位衣飾樸陋、不同流俗的女子，精神境界很高，但詩義單純，本詞意境與《出其東門》有相似處，而含義更豐富、更深刻。

　　全詞採用對比和以賓襯主的手法，烘雲托月地推出一位超俗的女子形象，其實正是詞人自己的寫照。故梁啟超認為本詞詞旨是「自憐幽獨，傷心人別有懷抱」。

鷓 鴣 天

鵝湖①歸病起作

辛棄疾

枕簟溪堂冷欲秋，斷雲依水晚來收。紅蓮相倚渾如醉，白鳥無言定自愁。　　書咄咄②，且休休③，一丘一壑也風流④。不知筋力衰多少，但覺新來懶上樓⑤。

【註釋】

① 鵝湖：在江西鉛山縣，辛棄疾曾謫居於此，後卒於此。

② 咄咄：用殷浩事。《晉書·殷浩傳》載殷浩熱衷富貴，罷官後終日手書空作「咄咄怪事」四字。此處表示失意的感歎。

③ 休休：用司空圖事。《舊唐書·司空圖傳》載司空圖輕淡名利，隱居中條山，作亭名「休休」，作文見志曰：「休，休也，美也。既休而具美存焉。蓋量其材一宜休，揣其分二宜休，耄且贛三宜休。又少而惰，長而率，老而迂，是三者皆非救時之用，又宜休也。」此指安閒自得貌。

④ 一丘一壑也風流：《漢書·敘傳》載班嗣書簡云：「漁釣於一壑，則萬物不奸其志；棲遲於一丘，則天下不易其樂。」此指寄情山水之樂。

⑤ 「不知」二句：劉禹錫《秋日書懷寄白賓客》詩：「筋力上樓知。」此處化用其意。

【評析】

本詞寫病後的生活和感受，約作於淳熙十五年（1188）前後，時詞人落職閒居江西上饒已數年。詞以極美的意境，極平淡的語氣，抒發有志難伸的苦悶。

　　詞的上片寫病休中所見盛夏景色。「枕簟」句寫氣候變化：枕簟初涼，溪堂乍冷，雖然還未入秋，但是已能感到秋意。這種清冷的感覺，既是自然環境的反映，也是詞人心緒的外射。「斷雲」句寫江上風光：飄浮在水面上的片斷煙雲在落日的餘暉中漸漸消散，眼前出現了水遠天長，蒼茫無際的畫面。這景象給詞人帶來一種廣闊的美感，也引起了他的惆悵。「紅蓮」二句轉寫近前景物。「醉」字由蓮臉之紅引出，「愁」字由鳥頭之白生發，二字用得真是恰到好處，表露出詞人內心的苦悶。此二句生派愁怨與花鳥而出之以自然，藉以比擬詞人愁病如醉、憤懣白頭，色彩、意象十分清麗，含義極其深永。

　　下片寫病後所感。先用殷浩和司空圖兩個典故，言與其像殷浩朝天空書寫「咄咄怪事」發洩怨氣，倒不如像司空圖那樣尋覓美好的山林安閒自在地去隱居，一座山丘，一條谷壑，也是風流瀟灑多逸趣。末二句「不知」一轉，以尋常語寫出「老卻英雄似等閒」的無限感慨。《蓼園詞選》中評道：「末二句放開寫，不即不離尚含佳。」的確，似說病後虛弱的平常話，而實則寫壯志成灰的悲憤和老卻英雄的歎息，寫得沉鬱悲壯。陳廷焯《白雨齋詞話》評此詞曰：「信筆寫去，格調自蒼勁，意味自沉厚，不必劍拔弩張，洞穿已過七札，斯為絕技。」

菩薩蠻

書江西造口[①]壁

辛棄疾

　　鬱孤臺下清江水，中間多少行人淚[②]。西北望長安，可憐無數山。　　青山遮不住，畢竟東流去。江晚正愁余，山深聞鷓鴣。

【註釋】

①造口：一名皂口，在江西萬安縣南六十裏處。

②「鬱孤臺」二句：追憶歷史災難。《宋史》高宗紀及后妃傳載，建炎三年（1129）八月，金兵分兩路大舉南侵，十月，西路金兵自黃州（今湖北黃岡）渡江，直奔洪州追隆佑太后，「康、珏奉太后行次吉州，金人追急，太后乘舟夜行」。《三朝北盟會編》載：「質明，至太和縣，又進至萬安縣，兵衛不滿百人，滕康、劉珏皆竄山谷中。金人追至太和縣，太后乃自萬安縣至皂口，捨舟而陸，遂幸虔州。」《宋史·后妃傳》：「太后及潘妃以農夫肩輿而行。」《宋史·胡銓傳》：「銓募鄉兵助官軍捍禦金兵，太后得脫幸虔。」鬱孤臺：在今江西贛州市西南，又稱望闕臺，因「隆阜鬱然，孤起平地數丈」得名。清江：贛江與袁江合流處舊稱清江。行人：指流離失所的百姓。

【評析】

　　淳熙三年（1176），辛棄疾任江西提點刑獄、駐節贛州，行經造口，作此詞於壁。詞的登臺望遠，在觀山觀水中，寄託憂時憂國之思。

　　詞之上片從懷古開端。四十多年前金兵侵擾贛西地區，給百姓造成深重苦難，詞人只以清江水中流著「多少行人淚」的虛筆來表現，引起人們對歷史無盡的回想和對敵人的痛恨，以少勝多，深刻沉至。「西北」二句借歎息北望舊京被阻隔，暗喻恢復無望。「可歎」中蘊含了無限悲憤。下片抒愁苦與不滿之情。「青山」二句寫眼前所見，大江滔滔向東流去，青山遮也遮不住。這裏借水怨山有所暗喻：江水能衝破重重阻隔曲折而終於東去，而自己卻無法掙脫羈留、衝破壓抑而撇於一隅，豈不令人煩惱。江邊暮色蒼茫，鷓鴣聲聲，增添了詞人沮喪的情緒。愁上加愁，益見詞人的愛國情懷。

　　本詞不加雕繪，使用比興手法自然動人。卓人月《詞統》評此詞云：「忠憤之氣，拂拂指端。」梁啟超《藝蘅館詞選》亦評曰：「《菩薩蠻》如此大聲鏜鎝，未曾有也。」

點絳唇

姜夔

丁未冬，過吳松作。

燕雁無心①，太湖西畔隨雲去。數峰清苦，商略②黃昏雨。
第四橋③邊，擬共天隨④住。今何許？憑闌懷古，殘柳參差舞。

【作者簡介】

姜夔（1154—1221），字堯章，號白石道人，饒州鄱陽（今江西鄱陽）人。少年孤貧，屢試不第，終生未仕，一生轉徙江湖，靠賣字和朋友接濟為生。他多才多藝，精通音律，能自度曲，其詞格律嚴密。存詞八十餘首，題材廣泛，有感時、抒懷、詠物、戀情、寫景、記遊、節序、交遊、酬贈等。他在詞中抒發了自己雖然流落江湖，但不忘君國的感時傷世的思想，描寫了自己漂泊的羈旅生活，抒發自己不得用世及情場失意的苦悶心情，以及超凡脫俗、飄然不群，有如孤雲野鶴般的個性。其詞風格清幽峭拔，用江西詩派瘦硬之筆作詞，以清剛救周柳一派的軟媚；又以委婉富有情致救蘇辛派末流的粗豪，郭麐《靈芬館詞話》說他：「一洗華靡，獨標清綺，如瘦石孤花，清笙幽磬。」他在詞壇獨樹一幟，享譽極高，影響極深，有《白石詞》。

【註釋】

① 燕雁：指北方幽、燕一帶的鴻雁。陸龜蒙多詠雁詩，並自比孤雁，如《孤雁》：「我生天地間，獨作南賓鴻。」《歸雁》：「北走南徵象我曹，天涯迢遞翼應勞。」無心：即無機心，猶言純任天然。

② 商略：商量，醞釀。

③ 第四橋：《蘇州府志》卷三十四《津梁》：「甘泉橋一名第四橋，以

泉品居第四也。」

④ 天隨：即陸龜蒙，字魯望，號天隨子，居松江甫裏。姜夔《三高祠》
　　詩：「沉思只羨天隨子，蓑笠寒江過一生。」

【評析】

　　本詞為淳熙十四年（1187），姜夔自浙江湖州前往蘇州訪問范成大，途經吳淞時所作。這是一首膾炙人口的自抒懷抱的小詞。姜夔一生仰慕晚唐詩人陸龜蒙。陸龜蒙不赴朝廷徵召，曾隱居於松江，此詞即景抒情寫出了對他的深深懷念，並寄予身世之慨。

　　上片開頭以燕雁自況，形容漂泊無定的生活，同時又表現出淡泊無欲、任其自然的人生態度。「數峰」二句為寫景名句，用擬人化的手法描繪山雨欲來時相與低語的情狀，化靜物作動態，極有韻致。用「清苦」來摹寫欲雨時雲霧繚繞的山容，貼切生動。下片寫唐朝陸龜蒙曾隱居在甘泉橋邊，詞人也打算追隨他在甘泉橋邊住。「共天隨住」只是欲共未共，欲住難住的「擬」而已，一字之中深寄了多少現實的凝重感。末以近景殘柳垂條參差隨風舞收煞，含古今滄桑之感。

　　陳廷焯《白雨齋詞話》評此詞曰：「通首只寫眼前景物，至結處雲：『今何許？憑闌懷古，殘柳參差舞。』感時傷事，只用『今何許』三字提倡，『憑闌懷古』下，僅以『殘柳』五字詠歎了之，無窮哀感，都在虛處。令讀者吊古傷今，不能自止，洵推絕調。」

鷓　鴣　天

元夕有所夢

姜　夔

肥水①東流無盡期，當初不合種相思。夢中未比丹青②見，

暗裏忽驚山鳥啼。　　春未綠，鬢先絲，人間別久不成悲。誰教歲歲紅蓮夜[3]，兩處沉吟各自知。

【註釋】

①肥水：源出安徽合肥紫蓬山，分為二支，此處指向東南流經將軍嶺，至施口入巢湖的一支。

②丹青：泛指圖畫，此處指畫像。

③紅蓮夜：指元夕。紅蓮：指花燈。

【評析】

　　姜夔年輕時往來於江淮間，曾愛戀合肥一位妙擅琵琶的歌女，二十年後仍不能忘情，詞集中懷念那位女子的作品近二十篇。此詞寫於寧宗慶元三年（1197）姜夔在杭州時，是感夢之作，為「合肥情詞」之一。

　　唐圭璋《唐宋詞簡釋》評此詞曰：「此首元夕感夢之作。起句沉痛，謂水無盡期，猶恨無盡期。『當初』一句，因恨而悔，悔當初錯種相思，致今日有此恨也。『夢中』兩句，寫纏綿顛倒之情，既經相思，遂不能忘，以致入夢，而夢中隱約模糊，又不如丹青所見之真。『暗裏』一句，謂即此隱約模糊之夢，亦不能久做，偏被山鳥驚醒。換頭，傷羈旅之久。『別久不成悲』一語，尤道出人在天涯況味。『誰教』兩句，點明元夕，兼寫兩面，以峭勁之筆，寫纏綿之深情，一種無可奈何之苦，令讀者難以為情。」此詞以健筆寫柔情，一往而深，自成高格。

踏莎行

姜夔

自沔東[1]來。丁未元日[2]，至金陵江上，感夢而作。

燕燕輕盈，鶯鶯嬌軟[3]，分明又向華胥[4]見。夜長爭得薄情

知？春初早被相思染。　　別後書辭，別時針線，離魂暗逐郎行⑤遠。淮南皓月冷千山，冥冥歸去無人管⑥。

【註釋】

① 沔東：唐、宋州名，今湖北省武漢市漢陽區。姜夔早歲流寓此地。

② 丁未元日：孝宗淳熙十四年（1187）元旦。

③ 「燕燕」二句：鶯燕借指伊人。蘇軾《張子野八十五歲聞買妾述古令作詩》：「詩人老去鶯鶯在，公子歸來燕燕忙。」

④ 華胥：夢裏。《列子·黃帝》：「黃帝畫寢而夢，遊於華胥氏之國。」

⑤ 郎行：情郎那邊。

⑥ 「淮南」二句：杜甫《夢李白》二首之一：「魂來楓林青，魂返關塞黑。」《詠懷古跡》五首之三：「環佩空歸月夜魂。」此處化用其意。淮南：指合肥。

【評析】

　　本詞亦為懷念合肥歌女之作。

　　詞的上片感夢思人。前三句紀夢，借用蘇軾詩句以「燕燕」形容夢中人體態的輕盈，以「鶯鶯」形容她語音的嬌柔，著墨不多，而伊人可愛的聲容丰采仿彿如見。「夜長」以下皆以背面敷粉，設想伊人對自己的相思之深，聲吻畢肖，實則為詞人自抒情懷。下片睹物思人，寫別後的難忘舊情。「離魂」句暗用唐陳玄佑傳奇小說《離魂記》故事，以幽奇之語寫出伊人夢繞魂索、將全部生命投諸愛河的深情，動人心魄。末二句為傳世警策，連不喜歡姜夔的王國維也不得不讚歎：「白石之詞，餘所最愛者，亦僅二語。」（《人間詞話》）這兩句描寫伊人的夢魂深夜裏獨自歸去，千山中唯映照一輪冷月的清寂情景，顯示了詞人無限的愛憐與體貼，意境極淒黯，而感情極深厚。這首詞以清綺幽峭之筆，抒寫一種永不能忘的深情，極其沉摯感人。

慶宮春①

姜夔

　　紹熙辛亥除夕，余別石湖歸吳興，雪後夜過垂虹，嘗賦詩云：「笠澤茫茫雁影微，玉峰重疊護雲衣；長橋寂寞春寒夜，只有詩人一舸歸。②」後五年冬，復與俞商卿、張平甫、銛樸翁自封禺③同載，詣梁溪④。道經吳松，山寒天迥，雲浪四合，中夕相呼步垂虹，星斗下垂，錯雜漁火，朔吹凜凜，厄酒⑤不能支。樸翁以衾自纏，猶相與行吟，因賦此闋，蓋過旬，塗稿乃定。樸翁咎余無益，然意所耽，不能自已也。平甫、商卿、樸翁皆工於詩，所出奇詭；余亦強追逐之，此行既歸，各得五十餘解。

　　雙槳蒓波，一蓑松雨，暮愁漸滿空闊。呼我盟鷗⑥，翩翩欲下，背人還過木末⑦。那回歸去，蕩雲雪孤舟夜發。傷心重見，依約眉山，黛痕低壓。　　採香徑⑧裏春寒，老子婆娑⑨，自歌誰答？垂虹西望，飄然引去，此興平生難遏。酒醒波遠，正凝想明璫素襪⑩。如今安在？惟有闌干，伴人一霎。

【註釋】

① 慶宮春：詞調名，始見於周邦彥詞。

② 「詩雲」四句：紹熙二年（1191），姜夔自蘇州范成大石湖別墅歸浙江湖州，攜范成大所贈侍妾小紅雪夜過垂虹橋，曾賦《除夜自石湖歸苕溪》十絕句，「笠澤茫茫雁影微」是其中的一首。另有《過垂虹》：「自作新詞韻最嬌，小紅低唱我吹簫。曲終過盡松陵路，回首煙波十四橋。」垂虹：即垂虹橋，在今江蘇吳江，因橋上有亭曰垂虹，故名。笠澤：即太湖。《吳郡圖經續志》：「松江一名笠澤，自太湖分流也。」

③封、禺：皆山名，在今浙江德清。

④梁溪：今江蘇無錫。

⑤卮酒：杯酒。卮：古代一種盛酒器。

⑥盟鷗：與鷗鳥為盟友。

⑦「翩翩」二句：辛棄疾《醜奴兒近·博山道中效李易安體》詞：「卻怪白鷗，覷著人、欲下未下。舊盟都在，新來莫是，別有說話？」此處化用其意。

⑧採香徑：《蘇州府志》廿六引《范志》：「採香徑在香山之旁，小溪也。吳王種香於香山，使美人泛舟於溪以采香。今自靈岩山望之，一水直如矢，故俗名箭涇。」

⑨婆娑：盤旋，停留。

⑩明璫素襪：借指當時美人。曹植《洛神賦》：「凌波微步，羅襪生塵。」又「無微情以效愛兮，獻江南之明璫」。

【評析】

　　本詞的創作背景、時地、緣由在詞序中已敘述得十分清楚。從小序看，這首詞是一首寫景記遊之詞，但從全詞看，則兼有傷逝、懷古、懷人等多重內容。此詞之妙在於將多重主旨溶成一片，複雜含混，意蘊豐厚。

　　詞的上片從環境入手，開篇便描繪出一幅凌寒蕩舟的廣闊畫面。「尊波」「松雨」「暮愁」，或語新意工，或情景交融，「漸」字寫出時間的推移，「空闊」則展示出境界的深廣，為全詞定下了一個清曠高遠的基調。「呼我」三句將鷗鳥翩然欲近又倏爾飛遠的情態，描摹得極為生動，其中又暗寓詞人的今昔之慨，自然地回憶起「那回歸去」、攜歌妓小紅雪夜過垂虹的詩情畫意，而往事如昨夢、前塵的感歎不正面寫出，借傷心重見遠山如蛾黛低壓發之，意蘊深永。下片即景抒懷古幽思，並寫趁興放歌旁若無人之狀。「垂虹」三句承上，寫扁舟飄然遠引，詞人胸次浩然，逸興騰飛，有羽化登仙、遺世獨立之高致。「酒醒」以下兼抒懷舊與思古之情。末以「如今安在」提唱，空餘一片雲水蒼茫，令人歎惋不止。

此詞意境空靈渾融，格調高雅清遠，辭采秀逸清妙，確是一篇佳作。

齊天樂①

　　丙辰歲與張功甫會飲張達可之堂②，聞屋壁間蟋蟀有聲，功甫約余同賦，以授歌者。功甫先成，詞甚美；余徘徊茉莉花間，仰見秋月，頓起幽思，尋亦得此。蟋蟀，中都③呼為促織，善鬥；好事者或以三二十萬錢致一枚，鏤象齒為樓觀以佇之④。

　　庾郎先自吟愁賦⑤，淒淒更聞私語。露濕銅鋪⑥，苔侵石井，都是曾聽伊處。哀音似訴，正思婦無眠，起尋機杼⑦。曲曲屏山，夜涼獨自甚情緒？　　西窗又吹暗雨，為誰頻斷續，相和砧杵⑧？候館迎秋，離宮⑨吊月，別有傷心無數。《豳》詩⑩漫與，笑籬落呼燈，世間兒女。寫入琴絲⑪，一聲聲更苦。

【註釋】

① 齊天樂：詞調名，始見於周邦彥詞。又名《台城路》《五福降中天》《如此江山》。

② 丙辰歲：宋寧宗慶元二年（1196）。張功甫：張鎡，字功甫。

③ 中都：即都中，南宋都城臨安。一說北宋都城汴京。

④ 象齒：象牙。樓觀：本指樓臺。此指蟋蟀籠。《負暄雜錄》：「鬥蛩之戲，始于天寶間，長安富人鏤象牙為籠而蓄之，以萬金之資付之一喙。」

⑤ 庾郎先自吟愁賦：此處以庾信《愁賦》比張功甫之作《滿庭芳·促織兒》。

⑥ 銅鋪：銅製的鋪首，裝在門上能銜門環。

⑦ 機杼：織布機。

⑧ 砧杵：搗衣用具。

⑨ 離宮：皇帝出巡在外住的行宮。

⑩ 《豳》詩：《詩經·豳風·七月》：「七月在野，八月在宇，九有在戶，十月蟋蟀入我床下。」

⑪ 寫入琴絲：譜成樂曲，入琴彈奏。詞人自述：「宣政間，有士大夫制《蟋蟀吟》。」

【評析】

　　這是一首詠物詞，將蟋蟀及聽蟋蟀者層層夾寫，抒發了由蟋蟀鳴聲引起的種種感受與聯想，傾瀉人間幽恨。

　　唐圭璋《唐宋詞簡釋》評此詞曰：「此首詠蟋蟀，寄託遙深。起言愁人不能更聞蟋蟀。觀『先自』與『更聞』，正相呼應。而庾郎不過言愁人，並非謂庾郎曾有蟋蟀之吟也……言蟋蟀聲如私語，體會甚細。『露濕』三句，記聞聲之處。『哀音似訴』比『私語』更深一層，起下思婦聞聲之感。『曲曲』兩句，承上言思婦之悲傷，而出之以且歎、且問語氣，文筆極疏俊委婉。換頭，用『又』字承上，詞意不斷。夜涼聞聲，已是感傷，何況又添暗雨，傷更甚矣。仍用問語敘述，亦令人歎惋不置，此類虛處傳神，白石最擅長。『候館』三句，言聞聲者之感傷，不獨思婦，皆愁極不堪者，一聞蟋蟀皆愁，故更有無數傷心也……『豳詩』兩句陡轉，以無知兒女之歡笑，反襯出有心人之悲哀，意亦深厚。末言蟋蟀聲譜入琴絲更苦，餘意不盡。」

　　此詞構思新奇，文筆疏雋清婉，詞中多用問句，增強歎惋之意，多用虛字，仰承俯注，靈動有致，抒情氣氛極其濃烈，宛如一首憂鬱動人的夜曲，詩意蕩漾，不愧為傳世名作。

琵琶仙①

《吳都賦》云：「戶藏煙浦，傢俱畫船。」②惟吳興為然，春遊之盛，西湖未能過也。己酉歲③，余與蕭時父④載酒南郭，感遇成歌。

雙槳來時，有人似、舊曲桃根桃葉⑤。歌扇輕約⑥飛花，蛾眉正奇絕。春漸遠，汀洲自綠，更添了幾聲啼。十里揚州⑦，三生杜牧⑧，前事休說。　又還是、宮燭分煙⑨，奈愁裏、匆匆換時節。都把一襟芳思，與空階榆莢⑩。千萬縷、藏鴉細柳⑪，為玉尊、起舞迴雪。想見西出陽關⑫，故人初別。

【註釋】

① 琵琶仙：詞調名，始見於姜夔詞，為其自度曲。

② 「《吳都賦》」句：清顧廣圻《思適齋集》十五《姜白石集跋》云：此三句係「《唐文粹》李庾《西都賦》文，作《吳都賦》，誤。李賦云：『其近也方塘含春，曲沼澄秋。戶閉煙浦，家藏畫舟。』白石作『具』、『藏』，兩字均誤。又誤『舟』為『船』，致失原韻。且移唐之西都於吳都，地理尤錯。」

③ 己酉歲：孝宗淳熙十六年（1189）。

④ 蕭時父：蕭德藻之姪，姜夔妻族。

⑤ 桃根桃葉：桃葉係東晉王獻之的愛妾，桃根為桃葉之妹。此處借指歌女。

⑥ 約：纏繞，邀結。此處意謂沾惹。

⑦ 十里揚州：杜牧《贈別》詩：「春風十里揚州路，捲上珠簾總不如。」

⑧ 三生杜牧：黃庭堅《廣陵早春》詩：「春風十里珠簾捲，彷彿三生杜牧之。」此處詞人自指。三生：佛家語，指過去、現在、未來三世

人生。

⑨ 宮燭分煙：韓翃《寒食》詩：「日暮漢宮傳蠟燭，輕煙散入五侯家。」
此處點明又到寒食節。

⑩ 空階榆莢：韓愈《晚春》詩：「楊花榆莢無才思，惟解漫天作雪飛。」
此處化用其意。

⑪ 「千萬縷」句：周邦彥《渡江雲》詞：「千萬絲，陌頭楊柳，漸漸可
藏鴉。」此處化用其意。

⑫ 西出陽關：王維《送元二使安西》詩：「勸君更盡一杯酒，西出陽關
無故人。」

【評析】

本詞寫在吳興遊春感遇，抒發對舊日情人之思念。

人在極度的渴念之中往往會生出幻覺，誤將儀態相似者當成心之嚮往
的伊人，本詞劈頭就真切地寫出這種生活體驗，把那「是耶？非耶？」的
盼望、驚喜之餘又終歸失望的複雜感情，用工致的三言兩語描摹得生動而
深刻。「春漸遠」以下頓宕轉折，借眼前景寫出往事不堪回首的愁情及無
限身世不遇之慨。下片抒發時序更易，流光匆匆，景物依舊，人事全非的
濃重感傷情緒。「都把」二句，於其似平易舒緩，感情則極為沉痛。「千萬
縷」幾句繪當前景物清麗生動，又深寓惜春傷別之意，融情入景，極煙水
迷離之致。

唐圭璋《唐宋詞簡釋》評此詞曰：「此首感懷舊遊，情景交勝，而文
筆清剛頓宕，尤人所難能。起寫畫船遠來，中載有人，因遠處隱約不清，
仿彿舊遊之人，故曰『似』。次寫畫船漸近，確似當年蛾眉，故曰『正』。
扇約飛花，寫景寫人並妙。『春漸遠』兩句，一氣逕轉，秀逸絕倫；不寫
人雖似實非之恨，但寫出眼前見聞，以見舊遊不堪回首之情。『十里揚州』
三句，言前事之可哀，因說來傷感，故不如不說之為愈，語亦沉痛。換
頭，因景物似昔，頗感時光遷流之速。『都把』兩句，因前事怕說，愁恨
難消，故只有將無聊情思，付與榆莢。『千萬縷』兩句，言細柳起舞，更
增人悲感。末句，回想當年初別時之情景，正與今同，亦有無限感傷。」

八　歸①

湘中送胡德華

姜夔

　　芳蓮墜粉②，疏桐吹綠，庭院暗雨乍歇。無端抱影銷魂處，還見牆③螢暗，蘚階蛩切。送客重尋西去路，問水面、琵琶誰撥④？最可惜、一片江山，總付與啼。　　長恨相逢未款，而今何事，又對西風離別？渚寒煙淡，棹移人遠，飄渺行舟如葉。想文君⑤望久，倚竹愁生步羅襪⑥。歸來後、翠尊雙飲，下了珠簾，玲瓏閑看月⑦。

【註釋】

① 八歸：詞調名，始見於姜夔詞。

② 芳蓮墜粉：杜甫《秋興》八首其七：「露冷蓮房墜粉紅。」此處化用其意。

③ 筱牆：竹籬院牆。筱：細竹。

④ 「問水面」句：白居易《琵琶行》：「忽聞水上琵琶聲，主人忘歸客不發。」

⑤ 文君：西漢司馬相如之妻卓文君，宋人多借「文君」，指妻子。此處指胡德華妻。

⑥ 倚竹愁生步羅襪：杜甫《佳人》詩：「天寒翠袖薄，日暮倚修竹。」李白《玉階怨》詩：「玉階生白露，夜久侵羅襪。」

⑦ 「下了」二句：李白《玉階怨》詩：「卻下水晶簾，玲瓏望秋月。」

【評析】

　　據夏承燾《姜白石詞編年箋校》考證，本詞約作於淳熙十三年（1186）以前詞人客遊長沙時。全詞描述了離別前的憂傷、臨別時的依依不捨，以

及懸想別後友人歸家與親屬團聚的情景。

　　上片前六句以清麗細密的筆墨描繪了蓮花墜粉、疏桐飄綠、暗雨初歇、竹牆流螢閃閃、苔階寒蛩切切的秋色秋聲，造成濃重的淒涼感傷的氛圍，為詞人送別友人前黯然銷魂的心態作了充分的鋪墊。「送客」以下抒別時景況，聲情激越。「最可惜」三句不僅寫出江山不可復識之慨，並暗喻家國之恨。下片前六句承上，著重寫惜別之情，並描寫江邊迷離之景及行舟去遠，兀自久久佇望的一片深情。「想文君」至詞末，忽地宕開一筆，想像友人歸去後夫婦相聚之樂，化淒傷為疏朗。點化前人詩句的藝術形象為自己所用，不著痕跡，盡得風流。

　　本詞以清筆寫濃愁，以健筆寫深哀，故感情真切而不流於頹表。陳廷焯《白雨齋詞話》評曰：「聲情激越，筆力精健，而意味仍是和婉，哀而不傷，真詞聖也。」

念奴嬌

姜夔

　　余客武陵，湖北憲治在焉①。古城野水，喬木參天。余與二三友，日蕩舟其間，薄荷花而飲，意象幽閒，不類人境。秋水且涸，荷葉出地尋②丈，因列坐其下，上不見日。清風徐來，綠雲自動。間於疏處，窺見遊人畫船，亦一樂也。揭來③吳興。數得相羊④荷花中，又夜泛西湖，光景奇絕。故以此句寫之。

　　鬧紅一舸⑤，記來時、嘗與鴛鴦為侶。三十六陂⑥人未到，水佩風裳⑦無數。翠葉吹涼，玉容消酒，更灑菰蒲⑧雨。嫣然搖動，冷香飛上詩句。　　日暮，青蓋亭亭，情人不見，爭忍凌波去？只恐舞衣寒易落，愁入西風南浦⑨。高柳垂陰，老魚吹浪，留我花間住。田田⑩多少，幾回沙際歸路。

【註釋】

① 憲治：指提點刑獄，為地方最高司法機構。此句言荊南荊湖北路提點刑獄的官署在武陵。

② 尋：八尺。

③ 竭來：來到。

④ 相羊：徘徊，流連。

⑤ 舸：原指大船，亦泛指船。

⑥ 三十六陂：言水塘極多，宋人詩詞常用「三十六陂」字樣，虛指而非實地。

⑦ 水佩風裳：李賀《蘇小小墓》詩：「風為裳，水為佩。」此處將荷花比作女子。

⑧ 菰蒲：生於陂塘間的水塘。

⑨ 「只恐」二句：李璟《攤破浣溪沙》詞：「菡萏香銷翠葉殘，西風愁起綠波間。還與韶光共憔悴，不堪看。」此處化用其意。

⑩ 田田：葉浮水上貌。

【評析】

　　本詞約作於淳熙十六年（1189），描寫泛舟荷池的景象和詞人對荷花深深的愛憐，充滿詩情畫意。詞中所繪荷塘景色清絕、幽絕、麗絕，將人帶入美妙的夢一般的世界。

　　起筆蕩舟觀荷，小船攪鬧了豔紅的荷花叢，記得來時曾與水面鴛鴦結成伴侶，意境美不勝收。接著詞人以「水佩風裳」比喻荷葉荷花，又將荷花比作略帶醉意、含情微笑的美女，神韻絕佳。詞人不說自己因賞花引發詩興，卻化主動為被動，說荷花「嫣然搖動，冷香飛上詩句」，奇思妙想，令人讚歎。下片把荷花形容成顧影自憐的多情少女，也極有情致。「只恐」二句化用李璟詞意，以荷花將謝比美人遲暮，也暗喻自傷身世之意。結拍抒無限留戀之情，餘意搖曳。

　　此詞詠荷花而不留滯於物，不重形似，而著重表現它不凡的韻致和流

品，使人神清意遠。詞格亦如出水芙蓉，清麗絕俗。劉熙載《藝概》贊曰：
「幽韻冷香，令人挹之無盡。」

揚州慢①

姜夔

淳熙丙申至日②，余過維揚。夜雪初霽，薺麥彌望③。入其城則四顧蕭條，寒水自碧，暮色漸起，戍角悲吟。余懷愴然，感慨今昔，因自度此曲。千岩老人以為有《黍離》之悲也④。

淮左名都⑤，竹西佳處⑥，解鞍少駐初程。過春風十里⑦，盡薺麥青青。自胡馬窺江⑧去後，廢池喬木，猶厭言兵。漸黃昏，清角吹寒，都在空城。　　杜郎⑨俊賞，算而今、重到須驚。縱豆蔻詞工⑩，青樓夢好⑪，難賦深情。二十四橋⑫仍在，波心蕩、冷月無聲。念橋邊紅藥⑬，年年知為誰生？

【註釋】

① 揚州慢：詞調名，姜夔創制，自注工尺旁譜。

② 淳熙丙申：南宋孝宗淳熙三年（1176）。至日：冬至。

③ 薺麥：薺菜和野生的麥。彌望：滿眼。

④ 千岩老人：南宋詩人蕭德藻，字東夫，自號千岩老人。姜夔曾跟他學詩，又是他的侄女婿。《黍離》：《詩經·王風》篇名。據說周平王東遷後，周大夫經過西周故都，看見宗廟毀壞，盡為禾黍，彷徨不忍離去，因作此詩。後人常用「黍離之悲」表現於故國之思、亡國之哀。

⑤ 淮左名都：指揚州。宋朝的行政區設有淮南東路和淮南西路，揚州是淮南東路的首府，故稱淮左名都。

⑥竹西佳處：揚州城東禪智寺側有竹西亭，環境清幽。

⑦春風十里：杜牧《贈別》詩：「春風十里揚州路，捲上珠簾總不如。」此處借指揚州。

⑧胡馬窺江：金人曾兩次大規模南侵。建炎三年（1129），金兵佔領揚州，焚掠一空。紹興十一年（1161），金主完顏亮又大舉南侵，揚州再度遭到破壞。第二次劫後十五年，姜夔寫下本詞。

⑨杜郎：即杜牧。唐文宗大和七年至九年，杜牧在揚州任淮南節度使掌書記。

⑩豆蔻詞工：杜牧《贈別》詩：「娉娉嫋嫋十三餘，豆蔻梢頭二月初。」

⑪青樓夢好：杜牧《遣懷》詩：「十年一覺揚州夢，贏得青樓薄倖名。」

⑫二十四橋：沈括《夢溪筆談·補筆談》卷三：「揚州在唐時最為富盛……可紀者有二十四橋。」注明「今存」者只有六橋及一處「新橋」。《揚州畫舫錄》：「二十四橋即吳家橋，一名紅藥橋，在熙春臺後。」《揚州鼓吹詞·序》：「橋因古之二十四美人吹簫於此，故名。」

⑬紅藥：紅芍藥花，是揚州繁華時期的名花。

【評析】

揚州是古代的江南名城，素以繁華富麗而著稱，是士大夫文人風流俊賞之地，唐代許多著名詩人都曾有過遊歷揚州的經歷，曾寫下了許多歌詠揚州城市風物人情的佳作。然而到了宋代，經金兵數次南侵之後，揚州城便遭到了極其慘重的破壞。此詞憑弔揚州荒涼，寄託黍離哀思。詞中運用一種鮮明對比，用昔日揚州城繁榮興盛的景象對比現時揚州城凋殘破敗的慘狀，寫出了戰爭帶給揚州城萬劫不復的災難。

上片寫出了詞人親眼目睹的景象和自身心理感受。寫出了揚州城在「胡馬窺江去後」令人痛心不已的凋殘和敗壞景象。詞人先從自己的行蹤寫起，寫自己初次經過揚州城，在著名的竹西亭解鞍下馬，稍作停留。走在漫長的揚州道上，詞人所見到的全部是長得旺盛而齊整的薺麥。而昔日那個晚唐詩人杜牧對揚州城美景的由衷溢譽一去不復返。自金人入侵後，

燒殺擄掠，揚州城所剩下的也只是「廢池喬木」了。人們說起那場戰爭，至今還覺得心有餘悸和刻骨痛恨。一個「厭」字，很恰當地寫出了人民的苦難，朝廷的昏聵和胡人的罪惡。日落黃昏，淒厲的號角聲又四處響起，回蕩在揚州城孤寂的上空，也回蕩在詞人慘澹的心間。詞人很自然地實現了由視覺到聽覺的轉移。

下片運用典故，進一步深化了「黍離之悲」的主題。昔日揚州城繁華，詩人杜牧留下了許多關於揚州城不朽的詩作。可是，假如這位多情的詩人今日再重遊故地，他也必定會為今日的揚州城感到吃驚和痛心。杜牧算是個俊才情種，他有寫「豆蔻」詞的微妙精當，他有賦「青樓」詩的神乎其神。可是，當他面對眼前的凋殘破敗景象，他必不能寫出昔日的款款深情來。揚州的名勝二十四橋仍然存在，水波蕩漾，冷峻的月光下，四周寂籟無聲。唉，試想下，儘管那橋邊的芍藥花年年如期盛放，也很難有人有情思去欣賞它們的豔麗。詞人用帶懸念的疑問作為詞篇的結尾，很自然地移情入景，今昔對比，催人淚下。

唐圭璋《唐宋詞簡釋》評此詞曰：「此首寫維揚亂後景色，悽愴已極。千岩老人，以為有《黍離》之悲，信不虛也。至文筆之清剛，情韻之綿邈，亦令人諷誦不厭……若此首，亦與少遊《滿庭芳》同為情韻兼勝之作。惟少遊筆柔，白石筆健。少遊所寫為身世之感，白石則感懷家國，哀時傷亂，境極淒焉可傷，語更沉痛無比。參軍蕪城之賦，似不得專美於前矣。周止庵既屈白石於稼軒下，又謂白石情淺，皆非公論。」

長亭怨慢①

姜夔

余頗喜自制曲。初率意為長短句，然後協以律，故前後闋多不同。桓大司馬②云：「昔年種柳，依依漢南，今看搖落，悽愴江潭；樹猶如此，人何以堪？③」此語余深愛之。

漸吹盡，枝頭香絮，是處人家，綠深門戶。遠浦縈回，暮帆零亂，向何許？閱人多矣，誰得似長亭樹？樹若有情時，不會得青青如此④！　　日暮，望高城不見⑤，只見亂山無數。韋郎去也，怎忘得玉環分付⑥。第一是早早歸來，怕紅萼⑦無人為主。算空有並刀，難剪離愁千縷⑧。

【註釋】

① 長亭怨慢：詞調名，姜夔創制，自注工尺旁譜。

② 桓大司馬：桓溫，字元子，東晉明帝之婿，初為荊州刺史，定蜀，攻前秦，破姚襄，威權日盛，官至大司馬。

③ 「昔年種柳」數句：吳衡照《蓮子居詞話》說：「白石《長亭怨慢》引桓大司馬云云，乃庾信《枯樹賦》，非桓溫語。」《世說新語·言語》：「桓公北征，經金城，前為琅琊王時種柳，皆已十圍，慨然曰：『木猶如此，人何以堪？』」

④ 「樹若」二句：李賀《金銅仙人辭漢歌》：「天若有情天亦老。」李商隱《蟬》：「五更疏欲斷，一樹碧無情。」

⑤ 高城不見：歐陽詹《初發太原途中寄太原所思》詩：「高城已不見，況復城中人。」

⑥ 「韋郎」二句：《雲溪友議》卷中《玉簫記》條載，唐韋皋遊江夏，與玉簫女有情，別時留玉指環，約以少則五載，多則七載來娶，後八載不至，玉簫絕食而死。

⑦ 紅萼：紅花，女子自指。

⑧ 「算空有」二句：賀知章《詠柳》詩：「碧玉妝成一樹高，萬條垂下綠絲絛。不知細葉誰裁出，二月春風似剪刀。」李煜《烏夜啼》詞：「剪不斷，理還亂，是離愁。別是一般滋味在心頭。」王安石《壬辰寒食》：「客思似楊柳，春風千萬條。」此處化用以上句意。並刀：並州為古九州之一，今屬山西，所產刀剪以鋒利出名。杜甫《戲題王宰畫水山圖歌》：「安得並州快剪刀，剪取吳松半江水。」

【評析】

本詞約作於淳熙二年（1191），為告別合肥情侶而寫。因「合肥巷陌皆種柳」（《淒涼犯》序），故姜夔記合肥情事的詞章多借柳抒懷，或以柳起興，或化用前人詠柳詩句，本篇詞序也特地用桓溫、庾信詠柳之句藉以托興。

詞的上片寫合肥柳色濃深、飄綿墜絮的暮春景色。「遠浦」二句點出行人乘船離去 。「閱人」數句又回到說柳。長亭邊，離人黯然銷魂，而柳則無動於衷，依然「青青如此」。暗用李長吉詩「天若有情天亦老」句意，以柳之無情反襯自己惜別的深情。此處用筆不即不離，寫合肥，寫離去，寫惜別，而表面上卻都是以柳貫串，借作襯托。下片寫自己與情侶離別後的戀慕之情 。「日暮」三句寫離開合肥後的依戀不捨。「韋郎」二句用唐韋皋事。這兩句是說，當臨別時，自己向情侶表示，不會像韋皋那樣「忘得玉環分付」，自己必將重來的。下邊「第一」兩句是情侶叮囑之辭。她還是不放心，要姜夔早早歸來 ，否則「怕紅萼無人為主」。因為歌女社會地位低下，是不能掌握自己命運的，其情甚篤，其辭甚哀 。「算空有」二句以離愁難剪作結，化用李煜詞意抒離情芊綿，卻仍關合柳絲。

全詞絕去穠豔雕飾，而以清剛峭拔之筆，作敲金戛玉之聲，渾灝流轉，深曲動人。陳廷焯《詞則·大雅集》卷三評此曰：「哀怨無端，無中生有，海枯石爛之情。」

淡黃柳[①]

姜夔

客居合肥南城赤闌橋之西，巷陌淒涼，與江左異；惟柳色夾道，依依可憐。因度此曲，以紓[②]客懷。

空城曉角，吹入垂楊陌。馬上單衣寒惻惻[③]。看盡鵝黃[④]嫩

綠，都是江南舊相識。　　正岑寂，明朝又寒食。強攜酒，小橋
⑤宅，怕梨花落盡成秋色⑥。燕燕飛來，問春何在？惟有池塘自
碧。

宋詞三百首

【註釋】

① 淡黃柳：詞調名，姜夔創制，自注工尺旁譜。

② 紓：消除，抒發。

③ 惻惻：輕寒貌。

④ 鵝黃：形容柳芽初綻，葉色嫩黃。

⑤ 小橋：夏承燾《姜白石詞編年箋注》認為是用《三國志》裏喬玄次
　　女小橋（即小喬）的典故。此或借之謂合肥情人。

⑥ 怕梨花落盡成秋色：李賀《三月》詩：「曲水飄香去不歸，梨花落盡
　　成秋苑。」

【評析】

　　本詞是詞人客居合肥南城赤闌橋時所作，是一篇即景遣懷之作。詞表
面上雖是抒寫旅思客況，但從詞序感歎「巷陌淒涼，與江左異」和篇首「空
城曉角」等句，以及字裏行間所表現的那種極其淒惻的情感，可以說，在
很大程度上是抒發哀時念亂的憂傷。

　　詞的上片寫清曉在垂楊巷陌的淒涼感受，主要是寫景。首二句寫所
聞，「空城」先給人荒涼寂靜之感，於是，「曉角」的聲音便異常突出，如
空穀猿鳴，哀轉不絕，像在訴說此地的悲涼。聽的人偏偏是異鄉作客，更
覺苦痛。緊接一句是倒捲之筆，點出人物，原來是騎在馬上踽踽獨行的客
子，同時寫其體膚所感。將「寒惻惻」的感覺繫於衣單不耐春寒，表面上
是記實，其實這種生理更多地來自「清角吹寒」的心理感受。下二句寫所
見，即夾道新綠的楊柳。「鵝黃嫩綠」四字形象地再現出柳色之可愛。「看
盡」二字既表明除柳色外更無悅目之景，又是從神情上表現遊子的內心活
動——「都是江南舊相識」。「舊相識」唯楊柳，這是抒寫客懷。而「柳色

依依」與江左同，又是反襯著「巷陌淒涼，與江左異」，語意十分深沉。於是，詞人就從聽覺、膚覺、視覺三層寫出了「岑寂」之感。

下片以「正岑寂」三字收束上片，包籠下片。當此心情寂寞之際，又逢「寒食」。雖是荒涼的「空城」，沒有士女郊遊的盛況，但客子「不能免俗」，於是想到本地的相好。說「強攜酒，小橋宅」，是本無意緒而勉強邀遊。「攜酒」上著一「強」字，已預知其後醉不成歡慘將別的慘景。上數句以「正岑寂」為基調，「又寒食」的「又」字一轉，說按節令自該應景為歡；「強」字又一轉，說載酒尋歡不過是在淒涼寂寞中強遣客懷而已。再下麵「怕梨花落盡成秋色」的「怕」字又一轉，說勉強尋春遣懷，仍恐春亦成秋，轉添愁緒。合肥之秋如何？

詞人只將李賀「梨花落盡成秋苑」易一字葉韻，又添一「怕」字，意恐無花即是秋，語便委婉。以下三句更將花落春盡的意念化作一幅具體圖畫，以「燕燕歸來，問春何在」二句提唱，以「惟有池塘自碧」景語代答，上呼下應，韻味自足。「自碧」，是說池水無情，則反見人之多感。這最後一層將詞中空寂之感更寫得切入骨髓，聞之慘然。

全詞意境淒清冷雋，用語清新質樸。在柳色春景的描寫中，詞人的萬般愁緒，無限哀怨之情，也就巧妙自然、不著痕跡地表現出來。沈祖棻《宋詞賞析》評此詞曰：「詞極精妙，不減清真，其高處有美成所不能及。」

暗　香

姜夔

辛亥[1]之冬，余載雪詣石湖[2]。止既月，授簡索句，且征新聲，作此兩曲，石湖把玩不已。使二妓肄習[3]之，音節諧婉。乃名之曰《暗香》《疏影》[4]。

舊時月色，算幾番照我，梅邊吹笛？喚起玉人，不管清寒與

攀摘。何遜⑤而今漸老，都忘卻、春風詞筆。但怪得、竹外疏花，香冷入瑤席。　　江國，正寂寂，歎寄與路遙⑥，夜雪初積。翠尊易泣，紅萼無言耿相憶。長記曾攜手處，千樹⑦壓、西湖寒碧。又片片吹盡也，幾時見得？

【註釋】

① 辛亥：南宋光宗紹熙二年（1191）。

② 石湖：在蘇州西南，與太湖通。南宋詩人范成大晚年居住在蘇州西南的石湖，自號石湖居士。

③ 肆習：學習。

④ 《暗香》《疏影》：此二詞調為姜夔創制，自注工尺旁譜。語出北宋詩人林逋《山園小梅》詩：「疏影橫斜水清淺，暗香浮動月黃昏。」後張炎以此二調詠荷花荷葉，更名《紅情》《綠意》。

⑤ 何遜：南朝梁詩人，早年曾任南平王蕭偉的記室。任揚州法曹時，廨舍有梅花，有《揚州法曹梅花盛開》詩：「兔園標物序，驚時最是梅。」杜甫《和裴迪登蜀州東亭送客逢早梅相憶見寄》詩：「東閣官梅動詩興，還如何遜在揚州。」《分門集注杜工部詩》蘇注：「梁何遜作揚州法曹，廨舍有梅花一株。花盛開，遜吟詠其下，後居洛，思梅花，請再往，從之。抵揚州，花方盛。遜對花彷徨終日。」此事《南史》《梁書》均不載。

⑥ 寄與路遙：表示音訊隔絕。此處暗用陸凱寄給范曄的詩：「折梅逢驛使，寄與隴頭人。」

⑦ 千樹：宋時杭州西湖上的孤山梅樹成林，所以有「千樹」之說。

【評析】

　　關於《暗香》《疏影》二詞的索解歷來眾說紛紜，莫衷一是，它們似乎同李商隱的無題詩一樣，是猜不透的謎。假如不去刻意搜尋詞中的「微言大義」或指實某人某事，而是把它當作出色的寫景、抒情作品來欣賞，

或者更令人「神觀飛越」。姜夔平生酷愛梅花，詠梅詞有十九首之多，此二詞為其中的代表作。

　　詞的上片描寫當年月下撫笛，和伊人夜寒中共摘梅花的清賞雅趣，意境幽絕，情味濃至。「何遜」二句為詞人自謙之詞，並含無限今昔之慨。「但怪得」三句點「暗香」題目，寫疏梅的風采神韻引發詞人詩情，文字極清俊。下片用驛寄梅花的典故傳達相思之情，襯以江南夜雪的壯麗背景，寄託深遠。「長記」以下再度轉入對往事的回憶。「千樹」二句極寫千樹梅放如紅雲映入碧水的幽美景色，堪稱「寫生獨步」。「寒碧」二字恰切地形容了初春湖水的特點，又映襯出幽梅笑傲歲寒的品節。末二句惋惜落梅已盡，舊歡難尋，出以問句，委婉深情。

　　全詞不斷在過去和現在之間往復搖曳，結構空靈精緻，意境清虛騷雅。許昂霄《詞綜偶評》曰：「二詞（《疏影》《暗香》）如絳雲在霄，舒卷自如；又如琪樹玲瓏，金芝布護。」

疏　影

姜夔

　　苔枝綴玉[1]，有翠禽小小，枝上同宿[2]。客裏相逢，籬角黃昏，無言自倚修竹[3]。昭君不慣胡沙遠，但暗憶、江南江北。想佩環月夜歸來，化作此花幽獨[4]。　　猶記深宮舊事，那人正睡裏，飛近蛾綠[5]。莫似春風，不管盈盈，早與安排金屋[6]。還教一片隨波去，又卻怨玉龍哀曲[7]。等恁時、重覓幽香，已入小窗橫幅[8]。

【註釋】

① 苔枝綴玉：范成大《梅譜》說紹興、吳興一帶的古梅「苔鬚垂於枝間，或長數寸，風至，綠絲飄飄可玩」。周密《乾淳起居注》：「苔

梅有二種，宜興張公洞者，苔蘚甚厚，花極香。一種出越土，苔如綠絲，長尺餘。」

②「有翠禽」二句：用羅浮之夢典故。舊題柳宗元《龍城錄》載，隋代趙師雄遊羅浮山，夜夢與一素妝女子共飯，女子芳香襲人。又有一綠衣童子，笑歌歡舞。趙醒來，發現自己躺在一株大梅樹下，樹上有翠鳥歡鳴，見「月落參橫，但惆悵而已」。殷堯藩《友人山中梅花》詩：「好風吹醒羅浮夢，莫聽空林翠羽聲。」吳潛《疏影》詞：「閑想羅浮舊恨，有人正醉裏，姝翠蛾綠。」

③無言自倚修竹：杜甫《佳人》詩：「天寒翠袖薄，日暮倚修竹。」

④「昭君」四句：杜甫《詠懷古跡》五首其三：「一去紫台連朔漠，獨留青塚向黃昏。畫圖省識春風面，環佩空歸夜月魂。」王建《塞上詠梅》詩：「天山路邊一株梅，年年花發黃雲下。昭君已沒漢使回，前後征人誰繫馬？」

⑤「猶記」三句：用壽陽公主事。見歐陽修《訴衷情》注。

⑥安排金屋：用漢武帝「金屋藏嬌」典故。

⑦玉龍哀曲：馬融《長笛賦》：「龍鳴水中不見己，截竹吹之聲相似。」玉龍：即玉笛。李白《與史郎中欽聽黃鶴樓上吹笛》詩：「黃鶴樓中吹玉笛，江城五月落梅花。」哀曲：指笛曲《梅花落》。

⑧小窗橫幅：晚唐崔櫓《梅花詩》：「初開已入雕梁畫，未落先愁玉笛吹。」陳與義《水墨梅》詩：「晴窗畫出橫斜枝，絕勝前村夜雪時。」此翻用其意。

【評析】

　　本詞緊接上首《暗香》而來，亦是一首梅花的讚歌，又是一首梅花的詠歎調。許多詞評家認為此篇寄託了徽、欽二帝北狩之悲，卻很難指實。

　　詞的上片先繪出梅花不同凡俗的形貌，又表現了它那孤芳自賞的清姿和高潔情懷，再化用杜甫、王建詩意，把遠嫁異域不能生還漢邦的昭君故事神話化，將眷戀故國的昭君之魂和寒梅的幽獨之魂合而為一，帶有極深

的悲劇意味，境界又極淒美。下片則通過眼前梅花盛開推想其飄落之時，用壽陽公主及陳阿嬌事，寓無限憐香惜玉之意，又借笛裏梅花哀怨的樂曲，加深悵惋的感情。末二句想到梅花凋盡，唯餘空枝幻影映上小窗，語意沉痛。

全詞用事雖多，但熔鑄絕妙，運氣空靈，變化虛實，十分自如。篇中善用虛字，曲折動盪，搖曳多姿。張炎《詞源》極口稱道本詞及《暗香》：「前無古人，後無來者，自立新意，真為絕唱。」

翠樓吟①

姜夔

淳熙丙午冬，武昌安遠樓②成，與劉去非諸友落之，度曲見志。余去武昌十年，故人有泊舟鸚鵡洲③者，聞小姬歌此詞，問之，頗能道其事；還吳，為余言之，興懷昔遊，且傷今之離索也。

月冷龍沙④，塵清虎落⑤，今年漢初賜⑥。新翻胡部曲⑦，聽氈幕元戎歌吹⑧。層樓高峙，看檻曲縈紅，簷牙飛翠。人姝麗，粉香吹下，夜寒風細。　　此地宜有詞仙，擁素雲黃鶴，與君遊戲。玉梯凝望久，但芳草萋萋千里⑨。天涯情味，仗酒祓⑩清愁，花消英氣。西山外，晚來還捲，一簾秋霽⑪。

【註釋】

① 翠樓吟：詞調名，姜夔創制，自注工尺旁譜。

② 安遠樓：即武昌南樓，在黃鶴山上。

③ 鸚鵡洲：地名，在今漢陽西南長江中。相傳由東漢末年禰衡在江夏太守黃祖的長子黃射大會賓客時，即席揮筆寫就一篇「鏘鏘戛金玉，

句句欲飛鳴」的《鸚鵡賦》而得名。

④龍沙：語出《後漢書·班超傳贊》「坦步蔥嶺，咫尺龍沙」，後世泛指塞外之地，此指金邦。

⑤虎落：遮護城堡或營寨的竹籬。宋朝南渡時，武昌是抵抗金人的戰略要地，和議達成，形勢安定下來，遂出現了「月冷龍沙，塵清虎落」的和平局面。

⑥漢酺初賜：秦漢之法，三人以上不得聚飲，朝廷有慶典之事，特許臣民聚會歡飲，稱為「賜酺」。後來歷代王朝，遇新皇即位、帝后誕辰、豐收、平定叛亂等事，常有賜酺之舉。淳熙十三年（1186）為宋高宗八十大壽，《宋史·孝宗本紀三》載：「十三年春正月庚辰朔，率群臣詣德壽宮行慶壽禮。大赦，文武臣僚並理三年磨勘，免貧民丁身錢之半為一百一十餘萬緡，內外諸軍犒賜共一百六十萬緡。」

⑦胡部曲：唐時西涼地方樂曲。此處泛指異族音樂。以邊地之曲歸為中原之用，亦寓「安遠」之意。

⑧氈幕：指用毛氈製作的帳篷。元戎：主將，軍事長官。一說兵眾。

⑨「此地」五句：崔顥《黃鶴樓》：「昔日已乘黃鶴去，此地空餘黃鶴樓。黃鶴一去不復返，白雲千載空悠悠。晴川歷歷漢陽樹，芳草萋萋鸚鵡洲。日暮鄉關何處是，煙波江上使人愁。」此處化用其意。

⑩袚：原指古代為除災去邪而舉行儀式的習俗。此處指消除。

⑪「西山外」三句：王勃《滕王閣詩》：「滕王高閣臨江渚，佩玉鳴鸞罷歌舞。畫棟朝飛南浦雲，珠簾暮捲西山雨。閑雲潭影日悠悠，物換星移幾度秋。閣中帝子今何在？檻外長江空自流。」此處化用其意。「一簾秋霽」之「秋」為修飾語，非實指，因為姜夔作此詞時是冬季。

【評析】

淳熙十三年（1186），姜夔離漢陽赴湖州，經武昌，適逢「安遠樓」落成，他與友人同往觀賞，作此詞，詞序為十年後補寫。此年為高宗八十大壽。宋金時南北對峙至此半世紀有餘，武昌早已不是戰略要地，樓名取

作「安遠」，也顯示時事太平之意。本詞雖然描寫軍中熱鬧的歌舞、樓觀的堂皇壯麗，卻沒有頌聖的味道。

上片前五句就「安遠」字面著想，虛構了一番境界，也客觀地顯示了築樓的時代背景。以下正面寫樓的景觀。先寫樓的整體形勢，然後作細部刻畫，從局部反映建築的壯麗。「檻曲縈紅，簷牙飛翠」二句，鑄詞極工，狀物準確生動，特別是「縈紅飛翠」的造語，能使人產生形色相亂、目迷心醉的感覺。緊接「人姝麗」三句，又照應前文「歌吹」，寫樓中宴會的盛況。夜寒點出冬令，風細則粉香可傳，歌吹可聞。全是一派溫馨承平的氣象。「此地」便是黃鶴山，其西北磯頭為著名的黃鶴樓所在，傳說仙人子安曾乘鶴路過。所以過片就說：這樣的形勝之地，應有妙筆生花的「詞仙」乘白雲黃鶴來題詞慶賀，人仙同樂。仙人乘鶴是本地故事，而「詞仙」之說則是就樓成盛典而加以創用。「擁」字較「乘」為虛，「君」乃泛指，都能見出詞人運思用筆的靈活自如。說「宜有」並非真有，不免有些遺憾。

通觀詞的下片，多化用崔顥《黃鶴樓》詩意，進而寫登樓有感。大抵詞人感情很複雜，「安遠樓」的落成並不能引起一種生逢盛世之歡，反而使他產生了空虛與寂寞的感受。「天涯情味」，正是崔詩「日暮鄉關何處是，煙波江上使人愁」的況味。這是客愁。「仗酒祓清愁，花銷英氣」，靠流連杯酒與光景消磨志氣，排遣閒愁。這是歲月虛擲之恨。這和「安遠」有什麼關係呢？關係似乎若有若無。或許「安遠」的字面能使人產生返還家鄉、施展抱負等想法，而實際情況卻相去很遠。於是詞人乾脆來個不了了之，以景結情，仍歸到和平的景象，那一片雨後晴朗的暮色，似乎暗寓著一個好的希望。但應指出，這三句乃從王勃《滕王閣詩》「朱簾暮捲西山雨」化出，仍然流露出一種冷清索寞之感。

這首詞雖為慶賀安遠樓落成而作，力圖在「安遠」二字上作出一篇喜慶的「文章」，但仍加入了詞人身世飄零之感，流露出表面承平而實趨衰颯的時代氣氛。這就使詞的意味顯得特別深厚。

杏花天影①

姜夔

丙午②之冬，發沔口③。丁未正月二日，道金陵，北望淮、楚，風日清淑，小舟掛席，容與④波上。

綠絲⑤低拂鴛鴦浦，想桃葉，當時喚渡。又將愁眼與春風，待去，倚蘭橈、更少駐。　金陵路、鶯吟燕舞⑥。算潮水知人最苦⑦。滿汀芳草不成歸，日暮，更移舟向甚處？

【註釋】

① 杏花天影：詞調名，姜夔創制，自注工尺旁譜。又名《杏花天》。
② 丙午：宋孝宗淳熙十三年（1186）。
③ 沔口：沔水為漢水上遊，漢水入長江處謂之沔口，即今湖北漢口。
④ 容與：遲緩不前貌。
⑤ 綠絲：指柳。合肥多植柳，金陵自古亦多種柳。
⑥ 鶯吟燕舞：借指美貌女子的清歌妙舞。
⑦ 算潮水知人最苦：李益《江南曲》：「早知潮有信，嫁與弄潮兒。」此處化用其意。

【評析】

本詞與《踏莎行·燕燕輕盈》作於同時，可看作姊妹篇，一為江上感夢而作，一為舟行途中懷人而作，均抒寫對合肥情人的戀情。詞中描寫詞人道經金陵，北望淮楚，滿懷依戀繾綣，臨去又再三流連的情狀。

詞的上片寫景思人。詞人以「鴛鴦」引發出「想桃葉」的綺思，借桃葉隱喻合肥戀人，包含了往日幽約和無限情思。「又將愁眼與春風」句暗寓了情人眼望春風，對詞人溫馨情愛的期盼和追求。詞人觸景生情，獨倚蘭橈，流連不捨。下片寫離情愁苦。「金陵路」三句以「鶯吟燕舞」，象徵

金陵秦淮河畔歌妓舞女的輕歌妙舞，暗示出合肥戀人的身份，故目注秦淮，而心向「淮楚」，以秦淮鶯燕之樂景反襯詞人離索懷人之悲情。誰知我相思情苦呢？小舟泛波，算來只有「潮水」最理解我之相思之苦。因為它一路推波蕩舟，伴隨詞人孤舟寂寞。「滿汀」三句寫目望金陵秦淮河入長江處的白鷺洲長滿綠草，隱喻詞人煙波日暮，羈旅未歸而愁如芳草的傷感，遂發出「移舟」漂泊，何處是人生歸宿的茫然失落之慨歎，頗有悲楚難抑，低徊不盡之致。

這首詞以健筆寫柔情，托意隱微，情深調苦，而又格高語健、空靈清遠，讀後但覺清空騷雅，無一點塵俗氣。

一萼紅①

姜夔

丙午人日②，余客長沙別駕③之觀政堂，堂下曲沼，沼西負古垣，有盧橘④幽篁，一徑深曲。穿徑而南，官梅數十株，如椒如菽，或紅破白露，枝影扶疏。著屐⑤蒼苔細石間，野興橫生。亟命駕登定王台⑥，亂⑦湘流，入麓山⑧，湘雲低昂，湘波容與，興盡悲來，醉吟成調。

古城陰，有官梅幾許，紅萼未宜簪。池面冰膠，牆腰雪老，雲意還又沉沉。翠藤共、閑穿徑竹，漸笑語、驚起臥沙禽。野老林泉，故王台榭，呼喚登臨。　　南去北來何事？蕩湘雲楚水，目極傷心。朱戶粘雞⑨，金盤簇燕⑩，空歎時序侵尋⑪。記曾共、西樓雅集，想垂柳、還嫋萬絲金⑫。待得歸鞍到時，只怕春深。

【註釋】
①一萼紅：詞調名，始見於《樂府雅詞》載北宋無名氏詞。毛先舒《填

詞名解》云：「太真初妝，宮女進白牡丹，妃撚之，手脂未洗，適染其瓣，次年花開，俱絳其一瓣，明皇為制《一撚紅》曲，詞名沿之，曰《一萼紅》。」《樂府雅詞》所載北宋無名氏詞上片結句云：「未教一萼紅開鮮豔」，《詞譜》三十五謂調名由此而得。

② 人日：舊稱夏曆正月初七日為「人日」。《北史‧魏收傳》引晉議郎董勳《答問禮俗說》：「正月一日為雞，二日為狗，三日為豬，四日為羊，五日為牛，六日為馬，七日為人。」杜甫《人日》詩：「元日到人日，未有不陰時。」

③ 別駕：官名，漢置別駕從事使，為刺史的佐吏。刺史巡視轄境時，別駕乘驛車隨行，故名。宋於諸州置通判，近似別駕之職，後世因沿稱通判為別駕。

④ 盧橘：金桔。李時珍《本草綱目》云：「此桔生時青盧色，黃熟時則如金，故有金桔、盧桔之名。」並說：「注《文選》者以枇杷為盧桔，誤矣。司馬相如《上林賦》云：『盧桔夏熟，枇杷橪柿』以二物並列，則非一物明矣。」

⑤ 屐：木鞋，底有二齒，以行泥地。引申為鞋的泛稱。

⑥ 命駕：命人駕車馬。謂立即動身。定王台：在長沙城東，漢長沙定王所築。

⑦ 亂：橫渡。《詩經‧大雅‧公劉》：「涉渭為亂。」疏：「水以流不順，橫渡則絕其流，故為亂。」《尚書‧禹貢》：「亂於河。」孔傳：「絕流曰亂。」

⑧ 麓山：一名嶽麓山，在長沙城西，下臨湘江。

⑨ 粘雞：《荊楚歲時記》：「人日貼畫雞於戶，懸葦索其上，插符於旁，百鬼畏之。」

⑩ 金盤簇燕：金盤即春盤，古俗於立春日，取生菜、果品、餅、糖等，置於盤中為食，取迎新之意謂之春盤。周密《武林舊事》立春條雲：立春前一日「後苑辦造春盤供進，及分賜貴邸宰臣巨璫，翠縷紅絲，金雞玉燕，備極精巧，每盤值萬錢」。

⑪ 侵尋：漸進。

⑫ 萬絲金：白居易《楊柳枝》十二首其九：「一樹春風萬萬枝，嫩於金色軟於絲。」

【評析】

　　本詞為登臨觀覽、羈旅傷懷之作，是淳熙十三年（1186）姜夔客居長沙遊嶽麓山時所作。

　　詞的上片與詞序互為表裏，主寫詞人與友人在早春的寒冷中賞梅、登臨的雅興，生動有致。「池面冰膠，牆腰雪老」二句對仗極工整。以膠狀冰，以老狀雪，寫出凝冰難化、積雪不融，字面生新硬瘦，給人一種剛勁的感覺，形成一種深遠清苦的意境。「雲意還又沉沉」加倍寫出寒意。詞境之幽深清苦，正暗示著詞人心境之沉鬱。「翠藤共」數句一轉，寫詞人與友人一路遊賞，談笑風生，表達了此時詞人野興橫生，樂以忘憂的心情。下著一「漸」字，尤能傳出心境由鬱悶而趨向開朗。末三句以簡練生動之筆，寫出偕友登定王台、渡湘江、登嶽麓之一段遊賞。「呼喚登臨」四字，寫出一片歡鬧場景，試比較「雲意又還沉沉」，前後心情已迥然不同。

　　下片從詞序「興盡悲來」四字翻出，寫出追遠懷人的深深悲慨。前三句詞人自傷天涯漂泊，一事無成，寫盡平生浪跡江湖無所歸依之感。「朱戶」三句慨歎轉眼又是新年，時光徒然流逝。「空歎」二字，呼應「何事」二字，流露出光陰虛擲而又無可奈何的悲苦。詞人所傷心空歎者何？「記曾共、西樓雅集，想垂柳、還嫋萬絲金。」全詞主旨，至此才轉折顯現出來。忘不了，曾與伊人在西樓的美好集會，窗外，萬縷嫩黃的柳絲，在春風中嫋嫋起舞。此句用一個「想」字、一個「還」字，便將回憶中昔日之景與想像中今日之景粘連疊合，靈思妙筆，渾融無跡。美好的回憶不過一剎而已。「待得歸鞍到時，只怕春深」，等到回到舊地，只怕已是春暮。結筆由過去想到未來，春初想到春深，時空轉換處更顯其情極悲傷，含不盡之意於言外。從字面上看，是應合此時紅萼未宜簪的早春時節而言，而其

意蘊實為無計可歸，歸時人事已非的隱痛。

　　此詞將紀遊、抒慨、敘別熔為一爐，感情層層遞進，曲折動盪，脈絡分明，章法井然，語言錘煉功夫極深，卻不失生香真色。

霓裳中序第一[①]

姜夔

　　丙午歲，留長沙，登祝融[②]，因得其祠神之曲，曰《黃帝鹽》《蘇合香》[③]。又於樂工故書中得商調《霓裳曲》十八闋，皆虛譜無辭。按沈氏樂律，《霓裳》道調[④]，此乃商調。樂天詩云「散序六闋[⑤]」，此特兩闋，未知孰是？然音節閒雅，不類今曲；余不暇盡作，作《中序》[⑥]一闋傳於世。余方羈遊，感此古音，不自知其辭之怨抑也。

　　亭皋[⑦]正望極，亂落紅蓮歸未得。多病卻無氣力，況紈扇漸疏[⑧]，羅衣初索[⑨]。流光過隙[⑩]，歎杏梁、雙燕如客[⑪]。人何在？一簾淡月，彷彿照顏色[⑫]。　　幽寂，亂蛩吟壁，動庾信、清愁似織。沉思年少浪跡，笛裏關山[⑬]，柳下坊陌。墜紅無信息，漫暗水、涓涓溜碧[⑭]。飄零久，而今何意，醉臥酒壚側[⑮]。

【註釋】

① 霓裳中序第一．詞調名，始見於姜夔詞，注有工尺旁譜，是姜夔根據他所發現的《商調·霓裳曲》的中序部分所填的詞。

② 祝融：南嶽衡山七十二峰之最高峰。

③ 《黃帝鹽》：洪邁《容齋續筆》七曰：「今南嶽獻神樂曲有黃帝鹽，而俗傳為黃帝炎。」此曲為羯鼓遺曲。《蘇合香》：《羯鼓錄》載此曲

屬太簇宮。段安節《樂府雜錄》云此曲屬軟舞曲。日本所傳唐樂，大曲共四曲，中有《蘇合香》。

④《霓裳》道調：沈括《夢溪筆談》五《樂律》一云：「《霓裳羽衣曲》本謂之道調法曲。」又據考證，此曲本為商調而非道調，沈括誤記。

⑤散序六闋：白居易《和元微之霓裳羽衣歌》：「散序六奏未動衣，陽臺宿雲慵不飛。」

⑥《中序》：《霓裳》全曲分三大段：一，散序，六遍；二，中序，遍數不詳；三，破，十二遍。

⑦亭皋：水邊平地。

⑧況紈扇漸疏：漢成帝時，班婕妤失寵，作《怨歌行》：「新裂齊紈素，皎潔如霜雪。裁為合歡扇，團團似明月……常恐秋節至，涼飆奪炎熱。棄捐篋笥中，恩情中道絕。」此用其意。

⑨羅衣：細絹縫之夏衣。索：離散。與「疏」意近。

⑩流光過隙：《莊子·知北遊》：「人生天地之間，若白駒之過隙，忽然而已。」

⑪杏梁：屋樑的美稱。司馬相如《長門賦》：「刻木蘭以為榱兮，飾文杏以為梁。」雙燕如客：以燕暗喻人之飄泊。周邦彥《滿庭芳》詞：「年年，如社燕，漂流瀚海，來寄修椽。」

⑫「人何在」三句：杜甫《夢李白》二首其一：「落月滿屋樑，猶疑照顏色。」此用其意。

⑬笛裏關山：杜甫《洗兵馬》詩：「三年笛裏關山月，萬國兵前草木風。」古橫吹曲有《關山月》，關山一語雙關，既指笛聲，又指跋涉關山。

⑭「漫暗水」句：杜甫《夜宴左氏莊》詩：「暗水流花徑。」涓涓：水緩緩流動貌。

⑮醉臥酒壚側：《世說新語·任誕》載：「阮公（籍）鄰家婦有美色，當壚沽酒。阮……常從婦飲酒，阮醉，則臥眠其側。夫始殊疑之，伺察，絕無他意。」酒壚：置酒甕的土台。

【評析】

本詞之創作緣由即詞調名由來，詞序交代甚詳。本詞之主題是羈旅之中懷念合肥情人，詞中表達了姜夔對愛情的忠貞以及現實中愛情不能完美的悲涼心情。

上片起句便展開一高遠之境界。「正望極」極寫望盡天涯。其情之深，意之切，其所懷之遙，其所念之遠，盡收入一「極」字。詞人望極天涯，但見滿目紅蓮，一片凋零而已。此暗喻所懷之人，已韶顏漸老，容光憔悴，而自己卻當歸不得歸。難以言喻之隱痛，蒼涼凄惻之情感，全融於「歸未得」三字。為何「歸來得」？「多病卻無氣力」一句一筆雙關，既是暗示無力歸去，亦是實寫憂思成疾。「流光過隙」點明光陰飛逝，離別苦久。「雙燕如客」，不言客如雙燕，反言雙燕如客，造語新奇。末三句明明白白傾訴說懷人主題，詞情湧起高潮。伊人何在？想像一窗淡月，仿彿照見了她慘澹的容顏，境界逼真，語意慘澹。

下片又跌回現實。「幽寂」二字挽盡離散孤獨羈旅漂泊之悲感。「沉思」三句直寫出當年情事。「墜紅無資訊」三句與「亂落紅蓮」前後照應，喻指所懷之人杳無音信，不知流落何處。「漫暗水、涓涓溜碧」則暗示年光流逝，想思日久，仍無法確知伊人消息。情人離散，四海茫茫，縱有鴻燕，可托何處？其間無限悲慨，都化於具體意象中。由此遂直推出結筆：「飄零久，而今何意，醉臥酒壚側。」這三句用阮籍之典，寄託自己之情意。語意是：飄零離散久矣，當年醉臥酒壚側之豪情逸興，從此已無。喻說少年情遇之純潔美好，亦表明此後更絕無他念矣。全幅詞情至此掀起最高潮，愛情境界亦提升至超凡脫俗之聖境。

整首詞寫景空靈，寫情遙深，意象玲瓏清澈，意境超曠深遠，正如劉熙載《藝概》所說：「姜白石詞，幽韻冷香，令人挹之無盡；擬諸形容，在樂則琴，在花則梅也。」

小重山①

章良能

　　柳暗花明春事深，小闌紅芍藥，已抽簪②。雨餘風軟碎鳴禽③。遲遲日，猶帶一分陰。　　往事莫沉吟，身閒時序④好，且登臨。舊遊無處不堪尋，無尋處，惟有少年心。

【作者簡介】

　　章良能（？—1214），字達之，處州麗水（今屬浙江）人。淳熙五年（1178）進士。寧宗朝官至參知政事。有《嘉林集》百卷，不傳。周密《齊東野語》稱其「間作小詞，極有思致」。今詞存《小重山》一首，見《絕妙好詞》卷一。

【註釋】

① 小重山：詞調名，始見於韋莊詞。晚唐五代多以此調寫「宮怨」。
② 簪：婦女插鬢的首飾，這裏形容纖細的花芽。
③ 風軟碎鳴禽：杜荀鶴《春宮怨》詩：「風暖鳥聲碎，日高花影重。」此用其意。
④ 時序：節候，時節。

【評析】

　　本詞為春日登臨尋舊之作。

　　詞的上片寫景。春風之和軟、融暢，鳥鳴之細碎、綿密，春日之遲遲，春色之漸深，綜合成一幅仲春繁花欲放、生機蓬勃的畫卷。下片抒情。以「莫沉吟」撇棄往事，推出及時登臨尋舊之意。詞人「登臨」騁目乃在尋覓「舊遊」，上片所寫欣欣向榮的仲春之景，自然是其「舊遊」的重要內容。從「堪尋」到「無尋」透露出詞人所追尋者不只在景，更是在

心——「少年心」：人生最富理想、極有朝氣，充滿自負的心境與精神。詞人欲借「尋舊」追憶、喚醒少年豪情，激勵步入中年的自己，把握住機遇，沖淡人生老大的遺憾與惆悵，表現出一種類似「老當益壯」的老大自強、復歸青春的意願。

唐多令①

劉過

安遠樓小集，侑觴歌板②之姬黃其姓者，乞詞於龍洲道人，為賦此。同柳阜之、劉去非、石民瞻、周嘉仲、陳孟參、孟容，時八月五日也。

蘆葉滿汀州，寒沙帶淺流。二十年重過南樓③。柳下繫船猶未穩，能幾日，又中秋。　黃鶴斷磯頭④，古人曾到否？舊江山渾是新愁。欲買桂花同載酒，終不似，少年遊。

【作者簡介】

劉過（1154—1206），字改之，號龍洲道人。襄陽人，後移居吉州太和（今江西泰和縣）。少懷志節，讀書論兵，好言古今治亂盛衰之變。力主抗金，曾多次上書朝廷，「屢陳恢復大計，謂中原可一戰而取」。四次應舉不中，流落江湖，布衣終身。曾為陸游、辛棄疾所賞，與陳亮、岳珂友善。詞風與辛棄疾相近，抒發抗金抱負，狂逸俊致。與劉兌壯、劉辰翁享有「辛派三劉」之譽，又與劉仙倫合稱為「廬陵二布衣」。有《龍洲詞》，存詞七十餘首。

【註釋】

①唐多令：詞調名，始見於劉過詞。周密因劉過詞有「二十年重過南

樓」句，又名《南樓令》。

②侑觴歌板：謂歌舞助興。

③南樓：即安遠樓。

④黃鶴斷磯頭：武昌有黃鶴山，它的西北有黃鶴磯，黃鶴樓在其上，面臨長江。

【評析】

此詞為重訪南樓，感舊傷懷之作，抒發了物是人非和懷才不遇的失落之情。

詞的上片寫重過南樓。「蘆葉」二句勾描了江邊秋色淒清之景。「蘆葦」意象渲染了一種迷濛、黯淡、淒清、衰瑟的氛圍，而蘆葦敗葉落滿沙洲，更增添了寥落感，為詞人重訪南樓營造了富有悲劇色彩的特定基調。「二十年」句，以敘述的方式暗寓今昔感懷與時世滄桑之歎：恢復無望、國勢瀕危、故友雲散、功名空許。「柳下」三句進一步點出繫舟柳下只是倉促路過，既不得久駐，也不能登樓，更可惜再過幾天便是中秋佳節，正是親友團聚，登樓賞月的好時節，而今行色匆遽，望樓興歎，欲重溫昔遊景況亦不可得，實在遺憾之至！下片抒情感懷。詞人重遊故地，自然地想到了當年到此時所遇到的故人，而今物是人非，滄海桑田，早就沒了他們的音訊。莫名地，詞人心底湧出了無盡的愁緒。而此時南宋國勢衰危，目望安遠樓，而心憂國之危迫的新愁舊愁，與上片「二十年」相映，實乃愁上添愁。「欲買」三句以「欲」字頓轉，生發出欲與故人重溫遊樂的期望，以彌補「重過南樓」的遺憾。然而，「終不似」又對此期望做了否定，佳節美酒易得，少年豪興難再。在一個否定式的論斷下，全詞劃上了一個沉痛的句號。

劉過的愛國詞多豪爽奔放，痛快淋漓，而此詞卻寫得蘊藉含蓄，耐人尋味，的確別具一格。

木蘭花

嚴仁

　　春風只在園西畔，薺菜花繁蝴蝶亂。冰池晴綠照還空[1]，香徑落紅吹已斷。　　意長翻恨遊絲短，盡日相思羅帶緩。寶奩如月不欺人，明日歸來君試看[2]。

【作者簡介】

　　嚴仁，生卒年不詳，字次山，號樵溪，邵武（今屬福建）人。好古博雅。與同族嚴羽、嚴參齊名，人稱「邵武三嚴」。工詞，黃升《中興以來絕妙詞選》卷五稱「其詞極能道閨閣之趣」。楊慎《詞品》卷四稱他「長於慶壽、贈行，灑然脫俗」。有《清江欸乃集》，不傳。存詞三十首。

【註釋】

① 冰池晴綠照還空：李白《望廬山瀑布》二首之一：「海風吹不斷，江月照還空。」此用其意。

② 「寶奩」二句：李白《長相思》二首之一：「不信妾腸斷，歸來看取明鏡前。」此用其意。寶奩：婦女裝銅鏡用的鏡匣。

【評析】

　　本詞別本題作「春思」，是一篇閨閣香奩之作，先景後情，輕婉回環。

　　詞的上片寫景。以「春風」總領全詞。「薺菜花」後，一句一景，以菜花之繁，蝴蝶之亂，冰池之綠，落紅之殘，組合成一幅暮春風光畫，而那雙雙蝴蝶翩翩亂飛，繁多而歡鬧，反襯出思婦之孤單、冷寂。那殘花「落紅」，隱喻了思婦青春如落紅般消逝，流露出相思無盡的悵惘。下片抒情。以「意長」二句寫相思離愁之深長。「恨遊絲短」，乃恨遊絲不足以形

容、表露自己深長的愁緒，看我盡日相思，衣帶漸寬便是明證。「寶奩」二句承「羅帶緩」而生發容顏憔悴之痛，以「明月」之鏡不欺人，暗示思婦每日攬鏡自照，眼看著面容日漸消瘦，內心苦況難言，也表現出思婦對其夫君「衣帶漸寬終不悔」的誠摯和專一，只待「明日歸來」，讓夫君看看真實無偽的我之心，我之情！

風入松①

俞國寶

　　一春長費買花錢，日日醉湖邊。玉驄慣識西湖路，驕嘶過、沽酒樓前。紅杏香中簫鼓，綠楊影裏秋千。　　暖風十里麗人天，花壓鬢雲偏。畫船載取春歸去，餘情付、湖水湖煙。明日重扶殘醉，來尋陌上花鈿②。

【作者簡介】

　　俞國寶，生卒年不詳，號醒庵，臨川（今江西撫州）人。宋淳熙年間太學生。性豪放，嗜詩酒。況周頤《蕙風詞話》卷二謂俞詞「第流美而已。顧當時盛傳，以其句麗可喜，又諧適便口誦，故稱述者多」。《全宋詞》錄其詞五首。

【註釋】

①風入松：詞調名。毛先舒《填詞名解》云：「《風入松》，古琴曲。又李白詩：『風入松下清，露出草間白。』詞取以名。」始見於晏殊詞。

②花鈿：古代女子首飾，即花釵。

【評析】

《武林舊事》卷三載，已做太上皇的宋高宗一日遊西湖，御舟經斷橋，有小酒肆，中飾素屏，書《風入松》一詞於上，高宗駐目稱賞久之，問何人所作，乃太學生俞國寶醉筆也。其詞云：「明日再攜殘酒，來尋陌上花鈿。」高宗笑曰：「此詞甚好，但末句未免儒酸。」因此改定云「明日重扶殘醉」，則迥不同矣。俞國寶也因而得到即日解褐授官的優待。隆興二年（1164），宋金簽訂「隆興和議」，此後的三十年內雙方都掛起了免戰牌。暫時的和平麻痹了人們的意志，也為上流社會提供了醉生夢死的可能性。此詞寫於淳熙年間，正是這種社會現實和心理狀態的反映。

這首詞描繪了南宋都城臨安西湖遊春圖。上片以「日日醉」總攬遊湖情興，又借玉驄之「慣識」西湖路，映襯詞人日日遊湖，以至到了人馬合一的境地。自「紅杏」二句至下片「暖風」四句敘寫西湖遊春景象。「畫船」二句寫暮色中畫船載著春光歸去，未盡的情致都留給了湖面上的霧氣嵐煙，詞人仿佛醉入湖光春色中，將酒醉昇華為景醉和情醉交融的境界。「明日」二句承「日日醉」而設想明日之遊，以花邊買醉起，以扶醉尋花結，可謂「善救首尾者也」。

此詞筆調輕快流麗，如行雲流水，讀來令人心無遠慮。但詞局限於風光如畫、香綺濃豔的描寫，故篇外並無多少深意可言。

滿 庭 芳

促 織 兒

張 鎡

　　月洗高梧，露溥①幽草，寶釵樓②外秋深。土花③沿翠，螢火墜牆陰。靜聽寒聲斷續，微韻轉、淒咽悲沉。爭求侶、殷勤勸織，促破曉機心④。　　兒時曾記得，呼燈灌穴⑤，斂步隨音。

任滿身花影，獨自追尋。攜向華堂戲鬥。亭台⑥小、籠巧妝金⑦。今休說，從渠床下，涼夜伴孤吟⑧。

【作者簡介】

　　張鎡（1153—1221），原字時可，因慕郭功甫，故易字功甫，號約齋。南宋初名將張俊的曾孫。淳熙年間直秘閣通判婺州。慶元初為司農寺主簿，遷司農寺丞。開禧三年（1207）與謀誅韓侂胄，又欲去宰相史彌遠，事泄，於嘉定四年十二月被除名象州編管，卒於是年後。張鎡出身高貴，能詩擅詞，又善畫竹石古木。嘗學詩於陸游。尤袤、楊萬里、辛棄疾、姜夔等皆與之交遊。有《玉照堂詞》一卷，存詞八十餘首。

【註釋】

①漙：露水多貌。

②寶釵樓：唐宋時咸陽古樓名，詞中代指華美的樓閣。

③土花：青苔，苔蘚。

④機心：原指機巧功利之心。此謂蟋蟀為「勸織」而煞費苦心。

⑤灌穴：古時一種抓蟋蟀的方法，將水灌進蟋蟀穴，逼迫蟋蟀出來。

⑥亭台：指裝蟋蟀的籠子。

⑦籠巧妝金：王仁裕《開元天寶遺事》：「每秋時，宮中妃妾皆以小金籠閉蟋蟀置枕函畔，夜聞其聲。民間爭效之。」

⑧「從渠床下」二句：杜甫《促織》：「促織甚微細，哀音何動人。草根吟不穩，床下夜相親。」此處化用其詩意。渠：它。

【評析】

　　本詞的創作緣由可參見姜夔《齊天樂》詞序。

　　詞的上片寫秋夜蟋蟀悲吟。「月洗」五句描述月夜秋寒之境。「靜聽」六句描寫蟋蟀鳴叫。一個「寒」字透出秋深時蟋蟀叫聲的寒瑟和詞人心理

感受的淒切。「斷續」「微轉」則傳達出蟋蟀叫聲始而斷續微吟，繼而轉變為「淒咽悲沉」，似悲弦哀管，如泣如咽。下片追憶兒時趣事，生動細膩地描摹了「呼燈灌穴，斂步隨音」和「華堂戲鬥」的捉蟋蟀、鬥蟋蟀的情景，饒有情趣，流露出詞人對童年趣事的幸福感受。「今休說」三句，詞情再次回到上片的清冷淒涼上，詞人由回憶轉入夜聞蟋蟀的淒涼，很自然地表現了今昔生活落差之感慨。詞人所懷念的不僅僅是兒時的那段快樂時光，還有王朝強盛的舊日歲月。如今詞人老邁，國家又風雨飄搖，早已沒了遊戲的興致了。「伴孤」二字物我雙挽，以移情手法寫出蟋蟀極富人情味，構成無情之物慰藉有情之人，而有情之人感受到無情之物的真情，及二者的交感與共鳴，堪稱妙境，極深微地傳達出詞人的孤獨寂寞。

　　鄭文焯評此詞曰：「功甫《滿庭芳》詞詠蟋蟀兒，清雋幽美，實擅詞家能事，有觀止之歎。」

燕山亭

張鎡

　　幽夢初回，重陰未開，曉色催成疏雨。竹檻氣寒，蕙畹[1]聲搖，新綠暗通南浦。未有人行，才半啟、回廊朱戶。無緒，空望極霓旌[2]，錦書難據。　　苔徑追憶曾遊，念誰伴、秋千彩繩芳柱。犀簾黛捲，鳳枕雲孤，應也幾番凝佇。怎得伊來，花霧[3]繞、小堂深處。留住，直到老、不教歸去。

【註釋】

① 蕙畹：栽植香草的園圃。畹：古代地積單位，或以三十畝為一畹，或以三十步為一畹，或以十二畝為一畹。

② 霓旌：本指皇帝出行時儀仗的一種，此指雲霓。

③ 花霧：白居易《花非花》詩：「花非花，霧非霧，夜半來，天明去，

來如春夢不多時，去似朝雲無覓處。」此處化用其意。

【評析】

本詞為抒寫相思離情之作。

上片寫相思孤寂。「陰」「寒」二字點染出幽夢初醒後庭院的冷落和閨中人淒寂的心情。「曉色」催開陰雲化為寒雨，給這陰沉的環境帶來一線亮色，而「新綠」則以新漾的綠溪溝通南浦，將思婦的心緒引向情侶離別的南浦，觸發對於遠行情侶的思念。「未有」五句寫思婦滿腹相思欲向他傾訴，卻難以依靠「錦書」傳遞，因為情侶無蹤，該寄向何方？真是一片渺茫。下片寫懷人盼歸。「苔徑」三句感物傷心，寫思婦獨自踏過生著苔蘚的小徑，追憶舊日與伴侶搖盪秋千的嬉戲情景，而今秋千棄置一邊，唯見彩繩空自搖曳。「犀簾」三句寫她捲簾眺望情人而不見，夜夢情人亦無蹤的日思夜想之渴盼，並推想情人也應該「幾番凝佇」，多少次地凝神佇望，以癡想傳真情也。「怎得」至詞末設想情人歸來，花香如霧氣繚繞芳馥迷離，暗示出情侶團聚後溫馨、纏綿的歡愛氛圍，更發出要留住他，「直到老，不教歸去」的決斷。情感熱切而真摯。

全詞敘事興感，將今日、往昔與未來三者不同時空之情事交錯相映，鋪敘婉曲，辭情幽雅而真切。

綺羅香①

詠春雨

史達祖

做冷欺花，將煙困柳，千里偷催春暮②。盡日冥迷，愁裏欲飛還住。驚粉重、蝶宿西園，喜泥潤、燕歸南浦。最妨他、佳約風流，鈿車不到杜陵路③。　　沉沉江上望極，還被春潮晚急，

難尋官渡④。隱約遙峰，和淚謝娘⑤眉嫵。臨斷岸、新綠生時，是落紅、帶愁流處。記當日、門掩梨花⑥，剪燈深夜語⑦。

【作者簡介】

　　史達祖（1163—1220 ?），字邦卿，號梅溪，汴（今河南開封）人。一生未中第，早年任過幕僚。韓侂冑當國時，他是最親信的堂吏，負責撰擬文書。韓敗，史牽連受黥刑，死於貧困中。韓侂冑被《宋史》定為「奸臣」，史達祖的為人與作品也因此遭到貶損。史詞過去常與周邦彥、姜夔相提並論。姜夔稱其詞「奇秀清逸，有李長吉之韻」。他的詞善於創意、設色、佈局、造語。史達祖特別擅長以長調詠物，極妍盡態，刻畫入神。他還在寧宗朝北行使金，這一部分的北行詞，充滿了沉痛的家國之感。有《梅溪詞》。存詞一百一十二首。

【註釋】

① 綺羅香：詞調名，始見於史達祖詞。

② 千里偷催春暮：孟郊《喜雨》詩：「朝見一片雲，暮成千里雨。」

③ 鈿車：用珠寶裝飾的車。杜陵：地名，在陝西長安東南，也叫樂遊原，唐時為登覽勝地。此指佳人所在之處。

④ 「還被」二句：韋應物《滁州西澗》詩：「春潮帶雨晚來急，野渡無人舟自橫。」此處化用其意。

⑤ 謝娘：唐李德裕歌妓謝秋娘，後用以泛指歌女。

⑥ 「記當日」句：李重元《憶王孫》詞：「欲黃昏，雨打梨花深閉門。」

⑦ 剪燈深夜語：李商隱《夜雨寄北》詩：「何當共剪西窗燭，卻話巴山夜雨時。」

【評析】

　　這是一首詠物詞，以多種藝術手法，多角度窮行攝魄地摹寫春雨纏綿的景象。

詞的上片寫近處春雨。「做冷欺花」，給人以觸覺上的感受；「將煙困柳」，給人以視覺上的感受；「偷催春暮」，更是巧妙地調動了人們的聽覺器官，使人如聞春雨那沙沙的步履聲。起筆三句，不同凡響，攝住了春雨之魂，使紙面上的綿綿春雨，變成可感可觸、可見可聞的對象。「盡日」兩句，進一步描寫春雨的特有面貌。上句著重刻畫的是春雨的靜態，下句重點表現的是春雨的動態。動靜結合，使春雨形象更為鮮明、具體地呈現在讀者面前。以下詞人筆鋒一轉，寫燕子、蝴蝶的行動，迷漾灰黯的春雨圖經燕、蝶的點綴，色彩有所改觀，呈現一種淒麗的境界。燕、蝶的作用不僅側面襯托春雨，擴大了詞境，而且蝶驚燕喜的氣氛還反襯出詞人寂寞黯然的心境。「最妨他」兩句，寫春雨對自己約會的影響。這兩句因詠物而融入閨情，遙應前面的「愁」字。詞人融一片愁情於雨景之中，借春雨冥迷暗淡之境表現懷人不見之情，情景兩者融洽無間，堪稱絕妙。

下片詞人繼續把詠雨和抒情結合在一起，抒發懷人之情而仍關合雨意。前三句寫天色漸晚，潮隨雨漲，江水洶湧，詞人站在江邊，極目遠望，但見煙波迷濛，渺無邊際，官渡隱沒於煙雨之中，難以尋覓。此處化用韋應物詩意，更深一層表現他的愁緒。「隱約」二句，既生動寫出了煙雨迷漾之中的山峰形態，同時將遠山比作所思之情人，可見詞人因「雨妨佳約」，心頭情絲繚繞，排遣不去。此外，寫謝娘含淚，又是詞人懸想對方因思念自己而傷心落淚，這種由「對面入筆」的寫法，更進一層顯示出詞人相思之深切。「臨斷岸」三句進一步寫詞人之愁。其愁思之深長，讀來真有「一江春水向東流」之感。末二句以回想從前之事作結，依然不離雨景。詞人化用前人詩詞，靈活通脫，不僅不離詠雨及思人的本旨，而且還借此更為真切地反映了自己的心情。

此詞無一字不切「雨」字，卻全文不見「雨」字，結尾始出「雨」字，而又不露字面。綺合繡聯，巧奪天工。同時，全詞抒發愁情，寫得婉轉層折，情致深厚。黃蓼園《蓼園詞選》評此詞曰：「愁雨耶？怨雨耶？多少淑偶佳期，盡為所誤，而伊仍浸淫漸漬，聯綿不已，小人情態如是，句句清雋可思，好在結二語寫得幽閒貞靜，自有身分，怨而不怒。」

雙雙燕①

詠　燕

史達祖

　　過春社②了，度簾幕中間③，去年塵冷。差池④欲住，試入舊巢相並。還相雕梁藻井⑤，又軟語⑥商量不定。飄然快拂花梢，翠尾分開紅影。　　芳徑，芹泥⑦雨潤，愛貼地爭飛，競誇輕俊。紅樓⑧歸晚，看足柳昏花暝。應自棲香正穩，便忘了、天涯芳信⑨。愁損翠黛雙蛾，日日畫闌獨憑。

【註釋】

①雙雙燕：詞調名，史達祖創制。

②春社：在立春後第五個戊日。相傳燕子於春社日北來，秋社日南歸。

③度：穿過。簾幕中間：古時富貴人家，院宇深邃，多張設簾幕。

④差池：燕子飛行時，有先有後，尾翼舒張貌。

⑤相：端看，仔細看。雕梁：雕有或繪有圖案的屋樑。藻井：用彩色圖案裝飾的天花板，形狀似井欄，故稱藻井。

⑥軟語：燕子的呢喃聲。

⑦芹泥：水邊長芹草的泥土。

⑧紅樓：泛指華美的樓房。

⑨「便忘了」句：江淹《雜體詩·擬李都尉從軍》：「而我在萬里，結髮不相見。袖中有短書，願寄雙飛燕。」

【評析】

　　本詞為詠燕的絕唱。通篇不出「燕」字，而句句寫燕，極妍盡態，神形畢肖，而又不覺繁複。

　　詞的上片寫燕子飛來，重回舊巢。「去年塵冷」暗示出是舊燕重歸及新變化。「差池欲住」四句，寫雙燕欲住而又猶豫的情景。小小情事，寫得細膩而曲折。「商量」之後，這對燕侶決定在這裏定居下來了。於是，它們「飄然快拂花梢，翠尾分開紅影」，在美好的春光中開始了繁忙緊張快活的新生活。下片寫雙燕留居後生活美好，在春光中嬉戲。然而，雙燕陶醉於幸福中，卻忘記捎回遠方的書信。這天外飛來的一筆，出人意料。隨著這一轉折，便出現了紅樓思婦倚欄眺望的畫面：「愁損翠黛雙蛾，日日畫闌獨憑」。

　　末二句似乎離開了通篇所詠的燕子，轉而去寫紅樓思婦了，看似離題，其實正是詞人匠心獨到之處。詞人之前花那麼多筆墨，描寫燕子徘徊舊巢，欲住還休。對燕子來說，是有感於「去年塵冷」的新變化，實際上這是暗示人去境清，深閨寂寥的人事變化，只是一直沒有道破。到了最後，將意思推開一層，融入閨情更有餘韻。原來詞人描寫這雙雙燕，是意在言先地放在紅樓清冷、思婦傷春的環境中來寫的，他是用雙雙燕子形影不離的美滿生活，暗暗與思婦「畫闌獨憑」的寂寞生活相對照。接著他又極寫雙雙燕子盡情遊賞大自然的美好風光，暗暗與思婦「愁損翠黛雙蛾」的命運相對照。顯然，詞人對燕子那種自由、愉快、美滿的生活的描寫，是隱含著某種人生的感慨與寄託的。這種寫法，打破宋詞題材結構以寫人為主體的常規，而以寫燕為主，寫人為賓；寫紅樓思婦的愁苦，只是為了反襯雙燕的美滿生活，給人以耳目一新之感。讀者自會從雙燕的幸福想到人的悲劇，這些不過是詞人有意留給讀者自己去體會罷了。

　　全詞在修辭上採用擬人手法，用語上採用白描，結構安排上也匠心獨運，用春燕雙宿雙飛襯出思婦盼歸之情，完整而自然。

東風第一枝①

春 雪

史達祖

　　巧沁蘭心，偷粘草甲②，東風欲障新暖。漫疑碧瓦難留，信知暮寒猶淺。行天入鏡③，做弄出、輕鬆纖軟。料故園、不捲重簾，誤了乍來雙燕。　　青未了、柳回白眼④，紅欲斷、杏開素面。舊遊憶著山陰⑤，後盟遂妨上苑⑥。熏爐⑦重熨，便放慢、春衫針線。怕鳳靴挑菜歸來，萬一灞橋相見⑧。

【註釋】

① 東風第一枝：詞調名，始見於史達祖詞。《白香詞譜》題考云：「調名係指梅……東風即春風，第一枝為梅花，春風所被，第一枝梅花先放，故曰東風第一枝，調名義本於此。」

② 甲：草木萌芽時的外殼。

③ 行天入鏡：唐韓愈《春雪》詩：「入鏡鸞窺詔，行天馬度橋。」此處以鏡和天來喻地面、橋面積雪的明淨。

④ 柳回白眼：指初生的柳葉因春雪落下，都變成白眼。柳葉形似眼，故設喻。

⑤ 舊遊憶著山陰：《世說新語·任誕》載：「王子猷居山陰。夜大雪……忽憶戴安道。時戴在剡，即便夜乘小船就之。經宿方至，造門不前而返。人問其故，王曰：『吾本乘興而行，興盡而返，何必見戴？』」

⑥ 後盟遂妨上苑：用司馬相如參加梁王兔園之宴，因下雪而遲到。

⑦ 熏爐：一作「寒爐」。

⑧ 萬一灞橋相見：孫光憲《北夢瑣言》卷七載：「相國鄭綮善詩……或

曰：『相國近有新詩否？』對曰：『詩思在灞橋風雪中驢子上，此處何以得之？』」此處以灞橋隱指風雪。

【評析】

　　本詞以散文的筆法、細膩的筆觸，繪形繪神，借其他自然物象與人事典故相映襯，鋪描春雪的特點，以及雪中草木萬物的千姿百態。

　　上片「巧沁」三句以「巧」「偷」二字狀春雪附物之特徵，以「沁」「粘」「障」三字寫出春雪之細密、濕粘和寒冷的特性，顯出一種細膩、柔媚的韻致。「漫疑」二句暗示出春意漸濃，暮寒已淺。「行天入鏡」，描寫春雪覆蓋大地、池沼、江湖更顯得澄澈、明淨，故從橋面上行走像漫步明淨的天空，俯視池沼像映如瑩澈的鏡面，構成一種虛明之境。「輕鬆纖軟」四字，則準確而微妙地體現出春雪獨特的質感。「料故園」二句從眼前春雪懸想臨安西湖家園亦必已春雪降寒，重重簾幕未捲，錯阻了初歸的雙燕。下片「青未了」四句以「白眼」「素面」描畫出春雪粘附綠柳之葉、紅杏之花處處素白的形態。「舊遊」二句用王子猷和司馬相如之典，寫出雪中情趣。「熏爐」二句，上承「障新暖」及「暮寒較淺」之意，寫這一場春雪推遲了春來的腳步。末二句補足前兩句，「挑菜」點明節令，「灞橋」隱含風雪。用一個「恐」字領起，顯得情致婉約，清空脫俗。此處暗示即使到了挑菜節，寒氣未褪，人心倦出的因素仍在，從另一個層面又暗示出詞人心境在這大地復蘇時節的淒涼仍舊。

　　此詞無一字道著「雪」字，但又無一字不在寫雪，立意上雖無特別令人稱道之處，卻給人以美感，體現了史達祖詞「奇逸清逸」的風格。

喜遷鶯

史達祖

月波疑滴，望玉壺①天近，了無塵隔。翠眼圈花②，冰絲織

練，黃道寶光相直③。自憐詩酒瘦，難應接許多春色。最無賴，是隨香趁燭，曾伴狂客。　　蹤跡，漫記憶，老了杜郎④，忍聽東風笛。柳院燈疏，梅廳雪在，誰與細傾春碧⑤？舊情拘未定，猶自學、當年遊歷。怕萬一，誤玉人、夜寒簾隙。

【註釋】

① 玉壺：比喻月亮。鮑照《代白頭吟》：「清如玉壺冰。」

② 翠眼圈花：指各式花燈。翠眼疑為綠色羅帛萬眼燈，圈花疑為大型五彩花燈。

③ 黃道：原指太陽在天空周年運行的軌道。《漢書·天文志》：「日有中道，月有九行。中道者，黃道，一曰光道。」此指月光。寶光：指燈光。相直：交相輝映。

④ 杜郎：指杜牧。此處是詞人自指。

⑤ 春碧：指春日新酒，新酒呈綠色，故雲。

【評析】

　　本詞為元宵訪舊感懷之作。

　　上片寫景感懷。詞人將月景、燈景做了生動描繪，渲染了節日歡樂的氣氛。「自憐」五句辭意頓折，寫自己在元宵夜的獨特心情：為耽詩、病酒而瘦損憔悴，自憐自傷，對絢麗春色「難應接」，即沒有情緒；而對「隨香趁燭，曾伴狂客」，即對追賞元宵燈景，陪伴少年輕狂則「最無賴」，即最無聊！在元宵良夜，詞人表現出違離眾俗的不諧和情緒。下片寫獨尋舊時蹤跡。詞人重尋舊日清幽的柳院梅廳，那垂柳依依的院落，寒梅俏立的廳堂，那稀疏的燈火，積存的殘雪，處處都能見到舊日的痕跡，然而，物是人非，玉人已去，庭院已空。「誰與」句則以詰問的方式追懷昔日「細傾春碧」的親密相處，感歎玉人渺茫，再無人為我「細傾春碧」了。「舊情」四句，難忘舊情，仍希望與玉人之重逢，是情深之語。

　　全篇寫景明麗，情蘊纏綿，意境悲涼。

三姝媚①

史達祖

煙光搖縹瓦②，望晴簷多風，柳花如灑。錦瑟橫床，想淚痕塵影，鳳弦③常下。倦出犀帷④，頻夢見、王孫驕馬。諱道相思，偷理綃裙，自驚腰衩⑤。　惆悵南樓遙夜，記翠箔張燈，枕肩歌罷。又入銅駝，遍舊家門巷，首詢聲價⑥。可惜東風，將恨與閑花俱謝。記取崔徽⑦模樣，歸來暗寫。

【註釋】

① 三姝媚：詞調名，始見於史達祖詞。毛先舒《填詞名解》云：「古樂府有《三婦豔》詞，緣以名，亦名《三姝媚》曲。」

② 縹瓦：即琉璃瓦。

③ 鳳弦：琴弦，音弦。

④ 犀帷：以犀牛角裝飾的帷帳。

⑤ 腰衩：指衣裙下旁開口的地方。此指腰身。

⑥ 「又入銅駝」三句：周邦彥《瑞龍吟》：「前度劉郎重到，訪鄰尋裏，同時歌舞，惟有舊家秋娘，聲價如故。」此處化用其意。

⑦ 崔徽：元稹《崔徽歌並序》記唐歌妓崔徽與裴敬中相戀。既別，徽請畫家丘夏寫肖像寄敬中，不久抱恨而死。

【評析】

本詞為悼憶亡妓之作，詞人一邊尋訪，一邊回憶，感情沉痛而又傳達細膩。

上片寫尋訪戀人舊蹤。起三句以「多風」為主體，描畫了一幅煙光閃爍，柳絮紛灑的暮春景象，既交代了訪尋戀人的時節，也借柳絮渲染了繚亂的愁緒。「想」字直貫下文。詞人從對方著筆，推想對方別後不理樂器，

不出帷幕，因入骨的相思，而思極成夢。「倦」字，「頻」字，巧妙地寫出了分別以後那無法排解的相思之苦，不僅表現了伊人感情的執著，更寫出她獨居小樓的孑立。「諱道相思」三句，進一步委婉曲折地刻畫了這位多情女子的形象。

下片憶昔傷今。「惆悵」三句追憶南樓長夜、張燈歌舞的情景，用對比手法深化了詞人思念之情。「又入」三句寫詞人因「記」而尋，追尋舊日蹤跡。「可惜」四句寫此次尋訪的結果：東風將她的相思怨恨與「閑花」一齊帶走了！暗示了她的青春夭折。末二句活用裴敬中與妓女崔徽之典，筆法曲折變化，寫出了極細微的感情，用此收束全詞，既空靈，又沉厚。

全詞無呼天搶地之悲，無執手相訣之淒，語極沉厚，悲涼無限。詞中情與景，人與物，初見和死別，當時的歡娛和此時的悲哀，死者的多情和生者的遺恨，渾然融為一體，氣格渾成。

秋 霽①

史達祖

　　江水蒼蒼，望倦柳愁荷，共感秋色。廢閣先涼，古簾空暮，雁程最嫌風力。故園信息，愛渠入眼南山②碧。念上國③，誰是、膾鱸江漢未歸客④。　　還又歲晚，瘦骨臨風，夜聞秋聲，吹動岑寂。露蛩悲、青燈冷屋，翻書愁上鬢毛白。年少俊遊渾斷得，但可憐處，無奈苒苒魂驚，采香南浦⑤，剪梅煙驛⑥。

【註釋】

①秋霽：詞調名，始見於北宋曾紆詞。又名《春霽》。

②南山：周密《武林舊事》卷五「湖山勝概」條列有「南山路」，注明：「自豐樂樓南，至暗門錢湖門外，入赤山煙霞石屋止。南高峰、方家峪、大小麥嶺並附於此。」此處泛指西湖之濱的青山。

③上國：此指南宋都城臨安。

④膾鱸：用張翰事，見辛棄疾《水龍吟》注。江漢未歸客：杜甫《江漢》
詩：「江漢思歸客，乾坤一腐儒。」

⑤采香南浦：屈原《九歌·湘夫人》：「搴汀洲兮杜若，將以遺兮遠者。」
《古詩十九首·涉江采芙蓉》：「涉江采芙蓉，蘭澤多芳草。采之欲遺
誰？所思在遠道。」此用其意。

⑥剪梅煙驛：用陸凱贈范曄詩之事。

【評析】

開禧三年（1207）韓侂冑主持的北伐失敗後，韓旋遇害身死，史達祖
也受牽連入獄，嘉定初被黥面流貶江漢。本詞約作於嘉定五年（1212），
此時距史達祖被貶已有數年，其懷歸思鄉之情日益強烈，適值深秋，又逢
送別友人，故孤獨惆悵之情一寄於詞。

詞的上片觸景生感。「江水」三句是愁人眼中的秋色，為全詞營造了
蕭瑟、悲涼的氛圍。「廢閣」三句傳達出詞人落魄江漢的孤獨，猶如遠飛
的孤雁在猛勁的風力中顛沛。「故園」四句抒寫對故園山水之眷戀和對京
都繁華之懷念。「誰是」句用張翰的典故，傳達出流落江漢，家園難歸的
棄逐感。下片寫客中送客之悲。「還又」點出歲末秋寒時節之重複，表明
流貶多年。「瘦骨」二字描摹出詞人流貶憔悴，瘦骨支離的衰殘之狀，暗
示出其身心的勞頓與痛楚。「夜聞秋聲」五句從江邊觸動詞人「岑寂」，寫
到冷屋獨伴孤燈，騷擾詞人無法讀書以消磨寂寞，愁染鬢斑的淒寂和悲
苦。「年少」數句寫詞人流貶後俊雅的遊伴已全斷了消息，本已十分孤獨，
卻又偏要在羈旅漂泊之際，在南浦採擷香草送別，在霧繞煙迷的驛館剪梅
贈寄。總之，多少次客中送客，使自己深品家國離絕的況味，神魂驚悸，
一片茫然無奈也。

本詞風格沉鬱蒼涼，抒情未回往復、虛實相間，以傷秋懷歸為題材，
藝術地展示了詞人貶謫時期的孤寂生活，抒發了落難志士的痛苦心情。

夜合花①

史達祖

柳鎖鴛魂，花翻蝶夢②，自知愁染潘郎③。輕衫未攬，猶將淚點偷藏。念前事，怯流光，早春窺、酥雨④池塘。向消凝裏，梅開半面，情滿徐妝⑤。　　風絲一寸柔腸，曾在歌邊惹恨，燭底縈香。芳機瑞錦，如何未織鴛鴦⑥。人扶醉，月依牆，是當初、誰敢疏狂？把閑言語，花房夜久，各自思量。

【註釋】

① 夜合花：詞調名，始見於晁端禮詞。

② 蝶夢：夢境。用莊周夢蝶的典故。

③ 潘郎：指西晉潘岳。岳少時容貌舉止優美，故稱。此處代指貌美的情郎。

④ 酥雨：細雨。

⑤ 徐妝：即半面妝。《南史·梁元帝徐妃傳》載：「妃以帝眇一目，每知帝將至，必為半面妝以俟。帝見則大怒而去。」

⑥「芳機」二句：化用織錦回文事。見柳永《曲玉管》注。

【評析】

本詞為春閨思婦怨傷之作。一說為詞人懷念戀人之作。

詞的上片寫相思怨傷。「柳鎖」二句借鴛蝶的一「鎖」一「翻」，映襯了思婦觸物傷情，見柳鶯而生愁，見花蝶而夢破的惆悵。「自知」句以「潘郎」代指情郎，交代了她的愁傷都是為了情郎。「猶將」句則暗用「桃花臉薄難藏淚」（韓偓《復偶見三絕》）句意。「念前事」三句追憶往昔與情郎相處情事，害怕春光流逝，遂與情郎及時遊賞春光，早春時情侶去悄悄窺望酥雨飄灑的池塘。「向消凝裏」三句隱然流露了對情郎不歸的怨傷，

也描繪了思婦似梅綻芳豔的梳妝之美。下片傷今憶昔。「惹恨縈香」，言其愁恨如縈繞的香縷纏綿深長。「芳機」二句既流露出欲與情郎鴛鴦成雙的心願，也隱喻了今日鴛鴦離分的孤獨處境與遺憾空虛。「人扶醉」至詞末追憶當初與情郎月夜幽期約會的情景。「人扶醉」指思婦扶著陶然欲醉的身子赴約的情態。兩人見面後，都拘謹自持，不敢疏狂，只扯些閒言碎語，似乎各自想著自己的心事。詞人生動地描繪出思婦初次幽會時的羞怯、拘謹，給予她以深刻而甜蜜的回憶，達到以昔日之歡會反襯今日之悲愁的藝術效果。

玉 蝴 蝶

史達祖

　　晚雨未摧宮樹[①]，可憐閑葉，猶抱涼蟬[②]。短景[③]歸秋，吟思又接愁邊。漏初長、夢魂難禁，人漸老、風月俱寒。想幽歡、土花庭甃[④]，蟲網闌干。　　　無端啼蛄[⑤]攪夜，恨隨團扇[⑥]，苦近秋蓮[⑦]。一笛當樓，謝娘懸淚立風前。故園晚，強留詩酒，新雁遠、不致寒暄。隔蒼煙、楚香羅袖，誰伴嬋娟[⑧]。

【註釋】

① 宮樹：本指宮廷之樹，此處泛指，「宮」字修飾「樹」。

② 「可憐」二句：王安石《題葛溪驛》詩：「鳴蟬更亂行人耳，猶抱疏桐葉半黃。」

③ 短景：指夏去秋來，白晝漸短。

④ 甃：井壁。

⑤ 蛄：螻蛄，一種昆蟲，通稱喇喇蛄，有的地區叫土狗子，晝伏夜出，穴居土中而鳴。

⑥ 恨隨團扇：相傳漢班婕妤作《團扇歌》，序云：「婕妤失寵，求供養

太后于長信宮，乃作怨詩以自傷，託辭於紈扇云。」見姜夔《霓裳
中序第一》注。

⑦苦近秋蓮：蓮心苦，故用以作比。

⑧嬋娟：形容儀態美好，借指美人。

【評析】

本詞是史達祖流貶後所作，是一首傷秋懷人之作。

全詞以寫景為主，以景起興，情因景生，景隨情變。上片悲秋傷老。「晚雨」三句以「涼蟬」意象為主體，描寫了黃昏秋雨摧傷宮樹，涼蟬猶抱疏葉的蕭瑟景象。「短景」數句由景入情，抒寫入秋後吟思與愁緒相接的悲秋詩興。「想幽歡」三句追憶往昔與情侶的幽歡密愛，以昔日之「幽歡」反襯今日悲秋之凄愁與冷瑟。下片思鄉懷人。「無端」三句以螻蛄悲啼與涼蟬抱葉遙映添情，烘托詞人凄涼孤寂之情懷，傳達出詞人寒夜裏的煩亂心緒，並以恨、苦二字暗示出自己的處境。「一笛」二句寫詞人在苦恨交加之下，懸想情侶夜不成寐，獨對空樓，吹笛舒怨，垂淚立於夜風之前的情景，並借情人之思寫出自己對情人的深切相思。「故園」四句對自己既不得返歸故園，又未能鴻雁傳書安慰情人之離愁而感到愧疚和悵恨，也寫出自己「強留詩酒」，淪落自傷的心情。末尾二句將思慮投向為「蒼煙」所阻隔的遠方故園，傾訴了對羅袖飄香的情人孤獨無伴的關切，情味深長凄婉。

八　歸

史達祖

秋江帶雨，寒沙縈水，人瞰①畫閣愁獨。煙蓑②散響驚詩思，還被亂鷗飛去，秀句難續。冷眼盡歸圖畫上，認隔岸、微茫雲屋。想半屬、漁市樵村，欲暮競然竹③。　　須信風流未老，

憑持尊酒，慰此淒涼心目。一鞭南陌，幾篙官渡，賴有歌眉舒綠④。只匆匆殘照，早覺閒愁掛喬木。應難奈、故人天際，望徹淮山，相思無雁足⑤。

【註釋】

① 瞰：俯視。

② 煙簑：指煙雨迷茫中身披簑衣的漁人。

③ 欲暮競然竹：柳宗元《漁翁》詩：「漁翁夜傍西岩宿，曉汲清湘然楚竹。」然：通「燃」。

④ 歌眉：指歌女。舒綠：舒展愁眉。古人以黛綠畫眉，綠即指眉。

⑤ 無雁足：古代傳說，雁足代表傳書，無雁足即謂無書信。

【評析】

本詞寫詞人秋日登臨而感懷，思念故人的苦愁心情，是詞人隨李壁出使金國途中所作，時間大約在宋寧宗開禧元年（1205）十月。

詞的上片寫景。「秋江」三句寫詞人登畫閣遠瞰秋江寒沙之景。「愁獨」總領全篇的抒情基調。「煙簑」三句拓展秋江景物，遠處傳來迷濛煙雨中漁夫披簑撒網的聲響，它驚動詞人詩思，卻又被群鷗攪亂，流露出躁動不安的心緒。「冷眼」四句將視野投向隔岸的遠景。下片寫羈旅懷人。「須信」三句故作豪曠，尚可憑藉飲酒「慰此淒涼心目」，聊解愁獨之苦楚。「一鞭」三句追憶離京赴金國的旅程，一路上水陸輾轉顛簸，疲勞困頓，幸賴驛館歌女聊慰情懷。然而，當詞人登上畫閣「匆匆遠眺」，便觸發了故國興亡之感。「應難奈」三句則寫心飛天際，望盡淮山，卻無法尋雁足，將此時此刻的淒涼相思向故人傾訴，留下一片茫然和壓抑。

全詞低徊跌宕，疏俊奇秀，寫景入畫而淒豔，抒情沉鬱而深婉，是其抒情詞之絕構。

生查子

元夕戲陳敬叟①

劉克莊

繁燈奪霽華②，戲鼓侵明發③。物色舊時同，情味中年別。
淺畫鏡中眉④，深拜樓中月。人散市聲收，漸入愁時節。

【作者簡介】

　　劉克莊（1187—1269），字潛夫，號後村居士，莆田（今屬福建）人。初名灼，師事真德秀。出身世家，以蔭入仕，後因詠《落梅》詩得罪朝廷，閑廢十年。淳佑六年（1246），理宗以其「文名久著，史學尤精」，賜同進士出身，官至工部尚書兼侍讀。劉克莊詩詞均擅，是南宋江湖詩人，辛派重要詞人。其一生宦海浮沉，鬱鬱難伸，使他的詞作風格沉痛激烈，豪邁激越，雖不及辛棄疾的英雄氣概，卻也自有一股抑塞磊落之氣。有《後村別調》，存詞二百多首。

【註釋】

①陳敬叟：字以莊，號月溪，建安（今屬福建）人。劉克莊《陳敬叟集序》云：「敬叟詩才氣清拔，力量宏放，為人曠達如列禦寇、莊周；飲酒如阮嗣宗、李太白；筆札如谷子雲，草隸如張顛、李潮；樂府如溫飛卿、韓致光。」
②霽華：指明月，月光。
③侵：直到。明發：黎明陽光散開。
④淺畫鏡中眉：用漢張敞為妻畫眉事，表現夫妻恩愛。

【評析】

　　本詞題為元夕戲作，實則抒發人生感慨，突出中年情懷與往昔的不

同，抒寫自己中年氣衰、歎世事滄桑，和對友人和美的夫妻生活的羨慕及自己生活的愁苦。

上片「繁燈」二句以繁燈奪去月光的大膽誇張的聯想，徹夜的戲鼓聲聲，勾畫了元宵夜熱鬧非常的喜慶場面。「物色」二句辭意頓折，「物色同」「情味別」形成物我、情景不和諧的反差。「中年」二字頗有無奈滄桑之感。下片轉寫閨情，前兩句懸想陳敬叟為妻畫眉，夫妻二人共同在樓心深情地禮拜月亮，表示對吉日良宵的嚮往和期待。題中云「戲」，便是以調侃友人夫妻之恩愛，反襯自己的寂寞，暗寓著羨慕之情。「人散」二句寫出一種繁華過後是冷寂，歡樂終了入悲愁的情景與體驗，與開頭兩句相呼應，強化了主題，點出主旨：歡樂時，人們可暫時忘卻憂傷，但當歡樂過後，孤寂之感便會重新縈繞心頭，突出自己憂愁的心緒，昭示出盛筵必散的哲理，有感傷之味。一個「漸」字，慢慢道出詞人委曲幽怨之情。

全詞構思新巧，造語工麗，感情真摯，寫景細膩。且層次分明，包含著真實的人生體驗，含蓄而有餘味。

賀 新 郎

端 午

劉克莊

深院榴花吐，畫簾開、衣①袗扇，午風清暑。兒女紛紛誇結束②，新樣釵符艾虎③。早已有遊人觀渡④。老大逢場慵作戲⑤，任陌頭、年少爭旗鼓，溪雨急，浪花舞⑥。　　靈均標緻高如許⑦，憶生平既紉蘭佩⑧，更懷椒醑⑨。誰信騷魂⑩千載後，波底垂涎角黍，又說是蛟饞龍怒⑪。把似⑫而今醒到了，料當年、醉死差無苦，聊一笑，吊千古。

【註釋】

① 衣：粗布衣服。：粗絲織成的布。

② 結束：妝束，打扮。

③ 釵符：即釵頭符，端午節頭飾。陳元靚《歲時廣記》二一卷「釵頭符」：「《歲時雜記》：『端五剪繒彩作小符兒，爭逞精巧，摻於鬟髻之上。都城亦多撲賣，名釵頭符。』」艾虎：端午節用艾作虎，或剪綵為虎，粘艾葉，戴以辟邪。

④ 觀渡：《荊楚歲時記》：「五月五日競渡，俗為屈原投汨羅日，人傷其死，故命舟楫拯之。」

⑤ 逢場作戲：原指藝人遇到合適的場所就開場表演。亦指隨事應景，偶爾涉足遊戲的事。慵：慵懶，無心於。

⑥ 「任陌頭」三句：指弄潮。周密《武林舊事·觀潮》：「吳兒善泅者數百，皆披髮文身，手持十幅大彩旗，爭先鼓勇，溯迎而上，出沒於鯨波萬仞中，騰身百變，而旗尾略不沾濕，以此誇能。」

⑦ 靈均：屈原的字。《離騷》：「名餘曰正則兮，字餘曰靈均。」標緻：風度。

⑧ 紉蘭佩：聯綴秋蘭而佩於身，意謂清高的道德修養。《離騷》：「扈江離與辟芷兮，紉秋蘭以為佩。」

⑨ 椒：香物，用以降神。醑：美酒，用以祭神。

⑩ 騷魂：指屈原。因其作《離騷》，特以騷人指屈原。後亦泛指詩人。

⑪ 「波底」二句：南朝梁吳均《續齊諧記》：「屈原五月五日投汨羅江，楚人哀之，至此日，以竹筒子貯米，投水以祭之。漢建武中，長沙區曲忽見一士人，自云『三閭大夫』。謂曲曰：『聞君當見祭，甚善。常年為蛟龍所竊，今若有惠，當以楝葉塞其上，以彩絲纏之，此二物蛟龍所憚。』曲依其言。今五月五日作粽，並帶楝葉、五花絲，遺風也。」

⑫ 把似：與其。

【評析】

　　本詞為敘寫端午民俗，憑弔屈原之作。

　　詞的上片寫端午民俗。「深院」四句寫紅豔的榴花開放，突出端午節最具代表性的景物。春天來了，如春的少男少女也出來了，以此點染節日喜慶的氣氛。「清暑」二字則又寫出端午節暑而不熱，暑而風清的氣候特點。「兒女」三句寫端午風俗以及端午節人們的裝飾打扮。「老大」四句重點描述了年輕人龍舟競渡的場景，動態感很強。而詞人卻因年紀大，疏懶於此，這是情懷的不同。

　　下片「靈均」三句讚美屈原的高風亮節和超群脫俗的高尚品格。「誰信」三句辭意頓折，詞人對端午節民眾投粽的民俗予以批評，認為是對屈原的愚弄，有舉世皆醉我獨醒之慨。「誰信」二字表達一種出乎意料，難以置信的惋歎。「把似」四句以諧謔方式，設想屈原今日醒來，定以為當年醉死會比今日少些痛苦。此處實有借他人酒杯澆自家塊壘之意，詞人一生懷抱著「憂時元是詩人職」的志向，關心國事，亟想有所作為，卻「前後四立朝」，仕途坎坷，屢遭挫折，胸中自有許多牢騷不平之氣，便借屈原事一吐為快。黃蓼園《蓼園詞選》評此詞曰：「非為靈均雪恥，實為無識者下一針砭。思理超超，意在筆墨之外。」此乃深中肯綮之言。

賀 新 郎

九 日

劉克莊

　　湛湛[1]長空黑，更那堪、斜風細雨，亂愁如織。老眼平生空四海，賴有高樓百尺[2]。看浩蕩、千崖秋色。白髮書生神州淚，盡淒涼、不向牛山[3]滴。追往事，去無跡。　　少年自負凌雲筆[4]，到而今、春華落盡，滿懷蕭瑟[5]。常恨世人新意少，愛說南

朝狂客，把破帽年年拈出⑥。若對黃花孤負酒，怕黃花也笑人岑寂。鴻去北，日西匿⑦。

【註釋】

① 湛湛：深貌。

② 高樓百尺：代指憂國愛國志士的登臨，居住之所。

③ 牛山：在今山東臨淄南。《晏子春秋·內篇諫上》：「景公遊于牛山，北臨其國城而流涕，曰：『若何滂滂去此而死乎？』」

④ 凌雲筆：大手筆，形容筆端縱橫，氣勢干雲。《史記·司馬相如傳》：「相如既奏《大人》之頌，天子大說，飄飄有凌雲之氣，似遊天地之間意。」

⑤ 滿懷蕭瑟：杜甫《詠懷古跡》五首之一：「庾信平生最蕭瑟，暮年詩賦動江關。」

⑥ 「愛說」二句：指重陽題詠常搬出孟嘉典故。南朝狂客即指孟嘉。《晉書·孟嘉傳》：「九月九日，（桓）溫宴龍山，僚佐畢集。時佐吏並著戎服，有風至，吹嘉帽墮落，嘉不之覺。溫使左右勿言，欲觀其舉止。嘉良久如廁，溫令取還之，命孫盛作文嘲嘉，著嘉坐處。嘉還見，即答之，其文甚美，四坐嗟歎。」後世用「破帽」典，即由此出。

⑦ 「鴻去北」二句：江淹《恨賦》：「白日西匿，隴雁少飛。」

【評析】

本詞為重陽節登高抒懷之作。詞人在長空昏黑、斜風細雨的愁人天氣登高望遠，儘管愁緒滿懷，但仍抒發了自己作為一個放眼天下、憂國憂民的志士的豪邁情懷。

詞的上片寫景感懷。開篇就以「湛湛長空黑」烘托出胸中塊壘，加上「斜風細雨」，渲染了一種壓抑愁苦的氣氛。「愁亂如織」點出了全篇主旨，抒發了詞人心中那剪不斷、理還亂的綿綿愁情。「白髮」三句直抒「老眼」登覽之所感，極為動人，顯示詞人雖則白髮蒼蒼，卻仍只為神州未復而灑

淚，決不像登臨牛山的齊景公那樣流連光景，為個人生死悲哀，凜然正氣，令人感佩。下片「少年」四句遙接「老眼平生」，折筆追敘少年時代的豪興與才情。「常恨」三句對每逢重陽文人多寫些空洞應景的陳詞濫調，缺少真情實感和新意，表示極大的不滿，顯示他對文藝的真知灼見。「若對」寫詞人賞菊飲酒的逸興，以移情方式讚美了菊花高潔孤傲的品格。「怕黃花也笑人岑寂」句，借菊花自振，表現出不辜負菊花的逸興，頗見詞人豪曠之性情。「鴻去北」二句暗示出詞人賞菊飲酒，目送飛鴻北去，心向故國神州，意在言外，令人尋味不盡。

　　全詞寫景寓情，敘事感懷，今昔交映，兼融家國之恨，意象淒瑟，既豪放，又深婉，是劉克莊抒情詞的代表作。

木 蘭 花

戲 林 推①

劉克莊

　　年年躍馬長安②市，客舍似家家似寄。青錢換酒日無何③，紅燭呼盧④宵不寐。　　易挑錦婦機中字⑤，難得玉人⑥心下事。男兒西北有神州，莫滴水西橋⑦畔淚。

【註釋】

① 林推：姓林的推官，詞人的同鄉。此詞黃升《花庵詞選》題作「戲呈林節推鄉兄」。節推即節度推官，宋代州郡的佐理官。

② 長安：借指南宋都城臨安。

③ 青錢：青銅錢。無何：不過問其他的事情。

④ 紅燭呼盧：晚上點燭賭博。呼盧：古時一種賭博，又叫樗蒲，削木為子，共五個，一子兩面，一面塗黑，畫牛犢，一面塗白，畫雉。

五子都黑，叫盧，得頭彩。擲子時，高聲大喊，希望得到全黑，所以叫呼盧。

⑤錦婦機中字：用蘇蕙織錦為回文璿璣圖詩典。此句言妻子一片真情易得。

⑥玉人：歌妓舞女之類。此句言歌妓之心難以捉摸。

⑦水西橋：劉辰翁《須溪集·習溪橋記》載「閩水之西」（在福建建甌縣），為當時名橋之一，又《丹徒縣誌·關津》載「水西橋在水西門」。此處泛指妓女所居之處。

【評析】

　　本詞為戲贈友人以規諷之作，口吻幽默、詼諧，但戲筆中寓托莊重之意，在委婉批評中進行勸勉，思想內容非常深刻。

　　詞的上片極力描寫林推官的浪漫和豪邁。首二句言其久客輕家。年年馳馬於繁華的都市街頭，視客舍如家門而家門反像寄居之所，可見其性情之落拓。後二句則具言其縱情遊樂，日夜不休地縱酒浪博，又可見其生活之空虛。詞人如此描寫，表面上是對林推官的豪邁性格的讚賞，實際上則是對他的放蕩行為的惋惜。下片正面規箴林推宮。前兩句對舉成文，含蓄地批評他迷戀青樓、疏遠家室的錯誤。妻子情真意切，忠實可靠，妓女水性楊花，朝秦暮楚，一點也不值得信賴。末二句熔裁詞意，熱情而嚴肅地呼喚林推宮從偎紅倚翠中解脫出來，立志為收復中原建立一番功業。最後「莫滴水西橋畔淚」，委婉而又嚴屬。

　　全詞寓莊於諧，以諧謔方式表達嚴肅旨意，筆致明快，情蘊深永。陳廷焯《白雨齋詞話》評此詞曰：「足以使懦夫有立志。」

江城子

盧祖皋

畫樓簾暮捲新晴，掩銀屏，曉寒輕。墜粉飄香，日日喚愁生。暗數十年湖上路，能幾度、著娉婷①。　　年華空自感飄零，擁春醒，對誰醒？天闊雲閑，無處覓簫聲②。載酒買花年少事，渾不似、舊心情。

【作者簡介】

盧祖皋（約1174—1224），字申之，一字次夔，號蒲江，永嘉（今屬浙江溫州）人。慶元五年（1199）中進士，官至權直學士院。其詞內容較單薄，多為詠物、酬酢、相思別離、流連光景之作。周濟《介存齋論詞雜著》評曰：「小令時有佳處，長篇則枯寂無味。」有《蒲江詞》。

【註釋】

① 娉婷：原指姿態美好。此借指美女。
② 「天闊」二句：杜牧《寄揚州韓綽判官》詩：「二十四橋明月夜，玉人何處教吹簫。」此處化用其意。

【評析】

本詞為暮春時節傷春懷舊，自傷飄零之作。全詞委婉低徊，沉鬱深厚，以景襯情，情景交融，一個「愁」字貫串全篇，而又通過具體細緻的心理變化的描寫來逐步開拓「愁」境。

上片寫畫樓登望。篇首以「新晴」的明朗景色來反襯詞人「日日喚愁生」的沉悶心緒。「暗數」二句回憶十年舊事，一歎久居都城而功業未就，二歎美人不再，過往的美妙情事皆如雲煙飄散。下片撫今追昔。首句中一

個「空」字，有自傷虛度之意。詞人仕途困頓，情場多折，能不「愁」乎？在這種愁思纏綿的熬煎下，如何打發時光？詞人唯有「日日花前常病酒」，然而酒醉終有醒時。酒醒後又對誰訴說心曲呢？「天闊」二句化用杜牧詩意，既寫實，又寫虛，既寫莽莽蒼穹，也寫悠悠別緒。可謂情景交融，意境深遠。末二句與劉過「欲買桂花同載酒，終不似、少年遊」有異曲同工之妙，皆感慨自己飽經滄桑，少年時的那般尋歡作樂的閒情已不再有，不盡惆悵之情回蕩紙上。

全詞寫景寓情，將今昔身世、情戀、失侶綜揉一體，對人生離合悲歡做了真切的反思，深婉而自然。

宴清都①

盧祖皋

春訊飛瓊管②，風日薄，度牆啼鳥聲亂。江城次第③，笙歌翠合，綺羅香暖。溶溶澗淥冰泮④，醉夢裏，年華暗換。料黛眉⑤、重鎖隋堤⑥，芳心還動梁苑⑦。　　新來雁闊雲音⑧，鸞分鑒影⑨，無計重見。春啼細雨，籠愁淡月，恁時⑩庭院。離腸未語先斷，算猶有憑高望眼。更那堪衰草連天，飛梅弄晚。

【註釋】

① 宴清都：詞調名，始見於周邦彥詞。

② 瓊管：古以葭莩灰實律管，候至則灰飛管通。葭即蘆，管以玉為之。

③ 次第：轉眼，頃刻。

④ 溶溶：水盛。淥：清澈。冰泮：指冰雪融化。泮：溶解，分離。

⑤ 黛眉：以美人黛眉比喻柳葉。

⑥ 隋堤：隋代開通濟渠，沿渠築堤，後稱為隋堤。此處泛指。

⑦ 梁苑：園圃名，在今河南開封市東南。漢梁孝王劉武築，為遊賞與

延賓之所，當時名士如司馬相如、枚乘、鄒陽皆為座上客。一名梁園，又稱兔園。此處泛指園林。

⑧ 雁闊雲音：聽不到大雁的叫聲。闊：稀缺。

⑨ 鸞分鑒影：范泰《鸞鳥詩序》：「昔罽賓王結罝峻卯之山，獲一鸞鳥。王甚愛之，欲其鳴而不致也。乃飾以金樊，饗以珍羞。對之俞戚，三年不鳴。其夫人曰：『嘗聞鳥見其類而後鳴，何不懸鏡以映之？』王從其意。鸞睹形悲鳴，哀響沖霄，一奮而絕。」後以此故事比喻愛人分離或失去伴侶。

⑩ 恁時：此時。

【評析】

　　本詞為傷春抒懷之作。

　　上片描寫初春景色。「春訊」九句從自然與人事的聲、色、香、暖之種種變化，渲染江城春色之絢麗與溫馨。「醉夢」「暗換」，寫春光流逝之迅速和詞人恍惚不覺之心態，「料黛眉」二句寫詞人料想中原故土柳葉凝眉鎖愁，林花震顫不安，暗寓了對中原的眷念與悲感。下片抒相思別離之情。由春思人，由思生恨，辭情愈轉愈深。「春啼」三句以移情手法寫春之啼泣而細雨淋漓，由雲之籠愁而月光暗淡，詞人此刻正獨立於庭院而思家傷時，一片淒涼。「離腸」二句寫詞人相思離愁而痛斷離腸，即使登高望遠以舒懷，亦不得消釋內心的離恨。末二句以景結情，傳達出無限深長的別愁離恨，辭盡而意未盡。

南鄉子①

題南劍州②妓館

潘牥

生怕倚闌干，閣下溪聲閣外山。惟有舊時山共水，依然，暮雨朝雲去不還。　　應是躡飛鸞③，月下時時整佩環④。月又漸低霜又下，更闌，折得梅花獨自看。

【作者簡介】

潘牥（，1204—1246），字庭堅，號紫岩，初名公筠，避理宗諱改，福州富沙（今屬福建）人。端平二年（1235）進士第三，歷官太學正、潭州通判。有《紫岩集》，已佚。劉克莊為其撰墓誌銘。有《紫岩詞》一卷。存詞五首。

【註釋】

① 南鄉子：唐教坊曲名，後用作詞調。單片始見於五代歐陽炯詞，雙調始見於南唐馮延巳詞。

② 南劍州：今福建南平。

③ 躡飛鸞：傳說中仙人多乘鸞騎鳳，此處當是用秦穆公之女弄玉乘鳳飛天之典，比喻歌妓為仙子。

④ 月下時時整佩環：用王昭君魂歸典。杜甫《詠懷古跡》五首其三：「一去紫台連朔漠，獨留青塚向黃昏。畫圖省識春風面，環佩空歸夜月魂。」姜夔《疏影》詞：「想佩環月夜歸來，化作此花幽獨。」

【評析】

本詞為重訪舊地懷思之作，是為一個已經遠離、遍尋不著的歌妓所

寫，卻絕去綺詞麗語，也不帶絲毫輕褻的情調，而是以清婉深情的詩筆，抒寫了詞人的一片留戀、悵惘之情。

上片寫景，抒寫了詞人重訪南劍的冷寂與失落之痛。篇首「生怕」二字即點明詞人心境，道出全詞主旨。當年詞人在此與伊人朝暮相處，一同玩賞溪山雲雨之景，共用雲雨繾綣的歡情密愛，而今往事成空，唯有山水依舊，怎不叫人惆悵。下片借想像以自慰。「應是」二句乃是詞人生發的美好幻想，想像她像秦穆公的小女兒弄玉乘鸞鳳仙去，想像她像王昭君遠嫁匈奴，魂歸故里。「月又」三句回至眼前，寫詞人獨居空閣，一夜無眠。詞人哀苦癡情，折得梅花贈所愛，卻無所寄託，唯有獨對梅魂，如伴戀人幽潔秀逸之香魂，流露出癡戀與深哀交織的悲愴、淒豔的情懷。

全詞上片以實景起，過片轉入幻景，歇拍又回至眼前，前後回環，別致精巧。況周頤《蕙風詞話續編》評此詞曰：「潘紫岩詞，餘最喜《南鄉子》一闋，小令中能轉折，便有盡幅千里之妙，歇拍尤意境幽瑟。」

瑞　鶴　仙

陸　叡

濕雲粘雁影，望征路愁迷，離緒難整。千金買光景，但疏鐘催曉，亂鴉啼暝。花惊①暗省，許多情，相逢夢境。便行雲都不歸來，也合寄將音信。　　孤迥②，盟鸞心在，跨鶴③程高，後期無準。情絲待剪，翻惹得舊時恨④。怕天教何處，參差雙燕，還染殘朱剩粉。對菱花⑤與說相思，看誰瘦損？

【作者簡介】

陸叡（？—1266），字景思，號西雲，會稽（今浙江紹興）人。紹定五年（1232）進士，官至集英殿修撰，江南東路計度轉運副使兼淮西總領。存詞三首。

【註釋】

① 悰：歡樂。一作「驚」。

② 孤迥：孤獨而志趣高遠。

③ 跨鶴：指飛升成仙。

④「情絲」二句：李煜《相見歡》詞：「剪不斷，理還亂，是離愁，別是一番滋味在心頭。」此處化用其意。

⑤ 菱花：即菱花鏡。古銅鏡中，六角形的或鏡背刻有菱花，故云。

【評析】

　　本詞為思婦閨怨之作。

　　上片寫別後離愁。「濕雲」三句寫思婦遙望離人遠去的道路，以「濕」「粘」二字描繪出一幅陰沉的雨雲粘連、貼雲滯飛的雁影畫面，製造了迷離沉鬱的場景。「千金」三句寫別後度日難熬，突發癡想以千金買芳華光景來解愁，然而光景千金難買。「花驚」三句寫思婦回憶舊時之歡樂，期待在夢境裏與遊子相逢。「便行雲」二句寫遊子似浮雲而不歸，連封書信也不寄。下片寫相思別恨。末二句實在是奇思妙想，將思婦苦極恨極，自怨自艾以發洩對薄情人哀怨的心情，寫得極為微妙深婉。

霜天曉角

蕭泰來

　　千霜萬雪，受盡寒磨折。賴是生來瘦硬①，渾不怕、角吹徹。　　清絕②，影也別，知心惟有月。原沒春風情性，如何共、海棠說？

【作者簡介】

　　蕭泰來，生卒年不詳，字則陽，一說字陽山，號小山，臨江（今

屬江西）人。紹定二年（1229）進士。寶祐元年（1253），自起居郎出守隆興府。理宗朝為御史。有《小山集》。存詞二首。

【註釋】

① 瘦硬：體瘦細而勁健。

② 清絕：清雅超絕。

【評析】

　　本詞別本題作「梅」，是一首梅的讚歌。詞人以梅自比，寄託懷抱。

　　詞的上片突出梅花在逆境中傲然挺立的品格。「千霜萬雪」就烘襯出梅花生存環境之惡劣。「賴是」二句極寫梅花不怕角聲之哀怨，實讚其不為惡勢力所屈的高尚品格。「瘦硬」二字繪梅之形與格，非常精準。下片寫梅花的高潔。「清絕」三句寫梅與月相知，不同流俗，超逸出塵，同時又表現出知音難覓，得一足矣的襟懷。末二句寫梅不與海棠訴說孤傲的深心。花之榮枯，各依其時，人之窮達，各適其性。本來不是春榮的梅花，一腔幽素是不可能向海棠訴說的。「海棠」這裏象徵俗眾。

　　此詞言簡意賅，寫梅之傲骨與傲氣，極為傳神。梅之品格，實是詞人自己的寫照。詞人經歷了「受盡寒磨折」的宦海風波，亦有梅的骨氣、梅的高潔。

渡江雲①

西湖清明

吳文英

　　羞紅鬢淺②，恨晚風未落，片繡點重茵③。舊堤分燕尾④，桂棹⑤輕鷗，寶勒⑥倚殘雲。千絲怨碧，漸路入仙塢迷津⑦。腸漫

回，隔花時見，背面楚腰身⑧。　　逡巡⑨，題門⑩惆悵，墮履⑪牽縈。數幽期難準，還始覺留情緣眼，寬頻因春。明朝事與孤煙冷，做滿湖風雨愁人。山黛暝，塵波澹綠無痕。

【作者簡介】

吳文英（約1200—約1260），字君特，號夢窗，晚號覺翁，四明（今浙江寧波）人。原出翁姓，後出嗣吳氏。一生未應科舉，以布衣終老。曾以慕僚身份出入當時蘇、杭一帶的權貴之門，與理宗朝名相吳潛有交誼，但與奸相賈似道及其館客也有交誼。晚年曾為榮王趙與芮客，居紹興。後「困躓以死」。

吳文英是南宋後期一位重要詞人，存詞三百五十餘首。部分詞章表現了對國事的憂念和今昔盛衰之慨，其餘大多數詞章記個人生活、遊冶、酬酢、憶悼等。與朝官應酬之作多達八十餘首。詞風穠豔麗密，於音律詞句十分講究，藝術上有相當的成就，有自度曲十餘闋，其中《鶯啼序》二百四十字，為詞史上僅見的四片長調。他繼承並發展了周邦彥的詞風，將詞從蘇、辛以來與詩文並驅的廣闊深厚、豪曠雄放、多姿多彩、無施不可，引回到首重審音拈韻、使典用字的道路上去，門徑較狹窄。

自宋以來眾詞評家對吳文英詞便毀譽參半。讚譽者如尹煥《花庵詞選引》曰：「求詞於吾宋，前有清真，後有夢窗。」張炎《詞源》則曰：「吳夢窗詞，如七寶樓臺，眩人眼目，碎拆下來，不成片段。」清代詞評家則對吳文英推崇備至，朱孝藏編《宋詞三百首》，選吳詞二十五首，居首位，可見對其重視程度。而王國維《人間詞話》則曰：「夢窗之詞，余得取其詞中一語以評之，曰：『映夢窗，凌亂碧。』」宋、清諸家對吳文英詞或褒或貶都嫌太過，唯《四庫全書總目》評語較為公允，曰：「文英天分不及周邦彥，而研煉之功則過之。詞家之有文英，亦如詩家之有李商隱也。」有《夢窗詞甲乙丙丁稿》四卷。

【註釋】

① 渡江雲：詞調名，始見於周邦彥詞，又名《三犯渡江雲》。毛先舒《填詞名解》云調名「取唐人詩『唯驚一行雁，沖斷渡江雲』」。

② 羞紅：形容花如含羞美人的容顏。鬢淺：形容葉嫩如女子髮鬢。

③ 重茵：原指厚席，此喻厚厚的芳草地。

④ 舊堤：指杭州西湖蘇、白兩堤。燕尾：言兩堤在湖上交叉形如燕尾。

⑤ 桂棹：以桂木為槳的船，此處泛指杭州西湖中的遊船。

⑥ 寶勒：用珍寶裝飾的馬絡頭，此處代指良馬。

⑦ 漸路入仙塢迷津：用劉晨、阮肇入天臺山遇仙事，見周邦彥《玉樓春》注。此處指詞人與杭州亡妾初遇情事。

⑧ 楚腰身：楚諺：「楚王好細腰，宮中多餓死。」此處泛指美人的細腰身材。

⑨ 逡巡：欲進不進，遲疑不決貌。

⑩ 題門：《世說新語·簡傲》：「嵇康與呂安善，每一相思，千里命駕。安後來，值康不在，喜（嵇喜，嵇康之兄）出戶延之，不入。題門上作『鳳』字而去。喜不覺，猶以為欣，故作。『鳳』字，凡鳥也。」

⑪ 墮履：《史記·留侯世家》載張良遇黃石公，為之撿墮履，後得授兵書。此處指得遇知音，並用其字面意（脫鞋），表示留宿。

【評析】

　　據夏承燾《吳夢窗系年》考證，吳文英在杭州曾納一妾，不久亡歿，二人感情甚篤，因此「集中懷人諸作……其時春，其地杭州者，則悼杭州亡妾」。本詞題為「西湖清明」，詞中並未提及「清明」二字，然而清明自古為掃墓悼亡的節令，由時令念及亡人是十分自然的事。

　　詞的上片追憶與亡妾始遇的情景。「羞紅鬢」三句，描繪出湖邊暮春景色，寫紅花仿彿輕蹙黛眉，含羞帶恨，晚風中飄落的花片如彩繡點綴綠茵。「舊堤」八句三層鋪敘，一敘詞人乘馬遊湖，二敘沿湖堤綠柳漸入幽徑，三寫與所戀佳人初次邂逅，妙寫出詞人驚豔的喜悅心情。下片追憶不遇以悼念亡妾。「逡巡」四句，憶不遇，寫出詞人徘徊、焦急情狀，並用

嵇康、張良之典，表示出對愛情的忠貞不移。「還始覺」兩句用柳詞意境，言詞人對亡妾難捨難忘，細想原因，一是她有一雙令人消魂的多情的媚眼，二是詞人值此清明時節，自然引起了對亡妾的懷念，以致因對她刻骨相思而日漸消瘦。「明朝」四句以景結情，與詞人相伴的只有淒冷煙雲，滿西湖都風雨愁煞人。「塵波無痕」寫湖波隱沒於暮色之中，流露出無盡的悵惘和失落。

夜合花

吳文英

白鶴江①入京，泊葑門②，有感。

柳暝河橋，鶯清③台苑，短策④頻惹春香。當時夜泊，溫柔便入深鄉⑤。詞韻窄⑥，酒杯長，剪燭花、壺箭催忙。共追遊處，凌波翠陌，連棹橫塘。　　十年一夢淒涼，似西湖燕去，吳館⑦巢荒。重來萬感，依前喚酒銀罌⑧。溪雨急，岸花狂，趁⑨殘鴉飛過蒼茫。故人樓上，憑誰指與，芳草斜陽⑩。

【註釋】

① 白鶴江：又名鶴江、白鶴溪，在蘇州城西北武進縣境，與運河相通。吳文英自金陵南下，入吳縣，過太湖至臨安，可經此。

② 葑門：蘇州東門。

③ 清：一作「晴」。

④ 策：馬鞭。

⑤ 溫柔鄉：指美色迷人之境、男女歡愛之境。漢伶玄《飛燕外傳》：「是夜進合德，帝大悅，以輔屬體，無所不靡，謂為溫柔鄉。語嬺曰：『吾老是鄉矣，不能效武皇帝求白雲鄉也。』」

⑥ 詞韻窄：形容感情無法用詞章表達。

⑦ 吳館：春秋時吳王夫差為西施建造的「館娃宮」，在蘇州靈岩山。此處借指舊日與妾同居處。

⑧ 罍：酒器。

⑨ 趁：追趕。

⑩ 芳草斜陽：范仲淹《蘇幕遮》詞：「山映斜陽天接水，芳草無情，更在斜陽外。」

【評析】

　　吳文英曾在蘇州納一妾，後來離異。此詞當是重經故地懷念舊日情事而作。

　　上片由泊舟葑門回想當年與蘇州愛妾同居、同遊的歡樂情景。起兩句用秀麗工巧的對偶句描寫蘇州美麗的春景，一個「暝」字寫盡河邊橋畔楊柳的濃密嬌柔之態。「當時夜泊」六句倒敘舊時與伊人之相聚歡愛。「深鄉」寫出情侶雙棲共宿，深情密戀的繾綣歡愛。「共追」三句則總括了情侶在蘇州漫步綠野小路，蕩舟橫塘碧波的生活情景。

　　下片折回眼前事實，抒寫人去樓空、往事如夢的淒傷之慨。「淒涼」二字，感歎與伊人歡愛不終，「十年生死兩茫茫」的悲劇和不幸。「重來」五句寫依照昔日與伊人夜泊情景，喚酒斟飲，然而伊人離異，形單影隻，難以重溫舊情，只能借酒消釋「萬感」之悲愁與孤悶。「溪雨急」數句，以淒疾之景渲染當前愁情，情景交融，十分精妙。「故人」三句點明懷思「故人」，遙望「樓上」之意。「憑誰」寫出孤獨無伴的處境。最後以景結情，滿月芳草綿延天涯，落日斜陽餘暉，寫出人去樓空，徒增黃昏觸目之愁。陳洵《海綃說詞》評詞曰：「此詞寄託高遠，其用筆運奇幻空靈；離合反正，經歷彌滿。」

霜葉飛^①

重　九

吳文英

　　斷煙離緒關心事，斜陽紅隱霜樹。半壺秋水薦黃花^②，香^③西風雨。縱玉勒、輕飛迅羽，淒涼誰吊荒台^④古。記醉踏南屏^⑤，彩扇咽寒蟬，倦夢不知蠻素^⑥。　　聊對舊節傳杯，塵箋蠹管^⑦，斷闋^⑧經歲慵賦。小蟾斜影轉東籬^⑨，夜冷殘蛩語。早白髮、緣愁萬縷^⑩，驚飆從捲烏紗去^⑪。漫細將、茱萸看^⑫，但約明年，翠微高處。

【註釋】

① 霜葉飛：詞調名，始見於周邦彥詞。

② 黃花：菊花。

③ 嗅：含在口中而噴出。此指菊花香氣四溢。

④ 荒台：彭城（今江蘇徐州）戲馬台。項羽曾閱兵於此。南朝宋武帝曾於重陽日大宴賓僚賦詩於此。此處借指古跡。

⑤ 南屏：山名，在杭州西南三里，峰巒聳秀，環立若屏。「南屏晚鐘」為西湖十景之一。

⑥ 蠻素：此指愛妾。

⑦ 塵箋蠹管：信箋積塵，笛管生蟲。

⑧ 斷闋：未寫完的詞。

⑨ 小蟾：未圓之月。東籬：用陶淵明重陽待酒東籬事。

⑩ 「早白髮」句：李白《秋浦歌》：「白髮三千丈，緣愁似個長。」

⑪ 驚飆從卷烏紗去：用孟嘉事。見劉克莊《賀新郎》注。烏紗：《舊唐書·輿服志》：「烏紗帽者，視朝及見宴賓客之服也。」此指孟嘉之帽。

⑫「漫細將」句：杜甫《九日藍田崔氏莊》詩：「明年此會知誰健，醉把茱萸仔細看。」此處化用其意。茱萸：植物名，生於川谷，其味香烈。古俗重陽佩之以祛邪避災。

【評析】

本詞為重陽登高，悼念杭州亡妾之作。全詞以遊蹤為主線，穿插有關重陽的典故，昭示本人的一段豔情，頗有一種淒迷之美。

詞的上片寫重陽日詞人的淒涼離緒。「斷煙」三句以斷煙、斜陽、霜樹意象組合成重陽節黃昏景象。「半壺」二句寫摘菊賞菊，嗅其芳香清冽，似噴發著西風冷雨，顯現菊花之冰潔似水，映襯詞人之品性。「記醉」三句筆勢宕遠，始點明詞人淒涼之緣故。「醉踏」「彩扇」，便追憶了與伊人登覽南屏山踏歌醉舞的歡樂情狀，而以「咽寒蟬」點明秋寒時節，亦添染了一種淒涼的氣氛。「倦夢不知」，既有醉夢忘記身邊伊人之意，亦暗寓了與伊人的離合恍若一夢的悲悵。下片寫重陽日所見所感。「聊對」五句補敘「斜陽」以外重陽節的情況。詞人無聊無緒地傳杯飲酒，塵埃封閉了信箋，蠹蟲蛀蝕了笛管，一首殘斷的詞章，經過一年也懶得將它續完，暗示伊人亡逝，無信可寄，無心吹樂賦詩。「早白髮」三句傳達出一種人亡身老，無歡無味的落寞與苦楚。末二句表曠達寬解之懷，寄興於明年重陽登高，以補今年重陽之淒涼，然而一個「漫」字又流露出難以預期，隨意說說之意，「但約」二句僅為無望之望而已，明年景況如何，誰又能料想呢？

此詞繪秋聲、秋色，如聞如見，筆意清疏而思意淒婉。

宴清都

連理海棠

吳文英

　　繡幄鴛鴦柱①，紅情密、膩雲低護秦樹②。芳根兼倚，花梢鈿合③，錦屏人妒。東風睡足④交枝，正夢枕瑤釵燕股⑤。障灎蠟、滿照歡叢⑥，嫠蟾冷落羞度⑦。　　人間萬感幽單，華清⑧慣浴，春盎⑨風露。連鬟⑩並暖，同心共結，向承恩處。憑誰為歌《長恨》⑪？暗殿鎖、秋燈夜語⑫。敘舊期、不負春盟⑬，紅朝翠暮。

【註釋】

① 繡幄：原指錦繡的帷帳，此處借指樹冠繁密的花叢。鴛鴦柱：指連理海棠的樹幹。

② 秦樹：漢宮苑中的樹，即指連理海棠，暗喻唐玄宗、楊貴妃。《閒耕餘錄》：「宋淳熙間秦中有雙株海棠。」

③ 鈿合：金飾之合，有上下兩扇。白居易《長恨歌》：「唯將舊物表深情，鈿合金釵寄將去。釵留一股合一扇，釵擘黃金合分鈿。但教心似金鈿堅，天上人間會相見。」

④ 東風睡足：用楊貴妃事。《太真外傳》：「上皇登沉香亭，詔太真妃子。妃子時卯醉未醒，命力士從侍兒扶掖而至。妃子醉顏殘妝，鬢亂釵橫，不能再拜。上皇笑曰：『豈是妃子醉，真海棠睡未足耳。』」蘇軾《寓居定惠院之東，雜花滿山，有海棠一株，土人不知貴也》詩：「林深霧暗曉光遲，日暖風輕春睡足。」此用其意。

⑤ 燕股：玉釵兩股如燕尾。

⑥ 「障灎蠟」句：白居易《惜牡丹花》詩：「明朝風起應吹盡，夜惜衰

紅把火看。」李商隱《花下醉》詩：「客散酒醒深夜後，更持紅燭賞殘花。」蘇軾《海棠》詩：「只恐夜深花睡去，故燒高燭照紅妝。」此處化用以上句意。障：舉起。

⑦ 嫠蟾冷落羞度：李商隱《嫦娥》詩：「嫦娥應悔偷靈藥，碧海青天夜夜心。」此處借用其意。嫠：寡婦。

⑧ 華清：即華清池，溫泉，在陝西臨潼驪山華清宮內。楊貴妃曾賜浴於此。白居易《長恨歌》：「春寒賜浴華清池，溫泉水滑洗凝脂。侍兒扶起嬌無力，始是新承恩澤時。」

⑨ 盎：指池水豐滿。

⑩ 連鬟：女子所梳雙髻，名同心結。此指暗喻唐玄宗和楊貴妃。

⑪ 《長恨》：指白居易《長恨歌》。

⑫ 「暗殿鎖」句：杜甫《哀江頭》：「江頭宮殿鎖千門。」白居易《長恨歌》：「夕殿螢飛思悄然，孤燈挑盡未成眠。遲遲鐘鼓初長夜，耿耿星河欲曙天。鴛鴦瓦冷霜華重，翡翠衾寒誰與共？」此處化用之。

⑬ 「敘舊期」句：白居易《長恨歌》：「臨別殷勤重寄詞，詞中有誓兩心知。七月七日長生殿，夜半無人私語時。在天願作比翼鳥，在地願為連理枝。天長地久有時盡，此恨綿綿無絕期。」此處化用其意。

【評析】

本詞圍繞唐玄宗、楊貴妃的愛情故事，暗用白居易《長恨歌》詩意及《太真外傳》等野史，借詠連理海棠，一方面詠贊了唐玄宗和楊貴妃「在地願為連理枝」的深情厚愛，一方面又感歎「此恨綿綿無絕期」的悲劇。

詞的上片歌詠海棠。「繡幄」六句寫連理海棠的形態特徵，傳達出錦帳鴛鴦之深情蜜意，以致令錦屏佳人羨慕、妒嫉，從人與花的對比中顯出人不如花的境況。「東風」二句轉寫海棠花之嬌態。「東風」，顯出海棠花之春風得意，芳華吐豔。「障灩蠟」三句又折筆寫秉燭觀賞海棠花叢情景。下片轉寫人間悲歡。「萬感幽單」感歎人間多少幽冷孤單，不成連理的愛侶，並特別舉出李隆基與楊玉環之悲歡離合以抒發人間憾恨。「憑誰」數

句辭意頓轉，傳達出「萬感幽單」的極度悲哀。「舊期」「春盟」暗用唐玄宗和楊貴妃「在天願作比翼鳥，在地願為連理枝」的期許與盟誓，於淒寂無望之中翻出對連理鴛鴦之美好希望，願像連理海棠紅花翠葉那般朝暮相依相伴！

　　全詞以花始，以花結，句句詠物，又字字不留滯於物，將詠物、敘事、言情、抒慨熔為一爐，筆墨華美濃豔，奇幻深曲。詞中用麗字極多，如繡、鴛鴦、紅、芳、花、鈿等，皆緊扣連理海棠和李、楊事的主題，絲毫不遊離於內容之外。故況周頤《蕙風詞話》:「令無數麗字一一生動飛舞，如萬花為春。」

齊 天 樂

吳文英

　　煙波桃葉^①西陵路，十年斷魂潮尾。古柳重攀，輕鷗驟^②別，陳跡危亭獨倚。涼飆^③乍起，渺煙磧^④飛帆，暮山橫翠。但有江花，共臨秋鏡照憔悴^⑤。　　華堂燭暗送客^⑥，眼波回盼處，芳豔流水。素骨凝冰，柔蔥蘸雪^⑦，猶憶分瓜深意。清尊未洗，夢不濕行雲，漫沾殘淚。可惜秋宵，亂蛩疏雨裏。

【註釋】

① 桃葉：晉王獻之愛妾，其渡江處稱桃葉渡。此泛指渡口。西陵：橋名，亦作「西泠」，在杭州西湖孤山下。

② 驟：原本作「聚」，據別本改。

③ 飆：冷風。

④ 磧：淺水中的沙洲。

⑤ 「但有江花」二句：李璟《攤破浣溪沙》詞：「菡萏香銷翠葉殘，西風愁起碧波間。還與容光共憔悴，不堪看。」此用其意。秋鏡：秋

水平如明鏡。

⑥華堂燭暗送客：《史記·滑稽列傳》：「堂上燭滅，主人留髡而送客。」此用其意，指伊人送走賓客，獨留詞人。

⑦柔蔥蘸雪：形容美人白皙纖細的手指。

【評析】

本詞亦為懷念杭州亡妾之作。

詞的上片寫重尋舊遊情景，抒寫十年來雖則生死相隔，但詞人對當初的邂逅之地──西子湖畔卻始終魂牽夢縈的眷戀、感傷之情。「陳跡」二字傳達出物是人非之悲感。「但有江花」二句，以殘花襯人，特別突出了詞人感傷之深，思念之苦。下片追憶當年與伊人歡會的情景。「回盼」形容伊人回首秋波，顧盼嬌媚之情狀和神態，猶如「芳豔流水」之靈動而嬌豔，產生一種通感式的溫馨、馥郁之美感。「分瓜」之往事寫其以纖手分剖瓜果，共嘗對食之深情蜜意，點染出伊人之富有情趣。「清尊」五句寫夜夢悲涼。先借伊人用過的酒杯，至今原封未洗，傳達詞人對伊人舊情深眷，乃至盼望夢中一會。然而，「不濕行雲」感歎徒然殘淚漫沾，亡妾竟未入夢與自己雲雨歡會。「可惜秋宵」以景結情，秋夜空入夢鄉，輾轉不寐、滿耳是蟋蟀亂鳴，稀雨淋漓的淒涼聲響，映襯出詞人淒寂悲愴之心境，讀來讓人倍覺傷感。

此詞細膩綿密，用事自然，辭藻清麗，情深語婉，感人至深。

花　犯

郭希道①送水仙索賦

吳文英

小娉婷清鉛素靨②，蜂黃③暗偷暈，翠翹④欹鬢。昨夜冷中

庭，月下相認，睡濃更苦淒風緊。驚回心未穩，送曉色、一壺蔥茜⑤，才知花夢準。　　湘娥化作此幽芳，凌波路，古岸雲沙遺恨⑥。臨砌影，寒香亂、凍梅藏韻。熏爐畔、旋移傍枕，還又見、玉人垂紺⑦。料喚賞、清華池館⑧，台杯⑨須滿引。

【註釋】

① 郭希道：即郭清華，詞人友人。

② 娉婷：姿態美好，多形容美女，此喻水仙。清鉛素靨：喻水仙花素雅潔白的花瓣。靨：笑窩。

③ 蜂黃：唐時以「蝶粉蜂黃」稱宮妝，此喻水仙花蕊。

④ 翠翹：翠玉頭飾，此喻水仙綠葉。

⑤ 蔥茜：青翠色。此指水仙。

⑥ 「湘娥」三句：用湘妃及洛水女神事。

⑦ 紺鬒：美髮。紺：黑青色。鬒：髮黑而濃密。

⑧ 清華池館：指郭希道家花園。

⑨ 台杯：大小杯重疊成套，稱台杯。

【評析】

　　這是一首詠水仙的酬答之作。全詞以擬人手法，把水仙視為絕色、知己，並融入神話傳說，既繪其形，更描其神。

　　詞的上片寫「花夢」情景。「小娉婷」六句寫水仙幻化成娉婷美女來與詞人相認。「昨夜」以下轉寫一幅冷庭月夜、寒風淒緊之畫面。朋友郭希道於清晨送來蔥翠之水仙，出乎意料地與昨夜「花夢」巧合，更為「花夢」增添了一層奇幻色彩，渲染了一種迷離恍惚的特殊美感。下片寫水仙的幽芳仙韻。「湘娥」六句寫水仙臨階之倩影。「寒香亂」顯現出水仙冰魂玉骨、芳香不渝的品格和本性。「熏爐畔」三句傳達出詞人的一副花癡心腸，而「玉人垂紺鬒」，則又是詞人賞花之幻覺，表現出詞人與水仙心交神往的知己情意。「料喚賞」二句推測朋友的池館花園裏，此刻定然請人

觀賞他的水仙花，定然在持杯滿斟地對花暢飲開懷，既應合了朋友「索賦」之意，又讚譽朋友高雅清幽的生活情趣，為詞人愛花護花之舉做一映襯。

全詞將花、人、神有機地雜糅在一起，筆法奇幻，又富有人情味。

浣溪沙

吳文英

門隔花深夢舊遊^①，夕陽無語燕歸愁，玉纖^②香動小簾鉤。
落絮無聲春墮淚，行雲有影月含羞，東風臨夜冷於秋^③。

【註釋】

① 夢舊遊：原本作「舊夢遊」，據別本改。

② 玉纖：指女子的纖纖玉手。

③ 東風臨夜冷於秋：薛道蘊《奉和月夜聽軍樂應詔》詩：「月冷凝秋夜。」韓偓《惜春》詩：「節過清明卻似秋。」此化用其意。

【評析】

本詞為感夢之作。全詞描述夢境尋遊情侶及離別之痛。

上片紀夢，以含蓄淒婉的詞筆勾勒夢中尋訪伊人的情景，若虛若實，亦真亦幻。「舊夢」二字暗示詞人夢遊情侶居處已非一次，故言「舊」，正見其對情侶魂牽夢縈之眷懷深摯。「夕陽」句以燕歸於夕陽黃昏之際，舊巢難覓，烘托黯然銷魂的傷離氣氛，語淡而情深。「玉纖」句寫詞人來到情侶的閨閣，她伸手為自己掀開帷簾相迎。下片寫夢中離別。「落絮」句寫詞人與情侶離別時，正是暮春柳絮愁寂無聲，冷雨淋漓如墮淚，既寫離別時的淒冷氛圍，又象徵了情侶執手相看淚眼，無語凝噎之狀。「行雲」句繪雲影暗淡，遮住明月而月光朦朧，仿佛明月含羞，亦兼比興，空靈含蓄，精微深至。結句借自然景象抒內心感受，情餘言外，含蓄不盡。

浣溪沙

吳文英

波面銅花^①冷不收，玉人垂釣理纖鉤^②，月明池閣夜來秋。
江燕話歸成曉別，水花紅減似春休^③，西風梧井葉先愁^④。

【註釋】

① 銅花：銅鏡。比喻水波清澈如鏡。古代銅鏡刻有花紋，故稱銅花。

② 纖鉤：彎細的月影，如鉤，約農曆初二、三時的月亮。

③ 水花紅減似春休：柳永《八聲甘州》詞：「是處紅衰翠減，苒苒物華休。」此處化用其意。

④ 井：即露井，無蓋井。梧井：即露井邊的梧桐。葉先愁：樹葉先凋謝。因梧桐落葉最早，由其葉落，即知秋至。

【評析】

本詞為西湖秋夜，相思懷人之作。

上片寓情於景，繪出西湖秋夜清冷淒寂之景，奇幻優美。「冷不收」，乃詞人故作疑詢：誰人於冷夜時將銅鏡棄而不收？「玉人」句營造了一個虛幻美麗的景象，寫詞人看見月亮倒映在湖水中，湖面竟然出現了一位「玉人」。這位玉人就是傳說中的月宮美人嫦娥，她正垂釣於西湖。月亮是真實的景物，而湖面的「玉人」是虛假的，這一真一假巧妙地融合在一起，顯示出詞人豐富的想像力，而且極富有人情味。「月明」句，點出詞人身在池閣，眺望月明西湖之景，而「夜來秋」寫出詞人在池閣上夜不成眛，感到秋風襲人之寒意，透出一種淒涼的心境。下片追憶當時離別的情景，以江燕、水花意象組合成勞燕分飛、花落人亡的悲戚景象。「水花紅減」寫西湖水面荷花之豔紅美景衰減、殘敗景象。末句以景結情，勾畫了一幅池閣庭院西風瑟瑟，梧桐葉落的畫景。「先愁」二字傳達出桐葉先愁、憔

悴自殞的悲戚意象，隱含著詞人悲愁飄淪之感。

全詞造境清奇，語言精細，情意深永。

點絳唇

試燈夜^①初晴

吳文英

捲盡愁雲，素娥臨夜新梳洗。暗塵^②不起，酥潤凌波地^③。
輦路^④重來，彷彿燈前事。情如水^⑤。小樓熏被，春夢笙歌
裏。

【註釋】

① 試燈夜：元宵節前，有「試燈」。宋俗，農曆十二月下旬即開始試
　燈，直至正月十四日。

② 暗塵：蘇味道《正月十五夜》詩：「暗塵隨馬去，明月逐人來。」此
　處化用其意。

③ 酥潤：韓愈《早春呈水部張十八員外》詩：「天街小雨潤如酥。」此
　處化用其意。凌波地：靚裝女子行經的街道。凌波：本形容洛神亭
　亭玉立的姿態，後借指身材姣好、步履輕盈的年輕女子。

④ 輦路：帝王車駕經行之路，此指京城繁華的大街。

⑤ 清如水：秦觀《鵲橋仙》：「柔情似水，佳期如夢。」此處化用其意。

【評析】

　　本詞是元宵前夕觀燈懷人之作。

　　上片以秀逸的詩筆描繪了試燈夜初晴的景色。「素娥臨夜新梳洗」句
比擬雨後明淨的月容、清澄的月色，構想奇特，意象極美。「暗塵」二句

兼融小雨與月光，構成澄明酥潤的境界，並側寫出試燈夜車水馬龍、遊女如織的熱鬧情景。下片折入對往日燈節歡樂情事的回憶，似水柔情及感傷落寞之慨的抒發，仍只以點睛之筆稍加勾勒，而不作具體、細膩的刻畫，極煙水迷離之致。

唐圭璋《唐宋詞簡釋》評此詞曰：「此首賞燈之感。起言雲散月明，次言天街無塵，皆雨後景色。換頭，陡入舊情，想到當年燈市之景。『情如』三句，撫今思昔，無限感傷，而琢句之俊麗，似齊梁樂府。」

祝英台近

春日客龜溪①遊廢園

吳文英

采幽香，巡古苑，竹冷翠微路②。鬥草溪根，沙印小蓮步③。自憐兩鬢清霜，一年寒食，又身在、雲山深處。　　畫閑度，因甚天也慳④春，輕陰便成雨。綠暗長亭，歸夢趁飛絮。有情花影闌干，鶯聲門徑，解留我、霎時凝佇。

【註釋】
① 龜溪：水名，在今浙江省德清縣境。
② 翠微路：山間蒼翠的小路。
③ 蓮步：指女子足跡。
④ 慳：吝嗇，刻薄。

【評析】
　本詞抒發寒食節獨遊廢園時引發的身世飄零之慨。
　詞的上片寫遊園。開頭三句點題，寫廢園風景。「幽」「古」「冷」三

字，將廢園的特徵盡現。「鬥草」二句寫遊園所見，詞人看到少女鬥草踏青留下的足跡，不覺由他人的青春快樂聯想到兩鬢如霜的自己。「自憐」以下轉寫獨遊，歎衰老、傷時序、感隱淪，思緒蒼茫，百感交集。下片寫歸思離愁和對廢園的顧戀。「綠暗」兩句，寫「歸夢」縈懷，不說柳絮引發歸思離愁，卻說歸夢追逐柳絮，圍繞著柳陰綠暗的長亭飄蕩，傳達出詞人內心的淒清冷寂。末三句宕開一筆，聊作自我寬解，賦予景物動人的情感，藉以寫出詞人流連忘返的心情，使淒苦的曲調中略帶溫馨情韻。

全詞寫景清麗有致，抒情婉轉清暢，堪稱佳作。唐圭璋在《唐宋詞簡釋》評此詞曰：「此首遊園之感，文字極疏雋，而沉痛異常。」

祝英台近

初夜立春

吳文英

剪紅情，裁綠意①，花信上釵股②。殘日東風，不放歲華去。有人添燭西窗③，不眠侵曉，笑聲轉、新年鶯語④。　舊尊俎⑤，玉纖曾擘黃柑⑥，柔香繫幽素。歸夢湖邊，還迷鏡中路。可憐千點吳霜⑦，寒消不盡，又相對、落梅如雨。

【註釋】

① 「剪紅情」二句：剪綵為紅花綠葉，即春幡，可以戴在頭上。

② 花信：花信風的簡稱，猶言花期。此處指彩幡。釵股：花上的枝杈。

③ 添燭西窗：李商隱《夜雨寄北》詩：「何當共剪西窗燭，卻話巴山夜雨時。」此處化用其意。

④ 新年鶯語：杜甫《傷春》五首之二：「鶯入新年語，花開滿故枝。」此處以鶯語比喻伊人的嬌聲軟語。

⑤ 尊俎：古代盛酒肉的器皿。尊：盛酒器。俎：置肉之幾。

⑥ 玉纖：婦女手指。擘：剖分。黃柑：春盤中的果子。

⑦ 吳霜：指白髮。李賀《還自會稽歌》：「吳霜點歸鬢。」

【評析】

　　本詞為詞人在異鄉除夕立春感懷而作，抒寫身世飄零之慨。全詞緊扣「除夜立春」，前後對比，寫出了詞人對往昔歡樂歲月的回憶，以及如今惆悵失落的心情。

　　詞的上片寫除夕守夜迎春。「剪紅」三句寫迎春民俗，點染出新春的喜慶氣氛。「剪」「裁」二字將除夕前人們喜氣洋洋、紛紛動手準備過新年的熱鬧場面逼真地展現出來。「殘日」五句寫一般人家守歲迎春，燈燭映窗，通宵不眠，迎來鶯聲笑語的元旦晨曦。下片追憶昔日立春情景。「舊尊俎」三句回憶舊日春節宴席上，情侶纖纖玉手剖黃柑薦酒，那一縷縷溫柔的香氣沁人心脾。「歸夢」二句由現實轉入夢境。夢見自己回到當初約會的湖邊，卻遍尋佳人不著，反而迷失了歸路，其失落惆悵之情可想而知。「可憐」三句始點明詞人而今已鬢霜千點，似寒霜凝鬢，春風也無法消融。「又相對」寫出以鬢霜千點相對落梅如雨雪的淒涼情狀，勾描出景境之冷寂，心情之悲愴！

　　此詞以眼中的歡樂場景突現心底的孤淒感傷，對比鮮明，動人至深，詞采濃淡相間，恰到好處。

澡蘭香①

淮安重午

吳文英

盤絲②繫腕，巧篆③垂簪，玉隱紺紗睡覺。銀瓶露井④，彩篝

雲窗⑤，往事少年依約。為當時曾寫榴裙⑥，傷心紅綃褪萼。黍夢⑦光陰，漸老汀洲煙蒻⑧。　　莫唱江南古調⑨，怨抑難招，楚江沉魄⑩。熏風燕乳⑪，暗雨梅黃⑫，午鏡澡蘭簾幕⑬。念秦樓⑭、也擬人歸，應剪菖蒲自酌⑮。但悵望一縷新蟾，隨人天角。

【註釋】

① 澡蘭香：詞調名，始見於吳文英詞。

② 盤絲：民俗端午節以五色絲繫在腕上以驅鬼袪邪。一名長命縷，一名續命縷，一名辟兵縷。

③ 巧篆：民俗端午節書符篆裝飾髮簪以避刀兵、災禍。

④ 銀瓶：酒器。此指酒宴。露井：無蓋之井。古辭《雞鳴高樹顛》：「桃生露井上，李樹生桃旁。」後泛指花下。

⑤ 彩箑：彩扇。為歌舞女所持，代指歌舞。雲窗：雕飾雲紋的窗子。

⑥ 寫榴裙：《宋書·羊欣傳》：「欣時年十二，時王獻之為吳興太守，甚知愛之。獻之嘗夏月入縣，欣著新絹裙晝寢，獻之書裙數幅而去。」榴裙：石榴裙，指大紅色羅裙。

⑦ 黍夢：即黃粱夢。唐沈既濟《枕中記》載，盧生於邯鄲客店中遇道者呂翁。生自歎窮困，翁乃授之枕，使入夢。生夢中歷盡富貴榮華。及醒，主人炊黃粱尚未熟。後喻富貴終歸虛幻或欲望破滅，此處指光陰迅疾，往事如夢。

⑧ 蒻：香蒲嫩者曰蒻。

⑨ 江南古調：古人認為《楚辭·招魂》係宋玉為招屈原亡魂而作，此處指楚地民間所歌招魂曲。

⑩ 楚江沉魄：指屈原。屈原憤時憂國自沉於湖南（楚地）汨羅江。

⑪ 燕乳：燕生新雛。

⑫ 梅黃：原本作「槐黃」，據別本改。

⑬ 午鏡：端午日午時所鑄鏡子，民俗以為能辟邪，稱「百煉鏡」。澡蘭：古代民俗，端午節要煮蘭湯沐浴。

⑭秦樓：本指春秋時秦穆公女弄玉與蕭史共居之樓，亦泛指女子所居
　樓閣。

⑮應剪菖蒲自酌：民俗端午節剪菖蒲浸酒，以辟瘟氣。

【評析】

　　本詞為作者客居淮安，端午懷人之作。篇中處處與端午節及民情風俗
緊密結合，又句句抒情，行行寄慨。

　　詞的上片憶昔。「盤絲」六句追憶青春時代與玉人歡聚相愛，共度端
午的賞心樂事。「為當時」二句反觀現實，見似紅綃裙般的石榴花已開始
花萼凋落，給人以美景無常之感。「黍夢」隱喻人生迅老，連沙洲嫩蒲也
轉眼衰殘，寫出物我交感的沉重痛楚。下片懷人。「莫唱」三句寫出端午
招魂屈原的民俗。其中又以屈原暗喻客旅淮安、魂離異鄉的詞人自己。而
「莫唱」之企求，「難招」之無望，流露出飄淪不歸的悵惘和無奈。「熏風」
三句想像家鄉端午乳燕新生，梅雨濛濛，正午以蘭湯沐浴的風景與民俗。
「念秦樓」二句借秦樓之弄玉隱喻家人，設想家人盼望自己歸返，端午佳
節獨自斟飲之落寞。末二句以一彎新月照兩地離人結束全篇，餘音嫋嫋。

　　此詞辭藻麗密，雕繪滿眼，多用典故，詞情深曲，且組織條理分明，
情與事、情與物、情與節令風俗處處融匯膠著，訴盡佳節懷人的衷腸。

風入松

吳文英

　　聽風聽雨過清明，愁草瘞花銘①。樓前綠暗分攜路，一絲
柳、一寸柔情。料峭春寒中酒，交加②曉夢啼鶯。　　西園日日
掃林亭，依舊賞新晴。黃蜂頻撲秋千索，有當時纖手香凝。惆悵
雙鴛③不到，幽階一夜苔生④。

【註釋】

① 草：起草，擬寫。瘞：埋葬。銘：文體的一種。庾信有《瘞花銘》。

② 交加：形容雜亂。

③ 雙鴛：成對的鴛鴦，多指繡有鴛鴦的繡鞋。此處兼指女子本人。

④ 幽階一夜苔生：南朝庾肩吾《詠長信宮中草》：「全由履跡少，並欲上階生。」此處化用其意。

【評析】

　　本詞為清明西園懷人之作，是一首情韻兼勝的抒情佳作。

　　上片由傷春寫到傷別。首句「聽」字值得品味，不忍看的孤淒之況自現，且重複使用，更覺沉痛。次句又著一「草」字，看似平常，實能反映詞人想借之遣懷卻心煩意亂的愁緒。「一絲柳」句表達思念日久且深，筆觸溫柔，精細動人。「料峭」二句極言愁懷難遣，伊人難覓，而語意婉曲。下片寫雨過春晴，掃林觀賞，觸物生情。「黃蜂」二句寫秋千索所留脂香引動黃蜂，以側筆點染，妙語通神。末句「一夜苔生」，蹤跡渺茫，盼望急切，一筆寫盡。雖語意誇張，在情理上卻是真實的，蓋青苔不唯生於幽階，亦且萌發于心田矣。

　　全詞風格質樸淡雅，不事雕琢，不論寫景寫情，寫現實寫回憶，都委婉細膩，情真意切。陳廷焯《白雨齋詞話》評曰：「情深而語極純雅，詞中高境也。」

鶯啼序

春晚感懷

吳文英

　　殘寒正欺病酒，掩沉香繡戶①。燕來晚、飛入西城，似說春

事遲暮。畫船載、清時過卻，晴煙冉冉吳宮②樹。念羈情、遊蕩隨風，化為輕絮。　　十載西湖，傍柳繫馬，趁嬌塵軟霧③。溯紅漸招入仙溪④，錦兒⑤偷寄幽素。倚銀屏、春寬夢窄⑥，斷紅濕、歌紈金縷⑦。暝堤空，輕把斜陽，總還鷗鷺。　　幽蘭旋老，杜若還生，水鄉尚寄旅。別後訪、六橋⑧無信，事往花委⑨，瘞玉埋香⑩，幾番風雨。長波妒盼，遙山羞黛⑪，漁燈分影春江宿。記當時、短楫桃根渡⑫，青樓彷彿。臨分敗壁題詩，淚墨慘澹塵土。　　危亭望極，草色天涯，歎鬢侵半苧⑬。暗點檢、離痕歡唾⑭，尚染鮫綃⑮。鳳①迷歸，破鸞⑰慵舞。殷勤待寫，書中長恨，藍霞遼海沉過雁。漫相思、彈入哀箏柱。傷心千里江南，怨曲重招，斷魂在否？

【註釋】

① 沉香繡戶：香閨蘭房，指華美的住宅。沉香：即沉香木。

② 吳宮：泛指南宋宮苑。臨安舊屬吳地，五代吳越王在此建都，故云。

③ 嬌塵軟霧：形容西湖景色迷人，遊人如雲。

④ 溯紅漸招入仙溪：王維《桃源行》：「坐看紅樹不知遠，行盡青溪忽值人。」此處化用其意，又用劉晨、阮肇入天臺山遇仙事。

⑤ 錦兒：洪遂《侍兒小名錄》載，錦兒為錢塘妓楊愛愛的侍女。此處泛指侍婢。

⑥ 銀屏：鑲銀或鍍銀的屏風。春寬夢窄：春長夢短，指歡聚時間匆促。

⑦ 斷紅：摻著紅粉的淚水。歌紈：歌唱時手執的紈扇。金縷：金線繡成的舞衣。

⑧ 六橋：指西湖外湖六堤橋，乃蘇軾所建，名映波、鎖瀾、望山、壓堤、東浦、跨虹。

⑨ 花委：即花萎，花謝。

⑩ 瘞玉埋香：指美人已逝。玉、香：借指美人。

⑪ 「長波」二句：古人常以山水喻美人眉目，稱美目為「橫波目」，稱

秀眉如遠山。盼：美目。此二句誇張寫伊人的美麗，並抒因見流波
遠山而引起的相思之情。

⑫ 桃根渡：泛指送別地。桃根：晉王愛妾桃葉之妹，此處借指戀人。

⑬ 苧：白色的苧麻。此處形容髮白如苧。

⑭ 離痕歡唾：淚痕唾跡，指悲歡情事。

⑮ 鮫綃：傳說鮫人織綃，極薄，後泛指薄紗。

⑯ 翬鳳：翅膀下垂之鳳。

⑰ 破鸞：即孤鸞，破鏡，用罽賓王鸞鏡事。

【評析】

　　本詞與《渡江雲》《齊天樂》都為同一時期悼念杭州亡妾的作品，它
以大開大合之筆敘悲歡離合之情，是悼念亡妾諸作中篇幅最長、最完整、
最能反映與亡妾愛情關係的一篇力作。

　　首片從西湖暮春景色寫起，繪景如畫，又暗喻傷春怨別之情，寒意綿
邈。第二片追憶往昔客遊西湖十載間與情侶的豔遇歡情，並寄歡會有限終
於別離的悵恨。第三片寫別後重訪西湖，以「事往花萎、瘞玉埋香」之暮
春風雨葬埋殘花景象，隱喻情侶遭不測風雨而亡逝的悲劇。「記當時」四
句寫重過桃根渡訣別之地，重訪青樓題詩破壁，尋覓淚墨殘痕。以「慘澹」
二字傳達出詞人睹物思人的傷情之痛。第四片總束全篇，極寫相思之苦以
及對死去情人無限的哀悼。「危亭」三句慨歎歲月流逝，鬢髮半白，年老
愁深。「暗點檢」四句寫詞人重訪青樓，尋覓情侶遺帕之淚跡唾痕，以「迷」
「慵」二字寫孤鳳之迷路不返，離鸞之孤殘不舞，暗喻人亡鏡破，不復團
聚。「殷勤」七句伸發悼亡之痛：欲寄相思之書信以訴長恨，人間與幽冥
如隔茫茫大海，鴻雁難渡；欲借哀箏之怨曲以吐相思，招離魂，然而斷魂
縹緲，難以覓尋，徒增哀痛，流露出傷離悼亡，綿綿無絕之長恨。

　　此詞情深意摯，字凝語練，結構縝密，層次分明，曲折盡情而又舒緩
自然，筆力彌滿，靈動多致。清辭麗句使人目不暇接，藝術上純熟精粹。

惜黃花慢[1]

次吳江，小泊，夜飲僧窗惜別。邦人趙簿[2]攜小妓侑尊，連歌數闋，皆清真詞。酒盡已四鼓，賦此詞餞尹梅津[3]。

送客吳皋，正試霜[4]夜冷，楓落長橋。望天不盡，背城漸杳，離亭黯黯，恨水迢迢[5]。翠香零落紅衣[6]老，暮愁鎖、殘柳眉梢。念瘦腰、沈郎舊日，曾繫蘭橈[7]。　　仙人鳳咽瓊簫[8]，悵斷魂送遠，《九辯》[9]難招。醉鬟[10]留盼，小窗剪燭，歌雲載恨，飛上銀霄。素秋不解隨船去，敗紅趁、一葉寒濤。夢翠翹[11]，怨鴻料過南譙[12]。

【註釋】

① 惜黃花慢：詞調名，始見於北宋田為詞。

② 趙簿：姓趙的主簿。主簿：州縣內的屬吏。

③ 尹梅津：名煥，字惟曉，山陰人。嘉定十年（1217）進士。詞人好
　　友，曾為《夢窗詞》作序，備極讚譽。

④ 試霜：霜初降如試。

⑤ 恨水迢迢：歐陽修《踏莎行》詞：「離愁漸遠漸無窮，迢迢不斷如春
　　水。」此處化用其意。

⑥ 紅衣：指荷花。

⑦ 蘭橈：香木製的船槳，借作船的美稱。

⑧ 仙人鳳咽瓊簫：用蕭史、弄玉吹簫引鳳典，形容席間歌女唱腔清
　　越，哀婉動人。

⑨ 《九辯》：宋玉賦，王逸《楚辭序》：「宋玉者，屈原弟子也。閔惜
　　其師忠而放逐逐，故作《九辯》以述其志。」又以為《招魂》亦為

宋玉招屈原之魂而作。此處舉《九辯》並非實指本賦，而代指宋玉所寫的楚辭。

⑩ 醉鬟：指歌女。女子髮髻稱鬟，亦以代指女子。歌女飲酒微醉，故稱醉鬟。

⑪ 翠翹：女子頭飾。此處代指詞人所思之婦。

⑫ 南譙：南樓。譙：望樓，高樓。

【評析】

本詞為餞別好友之作。

詞的上片實敘送別。「送客」總領長橋、離亭送別的情景，描繪出一幅吳江長橋，寒霜冷凝，楓葉飄零的蕭瑟淒清景象。「離亭」二句寫詞人離亭佇望，在暮色蒼茫中黯然失神，但覺載舟遠去的迢迢流水如離恨悠悠，情中帶出了觸目傷情之景。「念瘦腰」三句以病軀瘦腰之沈約自喻，追溯舊日自己也曾泊舟蘇州城東白鶴江暗柳河橋邊，與蘇州姬妾有一段悲歡離合的戀情，恰如尹梅津與情侶之相思離恨，以己映彼，表達了詞人對朋友相思痛楚的理解與安慰。下片「仙人」九句寫尹梅津之情侶「斷魂」「載恨」的惜別深情。「斷魂」已隨離人遠去，極寫其愛癡而情苦。詞人聞其「鳳咽」，睹其「留盼」，遂以幻化方式描摹她「斷魂送遠」的情態。最後以詞人夜夢翠翹插鬟的蘇州姬妾，想像鴻雁傳寄怨情已過南樓，借己夢思情侶映襯尹梅津對情侶之眷戀難舍，加深了淒婉的情調。

此詞虛實、隱顯、真幻互相結合，通篇讀來，雖顯隱晦，但亦令人回味無窮。

高 陽 台

吳文英

宮粉雕痕①，仙雲墮影，無人野水荒灣。古石埋香②，金沙

鎖骨連環③。南樓不恨吹橫笛④，恨曉風千里關山。半飄零、庭上黃昏，月冷闌干⑤。　　壽陽空理愁鸞⑥，問誰調玉髓，暗補香瘢⑦？細雨歸鴻，孤山⑧無限春寒。離魂難倩招清些，夢縞衣、解佩溪邊⑨。最愁人、啼鳥晴明，葉底清圓。

【註釋】

① 宮粉：宮中粉黛，即宮人，借指梅花。雕：通「凋」，凋殘。

② 古石埋香：原指美人死去。北宋周越《法書苑》引《玉溪編事》載，前蜀秦州節度使王承儉築城，獲一石刻女子棺銘，上有「深深葬玉，鬱鬱埋香」之語。此處指落梅。

③ 金沙鎖骨連環：李復言《續玄怪錄》載，延州有婦人既沒，有西域胡僧謂此即鎖骨菩薩。眾人開墓，見遍身之骨，皆鉤結為鎖狀。

④ 南樓不恨吹橫笛：李白《與李郎中飲聽黃鶴樓上吹笛》詩：「黃鶴樓中吹玉笛，江城五月落梅花。」古笛曲有《梅花落》。

⑤ 「半飄零」二句：林逋《山園小梅》詩：「疏影橫斜水清淺，暗香浮動月黃昏。」此處化用其意。因梅已半落，故云「月冷闌干」。闌干：橫斜錯落貌。

⑥ 壽陽空理愁鸞：用壽陽公主梅花妝典。

⑦ 「問誰」二句：用三國時東吳孫和與鄧夫人典。唐段成式《酉陽雜俎》前集卷八：「和寵夫人，嘗醉舞如意，誤傷鄧頰，血流，嬌婉彌苦，命太醫合藥，醫言『得白獺髓，雜玉與琥珀屑，當滅痕。』和以百金購得白獺，乃合膏。琥珀太多，及差，痕不滅，左頰有赤點如痣，視之，更益甚妍也。諸嬖欲要寵者，皆以丹點頰，而後進幸焉。」

⑧ 孤山：在杭州西湖濱，北宋初林逋隱居於此，遍種梅花並養鶴，有「梅妻鶴子」之說，後孤山以梅花著稱。

⑨ 縞衣：素衣，白衣。解佩：劉向《列仙傳》卷上《江妃二女》：「江妃二女者，不知何所人也。出遊于江漢之湄，逢鄭交甫。見而悅

之，不知其神人也。謂僕曰：『我欲下，請其佩。』……遂手解佩與交甫。」

【評析】

本詞別本題作「落梅」，為詠孤山落梅之作。論者多認為此詞借詠落梅懷念蘇州去姬和杭州亡妾。

上片詠梅花凋落。「宮粉」五句以空靈淡遠的筆致描摹梅花的仙姿清韻，歎惋其最終葬身荒野的不幸命運。「南樓」二句寓關山阻隔的離索之悲思，兼蘊惜花與憐人之意。「半飄零」二句以景結情，描梅花飄零之後，庭院黃昏月冷之淒瑟境界，透露出詞人冷寂無伴的情懷。「壽陽」三句感歎落梅雖能給美人助妝添色，但如今梅花落盡，無人調之為壽陽公主補瘢增色。此處活用二典，表示出對落梅的眷戀，暗寓了對梅妝凋殘之美人的懷念。「細雨」二句展現了一幅細雨濛濛、歸鴻渺渺、孤山梅苑、春寒彌漫的空寂景象，暗示詞人處境之孤獨。「離魂」二句以奇幻筆致寫落梅如倩女之離魂那般淒清悲楚，如解佩贈鄭交甫的江妃二女杳然無蹤。最後以景結情，暗示出梅雨過後「綠葉成陰子滿枝」的情狀，借梅樹形象的變遷，傳達出歲月蹉跎、人事滄桑的悲愁和悵惘。

全詞虛實結合，今昔真幻交融一片，深情婉曲，清虛幽怨。

高 陽 台

豐樂樓分韻得「如」字[①]

吳文英

修竹凝妝[②]，垂楊駐馬，憑闌淺畫成圖。山色誰題？樓前有雁斜書。東風緊送斜陽下，弄舊寒、晚酒醒餘。自消凝，能幾花前，頓老相如[③]？　　傷春不在高樓上，在燈前敧枕，雨外熏

爐。怕艤④遊船，臨流可奈清⑤？飛紅若到西湖底，攪翠瀾，總是愁魚。莫重來、吹盡香綿⑥，淚滿平蕪⑦。

【註釋】

①豐樂樓：西湖名勝之一。周密《武林舊事》云：「豐樂樓，舊為眾樂亭，又改聳翠樓，政和中改今名。淳佑間，趙京尹與籌重建，宏麗為湖山冠……吳夢窗嘗大書所賦《鶯啼序》於壁，一時為人傳誦。」分韻：一種和詩、和詞的方式，數人共賦一題，選定某些字為韻，用抓鬮或指定的辦法分每人韻字，然後依韻而作。

②凝妝：盛妝，濃妝。

③相如：西漢文學家司馬相如。此處詞人自指。

④艤：停船靠岸。

⑤清臞：即「清臞」，清瘦。

⑥香綿：指柳絮。

⑦平蕪：平遠的草地。

【評析】

　　本詞為登樓感懷之作，寫於詞人晚年重返臨安，與朋友聚會豐樂樓觀覽西湖勝景和杭州歌舞繁華之際。劉永濟《微睇室說詞》云：「作者觸景而生之情，決非專為一己，蓋有身世之感焉。以身言則美人遲暮也，以世言則國勢日危也，大有『舉目有河山之異』之歎。」

　　詞的上片寫登樓。「修竹」五句追敘登樓之始，寫詞人騎馬穿修竹，駐馬於垂楊，登豐樂樓而憑欄眺望，構成具有跳躍性和連續性的畫面轉移。「山色誰題」二句，以一問一敘方式，展現出樓前雁陣橫空，斜書雁字，為湖山美景添色增彩的圖景。「東風」六句辭意陡轉，傷感歲月流逝之疾和人事變化之速。下片寫傷春。以「不在高樓上」承上啟下，以空靈的筆致將傷春之情擴大到燈前、雨外、臨流之境界，想像夜雨孤燈之不寐者，想像遊船臨流之憔悴者，流露出春日懷人思舊的感傷。「飛紅」三句

更入虛幻之境，構思新穎、意象奇麗，透露出落花無奈魚兒愁的淒豔、惶惑，象徵了西湖美景之凋逝，也象徵了南宋臨安春意之消亡。最後「莫重來」三句寫怕再來臨安，竟是柳絮吹盡，淚灑平蕪的春亡景象，發出了憂時傷世之音，深婉沉鬱，情景悲慨。

此詞為即席分韻之詞，寄情如此，實為罕見，可知詞人已是觸處皆痛，真情自溢。

三姝媚

過都城舊居有感

吳文英

湖山經醉慣，漬春衫，啼痕酒痕無限①。又客長安，歎斷襟零袂②，塵誰浣③。紫曲④門荒，沿敗井、風搖青蔓。對語東鄰，猶是曾巢，謝堂雙燕⑤。　　春夢人間須斷，但怪得當年，夢緣能⑥短。繡屋秦箏，傍海棠偏愛，夜深開宴。舞歇歌沉，花未減、紅顏先變。佇久河橋欲去，斜陽淚滿。

【註釋】

① 「湖山」三句：陸游《劍門道中遇微雨》詩：「衣上征痕雜酒痕，遠遊無處不消魂。」此處化用其意。漬：沾染。

② 斷襟零袂：指衣服破碎。

③ 涴：污染。浣：洗滌。

④ 紫曲：猶「紫陌」，指京城道路。一說指歌樓妓館聚集的里巷。

⑤ 「對語」三句：劉禹錫《烏衣巷》詩：「舊時王謝堂前燕，飛入尋常百姓家。」此處化用其意。

⑥ 能：猶「恁」，這樣。

【評析】

本詞為詞人晚年重過臨安故居，感慨盛衰，傷悼杭州亡妾之作。

上片寫重過臨安舊故。「湖山」三句追懷昔日與愛妾在舊居湖山的歡娛生活。「又客長安」六句，辭意頓轉，以一個「歎」字總領今日之衰敗，「斷襟零袂」歎己之潦倒、飄零之淒苦，流露出對愛妾之溫存體貼的甜蜜回憶。「對語東鄰」三句借雙燕對語反襯詞人失侶孤棲，又借謝堂、東鄰之變遷寫出臨安舊居的人事滄桑，物異人非，傳達出傷逝悼亡之意。下片寫今昔悲歡之感。「春夢」六句承上片「經醉慣」而具體描述昔日之歡樂。今日重返舊居，一段繡屋彈箏、海棠夜宴的溫馨美妙的春夢，頓時浮上詞人心頭，然而春夢已破，昔日夜宴歌舞消逝沉寂，眼前海棠花依舊嬌豔，而特別喜愛傍依海棠花的愛妾，卻早已凋殘零落！最後寫離舊居而去，久久佇立河橋、任斜陽映照滿面淚痕。

陳洵《海綃說詞》認為本詞是吳文英晚年「過舊居，思故國也」，「憑弔興亡」之作，實據不足。但從這首詞所繪門荒井敗、舞歇歌沉的凋敝冷落景象，所表現的低徊掩抑的情調，淒厲慘惻的聲腔，以及抒發的華屋山丘、昔盛今衰的無限滄桑之感，可以看出，它決不限於自敘個人情事，也隱約地寄寓了家國之恨。

八聲甘州

靈岩陪庾幕諸公遊①

吳文英

渺空煙四遠，是何年、青天墜長星？幻蒼崖雲樹②，名娃金屋③，殘霸④宮城。箭徑⑤酸風射眼，膩水⑥染花腥。時⑦雙鴛響，廊⑧葉秋聲。　　宮裏吳王沉醉，倩五湖倦客，獨釣醒醒⑨。問蒼天⑩無語，華髮奈山青。水涵空⑪、闌干高處，送亂鴉、斜日

落漁汀。連呼酒，上琴台⑫去，秋與雲平。

【註釋】

① 靈岩：又名硯石山，在江蘇蘇州市西南的木瀆鎮西北，上有春秋時吳國的遺跡。山頂有靈岩寺，相傳為吳王夫差所建館娃宮遺址。庚幕：同僚的美稱。

② 蒼崖雲樹：青山叢林。

③ 名娃金屋：指吳王夫差為西施築館娃宮事。名娃：指西施。

④ 殘霸：指吳王夫差。春秋後期，夫差先破越國，再破齊國，吳國國勢強盛一時，一度與晉國爭霸中原。夫差後為越國所敗，身死國滅，霸業有始無終，故稱「殘霸」。

⑤ 箭徑：即采香徑。宋范成大《吳郡志》：「采香徑，在香山之傍，小溪也。吳王種香於香山，使美人泛舟於溪以采香。今自靈岩山望之，一水直如矢，故俗又名箭徑。」酸風：冷風。

⑥ 膩水：指女子太多，用的脂粉落入水中，使水都有濃膩的香氣，詞中暗指吳王夫差破越國後荒淫無度。

⑦ 靸：古代拖鞋的稱呼，詞中作動詞，穿鞋子的意思。

⑧ 廊：指響屧廊。《吳郡志》：「響屧廊在靈岩山寺。相傳吳王令西施輩步屧，廊虛而響，故名。」

⑨「倩五湖」二句：相傳范蠡助勾踐滅吳之後功成身退，「乘扁舟，出三江五湖，人莫知其所適」。醒醒：指范蠡頭腦清醒能審時度勢。

⑩ 蒼天：原本作「蒼波」，據別本改。

⑪ 水涵空：遠水連空。

⑫ 琴台：在靈岩山西北頂峰，春秋時吳國遺跡。

【評析】

　　宋理宗紹定年間，吳文英入蘇州倉台幕府。某日，與同僚眾人遊靈岩寺，作下此詞。詞中通過感懷春秋時吳國盛衰的往事，抒發了歷史興亡之

感慨，並寄託了對時政的憂慮。全詞意境深遠、氣魄雄渾、格調高雅。

　　詞的上片寫景弔古。「渺空」二句寫登靈岩四望所見之長空浩渺，煙雲遠佈景象，借空定實，映襯靈岩之高聳，想像靈岩乃自青天墜落的一顆長星，遂成此人間之奇境，添染了一層奇異色彩。「幻蒼崖」七句以一個「幻」字總領，由現實之奇想轉入往古的幻象之境。「幻」字包含了多重含義，既說這雄壯之景是老天幻化出來的，又是詞人對歷史興亡的感慨。是非成敗，不過如幻夢一般罷了。詞人又憑弔了吳王夫差與西施的遊宴之地，對吳王好色怠政，導致身死國滅的悲劇發出譴責，並藉以暗示北宋失國之痛，且對理宗不以前事為師而照舊歌舞湖山子行徑，深含諷喻。

　　下片抒情感慨。「宮裏」三句以「醉」「醒」二字跌宕生情，感慨吳王夫差沉醉自惑於西施之美貌而為越王勾踐欺詐、顛滅，唯有范蠡大夫能獨醒自明，不迷權戀勢，急流勇退。詞人顯然以「倦客」自況，籠罩了江山興亡之恨，深寓了身世羈旅之感。「問蒼波」二句詞意跌進，詞人悵然而悲：誰人是醒悟者而不蹈吳王覆轍呢？暗諷當世醉者眾而醒者稀！「水涵空」四句以景結情，寫出詞人琴台遠望之景。最後「連呼酒」三句復振勢心情，於凄絕之中透出詞人豪曠的氣概，堪稱奇情壯采，格高境遠，沉鬱而宏闊。

踏莎行

吳文英

　　潤玉籠綃[1]，檀櫻[2]倚扇，繡圈[3]猶帶脂香淺。榴心[4]空疊舞裙紅，艾枝應壓愁鬟亂[5]。　　午夢千山，窗陰一箭，香瘢新褪紅絲腕[6]。隔江人在雨聲中，晚風菰[7]葉生秋怨。

【註釋】

① 潤玉：指好肌膚潔白光滑。籠綃：薄紗衣服。

②檀櫻：淺紅色的櫻桃小口。檀：淺紅色。唐羅隱《牡丹》詩：「豔多
　煙重欲開難，紅蕊當心一抹檀。」

③繡圈：繡花圈飾。

④榴心：形容歌女紅色舞裙上印著重疊的石榴子花紋。

⑤艾枝：端午節用艾葉做成虎形，或剪綵為小虎，粘艾葉以戴。見《荊
　楚歲時記》。

⑥紅絲腕：民俗端午節以五色絲繫在手腕上以驅鬼祛邪。

⑦菰：水生植物，莖一稱茭白，可作菜，子實可食。

【評析】

　　本詞為端午節感夢，懷念蘇州妾之作。

　　上片記夢中伊人裝束、丰姿、神態，極為真切，使人幾乎懷疑是直賦
眼前情景。前三句著意刻畫夢中伊人的玉膚、櫻唇、脂粉香氣及其所著紗
衣、所持羅扇、所帶繡花圈飾，從色、香、形態、衣裳、裝飾等逼真地顯
示其人之美。後二句以「舞裙」暗示其人的身份，以「愁鬢」借喻兩地相
思，以「榴心」「艾枝」點明端午節令。而「空」「愁」二字則透露出蘇州
妾離異後的孤寂無聊，無心歌舞，也無心梳妝和對詞人依然懷有相思舊
情，曲折地顯現出詞人失掉蘇州愛妾後的眷戀和傷感。

　　下片兩句剛寫到夢已醒，忽又承以「香瘢新褪紅絲腕」一句，把詞筆
重又拉回到夢境，回想和補寫夢中伊人的手腕。這一詞筆的跳動，正是如
實地寫出了詞人當時的心理狀態和感情狀態。在這片刻，對詞人來說，此
身雖已從夢中覺醒，而此心卻仍留在夢中。夢中，他還分明見到伊人依端
午習俗盤繫著彩絲的手腕，以及其腕上似因消瘦而寬褪的印痕。末兩句，
詞人從夢境回到現實，並就眼前景物，寓托了自己自「午夢」醒來直到「晚
風」吹拂這段時間內的悠邈飄忽的情思和哀怨的心境。王國維對吳文英詞
素有偏見，卻獨賞此二句之意境悠遠，含思神曲，其《人間詞話》云：「余
覽《夢窗甲乙丙丁稿》中實無足當此者。有之，其『隔江人在雨聲中，晚
風菰葉生秋怨』二語乎。」

瑞鶴仙

吳文英

晴絲牽緒亂，對滄江斜日，花飛人遠。垂楊暗吳苑[1]，正旗亭[2]煙冷，河橋風暖。蘭情蕙盼[3]，惹相思、春根酒畔[4]。又爭知、吟骨[5]縈消，漸把舊衫重剪。　　淒斷。流紅千浪，缺月孤樓，總難留燕。歌塵凝扇，待憑信，拚分鈿[6]。試挑燈欲寫，還依不忍，箋幅偷和淚捲。寄殘雲、剩雨蓬萊[7]，也應夢見。

【註釋】

① 吳苑：指春秋時吳王闔閭所建宮苑，在蘇州。

② 旗亭：酒樓。

③ 蘭情蕙盼：形容伊人儀態清幽，眼波含情。蘭、蕙：香草。情盼：含情顧盼。

④ 春根：春末。酒畔：指酒肆邊。

⑤ 吟骨：指詩人的瘦骨。

⑥ 拚：甘願，不惜。分鈿：分釵，表示分離。

⑦ 蓬萊：傳說中海上三座仙山之一。此指歡會之所。

【評析】

　　本詞為詞人重訪蘇州，追懷蘇州姬妾之作。

　　上片寫漂泊文人的相思之情。「晴絲」三句寫晴日繚亂的遊絲惹人愁緒紛繁，為何呢？昔日伴我暮春遊賞的情侶——蘇州姬妾，已隨著飄飛的落花而遠去，流露出對昔日離異蘇州姬妾的追悔和悵恨。「垂楊」五句展現了一幅垂柳濃陰，煙冷風暖，寒食清明時節，姑蘇城吳王宮苑，酒樓河橋遠近相映的暮春景觀。

　　「惹相思」三字勾連今昔，詞人所寫之景既是眼前的現景，也是記憶

中的昔日與蘇州姬妾遊賞之景，因而構成今昔景物的疊映。「又爭知」二句傾訴相思苦恨，自己吟詠詩詞寄託情懷，以致形銷骨瘦，春衫肥大，傳達出「為伊消得人憔悴」的眷戀和悲愴。下片辭意頓折，設想離異後蘇州姬妾對自己的種種相思痛楚。「待憑信」五句展示了複雜的心理活動，「擬往而複，欲斷還連」「深得清真之妙」（陳洵《海綃說詞》）。最後「寄殘雲」二句寫蘇州姬妾欲將離異後那份殘留的情愛仍保存在內心的，寄向當年歡會眷愛的「蓬萊仙境」，心知現實已無可能，能重溫昔日「蓬萊仙境」的仙侶歡愛！「也應夢見」以虛設之筆收束全詞，愈見詞人之無奈。

全詞寫景疏淡，抒情深婉，語言清雅流麗，真摯動人。

鷓鴣天

化度寺①作

吳文英

池上紅衣伴倚闌，棲鴉常帶夕陽還②。殷雲③度雨疏桐落，明月生涼寶扇閑。　　鄉夢窄，水天寬，小窗愁黛淡秋山。吳鴻好為傳歸信，楊柳閶門④屋數間。

【註釋】

① 化度寺：佛寺名。《杭州府志》：「化度寺在仁和縣北江漲橋，原名『水雲』，宋治平二年（1065）改。」

② 棲鴉常帶夕陽還：王昌齡《長信秋詞》詩：「玉顏不及寒鴉色，猶帶昭陽日影來。」周邦彥《玉樓春》詞：「雁背夕陽紅欲暮。」此處化用其意。

③ 殷雲：濃雲。

④ 閶門：蘇州西門。

【評析】

本詞為詞人寓居杭州化度寺時感秋而思念蘇州家人之作，被思念之人當為他的蘇州姬妾。

詞的上片借景抒情，一句一景，以池上紅蓮，樹上棲鴉，疏桐葉落，明月生涼，寶扇閒置諸意象，組合成一幅夕陽斜映、陰雲驟雨的黃昏圖景。蕭瑟之景中暗喻孤獨之慨、時序之歎，又點明佇望之久，以襯托思鄉情懷。下片以情帶景。「鄉夢窄，水天寬」句造境清奇，用語凝練，以一窄一寬，感歎歸鄉之夢太短，感歎歸鄉之路太遠，水天茫茫難以逾渡。「愁黛」，乃想像在秋雨明月的夜晚，離異的蘇州姬妾定然獨倚小窗，愁凝眉黛，似淡遠秋山，勾畫了一個凄豔哀感的佳人形象，流露出詞人對舊日情人的深切眷戀。最後借吳鴻傳信，寄託對蘇州閶門舊居的溫馨懷念，然而，「屋數間」三字似乎又暗示出蘇州閶門只剩下空屋數間，物是人非，愛姬已杳然難覓其蹤矣，於懷思中暗寓了無盡的悵恨。

全詞寫得清婉綿邈，飽含畫意。

夜遊宮

吳文英

人去西樓雁杳，敘別夢，揚州一覺[1]。雲淡星疏楚山曉。聽啼烏，立河橋，話未了。　　雨外蛩聲早，細織就霜絲[2]多少？說與蕭娘[3]未知道。向長安，對秋燈，幾人老[4]？

【註釋】

① 揚州一覺：杜牧《遣懷》詩：「十年一覺揚州夢，贏得青樓薄幸名。」此處用其字面意，指虛幻的夢境。

② 霜絲：指白髮。

③ 蕭娘：女子泛稱。

④ 幾人老：「人幾老」的倒裝。幾：多麼，感歎副詞。

【評析】

本詞為秋夢懷人之作，從「向長安」可知，詞人所懷念的人是杭州的亡妾。

上片敘夢，一反以往先夢後醒的手法，而是點明「敘別夢」，再以平緩的語氣略敘夢境。「揚州一覺」暗示十年歡愛永訣。「敘別夢」三字勾連今昔，寫詞人夢中與杭州姬妾相晤，訴說西樓永訣，十年人事之種種悲歡。「雲淡」四句具體描摹夢中情景，依然在西樓歡會，拂曉時分雲淡星稀，烏鵲悲啼，催促著情侶離別，於是河橋佇立，執手惜別，情話綿綿。下片寫夢醒後的離愁。「雨外」三句，就醒後聽到的雨聲、蛩聲傳情，想像蟋蟀聲如織機穿梭聲，遂推想細織多少霜絲，巧妙地寫出自己感物傷懷，離愁染白鬢髮。「說與蕭娘」，乃指借蟋蟀悲啼轉告杭州亡妾，給詞人雙鬢細織多少霜絲，她自然不會知情，這亦是一種奇想。最後「向長安」三句，以詞人遙望杭州，寄情亡姬，獨對秋燈，憂愁衰老為結，點明懷思對象乃杭州姬亡，以無言淒寂的相思傳達無盡的哀愁。

此詞採用時空跳接，現實與夢境交織等手法，營造出一個淒清而又令人癡迷的境界。陳洵《海綃說詞》評此詞「沉樸渾厚，是清真後身」，可謂精當。

賀新郎

陪履齋先生滄浪看梅①

吳文英

喬木生雲氣，訪中興、英雄②陳跡，暗追前事。戰艦東風慳借便③，夢斷神州故里。旋小築、吳宮閑地。華表月明歸夜鶴

④，歎當時、花竹今如此，枝上露，濺清淚。　　遨頭⑤小簇行春隊，步蒼苔、尋幽別墅，問梅開未？重唱梅邊新度曲，催發寒梢凍蕊。此心與東君⑥同意。後不如今今非昔，兩無言、相對滄浪水，懷此恨，寄殘醉。

【註釋】

① 履齋先生：吳潛，字毅夫，號履齋，淳佑中曾為相，封慶國公。滄浪：亭名，在蘇州市南，初為五代十國時吳越廣陵王錢元　的池館，後廢為寺，寺後又廢。北宋蘇舜欽買得此地，築亭其上，即滄浪亭。南宋時為韓世忠別墅。

② 中興英雄：即韓世忠，字良臣，兩宋之際名將，與岳飛、張俊、劉光世合稱「中興四將」。

③ 戰艦東風慳借便：杜牧《赤壁》詩：「東風不與周郎便，銅雀春深鎖二喬。」此處化用其意。高宗建炎四年（1134），韓世忠率八千兵士，駕海船在鎮江截住金兵退路，並用大鈎搭住敵船，取得黃天蕩大捷。但後因漢奸叛國，使金人掘河逃走。

④ 華表月明歸夜鶴：用《搜神後記》丁令威典。

⑤ 遨頭：指太守。《成都記》載，宋代成都自正月至四月浣花，太守出遊，仕女縱觀，稱太守為「遨頭」。吳潛此時為平江知府，故稱。

⑥ 東君：司春之神。此指吳潛。

【評析】

宋理宗嘉熙三年（1239）正月，詞人與愛國名臣吳潛赴蘇州滄浪亭觀梅，感慨時事，因作此詞。

詞的上片懷古，寫英雄陳跡。「喬木」六句追懷韓世忠抗金之英雄業績，感歎恢復中原神州故里的夢想破滅，為韓世忠遭權奸秦檜剝奪兵權，閒居滄浪小築之英雄寂寞深致悲慨。「東風慳」之意象，既借赤壁之戰這一古事以映襯現實，又借東風意象寫天不助人，隱喻秦檜等奸佞破壞了中

興大業，迫使英雄末路而無所用武之地，遭到「夢斷神州」之悲劇。「華表」四句懸想英雄忠魂返歸故居，感歎物異人非，昔日繁花翠竹之美景，竟變作花竹枝梢零露悲涼，滴淚淒清的衰瑟景象。下片傷今，寫滄浪亭看梅。「遨頭」六句寫詞人陪吳潛瞻仰英雄故居後，便簇擁著一支遊春隊伍尋幽問梅。問梅開否，唱曲催花，不僅是點題應有之筆，而且是用意雙關，把催花開放，隱喻對當政者寄予發憤圖強的殷切希望。「梅邊新度曲，催發寒梢凍蕊」寫得情趣且境界活靈活現，為下句「此心與東君同意」做了鋪墊，突出了詞人如梅花一樣高潔的情操，表明詞人與吳潛同樣的耿耿孤忠。最後「兩無言」「寄殘醉」則以詞人與吳潛目注滄浪水逝而相對無言、借酒消愁，寄恨於醉，傳達出一種末世無望的消沉和頹廢。

　　此詞激越蒼涼，感慨生哀，且用典獨到，體現了詞人的功力，也抒發了詞人的拳拳憂國之情。

唐多令

吳文英

　　何處合成愁？離人心上秋①。縱芭蕉、不雨也颼颼②。都道晚涼天氣好，有明月，怕登樓。　　年事夢中休，花空煙水流。燕辭歸、客尚淹留③。垂柳不縈裙帶住④，漫長是、繫行舟。

【註釋】

① 心上秋：「心」上加「秋」字，即合成「愁」字。

② 颼颼：風雨聲。此指風吹蕉葉之聲。

③ 「燕辭歸」句：借用曹丕《燕歌行》：「群燕辭歸鵠南翔，念君客遊思斷腸。慊慊思歸戀故鄉，君何淹留寄他方。」客：詞人自稱。

④ 縈：旋繞，繫住。裙帶：此指別去的伊人。

【評析】

　　本詞別本題作「惜別」，為羈旅懷人之作。詞中以明暢的語言抒寫遊子悲秋之感和離情別緒，不用麗詞奧典，不塗濃粉豔色，頗近民歌。

　　起筆二句一問一答，開篇即出以唱歎，而且鑿空道來，實可稱倒折之筆。且起筆點愁，意含兩層，心上著秋字曰愁，離思加傷秋為愁，構思新巧。「縱芭蕉」句點明先時下過雨，而篇首之愁，也由此雨而生。「颼颼」表明秋風之勁，給秋景添上淒厲的聲響。「有明月，怕登樓」是客子真實獨特的心理寫照，雖沒有直說愁，卻通過客子心口不一的描寫把它充分地表現了。下片前兩句歎息年光過盡，往事如夢。「花空煙水流」是比喻青春歲月的流逝，又是賦寫秋景，兼有二義之妙。燕歸客留，一筆雙寫，既歎天寒燕歸而羈旅之人漂泊如舊，又暗喻伊人離去，客居孤單，愁思增進一層。末以垂柳不縈裙帶，卻繫行舟，感傷彼去我留，天各一方。

　　全詞語言明快，情感質樸，簡潔而又耐讀。

湘春夜月[①]

黃孝邁

　　近清明，翠禽枝上消魂。可惜一片清歌，都付與黃昏。欲共柳花低訴，怕柳花輕薄，不解傷春。念楚鄉旅宿，柔情別緒，誰與溫存？　　空尊夜泣，青山不語，殘照當門。翠玉樓[②]前，惟是有、一陂湘水，搖盪湘雲。天長夢短，問甚時、重見桃根？者次第[③]，算人間沒個並刀，剪斷心上愁痕[④]。

【作者簡介】

　　黃孝邁，生卒年不詳，字德夫，號雪舟。《全宋詞》錄其詞三首。

【註釋】

① 湘春夜月：詞調名，當為黃孝邁創制。萬樹《詞律》云：「此詞無他作者，想舟自度。風度婉秀，真佳詞也。」

② 翠玉樓：指華麗的樓閣。

③ 者：通「這」。次第：情形。

④ 「算人間」二句：姜夔《長亭怨慢》詞：「算空有並刀，難剪離愁千縷。」此處翻用其意。並刀：並州（今山西太原）的剪刀，當時以鋒利著稱。

【評析】

　　本詞為羈旅江南楚湘，傷春恨別之作。

　　上片「近清明」七句寫清明節已然臨近，然而翠鳥棲息落梅枝梢，卻是一幅淒苦斷魂的情態，借翠鳥睹梅花凋謝而極度傷神，曲寫了詞人傷春之悽愴，奠定了全詞基調。「可惜」二句寫清歌令人愉悅，黃昏令人憂鬱，悅耳之鳥鳴湮滅於昏沉的暮色之中，流露出詞人的惋惜和悲痛。欲與「柳花低訴」衷情，卻又怕柳花輕浮、淺薄，不懂傷春之意，暗寓了知音難覓的憂慮。「念楚鄉」由物及人，轉寫詞人羈旅江南楚湘，無知音柔情溫存相思別恨的失落感。下片承「誰與溫存」，寫長夜孤寂、冷落的痛苦。「空尊」六句描繪出沉默不語之青山，殘缺冷瑟之夜月，浩浩無際之湘水、飄浮蕩漾之湘雲，組成一派空闊、淒涼的環境氛圍，充分顯現出詞人以真情之心對無情之物的孤寂感。「天長」二句感歎天長地闊，道阻且長，欲會無期。「者次第」三句深感人間竟找不出鋒利的剪刀，能將自己的「心上愁痕」剪斷，沉摯率直地傾訴了詞人對情侶深長的相思。

　　此詞語言清麗，意境新鮮，想像優美，詩情濃郁，極婉麗之致。

大 有①

九 日

潘希白

戲馬台前，采花籬下②，問歲華、還是重九。恰歸來、南山③翠色依舊。簾櫳昨夜聽風雨，都不似登臨時候。一片宋玉情懷④，十分衛郎⑤清瘦。　　紅萸佩，空對酒。砧杵動微寒，暗欺羅袖。秋已無多，早是敗荷衰柳。強整帽簷欹側⑥，曾經向天涯搔首。幾回憶、故國蓴鱸⑦，霜前雁後。

【作者簡介】

潘希白，生卒年不詳，字懷古，號漁莊，永嘉（今屬浙江溫州）人。宋理宗寶佑元年（1253）進士，干辦臨安府節制司公事。宋恭宗德佑年間詔命史官檢，不赴。存詞一首。

【註釋】

① 大有：詞調名，周邦彥創調。
② 采花籬下：陶淵明《飲酒》其五：「采菊東籬下，悠然見南山。」
③ 南山：用陶淵明詩意，非實指。
④ 宋玉情懷：即悲秋情懷。宋玉作《九辯》悲秋。
⑤ 衛郎：即西晉衛玠。見周邦彥《大酺》注。
⑥ 「強整」句：用孟嘉龍山落帽事。見劉克莊《賀新郎·九日》注。
⑦ 故國蓴鱸：用張翰事。見辛棄疾《水龍吟》注。

【評析】

本詞為重陽感懷之作，情調十分淒絕，決不同於一般登臨悲秋思鄉之

作。詞人生時正當南宋由衰至亡的時期，目睹國事日非，國勢日蹙，心中自有許多憂時傷世之慨。

上片寫重陽前夕之悲感。首三句用宋武帝重陽登戲馬台及陶淵明重陽日把酒東籬的事實點明節令，又表達了嚮往隱逸生活的意趣。「簾櫳」四句辭意頓折，以「昨夜聽風雨」之突變逆起波瀾，寫詞人重陽之登臨、戲馬、採花的設想落空。「一片」「十分」兩重跌宕，顯現出詞人身心愁苦交加。下片寫重九登臨之冷落。「紅萸佩」二句寫詞人佩戴著茱萸草，空自對著美酒而無情無緒，正是心愁不欲飲酒，飲酒亦不能驅除悲愁，因而「空對」無聊已極。「砧杵動」以聲傳情，不言秋寒催促婦女擣衣，卻反言婦女擣衣催動了微寒，傳達出詞人對砧杵聲聲似帶著震撼人心的寒意，暗暗侵襲羅袖的一種主觀感受，曲寫出詞人內心的悲凄。「強整帽簷」四句追憶往昔羈旅天涯，細緻生動地傳達出詞人對故鄉魂牽夢縈的親情，感歎雁歸於「霜前」，人卻歸於「雁後」，即感歎羈旅天涯，身不由己的苦楚和今日歸來甚遲的遺憾。

全詞情調凄絕，透露出一種末世的哀傷情調。查禮《銅鼓書堂遺稿》評此詞曰：「用事用意，搭湊得瑰瑋有姿，其高淡處，可以與稼軒比肩。」

青玉案

無名氏

年年社日停針線①，怎忍見、雙飛燕？今日江城春已半，一身猶在，亂山深處，寂寞溪橋畔。　　春衫著破誰針線②？點點行行淚痕滿。落日解鞍芳草岸，花無人戴，酒無人勸，醉也無人管。

【註釋】
①停針線：張邦基《墨莊漫錄》曰：「今人家閨房，遇春秋社日，不作

組，謂之忌作。」唐張籍《吳楚詞》：「今朝社日停針線。」
②誰針線：誰來補綴針線。一說謂遊子想起那縫製春衫的人。

【評析】

　　本詞為遊子羈旅江城感春傷懷之作。此詞《歷代詩余》《詞林萬選》題作黃公紹詞，《陽春白雪》《翰墨大全》《花草粹編》《全宋詞》等書均作無名氏詞。

　　這首詞的特點是將遊子與思婦混合起來寫，卻又天衣無縫。上片前三句即從思婦落筆。社日來臨，婦女按慣例停了針線，便百無聊賴，自然會思念起遠在異鄉的丈夫，因而心生愁緒。詞人用春燕的成雙反襯夫妻的分離，所以，不用細緻地描寫，一個憂傷憔悴的思婦形象便如在目前。「年年」二字下得尤其沉痛，它暗示讀者，這對不幸的情侶已經歷了長期的別離，今日的憂傷只不過是往昔的延續罷了！「一身猶在」以下三句，是寫遊子。他孤零零一個人，正在亂山深處，在小溪橋畔，寂寞傷神。「亂山」不僅僅是一個客觀存在，同時也是惹起遊子愁思的情感化的產物，它的沉重與淒涼，使我們自然聯想到遊子精神上的壓抑。

　　下片數句是雙方混寫，已經分不出或沒有必要分出哪句是寫誰的了。「春衫著破」是寫遊子，「誰針線」是寫思婦。「點點行行」是雙關，既是寫針線，也是寫雙方的眼淚。「落日解鞍」是寫遊子下馬歇息。此時兩人分居兩處，各自孤獨，「花無人戴，酒無人勸，醉也無人管」，大家彼此，兩地相思，卻不能為對方戴花，不能相互舉杯，更不能相互照應。這三個「無人」，寫盡了孤獨的景況。賀裳《皺水軒詞筌》評此數句曰：「語淡而情濃，事淺而言深，真得詞家三昧，非鄙俚樸陋者可冒。」

摸魚兒

朱嗣發

對西風、鬢搖煙碧①，參差②前事流水。紫絲羅帶鴛鴦結③，的的鏡盟釵誓④。渾不記，漫手織回文⑤，幾度欲心碎。安花著葉⑥，奈雨覆雲翻⑦，情寬分窄，石上玉簪脆⑧。　　朱樓外，愁壓空雲欲墜，月痕猶照無寐。陰晴也只隨天意，枉了玉消香碎。君且醉，君不見長門⑨青草春風淚。一時左計⑩，悔不早荊釵⑪。暮天修竹，頭白倚寒翠⑫。

【作者簡介】

　　朱嗣發（1234—1304），字士榮，號雪崖，烏程（今浙江湖州）人。嘗以登仕郎就漕試，不利，專志奉親。咸淳末，補朝奉郎，杜門絕仕。宋亡，舉充提舉學官，不受。隱士。元大德八年卒。《全宋詞》〈陽春白雪卷八〉錄其詞一首。

【註釋】

① 鬢搖煙碧：形容鬢髮如碧空煙靄般蓬鬆散亂。
② 參差：紛紜雜亂。
③ 鴛鴦結：即同心結，古代用羅帶製成菱形連環回文結，表示恩愛。
④ 的的：明白，昭著。鏡盟：用樂昌公主事。孟棨《本事詩·情感》載，南朝陳末年兵亂，樂昌公主與其夫徐德言被迫分離，臨行前，破鏡為二，夫婦各執其一，後經磨難，終於破鏡重圓。釵誓：陳鴻《長恨歌傳》載，唐玄宗與楊貴妃定情之夕，授金釵鈿合為信物，願世世為夫婦，恩愛不移。此處鏡盟釵誓均指愛情的盟誓。
⑤ 回文：用蘇蕙織錦回文詩事。此指書信。
⑥ 安花著葉：花朵落地，再將它拾起置放在枝葉上。比喻愛情已經破

裂，難以恢復。葉：或作「蔕」。

⑦ 雨覆雲翻：比喻男子的態度沒有恆常。杜甫《貧交行》詩：「翻手作雲覆手雨，紛紛輕薄何須數。」

⑧ 石上玉簪脆：白居易《井底引銀瓶》詩：「井底引銀瓶，銀瓶欲上絲繩絕；石上磨玉簪，玉簪欲成中央折。瓶沉簪折知奈何？似妾今朝與君別。」喻男子負心背盟，將女子遺棄。

⑨ 長門：長門宮。陳皇后失寵後，漢武帝將她幽居於此宮。

⑩ 左計：與事實相背的打算。引申為失策。

⑪ 荊釵：以荊枝作髮釵，指貧家婦人樸陋的裝飾。

⑫ 「暮天」二句：杜甫《佳人》詩：「天寒翠袖薄，日暮倚修竹。」

【評析】

　　這是一首棄婦詞，創作上受樂府和白居易新樂府詩《井底引銀瓶》的影響。詞的上片是棄婦敘往事及情變。「對西風」三句描摹棄婦鬢髮搖亂似煙雲飄翠的憔悴失神形象。「紫絲羅」二句追思與情人的熱戀情景。「渾不記」三句寫情變，以「漫」字點出空勞書信無回音，傷心欲碎。「安花」四句用落花墜葉、雨覆雲翻、玉簪石碎三項比喻，強調雙方情緣已盡，愛情悲劇已無可挽回。下片寫棄婦之愁、之悔。「朱樓外」三句寫棄婦夜不成寐，以雲、月相映生情，「空雲欲墜」隱喻其愁雲壓抑，月「照無寐」映襯其孤獨淒寂。「陰晴」四句寫棄婦失寐反思，以自然「陰晴」隱喻人生「陰晴」變故，皆為「天意」之體現。這是棄婦的自我寬慰。「一時」四句寫棄婦之悔恨交加，早知今日為棄婦，悔不當初作荊釵，做個夫唱婦隨、甘守清貧的賢淑主婦。而今棄置孤獨，依然潔身自重，借修竹寒翠映襯自己自全白首亦耐清寒的高潔品質。

　　此詞用典甚多，而渾化無跡，十分自然貼切，且善於借景抒情，寓情於景，因而增強了抒情的生動性和形象感。詞人是宋末遺民，詞中所寫並非單純的棄婦之恨，實寄託著詞人的亡國之思。

蘭陵王

丙子送春

劉辰翁

送春去，春去人間無路①。秋千外、芳草連天，誰遣風沙暗南浦②。依依甚意緒？漫憶海門飛絮③。亂鴉④過，斗轉⑤城荒，不見來時試燈處。　　春去誰最苦？但箭雁⑥沉邊，梁燕⑦無主，杜鵑聲裏長門⑧暮。想玉樹⑨凋土，淚盤如露⑩。咸陽送客屢回顧⑪，斜日未能度。　　春去尚來否？正江令⑫恨別，庾信⑬愁賦，蘇堤⑭盡日風和雨。歎神遊故國，花記前度⑮。人生流落，顧孺子①，共夜語。

【作者簡介】

劉辰翁（1232—1297），字會孟，號須溪，吉州廬陵（今江西吉安）人。少年時曾跟從理學家陸九淵學習。景定元年（1260）補太學生。景定三年廷試對策時，因觸犯賈似道，置於丙等，得鯁直名，文章亦見重於世。後因親老，請為贛州濂溪書院山長。宋度宗咸淳元年（1265），出任臨安府學教授。咸淳四年在太平州江東轉運使江萬里處任幕僚。德佑元年（1275）五月，丞相陳宜中薦居史館，辰翁辭而不赴。十月又授太學博士，其時元兵已進逼臨安，江西至臨安的通道被截斷，未能成行。當年文天祥起兵抗元，劉辰翁曾短期參與其江西幕府。宋亡後隱居不仕，埋頭著書，以此終老。曾憑弔故都臨安，謀葬殉國故相江萬里，表現了深切的愛國深情。宋亡後所作詩詞慷慨悲涼，寄託深微。況周頤《蕙風詞話》說：「須溪詞風格遒上，似稼軒，情辭跌宕，似遺山。有時意筆俱化，純任天倪，竟能略似坡公。」劉辰翁為辛派後勁，有許多愛國感情充沛的詞章，間有輕靈婉麗之作。有《須溪詞》。

【註釋】

① 春去人間無路：南宋已向元朝奉表稱臣，國土已非我有，故雲。

② 誰遣風沙暗南浦：暗喻亡國慘像。風沙：暗指敵人。南浦：暗指南宋故土。

③ 漫憶海門飛絮：臨安陷落，南宋宗室、官吏和軍隊多從海上逃亡，奉益王趙昰、廣王趙昺自溫州入閩。

④ 亂鴉：暗指南侵的元軍。

⑤ 斗轉：暗指朝代改換。

⑥ 箭雁：中箭而墜逝的大雁。比喻被俘的南宋君臣。

⑦ 梁燕：喻亡國後流離失所的南宋士大夫。

⑧ 長門：借指南宋宮闕。

⑨ 玉樹：《漢書·揚雄傳》雲：「翠玉樹之青蔥分。」顏師古注：「玉樹者，武帝所作。集眾寶為之，用供神也。」此處玉樹凋土比喻亡國。

⑩ 淚盤如露：漢武帝在建章宮前造神明台，上有銅人手托盛露銅盤。魏明帝命人把銅人從長安搬到洛陽，在折卸時據說銅人眼中流下淚來。此處表示亡國之痛。

⑪ 咸陽送客屢回顧：李賀《金銅仙人辭漢歌》詩：「衰蘭送客咸陽道，天若有情天亦老。」此處借喻被俘之人去國離鄉的愁思。

⑫ 江令：南朝梁江淹曾為建安吳興令和建元東武令，後世稱「江令」。著有《別賦》。一說指江總。他在陳後主時官至尚書令，故稱「江令」。陳亡後，他入隋北去。

⑬ 庾信：南北朝時詩人。本仕梁，曾出使西魏，期間梁亡，被留長安。北周代魏，又不予放還。著有《愁賦》。

⑭ 蘇堤：西湖外湖和裏湖的界堤，蘇軾任杭州知府時所築，故稱蘇堤。

⑮ 花記前度：用劉禹錫「前度劉郎今又來」詩意。此處指詞人回到淪陷的臨安，見昔日美景已蕩然無存，不禁黯然神傷。

⑯ 孺子：指劉辰翁兒子劉將孫，也善作詞。

【評析】

　　宋恭帝德佑二年（1276）正月，南侵的元軍駐紮在臨安郊外，太皇太后謝道清遣監察御史楊應奎上「傳國璽」，奉表降元。三月，元將伯顏擄南宋三宮離開臨安北上元大都，本詞即作於宋亡當時。詞中曲折地描繪了原先繁華的都城遭到敵騎蹂躪，轉瞬間變作荒城，以及亡宋君臣去國離鄉的悲慘景象，隱約地表現了對流落海崖的二王及抗元臣民的深深關切，表達了對侵略者的無限仇恨，和今昔盛衰興亡的極度感慨。

　　上片寫臨安城陷後的殘敗景象及詞人的感受。「送春去」是主題，「無路」預示王朝面臨山窮水盡，宋亡已成現實，不可逆挽。「風沙」暗指敵軍兇猛。「飛絮」形容幼帝君臣命運飄搖。「亂鴉」「鬥轉」「城荒」，傷臣民離散，王朝隕落，京邑繁華，頓化雲煙。中片寫春天歸去以後，南宋君臣與庶民百姓所遭受的亡國之痛。「最誰苦」痛心一問，從六宮被擄北上，亡國臣民無依，宮禁一派淒涼三方面回答。「想」字以下，寫去國離家、依依難捨之苦況。下片宣發亡國哀思。「尚來否」，預想前景，僅以「恨別」「愁賦」為答，且以蘇堤風雨，渲染淒迷氣氛，縮合風沙南浦，暗示回春無望、國勢難為。末又折回自身，故國只能「神遊」，人生歸於「流落」，只能跟孺子共話亡國之痛，一派天涯淪喪、前路茫茫之感。

　　本詞以送春象徵亡國，借自然景象寫人世滄桑，意象淒迷，寄託遙深。正如陳廷焯《白雨齋詞話》所云：「題是送春，詞是悲宋，曲折說來，有多少眼淚。」

寶鼎現[①]

劉辰翁

　　紅妝春騎[②]，踏月影、竿旗穿市[③]。望不盡、樓臺歌舞，習習香塵蓮步底[④]。簫聲斷，約彩鸞[⑤]歸去，未怕金吾呵醉[⑥]。甚輦路、喧闐且止[⑦]，聽得念奴[⑧]歌起。　　　　父老猶記宣和[⑨]事，抱銅

仙、清淚如水⑩。還轉盼、沙河⑪多麗。滉漾明光連邸第⑫，簾影
凍、散紅光成綺⑬。月浸葡萄⑭十里，看往來、神仙才子，肯把
菱花撲碎⑮。　　腸斷竹馬①兒童，空見說、三千樂指⑰。等多時
春不歸來，到春時欲睡。又說向燈前擁髻⑱，暗滴鮫珠⑲墜。便
當日親見《霓裳》，天上人間⑳夢裏。

【註釋】

① 寶鼎現：詞調名，始見於康與之詞。

② 紅妝春騎：盛裝的女子和騎馬的男子。此指遊春男女。

③ 竿旗穿市：蘇軾《上元夜》詩：「牙旗夜穿市。」

④ 習習：香氣盈盈貌。蓮步：美人之足。

⑤ 彩鷺：原指仙女。此指出遊的年輕女子。

⑥ 未怕金吾呵醉：古代元宵不禁夜行。《西都雜記》：「西都京城街衢，
　有金吾曉暝傳呼，以禁夜行。惟正月十五日夜，敕許金吾弛禁，前
　後各一日，謂之放夜。」金吾：即執金吾，古代在京城執行治安任
　務的軍人。呵醉：指醉酒後執行任務，大聲喝斥。

⑦ 輦路：天子車駕所經的道路。泛指京城道路。喧闐：喧嘩，熱鬧。

⑧ 念奴：原指唐玄宗天寶年間的著名歌姬。此處泛指著名歌女。

⑨ 宣和：宋徽宗年號，是北宋最後的相對比較祥和的時期。

⑩ 「抱銅仙」句：用金銅仙人落淚典。

⑪ 沙河：沙河塘，在錢塘南五里，是南宋時繁華地區。

⑫ 滉漾明光連邸第：周密《武林舊事·元夕》：「邸第好事者，如清河張
　府、蔣御藥家，間設雅戲燈火，花邊水際，燈燭燦然。」

⑬ 散紅光成綺：謝朓《晚登三山還望京邑》詩：「餘霞散成綺，澄江靜
　如練。」綺：有文彩的絲織品。

⑭ 葡萄：形容深碧的水色。

⑮ 菱花撲碎：用樂昌公主與徐德言事。菱花：菱花鏡。

⑯ 竹馬：兒童遊戲時當馬騎的竹竿。

⑰ 三千樂指：宋時舊例，教坊樂隊由三百人組成，一人十指，故稱「三千樂指」。《宋史·樂書》載宋高宗紹興年間恢復教坊，「凡樂工四百六十人」。招待北使，「舊例用樂工三百人」。

⑱ 擁髻：謂捧持髮髻，話舊生哀。《飛燕外傳·伶玄自序》：「子於（伶玄字）老休，買妾樊通德……頗能言趙飛燕姊弟故事。子於閒居命言，厭厭不倦。子於語通德曰：『斯人俱灰滅矣，當時疲精力，馳騖嗜欲蠱惑之事，寧知終歸荒田野草乎？』通德占袖，顧視燈影，以手擁髻，凄然泣下，不勝其悲。」

⑲ 鮫珠：神話傳說中鮫人淚所化的珍珠，此指眼淚。

⑳ 天上人間：李煜《浪淘沙令》詞：「流水落花春去也，天上人間。」此用其意。

【評析】

本詞作於元成宗大德元年（1297），此時距宋亡已整整二十年，複國已完全無望，適逢元宵節，劉辰翁感慨今夕，心情極其悲涼，因作此詞。全詞三片分寫北宋、南宋及宋亡後三段不同時空的元宵情景，於對比中生發故國之思。本詞別本題作「春月」。

上片寫北宋宣和年間東京汴梁元宵燈節的盛況。著重寫仕女的遊樂，來襯托昔日的繁榮景象。中片以「父老猶記」交代上片所寫乃「宣和事」，過渡到對南宋元宵的描寫。南宋時，元夕的情景不能與先前盛時相比，但也有百來年的「承平」，因此南宋都城杭州元夜的情景，仍頗為值得懷念。但「肯把菱花撲碎」一句，寓有詞人刻骨銘心的亡國之痛。下片描寫眼前的凄涼景象，以「斷腸」二字總上挽下，寫出詞人對大宋覆滅，兒童竹馬嬉戲不解亡國之痛的極度悲傷。「春不歸來」指大宋故國之春一去不返，因而元宵之春到來，也頗感無味，竟在昏然欲睡中度過，流露出詞人一腔國破家亡的悲涼與凄哀。「又說」四句以擁髻生哀，暗滴珠淚寫出宋亡後元宵之斷腸與悵恨。年少者空聞「三千樂指」之盛世，自歎生不逢時，年

老者縱然親見霓裳樂舞之繁華又當如何？都不過是「天上人間」如一夢而已，夢裏繁華、夢破淒涼，傳達出詞人深巨而無奈的社稷淪亡之痛。

全詞以麗詞寫哀，詞情悲愴而動人。陳廷焯《白雨齋詞話》評此詞曰：「通篇煉金錯采，絢爛極矣；而一二今昔之感處，尤覺韻味深長。」

永遇樂

劉辰翁

余自乙亥①上元，誦李易安②《永遇樂》，為之涕下。今三年矣，每聞此詞，輒不自堪，遂依其聲，又托之易安自喻，雖辭情不及，而悲苦過之③。

璧月④初晴，黛雲遠淡，春事誰主？禁苑⑤嬌寒，湖堤倦暖，前度遽如許⑥。香塵暗陌⑦，華燈明畫，長是懶攜手去。誰知道、斷煙禁夜⑧，滿城似愁風雨。　　宣和舊日，臨安南渡，芳景猶自如故⑨。緗帙流離⑩，風鬟三五⑪，能賦詞最苦。江南無路，鄜州今夜⑫，此苦又誰知否？空相對、殘⑬無寐，滿村社鼓。

【註釋】

① 乙亥：宋恭帝德佑元年（1275）。

② 李易安：即李清照，號易安居士。

③ 悲苦過之：李清照之《永遇樂》為懷念京洛舊事，寄寓故國之思之作，然北宋覆亡南渡後還有半壁江山，南宋亡國則更無尺寸之地，國祚不可能再振，因此詞人說自己比李清照「悲苦過之」。

④ 璧月：以圓形的玉比喻明月。

⑤ 禁苑：帝王苑圃，禁百姓入內，故稱。

⑥ 前度遽如許：重到臨安局勢變化竟是如此之大。遽：驟然，急促。

⑦ 香塵暗陌：李白《古風》第二十四：「大車揚飛塵，亭午暗阡陌。」

⑧ 斷煙：指斷火、禁火。禁夜：指實行軍事戒嚴，禁止夜行。

⑨ 芳景猶自如故：《世說新語》記周云：「風景不殊，正自有山河之異。」此用其意。

⑩ 緗帙流離：北宋滅亡，李清照追隨小朝廷南渡，與其夫趙明誠共同搜集珍藏的珍本古籍書畫大多喪失遺落，見李清照《金石錄後序》。緗帙：包在書卷外的淺黃色封套，也作書卷的代稱。

⑪ 風鬟：頭髮散亂貌。三五：指正月十五夜。李清照《永遇樂》：「如今憔悴，風鬟霧鬢，怕見夜間出去。」

⑫ 鄜州今夜：杜甫安史之亂時獨在淪陷的長安，想念佳人，寫下《月夜》：「今夜鄜州月，閨中只獨看。」此用其意。劉辰翁此時與家人離散，因以杜甫自比。

⑬ 殘：油盡將熄的燈。

【評析】

　　本詞作於端宗景炎三年（1278），南宋都城臨安早在兩年前被元軍佔領，三宮被俘至元大都，二王為元軍步步進逼，退到了福建、廣東沿海，已是苟延殘喘，南宋離徹底亡國不遠矣。此詞以柔婉淒切的詞筆，描繪了臨安今昔盛衰的不同，抒寫了種種複雜的內心感受，唱出亡國哀音，讀之令人感歎不已。

　　上片寫臨安的今昔變化。開端由描繪圓月遠雲的春景，提出「春事誰主」之問，暗寓江山易主之悲。「禁苑」「湖堤」，寫臨安舊跡；「嬌寒」「倦暖」，言初春感受。「遽如許」，驚呼變化巨大，故地重經，春光如故，而山河全非。「香塵」「華燈」，追憶往年元夕。「斷煙禁夜」，承「遽如許」而補寫滄桑巨變。往日面對臨安繁華，尚懶得出遊，而今滿目荒冷，戒備森嚴，更無景可賞。

　　下片寫國土淪陷後詞人的悲慘境遇。先敘李易安當年臨安情事。南下臨安芳景如故而人事已非，藏書散佚，孤獨漂泊，憔悴衰老。「賦詞最

苦」，一語雙綰，二人皆然。「江南無路」以下轉筆寫自己的流亡生涯，無路可走，家人離散，空守孤燈，長夜難眠。寫易安已言「最苦」，而「此苦」又復過之。翻進一層，憂恨良深。全詞從靜景開始，卻結以喧鬧之聲，足見詞人當時內心的煩亂痛苦。

摸魚兒

酒邊留同年①徐雲屋

劉辰翁

　　怎知他、春歸何處？相逢且盡尊酒。少年嫋嫋天涯恨，長結西湖煙柳。休回首，但細雨斷橋②，憔悴人歸後。東風似舊，問前度桃花，劉郎能記，花復認郎否③？　　君且住，草草留君剪韭④。前宵正恁時候，深杯欲共歌聲滑⑤，翻濕春衫半袖。空眉皺，看白髮尊前，已似人人有。臨分把手，歎一笑論文⑥，清狂顧曲⑦，此會幾時又？

【註釋】

① 同年：古代科舉考試同科中試者之互稱。

② 斷橋：在西湖白堤上，原名寶佑橋，唐時稱為斷橋又名段家橋。

③ 「問前度桃花」三句：翻用劉禹錫詩意。見晁補之《憶少年》注。

④ 草草：簡單，匆忙倉促貌。剪韭：漢代的郭林宗因友人晚上突然來訪，郭林宗冒雨到地裏割韭菜做麵條款待他。後世以「剪韭」形容朋友之間純樸深厚的情誼。杜甫《贈衛八處士》詩：「夜雨剪春韭，新炊間黃粱。」

⑤ 歌聲滑：指歌聲婉轉流暢。

⑥ 論文：評論文人及其文章。杜甫《春日憶李白》詩：「何時一樽酒，

重與細論文。」

⑦顧曲：《三國志·吳書·周瑜傳》：「瑜少精意於音，雖三爵之後，其有
闕誤，瑜必知之，知之必顧，故時人謠曰：『曲有誤，周郎顧。』」
後遂以「顧曲」為欣賞音樂、戲曲之典。此指在宴會上聽樂。

【評析】

本詞寫於臨安淪陷後，描寫詞人重遊故都與同年徐雲屋相逢和客中送
別的情景，在描述二人作為文朋詩友深摯交誼的同時，抒發無盡的今昔之
慨與個人身世飄零之悲。

上片寫自己客中送客的愁思。「怎知」四句寫暮春故友相逢，追憶往
昔。「休回首」七句辭意頓折，東風、細雨、斷橋依舊，而重歸臨安之人
卻已憔悴衰弱，流露出今昔盛衰之感和故國興亡之恨。下片寫依依送客之
情，同時又兼及自己。「君且住」八句寫「剪韭」話別，「且住」者，挽留
殷切。「草草」句寫出朋友情感的隨意親切。「前宵」三句插補出前晚「且
盡尊酒」的深杯縱飲，在極樂的外表下隱藏著深沉的悲苦。「空皺眉」三
句又折回「剪韭」宴別，寫朋友樽前訣別，「白髮」相對，而「人人有」
三字則將朋友雙方時世飄淪之感推廣開來，概括了南宋亡後眾多士人的時
代性心態。「臨分」四句以「歎」勾連今昔，懷念昔日談笑論文，清狂賞
曲，今日卻憔悴悲歌，遂發出「此會何時又」的期盼，而從這種期盼中卻
隱然透露出「明日隔山嶽，世事兩茫茫」（杜甫《贈衛八處士》）的悲涼。

通觀全篇，可謂三問三致意。詞人面對知己好友細敘家常，語言樸實
平易，表現的感情卻回環曲折、底蘊深厚。

高陽台

送陳君衡①被召

周密

　　照野旌旗，朝天車馬，平沙萬里天低。寶帶金章②，尊前茸帽風敧③。秦關汴水經行地，想登臨都付新詩。縱英遊，疊鼓清笳，駿馬名姬。　　酒酣應對燕山雪，正冰河月凍，曉隴雲飛④。投老殘年，江南誰念方回⑤？東風漸綠西湖岸，雁已還、人未南歸。最關情、折盡梅花，難寄相思。

【作者簡介】

　　周密（1232—1298），字公謹，號草窗，又號霄齋、洲、蕭齋，晚年號弁陽老人、四水潛夫、華不注山人。祖籍濟南，曾祖因隨高宗南渡，落籍吳興（今屬浙江湖州）。一說其祖後自吳興遷杭州，周密出生於杭州。宋亡前曾為臨安府幕僚、義烏令等職。宋亡不仕，抱遺民之痛，以故國文獻自任，輯錄家乘舊聞，著《武林舊事》《齊東野語》《癸辛雜識》等書，為野史家巨擘。周密工書擅畫，詩詞兼擅，《宋史翼》說他「樂府妙天下，協比呂律，意味不凡」。他是宋末詞壇領袖，早年出倚聲家宗師楊纘之門，結吟社於西湖，同時唱和者甚眾。宋亡後又與王沂孫、張炎等十四人結社作詞。高士奇《絕妙好詞選序》說：「公謹所作音書淒清，情寄深遠，非徒以綺麗勝者。」戈載《七家詞選》亦贊其詞「盡洗靡曼，獨標清麗，有韶倩之色，有綿渺之思……於律亦極嚴謹」。但今存周密詩詞皆結集於宋亡前，入元後的作品留存甚少，無法瞭解其創作全貌。有《草窗詞》。

【註釋】

①陳君衡：名允平，字君衡，號西麓，四明（今浙江寧波）人。德佑

時，授沿海制置司參議。元世祖至元十五年（1278），以圖謀恢復舊朝之嫌入獄。經同官袁洪營救得免。後被征，北赴大都，不仕而歸。晚年居家。有詞集《日湖漁唱》。詞風和婉平正，少數作品表現了故國之思。

② 寶帶：寶玉飾帶。金章：即金印。

③ 茸帽風敧：《北史·周書·獨孤信傳》：「信在秦州，嘗因獵，日暮，馳馬入城，其帽微側。詰旦，而吏民有戴帽者，鹹慕信而側帽焉。」

④ 曉隴雲飛：柳永《曲玉管》詞：「隴首雲飛，江邊日晚。」

⑤ 方回：北宋詞人賀鑄，字方回，有《青玉案》一詞最負盛名。黃庭堅曾賦詩贊曰：「解道江南斷腸句，世間唯有賀方回。」詞人身在江南，又有一腔愁怨，故以賀鑄自比。

【評析】

　　這是一首送別詞。宋亡後，友人陳允平應召入元做官，臨別之際，詞人賦詞送行。據王行《題周草窗畫像》載，周密「以無所責守而志節不屈著稱」，對陳允平此行自然難以苟同，但人各有志，又相強不得，故詞人在詞中以側筆微諷，含蓄勸諫朋友不要屈身新朝，也表現了對友人的真摯友情，以及自己內心深處的亡國之痛與身世飄零之慨。值得一提的是，陳允平後來未仕而還。

　　上片鋪陳送別場景及別後情景的想像。起首三句，詞人用豪放筆法勾畫出一幅威武鮮明的郊野送行的場面。接著寫別筵間行者尊貴的身份和風貌。「寶帶金章」，表明了人物的身份，同時暗示此行的緣由。「茸帽風敧」用獨孤信「側帽風流」典，以獨孤信之衣冠比友人之著裝，似含諷意。陳允平之應蒙元之召，與慕信而側帽的胡風，正相一致。登臨、英遊、酒酣，設想行者途中和到元都後情景。經行中原故地，當會登臨憑弔，發之於詩。到京後則縱情遊樂飲酒，聽胡地音樂，面對異地風情。看似稱揚，暗寓感傷。

　　下片抒發了詞人對友人遠去的傷感和對友人出仕新朝的擔心與不滿等

複雜的心情。前三句進一步設想友人遠去北國的情景。陰冷的影像與上片熱烈歡快的情調形成鮮明的對照，為下面的感歎鋪墊了氣氛。「投老殘年」以下轉寫居者心情。「誰念方回」，「人未南歸」，字面表念友之情，言外不無擔心行者疏遠故舊、淡忘故鄉之意。末尾「難寄相思」，隱含雲泥異路、心靈難通之憂，耐人尋味。俞陛雲《唐五代兩宋詞選釋》云：「下闋但賦離情，于陳君衡出處，不加褒貶之詞，僅言江南投老，見兩人窮達殊途，新朝有振鷺之歌，而故國無歸鴻之信，意在言外也。」

全詞虛實結合，言辭微婉，在依依惜別中，渾融著惋惜、期待、傷感等複雜的情緒，沉摯感人。

瑤　華①

周密

後土之花，天下無二本②。方其初開，帥臣以金瓶飛騎，進之天上，間亦分致貴邸。余客輦下，有以一枝（下缺）。

朱鈿寶玦③，天上飛瓊④，比人間春別。江南江北，曾未見，漫擬梨雲梅雪⑤。淮山春晚，問誰識、芳心高潔？消幾番、花落花開，老了玉關⑥豪傑。　　金壺剪送瓊枝，看一騎紅塵⑦，香度瑤闕⑧。韶華正好，應自喜、初識⑨長安蜂蝶。杜郎⑩老矣，想舊事、花須能說。記少年、一夢揚州，二十四橋明月。

【註釋】

① 瑤華：詞調名，一作《瑤花慢》，始見於吳文英詞。

② 「後土」二句：周密《齊東野語》卷十七「瓊花」：「揚州後土祠瓊花，天下無二本，絕類聚八仙，色微黃而有香。」

③ 朱鈿寶玦：比喻瓊花的珍貴美麗。玦：古玉器名，環形，有缺口。

④ 飛瓊：傳說中西王母的侍女許飛瓊，此處借仙女喻花為天上奇葩。

⑤ 梨雲：王建《夢梨花詩》：「落落漠漠路不分，夢中喚作梨花雲。」

　 梅雪：段成式《嘲飛卿》七首之四：「柳煙梅雪隱青枝，殘日黃鸝語未休。」

⑥ 玉關：即玉門關。

⑦ 一騎紅塵：杜牧《過華清宮》詩：「一騎紅塵妃子笑，無人知是荔枝來。」

⑧ 瑤闕：宮殿的美稱。

⑨ 初識：原本作「初亂」，據別本改。

⑩ 杜郎：杜牧。此處詞人自指。

【註釋】

　　本詞別本題作「瓊花」，是一首詠物詞。此詞原有一百五十字的長序，今缺大半，使我們無從確切瞭解其創作背景及意圖，但從詞意來看，諷喻之意甚明。理宗寶祐四年（1256）蒙古便兵分三路大舉南侵，其後步步深入，至度宗朝，國勢已危如累卵，兩朝皆係奸相賈似道專權，理宗、度宗均為昏君。此詞將進貢瓊花這一細事與唐玄宗朝進貢荔枝相提並論，意在指責君王只知在深宮中享樂，而置國家危急存亡於度外，詞中隱約地對國土淪喪的局面和正直有才之士報國無門的現實，深表憂慮。

　　上片前六句讚瓊花之美，如天上仙葩，風姿綽約。「淮山」二句辭意轉進，承「漫擬」之花容而讚美其花魂「芳香高潔」。瓊花伴邊關將士於春暮，邊關帥臣卻只知剪瓊花進獻皇帝以邀寵，詞人感歎「誰識芳心高潔」，既讚美了瓊花開放于胡塵彌漫之邊關的品格，也感歎了瓊花之高潔風韻無人理解的悲哀。「消幾番」二句由物及人，由悲「花落花開」之盛衰無常，而哀邊關豪傑人老兵疲、國勢頹弱，對君臣淫奢給予了深切的諷刺。下片詠史抒懷。「金壺」三句以「一騎紅塵」，將宋之飛騎進獻瓊花比為唐之飛騎傳送荔枝，詠史刺今，暗示大宋面臨著類似「安史之亂」的覆亡之禍。「韶華」二句以蜂蝶歡鬧顯示瓊花傾城之美，自喜之樂，亦暗刺

南宋君臣玩物喪志，意亂情迷。「杜郎」四句借杜牧以懷古傷情，杜牧早已老死作古，難以重述揚州的盛衰往事，但瓊花卻是經歷了歷史興衰治亂的見證，自應能講述玩物誤國的歷史，指出南宋君臣正重蹈舊日之覆轍！最後以景結情，揭示出揚州之繁榮、衰落恍若一夢，而今只有二十四橋之明月倒映于湖心冷波，展現出淒清、淡遠的意境，引人深思，寄託了沉痛的感慨。

此詞寄託深遠，言婉而意摯，外柔而內剛，是一首將詠物、抒懷、諷喻結合得很好的作品。

玉京秋①

周密

長安②獨客，又見西風，素月、丹楓，淒然其為秋也，因調夾鐘羽一解③。

煙水闊，高林弄殘照，晚蜩淒切④。碧砧度韻⑤，銀床⑥飄葉。衣濕桐陰露冷，採涼花⑦時賦秋雪。歎輕別，一襟幽事，砌蛩⑧能說。　客思吟商⑨還怯，怨歌長、瓊壺暗缺⑩。翠扇恩疏⑪，紅衣香褪⑫，翻成消歇。玉骨西風，恨最恨、閑卻新涼時節。楚簫咽⑬，誰倚⑭西樓淡月。

【註釋】

① 玉京秋：詞牌名，為周密自度曲。

② 長安：此處借指南宋都城臨安。

③ 夾鐘羽：一種律調。一解：一闋。

④ 晚蜩淒妻：柳永《雨霖鈴》詞：「寒蟬淒切，對長亭晚，驟雨初歇。」蜩：蟬。

⑤碧砧度韻：指有青苔的石砧傳來有節奏的擣衣聲。

⑥銀床：井上轆轤架。古樂府《淮南王篇》：「後園作井銀作床，金瓶素綆汲寒漿。」

⑦涼花：指菊花、蘆花等秋日開放的花，此指蘆花。陸龜蒙《早秋》詩：「早藕擎霜節，涼花束紫梢。」

⑧砌蛩：臺階下的蟋蟀。一作「砌蟲」。

⑨吟商：吟詠秋天。商：五音之一。《禮記·月令》：「孟秋之月其音商。」

⑩瓊壺暗缺：敲玉壺為節拍，使壺口損缺。形容感情激烈。見周邦彥《浪淘沙慢》注。

⑪翠扇恩疏：用班婕妤失寵典。

⑫紅衣香褪：古代女子有贈衣給情人以為表記的習俗。

⑬楚簫咽：相傳為李白所寫《憶秦娥》：「簫聲咽，秦娥夢斷秦樓月。」

⑭誰倚：原本作「誰寄」，據別本改。

【評析】

本詞抒寫客中秋思，應是宋亡前詞人客居臨安時所作。

上片寫景傷別。「煙水闊」五句寫詞人黃昏佇望之景，以宏大的筆勢展現了一派煙雲浩渺，秋水遼闊，高林蔽日的蒼茫空遠的秋景。「碧砧度韻」由物及人、寫出臨安婦女寒夜擣衣，令人聯想到「長安一片月，萬戶擣衣聲」的感人情景，婉曲地寫出對家鄉妻子的懷念。「歎輕別」三句，借物傳情，借蟋蟀悲淒的啼叫傳達滿懷幽怨。下片寫客思怨恨。「怨歌長，瓊壺敲缺」二句又不僅限於寄託離愁別恨，也隱含著對自己長年沉淪下僚，鬱鬱不得志的喟歎。「恨最恨」以兩「恨」字揭示出人生巨恨深痛乃在遭到閒棄！堪稱辭情哀絕。結尾畫出側耳細聽遠處蕭聲悲咽，舉頭凝望朦朧淡月的主人公的幽獨形象，其淒寂情狀不言自見。

全詞語言清麗精工，風格高秀婉雅。

曲遊春①

周密

禁煙湖上薄遊②，施中山③賦詞甚佳，余因次其韻。蓋平時遊舫，至午後則盡入裏湖，抵暮始出斷橋，小駐而歸，非習於遊者不知也。故中山亟擊節餘「閑卻半湖春色」之句，謂能道人之所未云。

禁苑東風外，颺暖絲晴絮，春思如織。燕約鶯期，惱芳情偏在，翠深紅隙。漠漠香塵隔，沸十里、亂絲叢笛。看畫船、盡入西泠④，閑卻半湖春色。　　柳陌，新煙凝碧。映簾底宮眉⑤，堤上遊勒⑥。輕暝籠寒，怕梨雲夢冷，杏香愁冪⑦。歌管酬寒食，奈蝶怨、良宵岑寂。正滿湖、碎月搖花，怎生去得？

【註釋】

① 曲遊春：詞調名，始見於施岳詞。
② 禁煙：指寒食節。舊俗寒食節要禁煙火，故云。薄遊：即遊歷。
③ 施中山：名岳，字中山。能詞，精音律。
④ 西泠：橋名，在西湖白堤上。
⑤ 宮眉：宮中麗人。此指遊春的女子。
⑥ 遊勒：指騎馬賞春的年輕公子。
⑦ 冪：覆蓋，罩。

【評析】

　　本詞為周密早年所作紀遊之詞。時正值寒食佳節，西湖邊遊人如雲，詞人以其特有的工麗的筆致，描繪了一幅宋室危亡前難得的西湖遊樂圖。
　　上片起筆由宮苑春光引出「春思」。接寫湖波花叢撩撥賞春芳情，導

入遊湖。「燕約鶯期」，以鶯、燕擬人，又以鶯、燕代人，煉句精巧。香塵彌漫，亂弦叢笛，遊樂之盛況，觸著視覺、嗅覺、聽覺。畫船盡入西泠，外湖頓顯閒靜，由鬧轉靜，既為紀實之筆，又體現出詞人愛幽喜僻的情趣。下片先寫堤上遊人。「柳陌」提點下文，綠柳碧波，襯映寶車佳人、鞍上公子。遊春景象，美妙入畫。「輕暝籠寒」，暗寫天色漸晚。寒食節在歌管聲樂中即將消逝。不寫遊人依戀不捨，而謂梨花怕冷清，香杏蒙愁雲，彩蝶怨岑寂，筆鋒精微，情思細膩，煉字精工。月影入湖，隨湖波蕩漾故曰「碎」；遊船不斷，槳動而水花濺，故曰「搖」。一筆寫盡西湖夜遊雅興不衰，逼出尾句。

　　全詞意象倩麗，細針密線，鏤冰刻楮，精妙絕倫。

花　犯

水仙花

周密

　　楚江湄[1]，湘娥[2]再見，無言灑清淚，淡然春意。空獨倚東風，芳思誰寄？凌波[3]路冷秋無際。香雲隨步起，漫記得、漢宮仙掌[4]，亭亭明月底。　　冰絲寫怨[5]更多情，騷人恨，枉賦芳蘭幽芷[6]。春思遠，誰歡賞國香[7]風味？相將共、歲寒伴侶[8]。小窗靜，沉煙熏翠袂[9]。幽夢覺、涓涓清露，一枝燈影裏。

【註釋】
① 楚江：楚地之江河，此處當指湘江。湄：河岸，水與草交接的地方。
② 湘娥：即湘水女神湘妃。相傳舜二妃娥皇、女英在洞庭湖邊聽到舜死的消息後，自投於湘水，遂為湘水之神。此處喻水仙花。
③ 凌波：本指起伏的波浪，多形容女子走路時步履輕盈。

④漢宮仙掌：漢武帝劉徹曾在建章宮前造神明台，上鑄銅柱、銅仙人，手托承露盤以儲甘露。

⑤冰絲寫怨：指湘妃鼓瑟，抒發哀怨深情。此處喻水仙之清冷之貌。
冰絲：指琴瑟之弦。

⑥「騷人恨」二句：屈原《離騷》：「扈江離與辟芷兮，紉秋蘭以為佩。」
騷人：即屈原。

⑦國香：指極香的花，一般指蘭、梅等。此處指水仙。

⑧歲寒伴侶：歲寒三友，指松、竹、梅三種植物。

⑨翠袂：喻水仙葉。

【評析】

　　本詞為詠贊水仙風姿、神韻，寄託時世悲傷的詠物之作。

　　上片描寫水仙的綽約風姿。詞人用如夢如幻的畫筆，不去描摹水仙的色相，而寫它不同於凡豔的清姿、高潔的流品、芳心難寄的幽怨、「香雲隨步起」的豐神和月下亭亭玉立的逸韻，筆意十分輕靈雅秀，使人讀之忘俗而思飄雲外。下片寫惜花怨情。「冰弦」三句辭意轉進，想像水仙幻化成湘妃彈奏琴瑟的冷弦，抒寫哀怨深情。以一個「枉」字感歎騷人屈原詠「芳蘭幽芷」以抒恨，竟忘掉了情深怨切的水仙，逼出「春思遠」兩句，徒有悠遠的春思卻無人歡賞她「國香風味」的失落和悲涼。「相將共」五句又作頓折，由花及己，發出視水仙為「歲寒伴侶」的知心相遇之心聲，而「歲寒」二字兼攝了物我共處的時艱境冷的特點。末三句寫詞人在燈下愛賞水仙的別樣情味，境清意遠，餘味無窮。

　　此詞盡洗靡曼，獨標清麗，詞情婉轉，一氣旋折，把人與花寫得極纏綿悱惻，在詠贊作為清賞的水仙的同時，隱約地表現詞人高蹈塵俗、絕世獨立的精神與品格。

瑞鶴仙

鄉城見月

蔣捷

　　紺①煙迷雁跡，漸碎鼓零鐘，街喧初息。風檠②背寒壁，放冰蟾③，飛到蛛絲簾隙。瓊瑰暗泣④，念鄉關、霜華似織。漫將身化鶴歸來⑤，忘卻舊遊端的。　　歡極蓬壺藻⑥浸，花院梨溶⑦，醉連春夕。柯雲罷弈⑧，櫻桃在，夢難覓⑨。勸清光，乍可幽窗相照，休照紅樓夜笛。怕人間換譜《伊》《涼》⑩，素娥未識。

【作者簡介】

　　蔣捷，生卒年不詳，字勝欲，號竹山，陽羨（今江蘇宜興）人。咸淳十年（1274）進士。南宋亡，隱居不仕，人稱「竹山先生」「櫻桃進士」，其氣節為時人所重。長於詞，與周密、王沂孫、張炎並稱「宋末四大家」。其詞多抒發故國之思、山河之慟，風格多樣，而以悲涼清俊、蕭寥疏爽為主。尤以造語奇巧之作，在宋末詞壇上獨標一格。劉熙載《藝概》評其詞曰：「蔣竹山詞未極流動自然，然洗練縝密，語多創獲。其志視梅溪（史達祖）較貞，視夢窗（吳文英）較清。劉文房（劉長卿）為五言長城，竹山其亦長短句之長城歟！」有《竹山詞》。

【註釋】

① 紺：天青色，一種深青帶紅的顏色。
② 風檠：燈光在風中搖曳不定，故稱。檠：燈架，也指燈。
③ 冰蟾：傳說月中有蟾蜍，故以蟾代指月。明月皎潔晶瑩，因稱冰蟾。
④ 瓊瑰：指美玉。《左傳·成公十七年》：「聲伯夢涉洹，或與己瓊瑰食之，泣而為瓊瑰，盈其懷。」此處形容淚珠晶瑩如玉。

⑤化鶴歸來：用丁令威事。

⑥蕖：芙蕖，荷花。鄭玄箋：「未開曰菡萏，已發曰芙蕖。」此處指荷花燈。宋代元宵多點紅蓮燈。

⑦花院梨溶：晏殊《寓意》詩：「梨花院落溶溶月，楊柳池塘淡淡風。」

⑧柯雲罷弈：用爛柯典故。《述異記》：「信安郡石室中，晉時樵者王質，逢二童子弈棋，與質一物，如棗核食之，不饑，置斧子坐而觀。童子曰：『汝斧柯爛矣。』質歸鄉間，無復時人。」此處指時移世改。

⑨「櫻桃」二句：段成式《酉陽雜俎》：「姑婿裴元裕言群從中有悅鄰女者，夢女遺二櫻桃，食之，及覺，核墮枕邊。」此處指往事如夢，空留記憶。

⑩《伊》《涼》：唐曲調名，即《伊州》《涼州》二曲。王灼《碧雞漫志》卷三有載，「唐史及傳載稱『天寶樂曲，皆以邊地為名，若涼州、伊州、甘州之類』」，均為少數民族樂曲。此處借指元人的北方曲調。

【評析】

　　宋亡後，詞人回到故里，在一個月明之夜，面對如霜月色，撫今思昔，百感交集，寫下此詞。

　　上片「紺煙」六句由遠而近寫鄉城入夜之景。其中一個「放」字，使詞得意趣甚佳。「瓊瑰」二句由眼前月景而懷念家鄉月景，更懸想家鄉此刻亦必是一片瑩潔之境。末二句用丁令威的故事，對山河依舊、人事全非發出深沉感慨，言簡而意永。下片抒懷，憶昔傷今。「歡極」三句用絢麗的彩筆描繪故國上元之夜的歡樂情景，然後筆鋒急轉直下，借用神話故事，抒發往事如夢，恍若隔世的悵惘之情。「勸清光」數句充滿了江山易主的悲怨，又隱含著對那些亡國後依舊征歌逐舞、全無心肝之人的指責，曲寫出詞人恪守大宋臣民氣節，獨守幽窗，與明月為伴的精神與人格。

　　此詞格調悲涼沉鬱，辭情深微含蓄，字精語煉，章法縝密。

賀新郎

蔣捷

夢冷黃金屋①，歎秦箏、斜鴻陣裏②，素弦塵撲。化作嬌鶯飛歸去，猶認紗窗舊綠③。正過雨、荊桃如菽④。此恨難平君知否？似瓊台、湧起彈棋局⑤。消瘦影，嫌明燭。　　鴛樓碎瀉東西玉⑥，問芳蹤、何時再展？翠釵難卜。待把宮眉橫雲樣，描上生綃畫幅，怕不是、新來妝束。彩扇紅牙今都在⑦，恨無人、解聽開元曲⑧。空掩袖，倚寒竹。

【註釋】

① 黃金屋：此處借指南宋故宮。

② 斜鴻陣裏：箏柱斜列如雁陣。見張先《菩薩蠻》注。

③ 紗窗舊綠：元稹《連昌宮詞》：「舞榭欹傾基尚在，文窗窈窕紗猶綠。」此用其意。

④ 荊桃如菽：周邦彥《大酺》詞：「紅糝鋪地，門外荊桃如菽。」荊桃：櫻桃。

⑤ 「此恨」二句：李商隱《無題》詩：「莫近彈棋局，中心最不平。」此用其意，比喻心中幽恨難平。瓊台：即彈棋局，彈棋枰，以玉石做成，其形狀中間突起，周圍低平。彈棋：古博戲。

⑥ 鴛樓：鴛鴦樓，樓殿名。東西玉：酒器名。黃庭堅《次韻吉老》詩：「佳人斗南北，美酒玉東西。」此處以宮中杯碎酒瀉暗喻亡國。

⑦ 彩扇：歌扇。紅牙：紅牙拍板。

⑧ 開元曲：唐代開元盛世時的歌曲，此處借指宋朝盛時的樂曲。

【評析】

本詞借一位佳人表達自己的亡國之恨，構思巧妙，辭意深曲。

上片描寫佳人「化作嬌鶯飛歸去」，但是故國的繁華夢冷，故宮內一片淒涼荒落，從前經常撥弄的琴弦撲滿塵土，碧紗窗猶在，卻已時移世改，飛雨過處，櫻桃如豆，不禁使人湧起無限今昔之慨。詞中以「彈棋局」來比喻她難以平息的亡國仇恨，又用瘦影怕燭表現其愁思凝重和無限顧影自傷之意。下片從詞人這方著筆，將無限故國之思全加於佳人之身，深情地抒寫對她的思戀與後會無期的悵恨，詞人想像她依然穿著舊時宮妝，以此表現愛國孤臣的拳拳之心。「彩扇紅牙」二句以無人解聽盛世樂曲，抒發物是人非，時無知音之歎。末句以幽獨佳人自況，表現不與世俗同流的高潔情懷。

此詞辭麗情哀，隱曲深微。失落、孤寂、傷亡國、思往日，無限複雜之情緒，全借失時之佳人寫出，耐人尋味。

女冠子①

元　夕

蔣捷

蕙花香也，雪晴池館如畫。春風飛到，寶釵樓②上，一片笙簫，琉璃③光射。而今燈漫掛，不是暗塵明月④，那時元夜。況年來，心懶意怯，羞與蛾兒⑤爭耍。　　江城人悄初更打，問繁華誰解、再向天公借？剔殘紅灺⑥，但夢裏隱隱，鈿車羅帕。吳箋銀粉研⑦，待把舊家風景，寫成閒話。笑綠鬟鄰女，倚窗猶唱，夕陽西下⑧。

【註釋】

① 女冠子：唐教坊曲名，後用作詞調，始見於溫庭筠詞。雙調，四十一字，柳永衍為長調。

②寶釵樓：泛指精美的樓閣。

③琉璃：指燈。宋時元宵節極繁華，有五色琉璃燈，大者直徑三四尺。

④暗塵明月：蘇味道《上元》詩：「暗塵隨馬去，明月逐人來。」

⑤蛾兒：用彩紙剪成的飾物。借指遊女。

⑥焇：燒殘的燭灰。

⑦銀粉砑：有光澤的銀粉紙。砑：光潔貌。

⑧「笑綠鬟」三句：張相《詩詞曲語彙釋》認為「此亦欣喜之辭，言喜鄰女猶能唱當時『夕陽西下』之詞，舊家風景，尚存一二也」。可備一說。夕陽西下：指南宋康與之（一說為范周）《寶鼎現》詠元夕詞，首三句為：「夕陽西下，暮靄紅隘，香風羅綺。」

【評析】

本詞為歌詠元宵，抒發盛衰興亡感慨之作，寫於南宋覆亡之後。

上片寫今昔元宵盛衰的感傷。「蕙花」六句追懷南宋元宵的繁盛景象，用濃墨重彩繪出一幅以花香、月華、燈光、樂聲、人影編織而成的、五光十色的元宵節美麗圖畫，讀之幾疑是賦。「而今」三句突作頓折，強調昔日遊人熙攘，紅塵迷暗明月的光景已然消失，流露出故國覆亡後元宵淒涼的深切悲痛和失落。「況年來」二句折筆寫自身深懷亡國哀痛而「心懶意怯」，怕與幼稚無知的女娃們嬉鬧遊耍。下片抒寫懷舊情腸。「江城」三句補寫元夜燈盞冷落，至初更便已悄寂無人，同昔日通宵遊賞燈會之舉國歡慶，形同天壤之別。「再向天公借」是詞人於悄寂無聊，苦極悲極之際的突發奇想，流露出繁華消逝、大勢已去、人力難復的無奈與憾恨。末以「笑」字帶出對鄰女猶唱「夕陽西下」之詞的亦諧亦莊的感歎，其所唱元宵盛景與詞人寫「舊家風景」相諧相映，令詞人蕭然動情，人酸楚難堪，故作無言的苦笑，令人備覺傷感。

本篇詞情頓宕婉曲，字字句句使人領會詞人對故國深深的眷念，感人肺腑。

高陽台

西湖春感

張炎

接葉巢鶯①，平波捲絮，斷橋斜日歸船。能幾番遊？看花又是明年。東風且伴薔薇住，到薔薇、春已堪憐。更淒然，萬綠西泠，一抹荒煙。　　當年燕子如何處②？但苔深韋曲③、草暗斜川④。見說新愁，如今也到鷗邊⑤。無心再續笙歌夢，掩重門、淺醉閑眠。莫開簾，怕見飛花，怕聽啼鵑。

【作者簡介】

張炎（1248—1320），字叔夏，號玉田，又號樂笑翁。祖籍鳳翔成紀（今甘肅天水），寓居臨安。六世祖為南宋名將張俊，曾祖張鎡、父親張樞均為著名詞人。宋亡前其祖父張濡鎮守獨松關時，曾殺死元使者廉希賢。1276年元軍入臨安，斬殺張濡並籍沒其家產。從此家道中落，貧難自給。三年後，南宋覆滅，張炎隱居浙東西之間，生活潦倒。他常同前朝遺老如周密、鄭思肖等人交往。1290年曾被元世祖召至大都繕寫金字藏經，次年南歸。此後漫遊吳、越之間。晚年歸隱杭州，靠賣卜維持生計，落拓而終。

張炎「生平好為詞章，用功逾四十年」，與姜夔齊名，號為「姜張」，其詞「往往蒼涼激楚，即景抒情，備寫其身世盛衰之感，非徒以剪紅刻翠為工」（《四庫全書總目》）。從現存作品來看，他抒寫亡國哀思的篇章大大超過周密、王沂孫。其諸多詠物詞刻畫精微，寄情深遠，曾因賦春水、詠孤雁絕妙而被人稱作「張春水」「張孤雁」。有《山中白雲詞》及重要詞論著作《詞源》。

【註釋】

① 接葉巢鶯：杜甫《培鄭廣文遊何將軍山林》詩：「卑枝低結子，接葉暗巢鶯。」此處化用其意。

② 當年燕子如何處：劉禹錫《烏衣巷》詩：「舊時王謝堂前燕，飛入尋常百姓家。」

③ 韋曲：地名，在長安南郊，唐朝韋氏家族世代居住於此，因名韋曲。潏水繞其前，風景佳勝。此指西湖名勝。

④ 斜川：在江西省星子縣與都昌縣之間的湖泊中。此指西湖名勝。

⑤ 「見說」二句：沙鷗色白，因說系愁深而白，如人之白頭。辛棄疾《菩薩蠻》詞：「拍手笑沙鷗，一身都是愁。」

【評析】

　　本詞為南宋滅亡後詞人重遊西湖感懷而作，借歌詠西湖暮春景色抒寫國破家亡的哀痛，悲憤至極，凄咽至極。

　　上片起三句寫景，景密意淡。「巢鶯」「捲絮」「斜日」，平緩寫景，已暗藏日暮春晚氣氛。下文發問，雖語意陡轉，卻也順理成章。「能幾番遊」二句抒發出朝不保夕的無限哀愁。今年花事已晚，故呼喚東風伴隨薔薇稍住。但薔薇花開，春事將盡，故曰「可憐」。末寫西泠繁華景點，已滿目荒涼。「一抹」，筆墨如畫。下片承上片意脈，以問句振起詞氣。當年的豪門大宅，當年的幽美之地，如今都已經變了樣，今昔的對比引出無限感慨。白鷗也愁，人何以堪，翻進一層，轉寫自我心緒。「無心再續笙歌夢」寫出了詞人現在的倦怠詩意，也點明了他清醒的人生態度和江山易主後心如死灰的沉痛感情。飛花、啼鵑，發人哀思，著兩「怕」字，寫盡江山易主、人事全非、目不忍睹、耳不忍聞之痛。

　　全詞融情入景，賦物以情，情摯辭婉，結構嚴謹，靈動流轉，極悽愴纏綿之致。陳廷焯《白雨齋詞話》評此詞曰：「凄涼幽怨，鬱之至，厚之至。」

渡江雲

張炎

山陰久客，一再逢春，回憶西杭，渺然愁思^①。

山空天入海，倚樓望極，風急暮潮初。一簾鳩外雨，幾處閒田，隔水動春鋤。新煙禁柳^②，想如今、綠到西湖。猶記得、當年深隱，門掩兩三株。　　愁餘，荒洲古漵^③，斷梗疏萍^④，更漂流何處？空自覺、圍羞帶減，影怯煙孤。長疑即見桃花面^⑤，甚近來、翻致無書？書縱遠，如何夢也都無^⑥？

【註釋】

① 詞序原為「久客山陰，王菊存問予近作，書以寄之」。據別本改。

② 禁柳：宮中的柳樹。此處泛指西湖一帶柳樹。

③ 漵：水濱。

④ 斷梗：用桃梗故事。《戰國策·齊策三》載蘇代曾謂孟嘗君曰：「今者臣來，過於淄上，有土偶人與桃梗相與語。桃梗謂土偶人曰：『子，西岸之土也，挺子以為人，至歲八月，降雨下，淄水至，則汝殘矣。』土偶曰：『不然，吾西岸之土也，土則復西岸耳。今子，東國之桃梗也，刻削子以為人，降雨下，淄水至，流子而去，則子漂漂者將何如耳。』」後以桃梗或斷梗比喻漂泊無定的人。疏萍：猶言浮萍、飄萍，萍浮水面，隨風漂蕩，因以比喻漂泊身世。

⑤ 桃花面：用崔護事。見晏殊《清平樂》注。

⑥ 「書縱遠」二句：趙佶《燕山亭》詞：「怎不思量？除夢裏、有時曾去，無據，和夢也、新來不做。」

【評析】

本詞為詞人客居紹興，懷思故都杭州之作，寫於南宋覆亡之後。

上片以景出情，點出思念杭州西湖美景之意。「山空」三句以遼闊、宏壯的筆勢，描繪出詞人倚樓遙望，遠山隨著空闊的長天沒入大海，海天空闊渺遠，暮色風急潮湧的壯觀景象。「一簾鳩外雨」三句描寫雨中春耕的農村風光，真切新麗，生意盎然。詞人漸次寫出由眼前春景引起對西湖風光以及往昔美好生活的無盡眷念，均借柳色言之，含思清婉雋永。

下片以「愁餘」總上挽下，層層展衍其故國淪亡後孤旅漂泊之愁。「荒洲」三句描述其遠離杭州後，猶如斷折的枝梗，離散的浮萍，漂泊于沙洲水灣。詞人借梗萍隱喻自己亡國浪跡的命運和處境，感歎茫然無所歸宿。「空自」二句由托物轉為寫己，卻不直說，借圍帶、影燈側襯曲致，寫自己深感故國淪喪之痛而形容憔悴，腰圍瘦損。以「影怯煙孤」映襯出詞人自覺悲涼，怯懼而無人關情的空虛和孤寂。「長疑」四句從詞人所愛之西湖佳人抒寫離愁。從「即見」「無書」等語可知詞人與她雙方書信往返，情篤意深。以「長疑」之否定語意表達肯定性推測，自以為即見其桃花美豔之面容。「翻致」二字頓折生變，不見書信，會面落空。「書縱遠」傾訴詞人內心活動：縱然路遠無書，如何夢魂都不見？因是癡人癡想，卻是詞人渴盼知心伴侶的真情流露。借「桃花面」渺遠和無書、無夢的空虛，寫出雙方淪落的悲楚。

全詞由眼前之景聯想到西湖之景，再由自己之愁思而想到西湖之戀情，娓娓道來，意脈清晰，層次井然。

八聲甘州

張炎

辛卯歲，沈堯道同余北歸，各處杭、越。逾歲，堯道來問寂寞，語笑數日，又復別去。賦此曲，並寄曾心傳[①]。

記玉關[②]、踏雪事清遊，寒氣脆貂裘。傍枯林古道，長河飲

馬，此意悠悠。短夢依然江表^③，老淚灑西州^④。一字無題處，落葉都愁^⑤。　　載取白雲歸去^⑥，問誰留楚佩，弄影中洲^⑦？折蘆花贈遠，零落一身秋。向尋常、野橋流水，待招來、不是舊沙鷗。空懷感，有斜陽處，卻怕登樓。

【註釋】

① 曾心傳：原本作「趙學舟」，據別本改。

② 玉關：玉門關。詞人北上並未到玉門關。此處泛指邊地。

③ 江表：指江南。

④ 西州：古城名，在今南京市西。《晉書》載，謝安扶病入西州門。安死後，他的知友羊曇行不由西州路。一次大醉，不覺至西州門，於是慟哭而去。此處指經故都杭州，不勝其悲。

⑤ 「一字」二句：翻用紅葉題詩典。

⑥ 載取白雲歸去：表示隱居。

⑦ 「問誰留」二句：屈原《九歌·湘君》：「捐余玦兮江中，遺餘佩兮澧浦。」「君不行兮夷猶，蹇誰留兮中洲？」此處化用其意。

【評析】

　　元世祖二十七年（1290），張炎曾與沈堯道、曾心傳同時被招北上繕寫金字《藏經》，次年即未仕而歸。本詞係張炎於1291年寓居紹興時所作。詞中抒寫了詞人北遊歸來的落寞憂傷、與友人離別的愁情，以及心中深深的亡國之痛。

　　篇首為讀者展開了一幅蒼蒼茫茫的北地長卷，正冰封雪飄之時，兩位老友卻冒雪出遊，飲馬長河。由「記」字領起五句，追憶北行情景和心態。踏雪冒寒，匹馬勞頓，嚴寒凍裂貂裘，心神恍惚不定。見出北行心懷惴惴，迫不得已。「短夢」四句，轉為歸來情懷的陳述。燕都寫經，儼然噩夢一場，身歸江南，淚灑故土。欲傾苦恨，觸目牢愁，無從下筆。足見遺民失國，北去南來，俱無佳致。下片寫獨處念舊懷友之情。友人來訪，又

複歸臥白雲。「問誰」二句，化用《九歌》捐玦、遺佩之典故，寫惜別之情。「折蘆」點化「折梅寄遠」故事，寓留別意。一就行者而言，一就居者而說。向野橋招沙鷗，喻知己難得，反襯一筆，愈見故交情深。末以「怕登樓」收結，無限失國隱恨、思鄉懷友之情，曲折宣出，耐人尋味。

　　本詞將摯友聚散之情與家國興亡之痛一併打入，詞情起落有致，令人悲慨不盡。

解連環

孤　雁

張炎

　　楚江空晚，恨離群萬里，恍然驚散。自顧影、卻下寒塘[①]，正沙淨草枯，水準天遠。寫不成書，只寄得、相思一點[②]。料因循[③]誤了，殘氈擁雪[④]，故人心眼。　　誰憐旅愁荏苒[⑤]，漫長門夜悄，錦箏[⑥]彈怨。想伴侶、猶宿蘆花，也曾念春前，去程應轉。暮雨相呼，怕驀地、玉關重見。未羞他、雙燕[⑦]歸來，畫簾半捲。

【註釋】

① 下寒塘：崔塗《孤雁》詩：「暮雨相呼失，寒塘欲下遲。」

② 「寫不成書」二句：雁飛行時行列整齊如字，孤雁而不成字，只像筆劃中的「一點」，故云。此處還暗用了蘇武雁足傳書事。

③ 因循：遲延。

④ 殘氈擁雪：用蘇武事。《漢書·蘇武傳》載，匈奴「乃幽武置大窖中，絕不飲食。天雨雪，武臥齧雪與旃毛並咽之，數日不死」。此處借喻南宋被俘北上、守節不屈者的艱難景況。

⑤ 荏苒：輾轉，遷徙。

⑥ 錦箏：箏的美稱。其聲淒清哀怨，故又稱哀箏。《晉書·桓伊傳》：「撫哀箏而歌怨詩。」錢起《歸雁》詩：「二十五弦彈夜月，不勝清怨卻飛來。」

⑦ 雙燕：暗喻歸附元朝者。

【評析】

　　張炎精於詠物，這首詠孤雁詞最為有名。本詞以失群的孤雁來比喻詞人國破家亡的漂泊孤淒，令人觸目驚心。詞中又以暗喻的手法表示他對被俘北上、守節不屈的故人的思念，並代他們抒寫家國愁思。全詞委婉纏綿，刻畫新警深微。

　　開篇寫楚天空闊孤雁飛來，驚魂不定，悵然若失。在伶仃飛行中下視沙平草枯，水天寥落，以空闊淒寒的環境襯托雁之孤單。「寫不成書」二句形容斷雁孤飛，怨懷無托的苦況，精巧生動，真是丹青難畫。「料因循」三句用蘇武事，表達了對被迫北上的故人的思念、擔憂，乃至敬佩。下片「旅愁」承「離群」，「萬里」就空間說，「荏苒」就時間說。「長門」「錦箏」融化掌故，渲染形單影隻、孤寂淒苦之情。「想伴侶」數句，寫孤雁想像伴侶，進而推想伴侶正期望孤雁北來，若果真如此，定能在北地相逢，那麼比起雕梁畫簾中雙棲燕，當會不自感羞澀。這末尾二句，詞人表明了願與故人「共苦」的心願，展現了自守清操的心跡，語婉而志堅，使人尋繹無盡。

　　全詞明暢貼切，將詠物、抒懷、敘事緊密結合，構思巧妙，體物細膩，委婉纏綿，情意雋永。用典亦妥帖自然，渾化無跡。

綠　意

詠荷葉

張炎

　　碧圓自潔，向淺洲遠浦，亭亭清絕。猶有遺簪，不展秋心，能捲幾多炎熱？鴛鴦密語同傾蓋[1]，且莫與、浣紗人說[2]。恐怨歌忽斷花風，碎卻翠雲千疊。　　回首當年漢舞，怕飛去漫皺，留仙裙折[3]。戀戀青衫，猶染枯香，還歎鬢絲飄雪。盤心清露如鉛水[4]，又一夜西風吹折。喜淨看、匹練飛光，倒瀉半湖明月。

【註釋】

① 傾蓋：言行道相遇，停車交談，車蓋靠在一起。形容初交相得，一見如故。

②「且莫與」句：鄭谷《蓮葉》詩：「多謝浣紗人未折，雨中留得蓋鴛鴦。」

③ 留仙裙折：《飛燕外傳》：「帝於太液池，作千人舟，號合宮之舟……后（趙飛燕）衣南越所貢雲英紫裙，碧瓊輕綃。廣榭上，後歌舞《歸風送遠》之曲，帝以文犀簪擊玉甌，令后所愛。侍郎馮無方吹笙，以倚后歌。中流歌酣，風大起，後順風揚音，無方長吸細嫋與相屬，后裙髀曰：『顧我，顧我！』后揚袖曰：『仙乎，仙乎！去故而就新，寧忘懷乎？』帝曰：『無方為我持后！』無方捨吹持后履。久之，風霽，后泣曰：『帝恩我，使我仙去不待。』悵然曼嘯，泣數行下。帝益愧愛后，賜無方千萬，入后房闥。他日，宮妹幸者，或襲裙為縐，號曰留仙裙。」

④ 盤心清露如鉛水：用金銅仙人事。

【評析】

　　本詞為歌詠荷葉以抒懷之作。張炎《山中白雲詞》卷六《紅情》序云：「《疏影》《暗香》，姜白石為梅著語，因易之曰《綠意》《紅情》，以荷花荷葉詠之。」

　　上片以「碧圓自潔」總領荷葉形圓、色碧、性潔的特徵，顯現出亭亭玉立的清新絕妙的美姿。繼而以三重比喻，形容剛露出水面捲曲細長的嫩荷葉，猶如美人遺落的碧玉簪；形容密接如兩張傘蓋的大荷葉，竟像傾蓋相會、一見如故的鴛鴦情侶親密私語；形容遍佈湖塘的荷葉簇聚相碰發出颯颯聲響如唱怨歌。花風驟至，怨歌突斷，整個湖塘的荷葉如攪碎千疊翠雲，由小而大地層層鋪描，展現了它捲掉炎熱的「秋心」，即素潔之心，傳達了它令浣紗美女聞之動情的蜜態情語，以及它在花風吹來時如泣如訴的怨傷的聲韻。形神兼備，聲情並茂。

　　下片則以擬人手法將荷葉與人事巧妙挽合，傳情寫神。「回首」三句將荷葉讚美為欲隨風飛去的「留仙裙」，描摹出風荷飄曳的動態和神韻。代荷葉回首往昔盛世，實則表現了詞人對故國繁華的眷念。「戀戀」三句寫詞人對荷香餘韻的眷戀，同時抒老大之慨，暗含自甘淡泊的情志。「盤心」二句寫詞人面對一夜西風吹折殘荷景象，比喻眼前如盤的荷葉心盈聚的清晶露珠，就像喪失故都長安的金銅仙人灑下的清淚，寄託了亡國之思。「喜淨看」二句承上片夏日盛荷，下片秋日殘荷描寫後，抒寫了詞人身在湖塘荷叢環境的美感，特別是明月飛光之際，匹練般潔白的月色倒瀉於湖塘之中，那半湖澄淨的月色，半湖「碧圓自潔」，或「盤心清露」的荷叢，是多麼清幽恬美的荷塘月色！詞人於此也表明了終老林泉的心跡。

月下笛^①

張炎

孤遊萬竹山^②中，閑門落葉，愁思黯然，因動黍離之感。

時寓居甬東積翠山舍。

　　萬里孤雲，清遊漸遠，故人何處？寒窗夢裏，猶記經行舊時路。連昌約略無多柳[3]，第一是難聽夜雨。漫驚回淒悄，相看燭影，擁衾誰語[4]。　　張緒[5]，歸何暮？半零落依依，斷橋鷗鷺。天涯倦旅[6]，此時心事良苦。只愁重灑西州淚，問杜曲[7]人家在否？恐翠袖、正天寒，猶倚梅花那樹[8]。

【註釋】

① 月下笛：詞調名，始見於周邦彥詞。

② 萬竹山：《赤誠志》：「萬竹山在（天臺）縣西南四十五里。絕頂曰新羅，九峰回環，道極險隘。嶺上叢薄敷秀，平曠幽窈，自成一村。」

③ 連昌：唐別宮名，在今河南宜陽，宮中多植柳樹。元稹《連昌宮詞》極寫連昌宮戰亂後的荒廢景象。此處借指南宋故宮。約略：大約。

④ 誰語：原本作「無語」，據別本改。

⑤ 張緒：字思曼，南朝齊官吏，少有文才，喜談玄理，風姿清雅。《藝文類聚·木部》載：「齊劉悛之為益州刺史，獻蜀柳數株，條甚長，狀若絲縷。武帝植於太昌雲和殿前，嘗喜玩之曰：『楊柳風流可愛，似張緒當年。』」此處詞人自比張緒。

⑥ 天涯倦旅：鄭思肖《山中白雲詞序》說張炎「三十年汗漫數千里」。

⑦ 杜曲：唐長安城南名勝地，杜氏家族世居於此，故稱。此處指故國家園。

⑧ 「恐翠袖」二句：杜甫《佳人》詩：「天寒翠袖薄，日暮倚修竹。」此處化用其意。「正天寒」原本作「天寒」，據別本改。

【評析】

　　本詞係張炎於元成宗大德二年（1298）流寓甬東（浙江定海）時所作。

二十年來，他一直懷著深深的亡國隱痛飄零湖海，愴懷禾黍，吊古傷今，長歌當哭，把山殘水剩之感、故國舊家之思寄託於詞章。

　　上片寫羈旅孤淒。「萬里孤雲」是詞人自擬。遠遊承「萬里」，悵望故人，可見其「孤」。「寒窗」以下寫夢中經行舊地，錢塘柳殘，夜雨難堪，故宮殘破，形於夢寐。「驚回」以下寫夢後，相伴唯有「燭影」，「擁衾」無人共話，境地何等蕭索。「淒」狀心緒酸楚，「悄」寫氛圍寂靜。下片寫思歸愁苦。以張緒自擬，姓既相同，丰姿略似。「歸何暮」與首句呼應，以下傾攄內心積愫。零落鷗鷺，喻故舊星散，伶仃獨處；天涯倦旅，見行蹤飄萍，心事沉重。再寫家族夷滅，世事變幻，舊地不忍重過。當年舊友無不潔身遠引，自持高操，獨甘寂寞。環環相扣，層層深入。國破家亡之思，痛徹靈台。末尾化用杜詩，佳人與凌寒冬梅，相互輝映，恰是逸民化身，且對「故人何處」作一應答。筆法曲折，意蘊深厚，寫出一代逸民的心聲。

　　全詞辭意清空而深曲，層層深入地抒寫了詞人今不如昔的黍離之感與身世之悲。

天　香

龍涎香①

王沂孫

　　孤嶠蟠煙②，層濤蛻月③，驪宮夜採鉛水④。汛遠槎風⑤，夢深薇露⑥，化作斷魂心字⑦。紅瓷候火⑧，還乍識、冰環玉指⑨。一縷縈簾翠影，依稀海天雲氣。　　幾回嬌⑩半醉，剪春燈、夜寒花碎。更好故溪飛雪，小窗深閉。荀令如今頓老⑪，總忘卻、尊前舊風味。漫惜餘熏，空篝素被⑫。

【作者簡介】

　　王沂孫，字聖與，又字詠道，號碧山，又號中仙，因家住玉笥山，故又號玉笥山人，會稽（今浙江紹興）人。生卒年不詳，與周密為同輩人而年少於周密。宋亡後，王沂孫曾與周密、張炎等十四人結社作詞，借詠物抒寫亡國之痛。袁桷《延祐四明志》載其入元後曾任慶元路（今浙江寧波一帶）學正，他在許多詞章中表明出仕的不得已和歸隱的迫切願望，事實上他也只做了短期學官即辭職回鄉。張炎嘗稱其「能文工詞，琢語峭拔，有白石（姜夔）意度」。清代常州詞派對其推崇備至，周濟在《宋四家詞選》中將王沂孫與周邦彥、辛棄疾、吳文英並列為宋代詞人之冠。王沂孫善於以隱晦曲折的藝術手段，通過詠物來表現亡國沉哀。其現存詞作中，詠物詞超過一半。吳梅曾說：「大抵碧山之詞，皆發於忠愛之忱，無刻意爭奇之意，而人自莫及⋯⋯其詠物諸篇，固是君國之憂，時時寄託，卻無一犯復，字字貼切故也。」其他詞亦多抒時移事去、樂往哀來之慨，表現了一個懷著故國之愛的文人深長的憂思和無力的悲歎。有《碧山樂府》，又名《花外集》。

【註釋】

① 龍涎香：一種名貴的香料。《嶺南雜記》：「龍涎於香品中最貴重，出大食國西海之中，上有雲氣罩護，則下有龍蟠洋中，臥而吐涎，飄浮水面，為太陽所爍，凝結而堅，輕若浮石，用以和眾香，焚之，能聚香煙，縷縷不散。」「鮫人採之，以為至寶，新者色白⋯⋯入香焚之，則翠煙浮空，結而不散。」龍涎香實際上是抹香鯨腸內的分泌物。抹香鯨是鯨的一種，有的長達五六丈，鼻孔位於頭上，常露出水面噴水，因而被人想像為龍，並傳說「上有雲氣罩護」。

② 嶠：山尖而高。此指海中礁石。蟠：盤曲而伏。

③ 蛻月：此指水面月光變幻、閃爍。蛻：脫去皮殼。

④ 驪宮：驪龍的宮殿。鉛水：淚水。李賀《金銅仙人辭漢歌》詩：「憶君清淚如鉛水。」此處借指龍涎。

⑤ 汛：潮汛。槎：竹、木筏。張華《博物志》:「舊說雲天河與海通，近世有人居海渚者，年年八月有浮槎來去不失期，人齎糧乘槎而去，十餘日，至天河。」

⑥ 薇露：薔薇露。薔薇花製成的香水。《後香譜》:「周顯德五年，昆明國獻薔薇露，雲得自西域，以灑衣，衣蔽香不減。」《嶺南雜記》說制龍涎香，要「用以和眾香」。《香譜》說製龍涎香時須取龍涎與薔薇水共同研和。

⑦ 化作斷魂心字：指龍涎被製成心字盤香。楊慎《詞品》:「所謂心字香者，以香末篆成心字也。」楊萬里《謝鬍子遠郎中惠蒲太韶墨報以龍涎香》詩:「遂以龍涎心字香，為君興雲繞明窗。」

⑧ 紅瓷候火：《香譜》說製龍涎香，須用「慢火焙，稍乾帶潤，入瓷合窨」。紅瓷：存放龍涎香的紅色瓷合。候火：焙製時需要守候的適當文火。

⑨ 冰環玉指：指龍涎香製成指環的形狀和色澤。《香譜》云:「造作花子佩香及香環之類。」

⑩ 嬌：故意撒嬌纏人。

⑪ 荀令：東漢荀彧，字文若，為漢侍中，守尚書令，稱荀令。李商隱《韓翃舍人即事》詩:「橋南荀令過，十里送衣香。」又《牡丹》詩:「荀令香爐可待熏。」馮浩注:「習鑿齒《襄陽記》:『荀令君至人家，坐幕三日，香氣不歇。』」此處詞人自況。

⑫ 篝：熏籠。此句言把素被放在空空的熏籠上，希望可以聞到餘香。

【評析】

　　本詞借詠龍涎香以寄託身世悲感和亡國之痛。因所詠對象具有神話色彩，故此詞遣詞造境以神話的奇幻情調出之。

　　上片寫採製龍涎香的過程。「孤嶠」二句描繪出一幅峭岩高聳、波濤層疊的奇絕遼闊的海域景觀，點明龍涎香產地及特徵，渲染出海嶠的奇幻色彩和採香的月夜景觀。「夜採」句寫鮫人從驪龍洞窟採集鉛水一樣的銀

色龍涎。龍涎採離「驪宮」時清淚晶瑩，暗寓了詞人對故國的眷戀。「汛遠」三句寫製香，鮫人海上乘槎，隨風潮遠去，繼而將龍涎香和薔薇花露研為粉塵，化作心字篆香。「紅瓷」四句寫龍涎被焙製成的各種形狀和被焚時的情景。眼望縷縷翠煙碧影之縈繞，詞人頓時聯想到「孤嶠蟠煙」在海天遼闊的峭岩煙雲蟠繞的景象，寫出龍涎香直至焚毀亦眷戀「驪宮」故地的本性。

下片轉入對當年焚香的回憶，感念撩人心旌的舊事。「幾回」四句追憶昔日「故溪飛雪，小窗深閉」的夜寒時刻，看玉人嬌慵半醉剪碎燈花的溫馨的情景。然而「更好」者乃是與玉人共同品味那龍涎香令人斷魂心醉的香韻，它為情侶歡會增添了無限繾綣的氛圍。「荀令」四句以荀彧「至人家，坐幕三日，香氣不歇」的典故，隱喻自身雖已「頓老」衰頹，將尊前舊時風情趣味全已忘卻，唯獨沒有忘卻龍涎香韻。「漫惜」寫徒然地戀惜當年留下的餘香。玉人渺然，龍涎香消，唯殘「餘熏」，亦令詞人彌足珍惜，將素被覆於昔日熏香之竹籠，猶望殘香餘韻之尚存。然而往事長逝而不返，悵惘哀痛，令人深思。

此詞抒發亡國悲痛，並織入個人的身世感慨，格調沉鬱幽咽。使事用典，貫以意脈，意味深長。詞采清麗，字凝語練。

眉　嫵①

新　月

王沂孫

漸新痕懸柳，淡彩穿花，依約破初暝。便有團圓意②，深深拜③，相逢誰在香徑？畫眉未穩，料素娥、猶帶離恨④。最堪愛、一曲銀鉤小，寶簾掛秋冷⑤。　　千古盈虧⑥休問，歎慢磨玉斧，難補金鏡⑦。太液池猶在，淒涼處、何人重賦清景⑧？故

山夜永，試待他、窺戶端正^⑨。看雲外山河，還老盡、桂花影^⑩。

【註釋】

① 眉嫵：詞調名。毛先舒《填詞名解》云：「漢張敞為婦畫眉，人傳『張京兆眉嫵』。詞取以名。」始見於姜夔詞。

② 團圓意：唐牛希濟《生查子》詞：「新月曲如眉，未有團圓意。」此處反用其意。

③ 深深拜：古代婦女有拜新月之風俗，以祈求團圓。

④ 「畫眉」二句：陳叔寶《有所思》三首之一：「初月似愁眉。」李商隱《嫦娥》詩：「嫦娥應悔偷靈藥，碧海青天夜夜心。」此處化用其意。未穩：未完，未妥。

⑤ 「最堪愛」二句：盧仝《新月》詩：「仙宮雲箔捲，露出玉簾鉤。」沈佺期《和洛州康士曹庭芝望月有懷》詩：「台前疑掛鏡，簾外似垂鉤。」寶簾：原本作「寶奩」，據別本改。

⑥ 千古盈虧：蘇軾《水調歌頭》詞：「人有悲歡離合，月有陰晴圓缺，此事古難全。」

⑦ 「歎慢磨」二句：以缺月難補比喻殘破山河難以收拾。段成式《酉陽雜俎·天咫》：「舊言月中有桂，有蟾蜍。故異書言月桂高五百丈，下有一人常斫之。樹創隨合。人姓吳名剛，西河人。學仙有過，謫令伐樹。」書中又載，唐太和中鄭仁本表弟遊嵩山，見一人枕襆而眠，問其所自。其人笑曰：「君知月乃七寶合成乎？月勢如丸，其影日爍其凸處也。常有八萬二千戶修之，予即一數。」因開襆，有斤鑿數件。以上兩事，即「玉斧修月」之典。金鏡：比喻月亮。

⑧ 「太液池」二句：陳師道《後山詩話》載，宋太祖趙匡胤于後池賞新月，學士盧多遜應詔賦《新月》詩云：「太液池頭月上時，晚風吹動萬年枝。何仁玉匣開新鏡，露出清光些子兒。」此處暗用其意，感歎宋時盛世難以重現。太液池：漢唐均有太液池在宮禁中。此處借指南宋宮苑。

⑨ 端正：指圓月。韓愈《和崔舍人詠月二十韻》：「三秋端正月，今夜

出東溪。」

⑩ 「看雲外」二句：感歎國土淪喪，時光虛擲。陸游《桃源憶故人》
　　詞：「雲外華山千仞，依舊無人問。」還老盡、桂花影：原本作「還
　　老桂花舊影」，據別本改。

【評析】

　　本詞歌詠新月，寄託故國山河破碎之悲憤，寫於南宋覆亡之際。

　　上片描繪新月，刻意渲染一種清新輕柔的優美氛圍。起筆描繪新月初
升，「懸柳」「穿花」，仰觀俯視所見。日落月升，故曰「破初暝」。「深深拜」
三字，寫出人間女兒對「團圓意」的殷切期望。「畫眉未穩」與「新痕」
遙應，引出「離恨」，借天上月寓人間愁。「銀鉤」「秋冷」，悵觸悲涼情
懷，播撒人間世界。

　　上片詞人表達了對新月在浩茫宇宙中之渺小的悵惘之情，隨之下片將
筆一縱，大墨一揮「千古」振起，語意蒼涼激楚，立足於宇宙歷史的視角，
縱論盈虧圓缺的演變。「盈虧休問」，含悽楚難言之痛。「難補金鏡」，吐無
力回天之恨。「何人重賦」，抒無限今昔之感。「夜永」「試待」，寫出遺民
心中長夜漫漫、祈盼殷殷的憂思。末尾又作頓宕，含月輪盈虛有時，而山
河舊影復現無期之慨。

　　全詞以新月意象作為象徵，映襯淪亡故國的殘缺，或寫景寓情，或雙
關運典，意象柔麗而蒼涼，情景深惋而沉鬱。

齊 天 樂

蟬

王沂孫

　　一襟餘恨宮魂斷①，年年翠陰庭樹。乍咽涼柯②，還移暗

葉，重把離愁深訴。西窗過雨，怪瑤佩③流空，玉箏調柱。鏡暗
妝殘，為誰嬌鬢尚如許④？　　銅仙鉛淚似洗，歎移盤去遠，難
貯零露⑤。病翼驚秋，枯形⑥閱世，消得斜陽幾度？餘音更苦，
甚獨抱清商⑦，頓成悽楚。漫想熏風⑧，柳絲千萬縷。

【註釋】

① 一襟餘恨宮魂斷：馬縞《中華古今注》：「昔齊後忿而死，屍變為蟬，
　登庭樹嘒唳而鳴，王悔恨。故世名蟬為齊女焉。」此處因稱蟬為宮
　魂。

② 涼柯：秋天的樹枝。

③ 瑤佩：以玉聲喻蟬鳴聲美妙，下「玉箏」同。

④ 「鏡暗妝殘」二句：謂當年明鏡變得昏暗，你不修飾妝扮，為何鬢
　髮依舊這樣美麗？嬌鬢：借喻蟬翼嬌美。晉崔豹《古今注·雜注》：
　「魏文帝宮人絕所寵者，有莫瓊樹……乃製蟬鬢。縹緲如蟬翼，故曰
　蟬鬢。」

⑤ 「銅仙」三句：用金銅仙人典。

⑥ 枯形：孫楚《蟬賦》：「形如枯槁。」

⑦ 清商：指蟬聲。商屬五音之一，在四季屬秋。清商即淒涼之聲。

⑧ 熏風：南風。古《南風歌》：「南風之熏兮。」蘇軾《阮郎歸》詞：「綠
　槐高樹咽新蟬，熏風初入弦。」夏天是蟬的黃金時代，此處借指南
　宋盛世。

【評析】

　　1278年，元兵入江南。元僧楊璉真伽發掘宋帝六陵，斷殘肢體，劫掠
珍寶，大施暴虐。於是一些尚懷遺民之慟的文人，結為詞社，托物寄情，
分詠蓮、蟬、龍涎香等物，以志其家國淪亡之悲。其中詠蟬詞有十首，王
沂孫此篇為其中之一。

　　據周密《癸辛雜識》記載，宋皇陵被發掘後，一村翁於孟後陵得一

髻，髮長六尺餘，其色紺碧，其上尚簪有短金釵，宛如生前。本詞中「鏡暗妝殘，為誰嬌鬢尚如許」二句，就暗指發陵見孟后髻一事，用意顯豁。

本詞借詠蟬以寄託家國覆亡之恨。全詞運用移情、象徵手法，賦予無知的秋蟬以人的悲歡情感，借秋蟬的遭遇隱喻南宋後妃的流落，象徵南宋宗室和社稷的淪亡。

上片起筆以「宮魂」點題，謂蟬為妃魂幻化，長恨難消，年年攀樹悲鳴，為全章籠罩了悲劇氛圍。接著寫蟬鳴寒枝暗葉間，「離愁深訴」，以蟬擬人，借蟬寫人。「瑤佩」、「玉箏」刻畫雨後蟬聲清脆婉轉，聲聲不已。秋蟬來日無多，故以美人「妝殘」相擬。以「為誰嬌鬢」反結，與「怪」字呼應，不勝惘惜。下片「銅仙鉛淚」，既為衰世滄桑的象徵，又寫秋蟬缺露，生活無托。承以「病翼」「枯形」，足見殘年餘生，危苦憔悴。再加經受秋寒，閱歷世變，情何以堪？故以歲月無幾為問。以下寫蟬聲「更苦」「悽楚」，悲楚遞進一層。末二句忽作頓宕，以追懷當年盛時的歡樂，反襯眼前景況的淒苦，充滿故國滄桑的哀思。

全詞詠物感懷，亦蟬亦人，物我雙關，渾化無痕，寄意隱曲深微，沉鬱哀痛。

長亭怨慢

重過中庵①故園

王沂孫

泛孤艇、東皋②過遍。尚記當日，綠陰門掩。屐齒③莓苔，酒痕羅袖事何限。欲尋前跡，空惆悵、成秋苑④。自約賞花人，別後總、風流雲散⑤。　　水遠。怎知流水外，卻是亂山尤遠⑥。天涯夢短。想忘了、綺疏雕檻⑦。望不盡、冉冉斜陽⑧，撫喬木⑨、年華將晚。但數點紅英，猶識西園淒婉。

【註釋】

① 中庵：舊注以為係元曲家劉敏中。劉敏中，號中庵，有《中庵樂府》。但劉乃由金入元者，據其作品和史料看，似與王沂孫無關。

② 東皋：中庵寓居之地，泛指田野或高地。潘岳《秋興賦》：「耕東皋之沃壤兮。」李善注：「水田曰皋，東者，取其春意。」

③ 屐齒：《急就篇》顏師古注：「屐者，以木為之，而施兩齒，可以踐泥。」

④ 成秋苑：李賀《三月》詩：「梨花落盡成秋苑。」

⑤ 風流雲散：各自分散。王粲《贈蔡子篤》詩：「風流雲散，一別如雨。」

⑥「水遠」三句：歐陽修《踏莎行》：「離愁漸遠漸無窮，迢迢不斷如春水。」又：「平蕪盡處是春山，行人更在春山外。」此處借用之。

⑦ 綺疏：鏤花的窗格。雕檻：雕花的欄檻。

⑧ 冉冉斜陽：周邦彥《蘭陵王·柳》詞：「斜陽冉冉春無極。」

⑨ 撫喬木：《孟子》：「所謂故國者，非有喬木之謂也，有世臣之謂也。」王充《論衡》：「睹喬木，知故都。」

【評析】

　　本詞為重過友人故園，感懷舊遊之作。王沂孫工於詠物，亦善用典，但此詞即景抒懷，語淡情真，用典極少。

　　開篇直敘泛舟獨遊。「孤」字表明詞人一人重遊，流露出重訪故地的落寞。接著由「尚記」提領，追憶往日暢遊之樂事。「綠陰」寫環境，「屐齒」寫遊賞，「酒痕」寫宴飲。「事何限」，如許賞心樂事，盡括其中。「欲尋前跡」以下，思緒回轉到眼前，故園荒涼，故舊雲散，無端惆悵，襲上心田。上片側重訪舊遊，下片進而懷舊友。「水遠」遙應泛舟，由水程迢迢，想到亂山阻隔。揣測故人遠在天涯，夢境難回，故園種種，記憶不清，對心中故人無限關切與同情。「望不盡」再折回眼前，一派夕照，木老人衰。末以「數點紅英」的暖色調作結，因其墜落西園，故也是暖中之冷，令人

更覺清冷。今夕之感融於景物描寫之中。

全詞筆調傷感淒涼，意境空靈高遠，怨恨之情溢滿字間，哀婉動人。

高陽台

和周草窗寄越中諸友韻①

王沂孫

殘雪庭陰，輕寒簾影，霏霏玉管春葭②。小帖金泥③，不知春是誰家？相思一夜窗前夢④，奈個人、水隔天遮。但淒然，滿樹幽香，滿地橫斜⑤。　　江南自是離愁苦，況遊驄古道，歸雁平沙。怎得銀箋，殷勤說與年華。如今處處生芳草，縱憑高、不見天涯。更消他，幾度東風，幾度飛花。

【註釋】

① 周草窗：即周密，號草窗。周密《高陽臺·寄越中諸友》：「小雨分江，殘寒迷浦，春容淺入蒹葭。雪霽空城，燕歸何處人家？夢魂欲渡蒼茫去，怕夢輕，還被愁遮。感流年、夜汐東還，冷照西斜。

　　萋萋望極王孫草，認雲中煙樹，鷗外春沙。白髮青山，可憐相對蒼華。歸鴻自趁潮回去，笑倦遊、猶是天涯。問東風，先到垂楊，後到梅花？」

② 玉管春葭：見盧祖《宴清都》注。

③ 小帖金泥：古代風俗，立春日貼「宜春帖子」。帖子上或寫「宜春」二字，或寫詩句。金泥即泥金，用金粉粘著於物體。小帖金泥即指泥金紙的宜春帖子。

④ 相思一夜窗前夢：盧仝《有所思》詩：「相思一夜梅花發，忽到窗前疑是君。」此處化用其意。

⑤「滿樹幽香」二句：林逋《山園小梅》詩：「疏影橫斜水清淺，暗香
　浮動月黃昏。」此處化用其意。

【評析】

　　本詞是王沂孫對周密《高陽臺·寄越中諸友》詞的一首和作，寫於南宋
覆亡之後。周密的原詞為思鄉懷歸之作，詞中流露了在外遊子的倦遊之
感。王沂孫此詞，從原詞意境出發，表達了對友人羈旅無歸的同情和思
念，以哀婉含蓄的詩筆寫出亡國後春天來臨卻毫無知覺的遺民之痛和深摯
的思友之情。

　　上片寫立春懷友。「殘雪」五句寫庭院背陰的殘雪尚未消融，輕微的
寒氣將帷簾晃動，玉管裏的蘆灰已紛紛飛揚，勾畫出冬盡立春的時節、景
物之特徵。「相思」五句應和周密原詞之思越中諸友，寫己之思杭州故友。
「但淒然」三句以極其淒美的景象襯托夢後不見故人的悵惘情懷。下片抒
寫離愁。「江南」三句承「水隔天遮」，懸想和申訴故友之離愁。不僅漂泊
江南，更羈遊於北方古道平沙，一個「苦」字傳達出故友與詞人亡國流離
的共同感受。「怎得」四句抒寫對故友之思念與關切。最後「更消他」三
句則推進一層寫離愁之淒絕無奈，以景傳情，勾描了一幅東風無情，摧花
殘落，春光消逝的畫面；以「更消他」三字賦予這個畫面一種美之消亡的
無可挽救、無可承受的悲戚和傷痛，令人回味不盡。

　　本詞寄意深遠，層層勾勒而愈見渾厚，感時傷世之言，出之以委婉纏
綿，動人至深。

法曲獻仙音①

聚景亭梅次草窗韻②

王沂孫

層綠峨峨③，纖瓊④皎皎，倒壓波痕清淺。過眼年華，動人

幽意，相逢幾番春換。記喚酒尋芳處，盈盈褪妝晚。　　已消黯，況淒涼、近來離思，應忘卻、明月夜深歸輦⑤。荏苒一枝春，恨東風、人似天遠。縱有殘花，灑征衣，鉛淚都滿。但殷勤折取，自遣一襟幽怨⑥。

【註釋】

① 法曲獻仙音：原為唐曲，後用作詞調。陳暘《樂書》：「法曲興於唐，其聲始出清商部，比正律差四律，有鐃、鈸、鐘、磬之音。《獻仙音》其一也。」始見於柳永詞。

② 聚景亭：在臨安聚景園中。周密原作為《法曲獻仙音·吊雪香亭梅》：「松雪飄寒，嶺雲吹凍，紅破數椒春淺。襯舞臺荒，浣妝池冷，淒涼市朝輕換。歎花與人凋謝，依依歲華晚。　　共淒黯，問東風、幾番吹夢，應慣識、當年翠屏金輦。一片古今愁，但廢綠平煙空遠。無語消魂，對斜陽，衰草淚滿。又西泠殘笛，低送數聲春怨。」

③ 層綠：指苔梅。峨峨：高聳貌。

④ 纖瓊：指白梅。

⑤ 夜深歸輦：董嗣杲《西湖百詠注》：「聚景園在清波門外，阜陵（宋孝宗）致養北宮（宋高宗），拓圃西湖之東，斥浮屠之廬九，曾經四朝臨幸。園今荒圮，唯柳浪橋花光亭存。」

⑥ 「但殷勤」二句：暗用陸凱折梅寄范曄事，此處表示無從贈遠。

【評析】

　　本詞借詠臨安聚景園梅花綰合今昔盛衰聚散之情景，表達了詞人對往事、故國的深情追憶。

　　上片以追憶的筆調寫梅花盛開的美景。「倒壓波痕」從宏觀瞻望的視野展現了「千樹壓，西湖寒碧」（姜夔《暗香》）的繁盛景象和梅枝橫斜，倒映澄澈清淺之湖波的俊逸風姿。「過眼年華」五句辭意頓折，點明層綠纖瓊之景乃昔日盛況，而今「幾番春換」再重逢，當年梅花清幽動人的意

韻已化為「過眼年華」；當年朋友們「喚酒尋芳」，醉酒賞花之地，千樹梅林已如盈盈佳麗褪去殘妝，一片黃昏遲暮之狀。詞人以「過眼」二字勾連今昔，借梅花盛衰深寓時世滄桑，故國淪亡蕭瑟之感。

下片就聚景園梅花的今昔對比，發故國興亡之思。昔時盛況只以「夜深歸輦」四字輕輕點出，筆調空靈疏雋，詞意卻極深厚，當年的繁盛自在想像之中。「荏苒」以下意轉，江山易主，自身漂泊不定的悽愴，與友人遠隔天涯的離愁，詞人不從正面鋪敘，而以落花喻銅仙鉛淚，以折梅「自遺一襟幽怨」的曲筆來表現，更使人感到情味幽遠醇厚。

疏　影

尋梅不見

彭元遜

　　江空不渡，恨蘼蕪杜若①，零落無數。遠道荒寒，婉娩②流年，望望美人遲暮。風煙雨雪陰晴晚，更何須、春風千樹。盡孤城、落木蕭蕭，日夜江聲流去③。　　日晏山深聞笛④，恐他年流落，與子同賦⑤。事闊⑥心違，交淡媒勞⑦，蔓草沾衣多露⑧。汀洲窈窕⑨餘醒寐，遺佩環、浮沉澧浦⑩。有白鷗、淡月微波，寄語逍遙容與⑪。

【作者簡介】

　　彭元遜，生卒年不詳，字巽吾，廬陵（今江西吉安）人。景定二年（1261）參加解試。與劉辰翁有唱和，《須溪詞》中屢有與之唱和篇章。據其詞，可知他宋亡不仕，隱居林泉。《全宋詞》錄其詞二十首。

【註釋】

① 蘼蕪：香草名，其葉可做香料。杜若：香草名，又叫山薑、杜蘅，葉針形，味辛香。

② 婉娩：指儀容柔順。亦指天氣溫和。

③ 「盡孤城」二句：杜甫《登高》詩：「無邊落木蕭蕭下，不盡長江滾滾來。」

④ 日晏：天色已晚。笛：指《梅花落》笛曲。

⑤ 與子同賦：與梅花同被譜進樂曲，指命運相同。

⑥ 闊：疏闊，久違。

⑦ 交淡媒勞：謂交情太淡太輕，再殷勤也枉費徒勞。屈原《九歌·湘君》：「心不同兮媒勞，恩不甚兮輕絕。」

⑧ 蔓草沾衣多露：《詩經·鄭風·野有蔓草》：「野有蔓草，零露兮。」此處化用其意。

⑨ 窈窕：美好貌，亦用作美女的代稱。此處喻指梅花。

⑩ 「遺佩環」句：屈原《九歌·湘君》：「捐余玦兮江中，遺餘佩兮澧浦。」澧：流入洞庭湖的水名。

⑪ 逍遙容與：逍遙自在貌。《楚辭·九歌·湘君》：「時不可兮再得，聊逍遙兮容與。」

【評析】

　　本詞別本題名作《解佩環》。詞中把梅花描寫成一位遠遠離去的遲暮美人，抒發了詞人尋訪她無著的悵恨之情，並以梅花落後的蕭疏景象襯托心中愁情。

　　上片寫尋梅而不見，以景帶情，以蕭索之景作結。下片「日晏」句以笛聲起興。以《梅花落》笛曲照應眼前梅花落的實景，加深詞人歡惋的感情，十分巧妙有味。「恐他年」二句生發出詞人對「美人」流落的關切，並抒自身流落漂泊之悲感。「事闊心違」三句用《楚辭》典故，歡與梅緣淺，終不能相逢。「汀洲」二句是詞人虛想梅落水濱之景，以美人遺佩相

擬，辭豔意婉，淒怨悱惻，渲染出詞人對梅花的愛慕和離愁別怨。最後
「有白鷗」二句寫詞人在「美人」失落後與鷗月清波為侶，逍遙徘徊以自
適的情懷，表現出詞人的自我解脫和對江濱舊遊的留戀，以淡遠的筆致傳
達出寄期願於渺茫的惆悵，意境深遠。

六　醜

楊　花

彭元遜

　　似東風老大，那復有當時風氣。有情①不收，江山身是寄，
浩蕩何世？但憶臨官道，暫來不住，便出門千里。癡心指望回風
②墜，扇底相逢，釵頭微綴。他家萬條千縷，解遮亭障驛，不隔
江水。　　瓜洲曾艤③，等行人歲歲，日下長秋④，城烏夜起。
帳廬好在春睡，共飛歸湖上，草青無地。⑤雨，春心如膩。欲待
化，豐樂樓⑥前帳飲，青門⑦都廢。何人念、流落無幾。點點摶⑧
作雪綿松潤，為君浥⑨淚。

【註釋】

① 有情：杜甫《白絲行》：「落絮遊絲亦有情，隨風照日宜輕舉。」蘇
　 軾《水龍吟》詠楊花詞：「拋家傍路，思量卻是無情有思。」此處化
　 用其意。

② 回風：旋風。

③ 瓜洲：鎮名，在今江蘇揚州邗江區。艤：即泊船。

④ 長秋：漢宮名，皇后所居。此處泛指。

⑤ 愔愔：寂靜無聲貌。

⑥ 豐樂樓：著名酒樓，北宋都城汴京、南宋都城臨安皆有豐樂樓。

⑦青門：古長安城門名。門外出好瓜，廣陵人邵平為秦東陵侯，秦破，寓居青門外種瓜，其瓜甚佳，以東陵瓜或青門瓜聞名遐邇。此處借指南宋都城。

⑧搏：捏之成團。

⑨浥：沾濕。

【評析】

　　本詞借詠楊花而寫身世，寄託故國之思。楊花有情但世道無情，絲絲嫋嫋隨風飄零天涯，故楊花深得身世坎坷的詞人共鳴。

　　上片寫楊花有情而癡心。「似東風」八句寫暮春時東風仿彿已經衰老，楊花有情卻誰也不收，江山遼闊，身世飄零如寄，飄蕩蕩不知時變世易。「癡心」六句承上之「有情」，辭意轉進寫楊花雖飄蕩無依，仍眷戀美人之輕扇和釵頭。下片寫楊花終生不渝的春心。「瓜洲」七句承上片「江山身是寄」，具體描述了楊花或依舟於瓜洲渡口，或飄落於長秋宮殿，或春睡於帳廬，或流離於湖上，展現了楊花孤身羈旅飄零空闊江山的情狀。「愔愔雨」四句推進一步，寫楊花之「欲待化」，即將要消亡化去之際，雖濕粘不飛，不能赴豐樂樓餞別行人，不能去青門伴隨高士隱居，卻依然「春心如膩」，依然有著至死不渝的柔膩纏綿，執著堅韌的「春心」，婉曲地傳達出詞人對故國江山和羈旅行人的深情摯意。最後「何人念」三句感歎無人憐念楊花一生流落，生命短暫，以「為君浥淚」向楊花深致傷悼，實為詞人為自身命運之傷悼。

　　本詞並沒有固守詞家所謂不粘不滯的行規，而是直抒其情，隨意任性，洋洋灑灑，如漫天飛舞無可依歸的落絮遊絲，倒也清新別致。

紫萸香慢①

姚雲文

　　近重陽、偏多風雨，絕憐此日暄明②。問秋香濃未，待攜客、出西城。正自羈懷多感，怕荒台③高處，更不勝情。向尊前、又憶漉酒④插花人，只座上、已無老兵⑤。　　淒清，淺醉還醒。愁不肯、與詩平。記長楸走馬⑥，雕箭弓柳⑦，前事休評。紫萸⑧一枝傳賜，夢誰到、漢家陵。盡烏紗⑨便隨風去，要天知道，華髮如此星星，歌罷涕零。

【作者簡介】

　　姚雲文，生卒年不詳，字聖瑞，號江村，江西高安人。鹹淳四年（1268）進士。曾任興縣（今屬山西）縣尉。入元，授承直郎，撫、建兩路儒學提舉。有《江村遺稿》，今不傳。《全宋詞》錄其詞九首。

【註釋】

① 紫萸香慢：詞調名，姚雲文創調。詞中有「問秋香濃未」「紫萸一枝傳賜」句，故取以為名。

② 暄明：指天氣晴朗暖和。

③ 荒台：即戲馬台。見吳文英《霜葉飛》注。

④ 漉酒：濾酒。蕭統《陶淵明傳》載陶淵明嘗取頭上葛巾漉酒。此處漉酒插花人代指故人。

⑤ 老兵：代指舊友。用謝奕事。《晉書》載謝奕嘗逼桓溫飲，溫走避之。奕遂引溫一兵帥共飲曰：「失一老兵，得一老兵。」

⑥ 長楸：高大的楸樹。古代常種於道旁。走馬：跑馬。曹植《名都篇》：「鬥雞東郊道，走馬長楸間。」此處化用其意。

⑦ 柳箭：以箭射柳。喻指箭術高明。：射擊。

⑧紫萸：茱萸。

⑨烏紗：《舊唐書·輿服志》：「烏紗帽者，視朝及見宴賓客之服也。」
　此處用晉朝孟嘉登高落帽事。

【評析】

　　本詞借重陽佳節發羈愁、念遠之慨，同時又含蓄而深沉地表達了自己
的亡國之哀。

　　上片抒羈懷憶人之情。「近重陽」五句寫偏偏是臨近重陽風雨越多，
今日如此溫暖明麗，特別叫人愛惜。秋花香濃，正是一個絕好的登高時
節。「正自」以下又突作頓折，以羈懷、憶人轉出兩層「絕憐」之餘的感
傷。一是怕登臨荒台高處，目睹故國江山已物是人非，備感羈旅漂泊之愁
懷難抑，無法承受紛亂的悲感愁情集於方寸矣。二是賞花飲酒，尊前座
上，自然思念昔日濾酒插花、暢飲狂歡的舊侶。下片以「淒清」二字總上
挽下，感慨今昔盛衰劇變。「淺醉」二句承「尊前」寫借酒澆愁，然而愁
情深重，酒難澆熄，雖暫得淺醉，又為愁情擾醒。「記長楸」五句寫詞人
愁醒難堪之原因。最後以風吹落烏紗帽而見自己白髮點點的細節，抒白髮
落寞之悲，表達了屈仕元朝的無奈和滿心的酸楚。風吹烏紗官帽便任隨它
去，何足珍惜？吾意便要老天知道，我華髮星星，依然心懷故國。末尾作
直接的呼告，發人深省。

　　此詞語言平實，又不失跌宕起伏。整首詞從出遊始，於登高處終，章
法渾成，意蘊豐厚，讀來悽愴感人。

金明池①

僧揮

　　天闊雲高，溪橫水遠，晚日寒生輕暈。閑階靜、楊花漸少，
朱門掩、鶯聲猶嫩。悔匆匆、過卻清明，旋占得餘芳，已成幽

恨。卻幾日陰沉，連宵慵困，起來韶華②都盡。　　怨入雙眉閑鬥損③，乍品得情懷，看承全近④。深深態⑤，無非自許，厭厭意⑥，終羞人問。爭知道、夢裏蓬萊，待忘了餘香，時傳音信。縱留得鶯花，東風不住，也則眼前愁悶。

【作者簡介】

　　僧揮，又稱僧仲殊，生卒年不詳，俗姓張氏，名揮，字師利，仲殊是其法號，安州（今湖北安陸）人。嘗舉進士。因遊蕩不羈，幾被妻子毒死，遂棄家為僧，先後寄居蘇州承天寺。杭州吳山寶月寺。與蘇軾交情深厚。徽宗崇寧年間自縊。蘇軾《東坡志林》稱其「能文，善詩及歌詞，皆操筆立就，不點竄一字」。又贊其「胸中無一毫髮事」。詞章成就較高，有些登臨懷古詞風格高邁清超，小令多清婉奇麗，間有穠豔之作。有近人所輯《寶月集》。

【註釋】

① 金明池：詞調名，為秦觀所創，詞詠汴京金明池，故取以為名。
② 韶華：美好的時光，此指代無限春光。
③ 閑鬥損：謂終日雙眉緊鎖。
④ 看承：看待。全近：十分親近。
⑤ 深深態：深深的相思。
⑥ 厭厭意：百無聊賴的愁緒。

【評析】

　　本詞為傷春之作。《全宋詞》調名作「夏雲峰」。

　　上片寫景。起三句一氣連用了三個境界開闊的短句來描寫遠景，一反傷春詞細膩入文的模式，起筆突崛，而又不顯唐突、違拗，且自有新意。「閑階靜」四句寫近景，與首句遠近結合，成一畫境。幾個「冷色調」意象的有機疊砌，予人幽深、淒切的感覺。「悔匆匆」是繼前面景色描繪後

情感的流露，詞人感慨時光易逝，一過了清明，各種各樣的花兒，就都陸續委地凋謝了，叢中和枝頭只疏疏落落地留了一點兒殘英。一到暮春時節，頓生許多幽恨。「卻幾日」三句進一步申明韶光易逝的落寞之情。

下片抒情。「怨入雙眉」三句寫的是春愁怨情。怨入雙眉，思量甚苦，皆因春去無情。「深深態」四句寫的是怨態。情動於衷而形於表，因春去而心怨，因心怨而神形繾綣。「深深態」和「厭厭意」二詞運用對比，將女子愁緒滿懷的怨態和因春去精神萎靡的無力之狀形象地描寫出來，讀之令人感同身受。末三句為全詞最堪回味處。心怨源於春逝，這裏卻說即使鶯聲和花香留住了，仍還是愁緒難遣。原來春去僅是引子，最傷心處，並非春天美景的消逝，而是時間逝去人老去──春天可以再來，人卻難以再回復青春。無言之傷，盡在其中矣。

如夢令①

李清照

　　昨夜雨疏風驟，濃睡不消殘酒。試問捲簾人②，卻道海棠依舊。知否？知否？應是綠肥紅瘦③。

【作者簡介】

　　李清照（1084—1155），號易安居士，濟南章丘（今屬山東）人。父李格非，官至禮部員外郎、京東路提點刑獄，曾以文章受知於蘇軾。李清照自幼刻苦勤學，博聞強識，精通書史。十八歲時與太學生趙明誠結婚，夫婦志同道合，均工詩詞，酷愛金石圖書，二人一起鉤沉古籍，收藏極為豐富。靖康二年（1127）北宋覆亡，李清照夫婦南渡，趙明誠於高宗建炎三年（1129）在赴湖州太守任上病逝於建康。此後，李清照追隨高宗，往來流徙於杭州、紹興、金華一帶，所藏書畫百不存一，孑然一身，四處漂泊，晚景十分淒涼。

《宋史・藝文志》載《易安居士文集》七卷，又《易安詞》六卷，可惜大多散失，今僅存詞五十餘首，還有少數詩、文、賦、序跋。李清照是公認的正宗詞人，為婉約詞代表人物。其詞以北宋覆亡為界，分為前後兩期。前期主要描寫真摯愛情和生活小景，佳作甚多。後期詞不僅寫個人痛苦，也表現了時代的悲音，思想更加深刻，詞風從前期的婉麗清新變為悽楚沉咽。李清照詞藝術成就較高，其詞清新、自然、優美、精巧，語言有鮮明的個性特色，被稱為「易安體」，不斷為後人學習、仿效。有《漱玉集》一卷。

【註釋】

① 如夢令：詞調名。蘇軾《東坡樂府》卷下《如夢令》詞序：「此曲本唐莊宗制，名《憶仙姿》，嫌其名不雅，故改為《如夢令》。
② 捲簾人：此指侍女。
③ 綠肥紅瘦：綠葉繁茂，紅花凋零。

【評析】

　　本詞別本題作「春晚」或「暮春」。全詞化自韓偓《懶起》詩：「昨夜三更雨，臨明一陣寒。海棠花在否？側臥捲簾看。」此詞借宿酒醒後詢問花事的描寫，曲折委婉地表達了惜花傷春之情，語言清新，詞意雋永。

　　起首兩句，表面是寫昨夜飲酒過量，翌日晨起宿醒尚未消盡，但背後還潛藏著另一層意思，那就是昨夜酒醉是因為惜花。女詞人不忍看到明朝海棠花謝，所以昨夜在海棠花下才飲了過量的酒，直到今朝尚有餘醉。

　　三、四兩句所寫，是惜花心理的必然反映。儘管飲酒致醉一夜濃睡，但清曉酒醒後所關心的第一件事仍是園中海棠。詞人情知海棠不堪一夜驟風疏雨的蹂損，窗外定是殘紅狼藉，落花滿眼，卻又不忍親見，於是試著向正在捲簾的侍女問個究竟。一個「試」字，將詞人關心花事卻又害怕聽到花落的消息、不忍親見落花卻又想知道究竟的矛盾心理，表達得貼切入微，曲折有致。「試問」的結果——「卻道海棠依舊」。一個「卻」字，既表明侍女對女主人委曲的心事毫無覺察，對窗外發生的變化無動於衷，

也表明詞人聽到答話後感到疑惑不解。她想：「雨疏風驟」之後，「海棠」怎會「依舊」呢？這就非常自然地帶出了結尾兩句。

　　末二句既是對侍女的反詰，也像是自言自語。這句對白寫出了詩畫所不能道的傷春惜春的閨中人複雜的神情口吻，可謂「傳神之筆」。「應是」，表明詞人對窗外景象的推測與判斷，口吻極當。「綠肥紅瘦」一語，堪稱全詞精絕之筆，歷來為世人所稱道。「綠」代替葉，「紅」代替花，是兩種顏色的對比；「肥」形容雨後的葉子因水分充足而茂盛肥大，「瘦」形容雨後的花朵因不堪雨打而凋謝稀少，是兩種狀態的對比。本來平平常常的四個字，經詞人的搭配組合，竟顯得如此色彩鮮明、形象生動，這實在是語言運用上的一個創造。

　　全詞篇幅雖短，但含蓄蘊藉，意味深長，對人物的心理刻畫栩栩如生，以對話推動詞意發展，跌宕起伏，顯示出詞人深厚的藝術功力。

鳳凰臺上憶吹簫①

李清照

　　香冷金猊②，被翻紅浪③，起來慵自梳頭。任寶奩④塵滿，日上簾鉤。生怕離懷別苦，多少事、欲說還休。新來瘦，非干⑤病酒，不是悲秋。　　休休，者回去也，千萬遍《陽關》⑥，也則難留。念武陵人遠⑦，煙鎖秦樓⑧。惟有樓前流水，應念我、終日凝眸。凝眸處，從今又添，一段新愁。

【註釋】

① 鳳凰臺上憶吹簫：詞調名，始見於晁補之詞。毛先舒《填詞名解》雲：「《列仙傳》載秦弄玉事，詞以取名。」

② 金猊：獅形銅香爐。

③ 紅浪：錦被上的繡文。

④ 寶奩：華貴的梳妝鏡匣。

⑤ 干：關涉。

⑥ 《陽關》：王維《送元二使安西》詩：「渭城朝雨浥輕塵，客舍青青柳色新。勸君更盡一杯酒，西出陽關無故人。」後據此詩譜成《陽關三疊》，為唐宋時的送別之曲。此處泛指離歌。

⑦ 武陵人遠：陶淵明《桃花源記》云武陵漁人入桃花源，後路徑迷失，無人尋見。此處借指愛人去到遠方。韓琦《點絳唇》詞：「武陵凝睇，人遠波空翠。」

⑧ 煙鎖秦樓：謂獨居妝樓。秦樓：即鳳台，相傳春秋時秦穆公女弄玉與其夫蕭史乘鳳飛升之前的住所。馮延巳《南鄉子》詞：「煙鎖秦樓無限事。」

【評析】

　　本詞是李清照抒寫離愁的名篇，當作於詞人早期與丈夫趙明誠小別後。詞中以白描手法寫出離別後那種諸務無心、百無聊賴的情狀，寫她千萬事無從訴說的哀愁。

　　上片起筆五句，借居處環境、器物透露自我的心境。「冷」「翻」「慵」「任」，貫注著主觀情緒色彩。「生怕」句，約略一點，開始切題。「多少事、欲說還休」，詞情又多了一層波折，愁苦又加重了一層。「新來瘦」之故，偏不說破，而以排除法予以暗示。下片承上意脈，直抒胸臆。千萬遍《陽關》難留，見惜別情深。「念」字以下設想別後孤寂。「武陵」「秦樓」兩面著筆，敘相思愁苦。流水作證，憑空癡想，專寫己方懷思之深。「又添」回應「新來瘦」，且表示承受離愁，已非一次。

　　此詞寫得纏綿悱惻，委婉含蓄，餘味無窮。全詞按生活的邏輯自然展開，情意又隨敘事脈脈流淌。敘事抒情曲折跌宕，表現了女詞人豐富而複雜的內心世界。陳廷焯《雲韶集》卷十評此詞曰：「此種筆墨，不減耆卿、叔原，而清俊疏朗過之。『新來瘦』三語，婉轉曲折，煞是妙絕。筆致絕佳，餘韻尤勝。」李廷機《草堂詩餘評林》卷三亦評曰：「宛轉見離情別意，

思致巧成。」

醉花陰^①

李清照

薄霧濃雲愁永晝，瑞腦消金獸^②。佳節又重陽，玉枕紗廚^③，半夜涼初透。　　東籬^④把酒黃昏後，有暗香盈袖。莫道不消魂，簾捲西風，人比黃花^⑤瘦。

【註釋】

① 醉花陰：詞調名，始見於毛滂詞。
② 瑞腦：一種熏香名。又稱龍腦，即冰片。金獸：獸形的香爐。
③ 紗廚：即防蚊蠅的紗帳。周邦彥《浣溪沙》詞：「薄薄紗廚望似空，
　 簟紋如水浸芙蓉。」
④ 東籬：菊圃的代稱。語出陶淵明《飲酒詩》其五：「採菊東籬下，悠
　 然見南山。」
⑤ 黃花：指菊花。

【評析】

　　本詞別本題作「重陽」或「九日」，是李清照婚後所作。詞中訴說愛情、訴說相思的苦況，然而不用一字道破，讀來卻處處使人感到纏綿的思情，咀嚼到其中的苦味。

　　上片述由白晝到深夜一整天獨處深閨的離愁。窗外陰沉暗淡，室內香煙繚繞，「永」「消」二字透露出獨處香閨、度日如年的心境。次日為九九重陽，又逢佳節倍思親之際，離思轉深，故香帳憑枕，夜深難寐。「涼初透」，兼寫秋節蕭瑟與心境淒冷。下片記重陽賞菊情事。自古即有重九飲酒賞菊風俗，然而詞人在屋內悶坐了一天，只到傍晚，才強打起精神「東

籬把酒」。然而菊花再美，而離愁難解，遂抖出末尾三句。「消魂」，深化篇首「愁」字，由「愁」而致人瘦，見出離思深沉。簾外黃花與簾內佳人，相映生輝，形神酷似，同命相恤，物我交融，創意極美。

　　整首詞無一字言情，卻句句是刻骨銘心的情語，使人深深感知詞人呼之欲出卻欲言又止的感情，達到「此時無聲勝有聲」的藝術效果。唐圭璋《唐宋詞簡釋》評此詞曰：「此首情深詞苦，古今共賞。起言永晝無聊之情景，次言重陽佳節之感人。換頭，言向晚把酒。著末，因花瘦而觸及己瘦，傷感之至。尤妙在『莫道』二字喚起，與方回之『試問閒愁知幾許』句，正同妙也。」

聲聲慢[①]

李清照

　　尋尋覓覓，冷冷清清，淒淒慘慘戚戚。乍暖還寒時候，最難將息[②]。三杯兩盞淡酒，怎敵他、晚來風急。雁過也，最傷心，卻是舊時相識。　　滿地黃花堆積，憔悴損、如今有誰堪摘。守著窗兒，獨自怎生得黑[③]？梧桐更兼細雨[④]，到黃昏、點點滴滴。這次第[⑤]，怎一個愁字了得！

【註釋】

① 聲聲慢：詞調名，始見於晁補之詞。毛先舒《填詞名解》云：「詞以慢名者，慢曲也。拖音嬝娜，不欲輒盡。」

② 將息：舊時方言，休養調理之意。

③ 怎生得黑：謂如何熬到天黑。

④ 梧桐更兼細雨：白居易《長恨歌》：「秋雨梧桐葉落時。」此處化用其意。

⑤ 這次第：這光景，這情形。

本詞為悲秋抒懷之作，是李清照晚年的作品。靖康之難後，李清照隨其夫趙明誠逃亡江南，宋高宗建炎三年（1129）秋趙明誠亡故。此後她一人寡居，生活淒苦孤獨。全詞通過描寫殘秋之景，抒發了詞人由國破家亡、天涯淪落而產生的孤獨落寞、悲涼愁苦之情。

開篇連下七對疊字，感情層層遞進，步步深入，形象地描寫了詞人難以傾訴的淒婉之情，又造成一種「真似大珠小珠落玉盤」（徐《詞苑叢談》）的音樂效果。「尋尋覓覓」寫國破家亡、夫死已寡之後的精神失落，獨身彷徨之情狀。「冷冷清清」則寫時世、境況之淒清冷寂。「淒淒」句更細膩深微地描摹出詞人心情的悲苦淒戚。「乍暖」以下借景抒情。詞人心中悲愁，又逢秋至，天氣冷暖不定，故詞人連覺也睡不著了。詞人追憶往事點點滴滴，想到曾經的歡快時光，再看如今的淒涼，天氣寒冷之上再加一份寒意。何以禦寒？何以排遣愁苦？只有飲酒。然而詞人心之寒，愁之多，已非醉酒可解得了。鴻雁飛來，欲待傳書，卻是「天上人間，沒個人堪寄」，而那鴻雁竟是曾經為她和丈夫傳遞過書信的老相識，這奇異的設想包含了多少無可安慰的幽怨！

以愁苦之眼看周圍之景，似乎每一個景物上都帶著哀怨的色彩，憔悴不堪的菊花慘敗了，更增詞人心中失落。淅淅瀝瀝的細雨綿綿落下，打在梧桐葉上，發出的響聲詞人聽得分外清晰，這又反襯出詞人所處之境的寂靜。此情此景，令詞人百感交集，正因這愁太深、太重，無以形容，所以她直截了當地說：「怎一個愁字了得！」可謂頓挫淒絕，深切地表現了詞人內心的痛苦，內涵反覺無窮無盡。

全篇字字寫愁，層層寫愁，卻不露一個「愁」字，末尾始畫龍點睛，以「愁」歸結，而又謂「愁」不足以概括個人處境，推進一層，愁情之重，實無法估量。全詞用白描鋪敘，講究聲情，巧用疊字，更以舌齒音交加更替，傳達幽咽悽楚情悰，腸斷心碎，滿紙嗚咽，撼人心弦。

念奴嬌

李清照

　　蕭條庭院，又斜風細雨，重門須閉①。寵柳嬌花寒食近，種種惱人天氣。險韻詩②成，扶頭酒③醒，別是閑滋味。征鴻過盡，萬千心事難寄。　　　樓上幾日春寒，簾垂四面，玉闌干慵倚。被冷香消新夢覺，不許愁人不起。清露晨流，新桐初引④，多少遊春意。日高煙斂，更看今日晴未。

【註釋】

①「又斜風」二句：張志和《漁歌子》詞：「青箬笠，綠蓑衣，斜風細雨不須歸。」此處反用其意。又：原本作「有」，據別本改。

②險韻詩：以生僻而又難押之字為韻腳的詩。

③扶頭酒：飲後易醉的酒。

④「清露」二句：《世說新語·賞譽》：「於時清露晨流，新桐初引。」

【評析】

　　本詞別本題作「春恨」「春情」等，是李清照前期春閨獨處懷人之作。

　　上片首句寫詞人所處的環境，給人以寂寞幽深之感。庭院深深，寂寥無人，令人傷感。兼以細雨斜風，則景象之蕭條，心境之淒苦，更覺愴然。一句「重門須閉」，寫詞人要把門兒關上，實際上她是想關閉心靈的窗戶。「寵柳」二句由斜風細雨，而想到寵柳嬌花，既傾注了對美好事物的關心，也透露出惆悵自憐的感慨。「險韻」三句，由天氣、花柳，漸次寫到人物。風雨之夕，詞人飲酒賦詩，藉以排遣愁緒，然而詩成酒醒之後，無端愁緒重又襲上心頭，「別是閑滋味」。一個「閑」字，將傷春念遠情懷，暗暗逗出，耐人尋味。「征鴻過盡」句點上片主旨，是虛寫，實際上是用鴻雁傳書的典故，暗寓趙明誠走後，詞人欲寄相思，而信使難逢。

「萬千心事」，關它不住，遣它不成，寄也無方，最後還是把它深深地埋藏心底。

下片仍從日常生活映現思緒。連日陰霾，春寒料峭，詞人樓頭深坐，簾垂四面。「簾垂四面」，是上闋「重門須閉」的進一步發展，既關上重門，又垂下簾幕，則小樓之幽暗可知。「玉闌干慵倚」，刻畫詞人的無聊意緒，而隱隱離情亦其中。樓內寒深，枯坐更加愁悶，於是詞人唯有懨懨入睡了。可是又感羅衾不耐春寒，漸漸從夢中驚醒。心事無人可告，唯有托諸夢境；而夢鄉新到，又被寒冷喚回。其輾轉難眠之意，淒然溢於言表。「不許愁人不起」，多少無可奈何的情緒，都包含在這六字之中。從「清露晨流」以下，詞境為之一變。此前，詞清調苦，婉曲深摯；此後，清空疏朗，低徊蘊藉。「清露」二句寫晨起時庭院中的景色。從「重門須閉」，「簾垂四面」，至此簾捲門開，頓然令人感到一股盎然生意。日既高，煙既收，本是大好晴天，但詞人還要「更看今日晴未」，說明春寒日久，陰晴不定，即便天已放晴，她還放心不下。暗中與前面所寫的風雨春寒相呼應，脈絡清晰。詞人盼望晴天，決不是為了去「遊春」，因為夫婿遠在天涯，而是盼他晴日歸來，故心境為之一振，多少變得開朗。以問句作結，更有餘味不盡的意味。

全詞從天陰寫到天晴，從前面的愁緒縈回到後面的軒朗，條理清晰，層次井然。詞中感情的起伏和天氣的變化相諧而生。全篇融情入景，渾然天成，是一首別具一格的閨怨詞。

永遇樂

李清照

落日熔金①，暮雲合璧，人在何處？染柳煙濃，吹梅笛怨②，春意知幾許？元宵佳節，融和天氣，次第豈無風雨？來相召、香車寶馬，謝他酒朋詩侶。　　中州③盛日，閨門多暇，記得偏重

三五。鋪翠冠兒④，撚金雪柳⑤，簇帶爭濟楚⑥。如今憔悴，風鬟霧鬢⑦，怕見夜間出去。不如向簾兒底下，聽人笑語。

【註釋】

① 落日熔金：廖世美《好事近》詞：「落日水熔金。」

② 吹梅笛怨：即笛吹梅怨。漢《橫吹曲》有笛曲《梅花落》。

③ 中州：即中土、中原。一般指今河南省。此指北宋都城汴京。

④ 鋪翠冠兒：以翠羽裝飾的帽子。吳自牧《夢梁錄》卷一「元宵」：「戴花朵肩，珠翠冠兒。」為元宵應時裝飾。

⑤ 撚金：金線撚絲。雪柳：以絹或紙製成。撚金雪柳則是另加金線撚絲的雪柳，較為貴重。

⑥ 簇帶：宋時方言，插戴滿頭之意。濟楚：宋時方言，整齊、美麗。

⑦ 風鬟霧鬢：指鬢髮凌亂斑白。

【評析】

　　本詞是李清照晚年所作元宵詞。詞人用細緻的筆墨追憶、緬懷當年汴京元宵節的歡樂情景，以與目前的淒涼心境相對照，在個人情感的抒寫中，寄寓了對故國深切的眷念，抒發了對於國勢興衰的沉痛感情。

　　上片寫今年元宵節的情景。「落日熔金」二句著力描繪元夕絢麗的暮景。兩句對仗工整，辭采鮮麗，形象飛動。但緊接著一句「人在何處」，卻宕開去，是一聲充滿迷惘與痛苦的長歎。這是一個飽經喪亂的人在似曾相識的情景面前產生的一時的感情活動，看似突兀，實則含蘊豐富，耐人咀嚼。「染柳煙濃」三句，又轉筆寫初春之景。「春意知幾許」，實際上是說春意尚淺。詞人不直說梅花已謝而說「吹梅笛怨」，藉以抒寫自己懷念舊都的哀思。正因為這樣，雖有「染柳煙濃」的春色，卻只覺春意少。「元宵佳節」三句承上描寫作一收束。佳節良辰，應該暢快地遊樂了，卻又突作轉折，說轉眼間難道就沒有風雨嗎？這種突然而起的「憂愁風雨」的心理狀態，深刻地反映了詞人多年來顛沛流離的境遇和深重的國難家愁所形成的特殊心境。而末三句寫詞人漠然婉言推辭了友人同遊的邀請。

　　下片追憶當年元宵節的盛況。「鋪翠冠兒」三句寫當年自己與女伴們盛裝出遊的場景，體現那時候無憂無慮的遊賞興致，同時也從側面反映了汴京的繁華熱鬧。「如今憔悴」以下，陡然又回到現實。詞人歷盡國破家傾、夫亡親逝之痛，不但由簇帶濟楚的少女變為形容憔悴、蓬頭霜鬢的老婦，而且心也老了，對於外面的熱鬧繁華已提不起興致，懶得夜間出去。「盛日」與「如今」兩種迥然不同的心境，從側面反映了南渡前後兩個截然不同的時代和詞人相隔天壤的生活境遇，以及它們在詞人心靈上投下的巨大陰影。末二句卻又橫生波瀾，詞人一方面擔心面對元宵勝景會觸動今昔盛衰之慨，加深內心的痛苦；另一方面卻又懷戀著往昔的元宵盛況，想在觀賞今夕的繁華中重溫舊夢，給沉重的心靈一點慰藉。這種矛盾心理，看來似乎透露出她對生活還有所追戀和嚮往，但骨子裏卻蘊含著無限的孤寂悲涼。面對現實的繁華熱鬧，她卻只能隔簾笑語聲中聊溫舊夢。

　　全詞以元宵為焦點展開記敘，思路由今而昔再到今。今昔對比，以樂景寫哀，以他人反襯，益增悲慨。無怪劉辰翁誦此詞「為之涕下」。

浣溪沙

李清照

　　髻子傷春慵更梳[1]，晚風庭院落梅初，淡雲來往月疏疏。
　　玉鴨熏爐[2]閑瑞腦，朱櫻斗帳掩流蘇[3]，通犀還解辟寒無[4]。

【註釋】

① 髻子傷春慵更梳：《詩經·衛風·伯兮》：「自伯之東，首如飛蓬。豈無膏沐，誰適為容？」此處暗用其意，明寫傷春，其實主要為怨別。

② 玉鴨熏爐：玉製或白瓷製的鴨形香爐。

③ 朱櫻斗帳：指繡或繪有紅櫻桃花紋的小型方帳。流蘇：五彩羽毛或絲絨製成的下垂的穗子。

④ 通犀還解辟寒無：《開元天寶遺事》卷上：「開元二年冬至，交趾國
進犀一株，色黃如金。使者請以金盤置於殿中，溫溫然有暖氣襲
人。上問其故。使者對曰：『此辟寒犀也。頃自隋文帝時，本國曾進
一株，直至今日。』」通犀：通天犀，角上有一白縷直上到尖端，故
名。此指犀角梳。

【評析】

　　本詞以清新精麗的詩筆，寫出詞人傷春怨別的心情。

　　上片起句開門見山，點明傷春的題旨。寫詞人在丈夫走後，寂寞無
聊，以至頭髮也懶得梳理。「晚風」句從近處落筆，點時間，寫環境，寓
感情。深沉庭院，晚風料峭，梅殘花落，環境極淒涼，一種傷春情緒，已
在環境的渲染中流露出來。「淡雲」一句寫景極清疏淡遠。將詞筆引向遠
方，寫詞人仰視天空，只見月亮從雲縫中時出時沒，灑下稀疏的月色。「來
往」二字，狀雲氣之飄浮，極為真切。「疏疏」二字為疊字，富於音韻之
美，用以表現雲縫中忽隱忽顯的月光，也恰到好處。

　　下片前兩句對仗工整，寫室內之景。詞人也許在庭院中立了多時，愁
緒無法排遣，只得回到室內，而眼中所見，仍是淒清之境。瑞腦香在寶鴨
熏爐內燃盡而消歇了，故曰「閑」。此「閑」字用得極妙，它表現了室內
的閑靜氣氛。此字看似尋常，卻是從追琢中得來。詞人冷漠的心情，本是
隱藏在景物中，然而通過「閑」字這個小小視窗，便悄悄透露出來。此外，
紅櫻斗帳為流蘇所掩，其境亦十分靜謐。結句如神龍掉尾，回應首句。詞
人因梳頭而想到犀梳，因犀梳而想到辟寒。所謂「辟寒」，當指消除心境
之淒冷。詞人由於在晚風庭院中立了許久，回到室內又見香斷床空，不免
感到身心寒怯。此句反映了她對正常愛情生活的追求。

　　全詞運用正面描寫、反面襯托的手法，著意刻畫孤寂的心情，寓傷春
之情於景物描寫之中，格高韻勝，風格清麗，富有詩的意境。清譚獻《復
堂詞話》評此詞曰：「易安居士獨此篇有唐調，選家爐冶，遂標此奇。」

國家圖書館出版品預行編目資料

宋詞三百首大全集／（清）朱孝臧編撰，馬丁注釋，初版
新北市：新視野 New Vision，2018. 05
　　　面；　　公分--
　　　ISBN 978-986-94435-8-6（平裝）
833.5　　　　　　　　　　　　　　　　107003104

宋詞三百首 大全集

編　　撰　　清·朱孝臧
注　　釋　　馬丁

策　　劃　　周向潮
出 版 人　　翁天培
出　　版　　新視野 New Vision
製　　作　　新潮社文化事業有限公司
　　　　　　電話 02-8666-5711
　　　　　　傳真 02-8666-5833
　　　　　　E-mail：service@xcsbook.com.tw

印前作業　　菩薩蠻數位文化有限公司
印刷作業　　福霖印刷有限公司

總 經 銷　　聯合發行股份有限公司
　　　　　　新北市新店區寶橋路 235 巷 6 弄 6 號 2F
　　　　　　電話 02-2917-8022
　　　　　　傳真 02-2915-6275

初版一刷　　2018 年 05 月